Rebekka W
Somebody t
Northern H

Rebekka Weiler

SOME BODY TO HOLD

NORTHERN HEARTS

Ravensburger

Inhaltswarnung
Dieses Buch enthält Themen, die potenziell triggern können.
Deshalb findet ihr auf Seite 441 einen Hinweis zum Inhalt.

ACHTUNG: Dieser enthält Spoiler für die gesamte Handlung.

1 3 5 4 2
Originalausgabe

Dieses Buch wurde vermittelt von der
Literaturagentur erzähl:perspektive, München (www.erzaehlperspektive.de)

Lektorat: Tamara Reisinger (www.tamara-reisinger.de)

Cover- und Umschlaggestaltung: Andrea Janas
unter Verwendung von Motiven von: Shutterstock (Dariia Baranova)

Printed in Germany
ISBN 978-3-473-58655-4
ravensburger.com

Für

Tante Lore

Danke, dass du immer für mich da bist!

Besonders, seit meine Mama es nicht mehr sein kann.

❤

PLAYLIST

Last Call – Will Linley
Lucky – Dermot Kennedy
Vertigo – Griff
Someone You Loved (Cover) – Lauren Spencer Smith
Baby Said – Måneskin
Back To Your Heart – Delta Goodrem
I know it won't work – Gracie Abrams
Rome – Dermot Kennedy
Only The Young – Taylor Swift
Clean – Taylor Swift
Timezone – Måneskin
How I'm Feeling Now – Lewis Capaldi
I'll Be Waiting – Cian Ducrot
Every Song I Ever Wrote – Only The Poets
What If I Love You – Gatlin
Wish You The Best – Lewis Capaldi
Difficult – Gracie Abrams
Blossom – Dermot Kennedy
Leftover Love – Picture This
Hits Different – Taylor Swift

Stockholm Syndrome – One Direction

marjorie – Taylor Swift

About You – The 1975

Song To Myself – Picture This

Haunted (Taylor's Version) – Taylor Swift

Call It Love – Picture This

Long Live (Taylor's Version) – Taylor Swift

this is me trying – Taylor Swift

22 – Taylor Swift

Northern Attitude – Noah Kahan

Überraschende Wendung im Sandvik-Fall

Sohn des Drammener Bürgermeisters durch neue Erkenntnisse entlastet

19. Juli – Rund ein Jahr nachdem eine Gruppe Vermummter gewaltsam in die Sandvik-Farm für Schweinezucht eingedrungen war, gibt es neue Erkenntnisse. Nach Polizeiangaben wurde ein Video gefunden, mit dessen Hilfe drei weitere der radikalen Aktivisten identifiziert werden konnten. Bei den Verdächtigen handelt es sich um Studenten der Universität Oslo, die sich zu einer Gruppe namens REDNING zusammengeschlossen hatten.

Laut Pressemitteilung der Polizei hatte der bei diesem Einbruch erschossene Hendrik Berg (21), Sohn des Drammener Bürgermeisters Jørgen Berg, den Wachmann der Sandvik-Farm nicht angegriffen. Der angehende Filmemacher hatte sich undercover bei der Gruppe eingeschleust, um mit versteckt aufgenommenem Bildmaterial zum einen auf die Missstände der norwegischen Massentierhaltung aufmerksam zu machen. Zum anderen wollte er zeigen, wie sich besagte Gruppe immer weiter radikalisierte. Von Bürgermeister Jørgen Berg liegt ein erstes kurzes Statement vor: »Mein Sohn hatte Gutes im Sinn. Nur hat er dafür leider einen Weg abseits unserer Rechtsstaatlichkeit gewählt. Als Vater werde ich Hendrik immer für sein großes Herz bewundern, auch wenn ich als Bürgermeister der Stadt Drammen die gewählten Mittel nicht gutheißen kann.«

Zu der Frage, welche Auswirkungen diese neuen Erkenntnisse auf seine Kandidatur um das Amt des Oberbürgermeisters von Oslo haben könnten, wollte Berg sich nicht äußern.

1

LENE

Am liebsten würde ich diesen beschissenen Artikel anzünden. Oder nein, am besten direkt das ganze elende Schmierblatt.

Die gewählten Mittel.

Dass ich nicht lache.

Weil ich kein Feuerzeug in der Nähe habe, tue ich das Nächstbeste: Ich reiße die Seite heraus und zerfetze sie in unzählige kleine Stücke. Es sieht aus wie buntes Konfetti, nur dass gar nichts bunt ist. Hendrik ist tot, und Dad hat nichts Besseres zu tun, als diesem Klatschblatt ernsthaft ein Statement über ihn zu geben. Ein paar Sekunden starre ich auf das Fetzenmeer vor mir auf dem Tisch, dann schiebe ich es mit der Hand zusammen und werfe es in den Müll. Mum soll sich nicht aufregen, weil ich Chaos veranstaltet habe. Wobei … Eigentlich bezweifle ich, dass sie überhaupt eine Reaktion zeigen wird. Seit ich aus Neuseeland zurück bin, merke ich, dass Emil in seinen Nachrichten nicht übertrieben hat. Mum ist nur noch ein wandelnder Zombie. Trotzdem gehe ich lieber auf Nummer sicher.

Nachdem ich mir einen Kaffee gemacht habe, setze ich mich damit raus in den Garten. Es ist schon kurz nach neun, dennoch herrscht im Haus Totenstille. Mum liegt noch im Bett, Dad ist im Büro, und Emil … Vermutlich hat mein Bruder wieder bei Freya übernachtet.

Unweigerlich umklammere ich meine Tasse fester. Ich sollte froh sein, dass er bei ihr ist und sie nicht bei uns zu Hause sind. So muss ich ihr Glück wenigstens nicht ertragen. Ihr verfluchtes *Glück*, das es nur gibt, weil unser anderer Bruder tot ist. Es will einfach nicht in meinen Kopf, wie sie kein Jahr nach seinem Tod ein Paar werden konnten. Freya war mit Hendrik zusammen, bevor er gestorben ist. Dass sie es nun mit Emil ist, kann nur bedeuten, dass sie Hendrik nie wirklich geliebt hat. Und das hat er verdammt noch mal nicht verdient.

Gott, ich sollte aufhören, darüber nachzudenken, wenn ich mir die Laune nicht noch mehr verderben will. In ein paar Minuten muss ich los in den Kletterpark, und ich habe keine Lust, von den Gedanken an Emils und Freyas Beziehung dorthin begleitet zu werden.

Geräuschlos trinke ich meinen Kaffee aus und stehe auf, um die Hühner aus ihrer Hütte zu lassen. Sie hören mich schon, bevor sie mich sehen, und ihr Gackern wird immer lauter, je näher ich komme. Mit der Tasse in der Hand öffne ich ihren Durchgang, und eine nach der anderen huscht an mir vorbei. Erst Dagahilt, dann Nanna. Danach Iduna, Nertha und Gefjon. Den dreien folgt Urda. Nur Eira bleibt vor mir sitzen und scheint mich regelrecht zu mustern. Ich weiß, dass das Quatsch ist, aber ihr Blick ist so eindringlich, dass ich nicht anders kann.

»Was?«, blaffe ich sie an und scheuche sie nach draußen.

Eira plustert ihr Gefieder auf, dann flitzt sie an mir vorbei und ihren Artgenossinnen hinterher. Es ist nicht fair, dass ich meine schlechte Laune an ihr auslasse, aber heute ist ein Tag, an dem ich nicht anders kann. Den Artikel über Hendrik zu lesen … Das hat mich aufgewühlt. Immer, wenn ich denke, einigermaßen mit seinem Tod klarzukommen, mit dem Fakt, dass er erschossen wurde, weil er in eine Massentierfarm eingebrochen ist, passiert etwas, das mir zeigt, dass es nicht so ist. Dass ich nicht ansatzweise so klarkomme, wie ich es gern würde. Und von da ausgehend springt die Gedankenspirale an, und ich ende jedes Mal bei Emil und Freya und der Tatsache, dass sie nun zusammen sind, aber es nur deshalb sein können, weil Hendrik tot ist. Und das ist falsch. Es ist falsch, dass er erschossen wurde, und es ist mindestens genauso falsch, dass Freya Hendrik durch Emil ersetzt hat. Von einem Bruder zum anderen, und er ist so dumm, das mitzumachen, weil er schon immer auf sie abgefahren ist.

Frustriert atme ich aus, dann wechsle ich das Wasser meiner Hühner, verteile ein bisschen Kraftfutter und sammle die Eier ein. Vielleicht macht Mum sich ein Spiegelei, wenn sie später sieht, dass ich die frischen bereits ins Haus geholt habe. Ich habe den Gedanken kaum gedacht, als ich auch schon selbst den Kopf schüttle. Nein, wird sie nicht. So beschissen, wie es Mum seit Hendriks Tod geht, wird sie gar nichts essen außer ihren täglichen Schlaftabletten. Trotzdem nehme ich mir vor, ihr demnächst Frühstück zu machen. Wenn das Essen fertig auf dem Tisch steht und sie keine Mühe mehr hat … Vielleicht schafft sie es dann, wenigstens ein paar Bissen zu sich zu nehmen.

Mit den Eiern und meiner Tasse gehe ich zurück in Richtung Haus. Und halte direkt auf der Veranda inne.

»Hey.« Mein Bruder steht im Rahmen der Terrassentür und begrüßt mich, ein zaghaftes Lächeln auf den Lippen. Freya befindet sich neben ihm und gibt keinen Ton von sich. Mit beiden Händen hält sie sich an Emils fest. »Ich dachte, du bist schon weg. Warst du bei den Hühnern?«

Seine Frage ist sinnlos, weil er an den Eiern in meiner Hand genau sieht, wo ich war. Also spare ich mir eine Antwort, gehe an ihnen vorbei ins Haus, lege die Eier ab und stelle meine Tasse mit mehr Schwung als nötig in die Spüle.

»Lasst euch nicht stören«, sage ich bissig. Der Anblick der beiden macht mich wütend. Noch wütender, als ich es ohnehin schon bin. Ich weiß nicht, was ich erwartet habe, als ich aus Neuseeland zurückkam, aber ganz bestimmt nicht, dass Freya meine Brüder einfach ausgewechselt hat. Auch wenn sie behauptet, dass dem nicht so ist, glaube ich ihr nicht. Die Alternative wäre, dass sie Emil schon immer mehr gemocht hat, als sie es als Hendriks Freundin hätte tun dürfen. Und das macht es kein Stück besser. »Bin schon weg.«

Ich nehme meine Schlüssel vom Tisch und will wieder nach draußen, aber Emil stellt sich mir halb in den Weg.

»So war das überhaupt nicht gemeint«, sagt er, und ich höre ihm deutlich an, dass er genervt von mir ist. Von mir und meinem *kindischen Verhalten*, wie er nicht müde wird zu betonen.

Mir soll es egal sein. Wenn er das denkt, bitte, von mir aus kann er kindisch haben. Ich bleibe nicht stehen, laufe weiter in den Flur und nehme dort meine Jacke vom Haken.

»Lene!«, ruft er mir noch einmal hinterher. Nicht so laut, dass es Mum oben wecken würde, aber laut genug, dass ich nicht so tun kann, als hätte ich ihn nicht gehört.

»Sorry«, trällere ich zurück. Weil ich weiß, wie sehr es ihn ankotzt, wenn ich so bin. Tja, und mich kotzt an, dass er glaubt, es wäre okay, mit Hendriks Freundin zusammen zu sein. »Ich muss los.«

»Lene, bitte. Lass uns reden.« Er versucht es ein weiteres Mal, aber ich hebe nur die Hand und winke zum Abschied. Dann renne ich aus dem Haus, schnappe mir mein altes Fahrrad und düse los.

Mir ist klar, dass ich nicht ewig vor ihnen weglaufen kann. Aber heute tue ich es, weil ich mich einer richtigen Konfrontation mit ihnen momentan definitiv nicht gewachsen fühle. Nicht nach diesem Artikel, der alles wieder hochgeholt hat, was ich unter Verschluss zu halten versuche. Hendrik fehlt mir, und über ihn zu lesen, fast ein Jahr nach seinem Tod, ist immer noch unerträglich, auch wenn der Ton der Zeitungen sich inzwischen geändert hat. Sie sind nicht mehr darauf festgefahren, dass er ein radikaler Aktivist war. Was gut ist. Mittlerweile fokussieren sie sich mehr auf Dads Wahlkampf und welche Auswirkungen der Tod seines Sohnes darauf haben könnte. Als ob das nicht komplett egal ist. Es ist nur eine blöde Wahl. Nichts im Gegensatz zu dem Verlust von Hendrik.

Mein Herz rast, als ich den Kletterpark mitten im Wald erreiche. Ob das von dem bisschen Fahrradfahren kommt oder weil ich mal wieder geflüchtet bin, weiß ich nicht, aber ich bin froh, als ich das große Schild mit dem Namen des Parks vor mir sehe. *Klatrepark Himmelssti Drammen.* Der Kletterpark mit den Himmelspfaden. Er liegt umgeben von Bäumen etwas außerhalb der Stadt und ist wunderschön. Jedes Mal, wenn ich hier ankomme, fällt alles, was zu Hause verkehrt läuft, ein bisschen von mir ab.

Die letzten Meter lasse ich mich ausrollen, ehe ich komplett abbremse, absteige und das Fahrrad in den Mitarbeiterbereich schiebe. Dort lehne ich es neben die Räder von Thomas und Alea. Sie sind beide schon da und bringen den Park auf Vordermann, bevor wir in einigen Minuten öffnen.

»Hey.« Ich winke Thomas zu und steuere die Kaffeemaschine in der Hütte an, in der sich ein halbes Büro befindet. Wahrscheinlich macht es mich zu einem Klischee, aber ich kann ohne das schwarze Zeug nicht leben. Jedes Mal, wenn ich versuche, meinen Konsum zu reduzieren, endet das nur in schlechter Laune. Also habe ich beschlossen, es zu nehmen, wie es ist. Es gibt schließlich weitaus Schlimmeres, als koffeinsüchtig zu sein. Zum Beispiel, den toten Bruder zu hintergehen.

Nachdem ich mir eine Tasse eingegossen und mit einem Schuss Hafermilch versehen habe, drehe ich mich zu Alea um, die gerade die heutigen Voranmeldungen größerer Gruppen durchgeht. »Irgendwas Spannendes dabei?«

»Nicht wirklich.« Sie schüttelt den Kopf, ohne den Blick zu heben. »Um elf kommt ein Kindergeburtstag. Da sollten wir direkt Werbung für unsere Ferienabschlussfreizeit machen.«

»Okay.« Ich nicke und nippe an meinem Getränk. »Soll ich Flyer abzählen?«

»Das wäre super, danke.« Sie schnappt sich einen Stift und macht einen Haken hinter besagte Gruppe. Dann sieht sie auf. »Ansonsten scheint es heute ruhig zu werden, wenn nicht plötzlich die halbe Stadt beschließt, spontan zu uns rauszufahren.« Wir wissen beide, dass das eher nicht der Fall sein wird, obwohl momentan Sommerferien sind.

Das ist der Moment, den Thomas sich aussucht, um zu uns zu stoßen. »Hey, Lene«, begrüßt er mich nun richtig und drückt kurz meine Schulter. »Alles klar so weit?« Er blickt auf das Klemmbrett in Aleas Hand. »Die Gurte und Helme habe ich alle gecheckt, sie sind einsatzbereit.«

»Prima. Dann sind wir startklar.« Alea legt ihre Listen beiseite und sieht erst Thomas, dann mich abwechselnd an. »Wer öffnet die Kasse?«

»Das mache ich.« Ich mag es ganz gern, langsam in den Arbeitstag zu starten und zumindest die erste Tasse Kaffee zu trinken, solange sie noch heiß ist. Der Job hier gibt mir die Möglichkeit dazu. Wir können alle alles und entscheiden jeden Morgen spontan, wer Lust auf welchen Bereich hat.

»Gut, dann weise ich die erste Gruppe ein.« Alea nickt.

»Und ich übernehme die zweite.« Thomas erwidert ihr Nicken.

Wieder einmal erstaunt es mich, wie einfach es mit den beiden ist, die Aufgaben zu verteilen. Es gibt noch weitere Mitarbeitende, aber mit niemandem macht es so viel Spaß wie mit Alea und Thomas. Und das, obwohl er der Chef ist. Er leitet den Kletterpark im Sommer, während er im Winter in der Drammener Kletterhalle hilft, und ist einer der coolsten Menschen, mit denen ich bisher zusammengearbeitet habe. Zumindest, solange man seinen Job vernünftig macht.

Ich habe das kleine Kassenhäuschen kaum geöffnet, als ich auch schon die erste Truppe höre. Obwohl ich erst seit ein paar Wochen hier arbeite, kenne ich die Jungs. Es sind fünf Sechzehnjährige, die uns regelmäßig besuchen. Ich muss ihnen nichts mehr erklären, weshalb ich nur ihre Zehnerkarten abscanne und ihnen viel Spaß wünsche. Ihnen folgt eine Familie, die ich ebenfalls durchwinke, und dann ein Pärchen, das zum ersten Mal in seinem Leben in einem Kletterpark ist. Ich informiere die beiden über die Basics und lasse sie die Nutzungsbedingungen unterschreiben, ehe ich sie zu Alea für die ausführliche Einweisung schicke. Danach habe ich ein paar Minuten meine Ruhe und kann mich wieder meinem Kaffee widmen.

Je länger ich von zu Hause weg bin, umso mehr hebt sich meine Laune. Denn hier laufe ich sicher nicht Gefahr, Emil und Freya zu begegnen. Auch wenn sie meistens sowieso bei ihr sind, weil sie ihre Beziehung nach außen hin geheim halten. Dad zuliebe. Die Wahl zum Bürgermeister von Oslo ist schon schwierig genug für ihn, nachdem das älteste seiner Drillingskinder gestorben ist. Wenn die Presse nun Wind davon bekäme, dass sein Jüngster jetzt mit der ehemaligen Freundin seines verstorbenen Sohnes zusammen ist … Der Shitstorm wäre meiner Meinung nach absolut gerechtfertigt, aber was ich denke, spielt für meine Familie keine Rolle. Ihnen ist egal, dass sie damit Hendriks Vermächtnis beschmutzen. Aber mir ist es das nicht, weshalb *ich* mir das Geturtel der beiden garantiert nicht öfter als nötig ansehen werde. Es macht mich einfach so wütend, so fassungslos, zu wissen, dass die beiden zusammen sind. Dass sie das haben, was Hendrik nie mehr haben wird. Ich werde nie verstehen, wie Emil es über das Herz bringen konnte, ihn so zu hintergehen. Ausgerechnet Freya.

Auch wenn Hendrik tot ist, ist es einfach nicht okay, dass sein Bruder seine Freundin abschleppt.

Bei dem Gedanken daran schüttelt es mich, und ich wende mich wieder meinem Kaffee zu, der ohne Zucker genauso bitter ist wie meine Gefühle der beschissenen Beziehung meines Bruders gegenüber.

Ein paar Minuten später tauchen auch schon die nächsten Besucher des Parks auf, und die nächsten Stunden habe ich immer etwas zu tun. Erst nach der Mittagszeit wird es ruhiger, da die meisten Besucher bereits wieder gehen. Und die nächsten kommen erfahrungsgemäß erst am frühen Nachmittag. Was Alea, Thomas, mir und inzwischen auch Melike die Chance gibt, selbst ein paar Bissen zu essen. Melike hat frische Pizza mitgebracht, und wir setzen uns damit an einen der herumstehenden Holztische. Da wir uns mitten im Wald befinden und klettern hungrig macht, hat Thomas nicht nur perfekte Parcours in den Bäumen anlegen lassen, sondern auch für genug Grill- und Picknickstellen gesorgt. Es ist ein kleines Paradies, und ich bin so gern hier draußen.

Als ich Ende Mai von meinen fast neun Monaten im Ausland nach Hause kam, bin ich keine drei Tage danach über die Jobanzeige gestolpert. Und habe mich beworben. Thomas hat mir fast die Füße geküsst, als er erfahren hat, dass ich in Neuseeland einen Kletterschein gemacht habe.

Du bist genau die Frau, auf die ich gewartet habe.

Er meinte das zwar auf rein beruflicher Ebene, aber seine Worte sind mir dennoch im Kopf geblieben. Ich habe es bisher keine Sekunde bereut, den Job angenommen zu haben. Er ist perfekt für mich, die Arbeit hier macht mir Spaß. Und vor allem ist sie ein Grund, nicht zu Hause sein zu müssen und gleichzeitig Geld zu verdienen. Bis das neue Semester meines Business-Management-Studiums Ende August anfängt – vorausgesetzt, ich mache überhaupt damit weiter –, dauert es noch fast sechs Wochen. Und ich plane, jede einzelne davon hier zu verbringen. Was zum Glück kein Problem ist, der Park hat im Sommer täglich geöffnet. Wenn ich will, kann ich jeden Tag arbeiten, zumindest, bis ich zu einer Zwangspause verdonnert werde oder Wind und Sturm das Klettern zu gefährlich machen. Abgesehen davon liebe ich es, mit meinem Team zusammenzusitzen, wenn im Park nicht allzu viel Trubel herrscht und wir uns eine gemeinsame Pause gönnen können. So wie heute.

»Wie kommen wir eigentlich zu der Ehre?«, fragt Alea, bevor sie genüsslich in ihr Stück Pizza beißt, sich gegen die Holzbank, die aus einem halben Baumstamm besteht, lehnt und das Gesicht in Richtung Sonne streckt.

Letzteres kann ich ihr nicht verdenken, ich liebe die Wärme der vergangenen Tage selbst viel zu sehr. Obwohl Norwegen meistens eher unbeständiges Wetter hat, haben wir dieses Jahr unverschämt viel Glück. Zumindest, wenn es nach meinem persönlichen Empfinden geht. Für das Klima ist dieser ungewöhnlich heiße Juli eine Katastrophe.

Melike zuckt mit den Schultern. »Paula hat sich Pizza zum Frühstück gewünscht, also gab es heute Pizza, bevor sie zu ihren Großeltern musste.«

»Lass mich raten.« Thomas grinst. »Wie immer hast du viel zu viel gemacht.«

»Natürlich.« Melike nickt und verdreht gleichzeitig über sich selbst die Augen. »Und weil ich wirklich keine Lust habe, jetzt drei Tage Pizza zu essen, müsst ihr dran glauben.«

»Tun wir supergern.« Alea beugt sich ein Stück nach hinten, sodass sie mich über Thomas' Schulter hinweg ansehen kann. »Nicht wahr?«

»Klar.« Ich erwidere ihren Blick und beiße in mein eigenes Stück. »Nur über die Birnen müssen wir echt reden. Wie kommt man auf eine solche Idee?«

»Das musst du meine Tochter fragen. Sie hat das bei ihrer Freundin aus Schweden gegessen, und ich musste es unbedingt nachbacken.« Melike seufzt. »Ist wirklich gewöhnungsbedürftig, oder?«

»Ich find's lecker.« Wie um seine Worte zu unterstreichen, schnappt sich Thomas ein weiteres Stück. »Sag Pauli, dass sie gern öfter so tolle Ideen haben darf.«

»Sag's ihr selber, wenn du sie das nächste Mal siehst.«

»Oh, das mach ich, verlass dich drauf.« Thomas grinst verschmitzt.

Melike hebt eine Augenbraue. »Und je nachdem, was es ist, musst du die Reste essen.«

»Auch das mache ich, kein Problem.«

Während die beiden sich kabbeln, verschlinge ich mein Pizzastück. Und mit jedem weiteren Bissen schmeckt die Kombination besser. Vielleicht auch, weil Melike über die Birnen noch Honig geträufelt hat. Es ist wild, aber echt lecker.

»Eigentlich könnten wir das öfter machen.« Alea stützt sich mit den Ellbogen auf dem Tisch ab. »Einer von uns kocht und bringt Essen für alle mit.«

»Okay. Morgen bist du dran.« Ich grinse sie an und stehe auf. Von links nähern sich neue Besucher, und da ich immer noch für die Kasse zuständig bin, eile ich zurück in die kleine Hütte.

»Nicht fair«, ruft Alea mir hinterher, aber sie kann die Belustigung in ihrer Stimme nicht verstecken.

Die nächsten Minuten bin ich mit der Familie beschäftigt. Die beiden Kinder sind ziemlich aufgeregt, weil sie das erste Mal hier sind.

»Guck mal, wie hoch die Bäume sind, Lily.« Die Kleinere der beiden hat den Kopf in den Nacken gelegt und verrenkt sich schier, um nach oben sehen zu können.

»Klettern wir da echt hoch?«, fragt besagte Lily und sieht ihre Eltern aus großen Augen an.

Doch es sind nicht ihre Mum oder ihr Dad, die ihr antworten, sondern ich. »Nicht, wenn du nicht willst«, sage ich und reiche ihr eines der beiden Kindertickets. Fast schon ehrfürchtig nimmt sie es entgegen. »Meine Kollegin zeigt euch gleich erst mal, wie das alles hier funktioniert, okay? Ihr startet auf einem ganz niedrigen Parcours, und erst, wenn der geklappt hat, dürft ihr auf den nächsten. Der da oben«, ich deute über uns, »ist für Profis.« Ist er nicht, aber das verschweige ich den beiden. Die ganz schwierigen Kletterwege sind für Kinder gar nicht freigegeben, aber ich möchte, dass sich Lily und ihre Schwester am Ende des heutigen Tages stolz fühlen. Ich gebe auch der Kleinen ihre Karte, kassiere die Eltern ab, und dann steht Alea auch schon neben ihnen und nimmt sie mit für ihre Einweisung.

Damit ist der Start in den Nachmittag getan. Melike räumt den Tisch frei, Thomas hilft ihr dabei. Während er sich danach wieder um die Gruppen kümmert, löst Melike mich hinter der Kasse ab, und ich gehe hinüber zu Alea, die gerade dabei ist, einige leere Getränkekisten aus der Lagerhütte zu holen. In Vorbereitung für das Team eines Grafikbüros, das später für teamstärkende Maßnahmen vorbeikommen würde. Was nichts anderes bedeutet, als dass ein Mitarbeiter nach dem anderen einen Kistenturm bauen und nach oben klettern muss, während seine Kollegen ihn sichern. Manche kostet das erstaunlich viel Überwindung.

Bevor ich hier angefangen habe zu arbeiten, habe ich mir nie viele Gedanken darüber gemacht, was es bedeutet, mutig zu sein. Vom Fünfmeterbrett im Freibad springen? Kein Problem. Auf die höchsten Berge klettern? Bin dabei. Austesten, ob die Eisdecke eines Sees dick genug ist? Ich mach das. Aber eigentlich erfordert das alles keinen Mut. Sondern nur sehr, sehr, sehr viel Leichtsinn.

Wirklichen Mut sehe ich erst, seit ich hier im Kletterpark arbeite. Wenn Kinder oder auch ihre Eltern ihre Angst überwinden und während der verschiedenen Parcours immer höher klettern. Wie sie in der Zeit bei uns die Anspannung mehr und mehr verlieren und am Ende so voller Adrenalin sind, dass sie schwören, ganz bald wiederzukommen. So läuft es meistens.

Außer bei dem Kerl mit den dunkelblonden Haaren. Er ist groß, hat strahlend blaue Augen und ziemlich faszinierende Wangenknochen. Das Einzige, was nicht so recht zu ihm passen will, ist der kleine Höcker auf seiner Nase. Es sieht aus, als hätte er sie einmal gebrochen und als wäre sie nicht wieder richtig zusammengewachsen. Doch das tut seiner Attraktivität keinen Abbruch. Im Gegenteil.

Seit drei Tagen taucht er jeden Nachmittag um die gleiche Uhrzeit auf, bringt seinen eigenen Helm, einen eigenen Gurt und eigene Handschuhe mit und kauft sich eine Tageskarte. Aber dann steht er vor dem kleinen Übungsparcours, den jeder Besucher durchlaufen muss, bevor wir ihn auf die schwierigeren Wege lassen dürfen, und rührt sich nicht. Gestern und vorgestern hat Alea mit ihm gesprochen und ihm die Basics ausführlich erklärt. Betreten hat er den Miniparcours dennoch nicht. Nach ein paar Stunden ist er gegangen, ohne den einfachsten Kletterweg überhaupt versucht zu haben.

Offensichtlich hatte er keine Lust oder nicht genug Mut, um zu klettern. So was passiert. Menschen, die im Angesicht der meterhohen Bäume ihre Zuversicht verlieren. Das ist keine Schande, und viele von ihnen überwinden sich mit genug Zureden schließlich doch und haben am Ende den Spaß ihres Lebens in unserem Park.

Er nicht.

Trotzdem ist er heute schon wieder da. Aus den Augenwinkeln beobachte ich ihn, während Thomas ihm und den anderen Neuankömmlingen erklärt, wie sie die Gurte und Helme anziehen müssen, und anschließend überprüft, dass alles passt. Bei unserem Stammkunden, der nicht klettert, hat er nichts zu bemängeln. Er nickt zufrieden, ehe er die kleine Gruppe ein Stück nach rechts zum Übungsparcours führt. Auch der blonde Typ folgt ihm. Es ist das dritte Mal, dass er sich die Einführung anhört. Und ich bin wirklich gespannt, ob er sich heute traut, den Babyparcours, wie ich ihn heimlich nenne, zu betreten.

Während Thomas die Gruppe versorgt, räume ich auf und kontrolliere die Anzahl der Handschuhe. Es verschwinden immer wieder welche oder gehen im Laufe der Zeit kaputt. Aber aus den Augenwinkeln beobachte ich Thomas und seine Truppe weiter. Wobei … Eigentlich stimmt das so nicht. Ich beobachte genau eine einzige Person. Den blonden Typen. Er steht am Rand, etwas abseits. Sein Blick ruht auf Thomas, er lässt ihn nicht aus den Augen.

Die Erklärung dauert nur ein paar Minuten, dann klettert einer nach dem anderen den kleinen Parcours, während Thomas prüfend zusieht. Jedem einzelnen Besucher gibt er anschließend das Go und schickt ihn auf die höheren Wege.

Und dann ist nur noch eine Person übrig.

Er.

Thomas spricht mit ihm. Ich verstehe nicht, was er zu ihm sagt, bin zu weit weg, aber ich sehe, wie er auf den kleinen Parcours deutet, ihm allem Anschein nach dieselben Dinge noch einmal erklärt wie vor einigen Minuten der ganzen Gruppe. Der Typ nickt, aber er bewegt sich nicht. Er steht einfach nur da, die Arme vor der Brust verschränkt, den Blick fest auf die kleine Holztreppe gerichtet, die auf die erste Plattform des Babyparcours führt. Thomas redet ein paar Minuten mit ihm. Vielleicht zwei oder drei, nicht länger. Dann entfernt er sich von ihm und lässt ihn allein.

Irritiert runzle ich die Stirn. Was ist los mit dem Kerl?

2

FIN

Ich spüre, dass ich beobachtet werde. Keine Ahnung, wie die Mitarbeiterin des Parks heißt, aber auch, nachdem ich mich zu ihr umgedreht habe, lässt sie mich nicht aus den Augen. Wahrscheinlich fragt sie sich, wer der Loser ist, der seit dreißig Minuten vor diesem Miniparcours steht und es einfach nicht schafft, auch nur den Fuß anzuheben. Dabei sind die Holzbretter keinen Meter über dem Boden angebracht. Das ist nichts. Selbst die Kinder, die in meiner Einweisungsgruppe waren, haben diesen Weg mit Leichtigkeit hinter sich gebracht. Sie haben sogar dabei gelacht. Und ich? Ich stehe seit Tagen jedes Mal auf dieselbe Art und Weise hier: bewegungsunfähig und wie zur Salzsäule erstarrt. Dabei weiß ich, dass es überhaupt nicht schwer ist. Ich muss einfach nur den Fuß anheben und auf die erste Stufe stellen. Früher konnte ich es doch schließlich auch.

Mit all der Willenskraft, die ich aufbringen kann, versuche ich, mich dazu zu zwingen, den ersten Schritt zu tun. Exposition, hat Dr. Hansen gesagt. Ein Kinderspiel. Zumindest in der Theorie. Die Praxis sieht ein bisschen anders aus. Vor allem deutlich deprimierender. Fast eine halbe Woche komme ich nun schon hierher, und trotzdem bin ich im wahrsten Sinne des Wortes keinen Schritt weiter als an Tag eins.

»Kann ich dir helfen?«

Mein Kopf schnellt nach oben, als ich angesprochen werde. Die Mitarbeiterin, die mich vorhin angestarrt hat, steht nun vor mir und mustert mich aus unfassbar grünen Augen. Die Farbe ist so intensiv, dass ich kurz nicht weiß, was ich sagen soll.

»Was?«, frage ich und will mir durch die Haare fahren. Es ist ein Reflex, doch statt in meinen Haaren lande ich auf meinem Helm. Schnell lasse ich die Hand wieder sinken und sehe sie weiter an. Ihre Haare sind hellblond und schulterlang und sehen aus, als hätte sie die Spitzen in lila Farbe getunkt. Es steht ihr.

»Ob ich dir helfen kann. Nichts für ungut, aber du siehst ein bisschen verloren aus.« Sie lächelt, und das bringt mich völlig aus dem Konzept.

Ich bin so unter Strom, und mein ganzer Körper ist zum Zerbersten angespannt, weil ich weiß, dass ich diesen Parcours absolvieren muss, aber es einfach nicht schaffe. Und nun bietet sie mir ihre Hilfe an, und ich blamiere mich mit jeder Sekunde, in der ich nichts sage, weiter. Großartig.

»Nein, ich … komme schon klar.« Irgendwie schaffe ich es, die Worte über meine Lippen zu pressen.

»Sicher?« Ihr Blick ist skeptisch, und ich kann es ihr nicht einmal verübeln. Ich gebe garantiert ein ganz grandioses Bild ab, wie ich hier stehe und mich einfach nicht vom Fleck rühre. Und jetzt kann ich mir nicht einmal mehr einreden, dass ja niemand sieht, was ich hier tue. Oder vielmehr … nicht tue.

»Es ist okay«, sagt sie, und als ich wieder nicht antworte, spricht sie weiter: »Es ist okay, Angst zu haben. Mein erstes Mal war auch … Sagen wir, ich hatte lange nicht mehr solches Herzklopfen.«

Mir ist klar, was sie da tut. Ablenkung gepaart mit Vertrauen aufbauen. *Hey, du bist nicht allein damit. Ich weiß, wie du dich fühlst.*

Dabei bin ich mir ziemlich sicher, dass sie es nicht weiß. Zum Glück für sie.

»Wenn du willst, machen wir den Parcours zusammen.« Sie legt eine Hand an den Holzpfosten neben uns, der eine Stütze für die erste Plattform bildet. »Ich gehe auch voraus.« Da ist ein Blitzen in ihren Augen. Ein Hauch von Herausforderung. Aber vor allem scheint sie einfach nur zu wollen, dass ich mich traue. Dass ich mutig bin. Keine Angst mehr habe. Oder zumindest weniger. Was genau der Grund ist, aus dem ich überhaupt hier bin.

»Du trägst keinen Gurt.« Ich habe keine Ahnung, wo die Worte herkommen, aber sie verlassen meinen Mund, bevor ich darüber nachdenken kann.

»Oh.« Ihr Blick wandert an ihrem Körper nach unten. Meiner tut es ihr gleich. Ich sehe das schwarze Shirt, das sie trägt, mit dem Logo des Parks drauf. Die graue Outdoorhose, die ihr bis zu den Knöcheln reicht und ein bisschen zu kurz wirkt. Und schließlich Turnschuhe, die meinen nicht unähnlich sind. Nur sehen ihre wesentlich gebrauchter aus. »Du hast völlig recht«, sagt sie und macht einen Schritt rückwärts. »Warte kurz.«

Fast hätte ich gelacht. Als ob ich mich bewegen könnte. Ich sehe ihr hinterher, wie sie in einer der Hütten verschwindet. Keine zwei Minuten später tritt sie wieder heraus – und trägt nun Gurt und Helm. Mit großen Schritten kommt sie zurück zu mir.

»Okay. Startklar.« Sie grinst, und das lässt nicht nur ihre Augen, sondern ihr ganzes Gesicht leuchten.

Ich kann mir nicht helfen, ich finde sie wunderschön. Selbst in diesem Kletterlook, der wirklich nicht sexy ist.

»Wollen wir es zusammen versuchen?« Abwartend mustert sie mich.

Ich weiß nicht, warum ich mir so sicher bin. Aber intuitiv ist mir klar, dass sie mich nicht überreden wird, wenn ich wirklich nicht will. Wenn ich Nein sage, wird sie das genauso akzeptieren, wie wenn ich ihr Angebot annehme. Das Ding ist nur … Ich will. Ich *muss.* Weil ich nicht grundlos hier bin. Dr. Hansen hat mir gesagt, dass das der richtige Weg ist, und ich vertraue ihm. Er ist seit einigen Monaten mein Therapeut. Wir haben unzählige Stunden über mein Problem, über meine Ängste gesprochen, nun ist es an der Zeit, meine Vorsätze in die Tat umzusetzen und mich meinen Gefühlen bewusst auszusetzen. *Rein in die Angst.* Das waren seine Worte. Genau wie: *Sie sind so weit.*

Abgesehen davon verlässt Lasse sich auf mich. Ich kann unsere neue App nur vernünftig mit ihm testen, wenn ich nicht jedes Mal in Panik verfalle, sobald ich in die Berge muss. Doch obwohl ich den Druck, der auf mir liegt, deutlich spüre, kann ich nicht sofort Ja sagen.

»Wie soll das funktionieren?«, frage ich sie und sehe zwischen ihr und den Treppenstufen hin und her. »Es wird nichts bringen, wenn du mir einfach vormachst, wie es geht.« Das haben Thomas, die Kinder und ihre Eltern bereits getan. Es ist kein Verstehensproblem.

»Das hatte ich auch nicht vor.« Sie lächelt und kommt noch etwas mehr auf mich zu. »Wir machen das wirklich zusammen.«

»Okay?« Ich habe keine Ahnung, was sie vorhat. Will sie mich da hochschicken und mich parallel motivierend anbrüllen? Wie mein Coach im Fitnessstudio? Einmal und nie wieder, dieser Typ war eine Katastrophe.

»Komm her.« Sie winkt mich zu sich, und überraschenderweise schaffe ich es, zwei Schritte auf sie zuzumachen. Erst jetzt, so nah, wird mir bewusst, dass ich deutlich größer bin als sie. Keine dreißig Zentimeter, aber zwanzig sind es bestimmt. Sie muss beinahe den Kopf in den Nacken legen, um mich richtig ansehen zu können.

»Also«, beginnt sie und räuspert sich in der nächsten Sekunde leicht. »Der Plan … ist folgender.«

Ich sage kein Wort, höre ihr nur zu, während sie mir erklärt, was sie vorhat. Ich bin mir nicht sicher, ob das tatsächlich klappen könnte. Aber es muss. Lasse fragt jeden Tag nach meinen Fortschritten, und bisher bestehen die aus genau … nichts. Ich will endlich Erfolg vermelden können. Also nicke ich schließlich und folge ihr zu den Treppenstufen, die auf die erste Plattform führen. Als wäre es nichts, springt sie direkt auf die oberste Stufe. Mir will kurz das Herz stehen bleiben, aber es begreift recht schnell, dass nicht ich da oben stehe, sondern sie, und beruhigt sich wieder. Wenn man bei einem Ruhepuls von ungefähr neunzig von beruhigen sprechen kann. Ich habe das Gefühl, mein Arzt würde dem nicht zustimmen. Ich atme einmal tief durch, wie sie es mir gesagt hat, dann hebe ich den Blick. Durch die Stufen ist sie nun etwas größer als ich. Sie lächelt immer noch. Logisch. Weil das hier auch einfach kein Thema für sie ist. Es ist ihr Job, sie klettert ständig auf diesen Wegen zwischen den Bäumen herum. Vermutlich klettert sie sogar richtig in den Bergen, so flink, wie sie unterwegs ist.

»Hey.« Ihre Stimme unterbricht die Gedankenpfeile in meinem Kopf. »Nicht nachdenken. Konzentrier dich auf mich.« Damit zieht sie meinen Fokus wieder auf sich, und ich erkenne, dass sie mir auffordernd ihre Hände entgegenhält.

Ich zögere kurz, doch als sie »Zusammen. Schon vergessen?« sagt, greife ich danach. Im Gegensatz zu mir trägt sie keine Handschuhe, weil sie so etwas nicht braucht. Wahrscheinlich bräuchte auch ich sie nicht, aber ich bilde mir ein, mich mit ihnen sicherer zu fühlen.

Sicherer in nicht einmal einem Meter Höhe, Fin Eriksen. Wahnsinn. Was bist du doch für ein Held.

Die Stimme in meinem Kopf trieft nur so vor Sarkasmus. Ich weiß, dass meine Angst völlig irrational ist. Mir wird nichts passieren, wenn ich diesen Miniparcours betrete. Mir *kann* nichts passieren. Aber dieses Wissen kommt irgendwie nicht dort an, wo es ankommen muss, damit ich loslaufen kann.

»Sieh mir in die Augen«, bittet sie und reißt mich damit aus meinen Gedanken, und weil sie die perfekte Höhe dafür hat, tue ich es. Ich sehe sie an, ihre Nase, ihren Mund und letztlich ihre Augen. Das Grün ist durchzogen von zarten braunen Sprenkeln, und das erinnert mich irgendwie an eine Elfe. Gut, sie wäre eine Elfe in Sportkleidung und mit Helm und Gurt. Aber die Ähnlichkeit ist dennoch da.

»Heb dein Bein an«, sagt sie als Nächstes. Sie spricht leise, sodass nur ich sie hören kann. Obwohl sonst niemand in unserer Nähe ist. »Und nicht aufhören, mir in die Augen zu sehen, ja?«

Ich schüttle den Kopf, hole noch einmal Luft, und dann hebe ich endlich das Bein an.

»Super!« Sie jubelt und erhöht den Druck ihrer Hände auf meine. »Und jetzt halten. Nicht wieder abstellen.«

Ich tue, was sie sagt, fühle mich wie ein Flamingo im Zoo, aber ich bleibe genau so stehen, ein Bein angehoben.

»Atmen nicht vergessen«, sagt sie irgendwann, und das Lächeln, das dabei auf ihrem Gesicht liegt, erreicht sogar ihre Augen. Himmel, sie ist wirklich schön.

Ich schnappe nach Luft, wanke kurz, aber ihre Hände sind da. Geben mir Halt. Ich falle nicht um, und das Herz springt mir auch nicht aus der Brust. Irgendwie schaffe ich es, das Adrenalin in Schach zu halten.

Keine Ahnung, wie lange ich schon so dastehe, bis sie wieder zu sprechen beginnt. Es fühlt sich ewig an und gleichzeitig nur wie wenige Sekunden. »Gut. Jetzt schieb dein Bein auf dieser Höhe ein paar Zentimeter nach vorne.« Sie sieht in Richtung meiner Schuhe, aber ich halte den Blick weiterhin stur auf ihrem Gesicht. Auf keinen Fall werde ich nach unten schauen. Auf gar keinen Fall.

»Okay, prima. So passt es.« Sie sieht wieder auf und grinst. »Alles okay?«

»Hm.« Mehr bringe ich nicht heraus, ich brauche all meine Worte in meinem Kopf.

»Also. Wenn du jetzt gleich deinen Fuß abstellst, ziehe ich dich nach oben, und du drückst dich mit dem anderen Fuß vom Boden ab und ziehst ihn nach. Fürs Gleichgewicht. Ja?«

Es klingt so simpel, wenn sie es sagt. Als wäre es die einfachste Sache der Welt. Was sie vermutlich auch ist, aber das ist meinem Hirn egal. Mir ist dennoch bewusst, dass es die einzige Chance ist, die ich gerade habe.

»Stell dir vor, du wärst beim Physio und müsstest das Treppenlaufen neu lernen. Das hier ist quasi eine Übung dafür. Sag deinem Kopf, dass du nur die erste Stufe nehmen musst, dann darfst du wieder zurück auf den Boden.«

Uns ist beiden klar, dass ich dann nicht wieder zurückdarf. Aber vielleicht ist Überlistung gar keine so schlechte Idee. Ich brauche diese Tricks. Nur darüber zu reden, hat mich schließlich auch nicht weitergebracht.

»Okay. Auf drei?«, frage ich, und sie nickt.

»Auf drei.«

Sie beginnt zu zählen, und bei »Drei!« stelle ich meinen Fuß auf das Brett, ziehe den anderen nach, und sie zerrt mich mit erstaunlich viel Kraft nach oben.

Und plötzlich … stehe ich auf der ersten Stufe.

»Wow!«, entfährt es mir, und ich suche überrascht ihren Blick. »Das hat echt geklappt.« Ich kann die Verwunderung in meinen Worten nicht verstecken.

»Natürlich hat es das.« Sie grinst und nickt gleichzeitig, ihre Finger halten immer noch meine. Sie ist mir nun deutlich näher, weil uns keine zwei Stufen mehr voneinander trennen. Ich müsste nur meine Hand aus ihrer lösen, dann könnte ich ihr die Haarsträhne, die zwischen ihrer Wange und dem Helmverschluss hängt, wieder zum Ohr schieben. Aber das … würde bedeuten, dass ich sie loslassen muss, und das kommt nicht infrage, solange ich keinen festen Boden unter den Füßen habe. Ich hole tief Luft, und auf einmal riecht es nach Erdbeeren. Erdbeeren und … Kaffee?

»Schaffst du noch eine Stufe, oder möchtest du zurück?«

Ich denke über meine Antwort nicht nach. »Noch eine«, sage ich entschieden.

»Alles klar.« Sie grinst wieder, dieses Mal noch breiter. Als würde sie sich wirklich ernsthaft über meinen Erfolg, die erste Stufe besiegt zu haben, freuen. »Dasselbe Spiel noch einmal, ja?« Sie macht einen Schritt rückwärts, sodass mehr Platz zwischen ihr und mir ist und ich mit einem zweiten Anheben des Fußes auf die Plattform treten kann. Wieder umfasst sie fest meine Hände, wieder bittet sie um Augenkontakt, wieder fokussieren wir uns aufeinander. Ich hebe das Bein an, halte es, dann schiebe ich es in der Luft nach vorne. Und im nächsten Moment stoße ich mich ab, sie zieht an meinen Händen, und zack, stehe ich auf Stufe zwei.

»Weiter!«, dränge ich, hebe mein Bein wieder an, und sie zieht mich nach oben auf die Plattform. Knapp einen Meter über der Erde.

»Fuck!« Ich stoße das Wort hervor und rutsche automatisch weiter in die Mitte des Holzbretts, auf dem wir uns befinden. Nur steht dort auch sie, und ich krache beinahe gegen sie.

»Hoppla«, entfährt es ihr, und sie tritt lachend einen Schritt zur Seite, um mir Platz zu machen. »Aber hey. Du hast es geschafft.«

»Hab ich.« Ich halte ihre Hände immer noch fest. Eigentlich gibt es keinen Grund dafür, ich stehe in der Mitte, weit genug von den Rändern entfernt. Dennoch kann ich sie einfach nicht loslassen. Mein Herz schlägt schneller, ich spüre jedes Trommeln in meiner Brust. *Atmen*, kommt es mir in den Sinn. Ich muss atmen. Also hole ich erneut tief Luft, und sofort sind auch die Erdbeeren wieder da.

»Und jetzt?« Ich sehe mich um, bemühe mich, nur geradeaus und nicht auf den Boden in meiner unmittelbaren Nähe zu blicken.

»Du entscheidest.« Sie wird wieder ernst. »Wir können den Parcours laufen. Oder wenn dir das für heute reicht, können wir auch einfach die Stufen wieder nach unten gehen und aufhören.«

»Ich will nicht aufhören«, widerspreche ich sofort.

»Aber du willst auch nicht weitermachen.« Sie durchschaut mich.

»Das ist ein Problem, oder?« Ich versuche zu grinsen, aber ich glaube, es gelingt mir nicht. Der Ausdruck auf ihrem Gesicht bleibt ernst. Bevor sie etwas sagen kann, spreche ich weiter. »Wir tun es trotzdem. Vorausgesetzt, du hast Zeit und musst nicht …«

»Ich hab Zeit«, unterbricht sie mich. »Meine Kollegen holen mich schon, wenn sie mich brauchen.« Sie läuft ein Stück, was gar nicht so leicht ist, weil ich mich immer noch an ihren Händen festklammere. Und weil auch sie mich nicht loslässt. Auf der anderen Seite der Plattform bleibt sie wieder stehen. Hinter ihr führt eine Art Steg zur nächsten Erhöhung.

»Okay. Bevor wir weiterlaufen, zeige ich dir, wie man den Gurt richtig benutzt. Wir brauchen ihn hier unten in dieser geringen Höhe eigentlich nicht, aber wenn du irgendwann dort oben kletterst, musst du dich richtig einhaken können.«

Dort oben. *Wenn.* Sie hat nicht *Falls* gesagt. Und irgendwie rührt mich ihr Vertrauen in mich. Konzentriert lausche ich ihren Anweisungen, obwohl ich das alles theoretisch schon weiß. Aber ich sauge trotzdem jedes Wort auf.

»Du hast diesen Karabiner an deinem Gurt, und den musst du immer an den Sicherungsseilen befestigen. Siehst du? So.« Sie lässt kurz meine Hände los, fasst nach dem Seil über unseren Köpfen und macht es mir vor. Und es sieht wirklich kinderleicht aus. Einhaken, zudrehen. Das Zudrehen funktioniert nur, wenn richtig eingehakt wurde, und bildet damit eine doppelte Kontrolle, dass man richtig gesichert ist. Als sie fertig ist, greift sie wie selbstverständlich wieder nach meinen Fingern. Doch dieses Mal nicht, um sie zu halten, sondern um sie zu meinem Gurt zu führen und den Karabiner zu nehmen. »Probier es aus«, fordert sie mich auf, und erst, als ich das gespannte Seil umfassen kann, lässt sie mich los.

Ich hake den Karabiner ein, wie sie es mir gerade vorgemacht hat. Es ist genauso easy, wie es aussah.

»Prima. Dann geht's weiter.« Sie nimmt meine Hände erneut in ihre und tritt auf den Steg. Wieder rückwärts, damit sie mich nicht aus den Augen lassen muss. »Wenn du dich lieber am Holzgeländer festhalten willst, kannst du das gern tun«, meint sie. »Das geht auch ganz gut.«

»Nein danke.« Ich lehne ihren Vorschlag ab und klammere mich weiter an ihr fest. Es sollte mir peinlich sein, und irgendwo tief in mir drin ist es das auch. Aber diese gigantische Unsicherheit, die Angst vor dem, was passieren könnte, wenn ich sie nicht halte, überlagert meine Schamgefühle um Welten.

Ich atme tief durch, dann folge ich ihr auf den Steg. Er ist schätzungsweise einen Meter breit und maximal drei lang. Sie läuft langsam, macht kleine Schritte rückwärts, sodass ich mich nicht gehetzt fühle. Vorsichtig setze ich einen Fuß vor den anderen, schiebe die Schuhe mehr über das Holz, als dass ich die Beine anhebe, ohne den Blick von ihr abzuwenden. In diesen Minuten ist sie mein Anker. Sie gibt mir Halt und Mut, und es ist mir schleierhaft, wieso sie das kann, ich selbst aber nicht. Aber zu viel kann ich nicht darüber nachdenken. Nicht jetzt. Ich bin immer noch auf sie konzentriert, halte den Fokus auf ihr Gesicht gerichtet und verbiete mir, nach unten zum Holz zu sehen.

»Du machst das großartig«, murmelt sie.

Ich glaube ihr nicht, weil es mich viel zu viel Kraft kostet durchzuhalten. Doch schließlich erreichen wir die andere Seite, und ich stehe wieder auf einer Plattform, die etwas breiter ist als der Steg und mir die Möglichkeit gibt, leichter zu atmen.

»Halbzeit.« Sie lächelt mich zufrieden an. »Gleich hast du es geschafft.«

»Hm«, mache ich. Mein Herz schlägt immer noch zu schnell, und ich fühle den Schweiß unter meinem T-Shirt über meinen Rücken laufen.

»Kurze Pause?«, schlägt sie vor, nimmt ihre Finger von meinen Händen und macht ihren Karabiner los. Meinen lässt sie, wo er ist. Was vermutlich auch besser so ist. Im Moment traue ich mir selbst nicht.

Ich nicke und beobachte sie, als sie sich gegen das Geländer der Plattform lehnt. Sie behält mich dennoch im Auge, und ich spüre ihren Blick deutlich auf mir.

»Ich sollte dich das vermutlich nicht gerade jetzt fragen, und wenn du nicht antworten willst, ist das auch total in Ordnung. Aber …« Sie zuckt mit den Schultern. »Wie machst du das im Alltag mit deiner Höhenangst?«

Ich zucke zusammen, als sie das Wort laut ausspricht. Natürlich hat sie recht, und sie vermittelt mir mit ihrer Frage auch nicht das Gefühl, dass es schlimm wäre, mit Mitte zwanzig diesen Miniparcours nicht allein absolvieren zu können. Dennoch ist es seltsam, sie das Wort sagen zu hören. Denn eigentlich rede ich nicht darüber. Kaum jemand weiß davon.

Die Stille, die darauf folgt, lässt sie wohl vermuten, dass ich ihr nicht antworten werde. »Ich frag nur deshalb«, schiebt sie schnell hinterher, »weil ich dir dann besser helfen kann. Wie kommst du zum Beispiel generell mit Treppen klar?«

»Mit Treppen?«

»Ja.« Sie deutet mit dem Kopf an mir vorbei zum Anfang des Übungsparcours. »Die drei Stufen waren eine echte Herausforderung. Wie ist das mit Treppen in Gebäuden?« Ihr Blick ist offen und ehrlich, während sie an diesem Geländer lehnt und völlig entspannt wirkt.

»Treppen sind kein Problem, solange die Stufen geschlossen sind. Nur wenn ich bei jeder Stufe hindurchsehen kann, geht's nicht. Dann fahre ich Aufzug.«

»Und wenn der aus Glas ist? Dann siehst du ja auch nach draußen und nach unten.«

»In solchen Fällen stelle ich mich mit dem Rücken zur Glasseite dicht vor die Tür und schließe die Augen. Meistens klappt das. Ich habe festen Boden unter den Füßen, und wenn ich oben ankomme und sich die Türen öffnen, sehe ich direkt in den Flur.«

»Verstehe.« Sie nickt. »Also hast du immer nur ein Problem, wenn du die Entfernung zum Boden siehst.«

»Genau.« Ich schlucke, weil ihre Zusammenfassung meines Problems unweigerlich dazu führt, dass ich hinunterblicken will.

»Gut. Dann arbeiten wir daran. Kommst du morgen wieder?«

»Ja?« Meine Antwort klingt wie eine Frage.

»Prima. Ich bin auch da. Also laufen wir morgen diesen Parcours gleich noch einmal. Oder zweimal, wenn du willst. So lange, bis du ihn ohne allzu große Angst absolvieren kannst.«

»Das wird dauern.« Die Worte verlassen meinen Mund schneller, als mir lieb ist.

»Das macht nichts. Ich hab Zeit.« Wieder folgt ihrer Aussage dieses lockere Schulterzucken, ein angedeutetes Lächeln liegt auf ihren Lippen. Dann stößt sie sich vom Geländer ab und kommt erneut näher. »Wie sieht's aus? Wollen wir weitermachen? Das nächste Stück ist das Längste, aber es macht auch am meisten Spaß.«

»Spaß«, brumme ich. »Haha.« Davon bin ich weiter weg als die Erde von der Sonne. Dennoch nicke ich und fasse nach dem Karabiner. »Ich nehme an, ich muss mich neu sichern?«

»Richtig.« Grinsend stellt sie sich vor mich und sieht mir dabei zu, wie ich das Teil löse und am anderen Seil einhake. Nachdem ich fertig bin, tut sie es mir gleich. Sie sichert sich und betritt rückwärts das nächste Stück. Es besteht aus einem breiten Baumstamm, der an Seilen hängt. Und die einzige Möglichkeit, ihn, ohne runterzufallen, zu überqueren, ist, wenn ich mit den Händen an meinem Karabinergurt ziehe, damit ich Spannung aufbauen kann. Ich würde mich also nicht mehr an ihr festhalten können.

»Du schaffst das«, sagt sie, als sie meinen panischen Blick bemerkt. »Es kann nichts passieren. Du bist gesichert, ich bin direkt vor dir, uns trennen nur wenige Zentimeter vom Boden.«

Mit anderen Worten, selbst wenn doch etwas passieren würde, kann mir nichts geschehen. Ich würde maximal einen Meter tief fallen.

»Sieh mich wieder an, okay? Ich lotse dich durch.« Und genau das tut sie.

Mit großer Wahrscheinlichkeit stellen wir den absoluten Negativrekord auf, wie lange jemand für diesen winzigen Parcours brauchen kann. Ich schwitze, habe dreimal das Gefühl, ohnmächtig zu werden, als der Baumstamm schwankt, und mindestens siebenmal rutscht mir das Herz in die Hose, weil ich befürchte runterzufallen. Ich beiße die Zähne so fest aufeinander, dass es wehtut, umklammere mit schweißnassen Händen meinen Gurt und rufe mir wieder in Erinnerung, was Dr. Hansen gesagt hat: *Es wird nicht einfach, Herr Eriksen. Aber Sie sind so weit, es auszuprobieren. Allein.*

Letztlich erreichen wir das Ende. Ich muss mich nur noch losmachen und wieder drei Stufen nach unten steigen. Meine Knie sind weicher als Pudding, als ich den Karabiner löse und mich mit einer Hand am Geländer festhalte. Mein Puls ist immer noch unnatürlich hoch, aber ich gehe davon aus, dass es auch noch ein paar Minuten dauern wird, bis mein Körper versteht, dass es vorbei ist und wir den Panikmodus wieder verlassen können. Diese drei Schritte nach unten mache ich ohne ihre Hilfe. Stufen nach unten sind leichter als die nach oben. Ich habe keine Ahnung, warum das so ist. Vielleicht, weil ich da nur die Trittfläche sehe und nicht durch die Lücken zwischen den Stufen schauen kann. Ich umklammere das Geländer, jeder Muskel in meinen Beinen zittert, aber ich komme heil unten an.

»Glückwunsch.« Sie hält mir ihre erhobene Hand entgegen, sodass ich einschlagen kann. »Du hast es geschafft.«

»Hab ich.« Das ist der Augenblick, in dem die Anspannung wirklich von mir abfällt, und ich begreife, dass es mir tatsächlich gelungen ist. Ich fange an zu lachen und gebe ihr ein High Five. »Unglaublich. Danke für deine Hilfe.«

»Keine Ursache.« Sie erwidert mein Lachen und schiebt die Hände in die Hosentaschen. »Ich find's echt super, dass du es versucht hast.«

»Ja. Na ja. Ohne dich hätte es nicht funktioniert. Deshalb … danke. Wie heißt du eigentlich?«

»Oh. Stimmt.« Ihr scheint auch erst jetzt aufzufallen, dass wir einander gar nicht vorgestellt haben. »Ich bin Lene.«

»Fin.« Ich ziehe mir die Handschuhe aus, reibe mir die Hände an meiner Hose ab und halte ihr anschließend die rechte entgegen. »Schön, dich kennenzulernen.«

Es ist ein ungeschriebenes Gesetz, dass Pizza besser schmeckt, wenn man sie im Freien isst. Warum das so ist, weiß ich nicht. Vielleicht ist es auch nur Einbildung. Aber das lauwarme Stück in meiner Hand ist verdammt lecker. Ich beiße ab und strecke die Füße noch ein bisschen weiter aus. Das Gras kitzelt angenehm zwischen meinen Zehen. Seit ich den Kletterpark verlassen habe und das Adrenalin wieder abgefallen ist, fühle ich mich so entspannt wie lange nicht mehr. Es fällt mir immer noch schwer zu glauben, dass ich es tatsächlich geschafft habe, den Parcours zu absolvieren. Tagelang stand ich davor, unfähig, auch nur eine der Stufen zu betreten, kurz davor, Dr. Hansen anzurufen und ihn zu bitten herzufahren. Egal, was es mich gekostet hätte.

Und dann kam sie. Lene.

Ich wüsste nur zu gern, woran es lag, dass es mir mit ihrer Hilfe gelungen ist. Aber selbst jetzt, nachdem sich mein Körper wieder eingekriegt hat und ich klar denken kann, habe ich keine Ahnung.

Ich beiße erneut von meiner Pizza ab und starre vor mich hin. Nur wenige Meter von mir entfernt liegt der kleine See, an dem ich seit knapp einer Woche campe. Hinter mir steht mein Van, ein Jahreswagen von VW, den ich mir spontan gekauft habe.

Weil ich plötzlich das Gefühl hatte, das hier machen zu müssen. Und zwar nicht erst nächsten Monat oder nächstes Jahr. Sondern jetzt.

Expositionstraining. Tun Sie das, wovor Sie Angst haben. Gehen Sie rein in die Angst. Ich habe die Stimme von Dr. Hansen immer noch im Ohr. Ihm zufolge gibt es nur eine Möglichkeit, seine Ängste zu überwinden. Und die lautet kompromisslose Auseinandersetzung damit.

Deshalb der Kletterpark.

Deshalb das Camping.

Und tatsächlich muss ich zugeben, dass ich es irgendwie sogar genieße, meine Abende nicht am Schreibtisch vor einem Computer, sondern hier draußen zu verbringen. Es ist ruhig, obwohl ich nicht allein auf dem Platz bin. Aber irgendwie ist es auch ein ungeschriebenes Gesetz, dass auf diesem Campingplatz in der Nähe von Drammen die Natur respektiert wird. Respektiert, und vor allem auch wertgeschätzt. Mein nächster Nachbar ist mindestens dreißig Meter von mir entfernt, und während ich anfangs noch bei jedem Geräusch aufgeschreckt bin, habe ich mich inzwischen daran gewöhnt. Es ist normal, dass irgendwo in den Bergen auf der anderen Seite des Sees Elche röhren. Oder dass der Wind manchmal so laut in den Blättern rauscht, dass ich kaum schlafen kann. Das alles gehört dazu.

Nach einigen Tagen hier draußen kann ich sagen, dass es sich immer noch nicht wie Alltag anfühlt, aber doch ganz gut. Fast könnte man meinen, ich sei nicht auf Therapiemission, sondern komplett im Urlaub. Wäre da nicht der allabendliche Anruf von Lasse. Ich bin mir nicht sicher, ob er mich wirklich nur auf den neusten Stand unseres Projekts bringen will. Oder ob er nicht doch insgeheim befürchtet, ich könnte in den Wäldern verloren gehen.

Genau in dieser Sekunde klingelt mein Handy. Um Punkt neun Uhr.

»Stellst du dir den Wecker?«, begrüße ich meinen besten Freund und gleichzeitig auch Geschäftspartner.

»Natürlich.« Seine Antwort kommt so trocken, dass ich sie ihm fast glauben würde, wenn ich ihn nicht so gut kennen würde. »Als ob ich riskiere, mein Date mit dir zu verpassen. Irgendwann kriege ich dich dazu, mit mir zu facetimen.«

»Nopes. Nicht in diesem Leben. Ich erkenne keinen Sinn darin, wieso ich dich ansehen sollte, wenn wir telefonieren.« Ich schiebe mir den Rest meiner Pizza in den Mund und kaue, während Lasse lautstark seufzt.

»Weil ich hübsch bin?«

»Ansichtssache.«

»Na gut. Dann erzähl, du Langweiler. Wie läuft's bei dir?«

»Hab die Sache im Griff. Und du?«

»Hab die Sache auch im Griff.« Ich höre ihm deutlich an, dass er grinst.

»Schön. Wie ist der Status?«, frage ich.

»Seit heute sind alle Tester mit der Demoversion der App ausgestattet. Allerdings gibt es noch Probleme mit älteren Android-Versionen. Bei iOS sieht so weit alles gut aus.«

»Okay. Lädst du mir die aktuellen Daten in die Cloud? Dann schaue ich mir das nachher an.«

»Mach ich.« Anschließend schweigt Lasse ein paar Sekunden, und ich nehme mir ein neues Pizzastück. »Erledigt.«

»Super. Danke.«

»Aber ich warne dich schon mal. Wenn du den Fehler findest, hasse ich dich. Ich zerbreche mir seit sieben Stunden den Kopf.«

»Wenn ich ihn nicht finde, hasst du mich auch, von daher …« Das ist keine Drohung. Und Lasse weiß das. »Mach 'ne Pause. Wir sind meinetwegen ja sowieso in Verzug.«

»Noch können wir den Launch schaffen«, meint Lasse.

Das bezweifle ich. »Ich werfe gleich einen Blick drauf«, sage ich trotzdem. »Muss nur noch essen und den Sonnenuntergang genießen.«

»Klingt ja ekelhaft. So viel frische Luft.«

»Würde dir auch mal wieder guttun.«

»Danke, ich verzichte. Zu gesund.«

Und das ist Lasse, wie man ihn kennt. In meinem Fall sind das nun sechs Jahre. Seit Beginn unseres IT-Studiums. Ich kann es dennoch nicht lassen, ihn noch etwas zu ärgern. »Es ist wirklich hübsch hier.«

»Das mag sein. Ich bevorzuge trotzdem den Großstadtlärm. Vogelgezwitscher macht mich aggressiv.«

»Du bist komisch.«

»Wer im Glashaus sitzt, Finley. Wer im Glashaus sitzt. Ich bin nicht derjenige von uns, der allein auf einem Campingplatz zwischen lauter Rentnern haust.«

»Nur vorübergehend«, sage ich. »Und die meisten sind echt nett.«

Lasse lacht kurz. »Wie dem auch sei. Ich treffe gleich Ida.«

Ich runzle die Stirn. »Sollte ich mir den Namen merken?«

»Sage ich dir morgen.«

»Okay. Viel Spaß.«

»Spaß ist das Stichwort. Könntest du auch mal wieder brauchen.«

»Mir geht's gut. Ob du es glaubst oder nicht, aber man kann auch ohne wöchentlich wechselnde Frauenbekanntschaften bestens leben.« Ich habe die Worte kaum ausgesprochen, als auch schon Lene vor meinem inneren Auge auftaucht und mich ganz vehement daran erinnert, dass Lasse vielleicht doch nicht ganz unrecht hat. Es ist tatsächlich lange her, dass ich das letzte Mal Interesse an einer Frau hatte. Mehrere Monate mit Sicherheit, wenn nicht schon ein Jahr.

Dumpf höre ich Lasse etwas sagen, doch ich bin so in meinen Gedanken versunken, dass ich nicht reagiere.

»Hey. Erde an Fin. Du schweigst so lange. Was erzählst du mir nicht?«

»Gar nichts.« Es ist ein kläglicher Versuch meinerseits. Lasse kennt mich einfach zu gut, und er lässt nicht locker.

»Ganz bestimmt«, meint er trocken. »Raus damit. Hast du jemanden kennengelernt?«

Ja. »Nein.«

»Fin.«

»Was?«

»Ich weiß, wenn du lügst.«

Ich sage nichts dazu.

»Gerade tust du es.«

»Ist ja gut.« Also erzähle ich ihm doch von ihr. Weil er sowieso keine

Ruhe gibt, wenn ich es nicht tue. »Sie heißt Lene und arbeitet hier im Kletterpark. Ich finde sie …« Ich stoppe und suche nach dem richtigen Wort, um sie zu beschreiben. Hübsch ist mir zu wenig, sexy genauso. Denn auch wenn sie beides ist, liegt es nicht nur daran, dass sie mir nicht mehr aus dem Kopf geht. »Interessant«, sage ich schließlich.

»Interessant«, wiederholt Lasse. Ich höre die Skepsis in jeder einzelnen Silbe. »Kannst du ein bisschen genauer werden? Wie muss ich sie mir vorstellen?«

»Echt jetzt, Mann? Bist du zwölf?« Ich verdrehe die Augen.

»Weil ich an deinem Leben Anteil nehme?« Er lacht auf. »Wenn du nichts sagst, kann das nur eins bedeuten.«

»Ach ja?«

»Sie ist nicht attraktiv.«

Damit drückt er genau die richtigen Knöpfe bei mir. Diese Aussage ist so absurd, dass nun ich derjenige bin, der lacht. »Tut mir leid, dich enttäuschen zu müssen, aber sie ist umwerfend.«

»Umwerfend also, so so.«

»Ich leg jetzt auf.«

»Aber ich hab noch Fragen.«

»Die werden warten müssen. Ich habe einen Fehler zu suchen. Viel Spaß mit deinem Date.« Bevor er etwas erwidern kann, beende ich unser Gespräch. Lasse ist einfach unverbesserlich.

Kopfschüttelnd beiße ich wieder in meine Pizza, ehe ich aufstehe und kurz in meinem Van verschwinde. Die Mücken werden langsam lästig, weshalb ich nach ein paar Kerzen mit diesem penetranten Zitrusduft und meinem Feuerzeug suche. Schnickschnack, aber ich bilde mir ein, dass sie zumindest ein bisschen helfen. Und für alles andere gibt es Insektenspray.

Allmählich senkt sich die Sonne dem Horizont immer weiter entgegen. Es wird nicht mehr lange dauern, bis sie ihn streift und dann ganz verschwindet, nur um ein paar Stunden später wieder aufzutauchen. Die Nächte sind immer noch kurz, vor allem, weil ich meistens mit den ersten Sonnenstrahlen wach werde. Seit ich im Van wohne, schlafe ich deutlich weniger. Und dennoch fühle ich mich nicht so müde, wie ich das sonst tue.

Nachdem ich die Kerzen angezündet habe, hole ich mir ein Bier und meinen Laptop und setze mich damit vor meinen Van. Normalerweise trinke ich keinen Alkohol, weil ich es nicht mag, die Kontrolle zu verlieren, schon gar nicht, wenn ich danach noch arbeiten will. Aber heute habe ich mir eine Flasche verdient. Ich war fast neunzig Minuten auf diesem blöden Miniparcours unterwegs. Am Ende habe ich es zwar geschafft, aber ich habe keine Zeit, jedes Mal für eine so kurze Strecke so ewig zu brauchen. Was bedeutet, dass ich definitiv zurück in den Park muss. Höhenangst ist grundsätzlich scheiße, aber meine ist ganz besondere lästig. Bleibt nur zu hoffen, dass Lene morgen tatsächlich wieder arbeitet. Ich brauche ihre Hilfe – und ich kann nicht leugnen, dass ich mich freuen würde, sie wiederzusehen. Warum auch immer. Eigentlich kenne ich sie nicht, aber ich habe Lasse entgegen seiner Aussage nicht angelogen. Lene ist sogar verdammt interessant, und ich würde gern mehr Zeit mit ihr verbringen.

Obwohl ich bis spät in die Nacht hinein nach dem Fehler in unserer App gesucht – und ihn auch gefunden – habe, bin ich am nächsten Morgen bereits mit dem Sonnenaufgang wach und beschließe, noch vor dem Frühstück ein paar Übungen zu machen. Mitten auf dem Campingplatz gibt es einen Spielplatz mit einer Schaukel, die um diese gottverbotene Uhrzeit noch leer ist. Ich widerstehe der Verlockung, mich einfach draufzusetzen und zu schaukeln, und mache erst ein paar Klimmzüge an der oberen Stange, ehe ich mich Squats und Push-ups widme. Anschließend wiederhole ich das Ganze dreimal, bis die ersten Kinder auftauchen und ich die Schaukel wieder freigeben muss.

Anstatt zu duschen, hüpfe ich in den See und schwimme eine Runde. Ich bin fast eine Stunde beschäftigt, bis es spät genug ist, um Dr. Hansen anzurufen. Als ich vor ein paar Tagen mit ihm telefoniert habe, musste ich ihm sagen, dass es mir noch nicht gelungen ist, einen Parcours zu absolvieren. Ihm heute endlich das Gegenteil berichten zu können, erfüllt mich beinahe schon mit kindlicher Vorfreude. Nein. Mit *Stolz.* Es ist das Gefühl, stolz zu sein. Nicht auf jemand anderen, sondern auf sich selbst. Etwas, was ich viel zu selten fühle seit … damals.

Geduldig warte ich, bis der Anruf sich aufgebaut hat. Ein paar wenige Male klingelt es, dann meldet sich Dr. Hansen. »Herr Eriksen, guten Morgen.« Sein tiefer Bass dröhnt mir entgegen.

»Guten Morgen«, erwidere ich und kann das Grinsen in meiner Stimme nicht verhindern. Bevor er mir eine Frage stellen kann, erzähle ich ihm von meinem gestrigen Erfolg.

Es ist nur ein kurzes Gespräch, aber er freut sich für mich und bestärkt mich darin weiterzumachen. »Der erste Schritt ist getan, Herr Eriksen«, sagt er. »Nun kommt es auf die nächsten an.«

Ich weiß genau, wohin sie mich führen werden.

Zurück in den Kletterpark.

Zurück zu Lene.

3

LENE

Der Beat von *Gasoline* dröhnt in meinen Ohren, und Damiano Davids Stimme treibt mich zusätzlich an. Mit jedem Schritt, den ich über den Asphalt laufe, werde ich schneller. Ich will raus aus der Stadt, in den Wald, irgendwohin, wo ich keiner Menschenseele begegnen werde. Meine Chancen stehen gut, es ist noch früh. Die meisten Bewohner Drammens verirren sich an einem Donnerstagmorgen um diese Uhrzeit eher selten in die Natur. Weil sie entweder schlafen oder schon zur Arbeit gegangen sind. Am liebsten würde ich auch noch in meinem Bett liegen, aber ich bin seit kurz nach fünf wach und konnte nicht mehr einschlafen. Keine Ahnung, warum. Vielleicht liegt es an Mum. Sie hat die halbe Nacht geweint, weil die Trauer um Hendrik sie in den letzten Tagen noch stärker überrollt hat. Sein Todestag nähert sich, genau wie sein Geburtstag. Der auch meiner ist. Und Emils. Und zum ersten Mal in meinem Leben werde ich ihn nicht feiern. Denn zum ersten Mal werden wir ihn nicht zu dritt verbringen.

Allein der Gedanke daran schnürt mir die Luft ab. Mum ertrinkt in ihren Tränen, Dad lenkt sich mit Arbeit ab, was Emil mit Freya tut, will ich gar nicht wissen. Und ich … Ich laufe. Damit tue ich genau das, was Emil mir immer vorwirft. Weglaufen. Aber lieber jogge ich und klettere auf Bäume, als mir die Freundin meines toten Bruders zu schnappen und mit ihr die große Liebe zu spielen. Ich balle die Hände zu Fäusten und laufe noch schneller. Es will mir einfach nicht in den Kopf, wie er so etwas tun kann.

Die Wege im Wald werden uneben, ich muss mich darauf konzentrieren, wo ich hintrete. In meinen Ohren singt immer noch Damiano, inzwischen von irgendwelchem Gossip. Genau das werden Emil und Freya auch bald sein, wenn sie nicht aufpassen. Dass sie Dad ernsthaft um den Finger gewickelt haben und er ihre Beziehung nun gutheißt, verstehe ich mindestens genauso wenig wie die Tatsache, dass es nun schon fast ein Jahr her ist, seit ich das letzte Mal mit Hendrik gesprochen habe. Wie zur Hölle kann das sein?

Ich sauge die frische Morgenluft in meine Lunge und kann regelrecht fühlen, wie sich der Sauerstoff in meinem ganzen Körper verteilt. Es riecht nach feuchter Erde, Kiefern und irgendwelchen Blüten, deren Namen ich nicht weiß. Doch die Wut bleibt da. Sie verschwindet nie ganz, nicht einmal dann, wenn ich komplett abgelenkt bin. Ich springe über einen quer liegenden Baumstamm und stolpere fast. Aber ich fange mich schnell wieder und gewinne mein Gleichgewicht zurück. Dennoch werde ich langsamer, und als ich an einer kleinen Wegkreuzung ankomme, bleibe ich ganz stehen. Wenn ich nach links laufe, wird es die große Runde, nach rechts nur die kleine. Zeit hätte ich für beides, und guttun würde mir wahrscheinlich eher der lange Weg. Aber dann würde ich am Ende in der Nähe des Friedhofs vorbeikommen, und das ist kein Ort, an dem ich sein möchte. Für mich sind Friedhöfe keine friedliche Ruhestätte, sondern die pure Sichtbarkeit von Traurigkeit. Und in Hendriks Fall auch von Ungerechtigkeit. Es ist einfach nicht fair, dass mein Bruder so jung gestorben ist. Und dabei spielt es auch keine Rolle, dass ihn niemand gezwungen hat, in die Sandvik-Schweinefarm einzubrechen. Dass er dort war, ist seine eigene Schuld. Aber dass er erschossen und fälschlicherweise als radikaler Aktivist bezeichnet wurde, nicht, und deshalb … Ich will sein Grab nicht sehen. Und ich will auch die Mauer um den Friedhof nicht sehen. Ich will einfach gar nicht daran denken. Also schlage ich den kürzeren Weg ein und werde zu Hause einfach noch ein paar Liegestütze machen.

Schon bald gewinne ich an Tempo, lasse die Bäume hinter mir. Meine Beastmode-Playlist spuckt das nächste Lied von Måneskin aus, *Supermodel* dieses Mal. Unweigerlich muss ich an das Konzert der Band denken, auf dem ich vor ein paar Jahren mit meinen Brüdern war. Wie wir mitgesungen, nein, mitgeschrien haben. Wie glücklich wir waren …

Ich passe mich dem Takt an, renne an einem Jägerstand vorbei und sehe daneben eine alte Tanne, die so gerade Äste hat, als hätte die Natur beschlossen, sich eine eigene Treppe nach oben wachsen zu lassen. Der Baum wäre perfekt für den Kletterpark. Thomas könnte einen natürlichen Aufstieg zu den Wipfeln damit erschaffen, wenn er die Äste entsprechend bearbeitet und die Nadeln entfernt. Eine Treppe zum Dach der Welt – oder eher zum Dach des Kletterparks. So gleichmäßig wie die Äste dieses Baums gewachsen sind, könnte man ihn für die Anfänger nutzen. Nach dem Babyparcours, wenn sie sich ein wenig mehr zutrauen.

Wie von selbst wandern meine Gedanken zu dem Typen von gestern. Fin. Ich bin gespannt, ob er heute wieder auftaucht oder ob ihm der gestrige Tag am Ende doch zu viel war. Wenn das Adrenalin erst einmal nachlässt … Ich kenne diese lähmende Erschöpfung nur zu gut. Der einzige Unterschied ist, dass ich sie nicht nach dem Babyparcours spüre, sondern dann, wenn ich wirklich waghalsig gewesen bin. In Neuseeland bin ich in eine Schlucht gesprungen. Keine Ahnung, ob ich das noch einmal machen würde, aber auf den Adrenalinrausch folgte später am Abend die absolute Ermüdung. Ich hatte das Gefühl, mich nie wieder bewegen zu können, lag alle viere von mir gestreckt auf einer Wiese und war überzeugt davon, nie wieder aufstehen zu können. Davor habe ich dieses Gefühl genau ein einziges Mal gehabt: nachdem ich den Folgefonna-Gletscher erklommen hatte.

Fins Gesichtsausdruck gestern hat mir unmissverständlich klargemacht, dass ihn dieser kleine Parcours genauso viel Kraft gekostet hat wie mich der Sprung in die Tiefe und das Wandern auf dem ewigen Eis. Und trotzdem hat er nicht aufgegeben. Dabei hätte ich es nicht schlimm gefunden, wenn er das getan hätte. Aber dass er durchgehalten hat … Das hat mich beeindruckt, und ich hoffe sehr, dass er auch heute wieder auftaucht. Ich weiß nicht viel über Höhenangst, aber ich bin mir ziemlich sicher, dass er sie mit genug steter Übung überwinden kann. Vielleicht frage ich ihn, ob er einen Kaffee mit mir trinken geht. Ich hatte gestern bereits darüber nachgedacht, denn Fin ist auf eine unaufgeregte Art verdammt attraktiv. Aber ihn zu fragen, während er gerade seine Angst bekämpft, war mir falsch vorgekommen. Vielleicht heute. Wenn er es geschafft hat, wieder sicher auf dem Boden steht und nicht länger glaubt, dass sein Leben von mir und den Karabinern abhängt, die ihn sichern.

Dad ist schon wieder weg, als ich zu Hause ankomme. Je näher die Wahl rückt, umso seltener ist er da. Eigentlich ist es ein kleines Wunder, dass er noch nicht im Büro schläft. Ich löse den Haargummi aus meinem Pferdeschwanz und schüttle meine Haare aus, ehe ich das Grundstück über den Garten betrete und schnurstracks zu den Hühnern laufe. Heute früh sind sie schnell versorgt. Ich bleibe dennoch kurz bei ihnen sitzen und beobachte sie. Früher, als ich sie ganz neu hatte, habe ich das öfter gemacht. Mich einfach zu ihnen ins Gehege gesetzt und ihnen zugesehen. Wie sie pickten und umherliefen, hin und wieder sind sie auch zu mir hergekommen und haben sich streicheln lassen. Manchmal hat Hendrik mir dabei Gesellschaft geleistet. Obwohl er immer behauptet hat, sie nicht zu mögen, weiß ich, dass er insgeheim genauso fasziniert von ihnen war wie ich. Was nicht zuletzt daran lag, dass Hühner von den Dinosauriern abstammen. Diesen Fakt fand Hendrik noch unglaublicher als ich, weshalb er irgendwann jedem, der es wissen wollte, erzählt hat, dass kleine Dinos durch unseren Garten rennen. Dabei ist es eigentlich gar nicht so abwegig. Wenn man sich die Tiere genau ansieht, erinnern sie durchaus an winzig kleine Dinos. Ich glaube, deshalb wurde das unser Ding. Hendrik mochte Dinosaurier schon als Kind, während Emil sie immer langweilig fand. Und ich stand eben auf Hühner.

Irgendwann gehe ich zurück ins Haus und mache mir einen Shake, den ich mit nach oben ins Bad nehme. Ich trinke kleine Schlucke, während ich meine Sportklamotten ausziehe und auf meinem Handy eine neue Playlist einstelle. Alle paar Wochen mach ich mir eine andere für die paar Minuten, die ich unter der Dusche verbringe. Seit ein paar Tagen ist es das letzte Album von Panic! at the Disco, bevor sie sich getrennt haben.

Sobald ich fertig bin und meinen Shake geleert habe, reiße ich das Fenster auf und verlasse die halbe Sauna, die ich verursacht habe. Wie von selbst fällt mein Blick auf die Tür zu Hendriks Zimmer, als ich über den Flur husche. Ich war nicht mehr drin, seit ich nach Neuseeland geflogen bin, aber ich weiß von Emil, dass Mum den Raum in eine Art Schrein verwandelt hat. Niemand darf etwas berühren, dabei geht sie selbst kaum hinein, weil sie es nicht aushält, seine Sachen zu sehen. Mein Bruder hat nicht übertrieben, als er mir gesagt hat, dass Mum vor die Hunde geht. Und ich habe keine Ahnung, was ich tun soll. Sie so zu sehen, ist furchtbar, aber ich weiß nicht, wie ich ihr helfen kann. Es ist egal, was ich sage, nichts wird Hendrik zurückbringen. Und das ist das Einzige, was sie möchte.

An Mum zu denken, verstärkt den Knoten in meiner Brust wieder. Sie hat sich komplett verändert. Während sie bis vor knapp einem

Jahr immer ein Lächeln auf den Lippen hatte, fällt es ihr nun schwer, überhaupt eine Regung zu zeigen. Am liebsten würde ich sie schütteln, um irgendeine Reaktion aus ihr herauszulocken. Aber wahrscheinlich verstehe ich einfach nur ihre Art zu trauern nicht, weil sie komplett gegensätzlich zu meiner ist. Während in mir alles schreit, scheint in ihr alles verstummt zu sein. Und wenn ich ganz ehrlich bin, macht mir das Angst. So viel Angst, dass es leichter ist, nicht in Mums Nähe zu sein und meine Tage überall zu verbringen, nur nicht zu Hause bei ihr.

Meine Haare sind noch feucht, als ich in frische Klamotten schlüpfe und sie mir zu einem Dutt zusammenbinde. Nachdem ich sie mir noch in Neuseeland abgeschnitten habe, bin ich mittlerweile echt froh, dass sie nun wieder lang genug dafür sind.

Ich packe gerade meinen Rucksack, als ich von unten ein Rumpeln höre. Verwundert halte ich inne und lausche, aber das Geräusch ertönt kein zweites Mal. Schnell stopfe ich meinen Kram in den Rucksack, dann eile ich ins Erdgeschoss.

»Mum?«, rufe ich, weil es nicht Dad sein kann und Emil wahrscheinlich Freya zur Arbeit bringt. Wenn er bei ihr übernachtet, begleitet er sie meistens morgens zum Sägewerk ihrer Eltern, bevor er nach Hause kommt.

Ich erhalte keine Antwort. Und als ich die Küche erreiche, weiß ich auch wieso.

»Mum!« Ich lasse meinen Rucksack fallen und stürze zu ihr. Sie liegt auf dem Boden und wirkt völlig benebelt. Scheiße! Ich packe sie an den Schultern, drehe sie auf den Rücken und beuge mich über sie. »Mum, ist alles okay?«

Benommen sieht sie mich an. »Lene?«

»Ja, ich bin's. Geht's dir gut? Was ist passiert?« Ich feuere eine Frage nach der anderen auf sie ab, was nicht sonderlich klug ist.

Sie antwortet mir nicht einmal auf eine davon.

»Kannst du dich aufsetzen?« Behutsam schiebe ich einen Arm unter ihren Rücken und helfe ihr, sich aufzurichten. »Warte.« Ich ziehe sie ein Stück zur Seite, damit sie sich an einen Küchenschrank lehnen kann.

»Was ist passiert?«, frage ich noch einmal und mustere sie eingängig. Auf den ersten Blick kann ich keine Verletzungen entdecken. Keine Platzwunde, kein Blut. Keine Schürfungen. »Hast du dir wehgetan?«

Sie versucht, den Kopf zu schütteln, verzieht aber sofort schmerzverzerrt das Gesicht.

»Nein«, flüstert sie. »Ich bin … Ich bin okay.« Wenn mich nicht alles täuscht, versucht sie sogar zu lächeln. Aber ich glaube ihr kein Wort. Es geht ihr nicht gut. Nicht ansatzweise. »Mir wurde nur … schwindelig.«

»Okay.« Das ergibt Sinn. So wenig, wie sie seit Tagen isst … »Soll ich einen Arzt rufen?«

»Nein.« Sie legt mir eine Hand auf den Arm, fast so, als wollte sie mich an Ort und Stelle halten. »Das ist nicht nötig, Leni.«

Meinen Spitznamen aus Kindertagen von ihr zu hören, lässt ein neues Ziehen in meinem Bauch entstehen. Ich kann mich nicht erinnern, wann sie mich das letzte Mal so genannt hat.

»Bist du dir sicher? Ich finde wirklich, dich sollte ein Arzt …«

»Nein, Schatz«, unterbricht sie mich. »Mir ist nur der Kreislauf weggesackt. Es geht schon wieder. Ich trinke einfach eine Cola und …«

Nun bin ich diejenige, die sie nicht aussprechen lässt. »Gute Idee, warte. Ich hol dir eine.« Ich springe auf die Füße und reiße schwungvoll die Kühlschranktür auf. Im obersten Fach liegt zum Glück noch eine kleine Flasche.

»Hier.« Ich öffne sie und halte sie Mum entgegen. »Der Zucker hilft dir sicher.«

Sie nimmt mir das Getränk ab und trinkt. Ihre Hand zittert leicht, mit der anderen stützt sie sich auf dem Boden ab. Als wäre ihr immer noch schwindelig. Nach ein paar kleinen Schlucken stellt sie die Cola auf ihrem Oberschenkel ab und versucht zu lächeln, aber ich sehe ihr deutlich an, wie viel Anstrengung es sie kostet. Und das bricht mir das Herz. Sie ist meine Mum, ich hasse es, dass sie so leidet.

»Du musst was essen«, sage ich leise, aber eindringlich. »Soll ich dir ein Omelett machen? Ich hab vorhin die Eier eingesammelt. Es sind genug da.«

»Nein, Liebes, danke. Mach dir keine Umstände. Du musst doch zur Arbeit.«

Mein Blick sollte Bände sprechen. »Als ob ich dich jetzt allein lasse. Du bist umgekippt, Mum. Ich rufe einfach im Park an und gebe Thomas Bescheid, dass ich später komme.«

»Nein, Lene.« Sie protestiert sofort wieder. »Das ist wirklich nicht notwendig. Es geht mir schon besser. Siehst du?« Sie fasst hinter sich an die Küchenzeile und will sich aufziehen. Aber ihre Hände zittern immer noch viel zu sehr, weshalb sie es nicht schafft und die Colaflasche umwirft.

Meine Hand schnellt nach vorne, und ich fange sie auf, bevor sie komplett umfallen kann. Mit der anderen greife ich nach Mums Arm, um sie zu stützen. »Okay, mach langsam. Wir bringen dich jetzt erst einmal zum Sofa. Und dann rufe ich Thomas an.« Ich muss ihn informieren, dass ich etwas später komme. Wie viel weiß ich nicht, und vielleicht macht es mich zu einem schlechten Menschen, aber ich hoffe, dass ich es schaffe, bis Fin auftaucht. Ich habe ihm versprochen, ihm heute wieder zu helfen, ich will ihn nicht hängen lassen. Auch wenn ich ihn kaum kenne und eigentlich nur weiß, dass er unter Höhenangst leidet, will ich mein Wort halten. Und dann ist da noch die Sache mit der Frage nach einem gemeinsamen Kaffee, die mir in den letzten Stunden viel zu oft durch den Kopf gegangen ist.

Ich bin gerade dabei, in meinem Handy nach Thomas' Nummer zu suchen, als ich die Haustür höre. Das kann nur Emil sein. Dad ist noch nicht lange weg, er wird sicherlich nicht schon wieder zurück sein.

»Hey«, rufe ich nach meinem Bruder und breche den Anruf bei meinem Chef ab, bevor er sich vollständig aufbauen kann. »Wir sind im Wohnzimmer.«

Es dauert nur ein paar Sekunden, bis er im Türrahmen erscheint. »Lene?«, fragt er verwundert. »Du bist noch da?« Als er sieht, dass Mum neben mir auf der Couch liegt, die Beine erhöht, kommt er misstrauisch näher. »Okay, was ist hier los?«

»Mum ist umgekippt«, antworte ich ihm. Ich umklammere immer noch ihre Finger.

Seine Augen werden groß. »Sie ist was? Alles okay mit dir, Mum?« Mit wenigen Schritten ist er beim Sofa und geht neben ihr in die Knie. Im selben Moment, in dem er ihre Hand umfasst, löse ich meine Finger von ihr und stehe auf.

»Sie hat 'ne Cola getrunken«, ich deute auf die halb leere Flasche auf dem Tisch, »und ich habe versucht, sie zu überreden, etwas zu essen.« Ich hoffe, Emil versteht den Ausdruck auf meinem Gesicht. *Es war umsonst.* Wie in den letzten Wochen alles umsonst ist, was ich zu ihr sage.

Wieder verspüre ich diese Hilflosigkeit. Nach Hendriks Tod hat Mum einfach dichtgemacht. Anfangs, bevor ich nach Neuseeland bin, haben Emil und ich noch versucht, zu ihr durchzudringen. Gemeinsam mit ihr zu trauern, aber das hat sie nie zugelassen. Hat sich hinter einer Maske versteckt und alles überspielt. So lange, bis sie diese Maske nicht einmal mehr vor Emil und mir abnahm. Mit Hendrik ist auch ein Teil ihrer Beziehung zu uns gestorben. Als hätte sie nicht nur ein Kind verloren, sondern uns alle drei. Und dieses Wissen nimmt mir die Luft zum Atmen. Es hat mir damals schon die Luft zum Atmen genommen, was mit ein Grund dafür war, dass ich nach Neuseeland gegangen bin. Ich konnte nicht selbst trauern und gleichzeitig dabei zusehen, wie sie sich immer weiter von uns entfernt. Ein Teil von mir hat gehofft, es wäre in den letzten Monaten besser geworden. Irgendwie. Weil Zeit doch angeblich alle Wunden heilt. Aber dem ist nicht so. Es ist noch schlimmer geworden. Und ich kann das einfach nicht, ich kann nicht dabei zusehen, wie sie sich selbst verliert und sich nicht von mir, von *uns,* helfen lässt.

Ich kann nicht.

»In der Küche sind Eier«, sage ich, doch plötzlich habe ich das Gefühl, wirklich keine Luft mehr zu kriegen. Ich klinge kühl und distanziert, kurz angebunden, weil ich jedes bisschen Sauerstoff für meine Lunge brauche.

Schritt für Schritt weiche ich von ihnen zurück. Nicht, weil ich sie allein lassen will, sondern weil ich es nicht ertrage, länger im Wohnzimmer zu stehen, sie anzusehen und doch nichts tun zu können. Hier zu bleiben, würde bedeuten, Mum mit der Mum von gestern zu vergleichen. Und mit der von vorgestern und dem Tag zuvor. Immer wieder ertappe ich mich dabei, wie ich nach Anzeichen suche, dass es ihr ein klitzekleines bisschen besser geht – nur um jedes Mal genau das Gegenteil festzustellen. Manchmal habe ich das Gefühl, sie löst sich vor meinen Augen auf. Mit jedem Tag etwas mehr.

»Kannst du … Kannst du ihr ein Omelett oder so was machen?« Meine Stimme droht zu brechen, ich muss mich beeilen, wenn ich nicht vor Emil und Mum losheulen will. »Ich muss zur Arbeit.« Ohne seine Antwort abzuwarten, versuche ich, mich an ihm vorbeizuschieben, aber er hält mich auf.

»Nein, warte. Lass uns kurz …« Emil greift nach meinem Arm, aber ich entwende ihn ihm sofort.

»Nicht jetzt, okay?« Flehend sehe ich ihn an. »Pass auf Mum auf, ja? Oder ruf meinetwegen Dad an, oder bring sie zum Arzt. Aber ich muss jetzt … los.« Drei Sätze am Stück. Mehr geht nicht, ohne den Kampf gegen die Tränen doch zu verlieren.

»Ja, ich bleib hier, logisch.« Er nickt sofort. »Aber können wir bitte …«

Ich lasse ihn nicht aussprechen. »Danke«, presse ich hervor, doch das Wort kommt mir kaum über die Lippen.

Mir ist klar, dass es nicht fair ist, ihn mit Mum allein zu lassen. Aber ich muss hier raus. Ich kann mir nicht länger von ihr anhören, dass es ihr gut geht. Es ist so offensichtlich, dass es das nicht tut. Sie heult sich in den Schlaf, in den sie nur dank der Tabletten findet, und jetzt kippt sie auch noch um und will mir gleichzeitig weismachen, dass alles in Ordnung ist? Was zur Hölle?

Ich spüre, wie die Wut auf meine Familie wieder in mir zu brodeln beginnt. Gott sei Dank. Wut ist besser als dieses Gefühl der Ohnmacht, das ich in Mums Nähe mittlerweile ständig empfinde. Sie braucht Hilfe, und ich sehe Emil an, dass er das genauso weiß wie ich. Nur habe ich keinen Schimmer, wie wir ihr das begreiflich machen sollen. Sie hört nicht auf mich, Emil ist mit Freya beschäftigt, und Dad kümmert sich lieber um seine Karriere als um seine Ehefrau. Meine Familie ist ein einziger Trümmerhaufen.

Hastig schnappe ich mir den Rucksack vom Boden und verschwinde aus dem Haus, bevor Emil mich aufhalten kann. Meine Worte an ihn waren keine Lüge. Ich muss los, in nicht einmal dreißig Minuten beginnt meine Schicht, und bis ich mit dem Rad den Park erreiche, dauert es fast genauso lange.

Ich komme in der Sekunde an, in der der Kletterpark öffnet. Hastig schließe ich mein Fahrrad ab und wische mir die Tränen aus dem Gesicht, die irgendwann auf dem Weg hierher angefangen haben, über meine Wangen zu laufen. Ich hole einmal tief Luft, dann eile ich auf meine Kollegin zu. »Sorry, sorry, sorry.« Mit dem Helm in der Hand stürme ich an Alea vorbei in die Hütte und verstaue meinen Kram. »Dafür mache ich heute Abend den Schließdienst.«

»Alles gut.« Alea schüttelt belustigt den Kopf und zeigt auf den Park. »Du siehst ja, wie viel hier los ist. Es wäre auch nicht schlimm gewesen, wenn du erst in zehn Minuten aufgetaucht wärst.«

Mit Schwung werfe ich die Schließfachtür zu. »Dann hätte Thomas mir den Kopf abgerissen.«

»Kommt drauf an, wie gut deine Entschuldigung gewesen wäre.«

Ich wirble zu ihm herum, als ich seine Stimme höre.

»Ist ein Huhn gestorben?«, fragt er grinsend und stößt mich sanft mit dem Arm an.

»Witzig«, entgegne ich und verdrehe die Augen. »Aber ich muss dich leider enttäuschen. Meiner Bande geht es prima. Soll dich lieb von ihnen grüßen.«

»Danke.« Sein Grinsen wird noch breiter. »Grüße zurück.« Dann wird er wieder ernst. »Aber wirklich, Lene. Es ist nicht schlimm, wenn du etwas später kommst. Das gilt auch für dich, Alea.«

Wir nicken beide synchron. Es ist nicht das erste Mal, dass Thomas uns diese kleine Rede hält. Damals war ich überrascht, weil es mir schwerfiel zu glauben, dass ich wirklich einen derart verständnisvollen Chef erwischt hatte. Aber nachdem mich Alea zur Seite genommen und mir erklärt hat, woher dieses Verständnis kommt, habe ich es kapiert. Thomas' Frau ist vor einigen Jahren bei einem Autounfall gestorben, weil sie für einen Termin zu spät dran und daher zu schnell gefahren war.

»Ich übernehme die Kasse«, sagt Alea, als sich die ersten Besucher nähern. Eine junge Familie.

»Und ich die erste Einweisung«, sagt Thomas. »Trink einen Kaffee, Lene, atme durch, und dann kannst du mir helfen. Der blaue Pfad ist noch gesperrt, den müsstest du einmal abklettern und schauen, ob alles passt. Ich hab ein paar Stangen ausgetauscht und brauche dein kontrollierendes Auge.« Thomas drückt einmal kurz meine Schulter, in der nächsten Sekunde verlässt er die Hütte und schnappt sich Gurte und Helme für die Familie.

»Geht klar, danke!«, rufe ich ihm hinterher und mache mich auf den Weg zur Kaffeemaschine. Obwohl ich erst seit ein paar Wochen hier arbeite, kennen mich die beiden inzwischen richtig gut. Sie wissen, dass ich ohne Kaffee nicht funktioniere.

Auch wenn Thomas gesagt hat, dass ich mir Zeit lassen kann, schütte ich extraviel Milch hinein, um die Flüssigkeit abzukühlen, damit ich ihn schneller trinken kann. Ich will die Besucher nicht allzu lange warten lassen. Denn solange ich den blauen Pfad nicht gecheckt habe, darf Thomas ihn nicht freigeben. Also schlüpfe ich in meinen Gurt, noch bevor mein Kaffee halb leer ist. Und als ich den Helm anziehe, wartet nur noch ein letzter Schluck auf mich. Ich stelle die Tasse weg, und nachdem ich ein paar kurze Übungen zum Aufwärmen gemacht habe, marschiere ich auf den Baum zu, an dem der blaue Pfad beginnt. Wie wichtig Dehnen ist, bevor man losklettert, habe ich recht flott gelernt. Einmal habe ich darauf verzichtet und mir prompt einen leichten Muskelfaserriss im Oberschenkel zugezogen. Er war nicht schlimm, aber ein paar Tage lang durchaus schmerzhaft.

Es dauert nicht lange, den Pfad zu kontrollieren. Thomas hat gute Arbeit geleistet und die kaputten Stücke einwandfrei ausgetauscht. Nach zwanzig Minuten bin ich wieder unten und gebe ihm das Go. Er hält mir beide Daumen nach oben gestreckt entgegen, ehe er sich der nächsten Gruppe widmet, die gerade angekommen ist.

Heute füllt sich der Park recht schnell. Und ich erwische mich immer wieder dabei, wie ich zur Kassenhütte schiele und bei jedem Neuankömmling hoffe, dass es Fin ist. Bisher wurde ich jedes Mal enttäuscht. Was völliger Quatsch ist, ich kenne diesen Kerl überhaupt nicht. Nur, weil ich gestern über eineinhalb Stunden auf dem Babyparcours mit ihm verbracht habe, heißt das nicht, dass wir eine Bindung zueinander aufgebaut haben. Vielleicht hat er es sich auch einfach anders überlegt und beschlossen, dass ihn seine Höhenangst doch nicht so sehr beeinflusst, als dass er sich ihr noch einmal aussetzen müsste. Oder er ist noch arbeiten. Oder über Nacht krank geworden. Oder …

Ich unterbreche meinen Gedankenfluss und zwinge mich, den Blick von der Hütte abzuwenden. Es kann tausend Gründe haben, warum er nicht hier ist. Und ich habe mindestens genauso viele Aufgaben, die ich gerade erledigen sollte. Für heute Nachmittag hat sich eine größere Gruppe angemeldet, daher bereite ich schon einmal die Nutzungsregeln des Parks vor, die jeder Besucher unterschreiben muss, bevor er loslegen darf. Dann übernehme ich die nächste Einweisung, damit Thomas eine Picknicksitzbank reparieren kann, an der sich in der Nacht ein Biber ausgetobt hat. Statt Melike ist heute Fabio da, der unserem Chef zur Hand geht. Ich bin froh, dass im Laufe des Vormittags mehr zu tun ist und ich weder über meine Mum noch über Fin nachdenken kann. Erst als ich in der Pause auf mein Handy blicke, sehe ich, dass Emil mir geschrieben hat.

Mum geht's besser. Ich bleibe bei ihr, bis Dad wieder da ist.

Ich weiß nicht, was an seiner Nachricht mich am meisten aufregt. Dass er ernsthaft behauptet, es würde Mum besser gehen. Oder dass er im nächsten Satz sagt, dass er sie nicht allein lassen wird. Eben weil es ihr nicht gut geht. Gott, ich will schreien und hysterisch lachen gleichzeitig. Doch ich tue weder das eine noch das andere. Und ich antworte Emil auch nicht, weil ich einfach nicht weiß, was ich dazu sagen soll. Was ich zu *ihm* sagen soll.

Seit ich aus Neuseeland zurück bin, ist da diese Mauer zwischen uns. Und ich weiß, dass ich nicht unschuldig daran bin, dass es sie überhaupt gibt. Immerhin bin ich diejenige, die gegangen ist. Aber seit er mit Freya zusammen ist … Es ist, als wäre Emil ein Fremder. Der Mensch, den ich neben Hendrik am allerbesten zu kennen geglaubt habe, ist nun ein Rätsel für mich. Ich verstehe einfach nicht, wie er das tun kann. Ich verstehe es nicht.

Genervt packe ich mein Handy wieder weg und esse den Rest meines Polarbrøds. Dann klopfe ich mir die Hände an meiner Hose ab und frage Alea, ob ich nun die Kasse für sie übernehmen soll.

»Nein, alles gut. Ich find's ganz cool, heute mal auf dem Boden zu bleiben.« Sie lächelt und setzt sich auf den Hocker hinter der Kasse. »Und ich glaube, da hinten kommt sowieso Arbeit für dich.«

»Arbeit für mich?« Ich habe keinen Schimmer, was sie meint, doch als ich ihrem Fingerzeig folge, begreife ich sofort, wovon sie spricht. Oder vielmehr von wem.

»Ich hab euch gestern gesehen«, sagt Alea leise. »Das war cool. Du hast geschafft, was Thomas und mir nicht gelungen ist.«

Ich weiß nicht, was ich darauf erwidern soll, weil ich nicht das Gefühl habe, groß etwas geleistet zu haben. Ich war nur … da und habe Fin durch den Parcours gelotst. Die ganze Arbeit musste er erledigen. Genau das sage ich ihr auch. Ich will kein Lob für etwas, das nicht ich selbst geleistet habe.

Mit schnellen Schritten kommt er auf uns zu. Es dauert nicht lange, bis er uns erreicht hat. Heute trägt er ein schwarzes T-Shirt, dazu dieselbe Hose wie gestern, und irgendwie ist es meinem Gehirn tatsächlich gelungen, innerhalb dieser vierundzwanzig Stunden, die ich ihn nicht gesehen habe, zu vergessen, *wie* gut er aussieht.

»Ist es okay, wenn ich ihm wieder helfe?« Ich wende mich kurz Alea zu. »Also nur, falls er meine Hilfe noch einmal braucht«, schiebe ich eilig hinterher. Ich will mich ihm nicht aufdrängen, aber noch weniger will ich, dass er heute schon allein klarkommt. Und dieser Wunsch macht mich zu einem furchtbar schlechten Menschen, ich weiß.

»Natürlich. Hilf ihm. Falls nötig.« Alea nickt und grinst im selben Moment so aussagekräftig, dass ich ohne Zweifel weiß, wie sie ihre Worte meint. *Hilf ihm auch, falls es nicht nötig sein sollte.*

Bevor ich mir eine schlagfertige Antwort ausdenken kann, steht Fin vor uns. Er sieht nicht Alea an, sondern mich.

»Hi«, sagt er.

»Hi«, erwidere ich. Mit einem Mal bin ich nervös.

Alea grinst, während Fin mir in die Augen sieht, und ich habe wirklich Mühe, den Blickkontakt zu halten. Gestern dachte ich, seine Augen wären ein verwaschenes Blau. Heute sind sie fast grau.

Irgendwie gelingt es mir, meine Sprache wiederzufinden, auch wenn sich die Worte noch etwas trocken auf meiner Zunge anfühlen. »Bereit für eine neue Runde?«

»O ja.« Fin lächelt und fährt sich mit der Hand in den Nacken. An seinem anderen Arm hängt sein Helm. »Ich hoffe, dass ich den Miniparcours heute nicht erst wieder ewig anstarren muss, bevor ich mich traue.«

»Wirst du nicht«, versichere ich ihm und erwidere sein Lächeln. »Es ist wie Fahrradfahren. Man wird immer besser.« Zumindest stelle ich mir das so vor. Ich hatte nie Höhenangst, aber ich gehe davon aus, dass auch hier Übung der Schlüssel ist. Übung und jeden Tag ein bisschen mehr aus der Komfortzone rausgehen.

»Dann kassiere ich mal ab, damit ihr loslegen könnt.« Alea grinst noch immer. Sie will ihm gerade den Preis nennen, als Fin sein Handy zückt und es ihr entgegenhält.

»Hab mir gestern die Jahreskarte geholt«, erklärt er.

»Ah. Sehr schön.« Alea scannt ihn ab, anschließend dreht sie sich zu mir. »Dann los. Ich rufe dich, falls wir Hilfe brauchen.« Ihr Zwinkern macht mir unmissverständlich klar, dass sie mich unter gar keinen Umständen rufen wird. *Heiß*, formt sie lautlos mit den Lippen und so, dass Fin es nicht sehen kann. Und ich kann nicht anders, als ihr zuzustimmen. Er ist wirklich verflucht attraktiv, daran ändert auch sein Kletteroutfit nichts.

»Läufst du einmal um das Kassenhäuschen herum?«, bitte ich Fin und zeige mit dem Daumen hinter mich. »Dann checke ich kurz deinen Gurt und den Helm, und danach können wir loslegen.«

Er nickt und verschwindet sofort nach rechts. Mit purer Willenskraft zwinge ich mich dazu, ihm nicht hinterherzustarren. Das wäre unprofessionell, auch wenn ich nichts lieber getan hätte, als ihn weiterhin anzusehen.

Ich verabschiede mich von Alea und habe die kleine Hütte kaum verlassen, als er auch schon neben mir auftaucht.

»Hi«, sagt er noch einmal.

Und ich kann nicht anders. »Hi«, entgegne ich und grinse. »Du bist also wieder da.«

»Jeps. Hab eeecht lange überlegt, aber …« Seinen flapsigen Worten folgt ein Schulterzucken. »Ich muss den Scheiß loswerden, deshalb … Auf ein Neues. Yay.« Er sieht wenig begeistert aus, aber sein gespielter Enthusiasmus lässt mich dennoch lachen. Ich mag es, dass er Humor hat und über sich selbst schmunzeln kann. Und dass seine Stimme dabei ein wenig dunkler klingt und mir eine Gänsehaut beschert, ist ein zusätzlicher Bonus.

»Wenn du den Pfad am Ende des Tages in unter zehn Minuten schaffst, spendiere ich dir ein Getränk deiner Wahl.« Ich habe den Vorschlag ausgesprochen, bevor ich groß darüber nachdenken kann. Aber wieder merke ich sofort, wie sehr ich hoffe, dass er ihn annimmt. Ich würde ihn wirklich gern näher kennenlernen.

Einen Moment lang sieht er mich schweigend an. Dann bildet sich ein Grinsen auf seinem Gesicht, das bis zu seinen graublauen Augen wandert. »Fragst du mich gerade nach einem Date?«

»Nein?« Meine Antwort klingt mehr wie eine Frage.

»Okay. Schade.«

Schade? »Warte.« *Was?* Ich lege den Kopf schief. »Willst du, dass es eine solche Frage ist?«

»Willst *du* denn, dass es eine ist?«

»Ich hab zuerst gefragt.«

»Fair point, stimmt.« Fin verstaut sein Handy, sein Portemonnaie und seinen Schlüssel in einem der Schließfächer neben uns an der Hüttenrückseite. Als er fertig ist, dreht er sich zurück zu mir. Wieder ist da dieses halb verschmitzte, halb amüsierte Lächeln auf seinem Gesicht. »Ein Craftbeer.«

»Was?«

»Das ist das Getränk meiner Wahl. Ein Craftbeer.«

»Wenn du es in unter zehn Minuten schaffst.«

»Deal.« Er grinst und marschiert los. Im Gehen dreht er sich zu mir um und mustert mich herausfordernd. »Was ist? Kommst du? Ich habe da eine Wette zu gewinnen.«

Ich hasse dich, Hendrik.

Ehrlich.

Ich hasse dich so sehr.

4

FIN

Kurz vor dem Miniparcours schließt sie zu mir auf, weil ich mit jedem Schritt, den ich diesem Pfad näher komme, langsamer werde. Von meiner eben noch großspurigen Art ist nichts mehr übrig. Zu wissen, dass ich gleich diese paar Stufen nehmen und dann über den Steg und die Holzstäbe laufen muss … Meine Herzschlagfrequenz nimmt abrupt zu, und meine Hände werden schwitzig. Dabei bin ich noch nicht einmal auf der ersten Plattform. Den Bruchteil einer Sekunde ist der Gedanke da, das alles hier abzubrechen. Mich für ihre Zeit und Geduld zu bedanken und die Angst gewinnen zu lassen. Aber ich schiebe jeden einzelnen, feigen Gedanken beiseite. Ich will nicht gehen. Ich will ihr vielmehr zeigen, dass ich es schaffe, diesen Parcours zu laufen. Und noch mehr will ich es in unter zehn Minuten schaffen. Seit sie mir dieses Date in Aussicht gestellt hat … Gott, ich kenne sie kaum, aber da ist etwas an ihr, das mich fasziniert. Ich will dieses Getränk mit ihr so sehr, dass es mich selbst erstaunt. Es ist Jahre her, dass ich mich so gefühlt habe. Wenn ich ehrlich zu mir selbst bin, dann nicht mehr seit Malia. Und an sie will ich jetzt erst recht nicht denken. Wenn ich das zulasse, steige ich nie wieder auf eine Plattform.

»Okay.« Lene holt mich aus meinen Treibsandgedanken. »Fangen wir an wie gestern oder willst du es allein versuchen?«

Ich habe keine Ahnung, ob sie das intuitiv macht oder ob sie als Kletterparkangestellte für Menschen mit Höhenangst ausgebildet wurde. Aber dass sie mir jedes Mal die Wahl lässt, mich nicht drängt … Das ist gut. Richtig.

»Läufst du voraus?«, frage ich, nachdem ich mir die beiden Optionen habe durch den Kopf gehen lassen. »Dann kann ich …« *Mich an dir festklammern, falls ich Schiss kriege.* Es sollte kein Problem sein, diese Worte auszusprechen, aber ich bringe sie nicht über die Lippen. Weil es mir peinlich ist. Ich bin fünfundzwanzig Jahre alt und stelle mich an wie ein Baby.

»Mach ich«, verspricht sie mir sofort. »Ich müsste nur eben noch deinen Gurt checken.«

»Oh.« Ich sehe an mir selbst nach unten, dann wieder zu Lene. »Stimmt ja.«

Nicht einmal ein halber Meter trennt uns voneinander, während sie mich prüfend mustert. Ihr Blick wandert über den Gurt und damit unweigerlich zu meinem Schritt. Vielleicht bilde ich es mir nur ein, aber ich glaube, sie verweilt dort ein bisschen länger als nötig.

»Okay.« Schließlich hebt sie ruckartig den Kopf und sieht mir wieder ins Gesicht. »Lass uns anfangen.« Lene läuft voraus und umrundet den Miniparcours. Vor der kleinen Treppe bleibt sie stehen. »Du gibst mir Bescheid, wenn es zu viel wird, ja?«

Ich nicke.

»Gut, dann …« Leichtfüßig springt sie die Stufen nach oben und dreht sich dort zu mir um. »Soll ich direkt die Zeit stoppen?«, neckt sie mich.

»Haha.« Ich verziehe das Gesicht, atme tief durch und lege meine Hände links und rechts an das Holzgeländer. »Lass mich erst einmal warm werden.«

»Du hast alle Zeit der Welt.« Sie grinst. »Jedenfalls bis acht. Da schließen wir.«

»Gut zu wissen, danke. Dann hab ich ja noch sechs Stunden.«

»Könnte knapp werden, meinst du nicht?«

Ich hebe beide Augenbrauen. Wortlos nehme ich die erste Stufe und direkt die nächsten beiden hinterher. Überrascht macht sie einen Schritt nach hinten, damit ich Platz habe.

»Okay, wow.« Sie sieht mich beeindruckt an. »Das war schnell.«

»Hab doch gesagt, dass ich eine Wette gewinnen muss.« Was ich nicht sage, ist der Fakt, dass mein Puls nun rast. Als hätte mein Körper erst jetzt realisiert, dass er Adrenalin durch meine Blutbahnen schießen muss.

»Du bist auf dem besten Weg dahin.« Mit diesen Worten weicht sie noch mehr zurück, sodass ich mich weiter über die Plattform bewegen kann. Leichtfüßig springt sie auf den Steg, nachdem wir uns gesichert haben, und einen Schlag lang setzt mein Herz aus. Es ist mir ein absolutes Rätsel, wie sie so lässig hier oben herumspringen kann. Und gleichzeitig erinnere ich mich dunkel an eine Zeit, als ich das auch konnte. Fast sieben Jahre sind es inzwischen, dass ich mehr als einen Meter über dem Boden war.

Bevor mich die Erinnerung an damals einholen kann, trete ich auf Lene zu. Ich komme ihr näher, sie entfernt sich von mir. Es wirkt beinahe wie ein Tanz. Ich mache einen Schritt nach vorne, sie einen zurück. Ich wieder nach vorne, sie zurück. Wenn ich stocke, stoppt auch sie. Setze ich mich wieder in Bewegung, tut sie es mir gleich. Sie passt sich spielend leicht meinem Rhythmus an, hat sich vollkommen auf mich eingestellt. Wie auch immer sie das schafft.

Heute ermutigt sie mich weniger, aber sie lässt mich dennoch keine Sekunde aus den Augen. Und das gibt mir die Sicherheit, mit kleinen Pausen weiterzugehen. Ich setze einen Fuß vor den anderen und komme schneller zum Ende als erwartet. Wir entsichern uns, dann springt Lene nach unten, ich nehme die Stufen. Als ich wieder auf festem Boden stehe, bemerke ich, dass meine Knie nicht so sehr zittern wie gestern. Es fühlt sich immer noch alles sehr wackelig und wie Pudding an. Aber das Zittern habe ich im Griff.

»Glückwunsch.« Lene grinst. »Willst du raten, wie lange du gebraucht hast?«

»Du hast gestoppt?«

»Nicht direkt. Ich hab auf die Uhr gesehen.« Sie zeigt zur blauen Hütte neben dem kleinen Toilettengebäude. Und erst jetzt fällt mir auf, dass dort eine große Uhr angebracht ist. »Die ist eigentlich für Besucher, die nur ein Dreistundenticket gelöst haben. Aber für uns ist sie auch ganz praktisch.« Einen Augenblick lang hält sie inne. »Brauchst du eine Pause, oder willst du direkt noch mal?«

Es gibt nur eine Antwort auf diese Frage. Ich habe so viel Adrenalin in mir, bevor das abflaut und ich wieder stärker gegen meine Gefühle ankämpfen muss, will ich lieber sofort noch einmal starten. Und das tun wir. Dieses Mal schaffe ich es in elf Minuten. Und es braucht zwei weitere Versuche, um mein Ziel zu erreichen.

Knapp unter zehn Minuten.

»Herzlichen Glückwunsch.« Wie gestern klatscht Lene mich ab. Sie strahlt über das ganze Gesicht und lässt mich dadurch beinahe vergessen, dass mir der Angstschweiß immer noch am Rücken klebt. »Leider haben wir kein Craftbeer im Kühlschrank, aber wir können trotzdem eine Pause machen, und ich spendiere dir jetzt schon einmal einen Kaffee.«

»Ja, und das klingt gut. Kaffee wäre super.«

»Okay. Schwarz? Oder mit Milch?«

»Mit Milch.«

»Kommt sofort. Wenn du willst, kannst du dir einen Platz suchen.

Ich bin gleich wieder da.« Sie wartet meine Zustimmung ab, ehe sie in der Mitarbeiterhütte verschwindet und ich mich auf den Weg zu einer der Bänke mache.

Ich habe den Gurt und meinen Helm kaum ausgezogen, als sie auch schon wieder da ist, zwei große Tassen mit dampfendem Kaffee in der Hand. Eine davon stellt sie vor mir ab, die andere hält sie umklammert. Einen Moment steht sie unschlüssig da, als würde sie überlegen, wo sie sich am besten hinsetzen soll. Neben mich oder mir gegenüber.

Ich nehme ihr die Entscheidung ab und klopfe mit meiner Hand auf den freien Platz an meiner Seite. Und tatsächlich lässt sich Lene links neben mir auf die Bank sinken.

»Das war echt gut«, sagt sie und pustet in ihre Tasse. »Wenn du nachher eine weitere Runde machst, schaffst du es bestimmt in noch kürzerer Zeit. Und in zwei Tagen rennst du da durch, als hättest du nie etwas anderes getan.«

Ich bezweifle sehr, dass das passieren wird, bin mir sicher, dass ich weitaus länger als zwei Tage brauchen werde, um auch die schwierigeren Parcours absolvieren zu können und meine Höhenangst wirklich zu verlieren. Oder zumindest so weit im Griff zu haben, dass ich damit klarkomme. Aber ihr Optimismus ist süß, und zum ersten Mal seit Jahren glaube ich tatsächlich auch, dass es möglich ist.

Zufrieden nippe ich an meinem Kaffee. »Danke für deine Hilfe.«

»Gern.« Sie lächelt und dreht ihre Tasse hin und her. »Ist schließlich mein Job.«

»Ist es nicht.« Ich sehe sie an und weiß, dass ihr das ebenso klar ist wie mir. Warum auch immer sie mir hilft, es liegt definitiv nicht daran, dass es ihr Job ist.

»Okay.« Sie nickt. »Du hast recht, ist es nicht.« Kurz schweigt sie. »Verrat es niemandem, ja? Aber ich hab lieber dir geholfen, als irgendein Kind von da oben zu retten, das sich selbst überschätzt hat.« Mit dem Daumen zeigt sie hoch zu den unterschiedlichen Pfaden, die zwischen den Bäumen aufgebaut sind.

Ich lege den Kopf in den Nacken und beobachte ein Kind, das beeindruckend leichtfüßig diesen Teil des Parcours zurücklegt. Gerade hängt es in einer Art riesigem Spinnennetz und schwingt sich Stück für Stück nach vorne. Höhenangst kennt dieser Junge eindeutig nicht.

»Verstehe.« Ich wende mich wieder Lene zu und entdecke eine Haarsträhne, die sich aus ihrem Zopf gelöst hat.

Alles in mir schreit danach, sie ihr hinters Ohr zu streichen, doch ich bin mir ziemlich sicher, dass sie das nicht sonderlich cool fände. Sie kennt mich nicht, ich kenne sie nicht, und abgesehen davon befinden wir uns mitten in dem Park, in dem sie arbeitet. Und sich ganz bestimmt nicht mit hilflosen Klettergästen unterhalten sollte.

Verlegen fahre ich mir durch die Haare. »Ich will dich übrigens nicht von der Arbeit abhalten …« Eigentlich will ich genau das. Was ich nicht möchte, ist, dass sie meinetwegen Ärger bekommt. Immerhin verbringt sie nun seit über einer Stunde Zeit mit mir. Und das ist definitiv *nicht* ihr Job.

»Willst du mich loswerden?«, fragt sie so geradeheraus, dass ich mich beinahe an meinem Getränk verschlucke.

»Nein!«, erwidere ich sofort. »Natürlich nicht.«

»Gut.« Sie grinst. »Lass den Rest meine Sorge sein. Und erzähl mir lieber, wieso du seit Tagen den halben Tag hier im Park verbringen kannst. Hast du dir extra dafür freigenommen? Oder hast du sowieso gerade Urlaub?«

»Weder noch. Ich habe ein kleines Start-up-Unternehmen und kann mir meine Zeit so einteilen, wie ich möchte. Wenn ich den Nachmittag hier verbringe, arbeite ich abends noch einmal ein bisschen.«

»Was für ein Start-up ist das denn?«

»Wir entwickeln Apps.« Ich antworte vage, weil ich früh gelernt habe, dass es nicht schlau ist, zu viele Details zu verraten. Ideenklau ist leider die Realität. Wenn man den falschen Leuten zu viel erzählt, kann es sein, dass monatelange Arbeit völlig umsonst war. »Sagt dir *O-Fun* was?«

»Diese App für Outdoorsportler?«

»Genau.«

»Klar.« Lene nickt. »In unserer Branche kennt die jeder. Ich find die Community dort super. Egal, zu welcher Uhrzeit man eine Frage stellt, nach zwei Minuten hat die erste Person geantwortet.«

Nun bin ich derjenige, der nickt. »Richtig. Das war uns wichtig, als wir sie konzipiert haben.«

»Warte. *O-Fun* ist von dir?« Überrascht lässt sie ihre Tasse sinken. »Ernsthaft?«

»Zumindest fünfzig Prozent davon. Aber ja«, bestätige ich. »Ich hab sie mit meinem Kumpel Lasse zusammen entwickelt.«

»Wow.« Beeindruckt mustert sie mich. »Wurde das Ding nicht vor einem Jahr sogar von diesem großen Schuhhersteller gekauft? Sneaders oder so?«

»Wurde es. Sie wollten das Potenzial nutzen und ihre Produkte damit den Usern zielgenau vorschlagen. Soweit ich weiß, scheint das auch ganz gut zu funktionieren.«

»Das ist echt cool. Wie bist du auf die Idee für *O-Fun* gekommen?« Sie lässt ihren Blick an mir auf und ab gleiten, eine weitere, stumme Frage darin.

Ich muss keine Gedanken lesen können, um genau zu wissen, was sie eigentlich fragen will. *Wieso entwickelt jemand wie du, mit Höhenangst, eine App für Outdoorsportler?*

»Sehe ich nicht nerdig genug dafür aus?« Ich grinse sie an. »Dabei habe ich mir mit meinem Look solche Mühe gegeben.« Mit der freien

Hand zeige ich auf meine Hose und mein T-Shirt, was beides für Outdoorklamotten erstaunlich gut sitzt. Der gängigen Vorstellung eines Nerds entspreche ich absolut nicht.

»Ha ha, witzig.« Sie stößt mich mit dem Ellbogen leicht in die Seite. »Das hat damit gar nichts zu tun, Mister Vorurteil.«

»Schon gut, du hast recht. Das war doof. Meine Eltern kommen aus einem kleinen Dorf in der Nähe von Larvik, und ich war früher viel in der Natur. Irgendwann habe ich angefangen, meine Calisthenics-Übungen zu dokumentieren und auf Instagram darüber zu posten. Aber dort wird einem ständig so viel Scheiß in die Timeline gespült, dass ich etwas haben wollte, wo es einfach nur um den Sport draußen geht. Im IT-Studium habe ich Lasse kennengelernt, und wir haben irgendwann, eigentlich eher aus Spaß, angefangen, eine eigene App zu programmieren. Anfangs war das alles ziemlich simpel. Ich glaube, keiner von uns hat dran geglaubt, dass das wirklich etwas werden könnte. Aber je mehr wir uns in die Sache vertieft haben, umso mehr Spaß hatten wir.« Die Erinnerung an diese Zeit lässt mich lachen. »Wir hätten eigentlich für die Prüfungen lernen sollen. Stattdessen haben wir uns die Nächte für ein Spaßprojekt um die Ohren geschlagen, von dem wir keine Ahnung hatten, was draus werden würde.« Ich trinke einen Schluck Kaffee. Inzwischen ist er nur noch lauwarm. »Das Ding war eine Katastrophe. Wir hatten beide keine Ahnung, also vom Programmieren natürlich schon, aber nicht, worauf es bei einer App wirklich ankommt, und mussten uns da echt reinfuchsen. Kennst du den App Inventor?«

»Ist das auch eine App von dir?«

»Nein.« Ich lache leise auf. »Leider nicht. Die hat Google entwickelt. Auf jeden Fall haben wir damit angefangen. Das Ding ist so leicht zu handhaben, dass sogar Kinder ihre eigenen Apps damit entwickeln können.«

»Also ist *O-Fun* damit entstanden?«

»*O-Fun* so, wie es heute ist, nicht. Aber die ersten Vorläufer davon.«

»Und dann hat Sneaders angeklopft.«

»Nicht sofort. Wir hatten das Ding schon einige Wochen auf dem Markt, aber es ging, wie sagt man so schön, durch die Decke.« Manchmal kann ich selbst immer noch nicht fassen, was vor bald eineinhalb Jahren passiert ist. »Offenbar gab es einen riesigen Markt dafür. Wir haben die App für den internationalen Markt gestaltet und hatten innerhalb kürzester Zeit ein paar Millionen User weltweit.«

»Ich war eine davon.« Lene hat ihren Kaffee geleert und stellt die Tasse auf dem Holztisch vor uns ab.

»Ehrlich?«

»Ja. Ich war bis vor einigen Wochen ein paar Monate in Neuseeland. Dort wurde mir die App in unserer Kletterschule empfohlen. Davor kannte ich sie tatsächlich nicht.«

»Nutzt du sie?«

»Manchmal.« Sie nickt bedächtig. »Ich bin nicht so der Film- oder Fotomensch. Das sind eher meine Brüder. Oder zumindest …« Sie stockt kurz, und ich mag mich täuschen, aber ich habe das Gefühl, als würde sich eine Art Schatten über ihr Gesicht legen. Während ihre grünen Augen gerade noch gestrahlt haben, wirken sie nun matt und … traurig. »Zumindest einer davon. Aber auch für Emil wäre das was. Er geht oft Kanufahren oder in irgendwelchen Waldseen schwimmen.«

»Dann solltest du ihm unbedingt davon erzählen.«

»Hm.« Sie bemüht sich um ein Lächeln. »Sollte ich.«

Bevor ich mir überlegen kann, ob ich nachhaken will, warum sie bei der Erwähnung ihrer Brüder diesen traurigen Gesichtsausdruck bekam, spricht sie auch schon weiter. »Und dann haben einfach die CEOs von Sneaders bei euch angerufen, oder wie kann ich mir das vorstellen?«

Ich muss schmunzeln, als ich daran zurückdenke. »So in etwa. Wir saßen gerade in einer der letzten Vorlesungen unseres Lebens, als erst mein Handy und dann das von Lasse geklingelt hat. Es war dieselbe Nummer, was uns echt komisch vorkam. Also haben wir uns aus dem Saal geschlichen und zurückgerufen. Drei Tage später war die App verkauft.«

»Und jetzt bist du so reich wie Bill Gates.«

Wieder bringt sie mich zum Lachen. »Ich wünschte, es wäre so. Man könnte so viel Gutes tun mit seiner Kohle.«

»Also haben sie euch übers Ohr gehauen? Oder was meinst du damit?« Lene hat inzwischen ihre Beine auf den durchgesägten Baumstamm gezogen und das Kinn auf ihrem Knie abgelegt.

»So kann man das nicht sagen. Ich bin einfach nur kein Milliardär geworden.«

»Aber ein Millionär?« Erneut streift ihr Blick an mir auf und ab. Als könnte ihr mein Look die Antwort auf ihre Frage geben. Und wenn ich ehrlich bin, ein bisschen kann er das wohl auch. Ich trage eine brandneue Markenhose, und auch mein Shirt war streng genommen viel zu teuer. Und ich bezweifle stark, dass es außer mir noch einen Besucher im Kletterpark gibt, der seinen eigenen Helm, seinen eigenen Gurt und eigene Handschuhe mitbringt, die eigentlich völlig unnötig sind. Ich trage sie nur, weil sie mir dieses irrationales Gefühl von Sicherheit vermitteln.

»Würde es deine Meinung von mir ändern, wenn ich Ja sage?«

»Nein, aber dann würde ich dich unser Craftbeer bezahlen lassen.« Sie verzieht den Mund zu einer Schnute, die ein kleines Grübchen auf ihrer Wange entstehen lässt. »Ich bin nämlich eigentlich eine arme

Studentin, die gerade neun Monate im Ausland war und sich dort mit Work and Travel gerade so über Wasser halten konnte.«

»Also nutzt du deine Zeit, um zu jobben, bevor das neue Semester losgeht?«

»So kann man das auch sagen.« Gedankenverloren öffnet sie ihren Zopf, schüttelt ihre Haare aus und bindet sie neu. »Aber ich arbeite gern hier. In Neuseeland hab ich den Kletterschein gemacht, und als ich über die Ausschreibung für den Job hier gestolpert bin …« Sie hebt eine Schulter kurz an. »Es macht Spaß, ich verdiene Geld, und manchmal tauchen attraktive Männer mit ein bisschen Höhenangst auf, die mich auf ein Craftbeer einladen.«

»So so.« Ich grinse. »Tun sie das?«

»Nicht alle, aber es gibt da diesen einen Kerl …«

Meine Mundwinkel zucken belustigt. »Ach ja? Das klingt spannend. Erzähl mir mehr.« Ich trinke den letzten Schluck meines inzwischen kalten Kaffees und stelle meine Tasse neben ihre.

»Er ist heute über sich hinausgewachsen und hat ein Date mit mir gewonnen.«

»Bei dem es Craftbeer gibt.«

»Genau. Und wenn er sich noch einmal auf den Babyparcours traut und ihn, sagen wir, in unter sieben Minuten schafft, erhöhe ich den Gewinn sogar auf zwei Dates.«

Ohne ein Wort zu sagen, stehe ich auf und nehme meinen Gurt und den Helm. Dann laufe ich los.

»Wo gehst du hin?«, höre ich Lene hinter mir herrufen.

»Ich muss da noch eine Wette gewinnen«, wiederhole ich die Worte, die ich vor gar nicht allzu langer Zeit schon einmal zu ihr gesagt habe. Unbeirrt laufe ich weiter, bis ich vor dem kleinen Übungspfad stehe. Mein Herz schlägt schneller, doch dieses Mal weiß ich wirklich nicht, ob das an meiner Höhenangst oder an Lene liegt.

5

LENE

Der Himmel ist wolkenlos und von einem so hellen Blau, wie er das nur im Sommer ist. Die Luft ist angenehm kühl, als ich den Stall meiner Hühner mit frischen Eiern verlasse. Zwei Tage ist es her, dass Mum zusammengeklappt ist, und ich habe beschlossen, dass es so nicht weitergehen kann. Sie muss wieder mehr essen. Also trage ich meinen Teil dazu bei und mache ihr heute ein ausgiebiges Frühstück. Ihr und Dad. Weil Samstag ist, hat er zumindest heute früh ein bisschen Zeit, bevor er ins Büro fährt. Noch sind beide im Bett, weshalb ich in Ruhe anfangen kann.

Im Hintergrund lasse ich eine Playlist laufen, die weniger aggressiv ist als die, die ich zum Joggen benutze. Hendrik hat sich immer über meinen Musikgeschmack lustig gemacht. Måneskin war okay für ihn, Panic! at the Disco ebenfalls. Aber dass ich auch ruhigere Musiker wie Gracie Abrams oder Noah Kahan mag, hat er immer belächelt. »Mädchenmusik« war das für ihn. »Machogehabe«, habe ich gekontert. Und obwohl ich das immer noch so sehe, vermisse ich es. Ich vermisse es, dass er mich deshalb aufzieht. Sticheln konnte er wirklich gut.

Wie um ihn zu ärgern, füge ich eine weitere Ballade zu meiner Playlist hinzu, ehe ich die Eier für das Rührei aufschlage. Es ist dumm, so zu tun, als hätte dieses Lied irgendeine Auswirkung. Hendrik ist nicht mehr da, und an diese romantische Vorstellung, dass er auf einer weißen Flauschwolke sitzt und auf mich herunterblickt, glaube ich nicht. Aber irgendwie … Ich weiß auch nicht. Es weckt ein Gefühl von Nähe in mir. Die Illusion, dass er nicht ganz weg ist.

Ich würze die Eier mit Meersalz, Muskatnuss und schwarzem Pfeffer, bevor ich kräftig umrühre und die ganze Masse in eine Pfanne gebe. Es ist ewig her, dass wir als Familie zusammen gefrühstückt haben. Das letzte Mal war vor meiner Reise nach Neuseeland. Als es Hendrik noch gab, ich Emil noch nicht aus dem Weg gegangen bin und Mum noch Appetit verspürt hat.

Als wir noch eine Familie waren.

Ich seufze leise und schiebe das Rührei hin und her. In Neuseeland war es so viel leichter, nicht ständig über meine Familie nachzudenken. Ich hatte Ablenkung und wurde nicht permanent an Hendrik erinnert. Weil ich nicht im selben Haus war, weil seine Anwesenheit nicht in jeder Ecke zu spüren war, weil am anderen Ende der Welt nicht regelmäßig Zeitungsartikel erschienen, die meinen Bruder als schlechten Menschen darstellten. Denn das war er nicht. Ja, Hendrik ist in Massentierfarmen eingebrochen und hat diese Vergehen gefilmt. Aber er hat niemanden angegriffen, wollte bloß eine Dokumentation darüber drehen, wie sich eine Gruppe Aktivisten, die eigentlich Gutes im Sinn hatte, immer weiter radikalisierte.

Es gibt kaum etwas, das meinen Bruder so gut beschreibt wie seine Idee zu dieser Dokumentation. Hendrik war ungestüm, manchmal kopflos, aber er besaß ein so großes Herz, dass mich der Gedanke daran, dass es nie wieder schlagen wird, schwer schlucken lässt. Wie gern würde ich seine Doku sehen, sie mit ihm feiern und ihn dafür ausschimpfen, dass er sich deswegen in Gefahr begeben hat. Aber das ist etwas, das Hendrik und ich gemeinsam haben, wir wollten schon immer mit dem Kopf durch die Wand. Ohne an Konsequenzen zu denken. Ganz im Gegensatz zu Emil, der all die Rationalität abbekommen hat, die mir und Hendrik fehlt. Dass er eines Tages deswegen sterben würde …

»Guten Morgen, Lene.«

Ich zucke zusammen, als Dad in der Küche auftaucht. Hastig drehe ich mich zu ihm herum. Er lächelt freundlich, auch wenn die tiefen Falten auf seiner Stirn nicht zu übersehen sind. Das letzte Jahr hat auch von ihm viel gefordert, auch wenn es oft nicht so wirkt.

»Hey«, begrüße ich ihn und ziehe die Pfanne vom Herd. »Ich mache Frühstück für uns.«

»Das ist lieb, danke, Schatz.« Er streicht mir im Vorbeigehen über die Schulter und geht auf die Kaffeemaschine zu.

»Kommt Mum auch?«, frage ich ihn, obwohl ich die Antwort schon kenne.

»Sie braucht noch ein paar Minuten.«

»Okay.« Ich nicke und ignoriere den Stich in meiner Brust. »Sie muss mehr essen, Dad. Nach Donnerstag …«

»Ich weiß.« Er schüttet sich etwas Kaffee in eine Tasse, dreht sich zu mir um und trinkt den ersten Schluck. Schwarz, wie immer. »Wenn sie in fünfzehn Minuten nicht da ist, hole ich sie.«

Ich nicke wieder, nehme ein paar Scheiben Knäckebrot aus einer Box und stelle sie auf den Tisch. Dann schneide ich Mums Lieblingskäse auf, hole Marmelade aus dem Kühlschrank und Milch für den Kaffee. Im Gegensatz zu Dad brauchen sie und ich das.

Dad setzt sich an den Tisch und beginnt, die Zeitung zu lesen, während ich noch ein paar Beeren wasche, die Emil von Freyas Eltern mitgebracht hat. In diesem Moment wird mir bewusst, dass ich ihn wirklich vermisse. Ich wünschte, er wäre auch hier. Wünschte, wir würden uns wieder vertragen. Und ich weiß, es liegt an mir, dass ich ihn so wenig sehe. Entweder bin ich nicht zu Hause, oder wenn ich es bin, dann verstecke ich mich in meinem Zimmer oder verkrieche mich zu den Hühnern. Es ist nicht fair, ihm derart aus dem Weg zu gehen. Aber sosehr ich auch versuche, ihn zu verstehen, ihn mit Freya zu sehen … darüber zu *reden*, warum nun er mit ihr zusammen ist … das lässt Übelkeit in mir aufsteigen. Mein Kopf bringt es nicht zusammen, dass sie nun zu ihm gehören soll und nicht mehr zu Hendrik.

»Liebling.«

Wieder reißt Dads Stimme mich aus meinen Gedanken. Doch dieses Mal meint er nicht mich. Ich sehe auf und entdecke Mum im Türrahmen. Sie sieht blass aus, trägt noch immer ihren Schlafanzug und einen dünnen Morgenmantel darüber. Die Arme hat sie um ihren Körper geschlungen. Ganz so, als müsste sie sich selbst davon abhalten, auseinanderzufallen. Dabei ist sie das schon längst, ich sehe es ihr deutlich an.

Ein Kloß bildet sich in meinem Hals, als sie sich langsam an den Tisch setzt, und es kostet mich meine ganze Selbstbeherrschung, nicht einfach alles stehen und liegen zu lassen und zu gehen.

Reiß dich zusammen, befehle ich mir selbst und nehme die Pfanne, um sie auf den Tisch zu stellen.

»Guten Morgen, Mum«, sage ich und gebe etwas Rührei auf ihren Teller. Sie muss einfach etwas essen.

»Nicht so viel, mein Schatz«, meint sie und schüttelt den Kopf. Das Lächeln auf ihren Lippen ist nicht echt. »Ich habe keinen Hunger.«

Kurz halte ich inne und suche ihren Blick, doch sie sieht an mir vorbei. »Ein bisschen noch, okay?« Ich streife zwei kleine Stücke auf ihren Teller. »Du musst wieder zu Kräften kommen. Willst du Orangensaft? Ich habe ihn extra frisch gepresst.«

»Ja. In Ordnung.« Sie nickt und nimmt mir das Glas ab. Behutsam nippt sie daran. Immerhin.

Nachdem ich uns Kaffee eingeschenkt habe, ihr nur ein bisschen, mir die ganze Tasse, setze ich mich zu meinen Eltern an den Tisch. Ich weiß nicht, was ich erwartet habe, aber es ist seltsam, hier mit ihnen zu sein. Der Frühstückstisch sieht aus wie immer, wenn wir alle zusammen am Wochenende gegessen haben. Nur das Drumherum … meine Brüder fehlen. Alle beide. Und obwohl im Hintergrund immer noch leise meine Playlist läuft, ist es unangenehm ruhig in der Küche. Die Art von Stille, die unbedingt durchbrochen werden will.

Allem Anschein nach geht das nicht nur mir so, sondern auch Dad. »Ich habe gestern Thordis getroffen«, sagt er, nachdem er ein paar Bissen gegessen hat. »Sie hat nach dir gefragt.«

»Mhm«, murmelt Mum. Wieder zucken ihre Mundwinkel, als würde sie sich um ein Lächeln bemühen. Es gelingt ihr nicht. »Das ist … schön.«

»Sie würde gern mal wieder vorbeikommen.« Was Dad ihr damit sagen will, schwingt in jedem Wort mit.

Verkriech dich nicht so.

Du musst unter Menschen.

Hendrik ist tot, aber wir müssen weitermachen. Auch ohne ihn.

Alles davon ist wahr und richtig. Aber es ist Mum deutlich anzusehen, dass sie das nicht kann. Sie muss langsamer anfangen. Mit Essen zum Beispiel.

»Ja, vielleicht.« Ihre Antwort ist vage und gleichbedeutend einem Nein. Wir wissen alle drei, dass sie nicht auf Thordis' Bitte eingehen wird.

Und ich verstehe sie nur zu gut. Es ist nicht leicht, sich den mitleidigen Blicken der Leute auszusetzen. Dennoch bin ich froh, dass Mum immerhin noch Freundinnen hat, die sie sehen wollen. Im Gegensatz zu mir. Nachdem Hendrik gestorben ist und ich abgehauen bin, haben sich Menschen, von denen ich dachte, dass wir befreundet wären, nicht mehr bei mir gemeldet. Mir ist klar, dass ich nicht ganz unschuldig daran bin. Ich bin, ohne ein Wort zu sagen, kurz nach dem Tod meines Bruders ans andere Ende der Welt geflogen. Und in den Monaten danach … Irgendwann haben sie aufgehört zu fragen, wie es mir geht. Was ich nachvollziehen kann, weil es natürlich schwer ist, immer nur zu hören, dass man sich scheiße fühlt und wütend ist. Anfangs hab ich mir eingeredet, dass es wieder besser wird, wenn ich zurück bin. Aber die neun Monate im Ausland haben genügt, um mir klarzumachen, dass das nur Wunschdenken war. Und dass diese Menschen lediglich Gutwetterfreunde waren. Denn für das schlechte Wetter hatte ich immer meine Brüder und Freya. Bis ich auch sie nicht mehr hatte.

»Vielleicht rufst du Thordis einfach mal an, hm?« Dad fasst über den Tisch hinweg nach Mums Hand und drückt sie sanft. »Ich glaube, das könnte dir guttun.«

Ihre Antwort besteht aus einem Nicken. Dann schiebt sie sich ein Stück Käse in den Mund und kaut langsam. Ob das ein Vorwand ist, um nicht sprechen zu müssen, oder ob sie wirklich Lust auf den Käse hat, weiß ich nicht. Aber ich bin einfach nur froh, dass sie isst.

Wir sitzen immer noch zusammen am Tisch, als Emil nach Hause kommt. Ich versuche, nicht darüber nachzudenken, wo er war, als er zu uns in die Küche kommt und verwundert innehält. »Familientreffen? Hab ich was vergessen?«

»Nein.« Dad richtet sich auf und deutet auf den freien Platz neben sich. »Lene hat Frühstück für uns gemacht. Setz dich doch.«

Sein Blick huscht sofort zu mir. Als läge es an mir, an meiner Erlaubnis, dass er Platz nimmt. Dabei steht mir die Entscheidung darüber nicht zu. Ich bin zwar sauer auf ihn und Freya, aber das hier ist immer noch sein Zuhause. Und ihn ohne sie zu sehen, ist deutlich … erträglicher.

Ein paar Sekunden zögert Emil. Dann setzt er sich zu uns und nimmt sich eine Scheibe Brot aus dem Korb. Einen kurzen Moment fühlt es sich fast an wie früher. Wie die Familiensamstage, an denen Hendrik als Letzter aufgetaucht ist, weil er am Freitagabend noch unterwegs war. Inzwischen ist mir klar, dass er nicht nur auf Partys mit seinen Studienfreunden war, sondern dass er mit dieser Gruppe losgezogen ist, um in Massentierfarmen einzubrechen und Material für seine Doku zu filmen.

Nachdenklich picke ich meine letzte Beere auf. Ich habe keine Ahnung, warum ich ausgerechnet heute so sehr an Hendrik denken muss. Es vergeht kein Tag, an dem er nicht durch meine Gedanken spukt. Aber heute ist es besonders intensiv.

Immer wieder spüre ich Emils Blicke auf mir. Ich weiche ihm aus, wie ich das seit Wochen tue. Denn obwohl ich mir wünsche, dass es zwischen uns wieder so wird wie früher, weiß ich, dass es das nie wieder sein kann. Es geht nicht. Nicht ohne Hendrik.

»Musst du heute nicht in den Park?«, fragt Dad irgendwann. »Ich kann dich gleich mitnehmen, wenn ich ins Büro fahre.«

»Danke, aber ich nehme das Rad. Muss ja später auch wieder zurückkommen.«

»Ich kann dich holen«, meint Emil.

Jetzt sehe ich ihn doch an. Er wirkt unsicher und hoffnungsvoll zugleich. Sein Angebot ist ein Schritt auf mich zu, und es liegt an mir, ob ich es annehme oder nicht.

Ein winzig kleiner Teil in mir würde gern. Würde sich von ihm abholen lassen, wie früher, wenn ich ausgehen wollte und er nicht. Trotzdem hat er mich jedes Mal eingesammelt, egal, wie spät es war.

Weil Brüder das so machen. Wir passen auf dich auf.

Ihre Worte sind immer noch in meinem Kopf, genau wie mein eigenes Lachen und meine Antwort darauf.

Na ja. Seid ehrlich. Eigentlich passe eher ich auf euch auf.

Scheiße. Wenn ich nicht aufhöre, so tief zwischen den Fäden meiner Erinnerungen zu tauchen, werde ich ertrinken.

Energisch straffe ich die Schultern. »Nein, schon gut. Mach dir keine Umstände. Ich nehme das Fahrrad«, wiederhole ich noch einmal und wende den Blick von ihm ab. In der nächsten Sekunde stehe ich auf und fange an, das Geschirr zusammenzusammeln.

Mums Teller ist immer noch halb voll. Sie hat wenig gegessen, aber immerhin hat sie überhaupt ein paar Bissen zu sich genommen. Das ist mehr, als ich zu hoffen gewagt habe.

»Hat es dir geschmeckt, Mum?«, frage ich und streife ihren Rest zurück in die Pfanne. Entweder isst Dad das noch, oder ich werfe es später weg.

»Es war sehr lecker. Danke, Liebes.« Sie fasst nach meiner Hand und drückt sie. Es ist kaum zu spüren.

Ich nicke und lächle kurz. Dann packe ich das Geschirr in die Spülmaschine und drehe mich wieder zu meiner Familie um. Mum hat sich inzwischen auch erhoben und wird vermutlich direkt zurück ins Bett gehen. Dad faltet die Zeitung zusammen und verbreitet ebenfalls Aufbruchsstimmung.

Irgendwie tut es mir leid, dass wir Emil nun alle hier sitzen lassen. Vor allem, weil ich durchaus noch ein bisschen Zeit hätte, ehe ich losmuss. Heute beginnt meine Schicht erst später, da ich mit Melike getauscht habe, damit ich das Frühstück für meine Eltern machen konnte.

Doch mich wieder an den Tisch zu setzen, hätte bedeutet, mit Emil allein zu sein. Das wiederum würde heißen, dass er ganz sicher mit mir über sich und Freya und meine Wut darüber reden will. Und dazu bin ich nach wie vor nicht bereit. Nicht heute mit einem Kopf voller Hendrik-Gedanken.

»Ich begleite dich, Mum.« Bevor Dad oder mein Bruder etwas sagen können, hake ich mich bei ihr unter und verlasse die Küche mit ihr. Wir reden kein Wort miteinander.

Als wir im oberen Stockwerk ankommen, entzieht sie mir behutsam ihren Arm und legt die Hand auf die Türklinke zu ihrem Schlafzimmer. »Danke, Leni. Den Rest schaffe ich allein.«

»Okay.«

»Viel Spaß beim Klettern.« Mit der anderen Hand streicht sie mir kurz über die Wange. Und das überrascht mich so komplett, dass es mir die Sprache verschlägt.

Mühsam presse ich ein »Danke« über meine Lippen. Es hängt noch immer zwischen uns, als sie sich umdreht und im Schlafzimmer verschwindet. Mein Herz schlägt heftig, während ich ihr hinterhersehe. Einen Augenblick lang bleibe ich mitten im Flur stehen und starre auf die verschlossene Tür, hinter der sich Mum nun ins Bett legen und einen weiteren grauen Tag vor sich haben wird. Und dieses Wissen killt mich.

Meine Sicht verschwimmt, ich blinzle heftig und stürze in mein eigenes Zimmer. Dort reiße ich das Fenster so heftig auf, dass ich mit dem Rahmen gegen einen Ordner stoße, der auf meinem Schreibtisch steht. Mit einem lauten Rumms fällt er auf den Boden.

»Scheiße«, entfährt es mir. Ich gehe in die Hocke und versuche, den Ordner zwischen Tisch und Regal hervorzuziehen. Ich zerre so sehr daran, dass die unterste Schublade meines Schreibtischs aufspringt und mit der Ecke gegen mein Knie kracht. Es tut weh, aber schon einen Moment später spüre ich nichts mehr davon. Stattdessen blicke ich auf die kleine Kiste darin. Ich weiß genau, was drin ist. Und ich weiß ebenso, dass es keine gute Idee ist, sie zu öffnen.

Ich tue es trotzdem.

Vorsichtig ziehe ich die Box hervor und nehme den Deckel ab. Zum Vorschein kommen unzählige Briefe. Manche richtig verpackt in Umschlägen, andere sind lose Postkarten oder Notizzettel. Sie alle haben eins gemeinsam. Jeder einzelne davon ist an Hendrik adressiert. Ich habe sie auf meiner Reise geschrieben. Immer dann, wenn ich besonders verzweifelt oder besonders traurig oder besonders wütend war. Und weil ich das eigentlich dauerhaft war, wurden es verdammt viele Briefe.

Behutsam umfasse ich das Papier. Ich bin nicht bereit, die Worte zu lesen, die ich an meinen Bruder geschrieben habe. Viele davon waren unfair. Irrational. Und vor allem roh. Roh und ehrlich, und wenn er sie hätte lesen können, sollten sie ihm wehtun. Weil er mich verdammt noch mal allein gelassen hat.

Bevor ich den Umschlag öffnen kann, verkündet mein Handy die Ankunft einer Nachricht. Ich stopfe den Brief in meiner Hand zurück zu den anderen, schließe die Box und die Schublade und stehe auf. Dann nehme ich mein Telefon vom Schreibtisch und lese die neue Message. Sie ist von Fin.

> Hey, ich komme heute etwas später in den Park, bin noch meine Eltern in Larvik besuchen. Nicht, dass du dich wunderst. Aber ich komme auf jeden Fall. Heute will ich es nämlich in unter fünf Minuten schaffen 😉

Seine Worte lassen mich unweigerlich grinsen.

> Willst du dir ein drittes Date mit mir verdienen? Wir hatten noch nicht einmal das erste. Vielleicht findest du mich danach ja doof.

Seine Antwort kommt prompt.

Ich bin guter Dinge, dass das nicht passieren wird. Montagabend wird toll!

Dann bis später, Mister Zuversicht 😊

Selbst hier, am anderen Ende der Welt, wo mich
nichts an dich erinnern sollte, bist du überall.
Du bist überall, Hendrik.
Und ich vermisse dich.

6

LENE

Es kommt nicht oft vor, dass Alea und ich am selben Tag freihaben. Und noch seltener ist es ein Sonntag, an dem das Wetter passt, sodass wir zusammen wandern gehen können. Heute haben wir uns für die Strømsås-Runde entschieden. Wenn ich in spätestens einem Monat den Romsdal-Berggrat besteigen will, bevor das Wetter zu unbeständig dafür wird, muss ich trainiert sein und kann mir keine Pause erlauben. Einmal in der Woche sollte ich für einige Stunden losziehen. Die heutige Strecke ist in etwa fünf Stunden machbar, und ich freu mich drauf, sie mit Alea zusammen zu laufen.

Wir sind früh los. Normalerweise hasse ich es, mich schon kurz nach fünf aus dem Bett zu quälen, aber an solchen Tagen gelingt es mir problemlos. Meine Familie hat noch geschlafen, als ich nach einem kurzen Besuch bei meinen Hühnern gegangen bin. Ich habe meinen Eltern einen Zettel hinterlassen, damit sie sich keine Sorgen machen. Nach unserem gemeinsamen Frühstück gestern … Mum geht es dreckig genug. Mir ist klar, dass sie nur ein bisschen gegessen hat, weil alles vor ihr auf dem Tisch stand und sie mich nicht enttäuschen wollte. Aber ich weiß nicht, wie das weitergehen soll, wenn Emil und ich wieder studieren. Mein Bruder hat sein Zimmer in Oslo, ich stehe auf den Wartelisten für drei Wohnheime und werde ebenfalls zurück in die Hauptstadt ziehen. Nur wie soll Mum ohne uns zurechtkommen, wenn sie es nicht einmal schafft, sich selbst etwas zu essen zu machen …?

»Warum bist du denn heute so schweigsam?« Alea reißt mich aus meinen Gedanken. Wir sind vor einer knappen halben Stunde am Parkplatz losgegangen und befinden uns nun mitten im Wald. Anderen Wanderern sind wir bisher kaum begegnet, nur einem älteren Pärchen, das uns freundlich zugenickt hat.

»Was meinst du?« Ich springe auf einen umgefallenen Baumstamm und balanciere ein kleines Stück entlang, ehe ich wieder auf dem Waldweg neben Alea lande.

»Na ja. Normalerweise holst du gefühlt nach den ersten dreißig Minuten das erste Mal wirklich Luft, weil du davor keine Zeit dafür hattest, da wir uns über Gott und die Welt unterhalten mussten. Aber heute sagst du nicht viel mehr als Ja oder Nein.«

»Das stimmt doch gar nicht.« Ich drehe den Kopf schnell in ihre Richtung. »Ich war ein super Navi auf dem Weg hierher.«

»Du weißt genau, was ich meine.« Alea lässt sich nicht beirren. »Was ist los?«

Ich hake meine Daumen in die Träger meines Rucksacks und schweige.

»Liegt es an diesem Kerl?«

»Welchem Kerl?« Natürlich weiß ich genau, wen sie meint.

»Aus dem Park. Finn? Flynn?«

»Er heißt Fin. Mit einem n.« Als er mir seine Nummer gegeben hat, hat er mir auch seinen Namen buchstabiert. Fin Eriksen.

»Mit einem n? Wie das französische Wort für ›Ende‹?«

»Keine Ahnung, was ›Ende‹ auf Französisch heißt, aber wenn du das sagst … Japs. Wie das französische Wort für ›Ende‹.«

»Schöner Name«, kommentiert Alea und schiebt sich die Sonnenbrille aus den Haaren auf die Nase, als wir für ein kurzes Stück aus dem Wald heraustreten. »Also«, sagt sie dann. »Liegt es an ihm?«

»Was genau?«

»Dass du so ruhig bist.«

»Nein«, antworte ich ehrlich und greife nach dem Strohhalm, den Alea mir mit ihren Fragen nach ihm bietet. Über ihn zu sprechen, ist so viel leichter als über meine Familie. »Fin ist das Einzige, was nicht verkehrt läuft.« Ganz im Gegenteil. »Wir haben morgen Abend ein Date.« Ich kann nicht verhindern, dass ich grinse, als ich die Worte ausspreche.

»Wie cool, das freut mich für dich.« Alea erwidert meinen Blick mit einem Lächeln. »Was habt ihr vor?«

»Nur was trinken gehen.« Ich zucke nonchalant mit den Schultern. Dabei ist das nur Show. Jedes Mal, wenn ich an ihn denke, kribbelt alles in mir. »Aber ich weiß noch nicht, wo wir hingehen. Es muss nur auf jeden Fall Craftbeer geben. Das war der ursprüngliche Plan.«

»Der ursprüngliche Plan?«

Ich nicke. »Ich habe ihn damit motiviert. Wenn er den Babyparcours unter einer bestimmten Zeit schafft, lade ich ihn auf ein Getränk seiner Wahl ein. Er wollte ein Craftbeer.«

»Also ist es gar kein echtes Date?« Sie runzelt die Stirn. »War das nur ein Ansporn für ihn? Damit er sich traut, den Pfad zu laufen?«

»Nein, ich hab das schon ernst gemeint.«

»Deine Antwort schreit nach einem Aber.« Die kleine Furche zwischen Aleas Augen wird noch tiefer, sofern das überhaupt möglich ist.

»Es gibt kein Aber. Er ist nett und wirklich, wirklich attraktiv. Also spricht nichts dagegen, mit ihm etwas trinken zu gehen, finde ich.«

»Und zu welchem Zweck? Ich dachte, du bist nicht auf der Suche.«

»Bin ich auch nicht.«

Wir erreichen das nächste Stück im Wald. Alea schiebt sich die Brille wieder in die Haare und mustert mich nachdenklich.

»Aber deshalb kann ich doch trotzdem mit ihm ausgehen.« Ich kicke einen Stein beiseite, der im Weg liegt. »Du weißt, wie stressig es momentan mit meiner Familie ist. Dads Wahl und so.« So gern ich Alea hab, aber von Mums Problemen und Emils Beziehung mit Hendriks Freundin darf ich ihr nichts erzählen, solange Dad nicht gewonnen hat. Er hat mich mehrmals um Stillschweigen gebeten. Und auch wenn ich nicht einverstanden bin mit dem, was mein Bruder und Freya tun, will ich nicht dafür verantwortlich sein, dass Dad am Ende verliert, weil ich die Klappe nicht gehalten habe. »Abgesehen davon bin ich doch ständig im Park. Ich habe keine Zeit für eine neue Beziehung.«

»So so.« Aleas Grinsen ist zurück. »Du sagst, dass du keine Zeit und keine Lust auf eine Beziehung hast, aber gehst trotzdem mit ihm aus. Das ist Selbstbetrug.«

»Bitte was?« Ich bleibe wie angewurzelt stehen.

»Wenn du wirklich weder Lust noch Zeit hättest, würdest du nicht mit ihm ausgehen, egal, wie attraktiv er ist. Aber ihr seid verabredet, also …«

»Also was?«

»Du magst ihn.«

Nun bin ich diejenige, die die Stirn in tiefe Falten legt. »Natürlich mag ich ihn. Er ist nett. Aber das bedeutet gar nichts. Ich mag auch meine Hühner und dich und Thomas.«

»Und mit keinem von uns gehst du auf ein Date«, trällert Alea und läuft weiter.

Ich starre ihr hinterher und weiß wirklich nicht, was ich dazu sagen soll. Denn sie täuscht sich. Ich mag Fin, aber das heißt nicht, dass ich mit ihm in den Sonnenuntergang reiten will. Dazu kenne ich ihn viel zu wenig.

»Warte!«, rufe ich ihr nach und laufe schneller. Ich stolpere beinahe über eine Wurzel, der Boden ist hier ziemlich uneben. Ein wenig erinnern mich die Wälder und die Aussicht an Neuseeland. Es ist alles tiefgrün, und der Himmel ist nur von leichten Schleierwolken durchzogen. Über uns zwitschern die Vögel, und der Boden um die Bäume ist so dicht bewachsen, von Moos und Walderdbeeren und wilden Moltebeeren, dass ich das Braun darunter kaum mehr sehen kann.

»Sich selbst zu belügen, geht nie gut aus, Lene«, sagt Alea, als ich zu ihr aufgeschlossen habe. »Sieh mich an.« Sie hebt beide Arme und deutet auf sich selbst.

»Wie meinst du das?«

»Ich war mit Anfang zwanzig genauso drauf wie du jetzt.«

Ich will protestieren, ihr sagen, dass ich nicht irgendwie *drauf* bin, sondern das echt so meine. Aber Alea lässt mich nicht.

»Ich war neunzehn, als ich Matteo kennengelernt habe«, fährt sie unbeirrt fort. »Und ich hab mich über ein Jahr lang geweigert, das, was wir hatten, eine Beziehung zu nennen, obwohl es nichts anderes war. Wir haben uns ständig gesehen, er kannte meine Eltern, ich seine Familie, als er krank war, hab ich ihm Suppe gekocht, und selbst Weihnachten haben wir in dem Jahr schon zusammen gefeiert. Und trotzdem hab ich immer gesagt, dass wir nur gute Freunde sind. Natürlich welche mit gewissen … Vorzügen. Aber halt Freunde.«

»Wieso hast du nicht zugegeben, dass ihr in einer Beziehung wart?«

»Ich hatte Angst, weil meine Beziehung davor nicht gut war. Heute ist mir das klar. Damals hätte ich mich wohl als stur bezeichnet und behauptet, dass ich nun einmal genau wisse, was ich eigentlich will. Und das war unter keinen Umständen eine Beziehung wie die vor Matteo.« Ihr Lächeln wird traurig. »Nach eineinhalb Jahren hat er, völlig verständlich, Schluss gemacht, weil ihm das so nicht gereicht hat. Und dann war es zu spät.«

»Oh, Alea. Das tut mir leid.«

»Ja, mir auch. Er ist inzwischen verheiratet, aber irgendwie …« Sie schluckt. »Ich hänge immer noch an ihm. Obwohl es mittlerweile über sechs Jahre her ist.«

»Sechs Jahre sind gar nichts, wenn das davor … echt war.« Ich nehme im Gehen ihre Hand und drücke sie kurz. »Und was du so erzählst, klingt, als ob es das war.«

»Ja. Deshalb … Mach nicht denselben Fehler wie ich, okay? Wenn du auf eurem Date merkst, dass du Fin doch etwas mehr magst als gedacht, dann lass dich drauf ein.«

»Du klingst wie eine weise, alte Fee.«

»Dann hör besser auf die weise, alte Fee, bevor sie dich verzaubert. Sie weiß nämlich, wovon sie spricht.«

»Ist er der Grund, warum du Single bist?«, frage ich.

»Ja.« Sie sieht mich von der Seite an. »Und hast du was gemerkt? Ich hab aufgehört, mich selbst zu belügen. Mittlerweile kann ich zugeben, dass er mir fehlt. Und dass seither einfach niemand an das herangereicht hat, was er für mich war.«

Wir verfallen in ein gemeinsames Tempo, sprechen weiter über Matteo und Fin und dass man Beziehungen zu unterschiedlichen Menschen nicht miteinander vergleichen darf. Und wir werden erst wieder langsamer, als der Weg vor uns steiniger wird und wir über ein paar Felsbrocken steigen müssen. Ich reiche Alea meine Hand und ziehe sie zu mir nach oben.

»Gott«, stößt sie keuchend hervor, »wieso tue ich mir das freiwillig an? Ich hätte ausschlafen können.«

»Du hättest aber auch diesen gigantischen Ausblick verpasst. Dreh dich mal um.« Ich deute über ihre Schulter.

Alea kommt meiner Aufforderung nach, und dann höre ich nur noch ein »Oh, wow!« von ihr.

Und genau so ist es. Vor uns erstreckt sich ein Tal mit unzähligen Wiesen, Büschen und Bäumen, die alle in unglaublich vielen Grüntönen leuchten. Die Weite wirkt unendlich, irgendwo über uns kreist ein Adler am blauen Himmel. Es sieht fast aus wie gemalt, und ein paar Minuten stehen wir einfach nur da und staunen. Ich fühle mich frei und unglaublich klein zugleich, und genau das ist es, was ich so sehr liebe, wenn ich wandern bin. Freiheit und Bedeutungslosigkeit in ihrer Kombination rücken alles in ein anderes Licht. Alles.

»Okay. Ich gebe zu, dafür hat es sich gelohnt.« Alea lässt sich auf einem Gesteinsbrocken nieder und setzt ihren Rucksack ab. »Lass uns hier Pause machen. Das ist zu schön.«

»Oder wir laufen noch bis zum See und machen da eine?«

»Oder wir machen einfach zwei.« Alea grinst und holt ihre Wasserflasche hervor. »Ehrlich, ich muss das in mich aufsaugen. Ich wohne schon mein ganzes Leben hier, und trotzdem überrascht mich Norwegen immer wieder aufs Neue.«

Das kann ich nicht leugnen. Besonders, seit ich aus Neuseeland zurück bin, wo ich nichts anderes gemacht habe, als in der Natur unterwegs zu sein, treibt es mich raus. Einfach weg, hinein in die Wälder und über Wiesen und Felder. Weil ich seit Hendriks Tod nur hier draußen das Gefühl habe, wieder atmen zu können.

Ich lasse mich neben sie sinken, reiße einen Nussriegel auf und beiße hinein. Und während wir dasitzen und unser Zuhause bewundern, spüre ich die Melancholie in mir wachsen.

Es ist schön, mit Alea hier zu sein, aber eigentlich sollte mich nicht sie, sondern Hendrik begleiten. Wir wollten diese Übungswanderungen gemeinsam machen, um dann, wenn wir trainiert genug sind, den Romsdal-Berggrat zu besteigen. Doch dann wurde er von diesem Wachmann erschossen. Und jetzt werden wir diese Tour niemals zusammen machen, und ich wäre so gern einfach nur traurig deshalb.

Aber ich bin es nicht. Ich bin vor allem eins: wütend. Er hat sich in vollem Bewusstsein in Gefahr gebracht. Hendrik wurde nicht gezwungen, dort einzusteigen, er war freiwillig dabei. Für dieses Projekt, diese Doku, mit der er unbedingt diesen Wettbewerb für einen Filmpreis gewinnen wollte. Aber gewonnen hat niemand. Wir haben alle verloren. Ihn. Aber auch uns. Seit Hendrik tot ist, fühle ich mich nicht mehr ganz. Ich weiß, dass das dieses Drillingsphänomen ist. Wir waren drei, jetzt sind wir nur noch zwei. Wobei wir eigentlich nicht einmal mehr das sind. Jetzt ist es jeder für sich, wir werden nie wieder vollständig sein. Dabei dachte ich wirklich, wenn ich gehe und mich zwinge, allein zu sein, werde ich mich irgendwann daran gewöhnen, dass es nur noch Emil und mich gibt. Dass das mein neues Normal wird. Doch das ist nicht passiert. Als ich mich nach Emils Anruf im Mai dazu entschieden habe zurückzukommen, war alles nur noch schlimmer. Es *ist* schlimmer. Ich bin nicht mehr allein, weil sie zwar da sind, aber gleichzeitig bin ich mehr allein als je zuvor.

»Du grübelst schon wieder.« Dumpf dringt Aleas Stimme zu mir durch.

»Was?«

»Du.« Sie pikt mich mit einem Finger in den Unterarm und wiederholt ihre Worte: »Du grübelst. Schon wieder.«

»Mhm.« Ich seufzte leise und zerknülle das leere Papier des Nussriegels, ehe ich es zurück in meinen Rucksack stopfe. »Ich weiß. Kein guter Tag.«

»Hendrik?«, rät sie und liegt damit goldrichtig. Weil er und damit auch meine Familie immer der Grund ist.

»Japs.«

»Bald ist euer Geburtstag, oder?« Ihr Blick wird weich. »Das ist bestimmt nicht einfach für dich.«

»Ich werde nicht feiern.« Meinen Worten folgt ein Schulterzucken. »Das wäre nicht richtig.«

»Nicht richtig für dich? Oder denkst du, es könnte jemanden stören, wenn du ein bisschen feierst?«

Über meine Antwort muss ich nicht nachdenken. »Nicht richtig für mich. Ich habe keine Lust, so zu tun, als wäre alles okay.«

»Verstehe ich.« Alea nickt. »Es ist dein Tag. Du kannst ihn so verbringen, wie du möchtest.«

»Genau. Und deshalb werde ich im Park sein.«

»Du arbeitest? Echt?«

»Was soll ich sonst tun?« Ich werde sicher nicht zu Hause sitzen und den ganzen Tag lang so tun, als wäre nicht alles beschissen.

»Keine Ahnung. Geh ins Kino oder fahr nach Oslo und probier dort diese neue Zipline aus.«

»Welche neue Zipline?«

»Die hinter dem Holmenkollen oben. Angeblich haben sie dort die längste Zipline Europas gebaut.«

Ich winke ab. »Jetzt ist es sowieso zu spät. Ich hab Thomas schon zugesagt, weil der Neue an dem Tag nicht kann. Also tun wir bitte so, als wäre das ein Tag wie jeder andere und ignorieren meinen Geburtstag einfach, okay?«

»Wenn es das ist, was du willst …« Alea sieht nicht überzeugt aus.

Ich nicke dennoch. »Will ich.«

»Darf ich dir trotzdem was schenken?«

»Nein.« Ich springe von dem kleinen Felsvorsprung auf und streife mir die Hände an meiner Hose ab. »Wir ignorieren. Schon vergessen?«

»Wie könnte ich, Miss Grumpy.« Entgegen ihrer Worte grinst sie mich an. »Aber du hast gesagt, dass wir nur den Tag ignorieren. Nicht den Tag danach.«

»Was soll das heißen?«

»Dass ich dir einfach an einem anderen Tag ein Geschenk mitbringe. Dann hat es nichts mit deinem Geburtstag zu tun.« Alea steht ebenfalls auf und schultert ihren Rucksack wieder.

»Das ist echt nicht nötig«, protestiere ich halbherzig. Weil ich Alea zwar noch nicht allzu lange kenne, aber dennoch längst begriffen habe, wie stur sie ist, wenn sie sich etwas in den Kopf gesetzt hat. Ich werde ihr diesen Plan nicht mehr ausreden können. In diesen Belangen ist sie mir ziemlich ähnlich.

Leise seufze ich, als ich ihr tiefer in den Wald hinein folge.

»Du wirst es lieben«, sagt sie über ihre Schulter hinweg in meine Richtung. »Und ich verspreche auch, dass ich deinen Ehrentag mit keinem Wort erwähnen werde.«

Bleibt nur zu hoffen, dass sie sich daran auch tatsächlich halten wird. Denn inzwischen weiß ich nicht nur, dass Alea furchtbar stur sein kann, sondern auch, dass sie immer für eine Überraschung gut ist.

Der Gedanke, mich gleich außerhalb des Parks mit Fin zu treffen, fühlt sich seltsam an. Ungewohnt. Neu.

Dabei muss es das nicht. Ich sehe ihn seit fast einer Woche jeden Tag, sogar heute Morgen war er schon im Park. Inzwischen kann er den Übungspfad problemlos durchlaufen. Seine nächste Mission ist es nun, den Einsteigerpfad zu absolvieren. Als er heute Morgen den Kopf in den Nacken gelegt und nach oben geblickt hat, war die Angst sofort zurück auf seinem Gesicht. Aber ich habe mir fest vorgenommen, ihm auch dabei zu helfen. Er ist so motiviert, er hat es einfach verdient, seine Höhenangst loszuwerden. Fast genauso motiviert, wie ich es bin, wenn es um den heutigen Abend geht.

Ein letztes Mal zupfe ich an meinem Kleid und meinen Haaren herum, werfe einen prüfenden Blick ins Schaufenster und atme tief durch, ehe ich weitergehe. Auch wenn es keinen Grund gibt, nervös zu sein, bin ich es dennoch. Mein letztes echtes Date ist ewig her. Und obwohl ich Fin bereits kenne und weiß, dass wir uns gut verstehen, begleitet mich dieses aufgeregte Kribbeln in meiner Magengegend, seit ich das Haus verlassen habe.

Ich sehe ihn schon von Weitem. Er steht vor der kleinen Kneipe, in die wir gehen wollen. Sie hat neu aufgemacht, und ich war noch nie drin, aber Thomas schwört drauf, dass es dort das beste Craftbeer in ganz Drammen gibt.

Fin hat sich schick gemacht. Zum ersten Mal sehe ich ihn nicht in seinem Kletteroutfit, sondern in einer schwarzen Jeans und einem grauen Hemd, das er bis zu den Ellbogen nach hinten gekrempelt hat. Die Hände hat er tief in den Hosentaschen vergraben. Er grinst, als ich auf ihn zugehe, und ich spüre seinen Blick an mir auf und ab gleiten. Das Kleid geht mir bis zur Mitte meiner Oberschenkel, der Rock weht sanft im leichten Sommerwind. Und damit ist mein Outfit für ihn genauso ungewohnt wie seins für mich. Er kennt mich ebenfalls nur in Outdoorklamotten.

»Hey«, begrüßt er mich, nachdem ich ihn erreicht habe. Ein Lächeln umspielt seine Mundwinkel, und er wippt einmal leicht vor und zurück. Er wirkt nervös, und das lindert schlagartig meine eigene Aufregung.

»Hey«, entgegne ich und spüre mein eigenes Lächeln auf meinen Lippen.

Ein, vielleicht zwei Sekunden lang stehen wir einander etwas unschlüssig gegenüber. Dann reagieren wir beide gleichzeitig. Er zieht die Hände aus den Hosentaschen, ich öffne meine Arme, und im nächsten Augenblick befinden wir uns in einem Wirrwarr aus Armen und Händen und wissen nicht, auf welche Seite wir unsere Köpfe drehen sollen, damit eine Umarmung funktioniert.

»Okay, nein.« Lachend lasse ich die Arme wieder sinken und schüttle den Kopf. »So funktioniert das nicht.«

Fin stimmt in mein Lachen mit ein, es klingt ein bisschen verlegen, aber auch belustigt. Dann zieht er mich direkt wieder in seine Arme, und dieses Mal umarmt er mich richtig.

Ich brauche einen Moment, bis ich es schaffe, meine Hände auf seinen Rücken zu legen und die Umarmung zu erwidern. Aber als ich es tue … Wow. Ich war nie ein Fan davon, fremde Menschen zu umarmen. Es fühlt sich immer irgendwie gezwungen an. Weil es erwartet wird oder weil man das einfach so macht. Doch das hier, mit Fin … Ich lasse mich noch ein bisschen mehr in seine Umarmung sinken. Sie dauert nicht lange, aber seine Arme um mich zu wissen, mit genau dem richtigen Druck, seine Handfläche auf meinem Rücken … Es fühlt sich gut an. Und er riecht gut. Frisch. Nach Minze und Wald und Vorfreude.

Als er mich wieder loslässt, bin ich fast schon enttäuscht. Auch wenn das dumm ist. Wir können nicht ewig hier draußen stehen. Schon gar nicht in einer Umarmung.

»Wollen wir reingehen?«, fragt er und deutet mit der Hand nach links zum Eingang der kleinen Kneipe.

»Ja.« Ich nicke. »Warst du schon einmal hier?«

»Nein, noch nicht.« Er tritt neben mich, um mir einen Augenblick später die Tür zu öffnen. »Nach dir.«

Ich husche hinein und bin erstaunt, wie dunkel es im Inneren ist. Überall stehen mit dunkelgrünem Samt überzogene Sofas, eine Wand wird von unzähligen leeren Bierflaschen geziert, und an der Decke befinden sich viele kleine Kugeln, die den Raum in warmes, dunkles Licht hüllen. Es ist schon ziemlich voll, aber ich entdecke ein letztes freies Sofa rechts von der Theke. Ich eile darauf zu, Fin folgt mir. Wir haben uns kaum hingesetzt, als auch schon eine Kellnerin bei uns auftaucht und nach unseren Wünschen fragt.

»Ein Craftbeer«, bestelle ich, ehe ich zu Fin sehe. »Du auch?«

Er nickt.

»Dann bitte zweimal Ihr bestes Craftbeer.«

»Ich empfehle das Hoppy Joe. Aus Stavanger. Ist echt lecker.«

»Das nehmen wir, oder?«, frage ich an Fin gewandt.

Er nickt bestätigend.

Die junge Kellnerin notiert unsere Bestellung, dann verschwindet sie, und wir sind wieder allein. Und obwohl das der Moment ist, in dem es komisch werden könnte, weil wir einander eben doch kaum kennen, passiert das nicht. Ich hänge meine Jacke über die Lehne und drehe mich zu Fin.

»Bist du oft hier?«, fragt er und mustert mich interessiert. Im Schein der Lichtkugeln wirken seine Augen viel dunkler als sonst.

Ich schüttle den Kopf. »Nein. Diese Bar hat erst vor ein paar Wochen eröffnet. Thomas hat sie mir empfohlen. Aber ich glaube, ich mag es hier.« Es ist gemütlich und trotzdem irgendwie edel. Genau so etwas hat Drammen gefehlt. »Wenn jetzt noch das Bier schmeckt …«

»Dann wird das hier dein neues Lieblingslokal?«

»Die Chancen stehen gut dafür.« Dass das vielmehr an der Tatsache liegt, dass er mit mir hier ist, verschweige ich. »Gestern warst du nicht im Park, hat Thomas erzählt«, sage ich stattdessen. Es ist eine versteckte Frage, die Fin sofort erkennt.

»Ich war in Oslo«, sagt er. »Lasse und ich mussten ein paar Fehler in der neuen App beheben. Das ging leichter vor Ort, weil wir dann direkt zusammen überlegen konnten, wo das Problem ist.«

»Wart ihr erfolgreich?«

»Teilweise. Es sollen bald die ersten Testdurchläufe starten, weil ein paar unserer Investoren ungeduldig werden. Wir stehen also ein bisschen unter Zeitdruck.« Fin seufzt leise. »Vor allem ich.«

»Wie meinst du das?« Ich drehe mich noch ein Stückchen mehr

in seine Richtung, sodass ich nun fast schon seitlich auf dem Sofa sitze.

»Ich kann die App nur testen, wenn ich meine Höhenangst loswerde.«

»Warum?«

»Weil …« Er verzieht das Gesicht. »Willst du das wirklich wissen? Es ist ein bisschen kompliziert.«

Ich grinse. »Ich hab Zeit.«

»Na gut. Also.« Er richtet sich etwas mehr auf. »Unsere App vereint verschiedene Daten, aus denen sie ein Risikoprofil für die jeweilige Gegend erstellt. Das sind Wetterdaten, aber auch offizielle Meldungen der Behörden. Die App registriert mittels GPS, wo du dich gerade befindest, und errechnet anhand der sich ständig aktualisierenden Hintergrunddaten, ob du gefährdet bist. Falls ja, warnt sie dich vor schwierigen Wetterlagen, Hochwasser, Gefahrenstoffen oder was auch immer gerade Gefährliches passiert. Wir sind damit Nødvarsel, also dem Cell-Broadcast-System hier in Norwegen, einen großen Schritt voraus, denn das funktioniert nur auf neueren Handys.«

»Das klingt ziemlich cool.« Ich nicke beeindruckt. »Und nützlich. Wenn also jemand in den Bergen unterwegs ist und ein plötzliches Unwetter zieht auf, wird er sofort gewarnt?«

»Genau. Und weil auch Karten in der App hinterlegt sind, zeigt sie einem dann automatisch den ungefährlichsten Weg in Sicherheit auf.« Wieder seufzt er und sieht mich nachdenklich an. »Das ist schon lustig, oder? Da entwickle ich eine App, die vor Katastrophen jeglicher Art warnen soll, und kann sie Stand heute nicht selbst vernünftig ausprobieren, weil ich zu viel Angst habe. Sobald ich in den Bergen bin und in die Tiefe blicke, kommt die Höhenangst. Oder Fallangst. Oder wie auch immer. Es ist ätzend.«

»Aber du arbeitest doch an dir. Und ehrlich? Gib dir noch zwei, drei

Wochen, dann hast du es geschafft und kannst die App problemlos testen. Wir sind doch jetzt schon einige Male zusammen geklettert.« Ich habe den Überblick verloren, wie oft genau er nun schon im Park war. Was ich jedoch nicht verloren habe, ist meine Zuversicht und mein Vertrauen in Fins Fähigkeiten. Er tut sich noch immer schwer, aber für den Babyparcours braucht er keine sechzig Sekunden mehr. »Wenn wir also …«

»Wir, hm?« Fin unterbricht mich und sieht mich belustigt an.

»Ja. *Wir.* Meine Tage im Park wären todlangweilig ohne dich. Dann müsste ich ja wieder anfangen, Kinder zu retten, die irgendwo auf den Pfaden festhängen.«

»Wie grauenhaft.« Seine Mundwinkel zucken so sehr, dass ich genau weiß, wie sehr er lachen will.

»Eben.« Ich nicke mit aller Ernsthaftigkeit, die ich aufbringen kann.

»Also ist deine Hilfe gar nicht so uneigennützig, wie ich dachte.«

»Niemand ist uneigennützig.« Ich schiebe die kleine Vase mit den Wildblumen auf dem Tisch beiseite, um der Kellnerin für unsere Getränke Platz zu machen. »Jeder Mensch hat Gründe, weshalb er tut, was er tut.«

»Und was sind deine?«

»Ich mag keine Kinder.« Ich grinse, als er mich verdutzt ansieht. Dabei stimmt das nicht so ganz. Es ist zwar richtig, dass ich tatsächlich kein großer Kinderfan bin, die meisten sind mir einfach zu laut und zu unerzogen. Aber eigentlich sitzt der Grund, wieso ich ihm helfe, mir gegenüber und sieht unverschämt gut aus.

»Wenn ich dir nun sagen würde, dass ich zwölf Nichten und Neffen habe …«

»… dann müsste ich dieses Date jetzt leider beenden, tut mir leid.« Ich tue so, als würde ich mein Bier abstellen und aufstehen wollen.

Schnell legt Fin mir eine Hand auf den Arm und hindert mich daran. »Wie gut, dass ich keine Geschwister habe. Und demnach auch keine Nichten und Neffen.«

»Glück gehabt.« Ich grinse und nippe an meiner Flasche. Das Zeug ist überraschend lecker. »Also bist du Einzelkind?«

»Genau. Und ja, es war genau so langweilig, wie es klingt. Ich hab mir ständig Geschwister gewünscht. Am liebsten natürlich einen Bruder.«

»Weil Mädchen doof sind?« Ich lege den Kopf schief.

»*Waren*, Lene.« Eindringlich sieht er mich an. »Sie *waren* doof. Heute finde ich Frauen ziemlich toll.«

»Verstehe.« Ich schaue ihm fest in die Augen. Und ich liebe es, dass er unseren Blickkontakt nicht unterbricht. Die meisten Männer, mit denen ich bisher ausgegangen bin, haben immer nach spätestens zwei Sekunden weggesehen. Aber Fin … Er nicht. Und das lässt ein warmes Gefühl in mir entstehen. Eins, das ich nicht ganz einordnen kann. Ich weiß nur, dass es mich freut, dass er offenbar wirklich Interesse an mir hat.

Einen kurzen Moment schweigen wir beide. Und sehen uns immer noch an. Ich warte darauf, dass es unangenehm wird, aber mit Fin tut es das einfach nicht. Dennoch bin ich irgendwann diejenige, die ihn nicht länger anblicken kann. Ich drehe den Kopf zur Seite und streiche mir den Rock meines Kleides glatt. Meine Finger brauchen etwas zu tun, und das ist die einzige Möglichkeit, wie ich sie beschäftigen kann.

»Warum warst du eigentlich in Neuseeland?« Fin hat sich auf dem Sofa etwas zurückgelehnt. Seine Flasche hat er auf seinem Knie abgestellt, er hält sie locker mit einer Hand fest. Sein Blick ist offen und freundlich, und ich sehe ihm deutlich an, dass er keinen Schimmer hat, wie viel in dieser simplen Frage steckt. Wahrscheinlich erwartet er eine Antwort im Stil von: *Wollte mich nach dem Abschluss selber fin-*

den. Oder: *Es war schon immer mein Traum, einmal im Leben nach Neuseeland zu reisen.*

Aber nichts davon wäre wahr. Ich bin nicht deshalb ans andere Ende der Welt geflogen, weil ich mir das seit Jahren ausgemalt habe. Die Wahrheit ist viel dunkler und weniger romantisch. *Weil mein Bruder gestorben ist,* ist mit Sicherheit nichts, was man auf einem ersten Date hören will. Einen Moment lang habe ich trotzdem das Bedürfnis, es ihm zu sagen. Ich glaube, dass er, ganz im Gegensatz zu Emil und meinen Eltern, jemand ist, der es verstehen würde. Doch ich weiß auch, dass diese Antwort eine schwarze Schicht auf diesen Abend legen würde.

Und das will ich nicht.

Nicht heute.

Ich will nicht über meine Familie nachdenken. Über den Scherbenhaufen, den Hendrik aus uns gemacht hat. Ich will das hier genießen und wenigstens ein paar Stunden so tun, als säße zu Hause nicht meine Mutter, die viel zu viele Schlaftabletten nimmt und sich immer mehr zurückzieht, mein egoistischer Bruder und mein Vater, der weder das eine noch das andere sehen will.

Also entscheide ich mich für die halbe Wahrheit. »Ich musste einfach mal raus«, sage ich. »Mein erstes Studienjahr war nicht das, was ich mir vorgestellt habe. Ich musste … ich musste den Kopf freikriegen.«

»Was hast du denn studiert?«

»Den Klassiker.«

Fin sieht mich stirnrunzelnd an.

»Business Management. Mein Dad meinte, das sei eine gute Idee. Damit könne ich hinterher so ziemlich alles machen. Und irgendwie … stimmt das auch. Aber …« Ich zucke mit den Schultern. »Es war ehrlich gesagt wie in der Schule. Ich musste mich zwingen, für die

Prüfungen zu lernen. Nicht nur ein bisschen, wie das jeder tut, weil Prüfungen einfach scheiße sind. Es war wirklich der Horror. Und dann …« *Ist mein Bruder gestorben.* »Dann habe ich ein Urlaubssemester beantragt.« Ich halte kurz inne und reibe mir über die Stirn. »Und als ich in Neuseeland war, habe ich es noch einmal um eins verlängert. Gerade stecke ich mitten im zweiten. Ende August geht es weiter, bis dahin muss ich mich entschieden haben, ob ich weiterhin Business Management studieren will. Oder nicht.« Ich habe immer noch keine Ahnung, was ich tun soll. Dads Argumente für BM sind vernünftig und sinnvoll. Wahrscheinlich müsste ich tatsächlich nie Angst haben, damit einen Job zu finden. Aber Fakt ist auch, dass mein Herz nicht dran hängt. Und ich weiß nicht, ob ich mir das ohne Hendriks Tod eingestanden hätte. Oder ob ich einfach weitergemacht hätte.

»Sei mir nicht böse …« Fin lächelt wieder dieses sanfte Lächeln, das ich in meinem gesamten Körper spüre. »Du siehst nicht aus wie jemand, der Business Management studiert.«

»Ach ja? Wie sehe ich denn dann aus?«

Er muss nicht einmal darüber nachdenken, seine Antwort kommt sofort. »Wie jemand, der seine Freiheit liebt. Der gern an der frischen Luft ist. Der sich bewegen und ganz sicher nicht jeden Tag stundenlang vor einem Computer sitzen will. Du willst keine Paragrafen wälzen, du willst kreativ sein. Ich glaube, du bist durchaus jemand, der sich in Dinge verbeißen kann, immerhin hilfst du mir, und ich bin wirklich keine leicht zu knackende Nuss.«

Seine Worte bringen mich leise zum Lachen. Und gleichzeitig berühren sie mich. Er hat mit allem davon recht. Ich will nicht an knochentrockenen Vorlesungen teilnehmen. Und noch weniger will ich danach in einem lieblosen Büro sitzen, wo ich schlichtweg austauschbar bin.

»Ein bisschen Zeit habe ich ja noch.« Gedankenverloren knibble ich das Etikett meiner Flasche ab.

»Fünf Wochen, oder?«

Ich nicke. »Jeps. Und damit offenbar deutlich mehr Zeit als du. Warum lässt du diesen Lasse eure App nicht einfach allein testen, wenn es dir so schwerfällt?«

»Lasse testet auch. Aber ich kann nicht Dinge entwickeln und sie dann nur von anderen ausprobieren lassen. So funktioniert das nicht. Also bleibt mir nichts anderes übrig, als mich durchzubeißen.«

»Das kann ich nachvollziehen.«

»Und ehrlich?« Er lächelt wieder, und dieses Mal geht es über sein gesamtes Gesicht. »Seit du mir hilfst, ist es zumindest im Park gar keine so große Überwindung mehr. Es wird von Tag zu Tag leichter.«

»Das freut mich.« Das tut es wirklich. Ich weiß nicht, was an ihm es ist, aber ich helfe ihm gern. Zu sehen, dass er Erfolg hat, sich traut und seine Angst in ihre Schranken weist … Das macht mich auf seltsame Art und Weise selbst irgendwie … glücklich. Vielleicht ist doch etwas dran an der Theorie, dass anderen zu helfen zufrieden macht. Fin ist mein persönlicher Beweis dafür.

7

FIN

Der Horizont schimmert immer noch hell, als wir die Bar kurz vor Mitternacht verlassen. Und genau wie ich ist Lene mit dem Fahrrad da. Gemeinsam schlendern wir in Richtung Promenade, wo es eine Art Fahrradparkplatz gibt. Ohne uns abzusprechen, haben wir zufällig beide dieselbe Stelle gewählt, um unsere Räder abzustellen. Es sind nur ein paar Meter, aber ich wünschte, es wären mehr. Zeit mit Lene zu verbringen, ist … nichts, was ich erwartet habe. Als ich mich für Drammen entschieden habe, um dort meine Höhenangst zu bekämpfen, habe ich im Leben nicht damit gerechnet, jemandem wie ihr zu begegnen. So schön, so schlagfertig. So authentisch.

Friedliche Stille hängt über den Dächern, ihr Kleid weht leicht im Wind, während wir durch die Gassen laufen.

»Ist dir kalt?«, frage ich, als ich sehe, wie sie sich über die Arme reibt.

»Ein bisschen, aber komm jetzt bloß nicht auf die Idee, mir dein Hemd anzubieten. Ich bin ja quasi zu Hause.«

»Auf dem Rad wird es nicht besser.«

»Und trotzdem lässt du dein Hemd an.«

»Okay.« Ich kann mir ein Grinsen nicht verkneifen. »Aber nur fürs Protokoll: Ich hätte es dir gegeben.«

»Kitschig.«

»Ich bevorzuge Gentleman, aber keine Sorge, ich bleibe angezogen.«

»Gut.« Trotz ihrer Antwort sehe ich auch Lene grinsen. Und vielleicht bilde ich es mir nur ein, aber ihr Blick gleitet kurz über meinen Oberkörper.

Vor unseren Rädern bleiben wir stehen. »Das ist meins«, meint sie und deutet auf ein hellblaues Fahrrad mit Korb vorne dran, das zwar alt ist, aber verdammt viel Charme besitzt. Sie geht in die Hocke und öffnet das Schloss, dann steht sie wieder aufrecht vor mir. »Danke«, sagt sie und streicht sich ein paar Haarsträhnen hinter das Ohr. Ich weiß nicht, ob ihr auffällt, dass sie das nur macht, wenn eine Situation kurz davor ist, unangenehm zu werden. »Auch wenn eigentlich ich bezahlen wollte, aber … danke. Für das Bier und … den Abend.«

»Nichts zu danken. Und das kann ich nur zurückgeben.« Ich schiebe meine Hände wieder in meine Hosentaschen. Weil das *mein* Tick ist, wenn *ich* nervös bin.

Ich habe keine Ahnung, wie ich mich von ihr verabschieden soll. Wieder mit einer Umarmung? Aber eigentlich ist mir das zu wenig. Ich will nicht, dass unser Date endet. Vielmehr will ich sie fragen, ob sie noch ein bisschen durch Drammen laufen will. Am Fjord oder die Fußgängerzone entlang. Doch dann sehe ich, wie sie versucht, ein Gähnen zu unterdrücken. Und das lässt all meine Wünsche zerplatzen. Sie ist müde, und das sollte mich nicht wundern. Sie hatte einen langen Tag. Während ich nur ein paar Stunden mit ihr geklettert bin, war sie den ganzen Tag auf den Beinen und im Park beschäftigt. Natürlich ist sie erschöpft.

»Was hältst du davon, wenn ich … also … Darf ich dich nach Hause begleiten?« Das gibt mir immerhin noch etwas Zeit mit ihr.

Sie schmunzelt. »Hast du Angst, dass ich entführt werden könnte?«

»Nein. Aber ich würde mich freuen, wenn ich dich nach Hause bringen darf.«

Meine Ehrlichkeit entwaffnet sie. »Okay.« Sie löst ihr Fahrrad aus der Halterung. »Dann … gern. Wenn es kein Umweg für dich ist. Wo wohnst du eigentlich? In der Innenstadt?«

»Nein.« Ich umrunde sie und ihr Rad und entferne mich ein paar Meter, bis ich mein eigenes erreiche. »Ich wohne draußen auf dem Ekstad-Campingplatz.«

»Wieso wohnst du auf einem Campingplatz?« Verdutzt kommt sie auf mich zu.

»Weil ich eigentlich in Oslo lebe und es das Einfachste war, mir einen Van zu kaufen und zu campen, solange ich hier bin.«

»Es war … das Einfachste?« Sie mustert mich skeptisch. »Wäre es nicht logischer gewesen, dir eine Ferienwohnung zu suchen? Oder ein Hotelzimmer? Oder ein AirBnB zu nehmen?«

Sie hat recht. Unter normalen Umständen wäre das logischer gewesen. Aber meine Umstände sind nicht normal. Ich bekämpfe nicht nur meine Höhenangst, indem ich hier bin. Aber das zu erklären … Es würde die Stimmung killen. Und das will ich nicht. Nicht heute Abend.

»Sagen wir einfach, ich bin ein Naturbursche«, antworte ich daher ausweichend.

Die Skepsis in ihrem Blick nimmt noch mehr zu. »Das sehe ich.« Sie deutet an mir hoch und runter. »Ein Naturbursche hätte sich maximal ein kariertes Hemd angezogen. Und vielleicht eine Jeans.«

»Team Vorurteil oder Team Holzfäller?«

»Irgendwoher kommen Klischees ja.« Sie verzieht das Gesicht kurz zu einer Grimasse. »Aber du hast recht. Ich klinge wirklich wie ein Snob voller Vorurteile. Vergiss, was ich gesagt habe. Dein Hemd ist toll. Deine Hose auch, uuuuund bevor ich mich jetzt um Kopf und Kragen rede … Wollen wir?« Samt Fahrrad setzt sie sich in Bewegung. Ich öffne mein eigenes Schloss und folge ihr. Es dauert nicht lange, bis ich zu ihr aufgeschlossen habe.

»Der Campingplatz ist wirklich hübsch. Wenn du willst, kannst du gern mal vorbeikommen und dir mein vorübergehendes Zuhause ansehen.«

»Ist das eine Einladung?«

»Ich kriege doch sowieso noch zwei weitere Dates mit dir.« Diese Aussicht lässt mich zufrieden grinsen. »Also ja, es ist eine.«

Und ich kann es kaum erwarten.

Knapp eine halbe Stunde nachdem wir an der Promenade losgelaufen sind, erreichen wir Lenes Elternhaus. Alles ist dunkel, nur in einem Zimmer ist noch Licht an.

»Das ist Dads Büro«, erklärt sie mir. »In knapp zwei Wochen ist die Wahl. Bis dahin arbeitet er rund um die Uhr.«

»Welche Wahl?«

»Die zum Bürgermeister in Oslo. Dad kandidiert. Jørgen Berg.«

»Das ist dein Dad?«

Sie nickt.

»Wow. Ich hab die Plakate zwar gesehen, aber mich ansonsten bisher noch überhaupt nicht mit der Wahl beschäftigt. Meine Stimme hat er jetzt.« Ich grinse Lene im Schein der Straßenlaterne an.

»Das wird ihn sicher freuen.« Sie erwidert mein Grinsen und lächelt ebenfalls. »Ich bin trotzdem froh, wenn der Spaß vorbei ist. Vor ein paar Wochen war die Presse da und hat eine Homestory über uns gedreht. Sie wird demnächst auf irgendeinem Regionalsender ausgestrahlt. Die *happy family* des zukünftigen Bürgermeisters von Oslo.« Ihre Worte klingen bitter und so, als würde mehr dahinterstecken. Aber Lene wirkt nicht so, als wollte sie darüber sprechen, also hake ich nicht nach.

Bevor ich irgendetwas sagen kann, stellt sie ihr Rad ab und setzt sich auf einen abgesägten Baumstumpf im Vorgarten ihres Elternhauses.

Einen Moment lang stehe ich unschlüssig da, ehe sie auffordernd auf den Platz neben sich klopft. Ich lehne mein Rad gegen ihres und gehe langsam auf sie zu. Der Kies knirscht unter jedem meiner Schritte. Es kommt mir unnatürlich laut vor. Aber das liegt vermutlich daran, dass wir uns ziemlich am Stadtrand befinden, in allen umliegenden Häusern herrscht Dunkelheit, und abgesehen von den Geräuschen der Natur ist nichts zu hören. Lene gähnt wieder, doch sie macht keine Anstalten, ins Haus zu gehen. Als ich mich neben sie setze, muss ich es so nah neben ihr tun, dass sich unsere Beine und Arme berühren. Obwohl der Stoff meines Hemdärmels zwischen uns ist, spüre ich deutlich die Wärme, die von ihr ausgeht. Und dennoch sehe ich die Gänsehaut auf ihrem Unterarm.

»Dir ist kalt«, sage ich wieder. Nicht, weil ich sie loswerden will, aber ich will auch nicht, dass sie friert.

»Wartest du kurz hier?« Sie dreht sich zu mir um und legt eine Hand auf mein Bein. Die Stelle, an der sie mich berührt, kribbelt augenblicklich. Ihr Gesicht ist meinem so nah, dass ich mich nur leicht nach vorn beugen müsste, um sie zu küssen.

Mechanisch nicke ich, Lene springt auf, und ich kann an nichts anderes mehr denken als daran, sie zu küssen. Sie eilt davon, verschwindet im Haus, alles ist dunkel, die Nacht bleibt laut. Grillen zirpen in den Wiesen hinterm Haus, irgendwo in der Ferne fährt ein Auto. Und in meinem Kopf ist dennoch nur noch sie. Lene. Lene, deren Lippen ich am liebsten küssen würde. Lene, die irgendetwas in ihrem Blick hat, das mich fasziniert. Lene, die einfach so echt ist.

Die Minuten, bis sie wiederkommt, sind kleine Ewigkeiten. Dann übertönen ihre Schritte das Rauschen in meinen Ohren. Sie läuft auf mich zu, zwei Decken, eine Flasche und zwei Becher in den Händen.

»Die Nacht ist jung, wir sind es auch«, beginnt sie und stoppt sich sogleich selbst. »Was für ein dämlicher Spruch«, murmelt sie und drückt mir den Wein und die Becher in die Hand. »Den hat bestimmt jemand erfunden, der ein Problem damit hatte, älter zu werden.« Nachdem sie sich wieder gesetzt und eingewickelt hat, streckt sie die Hände erneut nach der Flasche und den Bechern aus und deutet mit dem Kinn auf die zweite Decke.

Weil mir allmählich auch kühl wird, lege ich sie mir um die Schultern. Dann nehme ich Lene die Becher wieder ab, damit sie uns einschenken kann.

Und schon stoßen wir an. Ohne Trinkspruch, ohne Klirren, einfach nur Plastik an Plastik und schwappender Wein.

Ich trinke einen kleinen Schluck und stelle den Becher dann zwischen meine Beine. Auch wenn unsere Arme nun von den Decken getrennt werden, spüre ich ihre Wärme immer noch.

»Das hab ich ewig nicht gemacht«, sagt sie und blickt erst auf ihren Wein und dann zu mir.

»Was meinst du?«

»Nachts so lange draußen zu sitzen. Dabei ist es …« Sie verstummt, und ich glaube, sie leise seufzen zu hören. »Es ist schön. Ich mag diese Nächte, wenn der Kopf freihat, weil Ferien sind.«

»Oder man ein Urlaubssemester hat«, bemerke ich.

»Oder das.« Sie nickt, ein Lächeln umspielt ihre Mundwinkel. »Wenn man einfach keinen Stress hat außer den, den man sich selbst macht.« In der nächsten Sekunde legt sie den Kopf in den Nacken. »Ich meine, sieh dir das doch an. Millionen von Sternen, alle ewig weit weg, und manche sind schon gar nicht mehr existent. Und trotzdem sind sie noch da. Wie kann da irgendetwas auf der Erde eine Rolle spielen?«

»Vielleicht liegt das am Blickwinkel. Von da oben ist alles winzig hier unten. Aber in unserem eigenen kleinen Universum … Da geht's um uns. Und ich finde, das ist okay.«

»Hm.« Sie senkt ihren Kopf wieder. »Wahrscheinlich hast du recht. Manchmal frage ich mich bloß, warum andere Universen so viel schöner sind als meins.« Wieder lächelt sie, nur wirkt es betrübt. »Versteh mich nicht falsch, das soll keine Beschwerde sein. Mein Universum ist trotzdem … meins. Und hat tolle Ecken. Aber hin und wieder … Da dürfte es gern ein paar schwarze Löcher weniger haben.«

»Eigentlich finde ich *unser* Universum gerade ziemlich cool.« Ich stoße mit meiner Schulter sanft gegen ihre. »Ich hatte schon deutlich schlimmere Nächte.« Und wenig bessere, auch wenn es ziemlich unpassend ist, so zu denken. Ein paar Tage und diese eine Verabredung heute Abend genügen nicht, um einen Menschen zu kennen. Und doch … ist da was. Kein gemeinsames Universum, aber immerhin Ränder, die sich berühren.

»Ich auch.« Es sind nur zwei Wörter, aber ich ahne, dass in diesen beiden mehr steckt als bloße Zustimmung.

»Was war deine beste Nacht bisher?«, frage ich und trinke einen kleinen Schluck Wein. Er ist ziemlich trocken, aber nicht schlecht.

»Das war in Neuseeland.« Sie muss nicht einmal groß überlegen. »Ich war mit einer geführten Gruppe über Nacht wandern, und als wir im Morgengrauen aus unseren Zelten gekrochen sind und die Sonne aufgegangen ist … Der Aoraki hat geleuchtet. Dieses Orange und Rot und Gold … Es war wie gemalt. An diesem Morgen hatte ich zum ersten Mal seit Monaten das Gefühl, dass es okay ist. Dass ich einen Weg finde, wieder glücklich zu sein. Und dass mein Universum eben nicht voll mit schwarzen Löchern ist, die alles schlucken. Sondern dass da auch … was weiß ich … weiße Löcher sind.«

Ihr Vergleich lässt mich leise lachen. »Weiße Löcher gibt es tatsächlich.«

»Ehrlich?«

»Ja.« Ich nicke. »Ich hab das mal zufällig gelesen. Ein paar Physiker vermuten, dass sich schwarze Löcher am Ende ihres Daseins in ihr genaues Gegenteil verwandeln.«

»In weiße Löcher?«

»Richtig. Und sie nehmen an, dass diese Weißen Löcher dann das verschlungene Material wie Feuerwerkskörper in den Weltraum hinausschleudern.«

»Also wird aus etwas Schlechtem etwas Schönes.«

»Genau. Und dein Sonnenaufgang vorm Aoraki ist dein persönliches weißes Loch.«

»Ich hab diesen Abend sogar für immer bei mir.« Ihre Worte sind kaum verklungen, da schält sie sich auch schon aus ihrer Decke und rückt ein Stück zur Seite, sodass sie mir ihre Schulter entgegenstrecken kann. »Zieh mal den Träger etwas nach unten«, fordert sie mich auf.

»Okay?« Zögerlich komme ich ihrer Aufforderung nach. Und dann entdecke ich, was sie gemeint hat. »Du hast ein Tattoo«, stelle ich fest. Mit einem Finger fahre ich vorsichtig die schwarzen Striche nach, die ihre Haut schmücken.

»Das ist die Silhouette des Aoraki. Ich hab's mir direkt stechen lassen, als wir zurück in Christchurch waren.« Sie zieht den Träger ihres Kleides wieder über ihre Schulter und kuschelt sich erneut in die Decke.

»Das ist ziemlich cool.«

»Danke.« Ihr Blick sucht meinen. »Und deine beste Nacht?« Als ich nicht sofort antworte, schiebt sie nach: »Alternativ kannst du mir auch deine schlimmste Nacht verraten.«

Ich weiß, dass sie das nur als Scherz meint. Aber kurz bin ich versucht, genau das zu tun. Denn diese Nacht ist so tief in mir verankert, dass ich sie niemals vergessen werde. In diesem Moment hier mit ihr, umhüllt vom Mantel der Dunkelheit, kann ich es mir für einen kurzen Augenblick tatsächlich vorstellen, ihr von jenem Abend zu erzählen, der mein Leben für immer verändert hat. Weil Menschen sich anders benehmen, wenn es Nacht ist. Lene hat sich mir ehrlich gezeigt. Roh und ungefiltert. Einfach so, wie sie ist. Verletzlich. Stark. Nachdenklich. Und ich will diese Stimmung nicht zerstören. Also verdränge ich die Erinnerungen an jene Nacht und berichte ihr stattdessen von meiner besten.

»Eigentlich ist es ein bester Tag«, beginne ich.

»Das ist auch okay«, sagt sie sofort und lächelt an ihrem Becher. Sie sieht mich immer noch an.

»Vor drei Jahren hat uns der Doc gesagt, dass mein Dad wieder krebsfrei ist. Und an diesem Abend haben wir zusammen das erste Bier seit Monaten getrunken. Es war wahrscheinlich nicht sonderlich schlau, direkt nach der Aussage des Arztes Alkohol zu trinken. Aber an diesem Abend … Wir saßen im Garten meiner Eltern, Dad hatte sein sehnsüchtig erwartetes Bier in der Hand und über uns …« Ich schlucke, weil mich die Erinnerung daran immer noch überwältigt. »Rote Polarlichter. Nicht nur die grünen. Die roten.«

Auch Lene benötigt einen Moment, ehe sie reagiert. »Das ist ein toller bester Tag. Ich freu mich, dass dein Dad ein Survivor ist. Und dass sogar der Himmel mit euch gefeiert hat.«

»Danke.« Heute sind keine Polarlichter zu sehen, dafür ist die Nacht zu blau. Trotzdem ist es auf eine gewisse Art und Weise ähnlich friedlich, mit ihr hier zu sitzen. Nur habe ich statt Bier Wein in der Hand. Ich nehme einen Schluck und schmecke die herbe Note auf meiner Zunge.

Auch Lene trinkt und gibt so dem Schweigen die Möglichkeit, sich zwischen uns auszubreiten. Aber es ist nicht unangenehm, sondern einfach diese Stille, die man nur mit wenigen Menschen erlebt. Ich spüre keinen Drang, sie durchbrechen zu müssen, weil es sich gut anfühlt, hier mit ihr zu sitzen. Selbst wenn wir nicht miteinander reden.

Ich habe keine Ahnung, wie spät es ist, als die Straßenlaternen ausgehen. Und eigentlich ist das ein sicheres Zeichen dafür, dass ich allmählich wirklich gehen sollte. Lene hat vorhin schon gegähnt, und ich weiß, dass sie morgen früh in den Park muss. Es wäre nur fair von mir, aufzustehen und sie ins Bett gehen zu lassen. Aber augenscheinlich will sie nicht, dass ich aufbreche.

»Erzähl mir drei Dinge, die dir wichtig sind«, sagt sie und schenkt uns im Mondschein Wein nach, nachdem ich ihre stumme Frage mit einem Nicken beantwortet habe.

»Egal, was?«

»Egal, was«, bestätigt sie. »Es muss nur ehrlich sein.«

Mir ist klar, was sie damit meint. Sie will nicht nur hören, dass mir meine Familie wichtig ist. Oder Lasse. Sie will Nachtehrlichkeit. Eine ungefilterte Antwort.

Und ich, ich will sie ihr geben. Allerdings brauche ich dieses Mal mehr als ein paar Sekunden, um die richtigen Worte zu finden.

»Okay.« Ich überkreuze die Füße. »Das klingt jetzt vielleicht etwas materialistisch, aber … die neue App. Ich will damit das Leben der User sicherer machen, weil das in dieser Welt …« Ich unterbreche mich selbst. »Es ist wichtig.«

»Dem kann ich nicht widersprechen.« Lene lächelt sanft. »Und zweitens?«

»Ich mag es, jederzeit die Möglichkeit zu haben, meine Sachen zu packen und einfach loszufahren. Nicht an einem Ort festzustecken, wenn ich das nicht will.«

»Deshalb der Van?«

»Auch.« Jetzt bin ich derjenige, der lächelt. »Für meinen Aufenthalt hier ist das ziemlich praktisch, aber auch davor … *O-Fun* hat mir die Freiheit ermöglicht, einfach zu gehen, wohin ich will. Ich glaube, ich werde den Van behalten.«

»Das Ding muss wirklich toll sein.«

»Wie gesagt, du bist herzlich eingeladen, ihn dir anzusehen.« Ich wiederhole mein Angebot.

»Und Nummer drei?«

»Mein Hund.«

»Du hast einen Hund?« Verwundert mustert sie mich. »Wieso hast du ihn noch nie in den Park mitgebracht?«

»Weil Leo nicht hier ist. Er ist bei meinen Eltern, solange ich in Drammen bin.«

»Das ist irgendwie widersprüchlich, oder?« Lene zieht die Beine an und balanciert den Weinbecher auf ihren Knien.

»Was meinst du?«

»Es ist dir wichtig, immer, wenn du willst, sofort losfahren zu können, hast aber gleichzeitig einen Hund. Nimmt dir das nicht eigentlich die Flexibilität wieder?«

»Nein. Ich kann ihn mitnehmen. Oder er kommt zu meinen Eltern. Meine Mum und er sind *so.*« Ich überkreuze meinen Zeige- mit dem Mittelfinger. »Stell ihn dir einfach wie ihr Ersatzenkelkind vor. Manchmal glaube ich, er mag sie lieber als mich.« Dann ziehe ich mein Handy hervor und öffne meine Galerie. »Hier. Das ist Leo.«

Sie nimmt mir das Handy aus der Hand und betrachtet das Bild. »Ein Labrador?«

»Genau.«

»Hast du noch mehr Fotos?«

»Wisch einfach zur Seite.« Ich sehe ihr dabei zu, wie sie genau das tut. Nur beobachte ich nicht ihre Finger auf dem Display, sondern ihr Gesicht. Das liebevolle Lächeln, dann ein Grinsen. Leo gefällt ihr. Und das gefällt mir.

»Sehr süß«, zieht sie schließlich ihr Fazit und gibt mir mein Telefon zurück.

»Jetzt du«, sage ich. »Was sind deine drei wichtigsten Dinge?«

»Okay.« Sie seufzt leise und schließt die Augen. Als müsste sie sich darauf konzentrieren, in sich hineinzublicken und die Dinge zu suchen, die sie mir verraten will. Und ich hoffe, dass auch ich eine Antwort voller Nachtehrlichkeit von ihr bekomme.

»Waldbaden«, meint sie als Erstes und öffnet die Augen wieder. »Ich finde das Wort furchtbar, aber es fasst perfekt zusammen, was mir wichtig ist. Ich liebe es, in der Natur zu sein. Bäume und Seen und Blumen um mich herum zu haben … Es macht jeden Tag besser.«

Interessiert mustere ich sie. »Kletterst du deshalb so gern?«

»Wahrscheinlich.« Sie nickt und reibt sich über die Stirn. »Und dann …« Sie schmunzelt, bevor sie weiterspricht. »Musik. Das ist Nummer zwei. Und damit bin ich wohl genau so widersprüchlich wie du. Waldstille und Musik …« Über sich selbst amüsiert schüttelt sie den Kopf. »Aber was soll ich machen? Ich liebe Damiano Davids Stimme einfach.«

»Wer ist das?«

»Der Sänger von Måneskin.«

»Ah.« Ich nicke wissend. Bin zwar kein Fan der Band, aber man hätte in den letzten Jahren definitiv unter einem Stein leben müssen, um an ihnen vorbeizukommen.

»Und drittens …« Wieder hält sie kurz inne, ihr Blick wandert zum Haus ihrer Eltern. »Mein Bruder. Es ist …« Ein weiteres Mal stockt sie. »Es ist momentan schwierig zwischen uns, weil wir uns vor ein paar Wochen echt übel gestritten haben, aber … Ja. Emil ist meine Nummer drei.«

»Das finde ich schön.«

»Ja?« Sie sucht meinen Blick.

Ich nicke. »Absolut. Du hast deinen besten Freund quasi seit deiner Geburt. Oder seit seiner, ich weiß nicht, wer von euch älter ist.«

»Wir sind gleich alt.«

Zwillinge also. Ich lächle. »Ist das … nicht gut? Oder findest du es doof, weil du deinen Geburtstag nie für dich allein hast?«

»Ich mag Geburtstage eh nicht.« Sie schüttelt den Kopf und lächelt, aber es erreicht ihre Augen nicht.

In diesem Moment nehme ich mir vor, irgendwann nachzufragen. Warum sie sich mit ihrem Bruder gestritten hat und wieso sie Geburtstage nicht mag. Nur jetzt nicht, weil alles an ihr ausstrahlt, dass sie nicht darüber reden will.

Wir sitzen lange vor dem Haus ihrer Eltern. Und es ist so unglaublich leicht, mich mit ihr zu unterhalten. Über die Welt zu sprechen. Über Erlebnisse, über Reisen, über Menschen, die uns wichtig sind. Sie erzählt mir von ihren jährlichen Ausflügen mit ihrer Familie auf den Preikestolen, die sie als Kind gehasst und irgendwann heimlich geliebt hat. Ich erzähle ihr, wie es war, Leo aufzuziehen, und wie froh ich bin, Lasse kennengelernt zu haben. Wir springen von einem Thema zum nächsten und merken erst, wie die Zeit vergangen ist, als sich das Leuchten am Horizont verschiebt und der Morgendämmerung weicht.

Notgedrungen verabschieden wir uns voneinander, damit Lene wenigstens noch ein bisschen Schlaf abbekommt, bevor sie in den Park muss. Sie stellt die Becher ineinander, ehe sie beide über die leere Weinflasche stülpt und mir die Decke abnimmt. Dann steht sie vor mir, nur ein paar Zentimeter entfernt. Mein Blick fällt auf ihre Lippen, und ja, ich will sie küssen. Als gäbe es kein Morgen. Aber der Morgen ist schon da, und sie muss ins Bett, und ich weiß, dass ich nicht einfach nur kurz meine Lippen auf ihre legen kann. Es würde nicht genügen. Also halte ich mich zurück und schiebe mir die Hände wieder in die Hosentaschen.

»Bis später«, sage ich.

»Bis später«, erwidert sie, ein sanftes Lächeln im Gesicht. Plötzlich stellt sie sich auf die Zehenspitzen und gibt mir einen Kuss auf die Wange. Im nächsten Augenblick dreht sie sich um und eilt zur Haustür. Sie ist schon längst im Haus verschwunden, als ich immer noch wie festgewachsen bin und dämlich vor mich hin grinse.

Lange Sekunden stehe ich einfach nur da, bis ich es schaffe, mein Fahrrad zu schnappen und mich auf den Weg zum Campingplatz zu machen. Ich bin kaum hundert Meter gefahren, als ich Lasses Nummer wähle. Bevor ich nicht mit jemandem – nein, nicht mit jemandem, mit meinem besten Freund – über diesen Abend gesprochen habe, werde ich eh nicht schlafen können. Auch wenn er sich oft hinter einer Maske aus Humor und blöden Sprüchen versteckt, ist er jemand, der zuhören kann, wenn es darauf ankommt. Und heute kommt es darauf an. Weil dieses Date unglaublich war. Das Beste seit … seit immer, wenn ich ehrlich zu mir selbst bin.

»Alter, hast du eine Ahnung, wie spät es ist?«, schnauzt er mich an. Es ist nicht zu überhören, dass ich ihn aus dem Tiefschlaf gerissen habe.

»Tut mir leid, tut mir leid«, beeile ich mich zu sagen und strample einen kleinen Hügel nach oben. »Aber es ist wichtig.«

»Was zur Hölle ist so dringend, dass du mitten in der Nacht anrufst? Wieso bist du überhaupt schon wach?«

»Noch«, murmle ich. »Ich bin noch wach.«

»Wieso? Hast du …? Oh. Ooooh!« Lasse unterbricht sich selbst, und ich höre raschelnde Geräusche im Hintergrund. »Sag mir, dass du auf mich gehört und endlich jemanden aufgerissen hast.«

»Ich würde es nicht ›aufgerissen‹ nennen.« Das mit Lene ist kein Aufreißen, wie Lasse sich das vermutlich gerade ausmalt. Es ist eher ein Herantasten. Und noch ist offen, ob ich mir die Finger an ihr verbrenne. Ich weiß nur eins. Ich mag sie – und das war so nicht geplant.

»Also kein Sex?« Lasse klingt direkt enttäuscht.

»Es geht nicht immer nur um Sex, Lasse.«

»Doch, Finley. In unserem Alter geht es genau darum«, widerspricht er mir energisch.

An jedem anderen Abend hätte ich ihm wahrscheinlich zugestimmt. Wir sind Mitte zwanzig und ungebunden, und in Oslo ist es leicht, jemanden für die Nacht zu finden. Aber nach diesem Date mit Lene und vor allem, nachdem wir stundenlang vor ihrem Elternhaus gesessen haben, kann ich es nicht mehr so sehen.

»Es geht um mehr«, sage ich mit vehementer Stimme.

Und weil Lasse Lasse ist, durchschaut er mich sofort. »Okay. Wer ist sie? Ich dachte, nach der ... du weißt schon ... nach Malia willst du nicht ...«

»Ich weiß.« Ich seufze leise. »Das dachte ich auch.«

Lasse lässt sich mit seiner Reaktion Zeit, während ich Drammen hinter mir lasse und in den Waldweg einbiege, an dessen Ende der Campingplatz anfängt. »Das schreit nach einem Aber, Mann.«

»Aber vielleicht muss es nicht für immer unmöglich sein.« Vielleicht ... vielleicht gibt es doch eine zweite Chance für mich.

Ich bin hellwach, als ich meinen Van erreiche. Lene hat mich aufgewühlt. Ihre ganze Art, wie sie ist, was sie sagt, was sie tut ... Ich will mehr davon. Auch auf die Gefahr hin, es wieder verlieren zu können.

»Scheiße, Fin. Hast du dich etwa verliebt?«

Lasses Frage hallt durch meinen Kopf in die Nacht. Habe ich mich verliebt?

»Nein«, antworte ich leise. »Nein, hab ich nicht.« Dazu kenne ich sie viel zu kurz.

»Aber du bist auf dem besten Weg dahin.« Keine Frage, ein Fakt.

Ich würde es gern leugnen. Würde ich wirklich. Nur wäre das der absolute Selbstbetrug. Ich mag Lene – aber auch wenn die Sache mit

Malia inzwischen sieben Jahre her ist, ist das nicht lange genug, um vergessen zu haben, wie sich das anfühlte. Die Sorgen. Die Angst. Die Verzweiflung. Und vor allem hat es nicht gereicht, um zu vergessen, was diese Gefühle mit einem anstellen, wenn man ihnen schutzlos ausgeliefert ist.

»Scheiße«, entgegne ich deshalb nur und fahre mir durch die Haare. Wie kann es sein, dass ein verfluchter Abend ausgereicht hat, um mich so fühlen zu lassen?

Meine Reaktion ist Bestätigung genug für Lasse. »Jup. Vielleicht bist du doch nicht auf dem Weg, sondern eher schon in der Nähe der Ziellinie. Glückwunsch, Mann.«

Und ich habe keine Ahnung, was ich dazu sagen soll außer noch einmal »Scheiße«.

8

LENE

Mein Geburtstag ist der erste Tag seit meiner Rückkehr aus Neuseeland, an dem ich am liebsten zu Hause bleiben und mich unter meiner Bettdecke verkriechen würde.

Aber ich weiß, dass das Gift ist. Ich sehe es an Mum, was passiert, wenn man diesem Verlangen zu oft nachgibt. Und das darf auf keinen Fall passieren. Ich kann nicht auch noch in dieses Loch fallen, aus dem meine Mum seit Monaten nicht mehr herauskommt. Also quäle ich mich aus dem Bett, schleppe mich unter die Dusche und versuche, die Erinnerungen daran abzuwaschen, wie dieser Tag früher war, als ich ihn noch gemeinsam mit meinen Brüdern feiern konnte. Der Ausflug ins Hallenbad, weil Emil das unbedingt wollte. Ein Workshop, wie man Filme dreht, weil Hendrik sich das gewünscht hat. Und ein Konzert, weil ich mit zehn Jahren dringend meine damalige Lieblingssängerin sehen wollte, und meine Brüder mussten natürlich mit.

Spoiler: Es funktioniert nicht. Auch nach der Dusche weiß ich immer noch, welcher Tag heute ist. Und ich weiß auch immer noch, dass ich nicht daran denken möchte. Aber es ist wie bei dieser psychologischen Aufgabe, bei der man nicht an den roten Elefanten denken darf. Als Resultat denkt man nur noch an genau diesen. Nur dass meiner heute die Form eines Datums hat.

29. Juli.

In aller Herrgottsfrühe verschwinde ich aus dem Haus. Wenn ich noch da bin, sobald Emil auftaucht oder Mum sich ausnahmsweise in die Küche schleppt, wird es unangenehm, weil sie mir mit Sicherheit gratulieren wollen. Und diese Situation will ich vermeiden. Es gibt nichts, wofür es sich zu gratulieren lohnt.

Auf dem Weg in den Park hole ich mir frischen Kaffee und einen belegten Bagel von einer kleinen Bäckerei, die neu aufgemacht hat. Alle angebotenen Produkte sind vegan und regional, und Hendrik hätte es geliebt.

Die Luft ist klar und angenehm kühl, und weil ich so früh dran bin, ist es zudem noch ziemlich leer auf den Straßen. Fast so ruhig wie vor fünf Tagen, als Fin mich nach Hause begleitet hat. Ich hätte die Chance ergreifen und ihn küssen sollen. Keine Ahnung, wieso ich es nicht getan habe. Der Moment war perfekt unperfekt, aber für einen ersten Kuss gibt es sowieso nur eine Regel: spontan und einvernehmlich. Nur hat mich in diesem Augenblick, am Ende, irgendwie der Mut verlassen. Ich habe Fin in die Augen gesehen und mich plötzlich wieder wie eine Teenagerin gefühlt. Auch wenn ich es nie gezeigt und vor meinen Brüdern immer die toughe, mutige Lene war … In mir drin sah es anders aus. Damals die Jungs anzusprechen, war schwer, obwohl es um nichts ging. Fin zu küssen … Ich hatte es tun wollen, mich dann aber plötzlich doch nicht mehr getraut. Weil da auf einmal wieder diese Unsicherheit war und es sich zu wichtig angefühlt hat. Ich wollte nichts versauen, was gerade erst anfängt.

Zum Glück hat dieser Moment nichts daran geändert, wie Fin sich mir gegenüber verhält. Er kommt immer noch jeden Tag in den Park, bekämpft seine Angst und trinkt mindestens einen Kaffee mit mir. Und dabei reden wir. Über alles, was uns einfällt, weil es so verdammt leicht ist, mit ihm von einem Thema zum nächsten zu springen.

Inzwischen weiß ich, was er am liebsten kocht (Thai-Curry), wo er unbedingt einmal hinreisen möchte (Mexiko) und dass er sich von Smash! grundernähren würde, wenn es ginge. Und ich hab ihm von meinen Hühnern erzählt und wie sehr ich mich auf den Tag freue, wenn ich endlich wieder zu Hause ausziehen kann. Auch wenn ich die Minidinos dann nicht mehr jeden Tag sehen werde.

Der Park liegt noch komplett verlassen da, als ich ankomme. Kein Wunder, ich bin viel zu früh. Thomas und Melike werden vermutlich erst in einer Stunde auftauchen, Alea erst am Nachmittag. Über mir rascheln die Blätter im Wind, während ich anfange, die Gurte und Helme zu kontrollieren. Ich muss mich beschäftigen. Wenn ich etwas zu tun habe, hören meine Gedanken hoffentlich auf, sich im Kreis zu drehen. Entweder sind sie bei Fin, oder ich denke daran, wie ich die letzten Jahre diesen Tag verbracht habe. Und diese Erinnerungen tun einfach nur weh.

Nachdem ich das ganze Equipment gecheckt habe, ziehe ich Gurt und Helm an und beginne damit, die Baumpfade abzuklettern. In den letzten Wochen bin ich so oft hier oben gewesen, dass ich die meisten Parcours inzwischen blind durchklettern könnte. Ich hake den Karabiner ein und lege los. Nicht vieles kostet mich noch Mut. Nur die kleine Zipline am Ende eines der schwierigeren Pfade verlangt jedes Mal etwas Überwindung, und das große spinnennetzähnliche Hindernis braucht viel Kraft. Den Rest absolviere ich, ohne groß darüber nachzudenken.

Es tut gut, mich auszupowern. Hier oben ist die Welt etwas weniger schlimm. Hendrik ist immer noch tot, und Emils Beziehung setzt mir immer noch zu, aber hier oben muss ich mich damit nicht auseinandersetzen. In der Zeit, die ich einige Meter über der Erde verbringe, ist alles irgendwie erträglicher.

»Lene?« Thomas' Stimme lässt mich schließlich innehalten.

Ich strecke mich und sehe nach unten, wo er zusammen mit Melike steht und den Kopf in den Nacken gelegt hat. »Was machst du denn schon hier?«

»Konnte nicht schlafen«, rufe ich ihm ehrlich entgegen und verändere meinen Griff. »Hab die Gurte und Helme kontrolliert und prüfe nun die Strecken.«

»Okay?« Seine Verwunderung ist nicht zu überhören. »Dann … mach ich mal Kaffee.«

»Super Idee.« Ich halte ihm den erhobenen Daumen entgegen, ehe ich mich ein Stück nach oben ziehe und weiterklettere. Ich bin fast am Ende des Pfades angelangt, als ich sehe, dass Melike sich ebenfalls einen Parcours vornehmen will.

»Zu zweit sind wir schneller«, sagt sie und grinst. »Welche hast du schon?«

»Blau, Lila, Grün und Gelb.«

»Okay, dann mache ich jetzt Rot.«

»Und ich Schwarz.« Das ist der anstrengendste, schwierigste Pfad. Aber er ist auch genau das, was ich heute Morgen brauche. Ich mache ihn nur immer erst dann, wenn ich schon ein paar durchhabe und meine Muskeln richtig aufgewärmt sind.

Schweigend klettere ich vor mich hin, und immerhin dieser Weg fordert mich so sehr, dass ich aufhöre zu grübeln. All meine Konzentration gilt der Strecke und den Stellen, an die ich greife oder auf die ich trete. Und dann stehe ich am Ende auf der kleinen Plattform und muss mich entscheiden. Springe ich nach unten in das aufgespannte Sicherheitsnetz? Oder nehme ich den einfachen Abstieg mit Aststufen um einen Baumstamm herum?

Ich denke nicht lange darüber nach. Mit Schwung ziehe ich das Sicherheitsseil zu mir, löse den Karabiner und hake ihn an einer anderen Stelle wieder ein, sodass ich springen kann, ohne hängen zu bleiben.

Sieben Meter. Mehr sind es nicht. Viele Bäume im Wald sind höher. Aber hier oben zu stehen und nach unten zu sehen ... Das Adrenalin in meinem Blut ist sofort da. Mein Herzschlag beschleunigt sich, meine Atmung geht flacher. Nicht auf diese ungesunde Art und Weise, die Fin beim Beginn seines Trainings heimgesucht hat. Es ist der gewollte Stoß von Adrenalin. Der, der mein Blut tanzen lässt. Ich bin schon in eine Schlucht gesprungen, während mein Herz gleichzeitig aus meiner Brust springen wollte. Dagegen ist das hier ein Kinderspiel. Und trotzdem braucht es ein gewisses Maß an Überwindung. Ich trete näher ans Ende der Plattform, prüfe noch einmal, dass ich richtig gesichert bin.

Und dann springe ich.

Es geht schnell. In der einen Sekunde stehe ich oben, in der anderen bin ich unten und krabble aus dem Netz. Das dauert wesentlich länger als mein Fall. Der Auffangbereich ist riesig, damit niemand außerhalb landen kann. Selbst wenn man bewusst nach links oder rechts oder hinten springt ... Es ist immer genug Netz da.

Ich habe mich kaum herausgekämpft, als ich es hinter mir klatschen höre. Überrascht drehe ich mich um und erblicke Fin.

»Wow!«, sagt er und kommt mir entgegen. »Das war echt beeindruckend.«

Ich ignoriere sein Kompliment und mustere ihn stattdessen mit gerunzelter Stirn. »Du bist früh dran.« Es ist noch überhaupt nicht seine Zeit. Er taucht eigentlich immer erst später auf.

»Konnte nicht schlafen«, sagt er und gähnt, wie um seine Worte zu bestätigen. Das lässt mich unweigerlich lächeln. Offenbar ging es ihm wie mir. »Sorry. Hab die halbe Nacht über ein App-Problem nachgedacht.«

»Konntest du es lösen?«

»Nein.« Er schüttelt seufzend den Kopf und sieht mir dabei zu, wie ich Gurt und Helm ausziehe. »Daher will ich jetzt klettern und mir wenigstens dadurch zumindest ansatzweise das Gefühl geben, ein Problem gelöst zu haben.«

»Der Park hat offiziell noch nicht geöffnet. Melike prüft noch.«

»Dann haben wir wohl erst mal ein Kaffeedate.« Er grinst so breit, dass ich nicht anders kann, als es zu erwidern.

»Ist das Date Nummer zwei?«, frage ich und folge ihm zur Mitarbeiterhütte.

»Haha. Netter Versuch. Aber nein.« Er lacht kurz und schüttelt dann erneut den Kopf. »Versteh mich nicht falsch, ich mag den Kaffee hier, aber Datequalitäten hat er wirklich nicht.«

»Stimmt.« Ich lächle kurz, ehe ich die Tür zur Hütte öffne.

Inzwischen hat ihn das Team quasi als einen von uns akzeptiert. Thomas nickt nur kurz, als wir neben ihm auftauchen und Fin nach der mittlerweile vollen Kaffeekanne langt. Ich hole zwei Tassen und halte sie ihm entgegen. Er gibt erst Kaffee hinein, dann Milch. Keinen Zucker.

»Lass uns rausgehen«, sage ich, nachdem ich meinen Kaffee in der Hand halte. Thomas ist in ein paar Rechnungen vertieft, ich will ihn nicht stören.

Draußen ist immer noch alles ruhig. Melike hängt irgendwo in den Bäumen, die Sonne kämpft sich gerade durch die Schleierwolken, und Fin und ich setzen uns an einen Tisch. Es ist derselbe, an dem wir auch in den letzten Tagen saßen. Immer dann, wenn Fin wieder ein Stück über sich hinausgewachsen ist. Expositionstherapie nennt man das wohl. Zumindest hat er es so genannt. Ich glaube, insgeheim fragt er sich manchmal, wieso er nicht schon früher damit angefangen hat.

»Du bist so still.« Sanft stößt Fin mich mit dem Ellbogen an. »Alles okay?«

Ich hebe den Blick und sehe ihn an. »Ja. Klar.« Ich versuche zu lächeln, aber heute habe ich keine Chance. Es gelingt mir nicht ansatzweise.

Fins Antwort ist ein schief gelegter Kopf. Eine stumme Aufforderung, ihn nicht für dumm zu verkaufen.

Kurz überlege ich, ihm einfach zu sagen, was los ist. Aber ich weiß, dass meine Antwort Fragen nach sich ziehen würde, und die ertrage ich heute nicht. Also zwinge ich mich zu einem Grinsen und nippe schnell an meinem Kaffee.

»Was ist das denn für ein App-Problem?«, hake ich nach. Ablenkung könnte funktionieren, wenn er mich lässt.

Ich sehe ihm an, dass er zögert. Er weiß genau, was ich hier tue, und eigentlich will er mich nicht so leicht davonkommen lassen.

Bitte frag nicht weiter nach, bitte frag nicht weiter nach. Ich sage den Satz wie ein Mantra in meinem Kopf. Mindestens achtmal, vielleicht noch öfter. Und es scheint zu wirken. Ich erkenne genau den Moment, in dem Fin sich geschlagen gibt. Er senkt den Blick auf seine Tasse. Nur kurz. Als er wieder aufsieht, hat er sich entschieden, das Thema fallen zu lassen und meine Frage zu beantworten.

»Gestern waren Freunde von Lasse in der Nähe von Trondheim unterwegs«, sagt er, »und plötzlich konnte die App nicht mehr auf ihr GPS zugreifen. Das GPS selbst hat aber funktioniert.«

»Ah.« Ich verstehe das Problem. »So bringt die App natürlich nichts.«

»Genau.« Er trinkt einen Schluck Kaffee. »Ich weiß aber noch nicht, wieso diese Verbindung ausgefallen ist. Deshalb brauche ich heute viel davon.« Fin deutet auf seine Tasse und sieht dann hoch zu den Bäumen. »Vielleicht kommt mir ja nachher da oben eine Idee. Wenn ich voller Adrenalin bin.« Er stoppt sich kurz selbst. »Ich sollte auch ins Netz springen. Wenn das nichts bringt, ist das Problem unlösbar.«

»Oder du fängst langsamer an und übertreibst nicht. Du musst nur aus deiner Komfortzone raus und nicht direkt in den Panikmodus verfallen.«

»Auch wieder wahr.« Er seufzt leise und reibt sich über die Stirn. »Was hältst du davon, wenn ich den Tag für uns beide besser mache?«

»Wie meinst du das?«

»Lass uns heute Abend zusammen essen. Mein Van würde dich gern kennenlernen, und danach grillen wir. Auf dem Campingplatz gibt es genug Feuerstellen.«

»Dein Van will mich kennenlernen?«

»Ja. Dringend sogar, sagt er. Es gibt auch Kaffee. Selbst gemacht überm Campingkocher.«

Ich schmunzle. »Klingt sehr verlockend.«

»Nicht wahr?« Fin grinst. »Also bist du dabei?«

»Bin ich. Ich muss aber bis sechs arbeiten.«

»Prima. Dann um sieben bei mir?«

»Okay.« Ich nicke, lächle, und zum ersten Mal, seit ich aufgestanden bin, fühlt sich der Tag nicht mehr ganz so furchtbar an.

Am frühen Nachmittag taucht Alea auf und löst Melike ab, damit sie nach Hause zu ihrem Kind kann. Wortlos stellt sie einen einzelnen Muffin mit einer Kerze vor mich. Auf meine Frage, was das ist, zuckt sie bloß mit den Schultern, sagt: »Du hast mir nur Geschenke verboten, Kuchen nicht«, und drückt grinsend meinen Arm.

Wortlos sehe ich ihr einen Moment lang hinterher, dann esse ich den Muffin direkt. Vielleicht steigert ein wenig Zucker meine Laune. Seit Fin weg ist, ist sie wieder deutlich gesunken, und dieser Fakt führt dazu, dass ich mich noch schlechter fühle. Ich will nicht, dass mein Befinden von Fin abhängt. Ich mag ihn, und ich freue mich auf unsere Verabredung heute Abend. Aber dass er der Einzige ist, der meinen Tag besser macht … Was für eine Scheiße. Es ist absolut sinnlos, meine Laune von jemandem abhängig zu machen, der Drammen in ein paar Wochen wieder verlassen wird.

Lass dich drauf ein.

Aleas Worte sind plötzlich wieder in meinem Kopf. Und ich weiß, dass ich nichts zu verlieren habe. Ich bin jung und ungebunden, Fin ist es auch. Es spricht nichts dagegen, eine gute Zeit mit ihm zu haben. Dennoch ärgert es mich, dass ich es nicht allein aus diesem Loch schaffe, in das der heutige Tag mich gestürzt hat.

Ein paar Minuten nach sechs mache ich mich auf den Weg nach Hause. Ich will wenigstens schnell duschen, bevor ich zu Fin fahre. Zu ihm und seinem Van. Langsam bin ich echt gespannt auf dieses Teil.

Daheim ist alles ruhig. Emil ist vermutlich mit Freya unterwegs, Mum liegt wie immer im Bett und schweigt den Tag tot, was mir nur recht ist, und Dad macht irgendetwas draußen im Garten. Wenn er wüsste, dass ich zu Hause bin, würde er mit Sicherheit reinkommen und mir gratulieren. Aber auch von ihm will ich heute keine Glückwünsche, also beeile ich mich und husche leise nach oben ins Bad.

Ich bleibe unentdeckt.

Als ich eine knappe Stunde später vor Fins Van stehe, muss ich zugeben, dass er nicht übertrieben hat. Sein Van ist wirklich eindrucksvoll. Von außen wirkt der kleine Bus gar nicht so groß, aber innen hat alles Platz, was ein guter Camper benötigt. Es gibt ein Bett, das ziemlich gemütlich aussieht, ein kleines Schränkchen mit einem Waschbecken, und an der Decke befinden sich sogar ein paar Lichterketten.

»Lasses Idee«, meint Fin, als er meinen Blick bemerkt. »Er hat drauf bestanden.«

»Lass mich raten … Weil das die Frauen beeindruckt?« Ich treffe den Nagel auf den Kopf. Einen Augenblick sieht er mich überrascht an, dann lacht er auf.

»Genau«, bestätigt er und betätigt den kleinen Schalter, um die

Lichterkette anzumachen. »Nachts sieht es natürlich noch besser aus.«

»Soll das heißen, dass ich mindestens bleiben muss, bis es dunkel ist?« Ich setze mich auf sein Bett, lasse mich nach hinten auf die Matratze fallen und starre an die Vandecke über mir. Fins Bett ist genauso gemütlich, wie ich vermutet habe.

»Nur, wenn du möchtest …« Er lehnt neben der Schiebetür und beobachtet mich. Ich spüre seinen Blick deutlich auf mir.

Träge richte ich mich auf den Ellbogen wieder auf und sehe zu ihm. »Kommt drauf an, wie gut dein Kaffee ist. Und was wir grillen.« Herausfordernd mustere ich ihn und setze mich wieder aufrecht hin. »Wenn du mir gleich Fische mit Augen und Mund präsentierst, muss ich leider direkt gehen. Ich esse nichts, was mich ansieht.«

»Dann hast du nichts zu befürchten.« Er macht einen Schritt nach hinten, sodass ich den Van wieder verlassen kann. »Ich bin Vegetarier, es gibt Gemüsespieße, Brot und Salat.«

»Du bist Vegetarier?«

»Jep.« Fin deutet auf einen von zwei Klappstühlen, die vor einem kleinen, runden Tisch stehen, auf dem er Kaffee bereitgestellt hat. Und irgendwie mag ich es, dass das offenbar unser Ding geworden ist. »Ich kann nicht Leo zu Hause haben und gleichzeitig Kühe oder Schweine essen. Das geht in meinem Kopf einfach nicht zusammen.«

»Hm«, murmle ich zustimmend, weil er eigentlich recht damit hat. Es ist paradox, die einen Tiere zu lieben und die anderen zu essen. Hendrik hat das auch immer gesagt.

»Ist das okay für dich?« Er sieht mich fragend an, während er uns Kaffee eingießt.

»Dass es kein Fleisch gibt?«

Fin nickt.

»Klar. Ich bin Flexitarierin.«

»Du isst also alles?«

»Ich passe mich an. Wie ein Chamäleon. In Neuseeland war ich ziemlich oft vegan unterwegs, weil ein Großteil meiner Gruppe so gegessen hat. Grundsätzlich mag ich alles, aber ich würde mich nie beschweren, wenn jemand mir kein Fleisch anbietet. Also alles gut.«

»Okay, prima.« Fin schenkt mir wieder sein Fin-Grinsen und schiebt mir meinen Kaffee entgegen. »Auf dein Chamäleon-Ich.«

Wir stoßen mit seinen Emailletassen an, und ich nutze die nächsten Sekunden, um mich umzusehen. Fins Platz ist direkt am Ufer, uns trennen nur vier, vielleicht fünf Meter vom Wasser. Neben seinem Van steht ein riesiger, alter Baum, der große Schattenflächen auf den Boden wirft. Zwischen dem Van und dem Baumstamm hat Fin eine Art Wäscheleine aufgespannt, wo ein paar Handtücher zum Trocknen hängen. Anscheinend bin ich nicht die Einzige, die vor unserem Date geduscht hat.

Mit etwas Abstand zum Baum, direkt auf den Steinen am Ufer, hat jemand eine Feuerstelle angelegt. Kleine Felsbrocken sind kreisförmig angeordnet und aufeinandergestapelt, sodass ein sicherer Bereich entstanden ist, über dem ein Grillgitter liegt. Unweigerlich denke ich wieder an meine Zeit in Neuseeland, wo wir ständig kleine Feuer gemacht und ebenfalls gegrillt haben.

Während ich weiter an meinem Kaffee nippe, schichtet Fin das Holz auf und entzündet unser Lagerfeuer. Es muss eine ganze Weile brennen, bis wir das Gemüse grillen können, aber das macht nichts. Ich strecke die Beine aus, sehe aufs Wasser und bin erstaunt, wie schön Norwegen sein kann. Das wusste ich immer, aber in den letzten Monaten habe ich es irgendwie vergessen. Weil ich nicht hier sein wollte. Alles an Drammen ist eine einzige Erinnerung an meinen Bruder. An beide. Wir haben so viel erlebt, so viel angestellt, so viel Spaß gehabt. Und dann, von einem Tag auf den anderen, war alles wie weggeblasen.

Kein Hendrik mehr bedeutete keine Dreierabenteuer mehr. Keine gemeinsamen Nachmittage am Fjord mehr. Keine Spieleabende, keine gemeinsam besuchten Konzerte, keine Ausflüge ins Hallenbad oder an einen von Emils geliebten Seen. Und diesen Gedanken habe ich nicht ertragen. Also wurde ich zur Einzelkämpferin und bin abgehauen. Denn nichts anderes war meine überstürzte Abreise. Ein Abhauen, ein Weglaufen, ein Fluchtrennen.

Erst seit meiner Wanderung mit Alea achte ich stärker auf meine Umgebung. Denn sie hat recht. Norwegen ist schön. Manchmal erinnert es mich sogar sehr an Neuseeland.

»Hey.« Fins Stimme reißt mich aus meinen Gedanken. Er setzt sich wieder neben mich. »Du bist schon wieder so schweigsam«, sagt er, während das Feuer vor sich hin brennt. Er klingt besorgt.

»Hm.« Ich seufze leise in meinen Kaffee. »Es ist nur …«, beginne ich und weiß nicht, wie ich all das, was in meinem Kopf hin und her rast, formulieren soll, ohne mit der Tür ins Haus zu fallen. Ich kann nicht einfach so raushauen, dass mein Bruder tot ist und wir heute Geburtstag haben. Nein, dass nur noch Emil und ich Geburtstag haben und Hendrik hätte. Zum-Kotzen-Konjunktiv. Ich will die Hände zu Fäusten ballen, aber es geht nicht. Das bringt Hendrik und mein altes Leben auch nicht wieder zurück. Ich muss endlich akzeptieren, dass ich nur noch einen Bruder habe. Und dass das für immer so sein wird, egal, wie sehr ich mir wünsche, dass es anders wäre.

»Lene?« Wieder reißt Fin mich aus meinen Gedanken. Genau in dieser Sekunde klingelt mein Handy. Als ich keine Anstalten mache, den Anruf anzunehmen, sieht Fin mich verwundert an. »Willst du nicht rangehen?«

»Nein.« Ich weiß, dass es nur jemand ist, der mir zum Geburtstag gratulieren will. Und darauf habe ich keine Lust.

»Sicher? Könnte wichtig sein.«

»Ist es nicht. Glaub mir.« In diesem Moment hört das Klingeln auf.

Fin mustert mich immer noch skeptisch. Und sein Blick wird noch nachdenklicher, als keine zehn Sekunden später eine Nachricht eingeht und ich auch diese ignoriere. Zumindest bis es ein zweites Mal vibriert. Dann ziehe ich mein Handy doch aus der Hosentasche und werfe einen Blick auf das Display.

> Eigentlich wollte ich das persönlich tun,
> aber du bist schon wieder weg.

> Happy Birthday, kleine-große Schwester.
> Ich hab dich lieb. Emil

Augenblicklich füllen sich meine Augen mit Tränen, ich kann es nicht verhindern. Ich versuche, sie wegzublinzeln, aber natürlich bemerkt Fin sie. Weil er mich an- und nicht wegsieht, als ich auf die Nachricht starre.

Ich blicke auf den Bildschirm, lese Emils Nachricht noch einmal. *Kleine-große Schwester.* Weil ich wenige Augenblicke älter bin als er, aber er mich längst um einen halben Kopf überragt. Scheiße, ich vermisse ihn. Nicht nur Hendriks Abwesenheit hat ein Loch in meine Brust gerissen, mir fehlt auch Emil. Emil und alles, wie es früher war.

»Was ist denn los, Lene?« Fin ist näher gekommen. Er geht neben mir in die Hocke, löst meine Finger behutsam von der Kaffeetasse und stellt sie auf den Tisch. Ich sehe die stumme Frage in seinem Blick.

Was macht deinen Tag heute so furchtbar?

Ohne ein Wort zu sagen, schiebe ich ihm mein Handy entgegen. Er dreht es um und liest Emils Nachricht.

»Dein Bruder?«, fragt er.

Ich nicke.

»Ihr habt heute Geburtstag?«

Wieder nicke ich, aber mir ist klar, dass das nicht die Antwort auf seine Frage ist. Niemand heult, weil er Geburtstag hat und der eigene Bruder gratuliert. »Es sind nicht nur Emil und ich.« Zaghaft beginne ich zu sprechen. Eigentlich war der Plan, den heutigen Tag für uns beide besser zu machen. Und jetzt mache ich ihn schlimmer, weil ich Fin nun mit hineinziehe. Aber ich kann einfach nicht anders. Es fühlt sich an, als hätte ich den ganzen Tag all meine Gefühle geschluckt, und nun will der Ballon in meinem Magen platzen. »Also, doch, schon. Jetzt sind es nur noch Emil und ich. Aber bis letztes Jahr gab es drei von uns …«

»Wie meinst du das?«

Ich fahre mir mit dem Handrücken über die Wangen. »Wir sind … Nein, wir *waren* Drillinge. Emil, Hendrik und ich. Aber Hendrik ist letztes Jahr gestorben, und jetzt … sind es nur noch Emil und ich. Heute ist mein erster Geburtstag ohne ihn, und ich hab allen verboten, mir zu gratulieren oder Geschenke zu machen.«

»Scheiße, Lene.« Er legt mein Handy auf den Tisch und nimmt meine Hände in seine. »Das tut mir so, so leid.« Sanft streicht er mit den Fingern über meinen Handrücken.

Und es sind genau diese liebevollen, zarten Berührungen, die mich brechen. Die meinen Gefühlsballon platzen lassen. Ich will nicht weinen, aber ich tue es, werde überrollt von dieser Welle an Tränen und Emotionen und Kummer. Und ich gehe nur deshalb nicht darin unter, weil Fin da ist. Er hält meine Hände und irgendwann mich, und in diesen Minuten entlädt sich alles, was sich seit Tagen angestaut hat und gerade seinen Höhenpunkt findet.

»Es tut mir leid«, sage ich schließlich so leise, dass es kaum zu hören ist, und löse mich aus seiner Umarmung. »Ich wollte den Abend nicht kaputtmachen.«

»Das tust du nicht«, entgegnet Fin sofort und richtet sich auf. »Für deine Tränen musst du dich nicht entschuldigen. Niemals. Bei niemandem. Okay?« Er sieht mich fest an und streicht mir ein paar Haarsträhnen aus dem Gesicht.

Ich fand diese Geste immer kitschig, verdrehe jedes Mal die Augen, wenn ich sie in einem Film sehe oder in einem Buch darüber lese. Aber jetzt, da Fin derjenige ist, der genau das tut … Seine Berührung löst eine Gänsehaut auf meinem ganzen Körper aus. Einen Kribbelschauer, den ich überall spüre.

»Okay.« Ich nicke und beiße mir auf die Unterlippe. »Danke.« Meine Stimme klingt kratzig. Trotzdem spreche ich weiter. »Das darf ich sagen, oder? Das stimmt nämlich auch.« Ich bemühe mich um ein Lächeln, das meine Worte unterstreicht.

»Das ist in Ordnung, ja.« Fin erwidert mein Lächeln, ehe er wieder ernst wird. »Möchtest du darüber reden? Also was mit Hendrik passiert ist? Oder lieber nicht?«

Allein, dass er die Optionen so deutlich ausspricht, zeigt mir, dass beides für ihn okay wäre. Ein Darüberreden. Genauso wie ein Schweigen. Und ich glaube, daran liegt es, dass ich mich für die Möglichkeit entscheide, die ich sonst vermeide.

»Hendrik war ein Chaot«, sage ich und blicke in die Flammen. Es ist leichter so. »Er hat es geliebt, Filme zu machen, und das hat er dann auch studiert. Ich hab ihn immer ein bisschen beneidet, weil er so sehr wusste, was er wollte, während ich … Ich hatte einfach keine Ahnung.« Ich konnte das immer nur gut überspielen. »In den Monaten, bevor er gestorben ist, hat er sich einer Tierschützergruppe angeschlossen. Aktivisten. Sie wollten zeigen, wie schlecht die Bedingungen in den Massentierfarmen sind. Hendrik war dabei, als sie eingebrochen sind, und hat gefilmt. Keine Ahnung, was er sich dabei gedacht hat. Ich meine, ich bin auch für Tierwohl und Tierschutz. Aber dafür dieses ganze Risiko einzugehen, um hinterher eine Doku zu erstellen … mit illegal gedrehtem Material … Das ist einfach dumm.« Ich merke, dass ich durcheinanderspreche, als Fin die Stirn runzelt. »Sorry, ich …« *Bin einfach aufgewühlt.* Ich spreche den Satz nicht aus, Fin hat deutlich gemacht, dass ich das nicht muss. Nicht bei ihm. »Letztes Jahr im August sind sie wieder in eine Farm eingebrochen. Es sollte die letzte Aktion sein, bei der Hendrik mitmachen wollte, aber dann ist er einem Wachmann in die Arme gelaufen, und der hat ihn erschossen.«

»Erschossen?« Fin reißt die Augen auf und wird blass. »Einfach so?«

»Der Wachmann hat behauptet, es sei Notwehr gewesen, aber inzwischen wissen wir, dass das nicht stimmt.« Ich erzähle ihm, was Emil und Freya in den letzten Wochen herausgefunden haben und dass Hendriks Fall neu aufgerollt wurde. Gott, wie ich es hasse, dass es diese Bezeichnung überhaupt gibt. *Hendriks Fall.* Nur, weil mein Bruder mit dieser speziellen Dokumentation bei einem verfluchten Wettbewerb mitmachen wollte und dafür zum Einbrecher wurde.

Ich rede mich in Rage, und je mehr ich sage, umso deutlicher spüre ich, wie wütend ich bin. Und gleichzeitig überlagere ich damit nur all die Traurigkeit in mir. Denn das ist das Schlimmste. Eigentlich sind all diese Gefühle in mir nichts weiter als Trauer. Trauer, mit der ich mich nicht auseinandersetzen kann, weil ich Angst habe, sie nicht zu überleben.

Fin sitzt einfach nur da und hört zu. Er gibt mir keine Ratschläge, nach denen ich nicht gefragt habe. Er sagt auch nicht noch einmal, dass es ihm leidtut, obwohl ich ihm ansehe, dass genau das der Fall ist. Er findet es so beschissen und unfair wie ich, dass mein Bruder tot ist.

Ich habe keine Ahnung, wie viel Zeit vergangen ist, aber schließlich höre ich auf zu reden. Es ist alles gesagt. Hendrik ist tot, der Tag heute ist beschissen, und ich habe uns den Abend genug versaut. Allerdings rechne ich nicht mit Fins Reaktion. Er steht auf und hält mir seine

Hand entgegen. Verwundert blicke ich zwischen ihm und seinen Fingern hin und her. Was hat er vor? Zaghaft lege ich meine Hand in seine.

»Das soll jetzt keine Anmache sein«, sagt er, als er mich auf die Beine zieht. »Aber du hast nicht zufällig einen Bikini dabei?«

Ich schüttle den Kopf. »Nein, hab ich nicht. Wieso?«

Er ignoriert meine Frage. »Trägst du Unterwäsche, bei der es egal ist, ob dich jemand darin sieht?«

»*Was?*«

»Okay, das klang echt ein bisschen creepy. So ist es gar nicht gemeint.« Mit der einen Hand hält er immer noch meine, mit der anderen deutet er aufs Wasser. »Ich habe eine Idee, aber dafür müssen wir da rein. Und da ich nicht glaube, dass Nacktbaden so gut ankäme …«

»Verstehe.« Ich löse meine Hand aus seiner und ziehe meine Bluse etwas von mir weg, sodass ich zwischen den Stoff und meinen Körper sehen kann. Schwarzer BH mit rosafarbenem Blümchenmuster. Und ich weiß, dass mein Slip auch schwarz ist, weil ich keine anderen besitze.

Ich lasse die Bluse wieder los. »Sollte klargehen.«

»Ehrlich? Du kommst mit ins Wasser?«

Ich nicke. »Unter einer Bedingung.«

»Raus damit.«

»Wenn ich in Unterwäsche da reinhüpfe, ziehst du auch nicht extra Badeshorts an. Deine Boxershorts tun es. Gleiches Recht für alle.«

»Deal.« Er schlägt sofort ein und schnappt sich ein paar der Handtücher, die hinter uns auf der Leine hängen. »Frisch gewaschen«, versichert er mir und wirft sie über die Lehne seines Klappstuhls.

»Wir gehen echt rein?« Mit langsamen Schritten trete ich auf ihn und damit auf das Ufer zu.

»Japs.« Fin ist mir knapp zwei Meter voraus, als er sich zu mir umdreht und aus seinen Schuhen steigt. Dann streift er sich sein T-Shirt über den Kopf, und ich würde gern behaupten, dass ich ihn nicht anstarre. Aber ich tue genau das.

Im Park konnte ich trotz seiner Klamotten bereits erahnen, dass er trainiert ist. Aber ihn nun oben ohne vor mir zu sehen, mit freier Sicht auf sein Sixpack, das eigentlich mehr ein Eightpack ist … Fuck. Ich habe kein Problem mit meinem eigenen Körper, aber im Vergleich dazu entwickle ich sofort mindestens zwanzig Komplexe.

Ich schlucke heftig, als ich auf ihn zulaufe und Knopf für Knopf meiner Bluse öffne. Ich bin beim letzten, als Fin schon in Boxershorts vor mir steht. Sie sind knallbunt und passen überhaupt nicht zu dem Mann, den ich kennengelernt habe. Und doch schreien sie irgendwie seinen Namen.

Vorsichtig streife ich mir die Bluse von den Schultern und greife nach dem Knopf meiner Jeans. Das ist der Moment, in dem ich sehe, wie er schluckt. Sein Adamsapfel bewegt sich deutlich auf und ab. Er sagt kein Wort, während ich aus meiner Hose steige und sie neben seine Klamotten schmeiße.

»Okay«, sage ich, als ich neben ihm stehe. »Und nun?«

»Jetzt gehen wir ins Wasser«, antwortet Fin, bewegt sich aber keinen Zentimeter. Stattdessen sieht er mich weiterhin an.

»Und warum wir das tun …?« Ich hebe auffordernd die Augenbrauen.

»… erzähle ich dir, wenn wir drin sind.« Er beendet meinen Satz, und endlich kommt Leben in ihn. Entschlossen tritt er ins Wasser, watet Schritt für Schritt tiefer hinein.

Ich folge ihm, bin nicht so schnell wie er, die kleinen Steine auf dem Seegrund piken unangenehm in meine Fußsohlen. Trotzdem laufe ich weiter und weiter, spüre die Kälte des Wassers auf meiner Haut. Es brennt nicht, aber es fühlt sich an wie kleine Nadelstiche. Nicht so, dass es schlimm wäre, aber wirklich angenehm finde ich das auch nicht. Als die Wassergrenze meine Oberschenkel erreicht, halte ich kurz die Luft an. Fin hingegen hat diese Schwelle schon überschritten. Die kleinen Wellen der Seeoberfläche berühren bereits seinen Bauchnabel. Ich wate noch ein paar Schritte über den immer schlickiger werdenden Boden. Dann beschließe ich, dass es reicht und ich die Pflaster-abzieh-Technik brauche. Ich beiße die Zähne zusammen, spritze mich selbst mit etwas Wasser an und schwimme einfach los.

Überrascht dreht Fin sich zu mir um, als er mein Geplätscher hört.

Mit großen Zügen komme ich auf ihn zu, damit mir wärmer wird. »Was ist los?«, frage ich und umkreise ihn. »Ist dir etwa kalt?«

»Nein. Ich genieße die Aussicht.« Da sein Blick dabei auf mir liegt und nicht auf der Landschaft um uns herum, machen seine Worte entweder wenig Sinn oder er meint damit, was ich glaube, dass er tut.

»Dann genieß schneller und erklär mir, was du vorhast.« Ich schwimme noch einmal um ihn herum.

In der nächsten Sekunde taucht Fin einfach unter.

Okay? Auch eine interessante Möglichkeit, um sich komplett nass zu machen. Ich grinse, als er wieder auftaucht und sich die Haare aus der Stirn schüttelt, wie das nur Männer können.

»Also«, beginne ich noch einmal. »Was machen wir hier?«

»Unterwasserschreien.«

»Was?« Ich bewege die Arme auf der Stelle, um nicht unterzugehen.

»Unterwasserschreien«, wiederholt er. »Unterdrückte Gefühle müssen raus. Du hast dich heute den ganzen Tag zusammengerissen. Jetzt ist Schluss damit. Also tauchen wir gleich unter, und dann schreist du.«

»Und ertrinke dabei, wenn ich den Mund öffne?« Ich bin nicht überzeugt.

»Einfach nicht schlucken.« Fin grinst trotz seines ernsten Blickes.

»Und wenn du nicht mehr kannst, tauchst du wieder auf und spuckst das Wasser aus.«

Ich bin immer noch skeptisch, aber er hat nicht ganz unrecht. Ich stehe seit Stunden unter Anspannung, einfach nur, weil heute mein Geburtstag ist und ich Hendrik vermisse und mit Emil Streit habe. Davon weiß Fin zwar nur wenig, aber es genügt trotzdem, damit wir beide wissen, wie sehr ich dieses Schreien nötig habe.

»Okay.« Ich atme zweimal durch.

»Bereit?«

Ich nicke.

»Auf drei.«

Fin beginnt zu zählen, und als ich sein »Drei!« höre, holen wir beide Luft und tauchen gleichzeitig unter. Nicht tief, vielleicht einen halben Meter.

Ich öffne die Augen, und es ist alles verschwommen, aber immer noch hell. Fin ist mir genau gegenüber. Er öffnet den Mund, Luftblasen steigen nach oben, und ich weiß, dass er nun schreit. Also tue ich dasselbe. Ich brülle und brülle und brülle. Vor mir sind unzählige kleine Luftblasen, ich spüre das kalte Wasser in meinem Mund, aber ich schreie dennoch weiter. Weil er recht hat. Es tut unglaublich gut.

Als ich merke, dass mir die Luft ausgeht, schieße ich nach oben und spucke das Wasser aus meinem Mund aus. Keine drei Sekunden nach mir taucht auch Fin wieder auf.

»Und?«, will er wissen.

Ich reagiere nicht auf seine Frage. Stattdessen hole ich erneut Luft, senke meinen Kopf und wiederhole das ganze Spiel. Dreimal mache ich das. Ich schnappe Luft, ich tauche unter, ich schreie. Und mit jedem einzelnen Mal habe ich das Gefühl, dass ein bisschen mehr meiner Wut weicht. Die Traurigkeit bleibt, aber ich bin dennoch plötzlich weniger unter Strom. Die Anspannung lässt nach.

Als ich nun wieder die Wasseroberfläche durchbreche und nach Luft schnappe, bleibe ich oben. Fin hat schon nach dem zweiten Mal aufgehört. Er schwimmt auf der Stelle und sieht mich an, ein zufriedenes Lächeln auf dem Gesicht.

»Besser?«, fragt er.

»Besser«, bestätige ich. Und lache, weil ich so erleichtert bin. Mit zwei Schwimmzügen bin ich näher bei ihm. »Danke«, sage ich und blicke fest in seine Augen. Das Wasser des Sees lässt sein Blaugrau fast türkis wirken.

Schweigend sehen wir uns an. Er bewegt sanft die Arme, damit er auf der Stelle bleiben kann, ich ebenso. Obwohl es ein wolkenloser Abend ist, sind wir die einzigen Menschen im See. Aber ich glaube, selbst wenn dem nicht so gewesen wäre … In diesem Augenblick hätte es sich dennoch exakt so angefühlt. Ich habe nur Augen für Fin, und auch sein Blick weicht keine Sekunde von mir ab.

Lass dich darauf ein.

Wieder ist Aleas Stimme in meinem Kopf.

Mach nicht denselben Fehler wie ich.

Ich weiß nicht, wer von uns beiden letzten Endes den ersten Schritt macht. Ich weiß nur, dass es unausweichlich ist. Im einen Moment schwimme ich noch mit etwas Abstand vor Fin. Im nächsten lege ich die Arme um seinen Hals, er schiebt seine um meine Hüfte. Wir bewegen beide die Beine hin und her, damit wir nicht untergehen. Keiner von uns sagt ein Wort, und doch sagen wir alles. Mit den Augen, mit den Händen, mit den Füßen. Ich beuge mich zu ihm, Fin kommt mir entgegen, wir strampeln mit den Beinen, stoßen aneinander, aber das ist alles egal, weil er mich endlich küsst.

Ich umschlinge ihn noch fester, spüre seinen Oberkörper an meinen Brüsten, Stoff auf Haut, Wärme an Kälte, Lippen auf Lippen. Ich küsse ihn zurück, öffne den Mund leicht, stoße auf seine Zunge, atme nur noch durch die Nase und habe trotzdem das Gefühl, dass es nicht reicht. Ich will mehr, will ihn küssen und küssen und küssen. Nichts anderes, nur noch das. Kuss für Kuss für Kuss. Ich lasse meine Hände in seine Haare wandern, ziehe ihn noch näher, während er mich gleichzeitig an sich drückt und ich die Beine um seine Hüfte schlinge. Ich habe keine Ahnung, wie er uns halten will, aber irgendwie funktioniert es. Er bewegt seine Füße, seine Zunge sucht meine, er schmeckt nach Lust und Freiheit und Glück.

Plötzlich löst er seine Lippen von meinen, lehnt seine Stirn an meine und atmet durch. Ich tue es ihm gleich, küsse seine Kieferlinie, fühle die rauen Bartstoppel und habe noch nie etwas Schöneres an meinen Lippen gespürt.

»Hol Luft«, flüstert er auf einmal. Ich hebe den Blick, sehe ihm in die Augen. Er nickt und wiederholt noch einmal: »Hol Luft.«

Ich tue, was er sagt, und als wir beide durchgeatmet und den Sauerstoff tief in unsere Lunge gesogen haben, küsst er mich wieder.

Und dann sinken wir gemeinsam unter Wasser und küssen uns dort.

Über Nacht ziehen Wolken auf. Am nächsten Morgen ist der Himmel grau und trist, aber immerhin regnet es nicht. Ich schlüpfe trotzdem in meine Regenjacke, als ich durch den Garten zu den Hühnern laufe. Noch habe ich Zeit, bevor ich in den Park muss, und miste deshalb kurzerhand mal wieder aus. Alte Einstreu raus, neue rein. Dagahilt beobachtet mich misstrauisch dabei. Ganz so, als würde ich es falsch machen ohne ihre fachmännische Begleitung. Zweimal versuche ich, sie aus der Hütte zu scheuchen, aber sie ist stur und kommt immer wieder zurück.

»Dummes Ding«, murre ich sie an. Ohne Erfolg. Dagahilt bleibt, und ich ergebe mich meinem Schicksal.

Obwohl ich letzte Nacht wieder kaum geschlafen habe, bin ich nicht müde. Beides ist Fins Schuld. Nach unseren Küssen im Wasser fiel mir auf, was ich bei der ganzen Aktion nicht berücksichtigt habe. Ich hatte zwar kein Problem damit, in Unterwäsche schwimmen zu gehen. Aber ich habe nicht so weit vorausgedacht, dass sie hinterher nass sein würde und ich meine Jeans und die Bluse ohne etwas darunter wieder anziehen müsste. Auch wenn es mir etwas unangenehm war, habe ich mich hinter einer provisorischen Umkleidekabine, bestehend aus Fins Handtüchern und der Wäscheleine, aus meiner Unterwäsche geschält und die Bluse so in die Hose gesteckt, dass ich nicht ständig das Gefühl hatte, bei einer falschen Bewegung halb nackt vor Fin zu sitzen. Er hat den Kampf mit meinen Klamotten amüsiert beobachtet, während er das Gemüse auf den Grill geworfen und den Tisch gedeckt hat.

Eigentlich hatte ich nicht vor, wieder bis zum Morgengrauen bei ihm zu bleiben. Aber nach dem Essen hat er die Lichterketten angemacht und Duftkerzen gegen die Mücken angezündet. Und irgendwann haben wir wieder geknutscht. Weil wir es draußen taten, am See, hat es sich ein bisschen verboten angefühlt. Als wären wir vierzehnjährige Teenager, die sich heimlich getroffen haben, damit ihre Eltern sie nicht erwischen. Nachdem ich Fin an meinen Gedanken habe teilhaben lassen, hat er nur gelacht und mich enger an sich gezogen. Bis ich mich gegen Ende der Nacht doch von ihm verabschiedet habe.

Jetzt, hier, umgeben vom Dreck meiner Hühner, habe ich keine Ahnung, wieso ich nicht einfach geblieben bin. Ich bin mir sicher, dass er nichts dagegen gehabt hätte. Im Gegenteil. Aber zu bleiben, hätte die Sache kompliziert gemacht. Übernachten bedeutet etwas, und ich war nicht bereit, darüber nachzudenken, was genau. Ich bin es auch jetzt nicht. Ich mag Fin, aber ich will das, was zwischen uns ist, nicht direkt zerdenken.

Energisch kehre ich den Rest Dreck zusammen und schütte ihn in einen Eimer. Ich will ihn gerade leeren, als Emil im Garten auftaucht.

»Hey«, sagt er und kommt lächelnd näher.

»Was willst du?« Argwöhnisch mustere ich ihn. Er hält ein kleines Päckchen mit einer Schleife drum herum in den Händen.

»Dir das geben.« Er streckt mir das Geschenk entgegen. »Ich hab dich gestern nicht gesehen, deshalb heute. Hier.«

Ich habe keine Ahnung, was ich dazu sagen soll. *Ich will dein blödes Geschenk nicht? Lass mich in Ruhe. Mach mit Freya Schluss, das wäre für uns alle besser?* Aber auch wenn mir negative Gedanken durch den Kopf rasen, mischen sich sogleich Erinnerungen darunter. Gute Erinnerungen. Niemand macht bessere Geburtstagsgeschenke als Emil. Es ist nie irgendetwas, das er in letzter Minute einfach so gekauft hat. Emil denkt darüber nach, was er verschenkt. Wie er das bei allem tut. Das unterscheidet ihn vielleicht am meisten von Hendrik und mir. Er ist besonnen und feinfühlig, wo wir immer direkt mit dem Kopf durch die Wand wollten. Emil hat uns geerdet. Auf seine besondere Emil-Art.

Mir liegt so vieles auf der Zunge. Aber ich sage nichts davon. Kann es nicht, weil da eben auch die negativen Gedanken sind. Und die will ich auf gar keinen Fall aussprechen.

Stattdessen zucke ich mit den Schultern und versuche es mit Gleichgültigkeit. Das hat gestern schon funktioniert.

»Geht nicht«, entgegne ich und überrasche mich selbst, wie kühl ich dabei klinge. »Hab keine Hand frei.« Es ist eine faule Ausrede, das wissen sowohl Emil als auch ich. Ich könnte meinen Kram sehr wohl einfach abstellen und ihm das Geschenk abnehmen.

»Okay.« Emil seufzt leise. »Dann lege ich es dir drinnen auf den Tisch, ja?«

»Tu, was du nicht lassen kannst.« Ich zucke mit den Schultern und will an Emil vorbei zum Mülleimer. Aber mein Bruder wäre nicht mein Bruder, wenn er mich so einfach ziehen lassen würde.

»Komm schon, Lene«, fleht er. »Können wir das Kriegsbeil nicht endlich begraben?«

»Bist du noch mit Freya zusammen?«

»Ja.«

»Dann nicht, nein.« Ich trete energisch auf ihn zu. Eine eindeutige Aufforderung, mir Platz zu machen. Emil sieht mich an, ein ganzes Meer von Emotionen in seinen Augen, sodass ich Mühe habe, seinem Blick standzuhalten. Ich will nicht einknicken. Ich *kann* es nicht. Dazu ist die Sache zu wichtig.

Ein paar Sekunden führen wir einen stummen Kampf.

Bitte, Lene, rede mit mir.

Es gibt nichts zu sagen.

Freya ist mir wichtig.

Und mir ist Hendrik wichtig.

Als die ersten Regentropfen fallen, gibt Emil sich geschlagen. »Ich leg es dir auf den Tisch«, sagt er noch einmal. Dann dreht er sich um und geht zurück ins Haus.

Ich stapfe zum Mülleimer und schmeiße die alte Einstreu mit mehr Schwung als nötig hinein. Am liebsten würde ich all die Gefühle, die in mir toben, mit hineinwerfen. Es ist anstrengend, ständig so wütend zu sein. Ich kann nicht jeden Tag mehrmals tauchen gehen und unter Wasser schreien, obwohl das wirklich überraschend gutgetan hat. Aber vielleicht lag das auch an Fin. Er hat diese beruhigende Wirkung auf mich. Zeit mit ihm zu verbringen, ist mein Highlight des Tages.

Energisch laufe ich zurück zu den Hühnern, räume den leeren Eimer und die Schaufel wieder weg, verteile noch Futter und hole frisches Wasser. Ich bin routiniert und arbeite schnell. Im Nu ist alles erledigt.

Als ich zurück ins Haus gehe, ist die Küche leer – bis auf das kleine Päckchen auf dem Tisch. Es sieht mich fast schon vorwurfsvoll an.

Dein Bruder hat sich etwas für dich überlegt. Und du?

Ich habe kein Geschenk für Emil. Ich habe ihm nicht einmal gratuliert, weil sich das dieses Jahr einfach nur unehrlich angefühlt hätte. Was hätte ich sagen sollen? *Alles Gute? Ich wünsche dir nur das Beste?* In mir drin tue ich das zwar. Ich wünsche Emil alles Schöne auf dieser Welt, weil ich meinen Bruder trotz allem liebe. Aber ich weiß nun einmal auch, dass keiner von uns *alles Gute* haben kann. Ohne Hendrik geht das schlicht nicht mehr.

Ich schnappe mir das Geschenk und eile nach oben ins Bad. Bevor ich in den Park fahre, muss ich den Hühnerstallgestank von mir abwaschen. Ich rieche nicht schlimm nach Tier, dennoch möchte ich so nicht vor meinen Kollegen auftauchen. Und gleich gar nicht vor Fin. Er wird später auch wieder kommen, wie immer.

Als ich fertig geduscht und mir die Haare geföhnt habe, scheint Emils Päckchen immer noch ein vielsagendes Loch in mich zu brennen. Kurz entschlossen nehme ich es in die Hände und reiße das Papier ab. Zum Vorschein kommt ein Schlüsselanhänger. Es ist ein kleines Huhn. Umständlich hat er ein Post-it daran befestigt.

Damit du sie immer bei dir hast, egal wo du bist.

Fuck. Schnell schließe ich die Augen und presse mir die Finger an die Nasenwurzel, um nicht zu heulen. Mit der anderen Hand umklammere ich das kleine Huhn und atme so lange durch, bis ich sicher sein kann, nicht mehr loszuweinen, sobald ich die Augen öffne.

Ich habe dieses Geschenk nicht verdient. Ich wollte es nicht einmal. Das ist mir alles klar, und dennoch … Es freut mich. Es freut mich, dass Emil sich Gedanken gemacht hat, obwohl ich es nicht getan habe.

Bevor ich das Haus verlasse, befestige ich den Anhänger an meinem Schlüsselbund. Auf dem Weg zu meinem Fahrrad ziehe ich mir die Mütze meines Regencapes tiefer ins Gesicht und hole mein Handy hervor.

Es sind nur ein paar Worte, die ich ihm schreibe.

Danke für das Huhn. Das ist echt lieb von dir 😊

Kurz verweilen meine Finger über den Buchstaben. Ehe ich zu lange darüber nachdenken kann, tippe ich noch eine Nachricht und schicke sie ihm hinterher.

Und, Emil? Happy Birthday nachträglich.

9

FIN

Feriencamp mit unseren Kletterspezialisten!

Von 8 bis 12 Jahren! Melde dich jetzt an!

Das große, bunte Plakat sticht mir sofort ins Auge, als ich kurz nach elf Uhr den Park betrete. Etwas kleiner gedruckt stehen das Datum und noch ein paar Regeln, die es zu beachten gilt. Geziert wird das Ganze von Fotos mit lachenden Kindern und Betreuenden, die echt Spaß zu haben scheinen.

Früher habe ich das auch so gesehen. Ich war als Kind immer wieder in solchen Zeltlagern. Kurz nach meinem achtzehnten Geburtstag sogar das erste Mal als Betreuer. Ich hatte Spaß. Viel Spaß. Und während meines letzten Camps habe ich mich in Malia verliebt und heimlich mit ihr geknutscht. In jeder freien Sekunde, hinter meinem Zelt, hinter der Essenshütte, am Waldrand, wo uns keiner sehen konnte. Wir waren unzertrennliche, hormongesteuerte Teenager.

Bis zu diesem einen Tag, der alles verändert hat.

Ich schüttle heftig den Kopf, um die Erinnerung daran zu vertreiben. Das, was damals passiert ist, wird nicht wieder geschehen. Nie mehr. Dafür werde ich sorgen.

Heute sitzt Alea in der Kassenhütte und verkauft die Tickets für den Eintritt. »Hey, Fin«, begrüßt sie mich und winkt mich einfach durch. Inzwischen kenne ich das ganze Team, und das ganze Team kennt mich. »Lene ist hinten und weist gerade eine Gruppe ein. Sie sollte demnächst fertig sein. Hol dir einfach schon mal Kaffee.«

»Super, ich danke dir.« Ich winke Alea zu und gehe in die Mitarbeiterhütte. Keine Minute später komme ich mit dem heißen Getränk wieder heraus. Etwas abseits warte ich, um Lene und ihre Gruppe nicht zu stören. Es dauert zum Glück nicht lange, bis sie mit ihrer Einweisung durch ist und mich entdeckt. Sie winkt kurz, beantwortet ein paar letzte Fragen und erlaubt den Kindern mit ihren Eltern dann, loszulegen. Sie stürmen sofort davon und suchen sich ihre Parcours aus.

»Hi«, sagt Lene, als sie fast bei mir ist, und zieht ihren Helm aus.

»Hi«, antworte ich und grinse. Sie hat einfach diesen Effekt auf mich. Nach der vergangenen Nacht noch viel mehr. »Geht's dir gut?«

»Ja.« Sie nickt, und dann tut sie etwas, womit ich nicht rechne. Lene schnappt sich den Kaffee aus meiner Hand und trinkt einen großen Schluck, bevor sie mir den Becher zurückgibt. »Danke. Das war nötig. Du tust meinen Schlafgewohnheiten wirklich nicht gut.«

»Ich bin mir nicht sicher, ob das ein Kompliment oder ein Vorwurf ist.«

»Das weiß ich auch noch nicht.« Sie erwidert mein Grinsen und deutet hinter sich. »Ich muss noch kurz die Reservierungen für den Nachmittag kontrollieren, Thomas kommt erst später, und der Neue verspätet sich etwas.« Sie verdreht die Augen und macht ein paar Schritte rückwärts. »Kommst du mit, oder willst du dich schon einmal aufwärmen?«

Heute geht es auf einen der schwierigeren Pfade, und Lene hat mir bereits fünfmal erklärt, wie wichtig es ist, sich gut darauf vorzubereiten. Wahrscheinlich wäre es sogar schlauer, direkt mit den Übungen loszulegen. Aber ich will nicht. Lieber wärme ich meine Muskeln mit ihr zusammen auf.

»Ich komme mit«, sage ich und folge ihr in die Hütte.

Während sie die Tür hinter uns schließt, stelle ich meinen Kaffee ab, und plötzlich brennt die Luft. Wir stehen einander gegenüber, nur eineinhalb Meter trennen uns. Lene lehnt sich gegen das Holz der Tür. Ich sehe sie an, sie hält meinen Blick, ihre Augen wirken dunkel, dabei sind sie hell. Sie heute Nacht gehen zu lassen, war schwer. Sie jetzt anzusehen, ist schwerer, weil alles in mir danach schreit, sie wieder zu küssen.

Es ist Wahnsinn, dieses Verlangen nach ihr. Ich fand sie von Anfang an heiß und habe mir nicht nur einmal vorgestellt, wie es wäre, sie zu küssen. Aber es gestern dann wirklich zu tun … Mehrmals … Ich wollte nicht mehr damit aufhören. Nie.

»Was hältst du dav…«, beginne ich, aber sie gibt mir keine Chance, den Satz zu beenden.

Mit drei Schritten ist sie bei mir und legt mir einen Finger auf die Lippen. Ich klappe den Mund wieder zu, suche ihren Blick, sehe das Grün in ihren Augen, so tief und klar wie der See gestern.

Dieses Mal ist es kein Wasser, das uns umgibt. Dieses Mal ist es pure Elektrizität. Sie löst ihren Finger wieder, schiebt ihre Arme um meine Hüften und stellt sich auf die Zehenspitzen. Weil sie ein bisschen kleiner ist als ich und dennoch die perfekte Größe hat. Ich lege meine Hände an ihre Wangen. Sie sind warm und weich, und ihr Blick hält meinen unumstößlich gefangen. Alles an ihr ist eine Einladung. Alles an mir will sie.

Ich bemühe mich, den Kopf langsam zu senken. Jede ihrer Regungen wahrzunehmen, für den unwahrscheinlichen Fall, dass sie das hier doch nicht will.

Aber sie will es genauso sehr wie ich. Ihr Griff um meine Hüfte wird energisch. Ein Antreiben, ein stummes *»Jetzt mach schon«*.

Und ich mache. Ich lege meine Lippen auf ihre und küsse sie. In dieser Hütte, an diesem Morgen, nur sie und ich.

»Um dein heutiges Training kommst du trotzdem nicht herum«, flüstert sie irgendwann an meinem Mund.

»Hatte auch nicht vor, es sausen zu lassen.« Ich küsse sie erneut.

»Gut«, murmelt sie und beißt sanft in meine Unterlippe. »In fünfzehn Minuten geht's los.«

»Okay.« Unbeirrt mache ich weiter, streiche mit der Zunge über ihre Lippen, küsse sie. Gestohlene Momente, ehe sie die Reservierungen prüfen muss. Ich will sie nicht loslassen, aber als ich bemerke, wie sie sich von mir löst, tue ich es trotzdem.

Für einen letzten kurzen Kuss stellt sie sich auf ihre Zehenspitzen und reckt sich mir entgegen. Dann geht sie an mir vorbei auf den Schreibtisch zu, der mit unzähligen Dokumenten bedeckt ist. So könnte ich definitiv nicht arbeiten.

Lene startet den Computer und öffnet ein Programm, während ich mich wieder meinem Kaffee widme und an etwas Unverfängliches denke. Spinnen oder so.

Ich fülle meine Tasse wieder auf, stelle eine weitere neben Lene und blicke ihr über die Schulter.

»Danke.« Sie trinkt direkt einen Schluck ihres Kaffees, während ihr Fokus unverändert auf den Bildschirm gerichtet ist.

»Bitte.« Ich hauche das Wort mehr, als dass ich es sage, und gebe ihr einen schnellen Kuss in den Nacken.

Sofort zieht sie die Schultern ein, weil es wohl kitzelt. »Hör auf, mich abzulenken.«

Meine Antwort ist ein weiterer Kuss.

»Fin!«

»Okay, okay.« Ich hebe abwehrend die freie Hand und mache einen Schritt von ihr weg. »Ich bin brav.«

Sie glaubt mir kein Wort und verdreht nur die Augen, ehe sie sich mit ihrem Passwort bei dem Buchungssystem anmeldet, das, wie ich mit einem Schaudern feststelle, noch aus DOS-Zeiten stammt. Vielleicht sollte ich Thomas meine Hilfe anbieten, um seine IT auf den Stand dieses Jahrhunderts zu bringen. Immerhin versorgt er mich täglich mit kostenlosem Kaffee und hat auch nichts dagegen, dass ich Lene regelmäßig von der Arbeit abhalte.

Nach ein paar Minuten ist sie fertig. »Gut. Passt.« Sie schickt die Listen auf ein Tablet, scheucht mich aus der Hütte und fordert mich auf, mir schon einmal Gurt und Helm anzuziehen. Ich salutiere und sehe ihr hinterher, als sie kurz zu Alea verschwindet, um ihr das Tablet mit den aktualisierten Reservierungen zu bringen.

Als sie wieder zu mir kommt, trage ich bereits Helm und Gurt.

»Wow«, sagt sie und lässt ihren Blick prüfend an mir auf und ab gleiten. »Das ging schnell.«

»Ich habe ja inzwischen Übung.« Meinen Worten folgt ein Zwinkern, das Lene nur mit einem Augenrollen quittiert.

»Okay, dann los. Blau oder Grün heute?« Sie beginnt mit ein paar Dehnübungen, die ich ihr anstandslos nachmache.

»Welcher ist einfacher?«, frage ich.

»Beide sind mittelschwere Pfade.«

»Dann Grün. Ich mag Grün.«

»Gut. Aber davor …« Sie löst die Arme von ihren Beinen und deutet auf den Miniparcours. »Einmal hier rauf, bitte.«

Ich würde gern so tun, als hätte ich den Übungspfad nicht mehr nötig. Doch die Wahrheit ist, dass ich immer noch leichtes Herzkribbeln kriege, wenn ich ihn durchlaufe. Es ist nicht schlimm, aber es hat durchaus seinen Grund, wieso jeder diesen Parcours einmal machen muss, bevor man auf die höheren Pfade darf. Und zwar bei jedem Besuch. Inzwischen absolviere ich das Ding in Rekordzeit. Ich betrete die Stufen, hake mich am Seil ein und laufe los. Lene beobachtet mich dabei, wie immer. Als ich am Ende ankomme, nickt sie zufrieden.

»Gut. Willst du direkt auf den Grünen oder wollen wir davor Gelb oder Orange machen?«

»Lass uns einmal Gelb machen und dann zu Grün wechseln.«

»Okay.« Sie sieht mir dabei zu, wie ich den Karabiner löse und die Stufen von der kleinen Plattform nach unten laufe. Es sind ein paar Schritte bis zum Start der höheren Pfade. Gelb ist etwa halb so hoch wie Grün, und ich habe ihn bereits ein paarmal gemeistert. Es wird auch heute kein Problem sein. Mehr Respekt habe ich vor Grün, weil das genau die Höhe ist, die mich an Malia erinnert. Trotzdem wird es Zeit, auch diesen Pfad endlich in Angriff zu nehmen. Ich will meine Höhenangst verlieren – und zwar komplett.

»Vorschlag.« Ich starte den gelben Parcours. Lene ist wie die letzten Male dicht hinter mir. Als ich auf der Startplattform stehe und mich mithilfe des Karabiners gesichert habe, drehe ich mich zu ihr um. Sie steht auf der obersten Stufe und wartet. »Wenn ich beides hinkriege, also Gelb und Grün, dann darf ich dir was schenken.«

Ihr Stirnrunzeln sagt alles. »Dir ist schon klar, dass eigentlich ich dir etwas schenken müsste, wenn du beide geschafft hast? Wieso solltest du mir ein Geschenk machen? Das ergibt keinen Sinn.«

»Weil du gestern Geburtstag hattest, aber gesagt hast, dass du das nicht feiern und keine Geschenke haben willst. Also brauche ich einen anderen Grund.«

»Und der besagt, dass du darfst, wenn *du* die beiden Pfade schaffst?«

»Genau. Das ist ein Anreiz für mich, mich anzustrengen, und ein wirklich tolles Geschenk für dich. Win-win.«

Ich sehe ihr deutlich an, dass sie mich für vollkommen übergeschnappt hält. Aber sie kann nun einmal nicht leugnen, dass ich recht habe. Und wenn ich eins in den vergangenen Tagen über Lene gelernt habe, dann ist es der Fakt, dass sie neugierig ist. Sie will wissen, was ich mir für sie überlegt habe.

»Okay. Dann erhöhe ich den Einsatz. Wenn du wirklich beides schaffst, darfst du mir was schenken, wenn es unbedingt sein muss. Aaaaaber ich darf auch deine neue App testen und dir Feedback dazu geben.« Ihre nächsten Worte sagt sie mit einem breiten Grinsen. »Win-win für uns beide.«

Touché. Ich überlege keine Sekunde. »Deal«, sage ich und halte ihr meine ausgestreckte Hand entgegen. Lene schlägt sofort ein und stellt sich komplett zu mir auf die Plattform.

»Dann zeig mal, was du kannst, Herr Eriksen.«

Zwei Stunden später habe ich sowohl Gelb als auch Grün hinter mir und bin komplett durchgeschwitzt. Der zweite Pfad hat mich geschafft. Meine Beine fühlen sich an wie Wackelpudding, meine Arme sind bleischwer, aber das stolze Grinsen auf Lenes Gesicht war jede Anstrengung wert. Selbst die Erinnerungen an Malia, die die Höhe dieses Parcours erneut in mir geweckt hat. Aber durch Lenes Anwesenheit habe ich es irgendwie geschafft, sie in Schach zu halten und nicht von ihnen übermannt zu werden. Und das ist auch ein Fortschritt.

»Kaffee?«, fragt sie, als auch sie wieder festen Boden unter den Füßen hat und aus ihrem Gurt schlüpft.

Ich kann nur nicken. Vermutlich sollten wir dringend unseren Kaffeekonsum überdenken, aber inzwischen ist es fast eine Art Tradition, dass wir nach einem absolvierten Klettertraining eine Tasse zusammen trinken.

Lene verschwindet in Richtung Hütte, ich steuere direkt unseren Stammplatz an und löse den Verschluss meines Helms. Unglaublich, dass ich inzwischen die Hälfte aller Pfade absolviert habe. Vor zwei Wochen hätte ich das nicht ansatzweise für möglich gehalten. Ich werde immer besser. Es gibt nur noch wenige Momente, in denen ich in Panik zu verfallen drohe. Aber Lene ist jedes Mal da. Sie ist immer in meiner Nähe; wenn ich stocke, schafft sie es, mich mit Worten und Sätzen aus der Angst zu ziehen und neu zu motivieren. Wir mussten bisher kein einziges Mal komplett abbrechen, kurze Pausen auf den Parcours haben gereicht. Das verdanke ich nur ihr und ihrer Ausdauer – und ein kleines bisschen vielleicht auch Thomas, weil er sie nie abzieht, wenn sie mit mir klettert. In den Stunden, die ich im Park verbringe, ist sie stets an meiner Seite.

Mir ist klar, dass diese Selbsttherapie nur deshalb funktioniert, weil sie das eigentlich gar nicht ist. Es ist keine reine Eigentherapie, da ich nicht allein bin. Mit jedem weiteren Tag, der verstreicht, bin ich dankbarer, mich für Drammen und Thomas' Park entschieden zu haben. Und ich nehme mir insgeheim vor, am Ende meiner Zeit hier dem Park eine ordentliche Spende zukommen zu lassen.

Lene kommt mit unseren Tassen zurück. »Süß«, meint sie und streicht mit den Fingern über meinen Nacken, bevor sie sich neben mich setzt. »Du hast da kleine Locken.«

»Ja. Sehr süß«, brumme ich. »Angstschweißlocken.«

»Mutausbruchlocken«, widerspricht sie und schiebt mir meine Tasse entgegen. »Und darauf solltest du stolz sein.« Dann lehnt sie sich zurück und sieht mich an. »Also, du hast es geschafft. Wann kriege ich die App?«

»Du kannst es wirklich kaum erwarten, oder?«

»Ich find das einfach spannend.« Sie zuckt mit den Schultern. »Außerdem bietet es sich doch an. Du bist noch nicht so weit, um sie selbst zu testen. Und ich schleppe Alea demnächst sowieso wieder in die Berge. Habt ihr das GPS-Problem gelöst?«

»Haben wir.«

»Dann spricht nichts dagegen, oder?« Herausfordernd funkelt sie mich an.

»Nein, tut es nicht. Hast du ein Android- oder ein iOS-Gerät?« Ich warte ihre Antwort gar nicht erst ab. »Bei Android ist es einfacher, Apps von externen Quellen zu installieren. iOS würde ich auch hinkriegen, aber dafür müsste ich einen Jailbreak machen.«

»Einen was?«

»Mit einem Jailbreak umgehe ich quasi Apples Sperre für externe Software, die sie nicht selbst über den App-Store anbieten.«

»Du würdest also mein … Betriebssystem knacken?«

»So könnte man das sagen, japs.« Ich nippe an meinem Kaffee.

»Ist das nicht strafbar? Es klingt ziemlich illegal.«

Ich schüttle den Kopf. »Ist es nicht, nein. Es ist nur aufwendig.«

»Dann hast du wohl Glück, dass ich Android habe.« Sie grinst. »Wann kriege ich die App?«, wiederholt sie die Frage und lässt mich dabei keine Sekunde aus den Augen.

»Du kannst später vorbeikommen, wenn du willst. Wir brauchen meinen Laptop dafür.«

»Okay.« Sie nickt. »Ich komm nach meiner Schicht. Passt sieben?«

»Klar.«

»Cool.«

Sie grinst noch breiter, ich grinse zurück. So einfach ist es also, ein drittes Date mit ihr klarzumachen.

»Wenn du deinen Bikini mitbringst, können wir noch eine Runde unter Wasser schreien«, schlage ich vor und lache, als sie mich empört ansieht.

»Jetzt warnst du mich also vor, dass ich einen Bikini brauche?«

»Na ja. Gestern habe ich bei meiner Einladung nicht damit gerechnet, dass wir Wut abbauen müssen.« Wut ab und Dopamin auf. Als ich sie gebeten habe, mit ins Wasser zu kommen, war mir nicht klar, wie gut das funktionieren würde. Und schon gar nicht, dass es zu einem Kuss führen würde.

Ich sehe ihr deutlich an, dass ihre Gedanken in dieselbe Richtung wandern wie meine. Ihre Lider flattern leicht, und sie senkt einen Moment lang den Blick auf ihre Tasse.

Als sie ihn wieder hebt, sind ihre Augen tiefgrün. »Ich überleg's mir«, sagt sie. »Aber wenn du Lust hast, kannst du uns wieder etwas zu essen machen. Oder ich bringe Pizza mit. Wie du magst.«

»Es gibt eine echt gute Pizzeria auf dem Campingplatz. Wir könnten dort bestellen.«

»Das klingt super. Aber dafür besorge ich dieses leckere Craftbeer. Wie hieß es? Happy Joe?«

»Hoppy Joe.«

»Stimmt. Das war's.« Sie nickt und zieht ein Bein auf die Bank. »Bring ich mit«, betont sie noch einmal, ehe sie auch ihr anderes Bein anhebt. »Worauf soll ich achten, wenn ich die App teste? Einfach nur, ob alles funktioniert?«

»Das wäre super. Und am besten auch die Usability. Wie easy ist es für dich, dich in der App zu orientieren? Ist sie instinktiv nutzbar oder zu kompliziert? Und wenn dir irgendwelche Fehler oder Bugs auffallen, gibst du bitte auch Bescheid. Es sollte zwar nicht mehr viel drin sein, aber …«

»Man weiß nie.« Lene nickt erneut. »Okay, das sollte ich hinkriegen. Ich bin wirklich gespannt.«

»Was ist das denn für ein Ausflug, den ihr machen werdet?«

»Ich weiß noch nicht genau, wo es hingehen wird, aber wahrscheinlich in eins der Naturschutzgebiete. Trillemarka-Rollagsfjell fände ich ganz cool.«

»Wanderst du viel?«

»Kommt drauf an, wie man ›viel‹ definiert. Ich übe für eine Tour, um den Romsdal-Berggrat zu besteigen. Hendrik und ich … Wir wollten das zusammen machen. Zwei Übungstouren hatten wir schon hinter uns, als er …« Sie spricht nicht aus, was mit ihrem Bruder passiert ist. »Auf jeden Fall will ich die Tour trotzdem machen, aber man muss ein bisschen trainiert dafür sein. Deshalb …« Sie zuckt mit den Schultern. »Ich sollte eigentlich noch mehr üben, aber am Sonntag ist die Wahl, und Dad will, dass ich in Oslo dabei bin, wenn das Ergebnis verkündet wird.«

»Also bist du am Sonntag in Oslo?«

»Genau.«

»Wieso gehst du dann nicht am Samstag wandern?«

»Weil ich Thomas versprochen habe, den neuen Mitarbeiter einzuarbeiten. Fabio allein reicht nicht, wenn ich ab Ende August wieder studiere und nur noch aushilfsweise hier arbeiten kann. Und da er und Melike irgendeinen wichtigen Termin haben, schmeißen Alea und ich den Laden allein. Dafür kriegen wir nächste Woche einen Tag frei, an dem wir dann in der Trillemarka unterwegs sind.«

»Verstehe.«

»Ich würde dich ja fragen, ob du mitkommen willst, aber ich glaube nicht, dass du sonderlich viel Spaß daran hättest, mit mir durch Berge und Täler zu klettern.« Sie verzieht entschuldigend das Gesicht.

»Nein, da hast du wohl recht. Frag mich in ein paar Wochen noch mal.« Mit einer Hand zeige ich über mich zu den Parcours. »Wenn ich den schwarzen Todespfad überlebt habe, gehe ich überall mit dir wandern.« Ich gebe mich optimistischer, als ich tatsächlich bin. Natürlich ist mein Ziel, die Höhenangst komplett loszuwerden. Aber ich glaube nicht, dass ich jemals wirklich vollständig ohne Herzklopfen und Schweißausbrüche auf irgendwelche Berge steigen kann.

»Auch auf den Preikestolen?« Ihre Augen blitzen verschmitzt.

»Das vielleicht eher nicht.« Ich schürze die Lippen. Allein Fotos von diesem überhängenden Felsen lassen mich panisch nach Luft schnappen. Keine Ahnung, wie es Menschen Spaß machen kann, auf dieses Plateau zu wandern und die Aussicht zu genießen, wenn man weiß, dass es über sechshundert Meter senkrecht nach unten geht. Dieses Verlangen hatte ich nicht einmal, bevor ich meine Höhenangst entwickelt habe.

»Ach.« Lene macht eine wegwerfende Handbewegung. »Warte mal ab. Wir kriegen das schon hin. Gib uns noch ein paar Wochen. Dann testest du selbst eure App. Hat das Teil eigentlich einen Namen?«

»Noch keinen finalen. Aktuell nennen wir sie DiMaAp. Für Disaster Management App. Richtig kreativ, ich weiß.«

»Es gibt schlechtere Arbeitstitel.«

»Aber auch bessere.« Nur liegt darin wirklich nicht meine Stärke. Genauso wenig wie die von Lasse. »Falls du also eine Idee hast …«

»Ich denke drüber nach.«

Der Punkt ist, ich glaube Lene tatsächlich, dass sie das tut. Sie ist niemand, der Dinge einfach so sagt. Sie wird darüber nachdenken, und es würde mich nicht wundern, wenn sie mir in zwei Tagen sogar eine ganze Auswahl an möglichen Namen für die App vorschlägt.

»Wie bist du eigentlich auf die Idee gekommen? Warum geht es um Desaster und Katastrophen?«

Das ist der Moment, in dem ich ihr davon erzählen sollte. Von Malia, dem Camp, dem Nachmittag, der mein ganzes Leben verändert hat. Den Stunden voller Angst und Panik. Dem Grund für meine Höhenangst und dem Grund, wieso es zu neunundneunzig Prozent keine gute Idee ist, mich auf Lene einzulassen.

Bevor ich ihr von all dem erzählen kann, hören wir jedoch Alea rufen. »Lene? Deine Fünfzehn-Uhr-Gruppe ist da.«

»Okay, danke. Ich komme sofort«, gibt Lene zurück und schiebt im selben Augenblick die Beine von der Bank. »Sorry. Wir müssen später weiterreden. Bleibt es bei sieben?« Fragend sieht sie mich an und will meine Tasse nehmen.

Ich winke ab. »Lass stehen. Ich räume sie weg, dann kannst du gleich rüber.« Aus dem Augenwinkel sehe ich, dass die neue Gruppe gar nicht so klein ist. Lene wird einiges zu tun haben, bevor sie jeden Einzelnen auf die Pfade loslassen kann. »Und ja, es bleibt bei sieben«, bestätige ich.

»Danke.« Sie steht bereits hinter der Bank und bindet sich die Haare neu zusammen. Dann kommt sie noch einmal näher und beugt sich zu mir. »Bis später«, flüstert sie, grinst und gibt mir den schnellsten, kürzesten, schönsten Kuss der Geschichte.

Ich will protestieren, nach ihrem Arm greifen, sie festhalten und mindestens zehn Minuten so weitermachen. Aber Lene hat schon wieder ein paar Schritte nach hinten getan und winkt mir zu.

Mein »Bis nachher« hört sie nicht mehr, weil sie bereits die Neuankömmlinge anspricht.

Seufzend bleibe ich sitzen. Ich muss ihr dringend die Wahrheit sagen. Sie hat verdient zu wissen, warum ich in den ersten Tagen wie ein Häufchen Elend im Kletterpark stand und mich vor dem Miniparcours kaum rühren konnte. Ich weiß von ihrem Bruder, also muss sie von Malia erfahren.

Von Malia und ihrem Tod.

10

FIN

Ich wollte Lene wirklich davon erzählen.

Als ich nach meiner Klettereinheit und einem kurzen Stopp in Drammens Innenstadt zurück auf den Campingplatz gefahren bin, war ich felsenfest davon überzeugt, dass es das Richtige ist. Sie hat mir von ihrem toten Bruder erzählt, von ihrer Trauerwut, all ihrem Kummer. Sie verdient es, dass auch ich ehrlich bin und ihr die Wahrheit sage. Über Malia und das Camp – und was danach passiert ist.

Aber je mehr Zeit vergangen ist, umso mehr hat mein Entschluss gewackelt. Sie vermisst ihren Bruder, ihr Leben wurde durch seinen Tod komplett auf den Kopf gestellt. In ein paar Tagen ist die Wahl ihres Vaters. Wenn ich ihr nun meinen ganzen Scheiß erzähle, lege ich noch eine Schicht auf die Schwere, die bereits auf ihren Schultern lastet. Und auch wenn ich Lene als unglaublich starke Frau kennengelernt habe, bin ich mir nicht sicher, ob ich ihr das antun kann. Ob ich es *uns* antun will.

Mit ihr Zeit zu verbringen, ist das Beste, was mir seit Langem passiert ist. Es ist eine Ewigkeit her, dass ich mich so frei, so unbeschwert, so … glücklich gefühlt habe. Und das liegt nur an ihr. Lene ist trotz der Traurigkeit, die sie umgibt, wie ein heller Fleck. Ein Sonnenfleck, der auch mit Schatten manchmal so hell scheint, dass er einen blendet. Ich will nicht der Grund sein, der ihr Licht trübt. Zumindest noch nicht.

Mir ist klar, dass ich ihr nicht ewig verschweigen kann, woher meine Höhenangst kommt. Eigentlich wundert es mich sogar, dass sie nicht längst danach gefragt hat. Würde ich jemandem seit so vielen Tagen helfen, würde ich es wissen wollen.

Nachdenklich starre ich auf das Seewasser vor mir. Einige Kids baden trotz der Wolken und spritzen sich nass. Sie sind so ausgelassen, wie nur Kinder es sein können. Und dieses Bild erinnert mich automatisch an den Tagesausflug, den wir damals mit dem gesamten Camp unternommen haben. An den kleinen See, an dem wir schwimmen waren. Es war unfassbar anstrengend, achtzig Kinder im Auge zu behalten, während ich gleichzeitig eigentlich nur welche für Malia hatte. Der Gedanke an sie ist auch nach sieben Jahren noch erdrückend. Nicht mehr so sehr wie damals, aber an sie zu denken, bedeutet auch, daran erinnert zu werden, wie es geendet hat. Und dieses Ende hätte ich nur zu gern aus meinem Kopf radiert.

Leise seufzend reibe ich mir über den Nacken und sehe in den Himmel hinauf. Winzige blaue Löcher sind zwischen der Wolkendecke zu erkennen. Ich kann Lene nicht davon erzählen. Nicht so kurz nach ihrem Geburtstag, der sie so mitgenommen hat.

Als die Mutter ihre Kinder aus dem Wasser ruft, stehe auch ich auf und beschließe, mir die Gedanken an Malia aus dem Kopf zu trainieren. Ich schlüpfe in Sportklamotten und laufe los. Zunächst jogge ich ein paar Kilometer, bis ich im Wald einen Baum finde, der perfekt für Klimmzüge ist. Zehnmal ziehe ich mich nach oben, ehe ich eine kurze Pause mache. Dann mache ich noch zehn Stück. Sport ist immer mein erstes Mittel der Wahl, wenn ich abschalten will. Aber auch nach zwanzig Liegestützen und ein paar Sit-ups gelingt es mir nicht. Dieses Plakat für das Ferienabschlusscamp, das ich im Park gesehen habe, hat etwas in mir wachgerüttelt, von dem ich überzeugt war, es gut im Griff zu haben. Doch offenbar habe ich mich getäuscht.

Dr. Hansen hat mich davor gewarnt. Dass ich mit meiner Expositionstherapie Dinge auslöse, die ich längst überwunden glaubte, weil ich diesen Situationen bisher aus dem Weg gegangen bin. *Spezifisches Vermeidungsverhalten* hat er es genannt. Allmählich wird mir klar, dass er auch damit recht hat. Ich war seit damals nicht mehr zelten. Ich war nicht mehr an höher gelegenen Orten. Und ich habe auch keine Werbung für Feriencamps gesehen, weil ich es vermieden habe, dahin zu gehen, wo das ein Thema hätte sein können.

Kurz nach fünf bin ich zurück bei meinem Van und beschließe, Dr. Hansen anzurufen. Ich melde mich nicht regelmäßig bei ihm, aber er hat mir versichert, dass ich es auch ohne Termin tun darf, wenn ich das Gefühl habe, dass ich mich der Konfrontation mit meiner Vergangenheit nicht länger gewachsen fühle.

»Hallo, Herr Eriksen. Wie geht es Ihnen?«, fragt er, nachdem ich mich vergewissert habe, dass ich nicht störe.

»Ich weiß es nicht«, antworte ich ehrlich und gebe ihm eine Zusammenfassung der vergangenen Tage. Dass ich zwar zufrieden mit meinen Fortschritten bin, weil ich mich endlich auf einen höheren Pfad getraut habe. Aber gleichzeitig gestehe ich ihm, wie übergroß die Erinnerungen heute sind.

»Das ist ganz normal«, sagt er und wiederholt, was ich eigentlich schon weiß. Das heute ist nichts anderes als eine Nebenwirkung der Angstbekämpfung. Je mehr Höhenangst ich verliere, umso mehr Raum gebe ich damit allem anderen, an die Oberfläche zu kommen. »Machen Sie sich keine Sorgen. Sie sind immer noch auf dem richtigen Weg. Überstürzen Sie nichts, aber verharren Sie auch nicht auf der Stelle.«

Seine Worte beruhigen mich. Und sie machen mir auch klar, dass es richtig ist, Lene erst einmal nichts zu sagen.

Überstürzen Sie nichts.

Das gilt nicht nur für mich allein, es gilt auch für mich und Lene zusammen. Meine Wahrheit läuft nicht weg. Sosehr ich mir das auch manchmal wünsche.

Meine Haare sind noch feucht vom Duschen, als ich Lenes Stimme höre.

»Hey«, sagt sie und kommt direkt auf mich zu, um sich zu mir nach unten zu beugen und mir einen kurzen Kuss zu geben. Wieder trägt sie ein Sommerkleid, darüber eine lockere Strickjacke.

»Hey«, entgegne ich und sehe vom Laptop auf, an dem ich seit dem Gespräch mit Dr. Hansen an einem neuen Konzept arbeite. Die DiMaAp soll nicht die letzte App sein, die Lasse und ich entwickeln.

»Ich hab Kuchen mitgebracht.« Lene lässt sich neben mir nieder und packt ein paar Schüsseln aus ihrem Jutebeutel aus. »Schokomuffins und Kvæfjordkake.«

»Habt ihr doch noch gefeiert?« Verwundert hebe ich die Brauen und klappe meinen Laptop zu.

»Nein.« Sie schüttelt sofort den Kopf. »Die hat Freya für Emil und allem Anschein nach auch für mich gebacken. Als ich nach Hause kam, stand das Zeug in der Küche und ein Zettel lag daneben. Also bedien dich.«

»Wer ist Freya?«, frage ich, während ich einen Muffin nehme und das Papier abstreife.

»Emils … Freundin.« Bei diesem Wort seufzt sie leise. »Lange Geschichte und nichts, worüber ich reden möchte. Woran hast du gearbeitet?« Mit einem Nicken deutet sie auf meinen Laptop.

»Nur ein paar Ideen gesammelt.«

»Wofür?«

»Nach der App ist vor der App.« Ich beiße in den Muffin und grinse.

»Ihr plant schon etwas Neues?« Lene sieht mich überrascht an.

»Nicht konkret. Noch sind wir ja gut beschäftigt. Aber es ist nie verkehrt, sich schon einmal Gedanken zu machen.«

»Kann ich helfen?« Sie legt den Kopf schief und rückt näher, sodass sich unsere Knie berühren. Nur leicht, ganz sacht. Ich spüre dennoch jeden Millimeter Haut.

»Nein«, räuspere ich mich. »Ich hab jetzt Feierabend. Und du auch.« Dann schiebe ich mir den Rest des Muffins in den Mund und kaue. »Außerdem musst du was auspacken.«

»Ach ja?«

»Mhm.« Ich nicke. »Warte kurz.« Mit dem Laptop in der Hand stehe ich auf, verstaue ihn im Van und nehme die Tüte vom Bett.

»Was ist das?«, fragt Lene, als ich zurück zu ihr komme.

»Wir hatten eine Abmachung, schon vergessen? Du kriegst die App.« Ich setze mich wieder zu ihr. »Also kriege ich jetzt auch meinen Willen. Ohne Glückwünsche, aber von Herzen.« Ich zwinkere ihr zu und überreiche ihr die Tüte fast schon feierlich.

Zaghaft nimmt sie sie entgegen und späht hinein. »Ernsthaft? Du hast mir wirklich ein Geburtstagsgeschenk gekauft?«

»Nein. Ich durfte ja nicht. Das ist das Wette-gewonnen-Geschenk.« Zufrieden lehne ich mich zurück und beobachte Lene dabei, wie sie weiterhin kritisch auf die Tüte starrt.

»Du bist verrückt«, sagt sie nach ein paar Sekunden und blickt wieder zu mir. »Aber danke. Das ist echt … lieb.«

»Pack erst mal aus. Vielleicht findest du es ja doof.« Ich bin mir ziemlich sicher, dass sie das nicht tun wird. Trotzdem bin ich gespannt, was sie dazu sagen wird.

»Okay.« Behutsam zieht sie die eingepackte Schachtel aus der Tüte und fängt sofort an zu lachen. »Osterhasenpapier?«

»War das einzige, was sie noch hatten. Der Typ meinte, sie haben immer nur zu den Feiertagen passendes Geschenkpapier da. Irgendeine Sparmaßnahme seiner Chefin. Wilde Sache.«

»Dann warst du bei Hedda? Hedda Sport Sjølyst?«

»Genau. Kennst du sie?«

»Nicht persönlich, aber ich war schon ein paarmal in ihrem Laden, um mich für meine Wanderungen einzudecken«, antwortet sie, während sie das Geschenk auspackt. Und mich dabei komplett verblüfft. Ich hätte alles darauf verwettet, dass sie jemand ist, der das Papier einfach abreißt. Stattdessen löst sie die Kleber behutsam und wickelt das Papier sorgfältig ab. Es dauert nicht lange, bis sie ausgepackt hat – und innehält.

»Du hast mir …« Lene unterbricht sich selbst und sieht erstaunt auf. »Das ist echt cool.« Sie schiebt das Papier beiseite und versucht, den Kleber über der Lasche des kleinen Kartons zu entfernen, in dem sich eine tragbare Kaffeemaschine befindet. »Woher wusstest du, dass ich noch keine habe?«

»Wusste ich nicht.« Ich grinse. »Hab gepokert. Und für den Notfall den Kassenzettel aufgehoben, dann hätten wir sie umtauschen können.«

»Du kannst ihn wegwerfen.« Sie grinst breit. »Das ist perfekt. Ab sofort muss ich also keinen Thermokaffee mehr trinken, der nach einer Stunde eh nicht mehr schmeckt.«

»Das war der Plan.« Zu sehen, dass sie sich freut, obwohl ich mir dieses Privileg durch unsere Wette erschleichen musste, macht mich glücklich. Und es bestätigt mich noch einmal darin, ihr heute nichts von Malia zu erzählen. Nach ihrem Tag gestern hat sie ein bisschen Frieden verdient.

»Testen wir das Ding?« Sie packt es direkt aus und sucht nach der Anleitung. »Ich lad dich auf meinen ersten Kaffee ein.«

»Nett von dir.« Ich lache und nicke. »Und klar testen wir. Gib mal her.«

Sie reicht mir die Kaffeemaschine. Während sie die Anleitung liest, spüle ich die Bestandteile ab und schraube alles wieder zusammen.

»Okay.« Lene tritt neben mich an den Tisch. »Erst mal müssen wir den Akku laden. Hast du hier irgendwo eine Steckdose?« Suchend dreht sie sich im Kreis. Mit dem Fuß weise ich ihr die Richtung. Lene steckt das Ladegerät an, ich stelle die zusammengebaute Maschine auf den Tisch.

»Dann warten wir wohl noch etwas, bis wir testen.«

»Mhm«, stimmt sie mir zu.

»Willst du so lange eine Runde schwimmen?«

»Wieder in Unterwäsche?«

»Vielleicht hast du heute ja einen Bikini dabei …«

»Hab ich nicht.« Sie schüttelt den Kopf. Mit langsamen Schritten kommt sie auf mich zu. »Aber ich will auch nicht schwimmen.«

»Nicht?«

»Nein.« Im Abendlicht wirken ihre Augen nicht moos-, sondern fast tannengrün, ihr Blick sucht meinen.

Ich halte ihn fest. »Was willst du dann?«, frage ich und höre die raue Dunkelheit selbst, die sich in meine Stimme geschlichen hat.

Anstatt mir zu antworten, kommt sie noch näher, bis sie so dicht vor mir steht, dass ich ihren Atem auf meiner Haut spüren kann. »Mich bedanken.« Ihre Nase berührt fast meine. »Du hast mir Kaffee geschenkt.«

»Hab ich.« Meine Lippen bewegen sich noch, als ich ihre schon an meinen spüre.

Waren unsere Küsse bisher wild und stürmisch und alles verschlingend, ist der hier anders. Ruhig und sanft und genau deshalb mindestens genauso umwerfend wie die davor.

Lene streicht mit den Lippen über meine, hauchzart, beinahe neckend. Und ich fühle alles, was auch sie fühlt. Sehnsucht. Verlangen. Ein Drängen, das ich immer spüre, wenn sie in meiner Nähe ist. Ich lege die Hände in ihren Nacken, ziehe sie noch näher zu mir, an mich, in mich. Lenes Küsse benebeln mich, im besten Sinne. Wie ein Traum, aus dem man nicht mehr aufwachen möchte.

Irgendwann tun wir es dennoch. Wir wachen auf, Lene macht einen kleinen Schritt von mir weg, und ich öffne die Augen. Ihr Atem streift immer noch mein Gesicht, als sie dicht vor mir »Genug bedankt« murmelt. Und dann grinst sie. Auf diese Art, wie nur sie es kann. Langsam weicht sie noch weiter zurück, meine Hände fallen von ihren Schultern, aber ich spüre immer noch ihre Lippen auf meinen.

»Ich hab Hunger. Was essen wir heute Abend?«

Und weil es Lene ist, die mir diese Frage stellt, gibt es nur eine Antwort. »Was immer du willst. Oder Pizza.«

Heute war ich auf dem Taranaki. Und ich wünschte, du hättest das miterleben können. Das Wetter war perfekt, keine Wolke am Himmel. Ich habe ekelhaft kitschige Angeberfotos gemacht und kann sie dir nicht einmal zeigen.
Warum, Hendrik? Warum warst du so dumm?
Komm zurück! Du fehlst!

11

LENE

Falsch.

Das hier ist alles so falsch.

Dieser Gedanke dreht Endlosloopings in meinem Kopf. Neben Dad zu stehen, während er ein Interview gibt, lachen zu müssen, wenn er etwas sagt, was allgemeinhin als lustig gilt, ist die Hölle.

Ich weiß, dass diese Wahl wichtig für ihn ist. Es war immer sein Traum, irgendwann an der Spitze Oslos zu stehen. Und ich verstehe sogar, zumindest irgendwie, dass er trotz Hendriks Tod kandidiert hat. Aber das alles hier, das ist nicht meine Welt. Ich hasse es, so zu tun, als wäre alles okay. Als würde es mich nicht immer noch innerlich jeden Tag ein bisschen umbringen, dass mein großer Bruder tot ist.

Noch schlimmer ist nur der Fakt, dass Emil ebenfalls da ist und den gut gelaunten Sohn gibt. Obwohl er diesen Zirkus hier sicher auch nicht toll findet, so gut kenne ich ihn, wundert es mich nicht. Immerhin bedeutet der heutige Abend, dass die Wahl endlich vorbei ist. Dann wissen wir, ob Dad es geschafft hat, Bürgermeister von Oslo zu werden. Doch selbst wenn nicht … Das Ende des heutigen Tages heißt auch, dass Emil und Freya ihr Versteckspiel beenden dürfen. Und das kotzt mich an. Wenn sie nicht einmal mehr vorsichtig sein müssen, ist es nur eine Frage der Zeit, bis auch ich auf die beiden angesprochen werde. Und ich weiß wirklich nicht, was ich dann sagen soll.

Auch Mum ist da. Sie trägt ein schlichtes, aber hübsches Kleid und viel zu viel Make-up, um zu überdecken, wie blass und erschöpft sie aussieht. Durch das Rouge wirken ihre Wangen leicht rosig, ihre Lippen sind sogar weinrot angemalt und unterstreichen ihren Look. Eigentlich ist sie eine wirklich schöne Frau, mit ihren langen, welligen blonden Haaren. *Eigentlich.* Wenn sie nicht gerade um ihren ältesten Sohn trauert, sich völlig darin verliert und sich nicht helfen lässt. Ich habe es versucht. Vor ein paar Tagen habe ich sie gebeten, zum Arzt zu gehen. Habe ihr sogar angeboten, den Termin für sie auszumachen und sie zu begleiten. Doch sie will nicht. Lieber versumpft sie in ihrem Kummer.

Ich brauch nur ein bisschen Zeit für mich, Leni.

Dabei übersieht sie nur, dass dieses bisschen inzwischen fast ein Jahr andauert.

Frustriert balle ich die Hände an meinen Seiten zu Fäusten und wende den Blick von ihr ab. Mein Kleid raschelt leise, als ich kaum merklich ein paar Zentimeter zur Seite rücke. Es passt nicht mehr ganz. Durch den vielen Sport habe ich abgenommen. Nicht viel, aber genug, um zu bemerken, dass der Schnitt an der Taille nicht mehr richtig sitzt. Mit einer Sicherheitsnadel habe ich mir ausgeholfen. Man sieht zum Glück nichts, trotzdem bin ich einfach nur froh, wenn das hier überstanden ist.

Die ersten Prognosen sehen gut aus. Aber im Endeffekt muss das nichts heißen. Dads Umfragewerte schwankten immer wieder. Je nachdem, ob es grad wieder einen neuen Artikel über Hendrik gab oder nicht. Seit vor ein paar Wochen publik gemacht wurde, dass mein Bruder in der Nacht, in der er starb, gar niemanden angegriffen hat, hat Dad *brownie points* bei der Wählerschaft gewonnen.

Ich versuche wirklich, mich für ihn zu freuen. Nur will ich dennoch nicht hier sein. Die Politik ist Dads Welt. Meinetwegen auch noch Emils. Und früher einmal Mums. Aber ganz sicher nicht meine.

Sobald das kleine Interview beendet ist, das Dad gerade vor der Kamera eines Lokalsenders gegeben hat, löse ich das Lächeln von meinem Gesicht und mache mich auf den Weg zum Büfett, bevor ich wieder an Dads Seite stehen muss. Es gibt nur Häppchen, die definitiv nicht satt machen, aber immerhin sind sie ganz lecker.

Ich lege mir gerade ein paar der Teile auf eine Serviette, als ich jemanden neben mir bemerke. Ich muss nicht einmal aufsehen, um zu wissen, dass es Emil ist. Er ist der einzige Mensch hier drin, abgesehen von meinen Eltern, den ich kenne. Und während ich bereit bin, vor der Kamera so zu tun, als wären wir die perfekte Familie, bin ich es ohne Beobachtung definitiv nicht.

»Spaß ist was anderes, oder?«, fragt Emil leise.

»Mhm.« Ich sehe ihn nicht einmal an, lasse den Blick weiter über die Auswahl an Fingerfood streifen und nehme mir noch ein paar Teilchen. Erst nachdem ich mir einen Cracker mit Frischkäse in den Mund geschoben habe, drehe ich mich zu meinem Bruder um.

Emil hat sich rausgeputzt. Im Gegensatz zu meinem Kleid sitzt sein dunkelblauer Anzug wie angegossen und verleiht ihm ein autoritäres Auftreten. Ganz der Sohn des zukünftigen Bürgermeisters, der am Ende vielleicht sogar irgendwann in seine Fußstapfen treten wird. Wundern würde es mich nicht. Er hätte das Profil und das Charisma dafür auf jeden Fall.

»Findest du es echt so ätzend, hier zu sein?« Ich versuche, ruhig zu bleiben und ihm keine Szene zu machen.

Irritiert sieht er mich an. »Was meinst du?«

»Na ja. Ab morgen ist euer Versteckspiel vorbei.« Betont gelassen, als wäre es mir völlig egal, zucke ich mit den Schultern. »Das ist doch

Grund zur Freude für dich und …« Kurz sehe ich mich um, aber es ist niemand in der Nähe, der uns belauschen könnte. Aber wahrscheinlich ist es jetzt sowieso egal, die Wahl ist so gut wie durch. »Freya. Nicht wahr?«

»Lene …« Emil sieht mich traurig an. »Ich weiß nicht, was ich dazu sagen soll. Ich liebe sie. Kannst du das wirklich so gar nicht verstehen?«

Ich unterdrücke ein Schnauben. »Man kann Gefühle auch bekämpfen.« Wir machen alle seit Monaten nichts anderes. Vor allem Mum und ich. »Irgendwann … verschwinden sie schon.« Ohne ein weiteres Wort lasse ich ihn stehen. Ich habe keinen Schimmer, was mein Ziel hier drin ist. Am liebsten würde ich erst einmal raus an die frische Luft.

Zu Fin.

Am liebsten würdest du zu Fin an den See und unter Wasser. Ohne Menschen, keine Sorgen, nur er und du.

Das ist die Wahrheit. Aber es ist auch eine Wahrheit, die ich jetzt nicht haben kann. Ich muss mich bremsen. Das mit ihm und mir geht viel zu schnell. Ich will nicht kopflos werden wie Emil, nur weil ich meine Gefühle nicht im Griff habe. Das weiß ich alles. Und trotzdem will ich zu ihm.

»Entschuldigen Sie?« Als mich jemand an der Schulter berührt, schrecke ich so heftig zusammen, dass mir das letzte Häppchen aus der Hand fällt.

»Oh. Verzeihung.« Das junge Mädchen vom Catering sieht mich erschrocken an, als wir uns beide danach bücken. »Das wollte ich nicht. Ich sollte nur …«

»Ist schon gut«, unterbreche ich sie, lege das übrige Häppchen zurück auf die Serviette und sehe mich nach einem Mülleimer um. Ich bin niemand, vor dem sie Angst haben muss.

»Ich soll Sie holen«, sagt sie und sieht mich schüchtern an. »Gleich werden die vorläufigen Endergebnisse verkündet. Ihr Vater möchte Sie dabeihaben.«

»Natürlich. Ich komme sofort.« Ich nicke ihr zu, sie erwidert die Kopfbewegung und streckt die Hand nach dem runtergefallenen Häppchen aus.

»Das nehme ich mit.«

»Okay. Danke.«

Sie nickt noch einmal, dann eilt sie davon.

Ich atme tief durch und lege den Kopf in den Nacken. Natürlich ist der Himmel wolkenlos, wie es sich für einen derartigen Tag gehört. Bevor ich zurück hineingehe, ziehe ich mein Handy aus der kleinen Umhängetasche, in die wirklich gar nichts passt außer mein Telefon, meine Karte, der Ausweis und ein bisschen Make-up.

Das hier ist eine Shitshow. Kannst du für mich eine Runde unterwasserschreien gehen?

Fins Antwort kommt sofort.

Wird erledigt. In Boxershorts?

Und das zaubert mir das erste richtige Lächeln des Tages auf die Lippen.

Mein Dad gewinnt. Um 21:47 Uhr wird das offizielle vorläufige Ergebnis mitgeteilt. In den nächsten Tagen wird gründlich nachgezählt werden, aber sein Vorsprung scheint groß genug zu sein, um jetzt schon ausgiebig zu feiern. Dad öffnet eine Flasche Champagner und schenkt jedem ein, der ihm ein leeres Glas entgegenhält. Ich verzichte. Mir schmeckt Champagner nicht, und abgesehen davon kann ich es kaum erwarten, endlich gehen zu dürfen. Ich muss nur noch das letzte Siegesfoto mit Mum, Dad und Emil hinter mich bringen.

Ungeduldig stehe ich am Rand und beobachte das Geschehen. Wie irgendwelche wichtig aussehenden Menschen ihm gratulieren. Sein Vorgänger, der ihn während der letzten Wochen unterstützt hat und sich mit Dads Wahlsieg in den Ruhestand verabschiedet. Es ist eine Farce, aber nichts anderes erwarte ich von diesen lokalen Politikern. Und daneben steht Mum, mit dem unechtesten Lächeln der Welt im Gesicht. Dads Beraterteam weiß über ihre Probleme Bescheid, aber sie haben darauf bestanden, dass sie heute dennoch dabei ist. Keine Ahnung, wie sie es aus dem Bett geschafft hat. Und noch weniger weiß ich, wie sie es hinkriegt, sich auf den Beinen zu halten.

Es fällt mir unheimlich schwer, sie nicht im wahrsten Sinne des Wortes am Arm zu packen und zu einem Arzt zu zerren. Aber ich kann sie nicht zwingen. Nur immer wieder bitten. Denn eine Sache wurde mir in den letzten Wochen klar. Sosehr ich Mum auch helfen will … Ich bin nicht für sie verantwortlich. Genauso wenig wie Emil. Nur ist das nicht so leicht, weil wir beide lange genug darauf getrimmt worden sind, es eben doch so zu sehen. Dad war immer unfehlbar in meinen Augen, und Mum war es dadurch auch. Doch nun … Seit Hendrik tot ist … Sie sind es beide nicht. Und das zu akzeptieren, fällt mir unglaublich schwer, weil es nach wie vor in meinen Instinkten liegt, meinen Eltern zu helfen. Selbst wenn es sich dabei um diese Scharade handelt, die wir hier spielen.

Als hätte Dad meine Gedanken gelesen, winkt er mich in diesem Moment zu sich. Emil steht bereits neben Mum. Ich stoße mich von der Wand ab und stelle im Gehen mein leeres Sektglas auf das Tablett eines Kellners. Es sind nur ein paar Schritte nach vorn. Dort gratuliere ich Dad. Weil sich das so für eine gute Tochter gehört und weil ich mich wirklich für ihn freue. Das hier ist sein Wunschtraum, und ich gönne ihm den Sieg von Herzen.

Wir nehmen unsere Positionen für das Siegesfoto ein, die uns im Vorfeld zugeteilt worden sind. Mum und Dad in der Mitte, ich an Dads Seite, Emil bei Mum. Ein Bein leicht vor das andere, lächeln, möglichst stolz dabei aussehen. Ein Meer aus *klick, klick, klick* prasselt auf uns ein. Ich weiß nicht, wie viele Fotos an diesem Abend von uns gemacht werden. Ich weiß nur, dass ich unendlich froh bin, als ich nach einigen Fragen und den immer gleichen Antworten endlich entlassen werde.

Kurz nach Mitternacht ist das einzige Problem, das ich jetzt noch habe, die Heimfahrt. Während ich auf dem Hinweg bei Mum und Dad mitgefahren bin, muss ich nun mit Emil zurück, weil ich kein eigenes Auto habe.

Zu meinem Glück will auch mein Bruder nicht länger bleiben. Ich folge ihm schweigend zu seinem Wagen und steige genauso wortlos ein. Der Gurt klickt beim Einrasten laut zwischen uns, Emil schiebt den Schlüssel ins Schloss. Aber er startet den Motor nicht. Stattdessen sitzt er da und blickt durch die Windschutzscheibe nach vorn. Er sagt kein Wort. Und das ist ungewöhnlich. Normalerweise bin ich diejenige, die wenig mit ihm spricht, während er es immer wieder versucht.

Irgendwann halte ich es nicht mehr aus.

»Warum fährst du nicht los?«, frage ich mit Nachdruck in der Stimme. Es ist bald halb eins, ich will nur noch nach Hause und ins Bett.

»Das kann so echt nicht weitergehen, Lene.« Er dreht den Kopf in meine Richtung. Ich spüre, wie sein Blick regelrecht Löcher in mich bohrt. »Du willst also, dass ich mit Freya Schluss mache, ja? Dass ich sie und mich bewusst … unglücklich mache, nur damit du zufrieden bist?«

Unglücklich. Das Wort hallt in mir nach, während ich Emil einfach nur anstarre. Das größte Unglück ist uns allen schon längst passiert. Aber ausgerechnet darin sein Glück mit Freya zu finden … Das ist … Mein Magen verkrampft sich, weil ich nicht weiß, was ich davon halten soll.

Glück. Unglück. Tod. Liebe. All das verschwimmt zu einer grauen Masse, an deren Anfang immer Hendrik steht. Alles beginnt mit ihm, und alles endet mit ihm. Ich will nicht, dass Emil unglücklich ist. Ich will nicht einmal, dass Freya unglücklich ist. Aber für Hendrik wünsche ich mir das ebenfalls, und weil das nicht möglich ist, kann ich Emil nicht antworten. Nicht so, wie er es als mein Bruder verdient hätte.

Er nimmt mein Schweigen zum Anlass weiterzusprechen. Und jedes weitere Wort, das er von sich gibt, trifft mich mit einer Intensität, die ich nicht erwartet habe. »Du hast keine Ahnung, wie beschissen es Fee immer noch wegen Hendrik geht, Lene. Sie hat ihn nicht einfach vergessen oder ersetzt. Sie trauert nach wie vor. Wie wir alle. Aber ob du es glaubst oder nicht, es ist leichter, das gemeinsam zu tun.«

»Ich hab dir erklärt, wieso ich damals nach Neuseeland gegangen bin.« Meine Stimme ist so brüchig, dass die Worte kaum zu hören sind.

»Das war kein Vorwurf, weil du nach Neuseeland geflogen bist. Ich habe das akzeptiert. Das war … wichtig und richtig für dich. Aber, Lene.« Emil dreht sich in seinem Sitz ganz zu mir herum. »Jetzt bist du zurück, und trotzdem bist du immer noch … weg. Bitte rede mit mir. Hendrik fehlt mir genauso sehr wie dir. Daran ändern auch meine Gefühle für Fee nichts.« Er spricht so eindringlich, so drängend, so bittend, dass sich meine Kehle regelrecht zuschnürt.

Ich kann nichts dazu sagen. Alles, was ich nun von mir geben würde, würde sofort von einem Tränenmeer erstickt werden.

»Ich will meine Schwester zurück.« Emils Worte werden immer leiser. »Keiner von uns ist dafür gemacht, allein zu sein. Wir sind Drillinge. Das hört nicht einfach auf, nur weil einer von uns nicht mehr lebt.« Sein Blick liegt so fest, so unnachgiebig auf mir, dass ich ihn nicht länger ansehen kann.

Ich wende mich von ihm ab und sehe stur geradeaus. Alles in mir zittert, mir ist kalt, mein Herz pocht.

Wir sind Drillinge. Das hört nicht einfach auf, nur weil einer von uns nicht mehr lebt.

Es sind diese zwei Sätze, die mich die Zähne fest aufeinanderbeißen lassen. Sie sind wahr. Sie sind so unendlich wahr, und das ist schön und grausam zugleich. Hendrik ist nicht mehr da, und dennoch wird er für immer ein Teil von uns sein. Es ist, wie ich neulich zu Fin gesagt habe. Emil ist eins der drei Dinge, die mir am Wichtigsten auf der Welt sind. Und er verdient mehr als meine Verachtung, mit der ich ihn seit Wochen strafe. So viel mehr. Ich will nicht mit ihm streiten, ich will ihm sein Glück gönnen, auch wenn es mit Freya ist, aber … Ich kann nicht aus meiner Haut.

Hendrik hätte mir längst den Kopf gewaschen, weil das die Aufgabe eines großen Bruders ist. Auch wenn er nur ein paar Sekunden schneller war bei unserer Geburt.

Er war es, der uns drei zusammengehalten hat.

Emil wartet. Er sitzt nach außen hin genauso still da wie ich, während in mir drin ein Gefühlssturm tobt, und hofft auf eine Antwort meinerseits.

Weil es jetzt an uns beiden liegt, uns zusammenzuhalten.

An mir.

Aber ich kann ihm keine geben. Nicht heute Nacht. Ich weiß nicht wie. Denn nur weil wir einander vermissen und ich will, dass er glücklich ist, dass wir uns wieder versöhnen, bedeutet das nicht, dass ich einfach auf Knopfdruck gutheißen kann, was er tut.

Minuten vergehen, bis ich ihn leise seufzen höre. Dann dreht er den Schlüssel und startet den Wagen.

Auf der Fahrt zurück nach Drammen sprechen wir kein Wort mehr miteinander.

Nach einer Nacht, in der ich mehr schlecht als recht geschlafen habe, wartet Alea am nächsten Morgen pünktlich um acht Uhr auf mich. Ich hüpfe in ihren Wagen und lotse sie in Richtung Trillemarka-Rollagsfjell. Wir sind eigentlich schon spät dran, aber früher habe ich es nach dem Abend in Oslo nicht aus dem Bett geschafft. Ich bin immer noch müde und habe das Gefühl, die Hälfte für unsere heutige Wanderung im Naturschutzgebiet zu Hause vergessen zu haben. Zum Glück hat Alea mitgedacht. Im Gegensatz zu mir ist sie das blühende Leben, hat Kaffee und Frühstück für uns besorgt und steuert den Wagen mit Leichtigkeit aus der Stadt.

»Wie war es gestern?«, fragt sie und biegt ab. »Hab schon im Radio gehört, dass dein Dad gewonnen hat. Glückwunsch.«

»Danke.« Ich ziehe die braune Tüte aus dem Fußraum auf meinen Schoß und packe einen der Muffins aus, die Alea gekauft hat.

Eigentlich wäre es besser, mich mit Proteinshakes oder Porridge fit für unsere Tour zu machen, aber besondere Tage erfordern besondere Maßnahmen. Nach dem gestrigen Abend habe ich mir definitiv etwas Zucker verdient.

Genüsslich beiße ich in meinen Muffin. »Es ging ewig, und ich hab wieder einmal gemerkt, dass solche Events einfach nicht mein Ding sind«, sage ich mit vollem Mund. »Dad mag es, im Mittelpunkt zu stehen und sich bewundern zu lassen. Ich nicht.«

»Du kletterst lieber auf Bäume.«

»Außer wenn es regnet.« Ich grinse ihr zu. »Was es heute nicht tun wird. Ich habe die Wettervorhersage gecheckt.«

»Gut. Ich habe nämlich wirklich keine Lust, bei Regen durch Trillemarka zu stapfen.«

»Sollte alles passen.« Ich ziehe mein Handy hervor und öffne die DiMaAp.

Auch ein Wetterdienst ist in Fins App integriert, weil viele Katastrophen damit zusammenhängen. Ich mag die Oberfläche; sobald man das Menü anklickt, sind alle wichtigen Punkte übersichtlich angeordnet. Wetterdaten für den aktuellen Standort werden im Hintergrund ständig aktualisiert, und daraus erstellt die App dann standortgenaue Vorhersagen. Es gibt Routenplaner für Wanderer, Radfahrer oder auch Skiläufer. Die App errechnet sogar die Durchschnittsgeschwindigkeit und passt die Vorhersage daran an. Erreiche ich mein Ziel erst in zwei Stunden, oder brauche ich vier? Das kann bei einer Wanderung und einem Wetterumschwung einen riesigen Unterschied machen und im besten Fall Leben retten. Ich würde wirklich gern wissen, was ihn dazu inspiriert hat, sie zu entwickeln, aber jedes Mal, wenn ich nachfragen wollte, kam etwas dazwischen. Ich muss ihn, sobald wir zurück sind, unbedingt löchern. Die Idee ist cool, aber vor allem wird sie das Leben sicherer machen. Bleibt nur zu hoffen, dass die App von den Leuten angenommen wird, sobald Fin und dieser Lasse sie launchen.

Ein prüfender Blick auf die Wettervorhersage in der App bestätigt meine Aussage. Es soll erst spät am Abend anfangen zu regnen. Bis dahin sind Alea und ich längst wieder zurück.

Der Weg ins Landesinnere zieht sich. Kurz nach elf erreichen wir das Naturschutzgebiet und parken an einer ausgeschilderten Stelle, an der schon einige andere Autos und ein paar Wohnmobile stehen. Wie immer im Sommer, auch wenn sich dieser mit Beginn des Augusts für norwegische Verhältnisse allmählich dem Ende zuneigt.

Wir checken beide noch einmal unseren Rucksack. Proviant ist genug da, ebenso wie Wasser. Ganz unten drin befindet sich eine Regenjacke und die Powerbank für mein Handy. Sonnenschutz für die Haut und für den Kopf habe ich ebenfalls eingepackt, genau wie das Erste-Hilfe-Set. Ich gehe nicht davon aus, dass ich es benötigen werde, aber manchmal hat mich eine Blase am Fuß schon beinahe um den Verstand gebracht. Und obendrauf liegt die tragbare Kaffeemaschine, die Fin mir geschenkt hat. Damit ich meiner Sucht auch beim Wandern nachgeben kann. Obwohl das Ding viel zu teuer war, kann ich nicht leugnen, dass ich mich riesig darüber gefreut habe.

Sieben Stunden dauert die Tour, die ich für uns ausgesucht habe. Meinen ursprünglichen Plan, die ganz große Runde zu laufen, hat Alea abgeschmettert. Und inzwischen bin ich ihr dankbar dafür. Ich bin mir nicht sicher, ob ich die Neunstundenwanderung heute schaffen würde. Dafür hätten wir wirklich früher hier sein und ich besser schlafen müssen.

»Du weißt, wo es langgeht?« Alea mustert mich von der Seite.

»Japs. Alles in Fins App eingespeichert. Das Ding ist wirklich praktisch.« Zumindest soweit ich das bisher beurteilen kann. Fin hat mir nur einen kleinen Teil ausführlich erklärt. Den Rest werde ich heute intuitiv testen, damit ich ihm unvoreingenommenes Feedback geben kann.

Das Trillemarka-Rollagsfjell-Naturschutzgebiet ist ein Traum. Direkt am Anfang legen wir einige Höhenmeter durch einen unglaublich dichten Wald zurück, ehe wir auf der anderen Seite der Anhöhe wieder hinab in ein Tal gehen. Auf dem gesamten Weg begleitet uns ein kleiner Wildbach. Das Wasser darin ist kristallklar und plätschert leise vor sich hin. Es hat fast schon eine meditative Wirkung.

Während ich mich anfangs noch mit Alea unterhalte, verfallen wir zwischendurch auch immer mal wieder in Schweigen und hängen unseren eigenen Gedanken nach. Meine eilen sofort zurück zu gestern – vor allem zu der Tatsache, dass Dad nun wirklich Bürgermeister von Oslo ist. Das wird einiges ändern. Er wird noch weniger zu Hause sein, und das wiederum bedeutet, dass Mum noch mehr allein zu Hause sitzt. Und dass entweder Emil oder ich ein Auge auf sie haben werden.

Auf der anderen Seite des Tals trennt sich unser Weg vom Bachlauf, und wir schlagen die Strecke nach links ein. Das hier ist der etwas anspruchsvollere Teil der Route, es geht immer wieder über eine Art Geröllfeld und verlangt definitiv nach gut eingelaufenen Wanderschuhen. Doch als wir oben ankommen, weiß ich, wieso wir diese Strapazen auf uns genommen haben. Der Ausblick über das Tal hinter uns ist unglaublich. Weite, Ruhe, ein Naturfarbenmeer. Mit einem Mal fühle ich mich winzig klein.

»Pause!«, verkündet Alea und legt bereits ihren Rucksack ab.

»Okay.« Grinsend tue ich es ihr gleich.

Wir entdecken ein paar umgestürzte Bäume, die von Wanderern vor uns zu Sitzgelegenheiten umfunktioniert wurden. Die Stellen, auf denen wir uns niederlassen, sind frei von Moos und ziemlich glatt gerieben. Alea überkreuzt die Beine und lehnt sich gegen das Holz hinter ihrem Rücken. Immer wieder trinkt sie kleine Schlucke aus ihrer Wasserflasche, während ich Fins App öffne. Sie zeigt mir genau an, wo wir uns befinden, wie das Wetter ist, und teilt mir mit, dass es keine aktuellen Meldungen für das Gebiet gibt, in dem wir uns befinden.

Zufrieden stecke ich das Handy wieder ein und genieße wie Alea die Aussicht. Im Schatten ist es nach dem Weg über das Steinfeld angenehm kühl. Ich lasse den Blick schweifen, entdecke in der Ferne einen kleinen See und erwische mich bei dem Gedanken, dass diese Aussicht hier auch Emil gefallen würde. Seit wir gestern in seinem Auto saßen, spukt er mir ständig durch den Kopf. Und obwohl ich es hasse, dass es so ist, muss ich mir eins eingestehen: Ich vermisse ihn auch. Ich vermisse meinen Bruder, weil er der Einzige ist, den ich noch habe. Ich vermisse, wie es vor Hendriks Tod war. Als wir zwar auch gestritten haben, aber nie so lang. Als wir unzertrennlich waren. Als ich alles von ihm wusste und er alles von mir. Jeden blöden Gedanken, jedes Gefühl. Alles. Und jetzt kennt er noch nicht einmal mein Tattoo oder weiß, was ich in Neuseeland erlebt habe. Er hat keine Ahnung, dass ich unsere drei Namen in neuseeländischen Sand geschrieben und ein Foto davon gemacht habe. Weil ich zwar am anderen Ende der Welt, aber er immer bei mir war. Ich bin in jeden noch so kalten See gesprungen, weil ich wusste, dass Emil das auch tun würde. Und ich habe jedes vegane Ersatzprodukt probiert, das ich gefunden habe, weil mir klar war, dass Hendrik dasselbe getan hätte.

Ich vermisse uns, und zu wissen, dass es dieses Uns nie wieder geben wird … Ruckartig springe ich auf und mache ein paar Schritte hin und her, versuche, diese Gedanken aus meinem Kopf zu laufen. Mich auf irgendetwas anderes zu konzentrieren. Lautlos summe ich Måneskins *Beggin'* in meinem Kopf, ein paar Zeilen, dann den Refrain. Aber auch das lenkt mich nicht ab.

»Lene?« Alea mustert mich besorgt. »Alles okay?«

Kurz überlege ich zu lügen. Wäre vermutlich einfacher, als laut auszusprechen, was mich beschäftigt. Aber das hat Alea nicht verdient.

»Emil und ich …« Ich setze mich wieder neben sie. »Wir haben seit Wochen Streit. Eigentlich schon, seit ich zurück bin.«

»Warum?«

Ja. Warum. *Weil ich abgehauen bin? Weil er sich Freya geangelt hat? Weil das Verrat an unserem toten Bruder ist? Weil ich einfach nicht damit klarkomme, dass nichts mehr ist, wie es war?*

Ich kicke einen alten Tannenzapfen zur Seite. »Weil er jetzt mit Freya Olsen zusammen ist.«

»Die vom Sägewerk?«

Ich nicke. »Genau die. Freya vom Sägewerk.«

»Okay?« Alea zieht die Beine auf den Felsvorsprung. »Emil hat also eine neue Freundin. Das ist doch toll«, sagt sie. Bis sie meinen Blick bemerkt. »Oder nicht?«

Ich lache auf. Es klingt bitter. »Neu ist gut.« Ich finde noch ein paar halb vergammelte Tannenzapfen neben mir und werfe sie in den Wald. »Wir kennen Freya schon lange. Sie ist Hendriks Freundin.«

»Ist?« Sie sieht mich irritiert an. »Aber ich dachte …«

»Ja«, entgegne ich schnell, weil ich nicht will, dass sie weiterspricht. »Hendrik ist tot, aber Freya und er waren noch zusammen, als er erschossen wurde.«

»Ah, okay. Verstehe.« Alea verstummt. »Das ist doch …«

»Ekelhaft?«, schlage ich vor. »Ja. Ganz genau.«

»Eigentlich finde ich das eher schön.«

»Schön?« Ich spucke das Wort beinahe aus. »Willst du mich verarschen? Das ist nicht *schön.*« Wieder sind da augenblicklich Emils Worte in meinem Kopf. *Du willst also, dass ich mit Freya Schluss mache, ja? Dass ich sie und mich unglücklich mache.* Energisch schiebe ich sie und das schlechte Gewissen, das an mir zupft, beiseite. »Es ist furchtbar. Sie hintergehen Hendrik und …«

»Stopp!« Alea unterbricht mich und greift entschlossen nach meiner Hand. »Du hast mich nicht zu Ende reden lassen.«

»Was willst du denn noch sagen? Du bist ja offenbar der Meinung, dass das *schön* ist.«

»Ja, aber du weißt nicht, aus welchem Grund. Also hör mir kurz zu, okay? Ich finde es schön für die beiden. Für jeden individuell. Ich war nie in dieser Position, trotzdem kann ich mir vorstellen, dass es dieser

Freya den Boden unter den Füßen weggezogen hat, als Hendrik gestorben ist. Und Emil hat seinen Bruder verloren, genau wie du. Da ist es doch … ja, da ist es einfach schön, dass die beiden in ihrer Trauer etwas gefunden haben, was ihnen das Weiterleben ohne Hendrik leichter macht, oder nicht?«

»Darum geht es doch nicht.« Ich schüttle heftig den Kopf. »Die beiden können gern wieder glücklich sein.« Ich will ja selbst nichts anderes, als endlich diesen Trauervorhang, der alles umhüllt, abzustreifen.

»Und wieso dürfen sie dann nicht zusammen glücklich sein?« Ich merke Alea an, dass sie ihre Worte mit Bedacht wählt. »Sie tun doch niemandem damit weh.«

Doch, mir!, hätte ich am liebsten gebrüllt. *Sie tun mir weh, und Hendrik und unseren Eltern.*

»Es ist nicht richtig«, sage ich stattdessen.

»Warum nicht?«

»Fragst du mich das gerade wirklich?« Ich werde unfair, ich weiß es. Alea hat es nicht verdient, von mir angefahren zu werden. Doch dass sie mir echt sagen will, es sei kein Problem, dass mein noch lebender Bruder mit der Freundin meines verstorbenen Bruders zusammen ist … Das kann nicht ihr Ernst sein.

»Ja, tue ich.« Sie nickt, ihr Blick ist eindringlich. »Weil ich es verstehen will. Ich kann mir absolut vorstellen, dass es ungewohnt für dich ist, Freya nun mit Emil zu sehen und nicht mehr mit Hendrik. Aber nur, weil etwas ungewohnt ist, ist es nicht automatisch falsch.«

»Es ist moralisch mehr als … grau.«

»Warum?«

»Weil man das einfach nicht tut.«

»Wer sagt das?«

»Du gehst mir auf die Nerven.«

»Ich weiß.« Alea lacht leise. »Genau das ist meine Absicht.«

»Ach ja?«

»Jep.« Sie springt von ihrem Platz auf und stellt sich vor mich. »Ich kenne Freya nicht persönlich, vielleicht ist sie ein Miststück, und du willst deshalb nicht, dass sie nun mit deinem anderen Bruder zusammen ist. Aber nach dem, was du erzählt hast, gehe ich nicht davon aus, dass sie das ist. Und dann hat niemand von uns das Recht, den beiden irgendetwas vorschreiben zu wollen. Und ich glaube, wenn du das auch so sehen könntest, würde es dir mit allem besser gehen. Hendrik ist tot, aber Emil ist immer noch da. Willst du jetzt wirklich den Rest deines Lebens auf ihn sauer sein, nur weil er sich verliebt hat?«

Ich denke Nein, ich sage: »Ja?« Auch wenn es in meinen Ohren mehr als trotzig klingt.

»Das ist Quatsch, und das weißt du auch. Es ist kein Verbrechen, sich zu verlieben.«

»Aber sie ist Hendriks Freya.«

»Und sie ist augenscheinlich ein Mensch, den du mochtest, als sie mit ihm zusammen war. Wieso kannst du sie nicht auch als Emils Freundin mögen?« Langsam setzt sich Alea wieder neben mich. »Es spielt doch keine Rolle, mit wem sie vor Emil zusammen war. Solange sie ihn jetzt liebt und ihm jetzt guttut …« Ich sehe sie aus den Augenwinkeln mit den Schultern zucken. »Niemand gehört einer anderen Person. Ich weiß, du meinst das auf die romantische Art, aber sie ist nicht Hendriks Freya. Und sie ist jetzt auch nicht Emils Freya. Sie ist ihre eigene Freya. Und sie hat sich aus freien Stücken für Emil entschieden. Und er sich für sie. Ich finde das toll. Für beide.«

»Ja. *Schön*, dass du das toll findest. Ich nicht«, grummle ich. Und gleichzeitig komme ich mir doof vor, weil Alea recht hat. Ich will es nur nicht einsehen, weil sich alles in mir dagegen wehrt. »Wollen wir weiter?«, frage ich deshalb. Das hier soll kein Spaziergang werden, sondern ein Training. Es liegt noch einiges an Weg vor uns. Stand jetzt haben wir noch nicht einmal die Hälfte des Rundwegs.

Alea nickt, packt ihre Flasche wieder ein und schultert ihren Rucksack. »Ich bin trotzdem der Meinung, dass du Emil und Freya als Paar eine Chance geben solltest. Es klingt total abgedroschen, aber ich glaube, niemand, der gestorben ist und seinen Partnermenschen wirklich geliebt hat, würde wollen, dass derjenige dann allein bleibt. Außer man ist ein wirklich blöder, böser Egoist gewesen. Nur sind wir uns einig, dass Hendrik das nicht war, hm?« Sie legt einen Arm an meine Schulter und drückt kurz. »Er war vielmehr jemand, der die Sache rational beurteilt hätte, oder? Er ist nicht mehr da, zwei seiner absoluten Lieblingsmenschen aber schon. Cool. Go for it. Du darfst mich gern korrigieren, wenn ich ihn falsch einschätze.«

Und wieder hat Alea leider recht. Genau so war Hendrik, und ich wünschte, ich wäre mehr wie er. Ich bin es nur nicht. Ein »Mhm« grummelnd setze ich mich in Bewegung, ihre Worte noch immer in meinem Kopf.

Ich bin trotzdem der Meinung, dass du Emil und Freya als Paar eine Chance geben solltest.

Ich hab nur wirklich keine Ahnung, wie ich das machen soll.

Das nächste Stück führt uns durch den Wald, ehe wir auf einen kleinen Wasserfall stoßen. Es gibt unzählige in Norwegen, und mich beeindrucken mittlerweile nicht mehr viele. Aber der hier ist süß. Es sieht aus, als würde das Wasser über mehrere in Stein geschlagene Stufen nach unten fallen, doch es ist alles Natur. Allein die Kraft der Elemente hat für diesen fast rechtwinkligen Abgang gesorgt. Am Ende des Wasserfalls beginnt wieder ein Wildbach, an dem wir eine ganze Weile entlanglaufen.

Und dann frischt plötzlich der Wind auf. Eine Böe wirbelt meine Haare durcheinander.

Überrascht drehe ich mich um und blicke direkt auf eine gigantische Wolkenfront, die nichts Gutes verheißt. Tiefschwarz und bedrohlich hängt sie über dem Tal hinter uns. »Scheiße«, entfährt es mir.

»Was zur Hölle ist das?« Aleas Stimme klingt leicht panisch.

»Nichts, was angekündigt war.« Es sollte erst heute Abend regnen. Dann, wenn wir schon längst zurück in Drammen sind. Und auch Fins App hat vorhin keine Meldungen angezeigt.

Hektisch sehe ich mich um. Ich will nicht auf einem freien Feld stehen, wenn die Wolken über uns aufbrechen. Aber ich will bei diesem Wind auch nicht unter Bäumen Schutz suchen, die am Ende wie Dominosteine umfallen, wenn eine heftige Böe sie erwischt. Und umdrehen und in die Wetterwand hineinlaufen ist genauso wenig eine Option. Also bleibt uns nur eins.

»Wir laufen weiter und suchen einen Unterschlupf«, sage ich. Das hier ist ein Naturschutzgebiet mit offiziellen Wanderwegen. Irgendwo muss es eine Schutzhütte oder etwas Ähnliches für uns geben. Ich verfalle in einen Laufschritt, Alea tut es mir gleich. Im Gehen ziehe ich mein Handy hervor und öffne Fins App. Wurde das Teil nicht exakt für solche Situationen entwickelt?

Meine Finger zittern, als ich mich durch das Menü klicke. Ich bleibe nicht stehen, während ich meinen Standort aufrufe und die App nach Unterstandmöglichkeiten suchen lasse. Es lädt und lädt, aber das dumme Ding hat noch nicht einmal die aktuellen Wetterdaten gezogen. Angeblich ist es immer noch leicht bewölkt mit Sonnenschein. Dass ich nicht lache.

In diesem Moment kracht es lautstark über uns.

»Fuck.« Alea wird noch schneller.

Wir laufen nicht mehr, wir rennen. Das Gebiet ist uneben, überall sind Steine oder Wurzeln. Immer wieder starre ich auf den Bildschirm, aber es tut sich nichts. Die App versucht weiter, irgendwelche Daten zu laden, doch nichts geschieht. Verflucht.

Dann fallen die ersten Tropfen.

12

FIN

Hey, ich wollte dir nur sagen, dass ich heute nicht im Park bin. Alea und ich sind gestern in ein Unwetter geraten, wir waren bis nachts im Krankenhaus. Du musst heute also leider allein üben, sorry ☹

Ich lese die Worte noch mal. Und noch mal. Und noch mal. Aber egal, wie oft ich Lenes Nachricht überfliege, der Inhalt verändert sich nicht.

Unwetter. Krankenhaus. Nicht im Park. Allein üben.

»Was zur Hölle?« Eilig tippe ich eine Antwort an sie.

Was ist passiert? Bist du okay?

Sie antwortet nicht. Und irgendwo tief in meinem Bewusstsein ist mir klar, dass es überhaupt nichts heißen muss, dass sie nicht sofort schreibt. Immerhin habe ich die Nachricht erst vor wenigen Sekunden abgeschickt. Aber je länger sie nicht antwortet, umso unruhiger werde ich.

Unwetter. Krankenhaus.

Ohne groß darüber nachzudenken, was ich tue, schmeiße ich die

Tür meines Vans zu, schnappe mir mein Fahrrad und düse los. Ich bin keine zwei Meter gefahren, als ich auch schon Lenes Nummer wähle. Die Verbindung baut sich auf, es tutet, aber sie geht nicht ran. Fuck!

Mit jeder Sekunde, die verstreicht und in der ich sie nicht erreiche, nimmt das ungute Gefühl in meiner Magengegend zu. Ein Besuch im Krankenhaus kann alles bedeuten. Gebrochene Knochen, eine Verstauchung. Oder … Schlimmeres. Und wer weiß, ob sie das ganze Ausmaß überhaupt schon kennen. Manche Verletzungen zeigen sich erst hinterher, aber sie können genauso gravierend sein.

Ich strample immer kräftiger, weil mich jeder Tritt schneller zu Lene bringt. Muss mit meinen eigenen Augen sehen, dass es ihr gut geht. Ansonsten, das weiß ich, werde ich keine Ruhe finden.

Wie damals. Mit Malia.

Zweimal überfahre ich eine rote Ampel und werde angehupt. Aber das ist mir egal. Ich weiche aus und rase kurz darauf um eine Ecke. Ein Passant, der gerade über die Straße laufen will, schreit mir fluchend hinterher, ob ich sie noch alle habe.

Ich bin völlig außer Atem, als ich mein Ziel endlich erreiche. Noch bevor ich ganz zum Stehen komme, springe ich ab und lasse das Rad achtlos im Vorgarten von Lenes Elternhaus fallen. Immer zwei Stufen auf einmal nehmend renne ich die Treppe zur Haustür nach oben und klingle Sturm. Es ist mir vollkommen egal, dass ich erst ein einziges Mal hier war und Lenes Familie noch nie begegnet bin. Keine Ahnung, ob sie überhaupt will, dass ich auftauche. Aber das Herz schlägt mir bis zum Hals, und ich kann mich nicht beruhigen, solange ich mich nicht persönlich davon überzeugen konnte, dass sie okay ist. Ich drücke immer noch auf die Klingel, als die Tür endlich aufgerissen wird.

»Hast du sie noch alle?«, fährt Lene mich an. »Meine Mum schläft und …«

Weiter kommt sie nicht. Ihr entweicht ein dumpfes »Ompfh!«, als ich sie an mich ziehe und in meine Arme schließe.

Gott sei Dank.

Das ist der einzige Gedanke, den ich noch habe.

Gott sei Dank.

Sie steht vor mir, und augenscheinlich geht es ihr gut genug, um mich anzufauchen.

»Was hast du denn?« Nach ein paar Sekunden macht sie sich energisch von mir los. »Fin? Ist alles okay mit dir?« Ihr Blick huscht über mein Gesicht. »Du bist leichenblass.«

»Ja, ich ... Sorry.« Als mir klar wird, dass ich mich hier gerade völlig absurd benehme, trete ich einen Schritt von ihr weg. »Ich hab mir nur ...« *Was, Fin? Was? Dir völlig panisch Sorgen gemacht, obwohl es keinen Grund dafür gab?* »Geht es dir gut?«, will ich wissen und lasse nun meinerseits den Blick an ihr auf und ab gleiten. Sie hat ein paar kleinere Schrammen auf der Stirn, der Wange und an den Händen. Aber ein Gips ist nirgends sichtbar, auch keine Krücken oder sonst etwas, das auf eine größere Verletzung hindeutet. »Was ist gestern passiert?«

»Nichts.« Sie sieht mich immer noch irritiert an, was ich ihr nicht verdenken kann. »Wir sind nur in ein Unwetter geraten. Das hab ich dir doch geschrieben.«

»Ja, und du hast auch geschrieben, dass ihr im Krankenhaus wart. Also was ist mit dir? Du hast Schrammen im Gesicht.«

»Nichts ist mit mir. Alles gut. Ich bin nur nass geworden und musste Alea stützen. Sie ist ausgerutscht und blöd gefallen und hat sich dabei den Arm gebrochen.«

»Sicher?«

»Was sicher? Dass Alea gestürzt ist?« Sie mustert mich stirnrunzelnd. »Ja. Ich war dabei.«

»Das meine ich nicht. Bist du dir sicher, dass es *dir* gut geht?«

»Ja. Natürlich.« Die Furche auf ihrer Stirn wird noch tiefer, weil ich es immer noch nicht schaffe, mich zu entspannen, und sie das zu Recht irritiert.

»Wieso bist du dann zu Hause?«

Sie schnaubt. »Weil Thomas mir verboten hat, in den Park zu kommen. Ich soll ein, zwei Tage Pause machen.«

Vernünftig, denke ich. Aber bevor ich es auch aussprechen kann, taucht ein junger Mann hinter Lene auf. Ich weiß nicht, wieso es mir auffällt, aber er trägt zwei verschiedene Socken.

»Was ist denn hier los?«, fragt er und blickt über Lenes Schulter zu mir. »Hast du eben so penetrant Sturm geklingelt?«

»Ja, hat er.« Nicht ich antworte ihm, sondern Lene. Sie dreht sich zu, wie ich annehme, ihrem Bruder um. »Kann ich deinen Wagen haben?«

»Wozu?«

»Erkläre ich dir später. Kann ich? Bitte.«

Er scheint kurz über Lenes Frage nachzudenken. Nach einem weiteren Blick in meine Richtung nickt er. »Okay. Unter einer Bedingung.«

Lene stöhnt genervt auf. Als würde sie bereits ahnen, was ihr Bruder von ihr will. »Echt jetzt, Emil?«

»Wer ist das, und wann kommst du wieder?«

»Himmel.« Obwohl sie immer noch ihren Bruder ansieht, kann ich das Augenrollen in diesem einen Wort regelrecht hören. »Also gut. Das ist Fin, ich kenne ihn aus dem Kletterpark, und keine Ahnung, wann ich wiederkomme. Ich schreib dir, okay?«

Wieder lässt Emil sich Zeit. »Fin, ja?«

»Ja.« Lene nickt ungeduldig. »Also was ist? Krieg ich jetzt dein Auto?«

Anstatt zu antworten, geht Emil ein paar Schritte rückwärts und verschwindet aus meinem Blickfeld. Keine zwei Sekunden später ist er zurück. »Fang!«, fordert er Lene auf und wirft ihr den Schlüssel zu. »Aber meld dich wirklich, okay?«

»Mach ich. Danke.« Damit dreht sie sich erneut zu mir. »Warte kurz hier, ja?«, bittet sie mich. »Ich hole nur eben meine Sachen.«

Ich kann bloß nicken. Lene ist wie ein Wirbelwind.

Erneut blickt sie zu ihrem Bruder. »Und du lässt ihn in Ruhe, bis ich zurück bin, klar? Keine unangenehmen Fragen!«

Emil hebt abwehrend die Hände. »Würde ich nie tun.«

»Ha ha. Genau.«

Während Lene die Treppen nach oben eilt, bleibe ich im Türrahmen stehen. Ihr Bruder bewegt sich genauso wenig von der Stelle wie ich. Er mustert mich einfach nur. Kurz frage ich mich, was er wohl sieht. Einen Kerl, der ein paar Jahre älter ist als er selbst, vermutlich immer noch etwas blass um die Nase, und der jetzt vor dem Haus steht und auf seine Schwester wartet? Ich hätte tausend Fragen. Vermutlich hat Emil die auch, aber er stellt mir nur eine davon.

»Nichts gegen dich, aber als ihr Bruder muss ich das fragen …«

Ich lasse ihn nicht ausreden, weil ich ganz genau weiß, worauf er hinauswill. Schnell schüttle ich den Kopf. »Nein. Du musst dir keine Sorgen um sie machen.«

Meine Worte lassen ihn breit grinsen, und sein Lächeln gleicht dem seiner Schwester bis aufs Haar. »Schön. Wir verstehen uns.«

Ich nicke wortlos. Emil passt auf Lene auf. Genau das wollte er mir mitteilen, und genau das ist bei mir angekommen. Doch die Warnung ist unnötig. Niemals würde ich Lene absichtlich wehtun.

Es dauert nicht lange, bis sie wieder zurück ist, einen Jutebeutel mit Kram in der Hand. »Okay.« Sie greift nach der Tür, schiebt mich gleichzeitig zu den Stufen vorm Haus und will gerade hinter uns zuziehen, als Emils Stimme noch einmal erklingt.

»Lene?«

Genervt schließt sie für eine Sekunde die Augen. »Was jetzt noch?«, fragt sie.

»Lass dir Zeit. Ich schaue nach den Hühnern.«

Eine weitere Sekunde vergeht, ehe sie nickt. »Okay. Danke, Emil.«

Dann ist die Tür zu, Lene zieht mich die Treppe nach unten und steuert einen Wagen an, der im Hof steht. Ich habe ihn vorhin in meiner Hektik nicht einmal gesehen.

»Steig schon mal ein«, sagt sie und lehnt mein Fahrrad an die Hauswand. Dann setzt sie sich hinter das Lenkrad und startet den Motor.

Wir reden kein Wort miteinander. Dafür bin ich immer noch zu angespannt, und Lene scheint mir Zeit geben zu wollen. Als wir ein ganzes Stück von ihrem Elternhaus entfernt sind, ist trotzdem sie diejenige, die nicht länger schweigen kann. Die Stille zwischen uns ist zu erdrückend.

»Hör auf, dir Sorgen zu machen.« Lene setzt den Blinker und biegt in eine Seitenstraße ab. »Ich erzähle dir gern, was passiert ist, aber bitte entspann dich ein bisschen, ja? Es ist alles okay.« In der nächsten Sekunde drückt sie meine Finger. Ein stummes Zeichen und zugleich die Zusicherung, dass sie es ernst meint.

Und sie hat recht. Es gibt keinen Grund, mir Sorgen zu machen. Sie sitzt neben mir, unverletzt, wirkt ruhig und gelassen. Der Einzige, der durch den Wind ist, bin ich. Und das liegt nicht an ihr. Ich weiß genau, warum ich so durcheinander bin, und es macht mir eine Scheißangst. Denn wenn ich bereits jetzt so reagiere, obwohl ich Lene kaum kenne, dann … Fuck. Dann hab ich ein weitaus größeres Problem, als ich dachte.

Mit dem nächsten Atemzug zwinge ich mich, meine Schultern etwas sacken zu lassen und damit die Anspannung in meinem Körper loszuwerden. Es funktioniert nur bedingt, weil sich Gefühlsdämonen nicht so einfach vertreiben lassen. Auch wenn ihnen schon längst jegliche Grundlage entzogen wurde. *Lene geht es gut.* Ich sage es mir immer wieder. *Lene geht es gut.* Sie ist okay.

Es dauert nicht lange, bis wir den Campingplatz erreichen. Lene parkt das Auto auf der ausgewiesenen Fläche neben dem Eingang. Wir steigen aus und laufen nebeneinander zu meinem Van. Schweigend, weil ich so in meinem Kopf gefangen bin, dass ich einfach kein Wort von mir geben kann.

Das Ding ist, ich weiß, dass meine Reaktion irrational ist. Dass es keinen Grund gibt, so angespannt zu sein. PTBS hat Dr. Hansen es genannt. Aber auch das Wissen, woher es kommt, hilft mir nicht weiter. Ich kann trotzdem nicht aus meiner Haut. Die Vorstellung, Lene könnte sich ernsthaft verletzt haben … Dabei haben Lasse und ich die App genau für solche Fälle entwickelt. Damit die Menschen gewarnt werden und rechtzeitig in Sicherheit flüchten können. Und jetzt ist ausgerechnet Lene in Gefahr gewesen.

Ruckartig bleibe ich stehen. »Wieso hast du die App nicht benutzt?« Es ist das Erste, was ich zur ihr sage, seit wir den Campingplatz erreicht haben.

Auch Lene stoppt und legt den Kopf schief. »Hab ich. Aber sie hat nicht funktioniert.«

»Sie hat nicht … *Bitte was?*« Fassungslos starre ich sie an, bin mir sicher, mich verhört zu haben. Wir sind so weit in der Entwicklung der App … Es kann nicht sein, dass sie nicht … *Was?!*

»Können wir vielleicht nicht hier darüber sprechen?« Lenes Frage durchbricht mein Kopfchaos. Ein wenig unsicher sieht sie sich um. Wir stehen mitten auf dem Weg, rechts von uns sind Wohnwagen, links eine Wiese voller Bäume, unter denen einige Zelte aufgebaut sind. Neugierige Camper drehen sich in unsere Richtung.

Ich wünschte, ich könnte sagen, dass es mir egal ist, beobachtet zu werden. Aber ich will nicht, dass Lene sich unwohl fühlt. Also setze ich mich wieder in Bewegung und laufe weiter in Richtung meines Vans.

Sie hat nicht funktioniert.

Wie zum Teufel ist das möglich? Ich hätte ihr das Ding niemals zum Testen mitgegeben, wenn ich mir nicht sicher gewesen wäre, dass sie bereit ist.

Sie hat nicht funktioniert.

Lene war nicht einmal die Erste, die sie testen durfte. Was zur Hölle ist passiert?

»Ich kann dir mein Handy geben«, sagt sie, als wir nur noch wenige Meter von meinem Van entfernt sind. »Du kannst den Appspeicher doch bestimmt auslesen und rausfinden, was los war, oder?« Da ist kein bisschen Wut in ihrer Stimme. Keine Vorwürfe. Keine Anschuldigungen. Sie spricht völlig normal mit mir, lösungsorientiert. Als wäre ich nicht schuld daran, dass ihnen das Unwetter nicht rechtzeitig angezeigt wurde.

»Du musst nicht so nett zu mir sein.« Ich schließe die Seitentür des Vans auf.

»Nett?«, fragt Lene nachdenklich. Sie wirkt immer noch nicht wütend, nur völlig irritiert. »Wieso soll ich nicht nett zu dir sein? Fin, was ist denn …?«

Aus den Augenwinkeln sehe ich, wie sie auf mich zukommt. Ich drehe mich zur Seite und will gerade in den Van steigen, als sie mich am Arm packt.

»Jetzt hör endlich auf damit«, sagt sie. »Was ist bitte los mit dir? Ich bin nur nass geworden, sonst nichts.«

»Sonst nichts?« Ich hebe eine Augenbraue und erinnere sie an Aleas gebrochenen Arm. »Das sieht Alea sicher anders.«

»Nein, tut sie nicht. Der Boden war glitschig, sie ist ausgerutscht und blöd gefallen. So etwas passiert.«

»So etwas darf aber nicht passieren. Genau deshalb hattest du die App. Die nicht funktioniert hat.«

»Bist du deshalb so sauer?« Lene lässt mich wieder los. »Weil eure App nicht richtig läuft? Das ist doch nicht so schlimm. Ihr seid noch nicht einmal in der offiziellen Testphase und …«

»Sie hat dich in Gefahr gebracht!« Ich schneide ihr das Wort schärfer ab als beabsichtigt. »Das ist nicht zu entschuldigen.« Genau wie es nicht zu entschuldigen ist, dass ich Malia damals nicht helfen konnte. Weder im Camp noch hinterher.

Erneut wende ich mich von ihr ab und will in den Van steigen.

»Natürlich ist das entschuldbar.« Lene folgt mir. »Ich wusste, worauf ich mich einlasse. Deshalb habe ich sie doch benutzt … Damit wir mögliche Fehler entdecken. Du konntest nicht ahnen, dass sie sich nicht richtig synchronisiert. Und ehrlich? Ohne deine App hätte ich gar keine benutzt, also … Lies einfach den Speicher aus, dann findest du schon raus, was los war.«

Es macht mich kirre, dass sie so verständnisvoll ist. Dass sie nicht sieht, wie leichtsinnig es von mir war, ihr die App schon in diesem Stadium zu geben. Ich hätte sie besser prüfen müssen und vor allem Lene nicht allein damit in die Berge schicken dürfen.

Energisch drückt sie mir ihr Handy in die Hand. »Es ist bestimmt nur eine Kleinigkeit. Ein … Bug oder wie das heißt. Dann fixt ihr den, und bei meiner nächsten Wanderung teste ich noch mal …«

»Auf gar keinen Fall!« Ich lege ihr Handy neben meinen Laptop und klappe ihn auf. »So schnell testet hier niemand mehr irgendwas.«

»Dein Ernst?«

Ich muss nichts sagen, der Ausdruck auf meinem Gesicht spricht wohl für sich.

»Okay. Was ist los mit dir?« Entschieden stellt sich Lene mir in den Weg, ihr Blick sucht meinen.

»Nichts«, sage ich ausweichend. »Ich mach mir nur Sorgen … um deine Sicherheit.« Ich drehe den Kopf zur Seite, kann ihr nicht in die Augen sehen.

Aber Lene lässt mir keine Chance. Sie kommt noch näher, ihre Brust hebt und senkt sich bei jedem Atemzug. Gleichmäßig. Ruhig. Alles an ihr steht in komplettem Kontrast zu dem Hurrikan in mir.

»Um meine Sicherheit steht es bestens.« Obwohl ich sie nicht direkt ansehe, spüre ich, wie sie versucht, mir in die Augen zu blicken. Nach ein paar weiteren Schritten ist sie so dicht vor mir, dass unsere Zehenspitzen aneinanderstoßen. »Fass mich an.«

Ihre Worte lassen mich nun doch wieder aufsehen. »Was?«

»Fass mich an, Fin.« Sie greift nach meinen Händen und legt sie behutsam auf ihre Schultern. »Siehst du? Alles ganz.« Vorsichtig hebt sie die Arme, sodass meine Hände von ihrer Schulter nach unten rutschen und seitlich über ihre Oberarme streichen. »Es geht mir *wirklich* gut.« Mit einem Mal flüstert sie und tritt so dicht vor mich, dass meine Hände wie von selbst auf ihren Rücken gleiten.

Ihre Fingerspitzen vergraben sich im Bund meines Shirts. Sie ist mir so nah, dass ich meine Nase in ihren Haaren vergraben kann. Lene duftet gut. Frisch. Nach Minze und Zitrone. Und es beruhigt mich tatsächlich etwas, so mit ihr hier zu sein und sie einfach nur zu halten. Die Panik in mir flaut ab, weil ich sehe und spüre, dass ihre Worte nicht leer sind. Keine Lügen. Es geht ihr gut. Und nur das zählt.

Ich habe keine Ahnung, wie lange wir in meinem Van stehen und einander umarmen. Ihre Hände um meine Hüfte, meine an ihrem Rücken, Herz an Herz. Sie lässt mich nicht los. Sie ist einfach da und macht allein damit alles besser. Heller. Erträglicher.

Irgendwann löse ich mich behutsam von ihr. Nur ein paar Zentimeter, damit ich sie ansehen kann. Ihre grünen Augen wirken unendlich tief. Immer noch ist keine Spur von Wut oder Unverständnis darin zu erkennen.

»Danke«, sage ich leise und meine damit so viel mehr als nur diesen Moment.

Statt einer Antwort stellt sie sich auf die Zehenspitzen und gibt mir einen Kuss. Ich spüre ihr Lächeln auf meinen Lippen, als sie ihre sanft über meine streicht. Langsam, zärtlich. Unschuldig. Eine weitere Zusicherung, dass ich mir bloß keine Sorgen machen soll.

Es ist genau das, was ich brauche.

Ich beuge mich ihr leicht entgegen und küsse sie zurück. Die Enge in meiner Brust hat komplett nachgelassen, ich kann wieder atmen. Weil Lene recht hatte. Ich musste sie anfassen. Spüren, dass sie heil ist. Dass sie *da* ist. Und ich will, dass sie bleibt.

»Du hast heute ja frei«, murmle ich an ihren Lippen.

»Hm«, murmelt sie zurück.

»Verbring den Tag mit mir«, bitte ich. Weil es keine gute Idee ist, sie nun aus den Augen zu lassen. Die Vorstellung davon genügt, um meinen Angstpuls wieder zu beschleunigen.

Ich muss sie nicht überreden. »Okay.« Lene nickt und legt den Kopf in den Nacken, sodass sie mich besser ansehen kann. »Aber du musst mir einen Gefallen tun.«

Alles, was du möchtest, will ich sagen.

»Schieß los«, sage ich tatsächlich.

»Ich brauche Kaffee und etwas zu essen. Mein Frühstück bestand aus einer winzigen Portion Porridge, weil Emil vergessen hat, neue Haferflocken zu kaufen.« Sie verdreht die Augen im selben Moment, in dem ihr Magen knurrt.

Und weil das so typisch Lene ist, zuerst den Kaffee und dann ihren Hunger zu erwähnen, schaffe ich es, das erste Mal an diesem Morgen richtig zu lächeln.

»Pizza okay?« Während ich auf ihre Antwort warte, nehme ich bereits mein Handy.

»Natürlich ist Pizza okay.« Sie grinst. »Traditionen soll man nicht brechen.«

Eine Stunde später mache ich das erste Pizzapicknick meines Lebens. Mit Kaffee, Wasser, den Pizzen und einer Decke im Gepäck sind wir mit dem Wagen von Lenes Bruder auf eine kleine Anhöhe gefahren. Noch vor wenigen Tagen wäre mir beim Anblick der Aussicht der kalte Schweiß ausgebrochen. Jetzt ist es maximal noch ein kleines Schweißchen. Ich bin nicht völlig entspannt, aber wir sitzen weit genug vom Abhang entfernt, um die Beine sorglos auszustrecken und der Sonne entgegenzublinzeln. Wir sind komplett allein hier oben, obwohl die Stelle so schön ist, dass sie eigentlich in jeden Norwegen-Reiseführer gehört. Unser Glück, dass sie dort bisher allem Anschein nach nicht abgedruckt wurde.

Lene stützt sich mit dem Ellbogen ab und beißt genüsslich in ihre Pizza.

»Schon lustig, oder? Eigentlich ist das nur ein Teigfladen mit ein bisschen Käse und Gemüse drauf, und trotzdem liebt die ganze Welt es.«

»Es ist die Kombi«, erwidere ich und wickle ein Stück Fadenkäse um meinen Finger, um ihn anschließend abzulecken. »Warmer Käse auf fluffigem Teig mit Gewürzen.« Mit der freien Hand forme ich aus Zeigefinger und Daumen ein O.

Lene grinst und beißt wieder in ihr Stück. Ein bisschen Tomatensoße bleibt an ihren Mundwinkeln hängen. Am liebsten würde ich es ihr wegküssen, aber ich weiß nicht, ob wir schon so weit sind. Vielleicht wäre ihr das eher unangenehm. Also nutze ich den Finger, wische die rote Soße damit weg und spüre ihr Lächeln daraufhin in meinem ganzen Körper.

Gott, Fin, reiß dich zusammen. Es ist nur Pizza. Doch streng genommen ist es nicht nur Pizza. Sondern Lene. Es ist ihre Gesellschaft, die das hier besonders macht. Die bis auf die paar kleinen Schrammen an der Wange und der Stirn wirklich ohne Blessuren davonkam. Das macht mein schlechtes Gewissen ihr gegenüber zwar nicht besser, aber es beruhigt mich immerhin ein bisschen. Sobald ich nachher zurück auf dem Campingplatz bin, werde ich den Fehler suchen. Und ich werde erst aufhören, wenn ich ihn gefunden habe. So etwas darf nie wieder passieren. Nicht Lene. Aber auch niemandem sonst.

»Du grübelst schon wieder.« Zaghaft pikt sie mir in die Seite.

»Sorry.« Ich schüttle kurz den Kopf, wie um die dunklen Gedanken zu vertreiben. »Es ist nur …« Scheiße, allein die Erinnerung an den Moment, als ich ihre Nachricht gelesen habe, lässt mein Herz erneut kurz rasen.

»Kopfkino.« Lene nickt und schiebt den Pizzakarton zur Seite. »Aber du siehst ja, dass es absolut unnötig ist, dir weiter Gedanken zu machen.« Sie breitet ihre Arme aus. »Eigentlich müssen wir dem Ausfall deiner App sogar dankbar sein.«

»Dankbar?« Ich ziehe die Augenbrauen zusammen. »Wie meinst du das?«

»Na ja.« Sie lässt die Arme wieder sinken. »Es hat mir einen unverhofft freien Tag eingebracht.«

»Das fandest du vorhin noch übertrieben.«

»Tue ich auch jetzt noch.« Sie grinst. »Es ist wirklich nicht nötig, aber …« Sie zuckt mit den Schultern. »Da dachte ich auch noch, dass ich ihn allein zu Hause verbringen muss.«

»Du bist nicht gern daheim, oder?« Ich erinnere mich daran, wie Lene kurz erwähnt hatte, dass sie und ihr Bruder gerade Streit haben.

»Momentan nicht, nein.« Seufzend legt sie sich auf die Decke und schirmt mit der Hand ihr Gesicht gegen die Sonne ab. »Es ist einfach … anstrengend. Dad hat jetzt die Wahl gewonnen, was toll für ihn ist, aber es bedeutet auch, dass er noch mehr arbeiten muss. Mum ist … keine Ahnung, depressiv oder so. Und Emil …« Wieder ein Seufzen. »Ich hasse es, dass er nun mit Freya zusammen ist.«

In den nächsten Minuten erzählt sie mir von ihrem toten Bruder und dieser Freya, dann von ihrem lebenden Bruder mit derselben Freya. Der Frust, der mir vorhin an ihr gefehlt hat, ist nun fast greifbar. Aber darunter versteckt liegt noch etwas anderes. Und ich glaube, dass sie das weiß, es allerdings nicht zulassen kann. Was ich verstehe. Es ist so viel leichter, frustriert und wütend zu sein als traurig.

Wir reden lange über ihre Familie. Zum einen, weil es mich von meinen eigenen Gefühlen ablenkt, zum anderen, weil sie das braucht. Sie *braucht* jemanden, der ihr zuhört und ihr ihre Empfindungen nicht abspricht. Und dieser Jemand will ich für sie sein. In diesen Minuten geht es nicht darum, was ich davon halte, dass Emil mit der ehemaligen Freundin seines verstorbenen Bruders zusammen ist. Es ist einfach nur wichtig, dass sie mit jemandem darüber sprechen kann, der nicht urteilt. Dem sie ihre Zerrissenheit darüber anvertrauen kann, dass sie Emil und Freya in ihrem Kopf nicht zusammenbringt und gleichzeitig will, dass es ihnen gut geht.

Der Nachmittag auf dieser Aussichtslichtung hoch über Drammen ist friedlich. Ruhig und leise. Wir sind umgeben von Natur, von Bäumen mit tief hängenden Ästen, von Haselnusssträuchern, an denen ich unfertige Nüsse sehe. Und von wild wachsenden Blumenfeldern. Je länger wir hier sitzen und reden, umso mehr reißt der Himmel auf. Was vorher eine graue, mit kleinen Löchern durchsäte Wolkendecke war, ist nun eine strahlend blaue Fläche, die lediglich von kleinen Wattebauschwölkchen durchzogen wird.

Irgendwann pflücken wir Walderdbeeren unter den Sträuchern, und Lene flicht aus verschiedenen Wildblumen einen Kranz. Nur dass sie ihn sich nicht selbst in die Haare setzt, als sie fertig ist, sondern mir.

»Sexy«, kommentiert sie und zupft die Blüten vor meiner Stirn zurecht.

»Meinst du?«

»Aber hallo.« Sie grinst, und sie grinst noch mehr, als ich die Augen verdrehe.

Ich bin nicht überzeugt. Kurz entschlossen nehme ich den Kranz wieder aus meinen Haaren und versuche, ihn ihr aufzusetzen. Doch Lene windet sich unter meinen ausgestreckten Armen und will sich wegducken. Ich lasse ihr keine Chance. Am Fußgelenk halte ich sie fest und ziehe sie zu mir, was auf unserer Picknickdecke gar nicht so leicht ist. Mit ihr kommt auch die leere Pizzaschachtel näher, eine Wasserflasche rollt zwischen uns. Ich ignoriere das alles. Mit einem Mal zählt nur noch Lene. Bei unserem kleinen Gerangel haben sich ein paar Strähnen aus ihrem Zopf gelöst, ihre Wangen werden von einer dezenten Röte geziert. Ich bilde mir ein, dass sie nicht von der Sonne stammt. Der Kranz ist mir längst aus der Hand gefallen, mein Blick fokussiert nur noch sie. Ihre blonden Haare mit den lila Spitzen, ihre Lippen, ein Mundwinkel, der amüsiert zuckt. Und gleichzeitig ist da auch eine Ernsthaftigkeit in ihren Augen, die eben noch nicht da war.

Mit zwei Fingern streiche ich ihre Kieferlinie entlang, über die Schrammen, was sie nicht einmal zusammenzucken lässt. Dann hebe ich ihr Kinn mit dem Daumen etwas an. Ihre Haut ist so unsäglich weich. So warm. Erneut ist da dieser Gedanke, wie froh ich bin, dass es ihr gut geht. In der nächsten Sekunde folgt ihm direkt der Wunsch, dass es ihr für immer gut gehen soll. Lene hat mich umgehauen, vom ersten Moment an. Und ich kann nicht fassen, dass ich nun hier mit ihr sitze. So nah. Viel zu fern. Dicht an dicht.

»Fin?« Ihre Stimme ist leise, der Blick fest auf meine Lippen gerichtet. Sie muss nicht weitersprechen. Alles an ihr strahlt aus, was sie will. Denn ich will dasselbe.

Ohne ein weiteres Wort zu sagen, presse ich meinen Mund auf ihren. Erst sanft, den Daumen immer noch unter ihrem Kinn. Dann drängender. Ich vergrabe die Hand in ihren Haaren, Lene krallt sich in mein Shirt. Sie zieht mich zu sich und lässt sich nach hinten auf die Decke sinken, zusammen mit mir. Augenblicklich stütze ich mich neben ihrem Körper ab, damit nicht mein gesamtes Gewicht auf ihr lastet. Doch es scheint sie nicht zu stören. Sie zieht mich noch näher, schiebt die Hände an mir nach oben, bis sie mein Gesicht umfassen kann. Kurz hält sie inne, und ich merke erst jetzt, dass ich die Augen geschlossen habe.

Gott, ich bin so froh, dass ihr nichts passiert ist.

»Ich bin nicht aus Zucker«, flüstert sie in diesem Moment. Als hätte sie meine Gedanken gehört. Leicht beißt sie mich in die Lippe, ehe sie mit der Zunge darüber leckt.

»Ich weiß«, gebe ich zurück und küsse ihren Mundwinkel. Und wie ich das weiß. »Zum Glück.« Dann verschließe ich ihre Lippen mit meinen komplett, und eine sehr lange Zeit reden wir nicht mehr miteinander.

Gegen Abend frischt der Wind auf. Ich packe unseren Müll zusammen, Lene faltet die Decke und pflückt ein paar letzte Walderdbeeren. Es ist immer noch einsam hier draußen, den ganzen Nachmittag über ist uns niemand begegnet. Kurz nach halb acht sind wir zurück bei Lenes Eltern und liefern Emils Wagen ab.

Lene hält sich nicht lange auf, sie bringt den Schlüssel ins Haus und ist keine zwei Minuten später wieder bei mir – mit ihrem Fahrrad. Ich schnappe mir mein eigenes, und gemeinsam machen wir uns auf den Weg zurück zum Campingplatz. Und die ganze Strecke über bin ich einfach nur glücklich, dass sie wieder mitkommt. Weil das bedeutet, dass sie genauso wenig genug von mir hat wie ich von ihr.

Otis, der Platzbesitzer, hat bereits die niedrigen Laternen am Wegesrand angeschaltet. Sie leuchten uns wie kleine Fackeln den Weg, obwohl es streng genommen noch viel zu hell dafür ist. Unsere Räder knirschen auf dem Kies, bis wir meinen Stellplatz erreicht haben und sie abstellen können.

»Willst du mein Handy nun unter die Lupe nehmen?«, fragt Lene und setzt sich mit überkreuzten Beinen auf einen meiner Klappstühle.

Im roten Abendlicht ist sie noch schöner. Kurz bin ich versucht, ihr Angebot anzunehmen und den internen Appverlauf ihres Handys auszulesen. Vor ein paar Stunden hätte ich es, ohne zu zögern, sofort getan, wenn wir nicht zu unserem Picknickplatz gefahren wären. Aber die Zeit dort oben hat mich beruhigt. Oder es war ihre Anwesenheit, keine Ahnung. Das drängende Gefühl, augenblicklich herausfinden zu müssen, was gestern passiert ist, ist verschwunden. Der Fehler wird auch morgen noch da sein, ich kann den Abend mit ihr verbringen und mich morgen früh darum kümmern, wenn sie wieder arbeiten ist.

Als ich nicht antworte, setzt Lene sich aufrechter hin. »Oder willst du unterwasserschreien gehen? Hab gehört, dass so was helfen soll.«

»Kommst du mit?«

»Ins Wasser?«

Ich nicke. Und bete und warte und bete noch ein bisschen mehr, dass sie *Ja* sagt.

»Moment.« Wie neulich zieht sie das Shirt von sich weg und wirft einen prüfenden Blick auf ihre Unterwäsche. »Okay. Geht klar.« Eine halbe Sekunde später hat sie sich schon das Top ausgezogen und steht auf. »Wenn irgendwann doch mal jemand schnallt, dass ich gar keinen Bikini trage, bist du schuld«, erklärt sie mir und steigt aus ihren Shorts.

Erst jetzt entdecke ich die Schürfwunden an ihrer rechten Seite. »Davon hast du mir nichts erzählt«, sage ich.

»Weil du schon panisch genug warst. Unnötigerweise«, erwidert sie und mustert mich eindringlich. »Das war nicht nur Sorge um mich.« Sie sagt es, als wäre es ein Fakt.

Womit sie recht hat. Ich muss ihr erzählen, woran meine Angst lag. *Liegt.* Ich muss. Aber bevor ich es tun kann, greift sie nach meiner Hand und zieht mich mit sich in Richtung Wasser.

»Lass es raus«, sagt sie. »Da drin. Schrei einfach. Und dann reden wir drüber, okay?«

»Okay.« Ich nicke. Und diesmal will ich ihr echt alles erzählen. Was vor sieben Jahren geschehen ist. Dass ich Malia nicht helfen konnte. Wieso ich Angst vor der Höhe habe. Warum ich die App wirklich entwickle.

Aber nachdem wir ins Wasser gerannt, mehrfach untergetaucht sind und geschrien haben, schlingt sie die Arme um mich und küsst mich. Und ich küsse sie zurück. Im Wasser, unter Wasser, an Land. Vor meinem Van, in meinem Van. Sie kuschelt sich in ein großes Handtuch, ich tue es ihr gleich, erst stehen wir, dann sitzen wir auf meinem Bett. Und wir küssen uns wieder und wieder und wieder. Eiskalte Haut an eiskalter Haut, und trotzdem ist mir einfach nur warm. So, so, so warm.

13

LENE

Endlich. Das ist alles, was ich denken kann, als Fin mit den Fingerspitzen federleicht über meinen Arm streicht. Dennoch genügt diese zarte Berührung, dass ein Kribbeln auf meiner gesamten Haut entsteht. Gänsehaut. Glückshaut. Und die absolute Gewissheit, wie überfällig das hier ist.

Ich will ihn. Ich wollte ihn schon seit dem Abend, als wir erst in der Bar waren und dann die halbe Nacht durchgeredet haben. Ihm nahe zu sein, ist berauschend. Wie ein Drogentraum, nur ohne Drogen und ohne Traum. Weil das hier real ist. Ich befinde mich wirklich in seinem Van, vor ihm, in nasser Unterwäsche. Das Handtuch ist mir längst von den Schultern gerutscht, eigentlich sollte ich frieren. Wir sollten das beide tun, aber mir ist alles andere als kalt.

Vorsichtig lasse ich die Hände über Fins Brust gleiten, spüre die weichen Härchen unter meinen Fingern, hauche einen Kuss auf die Stelle, unter der ich sein Herz weiß. Er schmeckt nach See, nach Kühle, nach Lust. Alles an ihm wirkt einladend, jeder Muskel ist definiert. Ich bin kein oberflächlicher Mensch, aber ich weiß seinen Körper zu schätzen. Kurz spüre ich Unsicherheit in mir aufflackern, weil er so aussieht und ich nicht ansatzweise derart trainiert bin. Ich bin fit vom Klettern und Wandern, aber ich mache kein Krafttraining. Den

Bruchteil einer Sekunde überlege ich, ob ich das tun sollte. Um … mitzuhalten. Aber dann schüttle ich innerlich über mich selbst den Kopf. Es gibt keinen Grund, unsicher zu werden. Fin weiß, wie ich aussehe. Es hat ihn nicht davon abgehalten, mit mir zu knutschen, bis die Lippen wehtaten. Und es hat ihn auch nicht daran gehindert, wieder mit mir schwimmen zu gehen und nun … hier zu sein. So gut wie nackt, nur er und ich und seine Lichterketten über den Fenstern, die an Feenlicht erinnern. Zumindest, wenn ich an die alten Legenden glaube, die es in und rund um Drammen gibt.

Obwohl unsere Körper vom Schwimmen kalt sind, fühlen sich seine Hände auf meinem Rücken warm an. Er streicht auf und ab, immer über den Verschluss meines BHs. Aber er öffnet ihn nicht, und so viel Selbstbeherrschung beeindruckt mich wirklich.

»Mach ihn auf«, flüstere ich an seiner Brust, ehe ich den Kopf in den Nacken lege. *Du hast die Erlaubnis*, schiebe ich in Gedanken hinterher. *Los, los.*

»Gleich«, entgegnet Fin und streichelt mich unaufhörlich weiter. Es ist fast schon eine Qual, wie er mich anfasst, ohne mich richtig anzufassen. »Ich will das genießen.« Er lässt seinen Worten eine Spur von Küssen folgen, meinen Hals entlang bis zu meinem Schlüsselbein.

Die Ruhe, die er ausstrahlt, ist faszinierend. Während in mir alles brennt, nein, schmilzt, hat er keinerlei Eile. Er bedeckt meine Haut mit Abermillionen von Küssen. Jeden Zentimeter, den er erreichen kann, er lässt nichts aus. Und das verstärkt das Glühen in mir nur noch mehr.

Himmel, ich will diesen Mann so sehr, dass es mir Angst machen sollte. Ich bin ihm so nah, aber nicht nah genug.

Es ist einfach nicht genug.

Energisch vergrabe ich die Hände in seinen Haaren, ziehe sein Gesicht zu mir, suche seine Lippen, finde sie. Aber ich finde nicht nur ihn, ich finde auch mich. In seinen Armen, eingehüllt von ihm und seinen Blicken habe ich das Gefühl, zum ersten Mal seit Monaten selbst zur Ruhe zu kommen. Nicht die Ruhe, die einen kurz vorm Einschlafen überkommt, sondern diese tiefe, wohltuende Entspannung, die man nur dann fühlt, wenn alles gut ist.

In diesem Moment ist alles gut. Und diese Erkenntnis tut weh und ist erleichternd zugleich. Offenbar habe ich es nicht verloren, dieses Gefühl, die Zuversicht, dass die Welt doch nicht so ein schlimmer schwarzer Ort ist, wie sie das seit dem 20. August letzten Jahres vorgegeben hat zu sein.

Fin spürt diese hauchzarte Veränderung in mir im selben Augenblick, in dem ich den Kloß in meinem Hals fühle. Keinen Trauerkloß, vielmehr einen Erleichterungskloß. Einen Hoffnungskloß.

Ich versuche, ihn zu schlucken, aber Fin hält bereits inne. »Alles okay?«, fragt er und sieht mich besorgt an.

Dabei will ich das nicht. Ich will nicht, dass er sich Sorgen um mich macht. Nicht schon wieder. Nicht deswegen. Nicht jetzt. Schon gar nicht jetzt.

»Soll ich aufhören? Wir müssen das nicht …«

»Nein«, entgegne ich und schüttle sacht den Kopf. »Nein, ich will nicht aufhören.« Ich will das genaue Gegenteil davon. Mit einem Lächeln auf den Lippen, weil ich immer noch den Hoffnungskloß und die Glückshaut spüre, ziehe ich ihn zurück zu mir. »Alles gut«, sage ich. Und ich meine es ernst. Es ist *wirklich* alles gut.

»Sicher?«, hakt Fin dennoch nach, und ich liebe es, dass er das tut.

Ich nicke. »Ganz sicher.« Dann ist der Kloß weg und nur noch die Erleichterung voller Hoffnung da.

Ich recke mich ihm entgegen, küsse ihn auf den Mund, das Kinn, den Hals, wieder auf den Mund. Mit den Fingern taste ich nach seinen Händen, führe sie an meinen Seiten nach oben, bis wir meinen

BH streifen und er meine Brüste durch den Stoff berühren kann. Er tut es, behutsam, mit sanftem Druck. Es ist genau richtig und entlockt mir ein leises Stöhnen. Mein Kopf legt sich wie von selbst in den Nacken. Und ich genieße. Ich genieße einfach nur, wie er mich massiert. Trotz Stoff – oder gerade deswegen. Ich spüre jede seiner Berührungen tief in mir, in meinem Bauch, in meinem Herzen, zwischen meinen Beinen. Alles in mir schreit, dass er mich auch dort anfassen soll. Aber noch ist er mit meinen Brüsten beschäftigt. Und das fühlt sich genauso gut an. Seine Hände sind groß, oder vielleicht sind meine Brüste auch vergleichsweise klein, keine Ahnung. Ich weiß nur, dass er sie locker umfassen kann.

Irgendwann lässt er seine Finger weiterwandern, und endlich, endlich, endlich öffnet er den Verschluss. Ein Träger rutscht mir über die Schulter, den anderen zieht Fin nach unten, als ich meine Arme sinken lasse, damit das störende Stück Stoff auf den Boden fallen kann.

Einen Moment lang betrachtet er mich, als hätte er nie zuvor etwas Schöneres gesehen. Und einen Moment lang fühle ich mich exakt so: schön – und unsagbar erregt von seinen Blicken.

Mein Herz schlägt aufgeregt gegen meinen Brustkorb, sanfte Abendluft findet ihren Weg in den Van und kitzelt auf meiner Haut. Wir haben die Tür nicht geschlossen, genau wie wir die Vorhänge nicht zugezogen haben. Mir wird im selben Augenblick bewusst, was das heißt, in dem es Fin klar wird. Er langt an mir vorbei, zieht die Vorhänge zu und schließt die Tür.

Schlagartig ist es dunkler, der kleine Innenraum wird nur noch von den Feenlichtern erhellt. Er kommt wieder auf mich zu, ich krabble rückwärts auf sein Bett, er folgt mir. In der nächsten Sekunde ist er über mir, umschließt mich, ich spüre sein Gewicht auf mir. Das und seine feuchten Shorts.

»Zieh sie aus«, bitte ich und zerre an dem nassen Stoff. »Und sag mir, dass du Kondome hast.«

Uns ist beiden klar, was wir hier tun. Aber das bedeutet nicht, dass er darauf vorbereitet sein muss. Ich hoffe dennoch sehr, dass er es ist.

Bis er nickt, vergeht eine gefühlte Ewigkeit. Wahrscheinlich sind es nicht einmal drei Sekunden.

Ich recke mich ihm entgegen, küsse ihn, spüre alles von ihm an mir. Spüre, wie sehr er mich will, und spüre vor allem auch, wie sehr ich ihn will. Wenn er jetzt beschließen würde aufzuhören, würde mir das verflucht schwerfallen. Gott sei Dank macht er keinerlei Andeutungen. Er zieht sich die Boxershorts aus, verheddert sich dabei im nassen Stoff und muss sich aufsetzen. Ich nutze den Moment, um ebenfalls an meinem Slip zu zerren.

»Warte, ich helfe dir.« Er kämpft noch immer mit seinen Shorts, ich mit meiner Unterwäsche. Die schwarze Baumwolle klebt ziemlich an mir.

Wir schaffen es gleichzeitig, unsere Unterwäsche loszuwerden. Fin sitzt mir genau gegenüber, ein Bein angezogen, das andere steht noch abstützend auf dem Boden. Bevor er etwas sagen kann, rutsche ich auf der Matratze zu ihm und klettere auf seinen Schoß. Es ist gar nicht so leicht, dabei mit dem Kopf nicht an das Vandach zu stoßen. Ich schlinge die Arme um seinen Hals und vergrabe mein Gesicht in seinem Nacken. Er gibt mir einen Kuss auf die Haare, hält mich in seinen Armen, ich fühle mich wie in einem warmen, weichen Kokon. Und dann fühle ich *ihn*. Ich muss nur ein wenig meine Position ändern und kann schon für Reibung zwischen uns sorgen. Als ich es tue, entweicht ihm ein tiefes Stöhnen.

»Gott, Lene.« Er knurrt fast und hält mich noch ein bisschen fester.

Ich bewege mich erneut, reize ihn, reize mich, spüre seine Reaktionen auf mich nicht nur zwischen meinen Beinen. Jeder Laut, der ihm entweicht, stachelt mich mehr an, und ich werde mutiger. Wobei es sich nicht wie Mut anfühlt, mich auf ihm, an ihm zu bewegen. Eher wie ein absoluter Drang. Ein Verlangen, das immer mächtiger wird.

»Kondom«, murmle ich erneut, meine Lippen berühren fast sein Ohr. Ich bin ihm so nah, dass meine Haut an seiner reibt, aber das ist einfach nicht genug.

»Hm«, gibt er zurück, streckt sich mit mir auf seinen Oberschenkeln. Er lässt mich nicht los, als er die Hand in eine kleine Ablage schiebt und darin herumtastet, bis wir die Verpackungsfolie knistern hören. Er zieht das kleine Päckchen hervor, hält mich weiterhin fest, während er mit der freien Hand versucht, das Kondom aufzumachen. Es gelingt ihm nicht. Fluchend lässt er die Hand sinken, will die andere von mir lösen, aber ich hindere ihn daran.

»Gib her«, sage ich und lasse mich ein Stück nach hinten sinken. Sofort fehlt mir die Wärme seines Körpers. Ich reiße die Verpackung auf und sehe ihn fragend an. »Willst du …? Oder … darf ich?«

Kurz sieht er mich einfach nur an, scheint über meine Frage nachzudenken. »Willst du denn?«

»Klar.« Ich zucke mit den Schultern. »Also wenn das für dich okay ist. Manche Männer sind da ja eigen.«

»Nein, ich …« Er räuspert sich, klingt fast heiser. »Du kannst ruhig. Wenn du magst.«

»Okay.« Bevor er noch mehr Unsicherheit entwickeln kann, nehme ich das Kondom aus der Folie und streife es ihm über. Es dauert nicht lange, ist nicht das erste Mal, dass ich so etwas mache. Und das merkt auch Fin.

»Du kannst das.«

»Jups.« Ich grinse und beuge mich ihm wieder entgegen.

Er ist bereit, und ich bin es auch. Ganz langsam löse ich mich aus seinen Armen und lege mich auf die Matratze, eine Hand nach ihm ausgestreckt. Er verschränkt unsere Finger ineinander und kommt über mich.

»Ich hatte noch nie Sex in einem Van«, sage ich und küsse sein Kinn.

»Ich auch nicht«, erwidert er und küsst mich richtig.

Es ist kein Verschmelzen, auch wenn es sich wie eins anfühlt. Ich habe wirklich keinen Schimmer, wann ich das letzte Mal einen Mann so sehr wollte. Ob es überhaupt schon einmal jemanden gab. Über mir funkeln die Lichter an der Kette, die Matratze unter mir ist weich und bequem. Doch am allermeisten Raum nimmt Fin ein. Wir haben nicht viel Platz, aber es genügt. Für das, was wir vorhaben, reicht es aus.

Ich schlinge die Beine um seine Hüfte und ziehe ihn somit näher. Meine Eile belustigt ihn, seine Mundwinkel zucken verräterisch. Und ich glaube, genau das ist der Grund, warum er wieder langsamer wird. Sich Zeit lässt. Meinen Körper mit Küssen bedeckt, jeden Zentimeter berührt. Er lässt nichts aus, wandert mit den Lippen an mir abwärts, nur um dann innezuhalten und auf der anderen Seite oben wieder anzufangen. Es treibt mich schier in den Wahnsinn. Gierig umfasse ich seinen Kopf, ziehe ihn zu mir, küsse ihn. Meine Zunge trifft auf seine, es ist ein Spiel ohne Verlierer. Wir gewinnen beide. Irgendwann bahnt er sich wieder einen Weg nach unten, und dieses Mal kehrt er nicht um. Er wandert tiefer und tiefer, sanft und zart und doch bestimmt. Ich ziehe den Bauch ein, als er mich dort streichelt, ehe ich mich in seine Berührung fallen lasse. Und dann kommt er dort an, wo immer sein Ziel war. Finger, Zunge, atmen, atmen, atmen. Laut und leise, mehr und mehr. Ich schiebe mich weiter in seine Richtung, brauche ihn. Brauche mich. Brauche uns zusammen.

»Fin«, sage ich leise, eine Mischung aus Stöhnen, Raunen und Verlangen.

Er nimmt einen zweiten Finger dazu, reibt, erhöht den Druck, ich umklammere seine Hand für mehr. Immer mehr. Meine Augen sind längst geschlossen, ich kippe ihm mein Becken entgegen, liebe es, dass er schneller, heftiger reibt. Es dauert nicht mehr lange, ich spüre es, Fin lässt nicht nach, ich ihn nicht los. In meinem Kopf ist kein Platz mehr für Gedanken, außer diesem einen: *gleich, gleich, gleich.*

Und dann ist es da, das Feuerwerk, das eigentlich gar keins ist. Es ist vielmehr ein Zucken, ein Winden, ein Das-darf-niemals-aufhören-Wünschen. Ich weiß, dass es nur Sekunden sind, aber mit Fin fühlen sie sich an wie eine Ewigkeit. Wie unsere eigene kleine Unendlichkeit. Obwohl ich die Augen geschlossen habe, weiß ich, dass er mich beobachtet. Und es ist mir kein bisschen unangenehm, dass er sieht, was er in mir auslöst.

Ich löse meine Hände aus den Laken, umfasse seine Schulter, ziehe ihn zu mir nach oben, küsse ihn und greife gleichzeitig zwischen uns. Ich kann nicht mehr warten, muss ihn in mir spüren. Fin ist nur allzu bereit. Er legt seine Hand auf meine und gemeinsam führen wir ihn zwischen meine Beine. Ich lasse meine Knie nach außen sinken, um ihm besseren Zugang zu gewähren. Er beginnt langsam, behutsam, fast schon zu vorsichtig. Gleichzeitig weiß ich, dass das genau richtig so ist. Und als er endlich in mir ist und für ein paar Herzschläge innehält, sehe ich ihm genau in die Augen. Eine stumme Absicherung seinerseits, dass alles okay ist. Und ich kann nur nicken und lächeln und nicken und noch mehr lächeln, weil alles mehr als in Ordnung ist. Fin mag immer noch Höhenangst haben, aber diesen Höhenflug machen wir gemeinsam. Es ist Fallen und Schweben zugleich, Freiheit und ein Versprechen. Denn das hier, das ist erst der Anfang.

Die Lichterkette brennt noch immer, als ich am nächsten Morgen aufwache. Das ist das Erste, was mir auffällt, während ich verschlafen blinzle und mich auf die Seite drehe. Viel Platz habe ich nicht dafür, ich stoße sofort gegen Fins warmen Körper. Ein Brummen verlässt seinen Mund, gleichzeitig streckt er die Hand aus und tastet nach mir. Es ist irgendwie süß. Ungewohnt. Ich verkneife mir ein Kichern, als er mit den Fingern über meine Taille streift, und lasse mich stattdessen etwas an ihn ziehen.

Wir sind immer noch beide nackt, nur dass uns jetzt Fins Decke einhüllt und meine Beine zwischen seine geschoben sind. Eine Art Menschenknoten, bestehend aus uns beiden und meinem Herzen, das überquellen will. Vor Zuneigung. Ich bin komplett gefüllt mit purer, ehrlicher Zuneigung für den Mann neben mir.

Er atmet in einem gleichmäßigen, steten Rhythmus, als würde er schlafen. Doch mir ist klar, dass dem nicht so ist. Fin ist genauso wach wie ich, nur mit geschlossenen Augen. Weil er weiß, dass die Nacht vorüber ist, wenn er sie öffnet. Und wir dringend, dringend reden müssen. Über uns, aber auch über gestern.

Ich habe ihm zwar gesagt, dass er mir nicht erzählen muss, warum er so furchtbar durcheinander war. Aber ich will ihm helfen. Ihn beruhigen. Ihm die Sorgen und Ängste irgendwie nehmen. Im Park mache ich das bereits, aber eine Höhenangst ist etwas Greifbareres als diese Panik, die ich in seinem Blick gesehen habe, als er vor meiner Tür stand. Jetzt wirkt er so viel friedlicher.

Sonnenlicht fällt durch einen Spalt, den der Vorhang nicht verdunkelt, in den Van und malt Schattenspiele auf seinen Rücken. Behutsam fahre ich die Formen und Zacken nach, die die Strahlen werfen. Fin zuckt ganz leicht unter meinen Berührungen, dennoch höre ich nicht damit auf. Dass es draußen bereits so hell ist, bedeutet, dass ich nicht mehr viel Zeit habe. Ich muss in den Park. Auch wenn Thomas mit Sicherheit kein Problem damit hätte, wenn ich tatsächlich noch einen zweiten Tag nicht kommen würde, will ich ihn, Melike und Fabio nicht länger hängen lassen. Den Park nur zu dritt zu stemmen, funktioniert mal einen Tag lang. Aber nicht mehrere hintereinander. Abgesehen davon geht es mir gut. Ich kann problemlos wieder arbeiten.

Ich weiß nicht, wie lange ich auf Fins Rücken male. Irgendwann dreht er den Kopf in meine Richtung und sieht mich an. Ein träges Lächeln umspielt seine Lippen.

»Hey«, sage ich leise.

»Hey«, antwortet er.

Ich zeichne immer noch weiter meine Schattenlinien, ohne den Kopf zu heben. Stattdessen blicke ich ihn einfach nur an. Weil ich das gern tue. Fin hat Ausstrahlung. Ich habe nie ganz verstanden, was Menschen damit meinen, wenn sie sagen, dass jemand Charisma hat. Präsenter wirken als andere. Jetzt tue ich es.

Wortlos streckt er eine Hand nach mir aus und greift nach einer Strähne. Ich rechne damit, dass er sie mir hinter das Ohr streift, aber er überrascht mich. Bedächtig zwirbelt er meine Haare um seinen Finger, streift dabei mit seinen Knöcheln immer wieder mein Gesicht.

Glückshaut, denke ich und spüre sie überall.

Ich glaube, dass es das ist, was mich schließlich fragen lässt: »Was war gestern mit dir los?«

Ich muss nicht näher erklären, was ich meine. Er weiß es. Und er ringt mit sich. Keine Ahnung, was genau es ihm so schwer macht, sich mir anzuvertrauen, aber ich hoffe, dass er es tun wird. Dass er den Mut findet. Denn ganz ehrlich? Nach letzter Nacht glaube ich nicht, dass es irgendetwas geben kann, was mich meine Meinung über ihn ändern lassen würde.

Es sind nur ein paar Sekunden, die er nachdenkt, bevor er sich auf den Rücken dreht. Meine Hand rutscht damit auf die Matratze zwischen uns, seine verliert meine Haarsträhne.

»Was hältst du erst einmal von Kaffee?«, fragt er plötzlich und richtet sich auf. Die Decke liegt immer noch über seinen Beinen, weil es jetzt hell ist und die Tatsache, dass wir die halbe Nacht Sex miteinander hatten, anscheinend nicht ausreicht, um am Morgen danach so zu tun, als wäre es total normal, nackt voreinander herumzulaufen. Seine höfliche Scham ist absolut niedlich.

»Okay.« Ich richte mich ebenfalls auf, rutsche zu ihm auf die Matratzenkante und lege meine Arme um ihn. Dann küsse ich ihn zwischen die Schulterblätter und lasse meine Lippen genau dort auf seiner Haut liegen. Unter meinen Händen auf seinem Bauch spüre ich nun ebenfalls die Glückshaut. Und das lässt mich sofort noch ein paar mehr Küsse auf seinem Rücken verteilen.

Fin fasst nach meiner Hand und haucht mir einen Kuss auf die Fingerspitzen. Drei Stück. Erst Zeigefinger, dann Mittel-, zum Schluss Ringfinger.

Wir lösen uns gleichzeitig voneinander. Er dreht sich halb zu mir um, ich nehme die Hände von ihm, obwohl ich zu gern seinen Rücken weiter erkundet hätte. Aber ich will auch Kaffee, und Fin ist der Einzige, der ihn mir beschaffen kann. Zumindest hier. Ich habe nämlich keine Ahnung, wo sein Kaffeecampingkocher ist.

Fin steht zuerst auf und schnappt sich neue Boxershorts aus einem Schrankfach. Er braucht nicht lange dafür, doch diese kurzen Momente genügen, um mir einen perfekten Blick auf seinen Hintern zu gewähren. Eigentlich fand ich die untere Rückseite eines Mannes nie sonderlich faszinierend. Aber Fins Hintern … Verflucht, selbst der ist einfach nur sexy. Als er in seinen Shorts vor mir steht, räuspere ich mich verhalten.

»Könnte ich vielleicht auch eine Shorts haben? Und ein T-Shirt oder so? Meine Unterwäsche ist immer noch nass.« Ich habe sie achtlos auf den Boden fallen lassen, natürlich ist nichts davon über Nacht getrocknet.

»Klar.« Er sieht mich kurz über seine Schulter hinweg an, ehe er eine weitere Shorts und ein T-Shirt herauszieht und mir beides zuwirft. »Hier. Willst du duschen? Ich kann dir die Waschräume zeigen.«

»Nein, schon gut.« Ich winke ab, während ich in die Boxershorts schlüpfe. »Bevor ich in den Park gehe, muss ich sowieso nach Hause und mich umziehen. Ich werde einfach dort kurz unter die Dusche hüpfen.«

»Okay.« Fin nickt, wendet den Blick jedoch nicht von mir ab.

»Also, was ist nun? Ich dachte, ich kriege Kaffee?« Mit Schwung schlüpfe ich in sein Shirt und ziehe es nach unten. »Und dann müssen wir echt reden.«

Bei meinem letzten Satz verändert sich etwas in seiner Miene. Ich erkenne genau den Moment, als er begreift, dass ich mich nicht weiter ablenken lassen werde. Wieder nickt er, dann wendet er sich ab und macht die Tür auf. »Wie stark soll dein Kaffee denn sein?«, fragt er und steigt aus dem Van. Ich rutsche von seiner Matratze und sehe mich nach meinem Handy um. Keine Ahnung, wo ich das Teil gestern hingelegt habe.

»Espressostark!«, rufe ich ihm hinterher.

Unsere Nacht war viel zu kurz, aber ich bereue keine Sekunde des fehlenden Schlafs. Fin klappert bereits mit dem Campingkocher, als ich mich bücke, um besser auf den Boden sehen zu können. Mein Handy entdecke ich dennoch nicht. Ergeben folge ich ihm nach draußen. Die Sonne steht schon ziemlich hoch am Himmel, auch wenn sie sich hinter ein paar Flauschwolken versteckt.

»Weißt du zufällig, wo mein Handy ist?« Ich sehe nach links und rechts. Gut möglich, dass ich es gestern einfach hier draußen vergessen habe.

»Es müsste bei meinem Laptop liegen«, sagt er und schüttet Wasser in seinen kleinen Kaffeekocher. »Ich wollte noch eben den Speicher übernehmen, bevor du gehst.«

»Ah.« Das ergibt Sinn. »Ich hoffe, ich hab genug Akku.« Seit vorgestern Abend habe ich es nicht mehr geladen.

»Du kannst es anschließen, wenn du willst. Mein Ladekabel liegt auch beim Laptop.«

»Okay.« Ich klettere zurück in den Van und finde sowohl den Laptop als auch mein Handy. Es liegt unter ein paar Klamotten versteckt, die den Laptop nur halb, mein Telefon aber ganz bedeckt haben.

Als ich den Bildschirm entsperre, leuchtet kurz die Uhrzeit auf, ehe alles wieder schwarz wird, weil der Akku leer ist. Doch diese eine Sekunde hat gereicht, dass mir heiß und kalt zugleich wird. Es ist schon fast neun. Ich muss dringend los, wenn ich es auch nur ansatzweise pünktlich in den Park schaffen will. Scheiße. Ich angle nach meiner Unterwäsche auf dem Boden, stopfe sie in den Jutebeutel und steige wieder aus dem Van.

»Tut mir leid, Fin.« Ich trete auf ihn zu. »Ich muss los. Es ist schon neun, und ich muss duschen und die Hühner versorgen, falls Emil nicht …«

»Hey, stopp.« Fin nimmt meine freie Hand in seine und zieht mich zu sich. »Kein Thema. Wenn du willst, rufe ich dir ein Taxi.« Er gibt mir einen schnellen Kuss, der sich so selbstverständlich, so vertraut anfühlt, dass ich kurz versucht bin, einfach hierzubleiben. Aber das schlechte Gewissen überkommt mich augenblicklich. Ich kann Thomas, Melike und Fabio nicht noch einmal hängen lassen. Nicht, wenn es mir gut geht.

»Das ist lieb, danke, aber bis das hier ist … Mit dem Rad bin ich schneller. Ich komm heut Abend wieder, okay? Dann liest du meinen Handyspeicher einfach da aus.«

»Klingt nach einem Plan«, sagt er, ein sanftes Lächeln in seinen Mundwinkeln. »Bis später.« Noch ein Kuss, ehe mir nichts anderes übrig bleibt, als zu gehen. Oder vielmehr zu rasen. Ich nehme mein Fahrrad, schwinge mich auf den Sattel und düse los.

Ich glaube, so schnell war ich noch nie. Obwohl gar nicht so wenig in der Stadt los ist, schaffe ich die Strecke in der Hälfte der normalen Zeit. Ich sehe mich bereits unter der Dusche, als das Haus meiner Eltern in meinem Blickfeld auftaucht. Und mit ihm ein … Krankenwagen? Er steht mitten in der Hofeinfahrt, die hinteren Flügeltüren sind geöffnet, unsere Haustür ist ebenfalls offen.

Das Herz schlägt mir bis zum Hals, als ich, ohne zu bremsen, vom Rad springe, es fallen lasse und auf das Haus zustürme. In diesem Moment erscheint mein Bruder im Türrahmen.

»Emil!« Ich rufe seinen Namen, laufe auf ihn zu.

Er kommt mir entgegen, streckt die Arme nach mir aus und hindert mich daran, die Treppenstufen zu betreten. Energisch schiebt er mich beiseite.

»Was soll das? Lass mich los!«, schnauze ich ihn an und will mich von ihm losmachen. Er steht hier, offenbar unversehrt, also muss etwas mit Mum oder Dad sein. Ich versuche, mich an ihm vorbeizuschieben, spähe über seine Schulter, aber er lockert seinen Griff nicht. »Was ist passiert?«, will ich wissen. Ich bin kurz davor, ihm gegen das Schienbein zu treten, damit er mich endlich loslässt.

»Mum …«, sagt er, und dieses eine Wort führt dazu, dass ich innehalte.

»Mum?«, wiederhole ich und starre ihn an. »Was ist mit ihr? Ist sie wieder umgekippt?«

Er schüttelt den Kopf. »Nein, sie …«

»Was ist es dann?«, fauche ich, als er nicht weiterspricht. »Jetzt sag schon, Emil!« Wieso zum Teufel beantwortet er meine Frage nicht? Immer wieder sehe ich an ihm vorbei zur Haustür. Er umklammert immer noch meine Arme.

»Sie hat Tabletten genommen.«

»Was?« Ich mustere ihn verständnislos. Das ist doch nichts Neues. Sie nimmt jeden Tag ihre Schlaftabletten, weil sie ohne nicht … Oh. Oh, fuck. Das ist der Augenblick, in dem ich begreife. In dem ich verstehe, was Emil mir sagen will.

»Sie hat … eine Überdosis?«

Er nickt. Und diese kleine Bewegung reißt mir den Boden unter den Füßen weg.

»Mum hat versucht …?« Die nächsten Worte zerfallen auf meiner Zunge. Ich kann es nicht aussprechen, ich will es nicht, ich … Das kann nicht wahr sein. Mum würde nie … Ich weiß, dass es ihr nicht gut geht. Dass sie trauert und traurig ist und es kaum aus dem Bett schafft, aber sie würde nicht … Nicht nach Hendrik. Sie würde uns nicht auch noch allein lassen. Nicht sie. Sie würde das einfach nicht tun. »Das kann nicht sein.« Ich funkle Emil an, schüttle den Kopf, unaufhörlich. »Das ist nicht …« Wieder will ich mich von ihm losreißen, aber mein Bruder ist stärker als ich.

»Doch, Lene. Dad und ich haben sie gefunden, sie war kaum mehr ansprechbar. Ich hab versucht, dich anzurufen, aber ich hab nur die Mailbox erreicht.«

»Aber … Was … *Wieso?*« Ich schaffe es kaum, die Frage zu stellen. Weil ich die Antwort darauf bereits kenne.

Hendrik. Sie lautet immer Hendrik.

Bevor Emil etwas sagen kann, höre ich Geräusche. Stimmen. Zwei Sanitäter schieben eine Trage aus dem Haus. Mum liegt darauf und ist an ein paar Geräte angeschlossen. Es sieht aus, als würden ihre Herztöne aufgezeichnet werden. In ihrem Mund steckt ein Schlauch, sie ist intubiert. Die beiden Sanitäter wirken verdammt ernst. Und ich begreife, dass Emil mir die Wahrheit gesagt hat. Das hier war kein Unfall. Unsere Mutter hat wirklich versucht, sich das Leben zu nehmen.

Während ich gerade noch nicht still stehen konnte, bin ich nun regungslos. Ich sehe zu, wie sie Mum zum Krankenwagen schieben. Dad folgt ihnen, er sieht zu Emil und mir, sagt irgendetwas, aber ich höre ihn nicht. Ich starre einfach nur diese Trage an, auf der sich meine Mum befindet. Und ich starre immer noch, als sie längst im Krankenwagen verschwunden, auch Dad eingestiegen ist und die Türen zugeklappt werden. Das Einzige, was ich spüre, ist Emils Hand, mit der er meine fest umklammert hält. Ob meinet- oder seinetwegen kann ich nicht sagen. Und ich habe auch keinerlei Schimmer, wie lange wir im Hof stehen, diesen Krankenwagen fixieren und darauf warten, dass sie losfahren. Als sie es schließlich tun, kommt es mir wie Jahre vor, dabei weiß ich, dass es nur eine Minute gewesen sein kann. Wenn überhaupt.

»Komm.« Emil zieht sanft an meiner Hand. »Lass uns reingehen und packen.«

»Packen?« Wovon zum Teufel spricht er?

»Wir müssen für Mum ein paar Sachen zusammensuchen. Einen … Pyjama und … Unterwäsche oder so. Keine Ahnung.«

Ich habe auch keine Ahnung. Eine Tasche für sie zu packen, ist sicher eine gute Idee, aber ich weiß wirklich nicht, was wichtig ist. Das einzige Mal, an das ich mich erinnern kann, dass jemand aus meiner Familie im Krankenhaus lag, war Emil, als er mit fünfzehn einen Fahrradunfall hatte und die Ärzte seine Milz retten mussten. Aber damals hat Mum seine Sachen gepackt, und jetzt ist es andersherum, und ich habe einfach verflucht noch mal keine Ahnung. Trotzdem folge ich Emil ins Haus. Weil er recht hat. Mum braucht ihren Pyjama. Weil sie das überleben wird. Sie sind hoffentlich rechtzeitig gekommen, werden ihr den Magen auspumpen, und dann wird alles gut.

Es wird alles gut.

Es *muss.*

Dieser Gedanke lässt mir die Tränen in die Augen steigen. Und derselbe Gedanke ergibt eigentlich auch keinen Sinn. *Alles gut* ist ein Zustand, den meine Familie nie wieder erreichen wird, weil ein Teil von uns für immer fehlen wird. Also bleibt nur *Alles besser.* Es muss alles besser werden und bei diesem einen Teil bleiben. Denn ich glaube nicht, dass wir es überleben würden, noch jemanden zu verlieren. *Ich* würde es nicht überleben.

Es ist mir ein Rätsel, wie ich nach oben ins Schlafzimmer meiner Eltern komme. Eben stand ich noch mit Emil draußen, einen Herzschlag später befinde ich mich im ersten Stock vor Mums Schrank und soll einen Pyjama für sie aussuchen. Emil ist irgendwohin verschwunden, er sucht eine Tasche, die wir füllen können.

Wahllos ziehe ich ein paar Kleidungsstücke aus den Fächern, Unterwäsche, eine Jogginghose, T-Shirts. *Bequeme Sachen*, schießt es mir durch den Kopf. Im Krankenhaus braucht man bequeme Klamotten. Und Socken. Eine Zahnbürste. Handtücher. Ich sammle alles zusammen, lege es auf einen Stapel auf ihr Bett.

Es ist gemacht.

Keine Ahnung, warum mir das überhaupt auffällt. Es spielt keine Rolle. Mum hat gerade versucht, ihr Leben zu beenden. Ein gemachtes Bett … Gott, wen interessiert das schon?

Das hier ist falsch. Alles daran ist falsch. Vor einer halben Stunde war ich noch so glücklich. Lag bei Fin, habe seinen warmen Atem auf meiner Haut gespürt. Wollte mit ihm Kaffee trinken und den Morgen genießen. Und nun?

Ich zucke zusammen, als Emil ins Zimmer kommt.

»Okay, hier. Was anderes habe ich nicht gefunden.« Er legt die kleine Weekendertasche neben dem Klamottenstapel ab und fängt an, sie einzuräumen. »Dad hat mir geschrieben, dass sie sie hier in die Klinik bringen. Ich fahr hin.«

Es fasziniert mich, wie ruhig Emil ist. Oder zumindest wirkt. In mir schreit alles, aber mein Bruder ist die Ruhe in Person. Weil ihn nichts aus der Fassung bringt. Anscheinend nicht einmal der Versuch unserer Mum, sich umzubringen. Es ist diese logische, fast schon kühle Art, die mich rasend machen will. Aber ich schiebe diese Gefühle beiseite, so gut ich kann. Hier und jetzt ist nicht die Zeit, um wütend zu werden. Zumindest nicht auf Emil. Es ist nicht seine Schuld, dass Mum keinen anderen Weg mehr gesehen hat.

»Ich komme mit«, sage ich leise und ernte dafür einen erstaunten Blick meines Bruders. Es ist ihm deutlich anzusehen, dass er nicht damit gerechnet hat. Zu oft bin ich in den letzten Wochen geflüchtet.

Vielleicht zu oft.

»Ich packe noch eben Mums Kulturbeutel.« Mit diesen Worten trete ich an Emil vorbei und gehe ins Bad.

Unter dem Waschbecken finde ich die kleine Tasche, die Mum immer auf Reisen benutzt hat. Daneben eine neue Zahnbürste und Zahnpasta und ihre Creme, die sie in den letzten Wochen viel zu selten benutzt hat, aber ich werfe sie dennoch in den Beutel. Haarbürste, Waschlappen, ihren Lippenpflegestift. Es dauert keine zwei Minuten, alles einzupacken.

Schweigend verlassen wir das Haus und steigen in Emils Wagen. Wie vor wenigen Tagen sitzen wir nebeneinander, und doch ist alles anders. Die Stimmung ist ebenfalls angespannt, aber dieses Mal fühlt es sich ein bisschen danach an, als stünden Emil und ich endlich wieder auf derselben Seite. In unserer Sorge um Mum sind wir vereint.

Nur wenig später erreichen wir das Krankenhaus. Emil parkt und steigt direkt aus, während ich einfach sitzen bleibe. Imposant ragt das Drammener Klinikum vor uns auf. Und obwohl es ein anderes ist als das, in dem Emil damals nach seinem Unfall lag … Die Gefühle sind dieselben. Ich verbinde nichts Positives mit einem Krankenhaus. Nur

Angst, Magenschmerzen und einen unbändigen Fluchtgedanken. Das letzte Mal, als ich ein solches Gebäude betreten musste, war meine Mum an meiner Seite. Nun liegt sie drin, und das ist einfach falsch.

»Alles okay?« Emil sieht mich besorgt an. Er hat die Beifahrertür geöffnet, ohne dass ich es bemerkt habe.

»Ja«, sage ich und meine eigentlich das Gegenteil. *Nein, es ist nichts okay. Da drin liegt unsere Mum. Ich will da nicht rein.*

»Sicher?« Er glaubt mir nicht. Natürlich nicht. Weil Emil mich besser kennt. Das ist eine Sache, die sich auch nach neun Monaten in Neuseeland und mehreren Wochen Streit nicht geändert hat. Obwohl ich nicht mehr dieselbe bin wie damals, als ich gegangen bin, kennt mein Bruder mich immer noch. Vielleicht nicht in- und auswendig. Aber er kennt mich. Und er weiß, wenn ich lüge.

Ich seufze leise. »Nein, aber wir können es nicht ändern.« Ich löse den Gurt und drehe meine Beine in seine Richtung. Er macht einen Schritt nach hinten, sodass ich aussteigen kann.

Das Wissen, dass Mum dort drin ist und gerade behandelt wird, lässt Übelkeit in mir aufsteigen. Dennoch werfe ich die Tür hinter mir zu und warte kurz, bis Emil die Tasche für Mum in den Händen hält. Dann setze ich mich langsam in Bewegung. Schritt für Schritt.

Trotzdem erreichen wir den Eingang viel zu schnell.

Ich schlucke schwer, als ich hinter Emil das Krankenhaus betrete, und halte kurz die Luft an. Denn für mich riechen diese Gebäude nicht nach Desinfektionsmittel, sondern nach Tod.

Emil fragt nach, wo wir hinmüssen, aber weil Mum sich noch in der Notaufnahme befindet, werden wir in den Wartebereich geschickt. Einige Plätze sind belegt, doch in der Ecke bei den Fenstern entdecken wir zwei freie nebeneinander.

Wieder folge ich Emil und setze mich auf den linken der beiden Stühle. Mein Bruder schiebt die Tasche zwischen seine Füße. Und dann sitzen wir da. Er und ich, beieinander. Wir schweigen erneut, dabei rasen die Gedanken in meinem Kopf. Wie konnte Mum das tun? Wie konnte sie uns das antun, verdammt noch mal? Sie weiß, wie es sich anfühlt, jemanden zu verlieren, den man liebt. Und doch hat sie diese verdammten Tabletten geschluckt, weil sie Emil, Dad und mich allein lassen wollte.

Ich schlucke gegen den Kloß in meinem Hals an. Nein. Ich weiß, dass das nicht der Grund ist. Ich weiß es, auch wenn meine Hilflosigkeit mir genau das einreden will. Mum hält es nicht aus, ohne Hendrik zu sein. Sie vermisst ihn genauso sehr wie wir und wollte einfach nur, das es aufhört wehzutun. Und dafür kann ich ihr nicht böse sein, weil ich diesen Wunsch so gut nachvollziehen kann.

Instinktiv lehne ich mich ein Stückchen weiter nach links, bis ich mit meiner Schulter Emils berühre. Es ist nur eine kleine Geste. Aber es ist eine, die in diesem Augenblick wie eine unsichtbare Lebenslinie zwischen uns wirkt. Wir haben immer noch uns, und das ist das Einzige, was mir dabei hilft, irgendwie ruhig zu bleiben.

Irgendwann halte ich es nicht mehr aus, still sitzen zu bleiben. Ich richte mich wieder auf, ehe ich aufstehe und ein paar Schritte hin und her mache. Erschöpft reibe ich mir über die Stirn, schließe kurz die Augen, dann schaue ich aus dem Fenster. Die Sonne scheint, es sind kaum Wolken zu sehen. Der 9. August ist ein perfekter Sommertag, aber in mir herrscht dunkelster Winter. Gott, wie gern ich jetzt unterwasserschreien gehen würde. Oder zumindest eine Runde klettern. Und plötzlich weiß ich wieder, was ich vergessen habe. Scheiße.

Hektisch ziehe ich mein Handy hervor, doch natürlich ist der Akku immer noch leer. Mist. Zum Glück kann ich Thomas' Nummer auswendig, und nachdem ich Emil gebeten habe, mir kurz sein Handy zu leihen, tippe ich eine Nachricht ein.

Hey, tut mir leid, dass ich mich jetzt erst melde. Ich brauch noch einmal einen Tag. Hoffe, das ist okay. Liebe Grüße. Lene

Es wäre höflicher anzurufen. Ihm persönlich zu erklären, was los ist, warum ich heute noch nicht komme. Aber ich kann nicht. Darüber zu reden, macht es real, was meine Mum getan hat. Und Realität ist nichts, was ich gerade zulassen will. Ich habe das Ende des Wartebereichs kaum erreicht, als ich Thomas' Antwort erhalte.

Natürlich. Ruh dich aus. Wir kommen klar. Gute Besserung.

Gute Besserung. Fast hätte ich gelacht. Thomas hat keine Ahnung, wie wenig ich mich gerade ausruhen kann. Mein Inneres steht regelrecht in Flammen.

Ich schicke ihm ein kurzes Dankeschön, dann setze ich mich wieder neben Emil und wippe unruhig mit dem Fuß hin und her. Es kann doch nicht sein, dass wir immer noch nicht wissen, was mit Mum ist. Warum zum Teufel taucht niemand auf und informiert uns endlich?

»Sie kriegen das schon hin«, sagt Emil nach einer Weile. Er spricht leise.

Ich drehe den Kopf in seine Richtung und sehe ihm mitten ins Gesicht. Er versucht zu lächeln, aber er schafft es nicht. Weil es schlicht nichts zu lächeln gibt. Zum ersten Mal fällt mir die tiefe Furche an seiner Stirn auf. Er macht sich Sorgen. Nicht nur um Mum. Auch um mich. Und das ertrage ich noch weniger als seine stoische Ruhe.

Irgendetwas in meinem Blick scheint ihn dazu zu bringen weiterzusprechen. »Ich hätte es merken müssen. Wie schlecht es ihr tatsächlich geht.«

»Wir haben alle weggesehen.« Ich schlucke, dann greife ich nach Emils Hand. »Das warst nicht du allein. Du kannst nichts dafür.«

»Doch.« Er widerspricht mir energisch. »Ich war zu Hause. Ich habe gesehen, wie dreckig es ihr ging.«

»Es ist trotzdem nicht deine Schuld. Oder wenn, dann sind wir alle dafür verantwortlich. Dad, weil er zu viel arbeitet. Ich, weil ich gegangen bin. Aber, Emil?« Ich warte, bis er mich wieder richtig ansieht. »Wenn jemand am wenigsten Schuld hat, dann bist du das. Du warst da.« Zu Hause. Für sie. Für uns alle.

»Aber es war dennoch nicht genug für Mum, um … bleiben zu wollen.«

»Nein, war es nicht.« Das kann ich nicht leugnen. Aber eins weiß ich mit absoluter Sicherheit. Emil darf sich nicht allein die Schuld daran geben. Denn wir haben alle drei viel zu lange zugesehen, wie Mum sich selbst zugrunde gerichtet hat. Immer in der Hoffnung, sie würde die Kurve schon kriegen. Aber das ist die Krux mit der Hoffnung. Sie trügt. Und manchmal sind Situationen einfach hoffnungslos.

Heute sind es genau sechs Monate. 180 Tage, seit du ...
Ich kann's immer noch nicht glauben, Hendrik.
Manchmal vergesse ich es einfach. Oder ich verdränge, keine Ahnung. Ist auch egal. Ich hasse diese Welt ohne dich.
Gleichzeitig ist Neuseeland so schön, du würdest es lieben. Ich will dir so viel zeigen. Manchmal habe ich schon das Handy in der Hand, um dir zu schreiben, aber dann fällt mir wieder ein, dass es deine Handynummer nicht mal mehr gibt. Ich glaube, Dad hat deinen Vertrag gekündigt. Also schicke ich meine Nachrichten an dich in den Orbit. Wer weiß, wo sie landen. Ist mir aber auch egal. Wenn ich jetzt jemand Fremden belästige, ist das deine Schuld. Wärst du halt nicht gestorben.

14

LENE

Fin sieht mich mit großen Augen an, als ich am frühen Nachmittag vor ihm stehe. »Lene?«

Ich habe mein Fahrrad kaum gegen einen Baum gelehnt, da springt er auch schon auf und eilt auf mich zu. »Was machst du hier? Ich dachte, du arbeitest.« Die Überraschung weicht tiefer Sorge, als er meine geröteten Augen sieht.

Ich habe es geschafft, mich zusammenzureißen, während ich Mums Kram gepackt und mit Emil gewartet habe. Und ich habe auch noch Stärke gezeigt, als Dad irgendwann nach unten kam, um uns die Tasche abzunehmen und uns nach Hause zu schicken.

Sie haben Kari stabilisiert und beobachten sie nun. Ihr könnt momentan nichts für sie tun, fahrt heim.

Also haben wir das getan. Anstatt jedoch dort zu bleiben, wo Mum … Ich habe mir nur schnell meine Sachen geschnappt, mein Handy an die Powerbank gehängt, damit ich wieder erreichbar bin, mich von Emil verabschiedet und bin losgefahren. Ich musste dort weg. Doch kaum habe ich unser Grundstück verlassen, sind die Tränen gekommen. Weil ich zwar wütend bin, aber vor allem Angst um Mum habe.

Was für eine bodenlose Scheiße das alles ist. Ich verstehe einfach nicht, wie sie uns das antun konnte.

Fin schließt mich fest in seine Arme, und ich heule völlig ungeniert in sein T-Shirt. Ich zittere am ganzen Körper, schluchze so sehr, wie seit Monaten nicht mehr. Mein letzter richtiger Zusammenbruch, weil Hendrik gestorben ist, war in Neuseeland, nachdem ich realisiert habe, dass seine Handynummer nicht mehr an ihn vergeben ist und ich ihm nicht einmal mehr auf die Mailbox sprechen kann. Und jetzt … Jetzt hätte ich auch noch beinahe meine Mum an ihre Tablettensucht oder ihre Depressionen oder was auch immer verloren. Und diese Vorstellung bringt mich schier um. Ich kann nicht auch noch meine Mum begraben. Ich kann nicht.

Fin hält mich fest. Er lockert seine Umarmung nicht einmal für den Bruchteil einer Sekunde. Schweigend ist er da, ich spüre sein Kinn auf meinem Scheitel, während ich in seinen Armen zerbreche.

Keine Ahnung, wie lange wir so dastehen. Als ich mich schließlich wieder von ihm löse, streiche ich mir mit den Händen über die nassen Wangen und wische die Tränen weg.

Sein Blick liegt besorgt auf mir. »Was ist passiert?«, fragt er und zieht mich mit sich auf den Boden, sodass wir uns nebeneinander gegen den Van lehnen können. »Ist Alea doch schlimmer verletzt?«

Ich schüttle den Kopf. Eigentlich ist seine Vermutung, es könnte etwas mit ihr sein, logisch. Von Mums Zustand ahnt er nichts. Zumindest nicht, wie schlimm es wirklich um sie steht. Gott, ich weiß nicht, wie ich seine Frage beantworten soll, ohne einfach damit herauszuplatzen, was sie getan hat. Ich ziehe ein Taschentuch aus der Hosentasche und putze mir die Nase. Dann lehne ich mich gegen ihn, weil es leichter ist, ihn nicht anzusehen, während ich erzähle. Am liebsten wäre mir sogar Dunkelheit, aber es ist helllichter Tag, was Ehrlichkeit irgendwie schwieriger macht. Fin hebt einen Arm an, um mir mehr Raum zu geben. Ich kuschle mich noch etwas näher an ihn. Und dann beginne ich zu erzählen. Erst langsam und stockend, dann immer schneller. Von Mum und ihrer Trauer, die mich so kaputtgemacht hat, dass ich um die halbe Welt geflohen bin. Natürlich lag es nicht an Mum allein. Auch Emil zu sehen, ohne Hendrik, von nun an immer ohne unseren Bruder, war so unbeschreiblich schwer, dass ich niemanden von ihnen mehr um mich ertragen habe. Aber wenn ich wirklich ehrlich zu mir selbst bin, dann haben diese neun Monate im Ausland das Problem nur verlagert. Ich war wirklich überzeugt davon, dass dieser Abstand helfen würde. Stattdessen habe ich alles nur aufgeschoben. Es ist nach wie vor falsch, nur noch Emil neben meinem Zimmer zu wissen. Hendrik nicht mehr. Und Mums Trauer … Es wurde nicht besser, es wurde schlimmer. So viel schlimmer.

»Ich bin kein Therapeut, aber … ich bin mir sicher, dass sie depressiv ist. Oder tablettensüchtig oder beides.« Ich hole tief Luft und starre auf das Wasser vor mir. Der See liegt ruhig glitzernd vor uns. Sanfte Wellenbewegungen sind auf der Oberfläche zu sehen. Kurz überlege ich, ob es eine gute Idee wäre, unter Wasser zu schreien. Aber irgendetwas sagt mir, dass nicht mal das heute helfen würde. Also spreche ich mit vom Weinen kratziger Stimme hier draußen weiter: »Sie ist so … krank, dass sie heute Morgen versucht hat, sich … Sie wollte ihr Leben beenden.« Dieser Satz lässt neue Tränen in meinen Augenwinkeln entstehen. Ich wische sie grob beiseite. »Sie wollte sterben, Fin. Sie wollte einfach nicht mehr leben und Dad, Emil und mich allein …« Meine Stimme bricht, weil mir die Luft wegzubleiben droht. Meine Mum ist so traurig, dass sie lieber tot wäre, als hier bei uns zu sein.

»Scheiße, Lene. Das tut mir so leid.« Fin erhöht den Druck seiner Arme um mich. Ich kann ihn nicht ansehen, aber es tut gut, von ihm gehalten zu werden. Es tut so unendlich gut.

»Als ich vorhin zu Hause ankam … Der Krankenwagen stand schon vorm Haus. Sie haben sie ins Krankenhaus gebracht. Dad ist mitgefahren. Er und Emil haben sie gefunden und …« Wieder stoppe ich mich selbst. »Wie konnte sie das tun? Egal, wie traurig sie ist … Wie kann sie uns so etwas antun?«

»Du hast es selbst gesagt.« Er stockt für einen Moment. »Sie ist … Sie ist krank. Das ist nicht sie.« Fins Stimme klingt unfassbar sanft. Mit den Fingerspitzen fährt er mir über den Arm. Auf und ab, unaufhörlich.

Und tatsächlich werde ich dadurch ruhiger. Nicht viel, nur ein bisschen. Aber es ist genau dieses Bisschen, das ich brauche, um nicht durchzudrehen. Um nicht pausenlos am Handy zu hängen und nachzusehen, ob Emil oder Dad mir geschrieben haben, weil es Neuigkeiten gibt.

»Was du beschreibst, klingt nach komplizierter Trauer, die in Depressionen geendet ist. So …« Er hält kurz inne. »So wurde mir das mal erklärt. Deine Mum kann nichts dafür.«

»Ich trauere auch, und ich habe nicht versucht, mich zu vergiften«, protestiere ich halbherzig. Mein Widerspruch ist eigentlich kein Argument. Niemand trauert auf dieselbe Art. Nicht einmal Mitglieder derselben Familie. Ich weiß das – und trotzdem bin ich so, so, so wütend. Enttäuscht. Hilflos.

»Ich kenne deine Mum nicht, aber sie hat das Schlimmste erlebt, was einer Mutter passieren kann. Sie hat ihr Kind verloren. Ich will mir nicht einmal vorstellen, was es mit einem macht, wenn der Mensch stirbt, den du neun Monate in deinem Bauch hattest. Aber ich glaube absolut, dass es dich in dieses schwarze Loch ziehen kann, aus dem du nicht mehr allein rauskommst. Die Ärzte werden ihr helfen, Lene. Ganz sicher.«

»Wahrscheinlich hab ich es noch schlimmer gemacht, als ich nach Neuseeland gegangen bin. Das muss ihr das Gefühl gegeben haben, zwei Kinder auf einen Schlag verloren zu haben.« Ich drehe mich in seinen Armen so, dass ich ihn wieder ansehen kann. »Ich hab mich so gut wie nie bei ihnen gemeldet! Emil hat mir regelmäßig geschrieben und mich angefleht, bei Mum was von mir hören zu lassen. Aber ich hab's nicht getan. Oder nicht so oft, wie ich es hätte tun sollen.«

»Falls du gerade versuchst, dir eine Mitschuld zu geben, lass es.« Sein Blick wird energisch. »Deine Mum ist erwachsen. Du bist nicht für sie verantwortlich. Du musstest selbst sehen, wie du klarkommst.«

»Ja. Am anderen Ende der Welt. Wieso konnte ich das nicht auch hier tun? Wie Emil.«

»Weil du nicht dein Bruder bist.«

»Hm.« Ich schnaube. Dagegen kann ich nichts sagen, obwohl ich gern würde.

In diesem Moment piept mein Handy im Jutebeutel. Ich mache mich sofort von Fin los, ziehe den Beutel näher und wühle darin. Es piept erneut, und ich suche hektischer. Der Akku ist immer noch nicht wieder voll geladen, obwohl ich das Ding vorhin an die Powerbank gehängt habe. Als ich es endlich gefunden habe, entsperre ich das Display und lese die Nachrichten, die Emil geschrieben hat.

> Dad ist wieder zu Hause. Sie beobachten Mum noch ein bisschen, dann wird sie verlegt.

> Geht es dir so weit gut?

Emils Worte lösen nicht die Anspannung, die mich seit Stunden fest in ihrem Griff hält. Aber sie erleichtern mich.

»Okay«, sage ich und halte Fin mein Handy vor die Nase, damit er lesen kann, was Emil geschickt hat. »Das ist gut, oder?«

»Ist es.« Er nickt und lächelt mir zu. »Sie helfen deiner Mum. Mit der richtigen Behandlung kommt sie ganz bestimmt wieder auf die Beine.«

»Ich hoffe es.« Ich lehne mich wieder an ihn und drehe das Handy hin und her, unschlüssig, was ich Emil antworten soll. Er hat mehr verdient als meine üblichen Ein-Wort-Antworten. Das ist mir klar. Ich weiß nur dennoch nicht, was ich ihm schreiben soll.

»Schreib ihm, dass du bei mir bist.« Fin sieht mir offenbar an, dass ich genau darüber nachdenke. »Ich kenne auch Emil nicht gut, aber mich an seiner Stelle würde es beruhigen, wenn ich wüsste, dass meine Schwester jetzt nicht allein irgendwo sitzt.«

Sein Vorschlag klingt vernünftig.

Danke für das Update. Es geht mir gut. Ich bin bei Fin und komme später nach Hause.

Als ich fertig bin, gebe ich Fin mein Handy. »Lenkst du mich ab? Wir könnten meinen Handyspeicher auslesen und den Fehler in deiner App suchen. Also du suchst, und ich sehe zu. Thomas weiß, dass ich heute nicht in den Park komme. Wir haben also Zeit.«

»Sicher? Ich kann das auch später machen.« Sein Blick ruht auf mir. Immer noch sorgenvoll, immer noch liebevoll. Immer noch voller Versprechen. *Ich bin für dich da.*

Kurzerhand beuge ich mich ihm entgegen und küsse ihn. »Ganz sicher«, flüstere ich an seinen Lippen. »Ich will nicht mehr drüber reden. Aber danke, dass du mir zugehört hast.«

»Immer.« Er sagt es so schnell, so ernst, dass ich ihm ohne Umschweife glaube.

»Ist dein Laptop noch drinnen?« Ohne auf seine Antwort zu warten, stehe ich auf und klettere in den Van.

Sein Computer liegt tatsächlich an derselben Stelle wie heute früh. Ich nehme ihn samt Ladekabel und kehre zurück nach draußen. Die

Bäume werfen genügend Schatten, sodass nichts spiegeln sollte. Nachdem ich mich wieder neben Fin gesetzt und ihm den Laptop gegeben habe, beobachte ich ihn dabei, wie er ihn aufklappt, mein Handy an das Ladekabel ansteckt und ein paar Tastenkombinationen macht. Er versucht, mir zu erklären, was er da tut, aber schon nach ein paar Sätzen steige ich aus. Ich habe einfach kein Verständnis für diesen technischen Kram. Deshalb lasse ich Fin seine Arbeit machen und sehe mich nach seinem Campingkocher um.

»Ich sorg mal für Kaffee«, sage ich und stehe wieder auf.

Das braune Getränk im Freien zu machen, weckt sofort Erinnerungen an meine Reise durch Neuseeland. Wie oft ich vor meinem Zelt irgendwo saß und mir auf abenteuerlichste Weise meinen Kaffee gebraut habe. Ein bisschen werde ich wehmütig. Auch wenn mir mittlerweile klar ist, dass ich nicht gereist, sondern geflüchtet bin, gab es nicht nur Davonlaufmomente. Sondern auch ganz viele Hier-bleib-ich-Momente. Irgendwann-geht-es-dir-wieder-gut-Momente. Und ich habe sie gefunden, diese Bruchteile von Augenblicken, in denen ich gespürt habe, dass ich es kann. Trotz Hendriks Tod glücklich zu sein. Immer nur kurz, und meistens kamen die Gedanken an ihn sofort zurück. Aber die kürzesten kleinen Sekunden waren da und haben mir gezeigt, dass ich dieses Gefühl nicht komplett verloren habe.

Mit zwei Tassen dampfendem Kaffee kehre ich schließlich zu Fin zurück und stelle sie neben seinen Laptop. Er gibt immer noch irgendwelche wilden Kombinationen ein.

»Danke.« Er trinkt einen kleinen Schluck, ohne den Blick vom Bildschirm zu nehmen. »Ich hab gleich alles, was ich brauche. Dann kann die Suche nach der Stecknadel im Heuhaufen beginnen.«

»Viel Spaß?« Mit angezogenen Beinen mache ich es mir wieder auf dem Boden bequem. Wer braucht schon Stühle, wenn es auch Matten unter Bäumen gibt?

»Werden Lasse und ich bestimmt haben.« Er seufzt leise. »Vor allem Lasse. Ich hab ihm noch nichts davon erzählt.«

»Wird ihn das sehr ankotzen?«

»O ja. Es wirft uns deutlich im Zeitplan zurück. Aber uns bleibt nichts anderes übrig, als diesen Fehler zu beheben. Eine App kriegt genau eine Chance. Sobald sie auf dem Markt ist, kannst du sie zwar stetig verbessern und updaten. Aber einen schlechten ersten Eindruck wirst du nicht mehr los.«

»Hm. Verstehe.« Ich nippe an meinem Kaffee. »Musst du dafür nach Oslo?«

»Für die Fehlersuche?«

Ich nicke.

»Nein. Lasse und ich können uns das auch getrennt ansehen. Aber ich werde demnächst dennoch mal für einen halben Tag rüberfahren. Wir müssen noch ein paar andere Dinge besprechen und die Investoren informieren, und das machen wir am besten zusammen in unserem Büro.«

»Okay.« Dann schweige ich und lasse Fin arbeiten.

In den Blättern über uns rauscht der Sommerwind, hin und wieder landen Sonnenstrahlen auf meiner Haut. Obwohl wir bereits Mitte August haben und uns damit Hendriks Todestag immer mehr nähern, sind die Tage lau. Lauer als sonst. Norwegen hatte einen unglaublichen Sommer bisher, und ich kann nicht fassen, dass es nur noch wenige Wochen sind, bis ich zurück an die Uni gehen werde. Allerdings bereitet mir die Aussicht, mein Business-Management-Studium fortzuführen, eher Bauchschmerzen. Ich habe keine Ahnung, wie ich den Kletterpark, Alea, Thomas, Melike, aber vor allem meine Bubble mit Fin und seinem Camper hinter mir lassen soll.

Klar könnte ich weiterhin einmal in der Woche oder so aushelfen. Aber das wäre nicht dasselbe. Ich werde nicht mehr zu Hause wohnen, werde genau wie Emil in Oslo sein. Was mich näher zu Fin bringt, vorausgesetzt, er bricht sein Lager hier auch Ende des Monats ab. Doch wieder in einem Wohnheim zu leben, falls ich überhaupt ein Zimmer bekomme, bedeutet auch, meine Hühner zurückzulassen. Schon wieder. Nur dass sie dieses Mal eben auch keinen Emil haben, der sich um sie kümmert. Dad wird vermutlich ebenfalls keine Zeit haben, jetzt, da er Bürgermeister in Oslo ist. Und Mum … An sie zu denken, bereitet mir auch Bauchschmerzen. Nicht die klassischen, es ist eher der berühmte Stein, der mir im Magen liegt. Eigentlich ist sie die Einzige, die meine Bande versorgen könnte.

In diesem Wissen, dass meine Familie nach meinen Hühnern schauen wird, bin ich damals nach Neuseeland abgehauen. Ich war egoistisch genug, einfach davon auszugehen, dass sich irgendjemand von ihnen schon um sie kümmern würde. Aber jetzt ist Mum … Sie ist nicht in der Lage dazu. Weil sie krank ist. Depressiv oder süchtig oder beides. Was etwas ist, was behandelt werden kann und was doch eine gigantische Blackbox für mich ist. Ich habe keine Ahnung, wie man Depressionen oder eine Sucht wieder loswerden soll. Therapie, ja. Und gegebenenfalls Medikamente. Aber Mums Dämonen im Kopf sind so schwarz, dass sie nun im Krankenhaus liegt. Ich weiß nicht, was da helfen soll.

»Hey. Alles okay?«

Als Fin mich anspricht, hebe ich den Kopf. Er ist vor mir in die Hocke gegangen. Wieder liegt Sorge in seinem Blick. Unser neuer Dauerzustand, wie mir scheint. Entweder ist er besorgt, oder ich bin es. Und ich will wirklich nicht darüber nachdenken, was das bedeutet. Sorgen macht man sich nicht einfach so. Diese Art der Gedanken wird nur ganz besonderen Menschen zuteil. Und dass ich ihn mittlerweile allem Anschein nach in diese Kategorie einordne …

Lass dich drauf ein.

Aleas Worte sind sofort wieder da. Und ich fürchte, ich bin im Begriff, genau das zu tun. Mich einzulassen. Auf ihn. Auf uns.

»Ja, ich …« Ich räuspere mich kurz. »Hab mir nur grad überlegt, dass ich meine Hühner ziemlich sicher aufgeben muss.« Mitnehmen kann ich sie schlecht, und jeden Tag zweimal nach Drammen zu fahren, geht definitiv auch nicht.

»Du musst … Was? Wie kommst du denn jetzt darauf?« Er setzt sich richtig vor mich und zieht mich an meinen Knien zu sich, damit wir ganz nah beieinander sind. Ich sitze ihm genau gegenüber, seine Hände ruhen auf meinen Beinen. Ohne groß nachzudenken, wiederhole ich meine Gedanken. Laut dieses Mal, damit er daran teilhaben kann.

»Okay. Ich verstehe, was du meinst.« Er reibt mir über die Oberschenkel. »Aber sie haben monatelang ohne dich überlebt, und du bist jetzt schon zwanzig Schritte voraus. Warte erst einmal ab, wie sich die Behandlung deiner Mum entwickelt. Vielleicht wird es besser, als du denkst, und sie kann sich um die Hühner kümmern, wenn du Vorlesungen hast.«

Besser, denke ich. *Nicht gut.*

»Vielleicht tut es ihr sogar ganz gut, eine Aufgabe zu haben. Meinst du nicht?«

»Oder sie zerbricht daran.«

»Ooooder du brauchst dringend mehr Hoffnung, hm?« Er beugt sich vor, sodass er seine Stirn gegen meine lehnen kann. »Gib ihr ein bisschen Zeit. Und dann sehen wir weiter. Irgendeine Lösung finden wir. Ohne dass du sie hergeben musst.«

»Optimist«, murmle ich und schließe die Augen.

Ein paar Sekunden versinke ich in der Ruhe, die Fin ausstrahlt. Lasse mich einhüllen von seinem Vertrauen in das Universum. Oder was auch immer es ist, das ihm die Sicherheit gibt, mir Hoffnung zu machen. Dass Mum das schon irgendwie überstehen wird. Aber ich will nicht, dass sie es nur übersteht. Ich will, dass es ihr wieder gut geht. Oder zumindest deutlich besser. Sie soll sich nicht so abgrundtief furchtbar fühlen, dass sie keinen anderen Ausweg mehr sieht als … *das* zu tun.

»Bist du fertig mit der Übertragung?«, frage ich nach einer Weile.

»Ja.«

»Dann kannst du mich jetzt ja ablenken.« Von diesem ganzen Scherbengedankenangsthaufen in meinem Kopf. Ich löse meine Stirn von seiner und richte mich wieder auf. Angenehm kühler Wind streicht über meine Haut. »Wir haben so viel über mich geredet. Jetzt bist du dran. Was war gestern mit dir los?«

»Was meinst du?« Er versucht, meiner Frage auszuweichen.

»Ernsthaft?« Ich hebe die Augenbrauen. »Du hast dich so verhalten, als wäre ich einen kompletten Berg hinabgestürzt. Das waren nicht nur ein schlechtes Gewissen oder Schuldgefühle, weil die App nicht so funktioniert hat, wie sie sollte.« Herausfordernd sehe ich ihn an. Heute mag ich diejenige sein, die komplett durch den Wind ist. Aber gestern war er es, und nachdem ich ihm alles erzählt habe … Ich will wissen, wieso. »Also frage ich noch mal. Was ist gestern passiert?«

Er sieht mich an und ringt mit sich. Es sind nur kleine Nuancen in seinem Gesicht, die sich verändern. Ein nervöses Flattern der Augenlider, angespannte Kiefermuskeln, ein Lächeln, das schwächer wird. Es ist eindeutig, irgendetwas beschäftigt ihn. Und ich wünsche mir so sehr, dass er sich mir anvertraut.

Aber er tut es nicht.

»Lass uns wann anders darüber reden, okay?«

Seine Antwort fühlt sich an wie ein kleiner Stich mitten in meine Brust.

Lass dich drauf ein.

Von wegen. Sich auf jemanden einzulassen, bedeutet, sich ihm zu öffnen. Und ich kann nicht die Einzige sein, die das tut. Er muss das ebenso wollen.

»Warum nicht jetzt?«, beharre ich deshalb. »Wir wollten schon heute Morgen drüber …«

Er lässt mich nicht zu Wort kommen. »Glaub mir, Lene, das ist jetzt ganz sicher nicht der richtige Zeitpunkt.«

»Es gibt nie richtige Zeitpunkte. Hast du Angst, ich könnte es nicht verstehen?«

Nun wirkt sein Lächeln gequält, er schüttelt den Kopf. »Nein. Aber es gibt Zeitpunkte, die noch falscher sind als andere.«

Ich sehe ihm an, dass er es wirklich so meint. Und ich wünschte, ich könnte mich mit dieser Erklärung zufriedengeben. Aber ich kann es nicht. Nicht, nachdem ich mich ihm anvertraut, ihm in den letzten Wochen, Tagen, Stunden alles erzählt habe. Er weiß von Hendrik, er weiß von Mum, er weiß von Dads Karriere, und er weiß auch von Emil und Freya. Er kennt meine Gedanken, auch welche, die mir peinlich sind und für die ich mich schäme. Ich lasse mich auf ihn ein. Und trotzdem … *trotzdem* ist er nicht bereit, mit mir über das zu sprechen, was ihn beschäftigt.

Wow.

Wortlos trinke ich den letzten Schluck Kaffee aus meiner Tasse, ehe ich sie neben mir auf dem Boden abstelle und aufstehe. Dann eben nicht.

Mit drei großen Schritten bin ich bei meinem Beutel und schnappe mir mein Handy von Fins Campingtisch.

»Was tust du da?«

Ich gebe ihm keine Antwort, er begreift auch so, dass ich im Begriff bin zu gehen.

»Warte, Lene.« Er umfasst mein Handgelenk, als ich mein Fahrrad erreiche. »Bleib hier. Bitte.«

»Wieso? Du willst offenbar nicht mit mir reden, also kann ich genauso gut nach Hause gehen.« Ich schüttle seine Finger ab und schiebe mich an ihm vorbei. Mag sein, dass ich hart bin. Vielleicht sogar unfair. Aber dass er nicht mit mir sprechen will … Das ist auch unfair. Ich verdiene mehr als sein Schweigen.

»Doch. Ich will mit dir reden. *Immer*. Nur …« Er stockt, verzieht das Gesicht. »Nur nicht darüber, okay? Nicht heute. Das wäre … es wäre einfach … falsch.«

Ich glaube, dass er eigentlich ein anderes Wort sagen wollte, aber er hat sich dafür entschieden. Für falsch. *Falsch*. Ausgerechnet. Ausgerechnet heute, wo sowieso schon alles genau das ist. Mum im Krankenhaus? Falsch. Ewig im Wartebereich zu sitzen? Falsch. Mit Fin zu streiten? Falsch, falsch, falsch. Aber es ist eben auch verkehrt, dass er wirklich nicht mit mir sprechen will.

»Meld dich, wenn es nicht mehr *falsch* ist.« Energisch schiebe ich mein Rad vom Baum weg, klemme den Beutel auf den Gepäckträger und steige auf.

»Lene, komm schon.« Fin versucht erneut, mich aufzuhalten. »Bleib hier.«

»Nein, Fin. Das hier funktioniert nicht, wenn nur ich diejenige bin, die redet.«

»Ich will dir einfach nicht wehtun.«

Ich schnaube. »Ach ja? Na dann, herzlichen Glückwunsch. Genau das tust du nämlich gerade.« Es ist das Letzte, was ich zu ihm sage, bevor ich mich vom Boden abstoße und losfahre. Zum zweiten Mal heute, nur dieses Mal mit einem absolut schweren, traurigen, verletzten Herzen.

Der einzige Unterschied zu meiner Fahrt vorhin, als ich von zu Hause aus wieder zu Fin gefahren bin, besteht darin, dass ich nicht heule. Ich bin so leer, dass ich nicht einmal mehr Tränen habe. Emils Auto steht im Hof, genau wie Dads. Er ist tatsächlich zurück aus dem Krankenhaus. Ich stelle mein Rad vor der Garage ab, dann laufe ich ums Haus in den Garten, weil ich gerade niemandem begegnen will. Die Hühner, die vielleicht bald nicht mehr meine sind, erwarten mich mit lautem Geschnatter.

»Hey, Urda«, begrüße ich das größte Huhn.

Sie kommt sofort näher an den Zaun, als sie mich hört. Kurz gehe ich vor ihr in die Hocke und strecke meine Hand in das Gehege. Sie lässt sich zwei Sekunden lang streicheln, dann stolziert sie wieder davon und verjagt Nertha. Die Vorstellung, sie wirklich weggeben zu müssen, wenn ich bald wieder studiere, bricht mir das Herz. Aber ich weiß einfach nicht, was ich sonst tun soll. Sie verdienen nur das Beste, und als Studentin in Oslo kann ich ihnen das ohne die Unterstützung meiner Familie nicht bieten.

»Lene?«

Ich schrecke auf, als ich meinen Namen höre. Emil steht auf der Terrasse. Und hinter ihm … Freya.

Ich richte mich wieder auf und schultere den Jutebeutel neu. »Hey …«, gebe ich bemüht neutral zurück. Emil kann nichts dafür, dass der heutige Tag eine absolute Katastrophe ist. Das liegt an anderen Menschen.

»Ich dachte, du bist bei Fin?«

»Ja.« *Dachte ich auch.* »Manchmal ändern sich Pläne«, entgegne ich und laufe auf die beiden zu. Hinter ihnen befindet sich die Terrassentür, und das ist mein einziger Weg ins Haus.

»Willst du nachher mitessen? Freya und ich kochen später, wenn Dad fertig ist. Er telefoniert in seinem Arbeitszimmer.«

»Nein danke.« Es ist eine Sache, nicht mit den beiden zu streiten, aber eine völlig andere, mich mit ihnen an einen Tisch zu setzen, gemütlich zu essen und so zu tun, als wäre nichts.

»Okay.« Ich höre Emil leise seufzen. Freya sagt wie immer gar nichts in meiner Gegenwart. »Falls du es dir anders überlegst …«

»Dann weiß ich Bescheid.« Das ist die nettere von beiden Antwortmöglichkeiten, die mir auf der Zunge lagen. Ich will gerade das Gitter vor der Terrassentür öffnen, als es von innen aufgemacht wird und Dad auftaucht.

»Marleen«, sagt er und sieht mich ernst an. »Wir müssen reden.«

Sofort schlägt mein Herz schneller. »Ist was mit Mum?«, frage ich und sehe schnell zu Emil. Doch mein Bruder wirkt genauso ratlos wie ich. Und noch bevor Dad verneinen kann, wird mir die Antwort auf meine Frage schon selbst klar. Es geht nicht um Mum, sonst hätte er nicht nur meinen Namen gesagt. Aber egal, worum es sonst geht, ich habe nicht den Nerv dafür. Nicht heute. »Muss das jetzt sein? Ich wollte gerade duschen und …«

»Ja, das muss jetzt sein.« Er wirft Emil und Freya einen kurzen Blick zu. »Entschuldigt uns bitte.«

»Kein Problem.« Mein Bruder nickt und greift nach Freyas Hand. Was auch immer er in Dads Gesicht zu sehen glaubt, er kommentiert es nicht und fragt auch nicht weiter nach. »Wir gehen hoch.«

»Danke.« Dad wartet, bis die beiden im Haus verschwunden sind und die Tür hinter sich zugezogen haben. Dann wendet er sich wieder mir zu. Seine Stirn ist in tiefe Falten gelegt, die Ernsthaftigkeit in seinem Blick gleicht fast schon … Strenge?

Irritiert setze ich mich auf einen der Stühle, auf die Dad zeigt. Als ich Platz genommen habe, tut er es mir gleich.

»Also, was ist los?«, frage ich und kann nicht verhindern, dass mir das Herz immer noch bis zum Hals schlägt. Nein, durch den ganzen

Körper. Ich spüre es überall, vor allem in meinem Bauch. Ein dumpfes Pochen, das von Sekunde zu Sekunde anschwillt. Unweigerlich ziehe ich die Beine an und stelle die Füße auf die Sitzfläche des Stuhls, damit ich meine Knie umschlingen kann. Ist am Ende doch etwas mit Mum? Und Dad will es mir allein sagen, weil … Ich habe keine Chance, den Gedanken zu Ende zu führen.

»Das muss aufhören«, sagt er und mustert mich eindringlich. »Du kannst deinen Bruder nicht weiterhin dafür bestrafen, weil er sich in Freya verliebt hat.«

Meine Augen werden groß, als ich realisiere, worauf er anspielt. Mein erster Impuls ist es, aufzuspringen und einfach zu gehen. Weil das mein Ding ist.

Aber Dad merkt sofort, was ich vorhabe, und fixiert mich erneut mit seinem Blick. »Bleib sitzen, Marleen.«

Und weil er mein Dad ist und es der Anstand gebührt, tue ich, was er von mir verlangt. Ich stelle nur die Füße zurück auf den Boden und verschränkte die Arme vor der Brust, um mir wenigstens das Gefühl zu geben, sofort abhauen zu können, wenn ich es nicht mehr aushalte.

»Deine Mum … Kari ist am Boden. Ich glaube, nach heute früh muss ich dir das nicht mehr erklären.« Er streicht sich die Haare aus der Stirn, und in seinen Augen sehe ich, wie erschöpft er in Wirklichkeit ist. »Die Ärzte sagen, dass sie wieder auf die Beine kommt, aber sie wird unsere Hilfe dabei brauchen. Und dazu gehört, dass du dich zusammenreißt und mit Emil auskommst. Ihr Herz ist schon gebrochen genug, Leni. Wenn du deinem Bruder weiterhin an die Gurgel gehst, dann …« Dad unterbricht sich einen Moment selbst, holt tief Luft. Seine Unterlippe zittert, als er weiterspricht. »Das hilft nicht, ihr die Verzweiflung zu nehmen. Wir müssen jetzt für sie da sein und jeglichen Kummer von ihr fernhalten. Und dazu gehört, dass du dich mit Emil verträgst.«

»Wie soll das gehen, Dad? Jedes Mal, wenn ich ihn mit Freya sehe … Die beiden zusammen … Das ist einfach falsch.« Schon wieder dieses Wort. Aber es ist wahr. Emils Beziehung wird nicht automatisch richtig, nur weil Dad von mir verlangt, mich *zusammenzureißen*.

»Du bist wütend«, sagt Dad.

Fast hätte ich gelacht. Natürlich bin ich wütend, heute ganz besonders. Erst Mum, dann mein Streit mit Fin … Trotzdem will ich sofort protestieren, doch er hebt beschwichtigend eine Hand.

»Lass mich ausreden, bevor du etwas dazu sagst.« Er stoppt kurz, als würde er auf ein Nicken meinerseits warten. Als ich es ihm nicht gebe, fährt er fort, erneut mit dieser Strenge in seiner Stimme: »Du bist wütend. Und das ist okay. Ich bin auch wütend, Leni. Was meinst du, warum ich so viel arbeite?« Er versucht zu lächeln, aber es gelingt ihm nicht. »Ablenkung … hilft. Und ich weiß, dass das nicht sonderlich gesund ist. Aber es ist mein Weg, mit Hendriks Tod umzugehen. Du bist nach Neuseeland abgehauen, ich wurde noch mehr zum Arbeitstier, als ich es eh schon bin. Und deine Mum … Sie hat sich in ihr Schneckenhaus verkrochen. Kari war schon immer so. Nach eurer Geburt hatte sie ein paar wirklich schlimme Wochen, aber sie hat sich aus der postnatalen Depression gekämpft. Und ich war überzeugt davon, dass sie das hinter sich lassen konnte. Wahrscheinlich habe ich genau deswegen so lange weggesehen. Weil ich nicht wahrhaben wollte, wie dreckig es ihr wirklich geht. Dass Hendriks Tod eine neue … Phase ausgelöst hat. Und dass das damals … dass es nichts im Vergleich zu jetzt war.«

Ich höre Dad seufzen, und ich glaube sogar, Tränen in seinen Augen schimmern zu sehen. Meine Bauchschmerzen werden stärker, ich erhöhe den Druck meiner verschränkten Arme auf meinen Magen.

»Es ist meine Schuld, dass es so weit kam. Ich hätte früher reagieren müssen, weil ich gesehen habe, wie sie sich immer mehr auflöst.« Das ist der Moment, in dem sich Dad tatsächlich über die Augen wischt. Mein Vater, den ich immer nur mit zwei Worten beschrieben habe – stark und arbeitswütig –, weint. Und das macht etwas mit mir.

Ich lockere meine Arme und bohre mir gleichzeitig die Fingerspitzen in die Seiten. Wenn ich es nicht tue, werde ich auseinanderfallen. Ich weiß es.

Schweigend sitze ich da, gebe keinen Ton von mir. Ich kann nicht. Was Dad über Mum sagt … Ich hatte keine Ahnung, dass sie schon einmal depressiv war. Auch wenn es damals wohl nur ein paar Wochen waren. Aber jetzt … jetzt sind es Monate. Fast ein Jahr, und dieser 9. August ist der absolute Tiefpunkt.

Es dauert, bis Dad seine Fassung zurückerlangt hat. Dann sieht er mich wieder an. Ernst und um Verständnis bittend zugleich. »Glaub mir, wenn ich dir also sage, dass ich auch wütend bin. Aber Wut ist kein Freifahrtschein. Sie bedeutet nicht, dass du Emil – und Freya – wie Verräter behandeln darfst. Denn sie haben Hendrik nicht verraten. Er war schon lange tot, als sie sich ineinander verliebt haben.«

»Das macht es nicht besser«, presse ich hervor.

»Doch, Leni. Sie haben niemanden belogen, niemanden betrogen, niemanden hintergangen. Sie haben sich einfach nur verliebt. Ich verlange nicht von dir, dass du dich für die beiden freust. Obwohl das schön wäre. Nach dem Jahr, das hinter uns liegt … Wir haben alle ein bisschen Glück verdient, meinst du nicht? Auch dein Bruder. Denn gerade Emil … Er hat uns in den letzten Monaten zusammengehalten. Und das war mit Sicherheit nicht leicht. Seit er Freya hat … Er verdient es nicht, von dir dafür bestraft zu werden, dass er einen Weg gefunden hat, mit seinem Leben weiterzumachen. Ohne Hendrik.«

Dads Blick ist so eindringlich, dass ich wegsehen muss.

»Weißt du, was ich glaube?« Er steht auf und umrundet den Tisch, sodass er sich neben mich setzen kann. Bevor er weiterspricht, legt er seine Hand auf meine. »Du bist nicht auf Emil wütend. Du bist wütend auf Hendrik. Aber er ist nicht mehr da und Emil schon, und es ist immer leichter, jemanden zu haben, den man anschreien kann. An dem man seine Wut auslassen kann. Der dir Kontra gibt. Hendrik kann das alles nicht mehr tun. Emil schon. Also projizierst du deine Wut und Enttäuschung und Verzweiflung auf ihn.« Dad lässt mich nicht aus den Augen.

Jedes Wort, das er von sich gibt, trifft mich genau da, wo es wehtut. Denn es stimmt. Es stimmt einfach. Ich will es leugnen, ihm weismachen, dass er sich irrt, dass natürlich Emil derjenige ist, auf den ich sauer bin. Aber alles, was ich nun erwidern könnte, wären Lügen. Gelogen, weil ich mich selbst betrüge. Tief in mir drin weiß ich, dass er recht hat. Ich bin unfair und gemein zu Emil, obwohl das alles nicht seine Schuld ist. Er ist nur der Katalysator. Derjenige, der da ist. Derjenige, der meine Wut abkriegen kann. Und sie erträgt. Seit Wochen. Nur verdient … verdient hat er sie nicht. Nichts davon. Kein bisschen.

Dads Worte hallen in mir nach. Und obwohl ich dachte, komplett leer geweint zu sein, strömen die Tränen plötzlich aus meinen Augen. Ich fange so bitterlich an zu weinen, dass mein ganzer Körper davon geschüttelt wird. Dieser Tag ist einfach zu viel. Erst Mum, dann Fin, jetzt das Gespräch mit Dad. Die Einsicht, dass ich mich seit Wochen unfair verhalte. Und dass ich es heute nicht nur Emil und Freya gegenüber bin, sondern auch Fin.

Scheiße.

Scheiße, scheiße, scheiße.

Mein Blick ist von den Tränen so verschleiert, dass ich nicht bemerke, wie Dad sich bewegt. Plötzlich zieht er mich in seine Arme und hält mich fest. So wie als Kind, wenn ich hingefallen bin. Wie nur ein Vater es kann, der seine Tochter aufrichtig liebt. Mit dem einzigen Unterschied, dass dieses Mal nicht nur ich weine. Mein Dad weint mit. Dieser Tag ist nicht nur für mich zu viel. Und während ich so dasitze und nun Dad derjenige ist, der verhindert, dass ich auseinanderfalle, wird mir klar, dass es so tatsächlich nicht weitergehen kann. Ich muss mich bei Emil entschuldigen.

Ich habe nur absolut keine Ahnung, wie.

15

FIN

Zwei Stunden. So lange ist es her, seit Lene gegangen ist. Und seither überlege ich, was ich tun soll. Sie anrufen? Ihr schreiben? Einfach wieder unangemeldet bei ihr zu Hause auftauchen, obwohl das vermutlich keine gute Idee ist, weil sie alle um ihre Mum besorgt sind? Aber verdammt, ich muss ihr sagen, was gestern los war. Nur gibt es keine sanfte Art, das zu tun. Nicht mehr. Nicht nach dem Versuch ihrer Mum, sich das Leben zu nehmen … Wie zur Hölle soll ich ihr jetzt bitte erklären, was die Worte in ihrer Nachricht gestern in mir ausgelöst haben?

Fuck.

Ruckartig stehe ich auf und greife nach meinem Handy. Unruhig laufe ich hin und her, während ich die Nummer von einem der wenigen Menschen wähle, die wissen, was damals geschehen ist. Immer wieder raufe ich mir die Haare. Es dauert ewig, bis der Anruf sich aufgebaut hat und Lasse sich meldet.

»Hey, Mann.« Seinen Worten folgt direkt ein Gähnen. »Sorry. War ’ne kurze Nacht. Ida kam spontan vorbei und … na, egal. Du weißt schon. Also, was gibt’s?«

»Die App hat einen Bug.«

»Sie hat was?« Schlagartig klingt er hellwach.

Knapp schildere ich ihm das Problem.

»Okay, Finley. Wir haben also einen Bug. Und warum rufst du wirklich an?«

»Wegen des Fehlers?« Ich lasse mich auf meinen Campingstuhl sinken.

»Sicher.« Lasses Stimme trieft vor Sarkasmus. »Das ist nicht der erste Fehler. Und es wird auch leider nicht der letzte sein. Also, was ist los?«

»Zum jetzigen Zeitpunkt sollten gar keine Fehler mehr drin sein. Die Investoren …«

»Du lenkst ab«, unterbricht er mich.

Himmel, ja. Wobei »ablenken« das falsche Wort ist, immerhin habe ich ihn angerufen. Aber offenbar habe ich keine Ahnung, wie ich das alles in Worte fassen soll. Weder das, was vor ein paar Stunden mit Lene passiert ist, noch das, was gestern in mich gefahren ist.

»Hast du's verkackt?«

»Was genau?«

»Ach, Fin. Die Sache mit Lene natürlich.«

»Vielleicht?«

Lasse seufzt. »Was hast du angestellt?«

»Wieso gehst du davon aus, dass es an mir liegt?«

»Tut es das etwa nicht?«

»Doch …«, entgegne ich zögerlich. Gott, wieso ist es so schwer, dieses Gespräch zu führen? »Sie hat mir gestern früh eine Nachricht geschickt, dass sie nicht im Park sein wird, weil sie und ihre Freundin in ein Unwetter geraten sind. Und dass sie bis nachts im Krankenhaus waren.«

»Okay? Und wie genau ist das jetzt deine Schuld?«

»Sie hat die App getestet, weil ich es ihr erlaubt habe. Und das Ding hat nicht richtig funktioniert. Aber das ist nicht … das Problem.«

»Sondern? Komm schon, Fin. Muss ich dir echt alles aus der Nase ziehen? Wie ging's weiter?«

»Ich bin irgendwie … Keine Ahnung. Ich war wie im Tunnel. Als ich gehört hab, dass sie in den Bergen waren und in diesen Sturm geraten sind und dass sie ins Krankenhaus mussten … Ich konnte nicht mehr denken. Also bin ich wie ein Irrer zu ihr gefahren, und dann … Es ging ihr gut. Nicht sie musste in die Klinik, sondern Alea, aber obwohl Lene unverletzt vor mir stand … Ich war völlig durch den Wind.«

»Du bist verliebt.« Lasses Kommentar kommt staubtrocken.

»Ja. Nein. Keine Ahnung. Vielleicht.« Ich mag sie. Sehr. »Aber meine Angst … Die lag nicht nur daran. Es war wie eine Art … Déjà-vu. An damals, weißt du? Als Malia …«

»Hm. Verstehe. Du hattest also eine Art … Flashback?«

Ich nicke. »Genau.«

»Und das hat sie nicht verstanden, oder wie?«

»Doch. Sie war … Sie war super. Sie hat mich abgelenkt, und wir haben unterwassergeschrien und …«

»Unterwasser-was?«, unterbricht er mich erneut. »Muss ich das kapieren?«

»Nein, aber das spielt auch keine Rolle. Sie durfte nicht arbeiten, Thomas hat ihr Zwangsurlaub zum Erholen verordnet, und sie hat den ganzen Tag mit mir verbracht.« Und die Nacht, aber das verschweige ich ihm. Diese Details muss er wirklich nicht wissen.

»Das klingt eigentlich eher ziemlich gut. Und nicht so, als hättest du es versaut.«

»Das hab ich auch erst heute Nachmittag getan.« Ich seufze leise in mein Handy, stehe auf und mache ein paar Schritte Richtung See.

Seit Lene gegangen ist, sind Wolken aufgezogen. Inzwischen befindet sich über mir eine graue Decke, und der See liegt dunkel vor mir.

Die Oberfläche ist fast gespenstisch ruhig. Ich atme einmal tief durch, dann erzähle ich Lasse von heute. Wie ich neben Lene aufgewacht bin, mich so glücklich und zufrieden gefühlt habe. Wie sie überstürzt gegangen ist und dann wiederkam. Von ihrer Mum und unserem Streit.

»Verstehst du?«, frage ich. »Ihre Mum hat versucht, sich umzubringen. Ich konnte es ihr nicht sagen. Nicht ausgerechnet so kurz danach.«

»Ja, ich verstehe dich. Aber wenn du einen Rat willst … Sag es ihr trotzdem. Und zwar bald. Sie kann dein Schweigen nur verstehen, wenn sie die Wahrheit kennt. Wenn sie weiß, wieso du die Höhenangst hast und wieso dieses Unwetter dich getriggert hat.« Lasse klingt ungewöhnlich ernst. Meistens ist er schlagfertig oder sarkastisch unterwegs und reißt irgendeinen blöden Witz. Doch in manchen Momenten, den wichtigen, da ist er zu einhundert Prozent für mich da und macht mehr als deutlich, wieso er mein bester Freund ist. Es steckt so viel mehr in ihm, als man auf den ersten Blick vermutet. »Ich kenne deine Lene nicht, aber allein die Tatsache, dass du lieber ihren Zorn auf dich ziehst, als ihr wehzutun … Du bist mehr als verliebt in sie. Ob du es wahrhaben willst oder nicht.«

»Ich kenne sie kaum …«

»Ja und? Du kanntest Malia auch kaum. Das hat dich noch nie abgehalten. Du bist ein *All-in*-Mensch, Mann. Du verliebst dich nicht oft. Aber wenn, dann … bämm.« Lasse macht ein Geräusch, das vermutlich nach einer Explosion klingen soll. »All in. Also sag es ihr.«

Sag es ihr.

Drei Worte. Eine Aufforderung. Ich sollte seinen Rat befolgen. Ich *muss* es tun. Nur, wie gesteht man der Frau, die einem in kürzester Zeit so unglaublich wichtig wurde, dass man den Suizid seiner Jugendliebe nicht verhindern konnte?

Die Antwort weiß ich auch ein paar Stunden später noch nicht, als ich vor Lenes Tür stehe. Ich habe lange überlegt, ob ich herkommen soll, aber Lasse hat recht. Ich habe keine andere Wahl, wenn ich Lene nicht verlieren will.

Emil öffnet mir im selben Moment, in dem ich klingle, eine Jacke und Schlüssel in der Hand.

»Fin.« Er nickt mir knapp zu.

»Emil.« Ich erwidere sein Nicken ebenso knapp. »Ist Lene da?«

»Ja. Sie ist oben. Willst du reinkommen?« Er macht einen Schritt nach hinten und gibt damit die Sicht auf eine junge Frau frei, die mich neugierig mustert.

»Hey.« Ich nicke auch ihr zu.

»Das ist Freya. Meine Freundin.«

»Hallo«, begrüßt sie mich freundlich und nimmt Emil die Jacke ab. »Ich geh schon mal vor, ja?«

»Alles klar«, entgegnet er, ehe er sich wieder mir zuwendet. »Komm mit, ich bring dich noch kurz hoch zu Lene.«

»Okay. Danke«, sage ich.

Freya verschwindet nach draußen, und ich folge Emil die Stufen nach oben.

»Ich warne dich vor«, sagt er über die Schulter, ohne sich richtig zu mir umzudrehen. »Sie ist … nicht gut drauf.«

»Hm. Tut mir sehr leid. Das mit eurer Mum, meine ich.«

»Danke.« Als wir das obere Stockwerk erreicht haben, bleibt Emil stehen und sieht mich an. »Sei nachsichtig mit ihr, okay? Wenn meine Schwester wütend ist, kann sie ziemlich unfair werden. Aber … sie meint es nicht so.«

Es liegt mir auf der Zunge, ihm zu sagen, dass er gar nicht wissen kann, wie Lene etwas meint, das sie in ihrer Wut von sich gibt. Ich verkneife es mir jedoch. Das hier ist nicht der richtige Ort und auch nicht der richtige Moment, um mit Emil über seine Schwester zu reden. Stattdessen nicke ich ein weiteres Mal. »Okay. Wenn sie mich überhaupt sehen will.«

»Wieso sollte sie dich nicht sehen wollen?« Emil runzelt die Stirn, und sein Blick wird misstrauisch.

»Lange Geschichte.« Und definitiv nicht meine Aufgabe, sie ihm zu erzählen. »Wenn sie mich rauswirft, verschwinde ich sofort wieder. Versprochen.«

Emil sieht mich immer noch argwöhnisch an, als er auf Lenes Zimmertür zugeht. Er klopft zweimal. »Lene? Fin ist hier.«

Wir lauschen beide und warten auf ein »Herein«. Doch es kommt keins. Ich bin kurz davor, selbst noch einmal zu klopfen, weil ich so dringend mit ihr reden muss, als die Tür aufgeht.

»Was machst du hier?«, fragt sie und mustert mich ziemlich feindselig. Kurz huscht ihr Blick zu Emil, ehe er wieder auf mir landet. »Ich dachte, es ist *falsch*, mit mir zu reden.« Sie spuckt das Wort beinahe aus.

»Es ist nicht falsch, mit dir zu reden.« Ich schüttle den Kopf. »Es ist nur der falsche Tag.«

»Dir ist aber schon klar, dass wir immer noch denselben haben wie heute Nachmittag, Sherlock?« Sie verdreht die Augen, dann sieht sie zu Emil. »Wolltet ihr nicht los? Wo ist Freya?«

»Unten und … ja. Wollten wir.« Einen Augenblick sieht er seine Schwester eindringlich an. »Ist es okay, wenn ich gehe?«

Mir ist klar, dass mehr in seiner Frage liegt, als er ausspricht.

Kann ich dich mit ihm allein lassen?

Ein Wort von dir, und ich bleibe.

Er beschützt sie, selbst dann, wenn sie es gar nicht will. Zumindest gehe ich davon aus, denn alles an Emil schreit Beschützer.

»Ja, du kannst gehen. Danke.« Wieder scheint ein kurzer, wortloser Austausch zwischen den beiden stattzufinden, bis Emil nickt.

»Okay. Bis morgen.« Er macht zwei Schritte von Lene weg. »Aber ruf an, wenn du …«

»Emil.« Die Art, wie Lene seinen Namen ausspricht, ist eindeutig. *Geh jetzt endlich.*

»Bin schon weg.« Mit einem letzten, vielsagenden Blick in meine Richtung verschwindet er die Stufen nach unten. Kurz danach höre ich, wie die Haustür ins Schloss fällt. Lene lehnt immer noch an ihrem Türrahmen, ich stehe im Flur.

»Können wir vielleicht …?« Ich deute auf ihr Zimmer.

»Wozu?«

»Ich würde dir gern ein paar Dinge erklären.« Unruhig wippe ich auf meinen Fußsohlen hin und her, die Hände tief in meinen Hosentaschen vergraben. »Darf ich?«

Sie überlegt. Schweigend. Und diese paar Sekunden der Stille erlauben es mir, sie eingängig zu betrachten. Ihre Augen sind gerötet, wahrscheinlich hat sie noch einmal geweint. Gott, ich hoffe, dass es nicht meinetwegen war, weil ich mich geweigert habe, ihr zu erklären, was mich so aufgewühlt hat.

Schließlich tritt sie zur Seite und öffnet die Tür weiter, sodass ich ihr Zimmer betreten kann. Ein paar große Fotografien hängen an den Wänden. Neuseeland. Ich erkenne den Aoraki sofort. Über der Kopfseite ihres Bettes hat sie unzählige Polaroids an die Wand geklebt. Von sich, von Emil, von ihren Eltern. Aber da ist noch ein Kerl auf manchen Fotos. Er sieht ihr und Emil ziemlich ähnlich. Vermutlich ist das Hendrik. Auch ein Hühnerbild entdecke ich. Ein Selfie von ihr und Alea, von ihr beim Klettern im Park. Ihr Leben, festgehalten auf Bildern. Erinnerungen an Momente, in denen sie glücklich war. Es wirkt seltsam intim.

Fast schon beschämt, die ganzen Fotos angesehen zu haben, ohne dass sie es mir ausdrücklich erlaubt hat, wende ich den Kopf ab. Auf der Fensterbank stehen mehrere kleine Töpfe mit wuchernden Pflanzen. Als wollte sie die Natur ins Haus holen. Alles hier drin schreit Lene. Und gleichzeitig ist es mucksmäuschenstill. Vor allem zwischen uns.

Emils Worte kommen mir in den Sinn. *Sei nachsichtig.*

Nichts anderes habe ich vor.

Lene setzt sich auf ihr Bett und zieht die Beine in den Schneidersitz. Ich nehme auf ihrem Schreibtischstuhl Platz und drehe mich zu ihr. Das ist er, der Moment, in dem ich es ihr sagen muss. Genau deshalb bin ich hier. Mein Schweigen hat nun ein Ende. Wenn ich sie nicht verlieren will, und das will ich definitiv nicht, muss ich nun den Mund aufmachen.

Es ist nur verdammt schwer, in Worte zu fassen, wofür einem seit Jahren die Worte fehlen.

»Du hast recht«, sage ich nach einer Weile leise. »Es ist immer noch derselbe Tag. Und ich bin immer noch der Meinung, dass ich dir das nicht ausgerechnet heute erzählen sollte. Aber …« Aber es ist das Einzige, was ich noch tun kann.

Ein tiefer Atemzug, dann fange ich an zu sprechen. »Kurz nach meinem achtzehnten Geburtstag war ich als Betreuer in einem Zeltlager dabei. Es gab eine Handvoll ältere Erwachsene und zehn Jugendliche wie mich. Manche waren schon ein-, zweimal dabei. Andere wie ich zum ersten Mal. Eine von ihnen war Malia, und nach drei Tagen war ich Hals über Kopf in sie verliebt. Nach fünf Tagen waren wir zusammen. Damals war das … Es war so einfach.« Die Erinnerung an die ersten Tage im Camp ist so klar in meinem Kopf, als wäre es erst gestern gewesen. »Alles war perfekt. Also so perfekt, wie die Welt eben sein kann, wenn man zum ersten Mal zwei Wochen ohne die eigenen Eltern verbringen darf, auf achtzig Kinder aufpassen muss und eigentlich nur Zeit mit seiner Freundin verbringen will.«

Der Gedanke daran, wie hoffnungslos verknallt ich in Malia gewesen bin, lässt mich den Kopf schütteln.

Ich räuspere mich lautlos. »Nachts, wenn wir eigentlich schlafen sollten, haben wir uns aus unseren Zelten geschlichen und sind ein kleines Stück in den Wald gelaufen. Dort gab es eine Stelle mit umgestürzten Bäumen. Auf den Stämmen konnte man perfekt knutschen, und genau das haben wir getan. Stundenlang. Einmal bis zum Sonnenaufgang. Diese erste Woche … Sie war ein Traum. Ich habe mich wie der König der Welt gefühlt. Unverwundbar.«

Gott, ich war so naiv. Niemand ist unverwundbar. Und ich schon gleich gar nicht. Mit zwei Fingern reibe ich mir über die Stirn und suche Lenes Blick.

Sie sitzt immer noch unbeweglich auf ihrem Bett. Aber sie wirkt immerhin nicht mehr feindselig. Eher neugierig.

»Nach der ersten Woche hat es plötzlich geregnet. Also mussten wir die ganzen Kinder irgendwie im Lager bespaßen. Und ich sag's dir, das war nicht einfach. Es waren achtzig Kinder mit Bewegungsdrang, und nach vier Stunden Regen kam allmählich der Lagerkoller. Manche wurden unruhig, ein paar haben gestritten. Malia war einer anderen Gruppe zugeteilt als ich, aber wir haben uns immer wieder über die Köpfe der Kinder hinweg angesehen und angelächelt. Weil wir dieses Geheimnis hatten und deshalb trotzdem gut drauf waren.«

Ich schaffe es nicht, Lene bei meinen Worten dauerhaft anzusehen. Immer wieder huscht mein Blick an ihr vorbei. Zur Decke, zu ihren Schuhen, die unter ihrem Bett hervorschauen, zu den Bildern an ihrer Wand. Den vielen lachenden, glücklichen Gesichtern. Zu einer Welt, die noch in Ordnung war. Aber jedes Mal, wenn ich sie doch ansehe, bemerke ich, dass sie mich nicht aus den Augen lässt. Dass sie mir aufmerksam zuhört. Und ich bin dankbar dafür, dass sie mich nicht unterbricht. Ich habe keine Ahnung, ob ich meine Geschichte sonst beenden könnte.

»Irgendwann ist Malias Gruppe losgezogen«, sage ich. »Wir wollten eine Schnitzeljagd machen. Das Gelände war rutschig, aber die Kinder mussten beschäftigt werden. Meine Gruppe sollte eine andere suchen, wir sind also im Camp geblieben, um den anderen etwas Vorsprung zu geben. Zehn Minuten, vielleicht zwölf, ich weiß es nicht genau. Und als wir gerade loswollten, hab ich es gehört.«

Ich schlucke. Weil nun der Teil kommt, den ich bisher bloß ganz wenigen Menschen erzählt habe. Mich in diese Erinnerung zu begeben, lässt meinen Herzschlag sofort schneller werden.

»Da waren Schüsse.« Meine Stimme ist leiser als eben noch. Als würde ein Flüstern es weniger schlimm machen. Dabei gibt es nichts, was auch nur ansatzweise dafür sorgen könnte, dass dieser Überfall auf das Camp sich nicht beinahe täglich in meinem Kopf wiederholt. »Sie waren zu zweit. Zwei Männer. Ein bisschen älter als ich. Sie haben das Camp gestürmt. Ich habe sie zuerst nicht gesehen, weil sofort Panik ausgebrochen ist. Die Kinder haben geschrien und geweint, aber dann … Sie haben nicht auf die Kids geschossen. Ihr Ziel waren die Betreuenden. Und damit auch Malia und ich.«

Das ist der Moment, in dem Lene sich die Hände vor den Mund schlägt und mich entsetzt ansieht. »Haben sie … haben sie Malia …?«

Ich schüttle den Kopf und schiebe mir die Hände unter die Oberschenkel. Mein Bein zuckt. Ich steuere es nicht bewusst, kann nicht damit aufhören. »Nein. Malia war mit ihrer Gruppe irgendwo in der Nähe im Wald, und ich bin mit meinen Kids einfach losgerannt. Wir sind runter von den Wegen, rein in den Wald. Er war dort ziemlich dicht, und ich habe gehofft, dass uns das helfen wird. Wir sind über Wurzeln und Steine und Äste gerannt, ich hatte ständig Angst, dass jemand stolpert. Oder dass ich hinfalle. Aber die Kids waren so schnell … trotz ihrer kleinen Füße.« Ich halte inne, muss irgendwie das drückende Gefühl in meiner Brust in Schach halten. Ihre Gesichter tauchen vor meinem inneren Auge auf, die Angst in ihren Blicken … »Da war nur noch ein Gedanke in meinem Kopf. *Wenn wir stehen bleiben, sterben wir.* Also hab ich die Kleinste aus meiner Gruppe über meine Schulter geworfen und alle anderen weiter in den Wald getrieben. Immer wieder waren Schüsse zu hören, und ich hab einfach nur gebetet. *Bitte lass uns das überleben. Bitte lass uns überleben.*« Erneut mache ich eine kurze Pause und beiße mir kurz auf die Unterlippe. »Es war ein Kiefernwald. Bis heute fällt es mir schwer, den Duft von Kiefernadeln zu ertragen.«

Das ist eine haltlose Untertreibung. Mir wird kotzübel. Wenn ich aus Versehen ein Duschgel mit diesem Geruch kaufe, muss ich es wegwerfen.

»Nach zwanzig Minuten haben wir einen Abschnitt voller Bäume erreicht, die belaubt waren. Ich habe den Kindern hinaufgeholfen und ihnen gesagt, dass sie so weit nach oben klettern sollen, wie sie nur können. Und dann mussten sie mucksmäuschenstill sein.«

Meine rechte Schläfe beginnt wehzutun. Als würde ich den Panikstress von damals erneut in meinem Körper spüren. Immer wieder reibe ich mir kräftig über die Stirn, versuche, das Gefühl zu vertreiben.

»Ich habe mir auch einen Baum gesucht und bin nach oben geklettert. Und es war … Es war die Hölle. Immer wieder habe ich eins der Kinder weinen hören. Und ich hab's verstanden. Ich hätte ja selbst am liebsten geheult. Aber ich stand so dermaßen unter Schock …« Ich lasse meine Hand wieder sinken. »Es ging nicht. Ich konnte nicht weinen, und ich konnte den Kleinen auch nicht zurufen, dass alles gut wird. Man hätte mich ja gehört, also …« Ich stoppe kurz und hole tief Luft. »Irgendwann kam der Regen zurück. Und ich war noch nie so dankbar für das Prasseln. Es hat die Schluchzer überdeckt. Keine Ahnung, wie lange wir dort oben saßen. Die Polizei hat mir später gesagt, dass es mindestens fünf Stunden waren.«

»Deshalb hast du die Höhenangst entwickelt.« Lene hat die Beine angezogen und stützt ihr Kinn nun auf ihren Knien ab. Ihr Blick weicht nicht von mir ab. Es liegt so viel Sorge in ihren Augen. Aber gleichzeitig auch Verständnis – und das erleichtert mich ungemein. »Du hast den Amoklauf bei Finnemarka überlebt.«

»Hm.« Ich nicke. Ganz Norwegen hat damals davon gehört und sich den Namen des Tatorts gemerkt. Nur während er mittlerweile bei vielen wieder aus dem Gedächtnis verschwunden ist, werde ich diese paar Buchstaben nie vergessen.

»Danach …«, beginne ich und breche wieder ab. »Es ging einfach nicht mehr. Höhe lässt mich jedes Mal in eine Schockstarrenangst verfallen. Oder eher ließ. Seit ein paar Wochen …« Ich muss ihr nicht sagen, was anders ist, seit ich sie getroffen habe und wir im Park miteinander trainieren. »Du warst dabei, als ich zum ersten Mal seit sieben Jahren keinen festen Boden mehr unter den Füßen hatte.«

»Aber das hättest du mir doch sagen können. Ich hätte nicht … Ich würde nie …« Sie hebt das Kinn wieder von ihren Beinen. »Ich weiß nicht, was ich dazu sagen soll, außer wie furchtbar es ist, was dir geschehen ist. Aber ich hätte dich nie dafür verurteilt, dass meine Nachricht dich so panisch hat werden lassen. Ich hätte es verstanden.« Sie rutscht über ihre Matratze und kommt mir damit ein Stückchen entgegen.

»Ich weiß.« Ich beuge mich nach vorn, sodass ich ihre Hände, die sie mir entgegenhält, umfassen kann. Sie sind fast so kalt wie meine eigenen. Ich versuche, Lene anzulächeln, aber es gelingt mir nicht. Weil ich noch nicht fertig bin. »Nur wäre das bis hierhin nur die halbe Wahrheit gewesen.«

»Wie meinst du das?« Sie verschränkt ihre Finger mit meinen und rückt noch näher.

»Nachdem wir gerettet wurden, hatte ich nur noch einen Gedanken: Malia. Du kannst dir nicht vorstellen, wie erleichtert ich war, als ich sie endlich entdeckt habe. Raik, Helen und Sören wurden erschossen, aber Malia … Sie wurde in einem Zelt der Rettungskräfte erstbetreut. Nicht, weil sie getroffen worden war, sondern, weil sie im Wald gestürzt ist. Sie ist mit ihrer Gruppe genauso weggerannt wie ich. Als sie mich gesehen hat, ist sie aufgesprungen und hat sich mir in die Arme geworfen. Und das war der Moment, in dem ich mir endlich erlaubt habe zu weinen. Ich hab geheult wie ein Schlosshund und mich genauso an ihr festgeklammert wie sie sich an mir. Happy End, könnte man meinen.« Ich wünschte, es wäre eins gewesen. Denn das würde bedeuten, dass sie noch leben würde.

Lene sieht mich mit großen Augen an.

»In den Wochen und Monaten danach … Uns wurde psychologische Hilfe angeboten. Es gab einen Spendentopf für uns Überlebende. Damit wurde uns eine Therapie bezahlt, wenn wir eine in Anspruch nehmen wollten. Ich war ein dämlicher Teenager und überzeugt davon, dass ich keinen ›Psychodoc‹ brauche.« Mit den Fingern male ich Anführungszeichen in die Luft. »Ich hab ein paar Gespräche geführt, aber ziemlich schnell beschlossen, dass ich es allein versuche, irgendwie damit klarzukommen. Genau wie Malia. Sie wollte einfach nicht darüber reden. Mit niemandem. Sie hat nicht einmal diese Erstgespräche gemacht. Irgendwann hat sie das Haus nicht mehr verlassen, weil sie niemandem mehr getraut hat. Ich hab sie angefleht, zum Arzt zu gehen. Mit irgendjemandem zu reden. Ich wäre auch mitgekommen. Aber wahrscheinlich habe ich sie zu sehr gedrängt. Nach einigen Monaten hat sie auch den Kontakt zu mir abgebrochen. Zwei Wochen später war sie tot.«

»Was? Aber …« Lene schiebt die Beine komplett von der Matratze, damit sie mir richtig gegenübersitzen kann.

»Sie hat sich umgebracht. Tabletten.«

Ich sehe genau, in welchem Sekundenbruchteil ihr bewusst wird, was ich ihr damit sagen will.

Ihre Lippen formen sich zu einem stummen *Oh*, während sie mich ansieht und offenbar nach Worten sucht. Es dauert, bis sie sich fängt.

»Deshalb hast du nichts …«

»Ja.« Ich blicke auf unsere verhakten Finger. »Du warst so in Sorge um deine Mum … Es war kein Platz für meine Geschichte. Nicht so. Verstehst du?«

Sie nickt, langsam. Bedächtig.

»Ich wollte für dich da sein, nachdem ich gestern so panisch war. Also hab ich … keine Ahnung, ich habe irgendwie versucht auszublenden, dass Malia dasselbe getan hat wie deine Mum. Es hätte dir doch nichts gebracht in dem Moment, wenn ich dir gesagt hätte, dass meine Jugendliebe auch versucht hat, sich umzubringen. Und dass es bei ihr geklappt hat.«

»Nein, aber …« Lene verstummt direkt wieder. Weil sie das Ganze genauso sprachlos macht, wie ich mich immer noch fühle, wenn ich darüber nachdenke. Behutsam streicht sie mit dem Daumen über meinen Handrücken.

»Malia hat in ständiger Angst gelebt. Und ich hätte sie beschützen müssen. Am besten schon im Camp, aber spätestens danach. Ich war in den Wochen danach der Einzige, der noch an sie herangekommen ist.« Bis auch ich es irgendwann nicht mehr tat. Und dennoch … Ich hätte mich mehr bemühen müssen. Sie zwingen müssen, mit mir zu reden. Immerhin war ich ihr Freund. Der Mensch, der genau wusste, was sie erlebt hatte. Der sich wie sie stundenlang versteckt und eine

Scheißangst hatte, gefunden und erschossen zu werden. Der sie nicht retten konnte.

»Hey, nein. Sag das nicht.« Lene steht ruckartig auf.

Weil unsere Hände nach wie vor miteinander verschränkt sind, muss auch ich mich aufrechter hinsetzen. Ich hebe den Blick und sehe in ihr Gesicht. Voller Mitgefühl, voller Schmerz. Beides ist für mich.

»Du kannst *nichts* dafür, hörst du? Malia war krank, wie meine Mum. Du hast es selbst gesagt.« Sie löst unsere Finger voneinander und legt die Hände an meine Wangen. Eine links, eine rechts, ein tiefer Blick, ein Seelenblick. Sie sieht mich. Nicht nur, wie ich von außen bin, sondern auch von innen. Vor allem von innen. »Du hast getan, was du konntest. Du hast dich in dieser absolut grausamen Situation um all diese Kinder gekümmert, obwohl du selbst noch ein halbes Kind warst. Und deine Idee, auf die Bäume zu klettern, hat sie alle gerettet. Mach dir keine Vorwürfe. Schuld sind die beiden Amokläufer. Sonst niemand.«

Sie spricht so eindringlich, so überzeugt, dass ich nicht anders kann. Ich lege meine Hände auf ihre Taille und ziehe sie an mich. Lene lässt sich auf meine Oberschenkel sinken und schiebt die Hände weiter in meinen Nacken.

»Tut mir leid, dass ich es dir nicht gesagt hab.«

»Muss es nicht.« Ich höre das stumme *Nicht mehr* in ihren Worten mitschwingen. »Ich versteh's.«

»Okay.« Vorsichtig lehne ich meine Stirn gegen ihre. »Danke.«

Ein paar Sekunden lang schweigen wir beide.

»Tut mir leid, dass ich weggerannt bin«, höre ich Lene schließlich flüstern. »Ich war nicht fair zu dir.«

»Danke«, entgegne auch ich. Und dann, weil es die Wahrheit ist: »Ich versteh's.«

Minutenlang sitzen wir so da. Sie auf meinen Beinen, die Arme umeinandergeschlungen. Wir sind einander so nah, dass ich die Wärme ihres Körpers und ihren Herzschlag spüre. Lasse hat so verflucht recht. Auch wenn ich Lene erst seit knapp drei Wochen kenne, bin ich Hals über Kopf und Bauch über Verstand verliebt in diese Frau.

»Ich hab den Amoklauf damals in der Presse verfolgt. Wie viele Jahre ist das jetzt her?«

»Ziemlich genau sieben. Es war auch August.«

»Stimmt. Vier Tote, oder? Und elf Verletzte?«

»Drei Tote. Und elf Verletzte, ja. Aber es wurden nicht alle angeschossen. Manche sind ausgerutscht und gestürzt, weil das Gelände schlickig durch den Regen war.«

»Aber nur Betreuende?«

»Ja. Sie hatten es nur auf die Betreuenden abgesehen.«

Lene sieht mich nachdenklich an. »Wieso? Das ergibt doch keinen Sinn. Wieso sollte ich ein Feriencamp stürmen und dann nur auf die Erwachsenen schießen?«

»Das habe ich mich damals auch gefragt. Seit dem Prozess weiß ich es. Die beiden Täter wurden einem psychologischen Gutachten unterzogen und ihre Prüfer als Zeugen gehört.«

»Was haben sie gesagt?«

»Die beiden Amokläufer sind Missbrauchsopfer. Sie waren als Kinder ebenfalls in einem solchen Camp, das vom selben Verein organisiert wurde wie unser Camp. Und als sie dort waren, wurden sie von einem Betreuer missbraucht.«

»Also war das … Rache?«

»Keine Ahnung. Dieser Betreuer war bei uns nicht dabei. Vielleicht haben sie ihre Erlebnisse einfach … generalisiert und auf alle Betreuenden übertragen? Ich weiß es nicht. Aber durch dieses Gutachten wurde ihnen verminderte Schuldfähigkeit zugesprochen.« Ich zucke mit den Schultern. »Nach einigen Wochen habe ich aufgehört, den

Prozess zu verfolgen. Ich konnte einfach nicht mehr darüber nachdenken. Stattdessen habe ich angefangen, Sport zu treiben. Seit damals mache ich Calisthenics-Übungen, weil ich sie im Prinzip überall machen kann und nichts dafür brauche. Aber am meisten wollte ich damit erreichen, dass ich mich sicherer fühle. Ich wollte Muskeln aufbauen, kräftig werden, mich wehren können, wenn mich jemand angreift. Zumindest, solange er keine Waffe bei sich trägt. Und ich bin echt ein Profi im Verdrängen. Meistens funktioniert das auch richtig gut.«

»Nur gestern nicht«

»Nein, gestern nicht. So sehr getriggert wurde ich lange nicht … Ich meine, selbst die Höhenangst ist mittlerweile besser. Aber von diesem Unwetter zu hören und dass du davon betroffen warst und dass sich eine von euch verletzt hat, obwohl ich mit der App genau solche Dinge verhindern will … Das hat einen Schalter in mir umgelegt.«

»Das ist dein Grund für die App. Ihr wollt nicht nur vor Naturkatastrophen warnen. Sondern auch vor Amokläufen.«

»Und vor anderen Verbrechen. Vor allem, was du dir vorstellen kannst, wovor Menschen gewarnt werden müssen. Sobald die Behörden eine Warnmeldung herausgeben, wird sie in Sekundenschnelle an alle Appnutzer weitergeleitet. Und das ganz individuell auf ihren Standort bezogen. Die App sendet Pushnachrichten, die sich erst löschen lassen, wenn sie gelesen wurden. So gehen wir sicher, dass die Warnungen nicht übersehen werden. Und solltest du gerade keinen Netzempfang haben, geht die Nachricht automatisch per GPS an dich raus.«

»Und wenn es in einem Camp passiert wie bei dir damals …«

»Für den Fall haben wir eine Funktion eingebaut, dass auch Nutzende uns Warnungen senden können. Tun sie das, wendet unser Team sich im Hintergrund an die Behörden, um das Ereignis zu verifizieren, bevor sie es an alle User in dem Gebiet schicken. Zumindest auf nationaler Ebene kriegen wir das innerhalb weniger Minuten hin und sind damit deutlich schneller als offizielle Apps der Behörden oder der Nachrichtendienste.«

»Das ist ein großartiges Projekt, Fin. Wirklich. Hast du den Fehler schon entdeckt?«

»Ich hab noch nicht gesucht. Hatte da erst noch was zu erledigen, was wichtiger war.«

»Wichtiger, als die ganze Welt vor Katastrophen zu warnen?«

»Zumindest wichtiger, was mein eigenes kleines Universum angeht.«

Sie lächelt bei meinen Worten. »Unser eigenes Universum.«

»Mit den schwarzen Löchern.«

»Und den weißen. Vergiss die weißen nicht.« Langsam beugt sie sich mir entgegen. Und als ihre Lippen meine streifen, beweist sie mir direkt, wie wahr ihre Worte sind. Denn wir beide, wir sind auch ein weißes Loch. All unsere Schwärze wird wie ein Feuerwerk in die Luft gejagt, als wir uns küssen.

Und in diesem Moment ist nichts gut, aber alles besser.

16

LENE

Es ist irgendwann zwischen ein und zwei Uhr nachts, als Fin nach Hause geht. Am liebsten würde ich ihn zu seinem Van begleiten und dort mit ihm die Welt aussperren. Aber ich habe eine Mission, die es erfordert, morgen vor der Arbeit zu Hause zu sein. Deshalb verabschiede ich mich an der Haustür von ihm. Er hat das Haus kaum verlassen, da dreht er sich auch schon wieder zu mir um.

»Gute Nacht«, sagt er leise und beugt sich mir für einen Abschiedskuss zu. Nur kurz, nur flüchtig, nur perfekt.

»Bis morgen«, entgegne ich, nachdem er sich wieder von mir gelöst hat, und ziehe die Decke, die ich mit nach unten gebracht habe, enger um meine Schultern. Die Nachtluft ist ziemlich frisch, und obwohl ich gern mit ihm gehen würde, bin ich nun doch froh, dass ich nicht nach draußen muss.

Ich sehe Fin hinterher, als er sich sein Fahrrad schnappt und vom Hof fährt. Mit einer Hand winkt er mir, dann ist er aus meinem Blickfeld verschwunden. Einen kurzen Augenblick bleibe ich noch stehen und blicke hinauf in den Nachthimmel. Funkelnde Sterne, schwarze Löcher, die Milchstraße. Und ein wachsendes Universum, dessen Ränder sich immer weiter nach außen verschieben, je mehr Fin sich in mein Herz schleicht.

Ein paar Minuten später bin ich zurück in meinem Zimmer. Wie immer, bevor ich ins Bett gehe, lüfte ich, während ich im Bad bin. Mit der Zahnbürste im Mund sitze ich auf dem Badewannenrand und überlege mir, wie ich die Nachricht formulieren soll, die ich schreiben muss. Auch wenn es mittlerweile mitten in der Nacht ist, will ich nicht bis morgen damit warten. Keine Ahnung, woher die plötzliche Eile kommt, es war mir wochenlang alles egal. Aber nun … Ich will es nicht länger aufschieben. Wenn mir das Gespräch mit Fin eine Sache klargemacht hat, dann die, dass wir keine Zeit haben. In der einen Sekunde ist noch alles okay, in der nächsten implodiert deine Welt. Und meine ist nun eindeutig zu oft in sich zusammengefallen. Ich will nicht auch noch Emil verlieren.

Hast du morgen früh Zeit für mich? Ich würde gern mit dir reden.

Wörter, für die ich geschlagene zwanzig Minuten brauche. Immer wieder schwebt mein Daumen über dem Sendebutton. So lange, bis eine eingehende Nachricht auf meinem Bildschirm auftaucht.

Bin gut angekommen. Hast du ihm schon geschrieben?

Fins Frage lässt mich unweigerlich lächeln. Natürlich erkundigt er sich, und natürlich tut er es mitten in der Nacht. Wahrscheinlich liegt es an ihm, dass ich die Nachricht an Emil im nächsten Moment doch abschicke. Fin hat einfach etwas an sich, das mir Mut gibt. Was eigentlich paradox ist, weil er immer behauptet, dass ich diejenige bin, die ihn mutig werden und auch die höheren Pfade klettern lässt. Aber in diesen Sekunden, im grellen Deckenlicht des Badezimmers, wird mir klar, dass das so nicht stimmt. Er macht auch mich mutig. Und nur deswegen schaffe ich es, Emil zu schreiben. Ohne Zynismus. Ohne Vorwürfe. Ohne dass ich es muss. Nein, das hier ist die erste Nachricht seit einer Ewigkeit, die ich ihm schicke, weil ich es wirklich will. Und ich kann nur hoffen, dass es noch nicht zu spät ist und mein Bruder mir eine Chance gibt.

Am nächsten Morgen wache ich zu viel Sonne und einer Antwort von Emil auf.

Klar hab ich Zeit für dich. Wann und wo?

Ich liege immer noch im Bett, als ich ihm zurückschreibe.

Ich richte mich nach dir. Und … kannst du Freya mitbringen?

Seine nächste Nachricht lässt nicht lange auf sich warten.

Moment, ich spreche schnell mit ihr.

Ich bin ihm dankbar, dass er nicht erst nachfragt, was los ist. Aber das ist Emils Stärke, die ich schon immer an ihm bewundert habe. Er setzt Menschen nicht unter Druck, gibt ihnen die Zeit, die sie brauchen, bis sie bereit sind, sich ihm anzuvertrauen. Und anscheinend schließt das auch mich mit ein, obwohl ich so viel Rücksichtnahme wirklich nicht verdient habe.

Ich drehe mich auf die Seite, während ich warte. Durch den Stoff des Vorhangs fällt sanftes Sonnenlicht und erhellt den Raum. Ich mag es, dass sich mein Zimmer auf der Ostseite befindet und ich den Sonnenaufgang mitbekomme. Vorausgesetzt, ich bin schon wach. Was ich an den meisten Tagen ehrlicherweise nicht bin. Der Frühaufsteher der Familie ist eindeutig Emil.

Sieben Minuten verstreichen, bis eine neue Nachricht meines Bruders bei mir eintrudelt.

> Okay, Freya kann später im Sägewerk anfangen. Wir sind in einer Stunde bei dir. Passt das?

Ich sehe auf die Uhr, aber ehrlich? Ich hätte jedem Vorschlag zugestimmt. Schnell tippe ich eine Antwort.

> Neun ist super. Bis nachher.

Und weil ich weiß, dass so viel Entgegenkommen nach den letzten Wochen nicht selbstverständlich ist, schicke ich noch eine Nachricht hinterher.

> Und Emil? Danke.

Ich rechne nicht mit einer weiteren Antwort, doch er überrascht mich.

> Wieso bist du so nett? Das macht mir Angst.

Er lässt seiner Aussage ein paar Emojis folgen, die mir zeigen sollen, dass er seine Worte nicht allzu ernst meint. Und trotzdem versetzen sie mir einen Stich. Weil sie im Kern wahr sind. Es ist mehr als ungewöhnlich, dass ich nett zu ihm bin. Emil macht sich zu Recht Gedanken.

Erklär ich dir später ☺ Jetzt muss ich erst mal zu den Hühnern. Dagi ist bestimmt beleidigt, weil ich so lange geschlafen habe.

Okay, wer bist du und was hast du mit meiner Schwester gemacht?

Später 😉

Ich schicke ihm eine letzte Nachricht, ehe ich mich aus dem Bett quäle. Dass ich mich um die Hühner kümmern muss, war keine Ausrede. Ich weiß vielleicht noch nicht, was in ein paar Wochen mit ihnen sein wird, wenn ich wieder zur Uni gehe, aber bis dahin werde ich mich zusammenreißen und mich ordentlich um sie kümmern. Emil ist lange genug für mich eingesprungen, dabei sind die sieben Ladys wirklich nicht seine Verantwortung. Vor allem nicht mehr, seit ich zurück bin.

Nachdem ich die Hühner versorgt habe, bitte ich Thomas um einen weiteren freien Vormittag. Dann setze ich mich mit einer Schüssel Porridge in der Hand auf die Terrasse. Es ist seit Wochen das erste Mal, dass ich mir richtig Zeit nehme und die sieben Göttinnen beobachte, wie sie in ihrem Gehege unterwegs sind. Emil hat es in den Monaten, in denen ich weg war, vergrößert und ihnen sogar ein Sandbad und eine Sitzstange gebastelt. Wieder wird mir bewusst, dass er ein so viel besserer Mensch ist, als ich es bin. Und es wird Zeit, dass ich ihn endlich wieder so behandle, wie es sich gehört. Ich war lange genug ein herzloses Miststück.

Meine Schale ist kaum leer, als ich Stimmen höre. Dad ist bereits im Krankenhaus, er hat mir einen Zettel geschrieben. Was bedeutet, dass es nun so weit ist: Emil und Freya sind hier.

»Lene?«, höre ich ihn sogleich rufen.

»Draußen«, gebe ich zurück und lecke den Löffel ab. Dann lege ich ihn in die Schüssel und schiebe beides zur Seite. Mit jedem Schritt, den die beiden näher kommen, schlägt mein Herz schneller. Gleich. Gleich werde ich endlich Farbe bekennen.

»Hey …« In Emils Stimme schwingt eine gewisse Skepsis mit. Oder vielleicht ist es auch eher Unsicherheit. Beides wäre möglich.

»Hey, Lene«, sagt auch Freya und schließt zu Emil auf. Wie fast immer, wenn ich sie zusammen sehe, hält sie seine Hand. Unschlüssig bleiben sie vor mir stehen.

»Hallo«, begrüße ich sie und rücke mit dem Stuhl etwas zur Seite, sodass sie an mir vorbeikönnen. »Setzt ihr euch zu mir?«

Meine Frage erstaunt beide. Emil wirft Freya einen überraschten Blick zu, bevor er nickt und einen Stuhl für seine Freundin hervorzieht.

Seine Freundin.

Es ist immer noch verflucht komisch, auf diese Art von Freya zu denken. Ich weiß, dass sie seit Wochen mit Emil zusammen ist. Aber in meinem Kopf … da gehört sie immer noch irgendwie zu Hendrik. Nur habe ich inzwischen begriffen, dass das bloß in meinem Kopf so ist. Und damit ist es mein Problem. Nicht ihres.

»Versteh mich nicht falsch, ich freu mich, dass du geschrieben hast und … uns sehen willst.« Emil setzt sich zwischen Freya und mich. »Aber warum?«

»Weil es etwas gibt, was ich längst hätte tun sollen.« Kaum merklich setze ich mich aufrechter hin. Die nächsten Worte auszusprechen, wird nicht leicht sein. Aber ich muss es tun. Es ist Zeit.

»Okay?« Diese kurze Frage zeigt mir, wie angespannt mein Bruder eigentlich ist. Und scheiße, es tut mir leid, dass ich der Grund dafür bin. Das ist nicht richtig. Genauso wie es nicht richtig ist, dass Freya sich in meiner Gegenwart kaum mehr traut, etwas zu sagen.

»Ja.« Ich nicke und denke an Fin. Daran, dass er mir Mut gibt. Selbst dann, wenn er nicht da ist. Denn jep, das hier erfordert verdammt viel Mut. Ich hasse es, mich zu entschuldigen. Ich bin nicht gut darin. Aber es war vermutlich noch nie so wichtig wie in diesem Augenblick. »Ich war … fies zu euch.« Ich sehe ihnen deutlich an, wie wenig sie damit gerechnet haben. Was auch immer sie geglaubt haben, weshalb ich mit ihnen reden will … eine Entschuldigung war es nicht.

Emil und Freya tauschen einen kurzen Blick. Ich bin mir ziemlich sicher, dass er unter dem Tisch nach ihrer Hand gegriffen hat. Wäre das hier nicht so bedeutsam, hätte ich gelacht, um meine Nervosität zu überspielen. Aber anstatt irgendetwas zu spielen, beschließe ich, authentisch zu sein. Und zwar so richtig. Vielleicht zum ersten Mal in meinem Leben.

»Das hier … fällt mir nicht leicht«, mache ich weiter. »Nicht, weil ich es bis vor Kurzem nur widerwillig getan hätte, sondern, weil … Ich weiß nicht, wie man das macht.« An dieser Stelle unterbreche ich mich kurz und sehe den beiden fest ins Gesicht. »Ich war fies zu euch. Fies und unfair und wirklich, wirklich gemein. Eine Furie. Und das tut mir leid. Ohne Wenn und Aber.« Denn nur dann zählen Entschuldigungen. Wenn man sie nicht an Bedingungen knüpft. Und wenn man sich bessert. Was ich fest vorhabe. Alles andere ist nur heiße Luft. »Ihr hattet meine Wut nicht verdient, weil … weil ich eigentlich gar nicht auf euch wütend war. Oder wütend bin.«

Du bist wütend auf Hendrik.

Dads Worte ziehen Endlosschleifen durch meinen Kopf, seit er sie zu mir gesagt hat. Und je länger ich sie zerpflücke, in ihre Einzelteile zerlege, wieder zusammensetze … Mir wird immer mehr bewusst, wie sehr er recht hat.

»Dad hat mir gestern die Augen geöffnet.« Ich versuche mich an einem kurzen Lächeln, doch das Einzige, was mir gelingt, ist ein Zucken mit den Mundwinkeln. »Er hat mir ein paar Dinge klargemacht und erklärt, dass ich projiziere. Weil Hendrik … Weil er nicht mehr da ist, du … *ihr* aber schon. Und es ist immer leichter, auf jemanden wütend zu sein, den man persönlich anschreien kann.«

Emil und Freya sagen nichts dazu. Sie lassen mich einfach reden. Und das ist gut so. Ich weiß nicht, ob ich andernfalls aussprechen könnte, was ich aussprechen muss.

»Hendrik … Hendrik fehlt mir.« Meine Stimme wird leiser. »Und als ich wiederkam und euch zusammen gesehen habe … Das war wie ein Schlag ins Gesicht. Ein irrationaler, ich weiß, aber ein Teil von mir war überzeugt davon, dass er euch nicht mehr fehlt. Dass ihr ihn … vergessen habt. Wie hättet ihr euch sonst ineinander verlieben können? Für mich … Für mich war logisch, dass es nur das eine oder das andere gibt. Aber nicht beides zusammen. Also war ich wütend. Weil das die einfache Option war. Die andere wäre gewesen, mich wirklich damit auseinanderzusetzen, was ich fühle. Und Hendrik zu vermissen und ihn gleichzeitig zum Teufel zu wünschen … Das hat in meinem Kopf nicht funktioniert.«

Wieder halte ich inne, wieder sehe ich beide an. Ihre Blicke sind fest auf mich gerichtet.

»Es tut mir leid, Emil. Dass ich dir keine Chance gegeben habe, mit mir zu sprechen, und mir deine Sicht der Dinge nicht in Ruhe angehört habe. Und es tut mir leid, was ich dir alles … unterstellt habe, Fee. Ich wusste immer, dass du nicht so bist. Weil du das nie warst. Dich als berechnend oder schamlos zu bezeichnen … Das war …« Mir fehlen die Worte. Mal wieder. »Das war scheiße von mir. Es tut mir leid«, sage ich ein drittes Mal. Und zum dritten Mal meine ich es so, und ich kann nur hoffen, dass die beiden mir glauben.

Sie sagen immer noch nichts, starren mich einfach nur an.

Also spreche ich weiter. Wenn ich schon ehrlich bin, dann will ich auch komplett ehrlich sein. »Ich … ich schreibe Hendrik Briefe. Jetzt nicht mehr so oft wie vor einer Weile, aber … ja. Ich hab in Neuseeland damit angefangen. Die ersten davon sind einfach nur fiese, kurze Hassnachrichten. In anderen erzähle ich ihm von meinen Tagen und berichte ihm, was er verpasst. Und in wieder anderen mache ich ihm Vorwürfe, weil er mich allein gelassen hat.« Ich seufze leise. »Er wird diese Briefe nie lesen, aber irgendwie … Sie tun mir gut. Obwohl sie nichts besser machen.«

Das war meine Hoffnung, als ich damit angefangen habe. Therapeutisches Schreiben. Nicht in Form eines Tagebuchs, sondern in Form von Briefen an meinen Bruder. Eine Besserung, eine Erleichterung, ein Weitermachen. Und vielleicht irgendwann sogar ein Abschließen. Ein Abschied. Bisher bin ich nur noch nicht so weit.

»Uns.« Das ist das erste Wort, das Emil von sich gibt. »Er hat *uns* allein gelassen. Uns alle drei.«

»Ja.« Ich nicke und schlucke. »Aber eigentlich …« Meine nächsten Sätze wähle ich mit besonders viel Bedacht. »Eigentlich sind wir nicht allein, oder? Eigentlich haben wir … immer noch einander.« Emil hat Freya, ich habe ihn, er hat mich. Und vielleicht habe ich irgendwann auch wieder Freya. Wenn ich mich dran gewöhnt habe, nicht mehr *Hendriks Freya* zu denken, wenn ich sie sehe. Sondern *Emils Freya.* Freya-Fee. »Es gibt ihn nicht mehr, aber uns eben schon, und … Es tut mir leid. Es tut mir wirklich so sehr leid.« An dieser Stelle senke ich den Blick. Wenn ich es nicht tue und weiterhin in Emils oder auch in Freyas Gesicht sehe, dann werde ich garantiert heulen. Und das habe ich in den vergangenen dreißig Stunden mehr als genug getan.

Ich will nicht weinen.

Aber dann zieht mich Emil plötzlich auf die Beine, und im nächsten Augenblick befinde ich mich in seinen Armen. In einer Alles-Umarmung. In einer, die so viel mehr ist als nur ein *Entschuldigung ange-*

nommen. Sie zeigt mir, dass Emil mir wirklich verzeiht. Dass er keinen Groll hegt, weil mein Bruder dieser großartige Mensch ist, der vermutlich nicht einmal weiß, wie man dauerhaft böse auf jemanden ist. Im Gegensatz zu mir. Nachtragend sein kann niemand so gut wie ich.

Emil hält mich fest, seine Wärme hüllt mich ein, und ich klammere mich an ihm fest, wie ich es viel zu lange nicht mehr getan habe. Emil ist ein Mensch, der richtig umarmt. Nicht kurz, nicht dieses Halb-auf-die-Schulter-klopfen-und-sofort-wieder-voneinander-Lösen. Er hält mich, umschlingt meine Schultern, und ich merke im ersten Moment nicht einmal, dass ich hemmungslos schluchze.

Minutenlang stehen wir so da, die Sekunden verschwimmen ineinander, ich presse die Augenlider fest zusammen, weine trotzdem. Emil streicht mir sanft über den Rücken, beständig, beruhigend. Und es ist an diesem Morgen, auf unserer Terrasse, dass ich es verstehe. Dass ich es wirklich verstehe. Es ging nie darum, Hendriks Tod irgendwie zu überwinden. Oder davonzulaufen. Sondern immer nur darum zu begreifen, dass ein Teil zwar wegbrechen kann und für immer fehlen wird. Aber dass auch ein unvollständiges Bild schön sein darf.

»Verzeihst du mir?«, murmle ich an seiner Brust.

»Natürlich.« Er verstärkt den Druck seiner Arme noch etwas mehr. »Verzeihst du auch mir?«

»Was meinst du?« Ich lehne mich ein wenig zurück, sodass ich meinen Bruder ansehen kann. Erst ihn, dann Freya.

»Ich war lange genug auch nicht bereit, dir zuzuhören.«

»Aber du hast es wenigstens versucht.« So oft. Er hat so oft das Gespräch mit mir gesucht, und ich habe ihn jedes einzelne Mal abgebügelt.

»Das stimmt.« Er sieht mich ernst an. »Und dass du so stur warst, hat mich echt verletzt. Deshalb war es … wie hast du es genannt? Es war leichter, wütend auf dich zu sein. Ganz schön viel Wut in uns, hm?«

Ich kann nur nicken und unter Tränen sein Lächeln erwidern. »Ich empfehle Unterwasserschreien.«

»Und ich Waldschreien.« Emils Lächeln wandelt sich in ein Grinsen. »Wir sind gar nicht so verschieden, was?«

»Nein. Offenbar nicht. Waldschreien?«

Er nickt. »Hilft. Freya und ich machen das regelmäßig.«

»Ehrlich?« Ich drehe mich in seinen Armen, sodass ich Freya ansehen kann.

Wie um Emils Worte zu bestätigen, nickt auch sie. »Es tut gut. Besonders an den schlechten Tagen.« Ein Schatten legt sich über ihr Gesicht.

»Lass mich raten. In zehn Tagen wieder?«

»Ja.«

»Kann ich mitkommen?«, frage ich, bevor ich es mir anders überlegen kann. Und weil ich es wirklich ausprobieren will.

Ihre Augen weiten sich. »Du willst … mitkommen? Wirklich?«

»Wenn ich darf.« Diese beiden Menschen sind, abgesehen von meinen Eltern, die Einzigen, die genauso gelitten haben wie ich. Die immer noch leiden. Mit ihnen gemeinsam im Wald zu schreien … Ich denke, es könnte uns allen guttun.

»Klar.« Freya nickt wieder, Emil tut es ihr gleich. »Natürlich darfst du mitkommen.«

»Danke.« Und weil ich es so meine und Freya nicht länger das Gefühl geben will, hier unwillkommen zu sein, strecke ich die Hand nach ihr aus. »Komm her.«

Verwundert mustert sie mich. Da ist immer noch etwas Vorsicht in ihrem Blick. Als wäre sie auf der Hut.

Ich kann es ihr nicht verdenken. Trotzdem lasse ich meine Hand nicht sinken. Ich halte sie ihr ausgestreckt entgegen, weil ich ihr das Gefühl geben will, dass ich es ernst meine. Bis sie den Stuhl zurückschiebt, aufsteht und auf uns zukommt. Als sie nah genug ist, legt sie ihre Hand in meine, und ich ziehe sie zu Emil und mir. In die Alles-Umarmung. Sie gehört dazu, und ich will sie dabeihaben.

»Geschwisterkreis?«, fragt Emil irgendwo leise über meinem Kopf.

»Nein. Ein Emil-Freya-Lene-Kreis.« Damit besiegle ich unseren Neustart. Weil darin noch mehr steckt. Ein Neu-Anfangen, ein Auffangen. Ein Einfangen.

Wir haben einander wieder.

Kurz nach zwölf Uhr fahre ich mit Emil allein ins Krankenhaus, nachdem ich mit Thomas telefoniert und ihn auch noch um einen freien Nachmittag gebeten habe. Er hat ihn mir sofort gegeben, weil er der beste Chef der Welt ist. Freya lassen wir auf dem Weg am Sägewerk aussteigen. Dad ist schon seit heute Morgen bei Mum, und ich habe beschlossen, dass es keine Rolle spielt, wie sehr ich Krankenhäuser hasse. Und dass es auch egal ist, wie hilflos mich der Fakt macht, dass meine Mum sich das Leben nehmen wollte. Wichtig ist nur, dass es nicht funktioniert hat. Sie ist immer noch da, zum Glück, und ich will ihr einen Grund geben, ihr helfen, auch weiterhin da zu sein. Bei Emil, Dad und mir.

Es dauert nicht lange, bloß wenige Minuten, bis Emil den Wagen auf dem Besucherparkplatz vor der Klinik abstellt. Wir haben auf dem Weg Blumen geholt, auch wenn uns beiden klar ist, dass ein bisschen Grünzeug nichts besser machen wird. Aber Emil hat es sich in den Kopf gesetzt, Mums Zimmer zu verschönern. Nachdem sie vierundzwanzig Stunden auf der Intensiv überwacht wurde, wurde sie heute Morgen auf die psychiatrische Station verlegt. Und wie es nun weitergeht, wissen wir nicht.

Schweigend folge ich ihm zum Klinikeingang. Kurz davor bleibt Emil stehen, und ich laufe fast in ihn hinein.

»Hey, was ist …?« Ich stoppe, als ich seinen ernsten Gesichtsausdruck sehe. »Alles okay?«

»Ja, ich …« Er schiebt die Hände tief in die Hosentaschen. »Ich wollte nur noch mal Danke sagen.«

Ich runzle die Stirn. »Wofür?«

»Für heute Morgen. Deine … Entschuldigung bei Freya und mir. Das bedeutet mir viel.«

»Oh.«

»Und dass du Fee … Dass du ihr eine Chance gibst. Als *meine* Freundin.« Ehe ich mich's versehe, dreht er sich schon wieder um und läuft weiter.

Ich blicke ihm hinterher, die Blumen in der Hand, die Sonne über mir. Es sieht ihm nicht ähnlich, sich zu bedanken und dann einfach davonzulaufen. Normalerweise ist das mein Job.

»Hey, Emil!«, rufe ich ihm hinterher. »Warte mal.«

Kurz vor der Tür bleibt er stehen.

Ich schließe zu ihm auf und boxe ihm leicht mit dem Ellbogen gegen den Arm. »Weglaufen gilt nicht«, sage ich und stelle mich ihm in den Weg. Er sieht mich nachdenklich an. »Außerdem musst du dich nicht bedanken.«

Und ich meine es so. Ich wollte mich nicht nur halb entschuldigen, und ich wollte auch nicht, dass er sich dafür bedankt. Ich wollte einfach nur aufhören, wütend zu sein. Und der erste Schritt dafür war, meine Wut nicht länger an denjenigen auszulassen, die nichts dafür können, dass Hendrik gestorben ist.

»Lass uns Mum suchen«, sage ich schließlich. »Hat Dad geschrieben, wo genau das neue Zimmer ist?«

»Nein. Wir müssen fragen.«

»Dann lass uns das tun.« Ich mache ein paar Schritte rückwärts, bevor ich mich umdrehe und das Krankenhaus betrete.

Sofort ist das ungute Gefühl in meiner Magengegend zurück. Und der Geruch nach Desinfektionsmittel … Ich verdränge die Übelkeit, die in mir aufsteigen will, und eile auf die Information zu. Die Dame hinter der Scheibe erklärt uns den Weg zur psychiatrischen Station. Wir nehmen den Aufzug und fahren nach oben in den dritten Stock. Dann nach links, und viel zu schnell sind wir da.

Vor der großen Tür, die zur Station führt, bleibe ich stehen.

»Was sagen wir zu ihr?«, frage ich und mustere das milchige Glas der Tür. Wie zur Hölle tritt man einem Menschen gegenüber, der gestern nicht länger leben wollte?

»Ich weiß es nicht.« Emil seufzt leise. Wieder sind seine Hände in den Hosentaschen vergraben.

»Meinst du, es ist ihr … ich weiß nicht … peinlich?«

»Ich hoffe nicht.« Er schüttelt den Kopf. »Sie kann nichts dafür. Mum ist krank. Sonst läge sie nun nicht hier.« Er deutet mit dem Kopf auf das kleine Schild, auf dem der Name der Station steht.

»Hm.« Ich umklammere die Blumen ein bisschen fester.

Auf einmal öffnet sich die Glastür von innen, und eine Pflegerin kommt uns entgegen. Als sie uns sieht, wie wir unschlüssig vor ihrer Station stehen und nicht wissen, was wir tun sollen, spricht sie uns an.

»Kann ich Ihnen helfen?« Sie klingt ziemlich freundlich. Und vor allem klingt sie wie jemand, der seinen Job gern zu machen scheint.

»Ja, wir …« Emil fasst sich zuerst wieder. »Wir wollen Kari Berg besuchen. Unser Vater müsste bei ihr sein. Wir sind ihre Kinder.«

»Ah, ja. Gehen Sie den Gang fast bis zum Ende durch. Zweitletzte Tür rechts. Sie können es nicht verfehlen.«

»Super. Vielen Dank.« Emil nickt ihr zu und setzt sich in Bewegung.

»Dann mal los«, murmle ich, nachdem die Pflegerin außer Hörweite ist, und haste ihm hinterher.

Gleich werden wir Mum zum ersten Mal sehen, seit sie beschlossen hat, dass ihr Leben nicht mehr lebenswert ist. Und der bloße Gedanke daran macht mich nervös. Ich weiß nicht, was ich erwarten soll. Wie sie aussehen wird. Was ich zu ihr sagen soll außer *Tu das nie, nie, nie wieder.* Dabei kann ich das nicht von ihr verlangen, weil nicht sie selbst so gehandelt, sondern ihre Krankheit dafür gesorgt hat, dass sie jeglichen Lebenswillen verloren hat.

Wir stehen schneller vor Mums Zimmer, als mir lieb ist. Emil hebt die Hand und klopft zaghaft. Wie immer zweimal. Er wartet nicht darauf, dass ein »Herein« ertönt. Nach einem letzten kurzen Blick in meine Richtung öffnet er die Tür und huscht in den Raum. Ich folge ihm, und dann … stehe ich Mum gegenüber. Sie liegt in ihrem Bett, sieht blass aus und ziemlich müde. Ihre Wangen wirken eingefallen und schmal. Zerbrechlich. In diesem Moment wird mir noch einmal erneut bewusst, wie leicht wir sie hätten verlieren können. Wie knapp es war. Das ganze Ausmaß ihrer, *unserer*, Tragödie nimmt mir kurz die Luft zum Atmen, und ich brauche eine Sekunde, um mich wieder zu sammeln.

Dad sitzt auf einem Stuhl neben Mums Bett. Ehrlich gesagt überrascht es mich, dass er hier ist. Immer noch. Er ist seit Stunden bei ihr, obwohl uns allen klar ist, dass er in massenhaft Arbeit ertrinken muss, seit er die Wahl gewonnen hat. Und dennoch … Dennoch sollte es genau so sein. Es ist gut, dass Dad hier ist. Bei Mum. Auch ihm scheint tatsächlich klar geworden zu sein, dass es definitiv Wichtigeres gibt als die Arbeit. Selbst wenn man der neue Bürgermeister von Oslo ist.

»Hey, ihr zwei.« Dad begrüßt uns mit einem sachten Lächeln. Er sieht auch müde aus, aber anders als Mum. Bei ihm ist es vielmehr eine tiefe Erschöpfung, die sich in die Falten um seine Augen gefressen hat.

Er hält Mums Finger in seinen, sie ist wach, ihr Blick unsicher. Auf ihrem Handrücken befindet sich der Zugang für eine Infusion.

Langsam treten Emil und ich näher.

»Nehmt euch Stühle von dort drüben.« Dad nickt in Richtung des kleinen Tischs vor dem Fenster, wo noch zwei weitere Stühle stehen. Emil marschiert darauf zu, ich halte den Strauß hoch und winke leicht damit.

»Wir haben dir Blumen mitgebracht, Mum«, sage ich, weil ich nicht weiß, was ich sonst sagen soll.

»Das ist sehr lieb. Danke schön.« Ihre Stimme ist leise und brüchig und klingt ein wenig rau. Vermutlich von der Intubation. Ich stelle es mir furchtbar unangenehm vor, einen Schlauch in den Hals geschoben zu bekommen.

»Gibt es hier eine Blumenvase? Sonst gehe ich nach vorn und …«

»Schau mal im Schrank«, schlägt Dad vor. »Ansonsten kannst du schnell bei den Pflegern fragen.«

»Okay.« Ich ziehe die Schranktür auf, aber außer Mums Sachen befindet sich nichts darin. Auch der kleine Schrank unter dem Waschbecken ist leer. »Ich frag kurz.«

Ohne eine Reaktion meiner Familie abzuwarten, mache ich kehrt und eile aus dem Raum. Die Tür ist kaum hinter mir zugefallen, als ich wieder stehen bleibe und tief durchatme.

Okay. Ich habe Mum gesehen. Sie lebt. Ihre Haut ist blass, und sie wirkt schwach, aber sie ist am Leben. Es ist dieser Fakt, den ich nun mit eigenen Augen gesehen habe, der mir das Herz leichter werden lässt. Erst jetzt merke ich, dass nicht alles in mir davon überzeugt war, dass es Mum gut geht. Also *gut geht.* Es ist noch lange nicht alles gut, nur weil sie überlebt hat. Sie hat zweifellos einen steinigen Weg vor sich. Aber ich habe endlich die Hoffnung, dass es besser werden könnte. Zusammen. Mit uns als Familie. Es kann wieder besser werden. Und vielleicht, vielleicht irgendwann, sogar wieder eine Form von gut. Ein neues Gut. Eins ohne Hendrik. Aber eins mit Mum. Zu viert. Als Kleeblatt. Als Glücksblatt.

Ich laufe die paar Schritte zum Raum der Pflegenden, besorge die Vase und kehre damit zurück. Im Gehen stelle ich die Blumen hinein, fülle es im Zimmer mit Wasser auf und frage Mum dann, wo ich den Strauß hinstellen soll.

»Vielleicht auf den Tisch«, sagt sie zaghaft. »Dann sehe ich sie immer.«

»Gute Idee.« Ich nicke und komme ihrem Wunsch nach.

Emil sitzt bereits neben Dad an ihrem Bett, den zweiten Stuhl hat er für mich auf die andere Seite gestellt. Ich nehme Platz und schweige. Nicht nur Mums Blick liegt auf mir, auch Dads.

Sie sind erstaunt. Und ich kann ihnen das nicht verübeln. Nach den vergangenen Wochen hätte ich an ihrer Stelle wohl auch eher nicht damit gerechnet, mich heute hier zu sehen. Aber was ich zu Emil gesagt habe, stimmt. Und das schließt nun einmal auch Mum und Dad ein. Unser unvollständiges Puzzle wird sich immer unvollständig anfühlen. Hendrik wird immer fehlen, und wir werden uns an den besonderen Tagen und auch in kleinen Momenten im Alltag immer fragen, was er dazu gesagt hätte. Ihn zu vermissen, wird für immer dazugehören. Aber es ist dennoch erlaubt zu lachen. Glücklich zu sein. Zu leben. In Emils Fall zu lieben. Und in Mums zu heilen.

Also gebe ich mir einen Ruck. »Wie geht's dir, Mum?« Die Art, wie ich ihr die Frage stelle, wie ich sie dabei ansehe, lässt keinen Spielraum für Interpretation. Ich will die Wahrheit hören. Ungefiltert. Direkt aus der Dunkelheit in Mums Kopf.

Sie nimmt sich Zeit. Ich weiß nicht, wie lange genau Stille das Zimmer flutet. Aber ich halte sie aus. Genau wie Emil und Dad. Wir sitzen da und warten, dass Mum anfängt zu sprechen. Wirklich zu sprechen. Und erstaunlicherweise tut sie es nach einer Weile. Auf eine Weise, die ich mir gewünscht habe, aber auf die ich nicht zu hoffen gewagt habe. Doch offenbar kann auch meine Mum mich noch überraschen.

»Ich bin traurig«, sagt sie. »Den … den ganzen Tag. Jeden Tag.« Ihre Stimme ist leise und immer noch etwas kratzig. Aber sie vertraut sich uns an. Und sie hört minutenlang nicht mehr damit auf. »Als Hendrik gestorben ist … Es ist das Schlimmste, was einer Mutter passieren kann, das wusste ich. Aber … aber als es mir passiert ist … uns allen … Ich hatte keine Ahnung. Ich hatte absolut keine Ahnung, wie unbeschreiblich weh es tun würde. Wie ich es ertragen soll. Wie ich … weitermachen soll.« Sie reibt sich über die Augen, sucht nach weiteren Worten, findet sie nicht, weint, findet sie doch. »Ihn zu verlieren, hat alles zerstört. Jede Vorstellung, die ich für mein Leben hatte. Jeden Wunsch, den ich für euch drei hatte. Ich habe nie daran gedacht, dass ich je einen meiner beiden Jungs würde begraben müssen. Oder ihr euren Bruder. Wir waren immer eine Familie aus fünf Leuten. Und plötzlich waren wir es nicht mehr, und ich habe einfach nicht verstanden, wie das sein konnte. In der einen Sekunde war Hendrik noch da, in der anderen fort.«

Emil hat mittlerweile den Kopf gesenkt, Dad hält Mums Finger mit beiden Händen fest. Mit ihrer anderen tastet sie nach meiner. Und es ist keine Frage, ich umfasse sie sofort. Mum sieht mich an, dankbar und so unendlich traurig zugleich.

Gebrochen.

Vor mir liegt eine vom Leben gebrochene Frau, weil ihr eins ihrer Kinder genommen wurde. Es ist unerträglich, den Bruder zu verlieren. Aber wie furchtbar muss es sein, das Kind zu verlieren, das acht Monate in deinem Bauch war? Mum hat recht, man kann es sich nicht vorstellen. Selbst wenn man glaubt, man tue es … Es geht nicht.

»Er fehlt mir. In jeder Sekunde an jedem Tag. Und ich dachte, es wird irgendwann leichter. Aber das wurde es nicht. Es wurde immer schwerer. Und in letzter Zeit bin ich nicht mehr nur traurig. Sondern … leer. Ich habe gar nichts mehr gefühlt. Und erst war ich … erleichtert. Erleichtert, dass diese klebrige schwarze Trauer weg ist. Nur habe ich mit ihr auch die Hoffnung verloren, dass ich irgendwann mit Hendriks Tod klarkommen würde. Und ein Mensch ohne Hoffnung …«

»Ist verloren«, beende ich ihren Satz flüsternd.

Sie nickt, neue Tränen sammeln sich in ihren Augen. »Ich wollte nicht verloren sein.« Mums Stimme versagt. »Ich wollte nur mein Kind zurück.«

Das ist der Moment, der meine Familie bricht. Die pure Verzweiflung in Mums Worten, Dad, der sich an ihre Hand klammert, Emil, der nicht einmal mehr aufsehen kann. Und ich, die endlich begreift, was der Schmerz aus uns gemacht hat.

Wir weinen alle zusammen. Mum wispert immer wieder, dass es ihr leid tue, Dad verliert sich in ständig wiederholenden Zusicherungen, dass er für sie da ist. Für uns. Emil sagt kein Wort, wird aber von unendlichen Schluchzern geschüttelt. Und ich halte mit der einen Hand meine Mum fest und mit der anderen meinen Bruder und beschließe, von nun an unser Klebstoff zu sein.

Ich werde um meine Familie kämpfen. Um die Menschen, die ich noch habe. Weil alles andere keine Option ist.

Für Hendrik.

Und für Mums verlorene Träume.

Emil und ich bleiben bis zum frühen Abend bei ihr. Dad musste irgendwann doch los, um mit seinen Beratern zu sprechen. Wir wollen alle nicht, dass Mums Zusammenbruch die Runde macht. Sie soll heilen können. In Frieden. Ohne Zuschauer. In den letzten Monaten wurde so viel über unsere Familie geschrieben, was mit ein Grund ist, warum es Mum so schlecht geht. Es ist an der Zeit, ihr Ruhe zu geben. So viel, wie sie benötigt. Und Dads Team wird dafür sorgen, dass das möglich sein wird.

Mit Mum zu sprechen, so offen, so ehrlich, ist ungewohnt. Wir haben so viele Monate geschwiegen, jeder hat für sich getrauert. Natürlich war jedem von uns klar, dass es auch dem Rest der Familie nicht gut geht. Aber zu erfahren, was wirklich in ihr vorging, und in Emil, während ich weg war … Es ist nicht leicht, das zu hören. Immer wieder fließen Tränen, aber wir sind endlich bereit, sie zuzulassen. *Ich* bin endlich bereit. Und ich bin auch froh, dass ich diesen Moment mit Emil und Mum teilen kann. Ich hoffe so sehr, dass es ihr irgendwie hilft, dass wir da sind. Dass sie uns noch hat. Dass wir es schaffen, miteinander zu reden. Nicht auf diese oberflächliche Art, wie wir es in den vergangenen Wochen getan haben. Sondern auf die, die tiefer geht. Die, die wehtut. Aber eben auch die, die sein muss. Die, die wir brauchen, um nicht länger nur zu existieren. Die, die es uns möglich macht zu leben.

Als wir schließlich aufbrechen, hält Mum Emils Hand und meine gleichzeitig fest. Obwohl sie immer noch schwach ist, schafft sie es, unsere Finger mit deutlich mehr Kraft zu drücken, als ich es ihr zugetraut hätte.

»Ich liebe euch.« Sie sieht erst meinen Bruder, dann mich an. »Und es tut mir leid, dass ich euch verlassen wollte.«

In ihrem Blick liegt so viel Bedauern, so viel Kummer, dass ich nicht anders kann. Ich falle ihr um den Hals. Es ist die erste echte Umarmung, die ich meiner Mum gebe, seit einer viel zu langen Zeit.

»Ich hab dich auch lieb, Mum«, nuschle ich in die Haare neben ihrem Ohr. »Und ich bin … ich bin froh, dass es nicht geklappt hat.« Dann halte ich sie noch ein bisschen fester. Weil sie meine Mum ist und ich einfach nur dankbar bin, dass ich sie noch habe.

Auch Emil umarmt sie und flüstert ihr etwas ins Ohr. Ich verstehe nicht, was er zu ihr sagt, aber es treibt Mum erneut Tränen in die Augen.

»Ihr seid das Beste, was ich habe«, sagt sie. »Vergesst das nie. Und ich verspreche, dass ich kämpfen werde, so gut ich kann. Für euch.«

»Und für dich, Mum.« Ich drücke ein letztes Mal ihre Hand. »Bitte tu es auch für dich.« *Tu es ganz besonders für dich.*

»Okay.« Sie nickt und weint, und plötzlich ist er da. Der Ansatz eines Lächelns auf ihren Lippen. Er verschwindet sofort wieder, was mich nicht wundert. Aber dieses kleine bisschen Mundwinkelzucken … Es bringt die Zuversicht zurück. Darauf, dass Mum stark ist und es aus diesem Tal der Schwärze schaffen wird. Nicht heute. Nicht morgen. Aber irgendwann.

Als wir nach Hause fahren, schaue ich das erste Mal seit Stunden wieder auf mein Handy und entdecke gleich mehrere neue Nachrichten von Fin.

Wie geht's dir?

Warst du bei deiner Mum?

Ruf an, wenn du reden willst.

Es ist seine letzte Nachricht, die mir klarmacht, dass ich genau das will. Ich will mit Fin reden, aber ich möchte es nicht am Telefon tun. Zu Hause versorge ich erst die Hühner und packe dann meine Sachen in einen Rucksack, weil das deutlich praktischer ist, als wieder einen Jutebeutel zu nehmen.

»Emil?«, rufe ich in Richtung Wohnzimmer.

»Ja?« Er streckt den Kopf am Türrahmen vorbei.

»Ich fahre zu Fin. Wahrscheinlich übernachte ich bei ihm.«

»Okay.« Er nickt und taucht vollständig im Rahmen auf. In der Hand hält er ein Geschirrtuch und eine Tasse, die er abtrocknet. »Darf ich fragen … Ist das etwas Ernstes? Du verbringst viel Zeit mit ihm.«

»Du darfst und …« Ich lasse meinen Worten ein Schulterzucken folgen. »Ich weiß nicht, was es ist. Ich kenne ihn erst seit ein paar Wochen.«

»Aber du magst ihn?«

Die Antwort darauf ist einfach. »Ja. Sehr.«

»Dann spielt Zeit keine Rolle.« Emil lächelt. »Er wirkt nett.«

»Ist er auch.« Ich grinse zurück, weil der Gedanke an Fin das mit mir macht. Und vielleicht bedeutet das tatsächlich, dass es etwas Ernstes, Dauerhaftes ist. Oder zumindest werden könnte.

Ich bin naiv. Und diese Erkenntnis ist auch deine Schuld. Weil du gestorben bist, bin ich ans andere Ende der Welt geflüchtet, aber rate mal. Es hilft rein gar nichts, hier zu sein. Du fehlst mir trotzdem.
Ich lenke mich zwar ab, tue ganz viele Dinge, aber entweder sind es welche, die du mit mir machen würdest, wenn du hier wärst. (Ehrlich, in Neuseeland gibt es die geilsten Wanderwege.) Oder für die du mir den Kopf waschen würdest.
Neulich bin ich in eine Schlucht gesprungen. Es war furchtbar, aber der Adrenalinkick, der war's wert. Ich habe mich endlich wieder lebendig gefühlt. Weil jeder Tag ohne dich einfach falsch ist. Zu leben, während du tot bist … Das fühlt sich einfach nicht richtig an. Also Schlucht-Jumping. Leider war die Scheiße ziemlich teuer.
Komm zurück. Bitte. (← Siehst du? Naiv. Sag ich doch!)

17

FIN

Seit unserer Aussprache vor fünf Tagen verbringt Lene jede Nacht bei mir. Tagsüber besuche ich sie im Park, wir klettern, und es wird tatsächlich immer leichter. Die niedrigeren Parcours bewältige ich inzwischen ohne Pulserhöhung. Selbst den leichtesten der normalen Kletterwege schaffe ich ohne nennenswertes Herzklopfen. Nur die Pfade, die sich ganz oben auf Höhe der Baumwipfel befinden, sind nach wie vor meine Endgegner.

Solange Lenes Mum im Krankenhaus ist, lässt sie sich von Thomas die kurzen Schichten geben, damit sie sie einmal am Tag besuchen kann. Gestern hat sie mir allerdings erzählt, dass ihre Mum wohl gar nicht mehr allzu lange auf einen freien Platz in einer psychotherapeutischen Klinik warten muss. Ab dann sind Besuche, wenn überhaupt, nur am Wochenende möglich. Aber meistens wird anscheinend sogar dann davon abgeraten, die Patienten zu besuchen. Was bedeutet, dass Lene wieder mehr arbeiten und auch als Betreuerin beim Kinderferiencamp dabei sein wird.

»Versteh mich nicht falsch«, sagt Thomas in diesem Moment zu ihr und verzieht das Gesicht. Nach unserer heutigen Trainingssession haben wir uns wie immer mit zwei Tassen Kaffee in den Schatten der Bäume an unseren Stammtisch gesetzt. »Ich hätte dich sofort ausgeplant, wenn du mich darum gebeten hättest. Familie geht immer vor. Aber ich bin … Scheiße, ich bin echt froh, dass du trotz der Umstände mitkommst. Danke, Lene. Wirklich. Es wird schwer genug, so kurzfristig Ersatz für Alea zu finden.« Seufzend fährt er sich durch die Haare. Er wirkt ein bisschen verzweifelt.

»Wann geht's noch mal los? Nächste Woche?« Ich klinke mich in ihr Gespräch ein und beuge mich ein Stück nach vorn.

»Ja, genau. Am Montag.« Thomas nickt.

»Das ist der …« Ich rechne kurz im Kopf. »Der Einundzwanzigste, oder?«

»Richtig.« Thomas seufzt erneut. »Was mir noch genau sieben Tage Zeit gibt, jemanden aufzutreiben. Melike hat angeboten, den Park allein zu schmeißen, damit Fabio mitkann, aber er hat seine freien Tage schon verplant und kann nicht umdisponieren. Abgesehen davon ist es kaum möglich, hier eine Woche lang ohne Unterstützung zu sein. Ich müsste die Öffnungszeiten einschränken, aber das ist im Sommer eine ganz schlechte Idee. Und allein lassen kann ich Melike auch nicht.«

»Soll ich mal meinen Bruder fragen?«, schlägt Lene vor und nippt an ihrer Tasse. »Er hat Semesterferien und liebt die Natur. Vielleicht hat er Lust.«

»Das wäre …«

»Ich kann mitkommen.« Die Worte platzen aus mir heraus, bevor ich darüber nachdenken kann. Und sie erstaunen mich selbst. Ich bin kein sonderlich spontaner Mensch, klopfe jede Entscheidung gründlich auf mögliche Konsequenzen ab. Und vor allem ein Kinderferiencamp ist nichts, wofür ich mich freiwillig melden sollte.

»Was?« Nicht nur Lene sieht mich überrascht an. Auch Thomas steht die Verwunderung ins Gesicht geschrieben. »Du willst einspringen?«

»Ja?« Ich blicke zwischen beiden hin und her. Und je länger ich sie ansehe, desto sicherer bin ich mir, dass dieses Angebot nicht falsch ist. Ich war seit dem Amoklauf in keinem Camp mehr, und bis zu Beginn meiner Klettereinheiten mit Lene war ich auch nicht mehr auf einem Baum. Doch hier mit ihr an meiner Höhenangst zu arbeiten … Vielleicht ist dieses Feriencamp genau das, was ich brauche. »Ich habe Zeit, und … Es sind nur Kinder.«

Diese Aussage lässt beide lachen.

»Das ist ein bisschen süß«, sagt Lene und tätschelt mein Knie. Dann wird sie wieder ernst. »Aber ehrlich, Fin … Es ist kein Zeltlager im Flachen. Wir gehen in die Berge und … Es ist ein *Camp.*« Ihr Blick sagt so viel mehr, als sie ausspricht, obwohl sie das letzte Wort ganz besonders betont.

Bist du dir sicher?

Willst du wirklich in ein Camp mitkommen, obwohl du dort traumatisiert wurdest?

Das ist keine gute Idee.

Wir sind oft einer Meinung. Aber in diesem Fall … nicht. Je mehr ich darüber nachdenke, umso überzeugter bin ich, dass das sogar eine ganz hervorragende Idee ist. Expositionstherapie. So, wie ich hier im Park die Angst bekämpft habe, kann ich dasselbe in diesem Camp tun. Mit Lene an meiner Seite.

»Ich krieg das schon hin«, sage ich zuversichtlich und sehe erst sie, dann Thomas an. »Plan mich ein, und schick mir die Details per E-Mail, okay?«

»Mache ich.« Er wirkt ziemlich erleichtert, als er sein Handy aus der Hosentasche zieht, um sich meine Adresse zu notieren. »Danke, Fin. Ehrlich. Du rettest mir das Leben.« Er übertreibt maßlos, aber die Dankbarkeit steht ihm buchstäblich ins Gesicht geschrieben. Und ich helfe ihm gern. Es ist nicht selbstverständlich, dass Lene in den vergangenen Wochen so viel mit mir üben durfte. Nicht jeder Chef hätte diese Sonderbetreuung möglich gemacht. Also ist es nur fair, dass ich ihm aus der Misere helfe und dabei gleichzeitig Zeit mit Lene verbringen und meine eigenen Ängste in Angriff nehmen kann.

»Schon gut.« Ich winke ab. »Das wird bestimmt lustig.«

»Lustig.« Lene mustert mich skeptisch. »Du meinst eher anstrengend und mit sehr kurzen Nächten.«

»Dafür auch mit einem Lagerfeuer und Stockbrot und Sternschnuppen und Wasserschlachten.« Ich zähle alles auf, was meiner Meinung nach zu einem Zeltlager dazugehört. Alles, woran ich gute Erinnerungen habe.

»Sofern das Wetter mitmacht.«

»Die Aussichten sind prima.« Ich habe keine Ahnung, wie die Vorhersage ist, aber ich will mir das Camp nicht ausreden lassen. Thomas braucht jemanden, und ich bin überzeugt davon, dass es mir guttun wird, mitzugehen. Ich muss wieder lernen, dass ein Zeltlager grundsätzlich keine Gefahr bedeutet. Sondern Spaß und Freude. Und das geht nun einmal am besten, wenn ich mich der Sache aussetze.

Lene wirkt immer noch nicht überzeugt, aber sie diskutiert nicht weiter mit mir. Ich kann trotzdem in ihrem Blick lesen, dass dieses Gespräch noch nicht beendet ist. Sie wird mich noch einmal drauf ansprechen – wenn wir allein sind.

Nachdem Thomas mir alle Dokumente geschickt hat, die auch die Eltern der teilnehmenden Kinder bekommen haben, steht er auf und klopft mit den Fingerknöcheln einmal vor uns auf den Tisch. »Ich muss los, die neuen Sicherheitsgurte wurden geliefert. Falls ihr nicht mehr da seid, wenn ich wiederkomme … Bis morgen. Und danke noch mal, Fin. Du hast echt was gut bei mir. Deine nächste Jahreskarte geht aufs Haus.«

»Kaffee reicht auch.« Ich halte meine Tasse zwischen uns in die Luft.

»Spendier mir einfach weiterhin Koffein, dann sind wir die besten Freunde.«

»Alles klar, mach ich.« Lachend entfernt Thomas sich von uns, und Lene und ich bleiben allein zurück.

Ich bin mir sicher, dass es ihr auf der Zunge brennt, das Thema von eben noch einmal aufzugreifen. Doch bevor sie das tun kann, kneife ich die Augen zusammen und versuche zu erkennen, wer die Person ist, die vom Parkplatz her auf uns zukommt. Moment, diese Art zu gehen kenne ich. Nur sollte dieser Mensch definitiv nicht hier sein.

»Entschuldige mich kurz.« Ich stelle meine Tasse beiseite und stehe auf. Mit großen Schritten eile ich auf Lasse zu.

»Was machst du denn hier?«, begrüße ich ihn mit einer halben Umarmung.

Seine Antwort ist eine hochgezogene Augenbraue. Nur eine, weil Lasse zu den wenigen Menschen gehört, die das können. »Da du dich kaum meldest, wollte ich mal nach dem Rechten sehen.« Er hat die Worte kaum ausgesprochen, da reckt er sich auch schon und sieht an mir vorbei. »Ist sie das? Lene?«

Ich drehe mich um und folge seinem Blick. Natürlich hat er Lene direkt entdeckt. Sie sitzt immer noch an unserem Tisch und sieht zu mir beziehungsweise zu uns herüber.

»Ja«, sage ich leise. »Das ist sie. Und jetzt hör auf zu starren.«

»Heiß«, kommentiert er. »Ich mag ihren Look.«

»Ihre Arbeitsklamotten?« Sie trägt wie jeden Tag, wenn sie hier ist, ein T-Shirt mit dem Logo des Parks drauf sowie eine Hose, die sich zum Klettern eignet.

»Ihre Haare, Finley. Ihre Haare. Die Farbe ist cool.«

»Ah.« Er meint die bunten Spitzen. Seit ein paar Tagen sind sie türkis. »Ja«, stimme ich zu. »Steht ihr.«

»Dann stell mich deinem Girl mal vor.« Ohne eine Reaktion meinerseits abzuwarten, stapft er los. Genau auf Lene zu.

»Sag nicht ›Girl‹ zu ihr«, zische ich ihm hinterher. »Sie ist eine erwachsene Frau und …«

»Ein heißes Giiirl.« Er dreht sich zu mir um und zieht die Buchstaben mit Absicht in die Länge.

Gott, dieser Kerl ist unverbesserlich.

»Alter, Lasse.« Ich schließe zu ihm auf. »Reiß dich zusammen. Ich mag sie echt, okay?«

»Genau deshalb bin ich hier.« Ein breites Grinsen erscheint auf seinem Gesicht. »Ich muss wissen, in wen du dich da verknallt hast.«

»Du musst gar nichts.« Neugieriger Idiot. »Woher weißt du überhaupt, dass ich hier bin?«

»Das war jetzt wirklich keine Raketenwissenschaft. Auf dem Campingplatz warst du nicht, also blieb nur der Park. Und zu meinem Glück hat Drammen nur einen.«

Das ist der Moment, in dem wir Lene erreichen. Bevor ich ihr Lasse vorstellen kann, übernimmt er das schon selbst.

»Hey, Lene. Ich bin Lasse. Bester Freund und Firmenpartner von unserem Finley hier.«

»Und Nervensäge. Vergiss die überdrehte Nervensäge nicht.« Ich stoße ihn in die Seite, was Lasse gnadenlos ignoriert.

»Hör nicht auf ihn. Er wäre verloren ohne mich.« Mit diesen Worten lässt er sich Lene gegenüber auf die freie Bank fallen. »Hübsch hier draußen. So viele Bäume.«

»Das haben Wälder so an sich.« Lene mustert ihn abschätzend. Noch scheint sie sich nicht entschieden zu haben, wie sie ihn finden soll. »Hi. Ich bin Lene. Aber offensichtlich weißt du das schon. Hat Fin gepetzt?«

Ihre Frage lässt Lasse laut loslachen. »Okay, ich mag sie.«

»Ey!« Ich sehe sie irritiert an. »Ich habe nicht … gepetzt. Nur ein bisschen von dir … erzählt.« Was sie sich, so wie ihre Mundwinkel zucken, garantiert schon gedacht hat.

»Nur Gutes, hoffe ich?« Jetzt grinst sie richtig und verdreht gleichzeitig die Augen. »Gott, dieser Spruch ist so abgedroschen. Du kannst Lasse alles erzählen, was du willst.«

»Alles *alles?*« Interessiert beugt sich mein Kumpel näher.

»Vergiss es.« Ich gebe ihm mit der Hand einen leichten Schlag auf den Hinterkopf. »Und jetzt sprich. Warum bist du wirklich hier?«

»Um meine unersättliche Neugierde zu bekämpfen?«

»Lasse.«

»Schon gut, schon gut.« Er setzt sich wieder aufrecht hin und verschränkt die Arme vor der Brust. »Es wäre eventuell möglich, dass mir ganz vielleicht ein klitzekleines bisschen die Decke auf den Kopf gefallen ist.«

»Sag bloß.« Nun bin ich derjenige, der die Augenbrauen hebt. Diesmal beide, weil ich es mit nur einer nicht kann. »Ida?«

»Ach, hör mir auf.« Er macht eine wegwerfende Handbewegung. »Sie hat angefangen zu klammern, also musste ich unser kleines Arrangement beenden.«

»Du bist echt …« Manchmal fehlen mir die Worte für ihn. »Was wäre so schlimm dran, es mal mit einer Beziehung zu versuchen?«

»So ungefähr alles?« Lasse seufzt, und Lene steht auf.

»Musst du arbeiten?«, frage ich und blinzle gegen die Sonne, sodass ich sie ansehen kann.

»Nein, aber ich hole mal neuen Kaffee. Das klingt so, als könnten wir hier noch eine Weile sitzen. Trinkst du auch welchen, Lasse?«

»Unbedingt. Schwarz, bitte. Mit Schuss.«

»Lasse!«

»Was denn? Besondere Gespräche erfordern besondere Maßnahmen. Heißt es nicht so?«

»Nein, tut es nicht.« Kopfschüttelnd reiche ich Lene meine Tasse. »Bring ihm einfach Kaffee ohne alles.«

»Schnaps und Co. gibt es hier draußen sowieso nicht. Alkoholverbot. Parkregel.«

»Wie bedauerlich.« Lasse seufzt tief, Lene verschwindet in Richtung Mitarbeiterhütte, und ich … Ich habe keine Ahnung, wie ich dieses überraschende Aufeinandertreffen meiner beiden Welten finden soll. Lasse steht für Oslo, unser Start-up, die App. Arbeit. Lene steht für … Leichtigkeit. Ehrlichkeit. Und Glück.

»Also.« Ich scanne ihn von oben bis unten. »Die Sache mit Ida ist echt vorbei, ja?«

»Jups.« Er streckt die Beine aus und hält sein Gesicht in die Sonne.

»Willst du drüber reden?«

Eine ganze Weile sagt er nichts, genießt einfach nur die warmen Sonnenstrahlen. Bis er auf einmal ausholt und sich auf den Arm schlägt. »Mücke«, sagt er erklärend und öffnet die Augen wieder.

»Okay?« Sein plötzliches Auftauchen kommt mir immer noch seltsam vor. Ich glaube ihm, dass er neugierig auf Lene war. Und ich glaube ihm auch, dass ihm die Decke auf den Kopf gefallen ist. Zweimal im Jahr hat er solche Momente. Aber normalerweise bucht er dann zwei Wochen Urlaub auf Ibiza und kommt braun gebrannt sowie mit einem neuen Tattoo zurück nach Hause. Dass es ihn nun nach Drammen verschlagen hat, ist also maximal irritierend. Eindringlich sehe ich ihn an – und warte. Wenn ich eins in all den Jahren, die ich nun schon mit ihm befreundet bin, gelernt habe, dann ist es die Tatsache, dass man Lasse nicht drängen darf. Wer ihn löchert, verliert.

Irgendwann kommt Lene mit dem Kaffee zurück. Sie reicht Lasse seine Tasse, stellt meine vor mich und setzt sich dann mit ihrer eigenen in der Hand neben mich.

»Gut.« Sie zieht die Füße nach oben auf die Bank und lehnt sich an mich. »Dann erzähl mal. Wieso sind Beziehungen so furchtbar?«

»Weil sie dich einengen. Alles muss man absprechen. Und wehe, man macht Pläne und erzählt nichts. Selbst wenn es nur darum geht, irgendwo ein Bier zu trinken.«

»Das sind sehr spezifische Beispiele. Diese Ida?«

»Jups. Und die fünf Idas vor ihr.« Er setzt die Tasse an seine Lippen und trinkt einen großen Schluck.

»Du könntest sie fragen, ob sie mitkommen will.«

»Hab ich.« Er schnaubt kurz. »Aber das wollen sie dann ja auch nicht. Und wenn ich vorschlage, dass ich mit den Jungs ausgehe und sie mit ihren Freundinnen, ist das auch nicht recht. Nee, echt. Ich bleib Single.«

»Hm.« Lene nippt an ihrem Kaffee und wirft mir einen kurzen Blick zu. Ich sitze einfach nur da und höre den beiden zu. Vielleicht ist es ganz gut, wenn Lasse die Meinung einer Frau zu diesem Thema hört. »Oder du hast einfach noch nicht …«

»Woah, woah, woah, stopp!« Er stellt seine Tasse so schnell ab, dass der Kaffee darin fast überschwappt. Abwehrend hält er ihr beide Hände entgegen und schüttelt gleichzeitig heftig den Kopf. »Komm mir jetzt bloß nicht mit diesem *Die-Richtige*-Quatsch. Dann muss ich leider kotzen.«

Sie schmunzelt. »So schlimm?«

»Natürlich. Das ist doch absoluter Bullshit.«

Okay. Offenbar hat Lene einen Nerv getroffen. Gespannt warte ich, dass Lasse weiterspricht. Wenn ich seine Haltung richtig deute, steht uns nun ein glühender Vortrag bevor, wie nur er sie halten kann.

»Welchen Sinn sollte es haben, dass es nur eine einzige Richtige unter acht Milliarden Menschen gibt? Acht Milliarden! Das wäre mathematisch gesehen völliger Unsinn. Und es widerspräche jeglichen Naturgesetzen. Wenn es nur einen einzigen Menschen gäbe, der passend für dich ist … Was ist, wenn du in Skandinavien sitzt, diese Person aber in Australien? Oder Afrika? Wenn du ihr nie begegnen würdest, weil einfach die Wahrscheinlichkeit so verschwindend gering ist, wäre das ziemlich scheiße für die menschliche Spezies. Dann gäbe es bald nur noch schlecht gelaunte, einsame Leute. Und was ist dann die Alternative? Irgendeinen Kompromiss eingehen und unglücklich werden, weil man sich ständig arrangieren muss? Das ist doch scheiße.«

»Wow«, sagt Lene, nachdem Lasse geendet hat, und sieht mich verblüfft an. Es fällt mir schwer, das Grinsen zu verbergen, das sich auf meinen Lippen ausbreiten will. »Er ist ja ein Romantiker durch und durch.« Sie spricht ohne jeglichen Sarkasmus in der Stimme.

»Ich bin was?« Lasse starrt sie fassungslos an, ehe sein Blick zu mir wandert. »Wieso sagt deine Freundin, dass ich ein … *Romantiker* bin, Fin?« Allein das Wort auszusprechen, kostet ihn alle Mühe. »Das ist doch absurd.«

»Nein, ist es nicht.« Nicht ich antworte ihm, Lene tut es selbst. »Hör mir zu.« Sie schiebt ihre Füße zurück auf den Boden und dreht sich so, dass sie Lasse genau gegenübersitzt. »Du bist nur deshalb so anti eingestellt, weil du glaubst, dass du die Eine nie finden wirst. Weil die Wahrscheinlichkeit rein rechnerisch gesehen wahnsinnig gering ist. Aber du lässt dabei eine Sache außer Acht.«

»Ach ja?«

»Mhm.« Sie grinst. »Liebe folgt keinen Naturgesetzen. Oder Mathematik. Nehmen wir mal an, die eine Person für dich lebt wirklich in Südafrika.«

Nicht nur Lasse lauscht ihren Worten gebannt. Ich tue es auch.

»Es mag ausgelutscht klingen, aber das Universum oder das Schicksal oder der Zufall, egal was, wird euch irgendwie, irgendwo, irgendwann zusammenführen.«

»Ach ja?« Ich sehe Lasse deutlich an, dass er ihr kein Wort glaubt. »Denkst du das ernsthaft?«

»Wenn man an das Konzept der Liebe glaubt, dann ja. Denn nur so funktioniert es.«

»Also tust du das? An dieses *Konzept* glauben?«

»Wir säßen vermutlich heute alle nicht hier, wenn dem nicht so wäre.«

Ihre Antwort ist kein Ja, aber auch kein Nein. Und ich würde wirklich gern intensiver mit ihr über besagtes Konzept reden. Doch bevor ich, oder Lasse, eine Nachfrage stellen kann, stößt Alea zu uns. Ich habe sie nicht kommen sehen.

»Hey!« Lene springt auf, als sie sie entdeckt, und zieht sie in eine innige und zugleich vorsichtige Umarmung. »Wie geht's dir?«

»Wollte mal nach dem Rechten sehen.« Sie hält kurz inne. »Oder eher nach dem Linken. Meine rechte Hand ist ja leider erst einmal nicht zu gebrauchen.«

»Was macht dein Arm? Tut's noch sehr weh?« Lenes Blick wandert zu dem weißen Gips, der Aleas Unterarm ziert. Augenblicklich überkommt mich das schlechte Gewissen. Den muss sie nur tragen, weil unsere App nicht richtig funktioniert hat.

»Geht. Manchmal ziept es oder juckt unter dem Gips. Aber nichts, was nicht auszuhalten wäre.« Sie zuckt mit den Schultern, dann sieht sie zu Lasse und mir.

»Hi, Fin«, begrüßt sie mich, ehe sie meinen Kumpel mustert. »Du bist neu hier.«

»Richtig.« Lasse nickt ernst. »Und du bist umwerfend.«

Moment, was? Mein Kopf schnellt zu ihm herum. Ist das sein Ernst? Baggert er gerade echt Lenes Kollegin an? Die er vor zwei Sekunden kennengelernt hat? »Vielleicht muss ich doch nicht nach Südafrika fliegen.«

»Ich habe keine Ahnung, wovon du redest.« Alea sieht hilfesuchend zu Lene, die Mühe hat, nicht zu lachen.

»Nicht so wichtig«, winkt sie ab. »Alea, das ist Lasse. Fins Kumpel, Firmenpartner und Nervensäge.« Bei ihrem letzten Wort zwinkert sie ihm kurz zu. »Und das ist Alea. Meine beste Freundin und Lieblingskollegin. Sei nett zu ihr.«

»Immer!« Lasse setzt sich aufrechter hin. »Also, Alea. Schöner Name übrigens. Kommt aus dem Altgriechischen, oder?«

»Ich … weiß es nicht?« Sie wirkt von Lasses forscher Art ein bisschen überfordert.

»Doch, doch. Ich bin mir sicher. Moment.« Er zieht sein Handy hervor, tippt etwas ein und hält ihr ein paar Herzschläge später den Bildschirm vors Gesicht. »Voilà«, sagt er triumphierend. »Es blieb nicht viel aus dem Lateinunterricht hängen, aber *alea iacta est* habe ich mir gemerkt.«

Ich beuge mich ebenfalls vor, um lesen zu können, was auf dem Bildschirm steht.

Alea. Die Schönste, die Höchste, die Beste.

»Hast du nicht gerade noch von Altgriechisch gesprochen?«

»Ja, aber als ich damals gegoogelt habe, was dieser Spruch bedeutet, wurde mir auch das angezeigt. Und ich hab's mir gemerkt.«

»Beeindruckend.« Sie gibt ihm das Handy zurück.

»Findest du?« Er grinst erneut. »Darf ich dich noch mehr beeindrucken?«

Alea runzelt die Stirn und setzt sich neben Lene. »Und wie? Hast du noch mehr ausgestorbene Sprachen drauf?«

»Negativ. Aber ich habe eine geheime Superkraft.«

»Die da wäre?«

Gott, ich warte nur darauf, dass er es versaut und irgendetwas sagt, das unter die Gürtellinie geht. Mit Lasse ist es immer ein schmaler

Grat. Nicht jeder kommt mit seiner direkten, unverblümten Art zurecht.

»Egal, wo ich bin, ich finde immer die beste Bar der Stadt. Ich könnte mich dazu überreden lassen, dich mitzunehmen.«

Alea hebt eine Augenbraue. »Könntest du, ja?«

»Jups. Und weißt du, was noch besser ist? Wenn du mit mir ausgehst, zahlst du keinen Cent.«

»Ich glaube, ich wurde noch nie auf so verquere Art gefragt, ob ich mit jemandem auf ein Date gehen will.«

»Also kommst du mit?«, fragt Lasse. »Oder schickst du mich nach Südafrika? Das ist echt verdammt weit weg.«

»Ich hab wirklich keine Ahnung, was dein Problem mit Südafrika ist.« Amüsiert schüttelt sie den Kopf. »Aber meinetwegen.«

»Was?« Lene sieht sie verdutzt an. »Ernsthaft?«

»Ja.« Alea zuckt mit den Schultern. »Ich kann dir nicht predigen, offen für …« Mir entgeht nicht der schnelle Blick, den sie in meine Richtung wirft. »… *Dinge* zu sein, und selber das Gegenteil davon tun. Also … Lass uns ausgehen.«

»Fantastisch. Wann passt es dir?« Lasse fackelt nicht lange. »Morgen Abend?«

»Sicher. Ich hab nichts zu tun.« Erklärend hebt sie ihren Gipsarm.

»Morgen Abend? Wie lange hast du denn vor hierzubleiben?«, frage ich meinen Kumpel.

»Jetzt länger.« Lasses Grinsen wird noch breiter. Er mustert Alea immer noch, während er mir antwortet. »Ich hatte ja keine Ahnung, wie schön es hier ist.«

»Und wo übernachtest du?«

»In einem Hotel.« Wieder nimmt er sein Handy in die Hand, tippt darauf herum und nickt eine Minute später zufrieden. »Erledigt. Ich wohne im Scandic Ambassadeur.«

Ich stöhne leise. »Du machst mich fertig.« Tut er wirklich.

»Witzig, wie du *Ich freu mich, dass du hier bist* sagst.«

»Vielleicht freu ich mich ja gar nicht.«

»Tust du wohl.«

Okay, er hat recht. Ich freue mich tatsächlich, ihn zu sehen, auch wenn ich mir gar nicht so sicher bin, ob ich ihn wirklich viel zu Gesicht kriegen werde. So, wie er Alea anblickt ... Und sie scheint auch nicht abgeneigt zu sein.

»Na gut, Jungs. So nett dieses Gespräch mit euch auch ist, ich muss Melike helfen.« Lene deutet zum Parkeingang, wo sich gerade eine größere Gruppe Jugendlicher sammelt. »Wir brauchen mindestens zwanzig Gurte und Helme.«

»Ich helfe dir schnell.« Auch Alea steht auf. »Du bereitest den Kram vor, ich kassiere sie schnell ab. Das geht auch mit einer Hand. Dann kann Melike direkt die ersten fünf einweisen.«

»Bist du dir sicher?« Lene mustert sie besorgt. »Ich will nicht, dass du dich überanstrengst. Der Arzt war doch deutlich.«

»Ich mache ja keine ganze Schicht. Und auch keine halbe. Das geht die paar Minuten schon.« Energisch scheucht Alea sie davon und dreht sich im Gehen noch einmal zu uns um. »Schickst du Lene Lasses Nummer, Fin? Dann melde ich mich bei dir.«

»Mach ich.« Ich erledige es sofort, während Lasse den Mädels hinterhersieht.

»Du hättest mir echt sagen können, dass Lenes Freundin meine Traumfrau ist.«

»Oberflächlich much heute?«

»Was soll ich machen? Hast du sie dir mal angesehen? Sie ist wunderschön.«

»Dann kannst du dich ja glücklich schätzen, dass du ein Date mit ihr hast.«

»Tue ich, mein Freund. Tue ich.« Dann leert er den Rest seines Kaffees. »Also, bleiben wir hier, oder zeigst du mir Drammen? Und mit *Zeigst du mir Drammen?* meine ich die besten Bars der Stadt.«

»War es nicht deine Superkraft, die beste Bar der Stadt zu finden?«

»Ein bisschen Unterstützung dabei kann nicht schaden. Und auf dem Weg erzählst du mir von deinen Fortschritten.« Mit zwei Fingern deutet er zu den Pfaden, die sich über unseren Köpfen befinden. »Offenbar bist du noch nicht abgestürzt, und Lene hast du auch noch nicht vertrieben. Es scheint also zu laufen.«

Mit dieser Zusammenfassung trifft er den Nagel auf den Kopf. Es läuft. Mit der Bekämpfung meiner Höhenangst. Mit der Ehrlichkeit. Und mit Lene. Vor allem mit ihr. Seit wir miteinander gesprochen haben und ich ihr von meinen Schuldgefühlen und meinen Ängsten erzählt habe, ist da eine noch innigere Verbindung zwischen uns entstanden. Bei ihr zu sein, ist die einfachste Sache der Welt. Mit ihr an meiner Seite habe ich das Gefühl, alles schaffen zu können. Und ja, ich weiß, wie abgedroschen das klingt. Doch es ist wahr. Lene ist mein Südafrika, auch wenn ich ihr das noch nicht gesagt habe.

18

FIN

Dass ich den Tag mit Lasse, Alea und Lene vor meinem Camper mit einem eiskalten Somersby ausklingen lassen würde, habe ich beim Aufstehen definitiv nicht erwartet. Aber ich muss zugeben, dass es mir echt guttut, mal wieder einen Abend mit Lasse persönlich zu verbringen. Wir sind in so vielen Dingen absolute Gegensätze, und trotzdem gibt es niemanden in meinem Freundeskreis, der so viele Eigenschaften vereint, die mir wichtig sind. Er ist lustig, kann aber auch ernst sein, wenn es darauf ankommt. Er ist zielstrebig und gleichzeitig der größte Chaot. Er ist stur und beißt sich in Aufgaben fest, die er lösen möchte. Aber ebenso kann er die Arbeit ruhen lassen und so richtig im Moment leben, wenn er das will.

So wie jetzt.

Wir sitzen um ein kleines Lagerfeuer, Lene und Alea machen S'mores, und Lasse hat seine neue Akkustikgitarre ausgepackt. Man würde es ihm nicht zutrauen, aber in dem Kerl steckt ein richtig guter Musiker. Er spielt nicht oft, meistens haben wir schlicht keine Zeit dafür, wenn wir uns sehen. Aber als wir heute Nachmittag in Drammen an einem Musikgeschäft vorbeikamen, hat er spontan beschlossen, sich eine Gitarre zu kaufen. Seit ein paar Minuten stimmt er sie. Es dauert ein bisschen, bis er zufrieden ist. Dann sieht er uns der Reihe nach an.

»Okay. Habt ihr Songwünsche?«

»Måneskin«, sagt Lene sofort. »Kannst du irgendwas von denen?« Sie beißt in ihren Keks, an dessen Seiten geschmolzene Schokolade auf ihre Finger tropft.

»Nein, aber ich kann mir schnell einen Song anhören. Sekunde.« Er zückt sein Handy. »Welchen Song hättest du denn gern?«

»Am besten etwas Langsameres, oder? Nimm *The Loneliest.*«

Eine Viertelstunde später ist er so weit. Er fängt an, die ersten Takte zu streichen, dann spielt er. Und Lene singt leise mit. Sie kann den gesamten Text auswendig. In jedem Wort, das sie von sich gibt, schwingt mit, wie sehr sie die Lyrics fühlt. Es ist nicht einfach nur ein Lied für sie. Es ist eins mit Bedeutung.

»Wow, nicht schlecht«, sagt Lasse am Ende anerkennend.

»Lieblingsband.« Sie zuckt mit den Schultern. »Ihre Musik passt einfach immer.«

»Willst du noch eins?«

»Klar.«

Dieses Mal sucht sie sich *If Not for You* aus. Auch hier ist sie textsicher. Irgendwann schnappt Alea sich ihr Handy, googelt den Text und steigt mit ein. Ich begnüge mich damit, ihnen zuzuhören. Wenn ich eine Sache nicht kann, dann ist es Singen. Aber die drei haben auch ohne mich viel Spaß. Ich lege neues Holz nach, hole uns allen eine zweite Flasche Cider oder wahlweise Wasser und zwei Tüten *Smash!* aus dem Van.

Allmählich bricht die Dunkelheit über den See herein. Im Wald röhren die Elche, über unseren Köpfen flattern Fledermäuse. Lene setzt sich auf den Boden neben mich, Alea und Lasse haben meine Klappstühle. Inzwischen spielt er ihre Musikwünsche. Die Klassiker wie *Wonderwall* von Oasis, dann ein Lied einer irischen Band, das ich nicht kenne. Irgendwas mit roten Lichtern.

»Sie sind süß, oder?« Lene lehnt sich an mich, und ich lege den Arm um sie. Obwohl wir das Feuer haben, spüre ich die Kälte in meinem Rücken deutlich.

»Sind sie«, bestätige ich und streiche mit den Fingerspitzen ihren Arm entlang. »Hätte nicht gedacht, dass das so matcht.«

»Warten wir mal ihr Date ab. Alea ist nicht leicht zu knacken.«

»Lasse auch nicht. Du hast ihn ja gehört. Er ist ein Skeptiker.«

»Ein skeptischer Romantiker. Und da kenne ich noch wen.« Sie seufzt leise. »Hätte Alea mir nicht Beine gemacht, hätten wir uns mit Sicherheit nicht so schnell geküsst.«

»Das habe ich ihr zu verdanken? Okay. Dann gehe ich mich wohl besser mal bedanken.« Ich tue so, als würde ich aufstehen, aber Lene hält mich sofort fest.

»Untersteh dich«, zischt sie und zieht mich zurück auf den Boden.

Lachend lasse ich mich auf den Rücken fallen, Lene tut es mir gleich. Ich lege meinen Arm um sie, und dann starren wir in den Himmel. Die Abenddämmerung ist längst über uns hereingebrochen, die Wolken leuchten lila, blau und in einem pastelligen Rosa. Die Luft wird immer kühler, aber hier mit ihr, mit Lasse und Alea zu sein … das ist purer Frieden. Und es macht mir Hoffnung, dass ich es noch kann. Gemeinsam in einer Gruppe um ein Lagerfeuer zu sitzen und keine Angst haben zu müssen, dass unser Camp gestürmt wird. Vielleicht hat die Wissenschaft nichts zu sagen, was Liebe angeht. Aber die statistische Wahrscheinlichkeit, zweimal einen Amoklauf zu erleben, geht gegen null. Und daran halte ich mich fest.

Lene hat ihren Arm um mich geschlungen und ihren Kopf auf meine Brust gelegt. Lasse klimpert mit seiner Gitarre und unterhält sich mit Alea. Ich bin mir nicht sicher, ob ich an Dinge wie Vorherbestimmung oder Karma glaube, aber die Sache mit den beiden könnte interessant werden. Gedankenverloren streiche ich über Lenes Schulter. Sie hat sich schon vor einer ganzen Weile einen meiner Pullis geschnappt und ihn angezogen. Und fuck, er steht ihr so viel besser als mir. Ich drehe den Kopf in ihre Richtung und gebe ihr einen sanften Kuss auf den Scheitel. In diesem Moment bin ich mir sicher, dass es nichts geben kann, was echter ist als das, was ich mit ihr habe.

Als sich das Abendrot komplett aufgelöst hat und die Dämmerung in die Nacht gekrochen ist, stellt Lasse die Gitarre beiseite.

»Freunde«, verkündet er. »Das war ein ganz fantastischer Abend mit euch, aber mein Bett ruft. Finley?« Er nickt mir zu. »Wir sehen uns morgen. Wann bist du aus dem Park zurück? Gegen zwei?«

»Vermutlich, ja.« Ich nicke.

»Prima. Sei pünktlich. Wir haben ein Problem zu lösen.«

Meine Antwort ist ein vielsagender Blick. *Ich* werde ganz sicher nicht derjenige sein, der zu spät kommen wird.

»Lene? War nett, dich kennenzulernen.«

Sie erwidert ein schmunzelndes »Gleichfalls« und nimmt ihm die leere Flasche ab.

»Alea?« Kurz sieht er Lenes Freundin an, als wüsste er nicht so recht, was er sagen soll. Was eigentlich nie der Fall ist. Nicht bei Lasse. »Kann ich dich mitnehmen?«, fragt er schließlich.

»Musst du nicht. Ich ruf einfach schnell meine Schwester an und …«

»Das ist nicht nötig, ich fahre doch sowieso. Lass uns den Planeten retten.«

Alea bleibt skeptisch. »Weil wir eine Autofahrt sparen?«

»Es sind die kleinen Dinge, Ally.«

»*Ally?*«

»Ist dir Lea lieber? Oder Ale?« Er lacht sein Lasse-Lachen und schwingt sich die Gitarre über die Schulter. »Also, was ist nun, Aleali? Kommst du mit?«

»Aleali?«, höre ich Lene neben mir leise sagen, während Alea sein

Angebot schließlich doch annimmt. »Bist du dir sicher, dass wir ihn noch fahren lassen können?«

»Klar. Er hat nur eine seltsame Vorliebe für Spitznamen. Was meinst du, wieso er mich immer Finley nennt?« Jeder Mensch, wirklich jeder, sagt Fin zu mir. Selbst meine Eltern tun das. Nur mein werter Herr Kollege nicht. Ich habe keinen Schimmer, wieso es ihm so wichtig ist, sich damit von allen anderen abzuheben. Vermutlich ist es schlicht seine Art zu zeigen, dass er jemanden mag.

»Okay?« Lene sieht nicht überzeugt aus.

»Es ist wirklich in Ordnung, glaub mir. Gib ihm bis morgen, dann hast auch du einen neuen Spitznamen.«

»O Gott.« Lene lacht und steht auf, damit wir die beiden zu Lasses Wagen begleiten können. »Muss ich Angst haben?«

»Ich würde nicht ausschließen, dass es ziemlich … ausgefallen sein wird.«

»Solange er nicht mit Marli ankommt …« Sie schüttelt sich gespielt. »So hat Emil mich früher genannt, weil er Marleen nicht aussprechen konnte. Ich habe es gehasst.«

»Marli ist doch süß.«

»Ist es nicht.« Sie sieht mich so streng an, dass ich jeglichen weiteren Widerspruch einstelle.

»Okay. Ist es nicht.« Ich verkneife mir das Lachen. Stattdessen greife ich nach ihrer Hand, und wir folgen den beiden über den Campingplatz. Es dauert nur ein paar Minuten, bis wir Lasses Auto erreichen. Ganz der Gentleman öffnet er Alea die Wagentür und bietet ihr seine Hand zum Einsteigen an.

»Ehrlich, Lasse. Ich habe mir nur den Arm gebrochen. Ich bin keine Invalidin.«

»Und ich bin ordentlich erzogen.« Er zuckt gut gelaunt mit den Schultern. »Leb damit.«

»O Mann.« Alea wirft Lene einen Blick zu. »Macht es mich zu einer schlechten Feministin, wenn ich nicht allein in den Wagen steige?«

»Nein.« Lene grinst. »Manchmal darf man sich auch einfach *drauf einlassen.*« Lene hat kaum zu Ende gesprochen, da platzt das Lachen auch schon aus Alea heraus.

»Touché. Das hab ich wohl verdient.« Sie streckt sich Lene für eine kurze Umarmung entgegen, dann legt sie ihre unverletzte Hand in Lasses und lässt sich tatsächlich beim Einsteigen helfen.

»Erzählt das bloß niemandem«, höre ich sie noch sagen, ehe Lasse die Tür schließt.

»Bis morgen, Mann. Lene. Gute Nacht.« Er nickt uns kurz zu, immer noch mit einem fetten Grinsen auf dem Gesicht. Dann steigt er ebenfalls ein.

Wir sehen den beiden nach, bis sie um die Ecke gebogen sind.

»Gehen wir zurück?«, frage ich Lene dann.

»Oder wir machen noch einen kleinen Spaziergang?«, schlägt sie vor. »Ich habe mich heute zu wenig bewegt.«

Als Antwort halte ich ihr meine Hand hin. Sie greift danach und verschränkt unsere Finger miteinander. Statt über den Campingplatz zu laufen, verlassen wir das Gelände, überqueren die Straße und betreten auf der anderen Seite das lichte Waldstück, das sich dort befindet. Drammen ist rundherum von Wäldern umgeben. Es ist die pure Idylle, und obwohl ich Oslo liebe, kann ich nicht leugnen, dass mir die Stille hier draußen guttut.

Eine ganze Weile sagen wir gar nichts. Wir laufen einfach nur Hand in Hand den Weg entlang. Immer wieder knacken Aststücke unter unseren Füßen, über uns raschelt das Blätterdach, und manchmal flattert etwas über unseren Köpfen.

»Bist du dir echt sicher, dass du nächste Woche mitkommen willst?« Lene bricht die Stille zwischen uns zuerst. »Ich meine, was, wenn dich das völlig aus der Bahn wirft? Warst du schon einmal zelten seit … seit damals?«

»War ich.« Dass es im Garten meiner Eltern stattfand und ich nach zwei Stunden ins Haus geflüchtet bin, sage ich ihr nicht. Mir ist bewusst, dass es schiefgehen kann. Aber das werde ich nur herausfinden, wenn ich es probiere.

»Du musst dich wirklich nicht verpflichtet fühlen. Ich kann Emil fragen.« Sie drückt meine Finger kurz ein bisschen mehr. »Seit wir miteinander gesprochen haben … Ich glaube, er würde einspringen. Wir beide können das auch an einem anderen Wochenende mal allein testen, wenn du willst. Also zelten. Ohne Kinder. Ohne … Druck.«

Nur sie und ich.

Ich will nicht lügen, das klingt verlockend. Aber es wäre an meinem Problem vorbeigehandelt.

»Ich will es versuchen, Lene«, sage ich leise. »In einem richtigen Camp. Mit vielen Menschen und Kindern und Bäumen um mich herum.« *Und mit dir.* »Es soll … es soll authentisch sein, verstehst du?« Ich weiß, dass das ein Stück weit verantwortungslos von mir ist. Sollte mich die Panik überfallen, kann ich nicht auf unzählige Kinder aufpassen. Aber ich weiß eben auch, dass das jetzt meine Chance ist, es auszuprobieren. Zu testen, wie es sich anfühlt, wieder in einem echten Zeltlager zu sein.

»Tue ich.« Sie nickt ernst. »Nur … was hältst du davon, wenn ich Emil trotzdem frage, ob er theoretisch Zeit und Lust hätte einzuspringen, falls du an einem der Tage merkst, dass es doch zu viel für dich ist? Das macht es … Keine Ahnung.« Sie hebt ihre Schultern an und lässt sie wieder sinken. »Das macht es vielleicht leichter für dich, dir einzugestehen, dass es vollkommen okay ist, nach Hause zu gehen. Also … sollte es so weit kommen, meine ich. Was ich natürlich nicht hoffe.«

Aber man weiß nie.

Ihre Gedanken sind vernünftig. Und wenn ich ehrlich bin, dann wäre es einzig und allein mein Stolz, der mich davon abhalten würde, ihr Angebot anzunehmen. Deshalb nicke ich. Weil das hier Lene ist. Die Frau, zu der ich immer ehrlich sein kann. Ehrlich sein will.

»Okay, gut.« Ich atme die Waldluft tief ein. »Frag ihn. Aber sag ihm, dass das nur der Notfallplan ist.« *Den ich bitte, bitte, bitte hoffentlich nicht brauchen werde.*

»Mach ich.« Ich höre das Lächeln in diesen paar Buchstaben. »Und nur, dass du es weißt … Egal, wie das Camp läuft … Allein, dass du es versuchen willst … Das ist unglaublich mutig von dir.« Lene bleibt stehen, und weil wir einander immer noch an den Händen halten, muss auch ich stoppen. Sie dreht sich zu mir und greift auch nach meiner anderen Hand. Ihre Haut auf meiner ist unsagbar warm und weich. Vertraut. Nach so wenigen Tagen ist es bereits, als könnte sich mein Körper überhaupt nicht mehr daran erinnern, jemals von jemand anderem angefasst worden zu sein als von ihr. Sie verwebt unsere Finger miteinander und gibt mir damit sofort wieder dieses Gefühl von Sicherheit, das ich immer in ihrer Nähe spüre.

Wortlos beuge ich mich ihr entgegen und küsse sie. Mitten im Wald. Mitten in der Nacht. Mitten ins Herz.

Es ist ein zärtlicher Kuss. Sanft. Und trotzdem spüre ich ihn überall. Weil das mit ihr immer so ist. Selbst die kleinen, unbedachten Gesten sind intensiver als alles zuvor.

Ich löse mich erst wieder von ihr, als es in den Büschen hinter uns raschelt. »Gehen wir zurück?«, frage ich, und Lene nickt.

Wir setzen uns wieder in Bewegung, die kühle Luft streift mein Gesicht. Es ist nicht kalt, das ist es mit ihr nie, aber ich freue mich dennoch, gleich zurück im Van zu sein. Ich hoffe, dass sie heute Nacht erneut hierbleibt. Und weil es allmählich dunkel genug ist, um tatsächlich von Nächten zu sprechen, beschließe ich, dass es Zeit ist für ein bisschen Nachtehrlichkeit.

»Du hast Lasse heute nicht verbessert«, sage ich.

»Was meinst du?«

»Als er dich meine Freundin genannt hat. Du hast ihn nicht korrigiert.«

»Hätte ich das tun sollen?« Ihre Frage kommt zaghaft.

»Nein, aber … Wir haben der Sache zwischen uns keinen Namen gegeben.«

Meine Worte klingen nach. Lange. Als wären es Seifenblasen und ich nicht ganz sicher, worauf ich überhaupt warte. Dass sie zerplatzen oder dass Lene nach ihnen greift. Weil ich sie nicht allein am Leben halten kann.

»Ich brauche keinen Namen für uns«, meint sie schließlich.

»Nicht?«

»Nein. Brauchst du einen?«

»Ich weiß nicht«, antworte ich nachtehrlich. »Ich mag dich und verbringe gern Zeit mit dir.«

»Ich mag dich auch. Und ich verbringe auch gern Zeit mit dir.«

In der Ferne tauchen die Lichter vom Campingplatz auf. Wir sind nicht mehr allzu weit davon entfernt.

»Ein Name ist … nur ein Name«, fährt sie fort. »Eine Bezeichnung. Aber ich glaube, dass ein Begriff nie wirklich trifft, was man … fühlt.« Sie hält immer noch meine Hand. Eine stumme Zusicherung, dass ihr das hier, das mit uns, wichtig ist. »Wenn jemand ein Wort sagt, hast du immer sofort ein bestimmtes Bild davon im Kopf, was es sein soll. Was es bedeutet. Aber du triffst nie auch nur annähernd das, wie es wirklich für diesen Menschen ist. Wenn ich das Wort Trauer höre, denke ich an meine eigene Trauer. Aber die ist anders als deine oder Emils oder Mums. Es gibt bestimmt Überschneidungen, nur … genau dasselbe in all seinen Facetten und Nuancen ist es vermutlich nicht. Deshalb … Nein, ich brauche keinen Namen. Weil das … weil das Gefühl so viel wichtiger ist als ein Label.« Sie verstummt. Und ich merke, dass sie darauf wartet, wie meine Entscheidung ausfällt.

Es ist zu früh, um zu sagen, dass wir in einer Beziehung sind. Ein Paar. Aber es ist eben auch weitaus mehr als nur Freundschaft. Oder Freundschaft plus. Es ist ein Gefühl von Angekommensein, das Lene mir gibt. Richtige Zeit, richtiger Ort. Richtige Gesellschaft. Richtige, gemütliche Vertrautheit.

»Ich glaube, ich brauche einen«, meine ich nach einer Weile. »Aber einen, den nur wird beide verstehen.«

»Okay?« Im Augenwinkel bemerke ich, wie sie ihren Kopf seitlich dreht und mich ansieht. »Erfindest du nun ein Wort?«

»Ganz genau.« Ich grinse kurz. »Du weißt, dass wir hier in Norwegen eigentlich ein eigenes Wort für *hygge* haben?«

»*Kos*, ja.« Sie nickt sofort, scheint aber nicht zu verstehen, was ich damit meine.

»Richtig. Und *kos* kannst du auch einfach an Wörter anhängen. *Peiskos* zum Beispiel.« Was nichts anderes bedeutet als das gemütliche Beisammensein vor einem Kaminfeuer, während draußen ein Schneesturm tobt, der Raum von Kerzen erleuchtet wird, man sich in mollige Decken und flauschige Pullis kuschelt. Genau dieses Gefühl, diesen Zustand absoluter Entspannung, absoluten Wohlfühlens löst Lene in mir aus. Eine Wärme, ein Versprechen, ganz ich selbst sein zu dürfen. Kein Verstellen, keine Geheimnisse. »Ich mache daraus jetzt einfach Linekos. Was wir haben … Lene und Fin …«

»Line«, flüstert sie in die Nacht. »Und *kos*.«

»Ja. Was wir zusammen haben, ist unser eigenes *Kos*-Gefühl.«

»Das mag ich.« Sie lächelt und lässt das Wort über ihre Lippen rollen. »Wir haben ein Linekos. Für das wir nicht mal nach Südafrika mussten.«

Ihr Kommentar bringt mich zum Lachen. »Meinst du, Lasse und Alea …?«

»Keine Ahnung. Vielleicht. Kommt drauf an, ob sie ein Laleakos aufbauen können.« Lene bleibt stehen und grinst mich an. »Mein Gefühl sagt mir, dass er Alea nicht nach Hause gefahren hat.«

»Du denkst, sie ist mit in sein Hotel?«

Lene nickt. »Ich könnte es mir vorstellen. Vielleicht rufe ich sie morgen an und frage nach. So, wie sich das für eine gute Freundin gehört.«

»Für eine gute neugierige Freundin?«

»Das auch.« Sie zieht mich über die Straße in Richtung Campingplatz. »Glück für dich, dass ich nicht so anspruchsvoll bin. Mir reicht ein Campervan.«

»Wie praktisch.«

»Ja, oder? Und vielleicht hast du noch mehr Glück heute Nacht.«

Ich grinse. »Habe ich?«

»Mhm. Könnte nämlich sein, dass ich meinen Schlafanzug zu Hause vergessen habe.«

»Seit wann trägst du Schlafanzüge?«

»Eigentlich immer.« Sie zuckt mit den Schultern. »Du lässt mir nur nie eine Chance, sie überhaupt anzuziehen.«

»Wie sehen deine *Schlafanzüge* denn aus?« Ich betone das Wort besonders. Belustigt beobachte ich sie dabei, wie sie zwei Schritte von mir weg nach vorne macht und rückwärts weiterläuft.

»Sexy natürlich. Auf einem befinden sich Minnie-Maus-Punkte. Und der andere besteht aus rosa und mintgrünen Blümchen. Aber mein liebster ist weiß und ganz weich. Und ziemlich durchsichtig.«

»Das klingt interessant. Erzähl mir mehr. Wie durchsichtig?«

Ich liebe die Leichtigkeit zwischen uns. Lene hält mich nicht für bescheuert, weil ich für die Sache zwischen uns einen Namen erfinde. Blöde Sprüche kontert sie, und obwohl wir inzwischen schon mehrere Male miteinander geschlafen haben, flirtet sie weiterhin mit mir. Auf ihre ganz eigene flapsige Lene-Art.

»So durchsichtig, dass es sich eigentlich gar nicht lohnt, ihn anzuziehen. Deswegen habe ich ihn ja heute auch vergessen.«

»Ungeschickt. Du hättest ihn mir vorführen können. Und dann hätte ich ihn dir ganz langsam wieder ausgezogen.«

»Dann ziehst du mir eben meine anderen Klamotten aus. Das Resultat ist ja dasselbe.«

»Du? Nackt? In meinem Bett?«

»Kommt ungefähr hin.« Sie grinst mich über ihre Schulter hinweg an, als wir meinen Camper erreicht haben. »Zumindest, wenn du neue Kondome besorgt hast.«

»Hab ich.«

»Prima. Dann schließ mal auf.« Sie lässt mir den Vortritt und wartet, bis ich den Van geöffnet habe. Ich folge ihr hinein, sie zieht die Tür hinter uns zu, ich mache die Lichterketten an, Lene schließt die Vorhänge. Es ist nicht das erste Mal, dass wir exakt so einander gegenüberstehen. Doch heute fühlt es sich irgendwie anders an. Intimer. Weil wir jetzt einen Namen für uns haben, und das bedeutet, dass wir mehr sind als eine bloße Sommeraffäre.

So viel mehr.

Lene spürt es auch. Hat sie mich eben noch angesehen, ist ihr Blick nun auf ihre Hände gesenkt.

»Linekos«, flüstere ich.

»Linekos«, antwortet sie.

Und das ist die Bestätigung für mich. Ganz langsam gehe ich auf sie zu und lege einen Finger an ihr Kinn. Ihre Haut ist warm und glatt und fühlt sich längst vertraut an. Nach *kos. Koselig.* Gemütlich.

19

LENE

Der heutige Tag macht mir Angst. Auch wenn ich weiß, dass diese Empfindung vollkommen irrational ist, kann ich nicht einschätzen, was ich von diesem 20. August erwarten soll. Es ist Hendriks erster Todestag, und obwohl ich 364 Tage Zeit hatte, mich darauf vorzubereiten, ist es mir nicht gelungen. Ich weiß immer noch nicht, wie ich mit dem Fakt umgehen soll, dass mein Bruder heute seit einem Jahr tot ist. Ignoriere ich das Datum? Besuche ich sein Grab? Will ich über ihn reden? Ich habe keine Ahnung.

Genau deshalb verlasse ich nach einer viel zu kurzen Nacht in aller Herrgottsfrühe das Haus und gehe joggen. Vielleicht hilft es mir, mich auszupowern und dabei Antworten auf meine Fragen zu finden.

Wieder begleitet mich die Stimme von Damiano David in meinen Ohren, während ich in Richtung Fjord aufbreche. Irgendwie zieht es mich heute ans Wasser. Ich bin komplett allein unterwegs, noch hängen die Wolken tief und tauchen das Tal in hauchdünne Nebelschwaden. Sie werden sich über kurz oder lang auflösen, und die vielen Gedanken in meinem Kopf werden es ihnen hoffentlich gleichtun.

Je lauter Damiano singt, umso schneller werde ich. Es sind dieselben Zeilen, die ich vor ein paar Jahren mit Hendrik und Emil zusammen auf dem Konzert von Måneskin gebrüllt habe. Ich will es so sehr wieder tun, mit meinen beiden Brüdern in dieser Location in Oslo stehen und singen, tanzen und die beste Zeit haben. Ich will es so sehr, dass sich mein Herz zusammenzieht, weil ich weiß, dass dieses Wollen völlig egal ist. Es spielt keine Rolle, was ich will. Ich werde nie wieder mit den beiden dort stehen. Weder bei Måneskin noch bei einer anderen Band. Weil Hendrik nicht mehr da ist. Er ist nicht mehr da, wird es nie wieder sein. Aus Drillingen wurden Drillinge, von denen einer fehlt. Für immer und ewig.

Ich laufe weiter, am Wasser entlang, springe über unebene Stellen, weil Wurzeln der umliegenden Bäume sich ihren eigenen Weg gebahnt haben. Und in diesem Moment begreife ich, dass ich mir all die Gedanken im Vorfeld umsonst gemacht habe. Den heutigen Tag hätte ich nicht planen können. Selbst wenn ich mir vorgenommen hätte, auf den Friedhof zu gehen … Ich weiß, dass ich dort heute nicht auftauchen werde. Und dass ich gerade auch mit niemandem reden wollen würde. Ich will einfach für mich sein, den Wind in den Haaren fühlen und heulen. Tränen laufen mir übers Gesicht, während ich nicht mehr jogge, sondern renne. Als könnte ich meinen Gefühlen davonlaufen.

Naiv, Lene, sage ich mir selbst und renne trotzdem weiter. Stillstand wäre nämlich noch schlimmer.

Die Nebelschlieren sind verschwunden, als ich wieder zu Hause ankomme. Dort gehe ich auf direktem Weg unter die Dusche und lasse mir das kühle Wasser mitten ins Gesicht regnen. Minutenlang stehe ich da, spüre alles und nichts und weine wieder. Seit den Gesprächen mit meiner Familie sind meine Schleusen irgendwie geöffnet. Ich weiß nicht, woran das liegt, kann nur vermuten. Fin glaubt, dass der Grund dafür die lange Zeit ist, in der ich gar keine Emotionen gezeigt habe. Und vielleicht hat er recht. Vielleicht gibt es nur ein gewisses

Volumen an Speicherplatz für Emotionen. Und wenn er voll ist, muss alles andere raus. Besonders an einem Tag wie heute.

Meine Haare sind noch feucht, als ich nach unten gehe, weil ich Emil und Freya höre. Dad ist bereits bei Mum im Krankenhaus und hilft ihr beim Packen. Ausgerechnet seit heute hat sie ihren neuen Therapieplatz in einer psychosomatischen Klinik. Aber vielleicht ist das auch gut so. Wenn ihre Trauer sie überrollt, ist gleich jemand da.

»Hey«, begrüße ich die beiden in der Küche. Freya sitzt am Tisch, Emil kämpft mit der Kaffeemaschine.

Als er mich hört, dreht er sich zu mir um und lächelt sanft. »Morgen«, entgegnet er. »Ich dachte, wir frühstücken erst noch zusammen, bevor wir in den Wald gehen.«

»Klingt gut.« Ich nicke und öffne den Kühlschrank. »Jemand Lust auf Eier? Es sind noch welche da. Wobei … Dich muss ich das ja nicht fragen, du Banause. Was ist mit dir, Freya?«

»Spiegeleier?«, schlägt sie vor und steht auf. »Dann mach ich uns welche.«

»Klar, danke.« Ich reiche ihr die Eier, Emil gibt ihr eine Pfanne.

Während die beiden nebeneinanderstehen und ihre Aufgaben erfüllen, decke ich den Tisch und beobachte sie dabei aus dem Augenwinkel. Es ist das erste Mal, dass ich versuche, sie wirklich neutral zu sehen. Ohne Vorbelastungen. Ohne Vorbehalte. Ohne Vorwürfe in meinem Kopf. Und das bedeutet, dass ich genau eine einzige Sache erkennen kann: ein Paar, das sehr, sehr, sehr süß miteinander ist.

Lautlos seufze ich. Ich war wirklich eine Hexe zu den beiden.

Nach ein paar Minuten sind Kaffee und Eier fertig. Wir setzen uns an den Tisch und beginnen zu essen. Und es ist erstaunlich nett zusammen. Obwohl heute der Jahrestag des schlimmsten Tages in unserem Leben ist, schaffen wir es sogar, miteinander zu lachen. Womit ich nach dem Aufstehen heute früh definitiv nicht gerechnet habe.

Meine Augen brennen immer noch vom Weinen, aber da ist auch eine Art Leichtigkeit …

Vielleicht hatte Emil doch recht mit dem, was er nach meiner Rückkehr aus Neuseeland zu mir gesagt hat: Zusammen zu trauern, ist einfacher, als es allein zu tun.

Kurz nach elf ziehen wir los in den Wald. Auch wenn meine Wut und Trauer durch die Gesellschaft der beiden kleiner geworden sind, will ich trotzdem mit ihnen schreien. Und ich erwische mich bei dem Gedanken, dass ich tatsächlich Zeit mit ihnen verbringen will. Nicht nur mit Emil, sondern überraschenderweise auch mit Freya. Dass mein Bruder mir gefehlt hat, war mir immer klar. Aber auch Freya … Sie war jemand, den ich sehr gemocht habe. Den ich immer noch mag. Freya war nicht nur Hendriks Freundin, sie war irgendwann auch mit Emil und mir befreundet. Und wenn ich alles ausblende, was seit Hendriks Tod passiert ist … Davor war sie ein wichtiger Mensch für mich. Und ich möchte, dass es wieder so wird.

Freya geht voraus, Emil folgt ihr, ich laufe den beiden hinterher. Wir steigen über breite Wurzeln, die den Boden überwuchern, zertreten trockene Äste, und immer wieder muss ich mir Zweige aus dem Gesicht halten. Unser Weg führt uns tief hinein in dieses Meer aus Bäumen. Die Luft wird klarer, ich atme tief durch und spüre, wie gut es mir tut, hier draußen zu sein. Die Natur beruhigt mich, wie es sonst nichts kann.

Schließlich erreichen wir die kleine Lichtung, die Emils und Freyas Ziel war. Sie ist umgeben von Büschen und Sträuchern, auf dem Boden entdecke ich die letzten Walderdbeeren und ein paar Moltebeeren. Wir sind fernab jeglicher Zivilisation, die Chance, dass wir hier oben außer ein paar Tieren jemandem begegnen, ist verschwindend gering. Und genau diese Tatsache gibt mir den Mut, es meinem Bruder und seiner Freundin gleichzutun.

Wir beginnen zu zählen.

Eins.

Zwei.

Drei.

Und dann schreien wir. So laut wir können. So lang wir können. So kraftvoll wir können.

Vor einem Jahr ist meine Welt zerbrochen.

Vor einem Jahr ist Hendrik gestorben.

Vor einem Jahr hat sich alles verändert.

Aber heute, genau ein Jahr später, finde ich den Kleber, um meine Weltbruchstücke wieder ein bisschen zusammenzufügen. Gemeinsam mit Emil und Freya.

Wir waren bis zum frühen Nachmittag im Wald, und ich muss zugeben, dass mir das Schreien, die Natur und die Zeit mit Emil und Freya wirklich gutgetan haben. Nachdem ich mich von den beiden verabschiedet habe, telefoniere ich kurz mit Mum und frage sie, wie es ihr geht. Weil der Tag nicht nur für mich schlimm ist, sondern auch für sie. Und ich will nicht, dass sie das Gefühl hat, damit allein zu sein. Sie soll wissen, dass sie uns immer noch hat, dass wir für sie da sind. Danach suche ich meine Sachen für das Ferienabschlusscamp zusammen und mache mich auf den Weg, um Fin abzuholen. Offiziell beginnt das Camp erst morgen, aber wir beide werden schon heute die Nacht dort verbringen. In den letzten Tagen habe ich immer wieder mit ihm gesprochen, ihn gefragt, ob er wirklich mitkommen möchte, aber er war nicht davon abzubringen. Vielleicht ist es tatsächlich gut für ihn, sich selbst ins kalte Wasser zu schmeißen. Ich bin dennoch sehr froh, dass er zugestimmt hat, bereits einen Tag eher hinzufahren. Das gibt ihm die Chance, sich in Ruhe umzusehen und die Begebenheiten dort kennenzulernen. Und es bringt mich auf andere Gedanken. Denn nichts ist schlimmer, als ständig an Hendrik zu denken.

Es ist unglaublich still in den Bergen. Das ist das Erste, was mir auffällt, als wir aus dem Wagen steigen und ich mit Fin einmal über den Platz laufe, wo schon bald unzählige Kinder die letzte Woche ihrer Sommerferien verbringen werden. Das Zweite ist, dass es wunderschön ist. Die Bäume stehen in einem beinah perfekten Kreis um die große Waldlichtung, die Zelte sind bereits aufgebaut, und die Hütte mit der Küche und einem großen Aufenthaltsbereich für Regentage wurde ebenfalls schon vorbereitet.

Ich freue mich wirklich auf die nächsten Tage im Camp, auch wenn ich Respekt vor der Menge an Kindern habe, die Fin und ich zusammen mit vier anderen betreuen werden. Vorausgesetzt, Fin springt nicht doch noch ab. In den letzten Minuten ist er immer stiller geworden. Nach so vielen Jahren wieder hier draußen, in einem Camp, zu sein, muss überwältigend sein. Überwältigend und wahrscheinlich auch triggernd. Wie stark kann ich nicht abschätzen, aber sein Gesicht ist etwas blass, und seine Augen zucken hektisch hin und her. Als wollte er die ganze Gegend nach möglichen Gefahrenquellen abscannen.

»Du musst das hier nicht tun«, sage ich leise und greife nach seiner Hand. Sie ist eiskalt. »Emil hat versprochen, dass er einspringt.«

Fins Antwort kommt sofort. »Nein«, entgegnet er entschieden. »Ich will mich nicht länger einschränken lassen.« Er seufzt und sieht mich an. Sein Blick ist ernst. »Ich war früher so gern in diesen Camps. Ich will wieder in den Bergen oder im Wald zelten gehen können, ohne in Panik zu verfallen. Und deshalb …« Er sieht sich ein weiteres Mal um, ich tue es ihm gleich.

Alles ist ruhig, der Wald liegt verlassen da, nur ein paar Vögel zwitschern, das Blätterdach über uns raschelt. Es ist friedlich. Und damit das exakte Gegenteil von Fins Erinnerungen an seinen letzten Aufenthalt in einem Camp dieser Art.

»Wir bleiben«, wiederholt Fin. »Aber ich glaube, es war echt eine gute Idee, schon eine Nacht eher hier draußen zu übernachten, bevor die Kids kommen. Welches Zelt gehört uns?«

Ich zeige ihm die Ecke, wo die Betreuenden untergebracht sind. »Du kannst dir eins aussuchen. Noch haben wir die freie Wahl.«

Prüfend mustert er die einzelnen Zelte. Sie sind alle identisch, jeweils ausgerichtet auf zwei Leute. Wir werden uns eins teilen, aber ich überlasse Fin, welches es sein soll. Ich will, dass er sich so sicher wie irgend möglich fühlt.

»Das da«, meint er schließlich und geht auf eins zu. »Wir nehmen das.«

»Okay.« Ich folge ihm hinein und werfe meinen Rucksack auf eine Seite. Es ist ziemlich spartanisch, außer Isomatten und zwei zusätzlichen Wolldecken befindet sich nichts hier drin.

Augenblicklich beginnt Fin, seine Sachen auszupacken. Er rollt seinen Schlafsack aus und legt die Tasche mit seinen Klamotten ans Fußende. Obwohl er sich verhält wie immer, spüre ich, dass er nicht komplett hier ist. Sein Kopf kämpft mit den Geistern der Vergangenheit, und ich weiß nicht, was ich tun soll. Ich will ihm helfen, aber ich bin mir nicht einmal sicher, ob ich es überhaupt kann. Oder ob er diese Dämonen allein vertreiben muss. Ich kann ihm nur immer wieder sagen, dass ich da bin, dass er sicher ist – sofern ich ihm das überhaupt versprechen kann, und dass er jederzeit gehen kann, wenn es ihm zu viel wird. Wir haben einen Back-up-Plan. Und seine App. Er und Lasse haben in den letzten Tagen den Bug beseitigt, weshalb wir die App in der nächsten Woche erneut testen können. Zusammen. Im Camp. An dem Ort, der so sehr dem gleicht, der der Auslöser für ihn war, diese App überhaupt zu entwickeln.

»Können wir uns die Gegend ansehen?«, fragt Fin, als wir ausgepackt und das Zelt direkt wohnlicher gemacht haben.

»Natürlich.« Ich nicke sofort. Alles, was ihm irgendwie hilft. Es wird zwar noch lange nicht dunkel, aber ich merke, dass er unruhig ist.

Kurz darauf laufen wir direkt in den Wald hinter unserem Zelt. Es gibt keinen Weg, nur Dickicht, umgefallene Bäume, Äste und Büsche. Wir machen jedes Mal ziemlich viel Lärm, wenn wir auf trockene Zweige treten, die unter unserem Gewicht knackend zerbrechen. Fin läuft voraus, ich folge ihm. Immer wieder bleibt er stehen, betrachtet einzelne Bäume, klopft auf Stämme, streckt sich nach den untersten Ästen.

Es dauert, bis ich begreife, was er da tut. Doch dann fällt es mir wie Schuppen von den Augen, und es bricht mir verflucht noch mal das Herz.

»Hey …« Ich trete auf ihn zu und schlinge die Arme um seine Hüfte. »Hör auf damit«, sage ich sanft und lege meinen Kopf in den Nacken, um ihn besser ansehen zu können. »Du wirst keinen neuen Schutzbaum brauchen.«

»Das weißt du nicht.«

»Nein«, stimme ich ihm zu. »Aber ich vertraue auf Wahrscheinlichkeit. Und die besagt, dass es nahezu unmöglich ist, dass dir so etwas zweimal passiert.«

»Nahezu«, murmelt er in meine Haare.

»Nahezu.« Eine minimale Chance gibt es noch. Weil es sie immer gibt. Trotzdem werde ich nicht zulassen, dass Fin sich darin verliert. Ihm wird nichts passieren. *Keinem*, der dieses Camp besucht, wird das. Ich halte ihn fest umschlungen, bis ich spüre, wie ein wenig der Anspannung aus seinem Körper weicht. »Du hast schon so viel geschafft«, sage ich. »Deine Höhenangst ist deutlich besser als vor ein paar Wochen. Und du hast eine App entwickelt, damit sich die Menschen sicherer fühlen können. Aber Fin, das gilt auch für dich. Du bist hier genauso sicher wie auf dem Campingplatz in Drammen unten. Oder im Park. Bei mir zu Hause. Oder bei dir in Oslo. Und ziemlich sicher sogar deutlich sicherer als im Auto auf der Straße.« Ich nehme seine Hände in meine und sehe ihm ins Gesicht. »Aber wenn du das Gefühl hast, es zu brauchen, dann suchen wir dir einen Schutzbaum.«

Lange steht er mir einfach nur gegenüber, blickt mich an, hält mich fest. Wieder kann ich nur erahnen, welche Kämpfe genau es sind, die gerade hinter seiner Stirn stattfinden. Ich hoffe, er gewinnt.

Irgendwann schüttelt er den Kopf. »Nein, du hast recht. Ich brauche keinen Schutzbaum. Es wird nicht zweimal passieren.« Das stumme *Oder?* spricht er nicht aus.

»Wird es nicht.« Ich beuge mich ihm entgegen und küsse ihn kurz. »Trotzdem hast du das Recht, jederzeit zu gehen, ja? Vergiss das nicht.« Ich lasse meinen Worten einen weiteren Kuss folgen. Dieses Mal länger. Und Fin erwidert ihn. Eine ganze Zeit lang stehen wir im Wald und küssen uns. Seine Hand in meinem Nacken, meine im Stoff seines Shirts. Wir sind nicht allzu weit von Drammen weg, nur dreißig, vielleicht fünfunddreißig Kilometer, und dennoch ist es hier draußen unendlich einsam.

Zumindest noch bis morgen, wenn die Meute einfallen wird.

Hand in Hand streifen wir schließlich weiter, vorbei an Bäumen, Farnen und von Moos bewachsenen alten Stämmen. Emil und Freya könnten uns mit Sicherheit sagen, wie sie alle heißen, so oft, wie sie in den Wäldern unterwegs sind.

Unsere Erkundungstour dauert lange. Wir laufen und laufen, werfen immer wieder einen Blick in die App. Sie funktioniert fehlerfrei, und ich hoffe, dass diese Tatsache zu Fins Beruhigung beitragen kann. Seine Finger sind immer noch kalt.

Nach einem etwas hügeligeren Anstieg stoßen wir auf einen kleinen

Bachlauf. Das Wasser ist glasklar und nicht sonderlich tief, weshalb ich beschließe, dass es Zeit für eine kleine Pause ist. Ich mache mich von Fin los und ziehe meine Turnschuhe und die Socken aus. Dann halte ich die Zehen in das kalte Wasser. Es ist eisig, aber es tut gut. Auffordernd sehe ich Fin an, und nach einem kurzen Zögern kommt er meiner Bitte nach. Nebeneinander waten wir durch den Bach. Er ist keinen Meter breit, aber die Kühle tut nicht nur den Beinen gut. Sie erfrischt auch den Kopf.

Nach ein paar Minuten setze ich mich neben die Stelle am Bachrand, wo unsere Schuhe liegen. Fin tut es mir gleich und wackelt mit den Zehen im Wasser. Wir haben uns ein ordentliches Stück vom Camp entfernt, was wichtig für ihn war. Nur so konnte er sich im Gelände ordentlich umsehen. Je weiter wir kamen, umso weniger hektisch wurden seine Blicke. Ich kann nicht behaupten, dass er mittlerweile entspannt ist. Aber er ist ruhiger. Das definitiv.

Als sich blaues Licht über den Wald legt, das von Minute zu Minute intensiver wird, und die App uns vor baldigem Regen warnt, kehren wir um. Wir erreichen das Camp in dem Moment, in dem die ersten Tropfen fallen. Und im nächsten Augenblick brechen die Wolken richtig auf. Bis wir unser Zelt erreichen, sind wir klatschnass. Lachend öffne ich den Reißverschluss, und wir huschen hinein, nachdem wir uns aus unseren Schuhen gekämpft haben.

»Perfektes Timing«, sagt Fin und zupft an seinem Shirt. »Zwei Minuten eher, und wir hätten es trocken geschafft. Ich muss dringend an der Funktion für die Wettervorhersage der App feilen.«

»Ich finde sie schon ziemlich genau«, meine ich und ziehe mir das nasse T-Shirt über den Kopf. »Bis auf ein paar Minuten war es doch ganz gut, oder?«

»Das geht noch besser.« Fin schüttelt den Kopf und verteilt dabei einige Tropfen auf unseren Schlafsäcken, ehe er aus seiner Hose schlüpft. Es ist gar nicht so einfach, das Zelt ist viel zu niedrig, um aufrecht stehen zu können. »Ich gebe Lasse später Bescheid, dass wir da noch mal ranmüssen.«

»Später?«

»Mhm.« Er nickt und setzt sich mir gegenüber auf seinen Schlafsack.

Ich halte inne und sehe ihm direkt in die Augen. So unfassbar blau. So tief. So musternd.

»Was ist?«, frage ich, als er mich einfach nur ansieht. Meine Stimme klingt plötzlich ziemlich rau. Als hätte ich mich durch den Regen erkältet, was überhaupt nicht möglich ist. Dabei liegt es einzig und allein an Fin. Ich sitze ihm in Unterwäsche gegenüber, aber es fühlt sich schon jetzt an, als wäre ich nackt. Als wären wir es beide. Weil wir es auf gewisse Art und Weise auch seit Tagen sind. Seit unserer Aussprache, nachdem Mum …

Nein, ich will nicht wieder daran denken. Es geht ihr besser. Der Aufenthalt im Krankenhaus tat ihr gut, sie haben sie stabilisiert. Und ab heute wird ihr die neue Klinik noch viel besser zur Seite stehen. Nach außen hin heißt es, dass sie Herzprobleme hatte und deshalb nun in einer Reha ist. Bisher glauben es die Leute, was Mum die Chance gibt, ganz in Ruhe gesund zu werden. Oder zumindest zu lernen, wie sie mit ihrer Trauer und den damit verbundenen Gefühlen umgehen kann. Ohne Tabletten oder andere Betäubungsmittel.

Fin sagt immer noch nichts, er sieht mich einfach nur weiterhin auf diese Art und Weise an, wie er es erst tut, seit er mir von Malia erzählt hat. Ein bisschen ungläubig, als könnte er es nicht fassen, dass ich immer noch hier bin. Bei ihm. Und gleichzeitig voller Dankbarkeit, eben *weil* ich ihn nicht allein lasse.

Wortlos rutsche ich zu ihm. Auf seine Seite des Zeltes. Fast lässt mich dieser Gedanke lachen, weil er mich so sehr an früher erinnert.

An die vielen Male, wenn ich mit meinen Brüdern gezeltet habe und wir ganz klar geregelt hatten, wer welches Stück des Zeltes bekommt. Damals habe ich wie ein Luchs darauf aufgepasst, dass die Grenze nicht überschritten wird.

Heute könnte es mir nicht egaler sein.

Aber heute befinden sich auch nicht meine Brüder mir gegenüber.

Sondern Fin.

Der Mann, der mein Linekos vervollständigt.

Ich bin kaum neben ihm, da drückt er auch schon seine Lippen auf meine. Wir küssen uns oft, im Park, in seinem Van, am See. Im See. Aber das hier, jetzt, das ist anders. Es fühlt sich immer noch an, als wäre es das Natürlichste der Welt. Aber eben auch das Aufregendste.

Es ist ein Geschenk, Fin zu küssen. Jedes einzelne Mal. Während der Regen über uns trommelt, verliere ich mich in ihm. Nicht nur in seinen Küssen, auch in seinen Armen. Er hüllt mich ein, zieht mich mit sich, der Boden ist trotz Isomatte und Schlafsack hart, aber es stört mich nicht. In dieser Sekunde wäre ich nirgendwo lieber.

Fin vergräbt die Hände in meinen Haaren, kleine Wasserperlen tropfen auf seine Brust. Er beachtet sie nicht einmal. Ich küsse ihn wieder, er beißt mir sanft in die Unterlippe, ich stöhne, er auch.

»Das ist schon wieder ein erstes Mal für mich«, raune ich an seinem Ohr und nehme sein Ohrläppchen zwischen meine Zähne.

»Sex in einem Zelt?« Er spannt sich unter mir an. Doch dieses Mal ist es die gute Art. Die, die mir zeigt, dass er das hier genauso sehr will wie ich.

»Ja.«

»In Neuseeland?«

»Nein.« Ich schüttle den Kopf.

»Dann haben wir was gemeinsam.« Er schließt die Augen, und ich lege meine Finger an seine Wange.

Behutsam streiche ich mit den Daumen über seinen Bartansatz, beobachte die Wölbung seines Kehlkopfs. Er hebt und senkt sich, als Fin schluckt.

»Wirklich?«, frage ich so, dass es fast ein Flüstern ist. »Auch nicht mit …« Ich habe keine Ahnung, wieso ich das Bedürfnis verspüre, so leise zu sprechen. Aber ich tue es.

Fin antwortet mir auf dieselbe Weise. Flüsternd. »Nein. Nicht mit ihr. Wir haben uns nicht getraut, das in einem Zeltlager, umgeben von lauter schlafenden Kindern, zu tun. Zum … zum ersten Mal.«

Dem kann ich nicht widersprechen. »Gut, dass heute niemand hier ist.«

»Nur wir.«

»Nur wir«, bestätige ich und lasse die Hände auf seinen Schultern ruhen. Gott, ich will sie tiefer schieben. Will alles von ihm und an ihm und mit ihm. Aber meine Frage scheint Erinnerungen geweckt zu haben. Also warte ich. Weil es hier nicht nur um mich geht. Sondern auch um ihn. Vor allem um ihn. Mit einem Finger fahre ich seinen Hals entlang, spüre seinen Puls, ein paar Sekunden, nicht lang, aber lang genug, um zu merken, dass er schneller geht als gewöhnlich. Ich lächle, als er meine Hüfte loslässt, mein Gesicht umfasst und mich an sich zieht. Noch näher, noch enger. Noch mehr er und ich. Und dann küssen wir uns. Wieder und wieder und wieder.

Bis küssen nicht mehr genug ist. Ich schiebe meine Hände unter den Bund seiner Boxershorts, ziehe sie ihm nach unten, er öffnet den Verschluss meines BHs und schiebt mir die Träger von den Schultern. Ich löse mich nur widerwillig von ihm, aber ich muss, damit Fin mir meinen BH komplett ausziehen kann. Dann hakt er zwei Finger in mein Höschen und streift den Stoff nach unten. Stück für Stück, fast schon quälend langsam. Ich beiße mir selbst auf die Unterlippe, bis ich es nicht mehr aushalte, etwas zurückkrabble und aus meinem Slip schlüpfe. Ich bin kaum vollständig nackt, als ich mich auch schon wieder auf ihn setze.

Fin sieht zu mir auf, fährt mit den Lippen über meine Brüste, mein Gesicht glüht. Mir wird heiß, als er seine Hände auf meinen Hintern legt. Er übt nur wenig Druck aus, und doch hält er mich so an Ort und Stelle. Und ich spüre alles von ihm an der Innenseite meiner Oberschenkel.

»Bitte, bitte sag mir, dass du ein Kondom greifbar hast.« Ich weiß, dass ich irgendwo welche habe, aber ich würde es nicht ertragen, nun noch einmal von ihm klettern zu müssen, um in den Untiefen meines Rucksacks danach zu suchen.

»Kommst du an meine Tasche?«, fragt Fin.

»Glaube schon, warte.« Ich recke mich ein Stück, was dazu führt, dass er meine Brustwarze mit seinen Lippen umschließen kann. »Fuck«, entweicht es mir, ich halte inne und schließe die Augen. So lange, bis er sich wieder von mir löst.

»Die linke Seitentasche«, meint er dann, und obwohl ich sein Gesicht nicht sehen kann, weiß ich, dass er selbstzufrieden grinst.

Ich strecke die Hand aus, zerre am Reißverschluss, kriege ihn mühsam geöffnet, taste nach knisterndem Folienpapier. Und stoppe wieder, als ich seine Lippen an meinem Schlüsselbein spüre. Er küsst mich, von innen nach außen, zieht eine Spur, erreicht meinen Hals. Und dann ist es nicht mehr sein Mund, der das Ziehen zwischen meinen Beinen auslöst, sondern seine Hand. Er reibt über meine Mitte, ich drücke mich ihm entgegen. Atme schneller, atme flacher, atme stöhnend. Die Gedanken in meinem Kopf sind lose Fäden, ergeben keinen Sinn mehr. Ich weiß nur noch eins.

»Ich will nicht ohne dich kommen.« Mein Murmeln gleicht fast schon einem Wimmern.

Kurz bereue ich es, ihn aufgehalten zu haben, als er seine Finger von mir nimmt. Aber dann schiebe ich die Hand zurück in die Seitentasche, ziehe die Kondome hervor und reiße eins davon auf. Ich richte mich über Fin auf, streife ihm das Gummi über und lege seine Hände zurück auf meine Hüfte. Ganz langsam führt er mich über sich, positioniert mich, sieht mich an, nicht meinen Körper, sondern mich. Er hält meinen Blick mit seinem fest, während ich mich auf ihn sinken lasse und immer mehr von ihm spüre. Von ihm und von der Hitze unter mir, die sich immer weiter aufbaut.

Ich beuge mich zu ihm, Fin kommt mir entgegen, umschließt meinen Rücken. Sein Atem an meinem Hals, meine Brüste an seinem Oberkörper, zwei schlagende Herzen im selben Takt. Ich beginne mich zu bewegen, wir finden einen Rhythmus, Linekos, *koselig*. Ich küsse ihn, will ihn so sehr, dass es nicht lange dauert, bis sich alles in mir zusammenzieht. Sein Daumen reizt mich, ich kann nicht mehr denken, spüre nur noch dieses Kribbeln in mir, das sich in meinem ganzen Körper ausbreitet. Unsere Bewegungen werden fahriger, schneller. Fünf Sekunden. Vielleicht auch zehn. Dann spannt auch er sich unter mir an, und wir fallen, fallen, fallen ineinander. Miteinander. Zueinander.

Fin hält mich in seinen Armen, lange nachdem das Beben aufgehört hat. Nur der leichte Schweißfilm auf meiner Stirn und das Herzklopfen sind noch da. Kein Herzrasen mehr, ein sanftes, weiches Klopfen, das ich immer spüre, wenn er in meiner Nähe ist. Ich hoffe, es vergeht nie.

Draußen prasselt immer noch der Regen auf das Zeltdach über uns. Die Luft ist abgekühlt, eine Gänsehaut bildet sich auf meiner Haut. Und doch ist mir noch nie zuvor wärmer gewesen. Ich sehe Fin an, küsse sein Kinn, halte ihn fest und weiß, dass ich bei ihm immer sicher sein werde. Denn verdammt noch mal, es hat nur ein paar Wochen gedauert, aber ich bin komplett und völlig haltlos in den Mann neben mir verliebt.

Als ich am nächsten Morgen aus dem Zelt krabble, scheint die Sonne wieder. Es ist noch früh, die Kinder werden erst in ein paar Stunden von ihren Eltern gebracht, was mir die Möglichkeit gibt, frischen Kaffee mit meiner akkubetriebenen, tragbaren Kaffeemaschine von Fin zu machen. Das Teil ist perfekt für unseren Aufenthalt hier. Der Rest des Frühstücks fällt weniger luxuriös aus. Aber nach der vergangenen Nacht brauche ich auch nicht viel. Die Erde ist immer noch feucht, weshalb ich mit den Tassen zurück ins Zelt klettere, um Fin zu wecken. Er hatte eine unruhige Nacht, hat sich immer wieder hin und her bewegt, doch zum Glück scheint er von schlimmeren Albträumen verschont geblieben zu sein. Und das gibt mir Hoffnung, dass er auch die restliche Woche besser hinter sich bringen kann, als wir vermuten.

Ich wecke ihn mit einem zarten Kuss auf die Wange. »Aufwachen, Schlafmütze.« Es dauert zwar noch, bis die Kinder kommen, aber nach der verregneten Nacht sollten wir das Camp auf Sturmschäden prüfen.

Fin blinzelt verschlafen und stützt sich auf seinen Ellbogen ab. »Wie spät ist es?«, fragt er mit belegter Stimme und reibt sich über die Augen.

»Zeit für einen Kaffee. Hier.« Grinsend reiche ich ihm eine der beiden Tassen.

»Danke.« Er nippt daran, ehe er an die Zeltdecke blickt und die Stirn runzelt. »Regnet es noch?«

»Nein, es hat irgendwann heute Nacht aufgehört.«

»Hm. Okay.« Er nickt nachdenklich.

Ich muss keine Hellseherin sein, um zu wissen, dass er trotz einer einigermaßen guten ersten Nacht hier draußen weiterhin angespannt ist. Wenn die Kinder und die anderen Betreuenden kommen und ihn alles noch mehr an damals erinnert, dann … Ich wäre auch angespannt. Vielleicht wäre ich nicht einmal hier, weil ich nicht mutig genug wäre, mich meiner Angst zu stellen. Kurz entschlossen beuge ich mich zu ihm und gebe ihm einen weiteren Kuss.

Überrascht sieht er mich an. »Wofür war das?«

»Nur so. Ich bin stolz auf dich.«

Er blickt mich immer noch irritiert an. »Weil ich dir heute Nacht zwei Orgasmen beschert habe?«

Ich lache laut auf. »Ja. Das war toll. Aber nein, nicht deswegen. Sondern einfach, weil du …«

Er mustert mich abwartend.

»Hier bist«, sage ich und zucke mit den Schultern.

Einen Moment schweigen wir gemeinsam, doch ich spüre seinen Blick weiterhin auf mir.

»Dank dir«, meint er schließlich und lächelt. »Ohne dich … wäre ich es ganz ehrlich nicht.«

»Das klingt, als würde ich dich zwingen.«

»Nein.« Fin schüttelt sofort den Kopf. »So ist das nicht gemeint. Ich wüsste nur überhaupt nichts von diesem Camp, wenn du mir nicht geholfen hättest. Dann wäre ich ja nicht mehr in den Kletterpark gekommen. Aber eigentlich ist nicht einmal das der Grund.«

»Sondern?«

»Es ist deine Anwesenheit.« Er sieht kurz auf seinen Kaffee. »Ich fühle mich bei dir sicher. Was völliger Quatsch ist, weil es keine hundertprozentige Sicherheit gibt. Sollte jemand das Camp stürmen, könntest du auch nichts tun. Aber mit dir an meiner Seite … Da sind es mindestens … dreiundneunzig Prozent Sicherheitsgefühl.«

»Dreiundneunzig? Das ist sehr spezifisch.« Meine Mundwinkel zucken, ehe ich mich quer ins Zelt lege und meinen Kopf auf seinen Beinen platziere. Es ist ziemlich ungeschickt, so zu trinken, aber die nächsten Minuten bleiben wir exakt in dieser Position. Es ist die Ruhe nach dem Sturm und zugleich die davor. Wenn die Kinder erst einmal da sind, werden wir keine Sekunde mehr für uns haben.

»Wie geht's dir?«, frage ich, nachdem mein Kaffee leer ist, und drehe mich in seine Richtung.

»Gut«, meint er. »Ich bin nervös, aber ich glaube, es wäre bedenklich, wenn ich es nicht wäre.« Gedankenverloren beginnt er, mit meinen Haaren zu spielen. »Und vielleicht glaubt mir am Ende der Woche mein Hirn endlich, was ich eigentlich eh schon weiß. Nämlich …« Er räuspert sich. »Nämlich, dass ich etwas erlebt habe, was kaum jemand erlebt. Und dass die Wahrscheinlichkeit, dass es noch einmal passiert, quasi null ist.«

Ich wünsche es mir für ihn. So sehr. Wortlos drücke ich seine Hand.

Eine Weile bleiben wir noch im Zelt und schweigen gemeinsam. Dann ist auch seine Kaffeetasse leer, und wir machen uns an die Arbeit. Ein schneller Kontrollgang durchs Camp zeigt uns, dass alles in Ordnung ist. Der Regen hat nichts kaputt gemacht, die Zelte sind nur noch etwas feucht. Aber das ist nichts, was die Sonne im Laufe des Tages nicht regeln würde.

Als nur noch das Geschirr vom Frühstück übrig ist, fragt Fin mich, ob es in Ordnung ist, wenn er kurz telefoniert.

»Natürlich.« Ich tauche meine Hände in das Spülwasser. »Lasse?«, rate ich. »Wegen der ungenauen Wettervorhersage?«

»Auch.« Fin nickt und deutet auf sein Handy. »Ich beeil mich, ja?«

Ich recke mich ihm entgegen für einen schnellen Kuss. »Lass dir Zeit.« Dann verschwindet er aus der Küchenhütte, und ich erledige den Abwasch.

Ich bin gerade damit fertig, als ich Motorengeräusche höre. Das ist dann also der Startschuss für eine Woche Zeltlagerfreizeit mit vierzig Kindern aus Drammen und Umgebung. Und es wäre eine Lüge zu behaupten, dass ich völlig entspannt bin. Ich habe noch nie auf so viele kleine Menschen aufgepasst und kann bloß hoffen, dass alles gut geht.

Spoiler. Es ist einfach nur anstrengend. Seit die ersten Kinder angekommen sind, laufe ich gefühlt nur im Viereck, teile Zelte zu, helfe auspacken, trockne Abschiedstränen, lenke von Heimweh ab und kümmere mich zwischendurch darum, dass der Küchendienst mit dem Kochen anfängt. Fin unterstützt mich, so gut er kann, genau wie die anderen vier Betreuenden, die Thomas organisiert hat. Sie sind keine Parkmitarbeitenden, deshalb kenne ich sie bisher nicht. Aber auf den ersten Blick – und das erste Wort – scheinen sie ganz nett zu sein. Ich bin dennoch froh, dass Fin da ist. Es ist ihm deutlich anzumerken, dass das hier nicht sein erstes Ferienlager ist. Er beschäftigt problemlos zwanzig Kinder allein, macht Witze und zeigt ihnen, wie man jongliert. Überrascht bleibe ich einen Moment lang stehen. Mir war nicht bewusst, dass er das kann, aber er wirft mehrere Bälle routiniert nach oben. Als wäre es ein Kinderspiel und nicht etwas, woran ich schon mein ganzes Leben lang scheitere.

Der erste Tag mit den Kids vergeht wie im Flug, und ehe ich mich's versehe, bricht der Abend über das Camp herein. Nach dem Essen trommeln wir alle in der Mitte um das große Lagerfeuer zusammen und entzünden gemeinsam das Holz. Zur Feier des Tages, um den Start des Camps so richtig zu zelebrieren, halten wir große Marshmallows über die Flammen und packen sie anschließend zwischen zwei Schokoladenkekse. Es ist eine riesengroße Sauerei, aber die Kinder haben Spaß. Genau wie die Erwachsenen, wenn ich Fin so betrachte.

»Du hast da was«, sage ich und deute auf seinen Mundwinkel.

»Schokolade?«, fragt er und fährt sich mit den Fingern über die Stelle.

»Mhm.« Ich nicke und grinse, als er es nur schlimmer macht.

»Warte.« Ich beuge mich zu ihm und reibe das bisschen Schokolade für ihn weg.

Er lässt mich nicht aus den Augen, sein Blick fixiert meinen, hält mich fest, auf allen Ebenen. »Danke«, sagt er leise, und einen Augenblick sind da nur wir. Keine Kinder mehr, kein Feuer, kein Sternenhimmel über uns. Nur wir beide, und ich erwische mich bei dem Gedanken, wie ich mir wünsche, dass es für immer so sein möge. Er und ich, zusammen, manchmal mit und manchmal gegen den Rest der Welt.

Weißt du was, Hendrik? Neulich habe ich mich mit einem Kerl aus Kanada unterhalten. Er macht auch Work and Travel in Neuseeland, und er hat mir ein paar ziemlich schlaue Sachen gesagt. Nachdem wir Sex hatten. Und ja, ich weiß, du willst das nicht hören, aber du bist tot, also Pech für dich. Da musst du jetzt durch. Er hat gesagt, dass die schlimmsten letzten Male die sind, die man nicht kommen sieht. Die, die man nicht plant, mit denen man nicht rechnet. Die man sich nicht einmal in seinen schlimmsten Albträumen vorstellen kann. Am einen Tag ist noch alles in Ordnung. Man lacht, man hat Spaß, man ärgert sich. Und man hat einfach verflucht keine Ahnung, dass es das letzte Mal ist. Die letzten gemeinsamen Stunden. Und dann, zack, ist es vorbei. Ein Mal, das eins von vielen sein sollte, wurde zum letzten Mal. Und ich glaube, es gibt nichts Traurigeres als das.
Alles hat ein Ende. Wir wissen nur nicht, wann.
Und ich hasse es so sehr, dass dein Ende so früh war.

20

FIN

Meistens ist es zwei Uhr nachts, bis Lene und ich in unser Zelt kriechen. Wenn die Kinder schlafen, sitzen wir noch mit den anderen Betreuenden zusammen, lassen den Tag Revue passieren und planen den nächsten. Es macht erstaunlich viel Spaß – und trotzdem ist mein Highlight des Tages jedes Mal der Moment, wenn ich endlich mit Lene allein bin. Mich an ihre Anwesenheit zu gewöhnen, war viel zu leicht. Ich hab keine Ahnung, wie ich wieder darauf verzichten soll, wenn das hier vorbei ist. Wenn sie weiterstudiert und ich mich verstärkt um den Launch der App kümmern muss. Wenn es keine gemeinsamen Nächte mehr in einem Zelt oder meinem Van gibt. Wenn der Sommer endet.

Ich bin allerdings gut darin, diese Gedanken zu verdrängen. Im Schein der Lichterkette, die Lene am Zeltdach befestigt hat, schlüpfen wir in unsere Schlafsäcke. Es ist jedes Mal ein kleiner Kampf, weil wir wirklich nicht viel Platz hier drin haben. Aber nach ein paar Sekunden liegen wir nebeneinander und können durchatmen. Zumindest kurz. Dann dreht Lene sich zu mir, rutscht noch ein bisschen näher, sodass ich den Arm um sie legen kann, und sieht mich an.

»Woher kannst du eigentlich so gut jonglieren?«, fragt sie und streicht mir mit der Fingerspitze sanft über die Brust. Es ist verdammt schwer, ihr seit Tagen zwar nahe zu sein, aber nicht so nah, wie ich es gern wäre.

Ich umschließe ihre Finger mit meinen und begegne ihrem Blick. »Mein Dad«, sage ich und merke, wie ich lächle. »Er hat's mir beigebracht, als ich zehn war. Und er hatte es von seinem Dad.«

»Familientradition also?«

»Quasi.«

»Das ist echt cool.«

»Ich bring es dir bei, wenn du willst. Ist gar nicht so schwer. Die Kids kriegen es ja auch hin.« In den letzten Tagen haben sie mich immer wieder gebeten, es ihnen zu zeigen. Ein paar sind mittlerweile schon richtig gut darin.

»Ich glaube, ich bin nicht koordiniert genug dafür.«

»Übungssache.« Ich grinse und rücke noch ein Stück näher zu ihr. Mit dem Schlafsack scheint sich die Wärme, die von ihr ausgeht, zu potenzieren. Obwohl die Luft nachts merklich abkühlt, ist mir neben ihr nie kalt. Sie ist meine ganz persönliche Wärmflasche.

»Meinst du?« Ihr Atem streift bei jedem Wort mein Gesicht. Auf ihren Lippen liegt ein herausforderndes Lächeln.

»Ich weiß es«, sage ich und schiebe mich ihr noch weiter entgegen.

Lene lässt sich zurück auf ihren Rücken sinken, und ich beuge mich über sie, bis ich genau über ihr bin. Mit einer Hand greife ich an die Zeltdecke und schalte die Lichterkette aus. Sofort legt sich Dunkelheit über uns, und es dauert etwas, bis sich unsere Augen daran gewöhnt haben und helle Schatten sichtbar werden.

»Hi«, flüstere ich dann.

»Hi«, erwidert sie.

»Bist du müde?«

»Nein.«

Ich weiß, dass ihre Antwort eine Lüge ist. Es ist mitten in der Nacht, wir sind bald zwanzig Stunden auf den Beinen. Und wir werden auch heute Nacht nicht viel schlafen. Aber hätte sie mir diese Frage gestellt, hätte ich genau gleich geantwortet. *Nein, ich bin nicht müde.* Im Gegenteil. Jede Faser meines Körpers ist hellwach.

Langsam senke ich meine Lippen auf ihre. Erst ist es nur ein hauchzartes Streifen, ein Austasten, ein Ankommen. Empfindsame Haut auf empfindsamer Haut. Ein paar Augenblicke konzentriert sich alles in mir auf meinen Mund. Auf ihren. Auf unsere Zungen. Lene zu küssen, ist ein Abenteuer, in diesem Zelt, mitten in der Nacht, nach einem viel zu langen Tag noch viel mehr. Sie beißt mir sanft in die Unterlippe, was mir ein leises Stöhnen entlockt, das sie sofort mit ihrem Mund auffängt. Ich würde so unfassbar gern mit ihr schlafen, aber ich werde es nicht tun, solange wir umgeben sind von unzähligen Kindern. Die zwar hoffentlich alle im Land der Träume sind, doch ich werde nichts riskieren.

Küssen. Mehr geht heute Nacht nicht. Weder sie noch ich ahnen, dass es die letzte gemeinsame Nacht für uns ist, bevor uns die Realität eiskalt ertränkt.

Den nächsten Morgen verregnet es komplett, und wir haben alle Mühe, die Kinder bei Laune zu halten und einen Lagerkoller zu verhindern. Erst kochen wir mit ihnen, was ungefähr genauso anstrengend ist wie drei Stunden Calisthenics-Training. Dann spielen wir Twister, Karten und Menschenmemory mit ihnen.

Seit ich hier im Camp bin, habe ich das Gefühl, dass jeder neue Tag nach und nach die alten, schlechten Erinnerungen überschreibt und sie gleichzeitig erneuert. Falls das Sinn ergibt. Damals hat es auch geregnet, kurz bevor unser Camp überfallen wurde, und manchmal fällt es mir schwer, nicht einfach die Augen zu schließen und sieben Jahre zurückversetzt zu werden. Doch dann lacht ein Kind, ein Name wird gerufen, oder irgendwer streitet sich, und es ist nichts mehr wie damals. Das hier sind andere Menschen, ein anderes Camp, andere, neue Erinnerungen.

Und Lene. Überall Lene, die das hier so viel erträglicher macht. Durch sie wird die Schwere leichter.

Trotzdem bin ich gottfroh, als der Regen am späten Nachmittag endlich nachlässt und die Sonne hinter den Wolken hervorblinzelt. Bewaffnet mit Gummistiefeln und Regenjacken machen wir uns auf zu einer kleinen Abendwanderung. Bewegung ist nun das Wichtigste, irgendwie müssen wir unsere Schützlinge auspowern, sonst wird es eine noch kürzere Nacht für uns als sowieso schon. Der Boden im Wald ist rutschig, immer wieder stolpert ein Kind oder fällt hin. Zum Glück verletzt sich niemand ernsthaft, auch wenn wir die meisten Kids erst einmal unter die Dusche schicken müssen, als wir wieder zurück sind. Eine Schlammspur zieht sich durch den kompletten Eingangsbereich bis zu den Campingduschen.

Kopfschüttelnd steht Lene daneben und stemmt die Hände in die Hüften. »Können wir das nicht einfach mit einem Schlauch abspritzen? Ich habe keine Lust auf Bodenschrubben.«

»Bin mir nicht sicher, ob das so gut für die Holzwände ist.« Ich lehne mich grinsend gegen den Türrahmen und lache richtig, als sie frustriert schnaubt. Von hinten dröhnt Kindergeschrei und Wasserrauschen zu uns. Bevor das letzte Kind überhaupt im Duschbereich angekommen ist, sind die ersten zwei Jungs schon fertig. »Vorschlag. Ich kümmere mich um den Boden, und du deckst schon mal die Tische.« Wenn die große Duschaktion vorbei ist, werden die Kids sicher hungrig sein. Anna und Theo stehen bereits in der Küche und kochen Nudeln.

»Ist das echt okay für dich? Ich kann auch helfen und …«

»Vielleicht sorgst du besser dafür, dass Sverre und Tjark nicht abstürzen.« Schmunzelnd deute ich hinter uns auf die zwei Jungs, die vor der Hütte wieder einmal auf die Verandabrüstung geklettert sind.

»Sie tun … Ach, zum Teufel noch mal. Sverre! Tjark!« Lene stampft an mir vorbei auf die beiden zu. »Kommt da sofort runter! Wie oft soll ich euch noch sagen, dass ihr das lassen sollt?«

»Es macht aber Spaß!«, protestiert der kleinere der beiden frech und klettert munter weiter.

»Das ist mir vollkommen egal, junger Mann.« Sie schnappt ihn und zieht ihn von der Brüstung. »Es ist zu gefährlich. Wenn du dir den Hals brichst, hat hier niemand mehr Spaß.«

»Du bist doof.« Tjark schiebt die Unterlippe schmollend nach vorne.

»Ich bin gern doof, wenn du dafür am Leben bleibst«, erwidert Lene trocken und stellt ihn wieder ab. »Und jetzt los in den Gemeinschaftssaal mit euch, Tisch decken. Sonst gibt es heute Abend nichts zu essen.«

»Das ist Erpressung.«

»Jups«, sagt sie unbeeindruckt und scheucht die beiden vor sich her. »Teller sind auf dem Wagen. Gläser im Schrank. Abmarsch!«

»O Maaaaann.« Maulend setzen sie sich in Bewegung und schlurfen mit hängenden Schultern davon.

Lene atmet laut aus. »Die beiden schaffen mich.«

»Dabei hast du sie so gut im Griff. Falls du keine Lust mehr auf dein Studium hast, könntest du auch einfach Feldwebel werden.«

»Sehr witzig.« Lene folgt den Jungs nach einem letzten Blick in meine Richtung, bei dem sie die Augen verdreht und mir den Stinkefinger entgegenhält.

Belustigt sehe ich ihr hinterher, bis die nächsten frisch geduschten Kinder an mir vorbeirennen und den Matsch noch weiter verteilen. Ich seufze auf und mache mich ans Werk. Es dauert nicht lange, bis ich den größten Schmutz beseitigt habe und wieder zu Lene, den anderen Betreuenden und den Kids stoße. Der Lärmpegel im Saal ist gigantisch. Alle reden durcheinander und klettern halb über die Tische, während sie auf das Essen warten. Je mehr Zeit verstreicht, umso mutiger werden die Zwerge. Und je mutiger sie werden, umso mehr freue ich mich auf Samstag und damit auf das Ende des Camps. Nicht, weil es keinen Spaß macht, hier zu sein. Die vergangenen Tage haben mir deutlich gezeigt, warum ich bereits früher so gern im Zeltlager war. Aber es kostet Kraft und Nerven, und das durchwachsene Wetter tut sein Übriges. Allmählich kann ich es kaum erwarten, endlich wieder im Van in meinem Bett zu schlafen. Am liebsten mit Lene in meinen Armen.

Nach dem Essen lassen wir die Kids noch einmal hinter der Hütte auf der großen Grasfläche spielen. Das komplette Lager hat sich in zwei Gruppen gesplittet, die gegeneinander antreten. Es ist ein gigantisches Match, selbst Sam und Theo spielen mit. Frida und Anna mimen die Schiedsrichter. Nur ich stehe noch am Rand und checke die App, die abgesehen von Regen und einzelnen Schlammlawinen keine Gefahren anzeigt, während Lene etwas entfernt mit ihrer Mum telefoniert.

»Alles okay?«, frage ich, als sie zurückkommt.

»Ja. Mum geht's echt besser, glaub ich«, sagt sie. Ein sanftes Lächeln liegt auf ihren Lippen, die Erleichterung schwingt in jedem Wort mit. »Sie hat sogar kurz gelacht, als ich einen Witz gemacht hab. Und er war wirklich nicht gut.«

»Das freut mich.« Ich hebe den Arm, damit sie sich an mich lehnen kann, und gebe ihr einen Kuss an die Schläfe. »Es ist super, dass sie ihr helfen können.«

»Mhm. Am liebsten mag sie die Kunsttherapiestunden, meinte sie. Und Emil erstickt anscheinend an frischen Eiern, weil niemand da ist, der sie isst. Keine Ahnung, was das mit ihm und dieser Abneigung ist. Eier sind toll.«

Ihre Worte klingen nach Meckern, aber ich weiß, dass sie in Wahrheit froh ist, das Kriegsbeil begraben zu haben und wieder mit ihrem Bruder zu reden. Sie wirkt fröhlicher seither, auch wenn es immer noch genug Momente gibt, in denen sie in Gedanken versunken dasitzt und sich an Zeiten mit ihrem anderen Bruder erinnert. Den, den ich nie kennenlernen werde.

Eine Weile stehen wir am Spielfeldrand und beobachten das Geschehen. Dann kommen ein paar der Kids auf uns zugerannt und ziehen uns mit aufs Feld. Mich nach links, Lene nach rechts. Frida pfeift neu an, und in den nächsten zwanzig Minuten liefern wir uns das Match des Jahres. Ich kämpfe unerschütterlich mit meinem Team, aber letzten Endes ist es Lenes Mannschaft, die gewinnt.

Als neue Wolken aufziehen, treiben wir die ganze Meute zurück in den Gemeinschaftssaal, und sobald alle wieder sauber und trocken sind, bauen wir eine gigantische Höhle aus alten Kissen und Decken, unter der wir alle Platz haben.

Und schließlich beginnt Lene, eine Geschichte zu erzählen. Die Legende von Troll Kjell und seiner Bande, die angeblich in den Wäldern rund um unser Camp in finsteren Winternächten ihr Unwesen treiben. Ich bin mir sicher, dass sie sich dieses Märchen gerade erst ausgedacht hat, aber sie spricht und beschreibt so lebhaft, dass die Kinder an ihren Lippen kleben. Genau wie Theo, Sam, Anna, Frida und ich.

Draußen wird es immer dunkler, der Wind frischt auf und pfeift um die Ecken. Auch wenn wir mit diesem Zeltlager das Ende der Sommerferien einläuten, fühlt es sich heute eher an wie Herbst. Die Stimmung passt perfekt zu den Worten, die Lene von sich gibt. Wir lauschen ihr gebannt, ich habe zu jeder Seite ein kleines Mädchen sitzen, die sich so sehr gruseln, dass sie meine Hand halten wollen.

»Und als der große, alte, bärtige Troll den riesigen Stein anheben wollte …«

Bevor Lene ihren Satz zu Ende sprechen kann, wird die Tür der Hütte aufgerissen, und Sverre kommt angerannt.

»Lene! Fin! Frida!«, brüllt er panisch. Tränen laufen ihm über das Gesicht.

Hektisch richte ich mich auf, lasse die beiden Mädchen los und krabble aus unserer Höhle, weil ich ihm am nächsten bin. »Was ist los?«, frage ich und versuche, ihn festzuhalten.

Was gar nicht so einfach ist, denn Sverre wehrt sich und zerrt kräftig an mir.

»Hey, ganz langsam. Was ist passiert, Kumpel?« Ich gehe vor ihm in die Hocke und halte ihn an den Oberarmen fest.

»Tjark. Er ist …« Sverre spricht so schnell, dass er über seine eigenen Worte stolpert. »Du musst mitkommen!« Kräftig zerrt und zieht er an meiner Hand.

»Wohin?«

»In den Wald!« Die Panik in seiner Stimme wird immer deutlicher und lässt mich selbst unruhig werden. »Tjark ist hingefallen und …«

In diesem Moment kommen Frida, Lene und Theo bei uns an. Sam und Anna versuchen, die restlichen Kinder im Zaum zu halten.

»Was ist los?«, fragt Frida alarmiert.

»Das versuche ich gerade herauszufinden.« Ich wende mich wieder Sverre zu. »Wo ist Tjark genau im Wald?«

»Beim Wasserfall.« Er sieht mich an, als müsste ich genau wissen, wovon er spricht.

»Bei welchem Wasserfall?« Es gibt keinen hier in der Nähe. Ich war mit Lene das Gelände kontrollieren, es befindet sich nichts in der Nähe, wo die Kinder abstürzen oder ertrinken könnten. Sie sind hier sicher.

Lene geht ebenfalls vor Sverre in die Hocke. »Hey, ganz ruhig. Hol mal tief Luft.« Sie macht es ihm vor, und er versucht, sie nachzuahmen.

Seine kleine Brust hebt und senkt sich schnell, die Panik steht ihm immer noch ins Gesicht geschrieben. Was auch immer passiert ist, es macht ihm riesige Angst.

»Okay, Sver. Und jetzt sag noch mal langsam, was mit Tjark ist.« Lenes Blick ist ernst und besorgt auf den kleinen Kerl gerichtet. Wir haben alle begriffen, dass das kein Streich ist, den er uns hier spielt. Schnell sehe ich mich im Raum um, aber ich kann Tjark nirgends entdecken.

»Wir waren im Wald und sind zum Wasserfall gelaufen«, sagt Sverre erneut energisch. »Und dann ist er gestolpert und hingefallen und abgerutscht. Er kann nicht mehr aufstehen und hochklettern. Also hab ich gesagt, dass ich euch hole.«

»Okay, das war eine gute Idee von dir.« Lene richtet sich wieder auf. »Weißt du noch, in welche Richtung ihr gelaufen seid?«

»Da lang. An der Lagerfeuerstelle sind wir in den Wald hinein.« Er zeigt mit dem Finger nach rechts. »Ihr müsst ihm helfen!«

»In Richtung Westen also. Okay.« Sanft streicht sie Sverre einmal über die Schulter. »Wir suchen ihn. Aber du musst hierbleiben, ja? Damit dir nicht auch noch etwas passiert. Gehst du zu den anderen in die Höhle?«

»Nein, ich will mitkommen!«

»Das geht nicht.« Sie erklärt ihm ruhig und sanft, warum das nicht möglich ist. »Draußen ist es dunkel, und du hast uns schon gesagt, in welche Richtung wir gehen müssen. Das war prima. Aber wir können nicht riskieren, dass du dich auch noch im dunklen Wald verletzt, okay?«

Sverre will noch einmal protestieren, aber Lene schickt ihn energisch zu den anderen. Schließlich gibt er nach, lässt meine Hand wieder los und geht langsam in Richtung Deckenhöhle. Als er außer Hörweite ist, winkt Lene auch Anna und Sam zu uns.

»Tjark ist wirklich nicht hier«, sage ich leise.

»Wir müssen ihn suchen.« Lene nickt. »Zwei von uns bleiben hier, die anderen vier ziehen immer im Team los, okay? Habt ihr eure Handys?«

Wir nicken alle.

»Gut.« Lene reibt sich über die Stirn. »Am besten laufen Fin und ich nach Westen, wie Sverre gesagt hat. Wir waren am Sonntag schon im Wald dort hinten. Wer bleibt hier?«

Anna und Frida melden sich.

»Dann geht ihr beide in Richtung Norden, okay?«

Theo und Sam nicken.

»Könnt ihr der Polizei Bescheid geben, dass ein Kind vermisst wird?« Lene sieht wieder Anna und Frida an, und ich bin beeindruckt, wie gut sie die Sache managt.

»Machen wir«, versichern ihr die beiden.

»Gut. Wir rufen die jeweils anderen an, wenn wir ihn gefunden haben. Okay?«

Wieder nicken wir zustimmend. Zu viert verlassen wir die Gemeinschaftshütte und eilen in unsere Zelte, um Taschenlampen und Jacken zu holen. Lene und ich sprechen kein Wort miteinander, während wir uns anziehen. Und doch kann ich die Anspannung, die von ihr ausgeht, förmlich spüren. Es ist dieselbe, die auch mich im Griff hält.

Das hier ist kein Amoklauf.

Ein verschwundenes Kind ist nicht dasselbe.

Tjark ist nur abgestürzt. Sverre hat gesagt, dass er nicht mehr allein hochkommt. Und das bedeutet hoffentlich, dass er nicht allzu schwer verletzt ist.

Das alles versuche ich, mir immer wieder klarzumachen, aber es lindert das ungute Gefühl in mir kaum.

Schweigend folge ich Lene. Sie marschiert zielstrebig auf den Wald zu, dabei haben wir keine Ahnung, wo genau wir hinmüssen. Vielleicht wäre es doch schlau gewesen, Sverre mitzunehmen. Andererseits gleicht in der Dunkelheit jeder Baum dem anderen. Ich bin mir ziemlich sicher, dass er uns den genauen Weg auch persönlich nicht zeigen könnte. Es war besser, ihn in der Hütte bei den anderen zu lassen. Wo ihm nichts passieren kann.

Als wir den Waldrand erreichen und ich die Taschenlampe in meiner Hand anschalte, spreche ich das aus, was mir am meisten Sorgen bereitet. »Es gibt keinen Wasserfall hier draußen.«

»Ich weiß.« Ihre Worte klingen gepresst. »Aber es hat den halben Tag geregnet. Vermutlich wurde aus einem Rinnsal ein Bach und dadurch vielleicht auch …«

»Ein Wasserfall«, beende ich ihren Satz. »Stimmt.« Hoffentlich hat sie mit ihrer Vermutung recht, und Sverre meint das mit seiner Aussage. »Wo fangen wir an zu suchen?«

»Völlig egal.« Lene stapft in den Wald hinein. »Wir haben keine Ahnung, wo wir genau hinmüssen. Also bleibt nur laufen und rufen.« Sie geht immer tiefer in den Wald hinein und schreit: »Tjark!«

Mir ist nicht wohl dabei, es ist dunkel, alles ist nass, und außer Sverres Aussage haben wir keinen Anhaltspunkt, wo Tjark sein könnte. Aber mir ist auch klar, dass wir keine andere Wahl haben.

Alle paar Meter rufen wir nach ihm und lauschen, ob wir eine Antwort erhalten. Doch da ist nichts. Nichts außer den Windgeräuschen in den Blätterkronen, knackende Äste, wenn wir drauftreten, und Eulen, deren Rufe durch den Wald hallen.

»Tjark!«

Anfangs hören wir auch noch die Stimmen von Theo und Sam von der anderen Campseite, doch je weiter wir in den Wald gehen, umso leiser werden die beiden.

»Tjark!« Lene gibt nicht auf. Sie ruft erneut, leuchtet mit der Taschenlampe nach links, nach rechts.

Wir irren mehr oder weniger ziellos umher. Sverres Wasserfall kann überall sein. Falls es ihn überhaupt gibt. Immer wieder bleiben wir stehen und lauschen. Nach einer Stimme. Nach Wasser. Nach irgendetwas, das uns verrät, dass Tjark in der Nähe ist. Aber wir hören nichts. Die Minuten verstreichen, aus zehn werden zwanzig, dann dreißig. Und das ungute Gefühl in mir wächst mit jeder weiteren mehr.

»Vielleicht sollten wir zurückgehen und warten, bis die Polizei da ist«, schlage ich irgendwann vor und weiche einem umgestürzten Baumstumpf aus. Es riecht nach nassem Moos, feuchter Erde und drohendem Herbst. Die Luft wird immer kälter. Trotz meiner Jacke friere ich.

»Nein. Wir suchen weiter«, entgegnet Lene entschieden und läuft stoisch weiter. »Wenn er verletzt ist, können wir nicht warten, bis sie da sind.«

»Ich weiß, aber … Wir sind zu wenige Leute. Er könnte überall sein. Wenn er ohnmächtig ist, kann er uns nicht antworten«, gebe ich zu bedenken. Nur weil er bei Bewusstsein war, als Sverre losgerannt ist, heißt das nicht, dass Tjark es immer noch ist. Auch wenn ich mir das gar nicht erst vorstellen möchte.

»Und deshalb willst du aufgeben?« Sie wirbelt zu mir herum. Im Schein der Lampe erkenne ich ihr Gesicht nicht genau, aber sie wirkt sauer. Sauer und hilflos.

»Das habe ich nicht gesagt«, halte ich dagegen und schüttle den Kopf. »Aber wir brauchen Unterstützung. Von Leuten, die Ahnung und bessere Taschenlampen als wir haben.« Und sich am besten hier in der Gegend auch mehr auskennen als wir. Um uns herum befinden sich in alle Richtungen nur Bäume, es ist dunkel und rutschig. Ich bezweifle sehr, dass wir eine Chance haben, Tjark bei dieser Nachtschwärze zu finden.

»Wir können aber nicht warten, bis sie da sind. Stell dir vor, du bist ein Kind und liegst irgendwo in der Dunkelheit allein im Wald, weil du dich verletzt hast. Lass uns weitermachen. Umso schneller finden wir ihn.« Das stumme *Hoffentlich* hängt lautlos zwischen uns. Lene dreht sich um und marschiert weiter, ohne eine Reaktion meinerseits abzuwarten. »Tjark!«, ruft sie wieder. Mittlerweile klingt sein Name aus ihrem Mund immer angestrengter. Sie steht genauso unter Strom wie ich.

Tief hole ich Luft und folge ihr. »Tjark«, brülle ich in den Wald hinein. Und noch einmal: »Tjark!« Dann schreien wir beide synchron.

Keine Antwort.

Ein paar Minuten geht das so. Wir rufen, lauschen, laufen weiter, rufen wieder. An einer besonders glitschigen Stelle dreht es mir fast das Knie weg. Ich schaffe es gerade noch, mich an ein paar tief hängenden Ästen festzuhalten. Auch Lene rutscht ein paarmal beinahe aus. Einmal fange ich ihren Sturz ab, greife nach ihrem Arm und ziehe sie zu mir, ehe sie die Böschung hinabfallen kann.

»Wir sollten wirklich auf Hilfe warten, Lene«, sage ich und sehe sie eindringlich an. »Allein haben wir keine Chance hier draußen.«

»Und dann? Willst du einfach hier stehen bleiben, bis die Polizei da ist? Wer weiß, wie lange das dauert.« Sie schüttelt energisch den Kopf. »Geh du meinetwegen zurück ins Camp, aber ich suche weiter.«

»Lene …«

»Nein, Fin. Ernsthaft. Ich werde dieses Kind finden. Er ist unter meiner Verantwortung verschwunden.« Die Haare fallen ihr wild in die Stirn.

»Es ist nicht deine Schuld.«

»Natürlich ist es meine Schuld. Wir alle sind dafür verantwortlich, dass den Kleinen nichts passiert. Aber keiner von uns hat überhaupt gemerkt, dass die beiden Zwerge fehlen.«

»Weil wir beim Abendessen durchgezählt haben und da alle da waren.«

»Wir hätten danach auch noch einmal zählen sollen.«

»Du kannst nicht alle zehn Minuten prüfen, ob alle Kinder anwesend sind«, wende ich ein, obwohl ich ihren Gedankengang durchaus verstehe. Aber keiner von uns hat permanent die Kontrolle. Niemand weiß das besser als ich. Ich habe mehrere Tage und zwei Telefonate mit Dr. Hansen gebraucht, um die Anspannung hier draußen zu verlieren. Um nicht ständig die Eingänge des Camps nach Fremden abzuscannen. Nicht ständig auf die App zu schauen, ob irgendwo in der Nähe Gefahr gemeldet wurde. Nicht ständig auf der Hut zu sein. Nicht ständig jedes neue Geräusch als potenziellen Angriff in meinem Kopf zu werten. Nicht ständig durch jedes Geschrei der Kinder an damals erinnert zu werden. Weil die Statistik auf meiner Seite ist, obwohl sie mir zugleich auch sagt, dass hundertprozentige Kontrolle nicht möglich ist.

»Es ist okay, wenn du Angst hast, Fin.« Lene dreht sich vollständig zu mir um und macht sich gleichzeitig aus meinen Armen los. Eindringlich sieht sie mich an. »Du musst nicht hier sein, wenn das … keine Ahnung … wenn das zu viel für dich ist. Geh zurück ins Camp, aber bitte hör auf, mich aufhalten zu wollen. Ich werde nicht aufhören zu suchen! Wenn er verletzt ist, kann ich direkt Erste Hilfe leisten.« Damit läuft sie weiter, und mir bleibt nichts anderes übrig, als ihr zu folgen.

Ich werde sie auf keinen Fall hier draußen allein lassen.

Nicht sie auch noch.

Wir rufen abwechselnd nach Tjark. Und gerade als ich kurz davor bin, bei Anna oder Frida anzurufen und nachzufragen, ob die Polizei schon da ist, höre ich es.

Ein Geräusch. Eine schwache Stimme.

»Tjark?« Ich rufe seinen Namen erneut und lege Lene eine Hand auf den Arm, um sie am Weiterlaufen zu hindern. Wir müssen leise sein.

»Hilfe!«

»Hast du das gehört?« Mein Blick schnellt zu Lene.

Sie nickt heftig.

»Es kam von rechts, oder?«

»Ja.« Sie beginnt zu laufen. Weicht Büschen und Bäumen und Ästen aus, die so tief hängen, dass wir uns bücken müssen, um daran vorbeizukommen.

Immer wieder streifen mich Zweige im Gesicht, und ich muss mich seitlich drehen, um durchzukommen.

»Tjark? Sag noch mal etwas!« Sie stoppt kurz, wartet auf sein »Ich bin hier!«, dann eilt sie weiter, in seine Richtung, quer durch den Wald, ich hinterher.

Wir können nicht mehr allzu weit von ihm weg sein.

Schwungvoll pralle ich gegen Lene, als sie plötzlich stehen bleibt.

»Was ist …?« Der Rest meines Satzes bleibt mir im Hals stecken, als ich erkenne, weshalb sie so ruckartig angehalten hat. Vor ihr geht es steil nach unten. Der Regen hat ein ganzes Stück des Hangs weggespült.

Schlammlawinen, kommt mir wieder in den Sinn. Die App hat davor gewarnt. Das muss der Wasserfall gewesen sein, den Sverre erwähnt hat.

Lene leuchtet mit ihrer Taschenlampe nach unten. Keine Ahnung, wie viele Meter es sind. Ich weiß nur, dass es zu viele sind und mir das Herz augenblicklich bis zum Hals pocht. Ich spüre jeden Schlag, fühle die Angst durch meine Adern kriechen. Und ich begreife mit einem Mal, dass es eine Sache ist, in einem geschützten Kletterpark ein paar Pfade ein paar Meter überm Boden zu absolvieren. Aber eine ganz andere, hier oben an einem ungesicherten Hang zu stehen und in die Tiefe zu blicken.

»Fuck!«, entfährt es mir, und ich umklammere Lenes Arm. Ich kann nichts dagegen tun, es ist ein Reflex.

»Tjark, bist du hier?«, schreit sie nach unten und lässt den Strahl der Lampe umherstreifen. So lange, bis er auf einen Kinderkörper trifft. Und dann ein Gesicht. »Tjark! Bist du verletzt?«

»Mein Arm … Er tut weh.«

»Okay. Versuch, dich nicht zu bewegen, ja?«

Dann dreht sie sich zu mir herum, was gar nicht so einfach ist, weil ich ihren Arm immer noch festhalte. Ich spüre nur noch mein Herz in meiner Brust. Badumm, badumm, badumm. Es schlägt so schnell, dass ich es lähmend laut in meinen Ohren höre und in meinem Magen spüre.

»Wir müssen ihn hochholen!«

Lene hat recht. Natürlich. Wir müssen ihn irgendwie zu uns nach oben schaffen. Aber ich habe keinen Schimmer, wie das gehen soll. Der Hang ist steil und glitschig. Wir können nicht nach unten klettern. Und Tjark kommt definitiv nicht allein hoch. Selbst dann nicht, wenn wir ihm präzise Anweisungen geben. Der Hang ist viel zu rutschig.

Als ich ihr nicht antworte, wird ihr Blick intensiver. Als würde sie in meinem Gesicht nach etwas suchen, das sie nicht findet. »Fin?«, fragt sie schließlich. »Alles okay?«

Ich kann nichts sagen. Das *Nein* steckt immer noch irgendwo in meinem Hals fest, umschlossen von Übelkeit und Magenschmerzen. Also schüttle ich nur den Kopf und kralle mich weiter an ihr fest.

»Okay. Sieh mich an.« Unter meinem Griff dreht sie sich noch ein bisschen mehr, bis sie mir genau gegenüber steht und ich meine Umklammerung lösen muss. Dann legt sie die Hände auf meine Oberarme. »Mach einen Schritt nach hinten, ja? Dann kannst du nicht mehr nach unten sehen. Das sollte helfen.«

Ich höre ihre Worte, aber sie kommen nicht in meinem Kopf an. Erst, als Lene ihren Fuß anhebt und mit ihrem Bein sanft gegen meins drückt, schaffe ich es, nach hinten zu gehen. Erst einen Schritt, noch einen. Und noch einen. Wie im Park, wenn sie mir Anweisungen gegeben hat.

Es sind nur kleine Schritte, aber sie genügen. Sobald ich nicht mehr in den Abgrund sehe, fällt es mir leichter zu atmen.

»Geht's wieder?« Lene wirkt immer noch besorgt.

Und verflucht noch mal, ich will nicht, dass sie sich Gedanken um mich machen muss. Es geht hier nicht um mich, sondern um Tjark. Aber die unsichtbaren Panikklammern in meinem Inneren sind da, und sie haben mich fester in ihrer Gewalt, als gut für uns alle ist. Trotzdem schaffe ich es irgendwie, eine Ecke davon zu lösen und zu nicken.

»Sicher?«

Ich nicke wieder, weil wir keine Zeit für meinen Aussetzer haben. Sie muss Tjark helfen.

Obwohl ich Lene deutlich ansehe, dass sie mir nicht glaubt, löst sie sich von mir. Ich versuche, wieder gleichmäßig zu atmen und einen Atemzug nach dem anderen zu nehmen, während Lene laut überlegt, wie wir dieses Kind zu uns nach oben bekommen können.

»Wir brauchen eine Leiter. Oder irgendetwas anderes, womit wir ihn hochziehen können.« Sie macht einige Schritte nach links, einige nach rechts, sieht sich um. Ganz so, als würde sie ernsthaft daran glauben, dass auf magische Weise mitten im Wald ein Seil auftauchen wird. Diese Hoffnung ist so absurd, dass ich kurz davor bin zu lachen. Die Alternative wäre, wahnsinnig zu werden. Zumindest stelle ich mir verrückt zu werden so vor.

»Fuck, wieso hab ich nicht dran gedacht, ein Seil einzupacken?« Fest zerrt sie an einem Ast.

Ich sage kein Wort, während Lene nach Lösungen sucht. Ich kann nicht. Hier zu stehen, an diesem Hang, vor diesem Abgrund, auch wenn ich nicht mehr nach unten sehen muss … Ich benötige meine ganze Konzentration, um nicht in eine Starre zu verfallen, aus der ich nicht mehr ausbrechen kann.

»Ich gehe runter zu ihm.«

Es sind Lenes Worte, die die Angstwände um mich herum durchbrechen.

»Du tust was?« Entsetzt starre ich sie an.

»Hast du eine bessere Idee? Er braucht Hilfe und …«

»Und du willst dir das Genick brechen? Ehrlich, Lene, bist du komplett durchgeknallt? Das kannst du nicht tun.« Meine Stimme wird höher. Panisch. Ich kann es nicht verhindern.

Sie sieht mich an, als würde sie mich nicht kennen. Und ich kann es ihr nicht mal verdenken, denn eigentlich tut sie das auch nicht. Dieser Fin hier, die von Angst zerfressene Version von mir, ist neu für sie. Weil sie das auch für mich ist. Niemals hätte ich damit gerechnet, hier draußen so sehr überwältigt zu werden wie von diesem Abgrund.

»Ich kann, und ich werde.« Ihre Stimme ist beängstigend ruhig. Und das gepaart mit meiner Panik hier oben lässt mich durchdrehen. Merkt sie ernsthaft nicht, wie leichtsinnig es ist, was sie vorhat?

»Deine Adrenalinsucht in allen Ehren, aber das kannst du echt nicht bringen«, fahre ich sie schärfer als beabsichtigt an. »Das ist Wahnsinn. Lass uns auf die Polizei und die Bergrettung warten. Die haben die richtige Ausrüstung dafür und können …«

»Und können erst was weiß ich wann hier sein. Hörst du nicht, dass Tjark Angst hat, Fin? Er weint! Ich muss da runter! Auch ohne Seil. Mir passiert schon nichts.«

»Lene, bitte …« Ich weiß nicht, wie ich sie von ihrem Plan abbringen soll. »Lass uns warten. Wir können ihm auch von hier oben beruhigend zusprechen.«

»Nein.« Wieder schüttelt sie energisch den Kopf. »Das hier ist auch nicht schwerer als meine Wanderung über den Folgefonna. Ich pass auf. Hier! Leuchte mal!« Sie drückt mir ihre Taschenlampe in die Hand und nähert sich dem Abhang.

»Lene!« Ich kann nicht verhindern, dass meine Stimme noch panischer klingt. »Komm schon. Sei vernünftig.«

»Ich *bin* vernünftig.« Sie wirft mir einen kurzen Blick zu. »Es ist das einzig Richtige, diesen Jungen dort unten nicht länger allein zu lassen.« Mit diesen Worten setzt sie den ersten Fuß nach unten und tastet nach Halt. »Mir passiert nichts«, wiederholt sie noch einmal.

Das ist der Moment, in dem ich kapituliere. Lene ist so verflucht stur. Ich protestiere nicht mehr, aber ich habe auch keinen Plan, wie es weitergehen soll, wenn sie bei ihm ist. Sie wird ihn niemals allein nach oben schaffen können. Und ich … ich kann nicht mit ihr da runter. Verdammte Scheiße, ich kann nicht da runter. Eine unsichtbare Hand schnürt mir in meinem Inneren die Luft ab, wenn ich auch nur daran denke, es ihr gleichzutun und irgendwie dorthinunter zu klettern.

Lene setzt den zweiten Fuß nach unten, tastet nach Halt, kommt Stückchen um Stückchen voran. Sie ist vorsichtig, rutscht aber dennoch immer wieder leicht ab. Und jedes Mal setzt mein Herz einen Schlag aus. Am liebsten würde ich sie packen und zurück zu mir nach oben ziehen.

»Gib den anderen Bescheid, dass wir ihn gefunden haben«, sagt sie. Im Licht der Taschenlampe sehe ich, wie sie nach einer Wurzel greift und sich daran festhält. »Sie sollen herkommen und ein Seil mitbringen, falls die Bergrettung noch nicht da ist. Dann ziehen wir ihn selbst rauf.«

»Okay.« Meine Finger zittern, als ich mein Handy aus der Hosentasche ziehe. Ich bin nicht lange abgelenkt, ein paar Sekunden maximal. Doch sie genügen. Sie genügen, um nicht schnell genug reagieren zu können. Im einen Moment ist Lene noch bei mir oben. Im nächsten höre ich nur noch ihren Schrei.

Ich bin so erschrocken, dass ich keinen Ton von mir gebe. Instinktiv hechte ich nach vorne, falle auf den Boden, versuche, ihre Hand zu greifen, aber sie entgleitet mir. Ich rutsche näher an den Abgrund, sehe nach unten, die Taschenlampe rollt hinterher und verhakt sich irgendwo am Hang in Wurzeln oder Ästen. Ich erkenne nichts mehr, Lene ist weg, verschwunden im Dunkeln des Waldes.

»Lene!«, schreie ich. »Verdammt, sag was! Lene!« Hastig taste ich über den Boden nach meiner eigenen Taschenlampe. Es dauert, bis ich sie gefunden habe. Dann robbe ich wieder an den Rand nach vorne und strahle nach unten. Sofort wird mir übel.

»Fin!« Es ist Tjark, der nach mir ruft. Nicht Lene. Nicht. Lene. O Gott. Fuck, fuck, fuck, fuck.

»Tjark?«, gebe ich zurück und hasse mich ein bisschen dafür, wie brüchig meine Stimme klingt. »Siehst du Lene irgendwo?«

»Ich weiß nicht …«

»Sieh dich bitte um. Ich leuchte dir, okay?« Ganz langsam lasse ich den Lichtstrahl hin und her streifen und versuche, mich nicht zu übergeben.

Es kann nicht lange dauern, aber es kommt mir vor wie eine Ewigkeit, bis ich sie entdecke. Sie liegt gar nicht so weit von Tjark entfernt, zwei oder drei Meter. Aber sie regt sich nicht.

Sie regt sich einfach nicht.

»Scheiße! Lene!« Alles in mir will zu ihr nach unten. *Alles.* Aber ich schaffe es kaum, in die Tiefe zu sehen. Wie soll ich ernsthaft nach unten klettern? Es wird nicht funktionieren. Wenn nicht einmal sie es geschafft hat, ohne den Halt zu verlieren, kann ich es vergessen, es überhaupt nur zu versuchen. Mein ganzer Körper zittert schon jetzt viel zu sehr.

»Tjark.« Ich balle die Hände zu Fäusten und versuche, mich von der dunklen Tiefe nicht überwältigen zu lassen. »Kannst du … Kannst du zu Lene klettern?«

»Ich weiß nicht …«, kommt es zurück. »Mein Arm tut weh.« Er klingt genauso unsicher, wie ich mich fühle. »Fin, ich hab Angst.«

»Ich weiß, Kumpel.« Am liebsten hätte ich *Ich auch* geschrien. »Aber du musst keine Angst haben, okay?« Ich versuche, ihn zu beruhigen. Oder vielleicht auch eher mich selbst. Keine Ahnung. »Wir kriegen euch schon wieder hoch, ja?« Ich habe nur keinen blassen Schimmer wie. »Gib mir einen Moment. Schaffst du es rüber zu Lene?«

»Ich versuche es.«

»Okay, prima.« Ich leuchte ihm den Weg zu ihrem regungslosen Körper und hätte am liebsten geweint. Ich weiß nicht, was ich tun soll. Allein kriege ich niemanden hier hoch, schon gar nicht beide. Ich muss den anderen Bescheid geben. Und die Polizei anrufen, damit sie sich beeilen. Ich hätte schon längst Bescheid geben sollen, dass wir Tjark gefunden haben. Wieso zur Hölle habe ich damit gewartet?

Weil du dich lieber mit ihr gestritten hast.

Der Gedanke ist sofort in meinem Kopf. Und er ist wahr. Ich hätte einfach nicht mit ihr diskutieren sollen. Ich hätte … Es ist egal, was ich hätte tun sollen. Es ist zu spät. Ich kann es nicht mehr ändern. Wir haben den Jungen gefunden. Und Lene hat dafür bezahlt.

Scheiße.

Ich mache die Taschenlampe mit ein paar Steinen so im Schlamm fest, dass ich sie nicht verlieren kann und sie trotzdem nach unten zu Tjark zeigt und ihm den Weg zu Lene leuchtet. Dann krabble ich vom Abgrund weg. Meine Hose ist völlig durchnässt, die Kälte kriecht mir in die Knochen, die Angst ist schon längst drin. Aber ich ignoriere alles. Meine Finger zittern so sehr, dass ich die Nummer von Theo kaum auswählen kann.

»Hey, Tjark?«, rufe ich über die Kante zu ihm nach unten, während ich dem Freizeichen lausche. »Kannst du nachschauen, ob Lene noch atmet?«

Bitte sei am Leben, bitte sei am Leben, bitte sei am Leben.

Ich umklammere mein Telefon so fest, dass die Knöchel weiß hervortreten.

Theo meldet sich schneller als Tjark mit seiner Antwort. »Fin?«

»Wir haben ihn.«

»Gott sei Dank. Wo seid ihr? Wir kommen zu euch. Ist er okay?«

Ich ignoriere all seine Fragen. »Lene ist abgestürzt.«

»Was?« Ich höre Theo das Entsetzen deutlich an. »Wo? Wieso?«

»Sie wollte einen Abhang zu Tjark nach unten klettern. Und dann ist sie ausgerutscht und gefallen, und jetzt sagt sie nichts mehr.«

»Ist sie …?« Theo macht eine kurze Pause.

»Bewusstlos?« Ich schaffe es kaum, dieses Wort auszusprechen. Jeder Buchstabe ist wie Säure auf meiner Zunge. »Ja. Zumindest hoffe ich es. Ansonsten …«

»Daran darfst du gar nicht denken. Wir kommen zu euch. Anna hat gerade geschrieben, dass die Polizei da ist und jemand von der Bergwacht. Schick mir euren Standort, okay? Wir sind gleich da. Nicht durchdrehen, hörst du? Bist du auch verletzt?«

»Nein, nur Lene und Tjark.«

»Okay. Schick mir den Standort!«, wiederholt er noch einmal eindringlich. »Wir sind gleich bei euch.«

»Gut.« Meine Antwort ist nur noch ein Flüstern. Ich lege auf und rufe den Chatverlauf mit Theo auf. Anna hat auch mir geschrieben. Ich brauche drei Anläufe, um ihm den Standort zu schicken. Kurz starre ich auf den Bildschirm, sehe dabei zu, wie der zweite Haken auftaucht und beide blau werden. Doch statt Erleichterung, weil die anderen nun wissen, wo wir sind, werde ich von Sorgen und Angst um Lene erdrückt. Wäre ich doch nur schneller gewesen, nicht so abgelenkt … Hätte ich nicht mit ihr gestritten … Fuck. Fuck, fuck, fuck, fuck.

»Fin?« Es ist Tjark, der mich aus meiner Gedankenspirale zieht, die nur noch eine Richtung kennt.

»Ja, Kumpel?« Ich schiebe mich wieder näher, sehe über die Kante nach unten. Die Taschenlampe leuchtet noch immer, ich erkenne, dass er nun tatsächlich neben Lene sitzt. Keine Ahnung, wie lange wir noch Licht haben werden. Aber im Moment haben wir es, und das ist gut. Es macht das Warten nicht erträglicher, aber wenigstens lichter.

»Glaub, sie atmet.«

»Du glaubst?« Ich wünschte, seine Worte würden mich erleichtern. Aber sie tun es nicht. Lene hat sich seit Minuten nicht bewegt, befindet sich dort unten im Matsch, ein Bein unterhalb des Knies unnatürlich abgewinkelt. Es sieht verdammt noch mal nicht gut aus, wie sie da liegt. »Kannst du zwei Finger unter ihre Nase halten und Luft spüren?«

Ich beobachte, wie Tjark sich vorsichtig bewegt und langsam meiner Aufforderung nachkommt.

»Ja!«, schreit er anschließend. »Ich spür's.«

Gott sei Dank. *Oh, Gott sei Dank.* Ich atme aus und fühle trotzdem keinerlei nennenswerte Erleichterung. Lene bewegt sich weiterhin nicht.

»Siehst du sonst irgendwelche Verletzungen?«

Ein paar Sekunden verstreichen.

»Ja. An der Seite am Kopf. Sie blutet.«

»Okay.« Auf meine nächste Frage will ich die Antwort eigentlich gar nicht hören. Ich stelle sie dennoch. »Viel Blut?«

»Ich weiß nicht.«

Wieder vergehen Sekunden. Oder auch nur Bruchteile davon, ich kann meinen eigenen Empfindungen nicht mehr trauen.

Dann ruft Tjark erneut zu mir nach oben. »Da ist Blut auf dem Boden. So groß wie meine Hand.«

So groß wie seine Hand. Ich versuche, mir den Umfang einer Kinderhand vorzustellen, und komme zu dem Schluss, dass das eine viel zu große Fläche ist. Zu viel Blut.

Scheiße.

Ich will ihn fragen, ob er sie aufwecken, ihre Wange tätscheln kann. Aber das ist vermutlich keine gute Idee. Ich weiß nicht, was sie sich bei ihrem Sturz alles verletzt hat, ich kann nicht riskieren, dass sein Wangentätscheln zu heftig ist und er ihren Zustand damit noch schlimmer macht.

Falls sie überhaupt noch lebt.

Mir wird kotzübel. Dieser Gedanke ist keine Option. Nicht sie auch noch. Das würde ihre Familie nicht überleben. Und ich … Ich auch nicht. Ich liebe sie, ich kann nicht ohne sie … Nein. Lene muss das hier überleben. Sie muss!

»Fin?« Wieder zieht mich Tjark aus der Abwärtsspirale.

»Ja?«

»Ich hab Durst.«

»Ich hab leider nichts dabei.« Mit den Fingern kralle ich mich fester in die feuchte Erde. »Aber die anderen, Theo und so, und die Bergrettung, sind schon auf dem Weg zu uns. Sobald wir zurück sind, kriegst du alles, was du willst, okay?«

»Okay.« Seine Stimme wird leiser.

»Was ist mit deinem Kopf?«, frage ich, um ihn abzulenken. Ich will mir nicht einmal ausmalen, wie furchtbar es sein muss, dort unten festzuhängen. Tjark tut das seit wer weiß wie lange. Zuerst allein, jetzt mit Lene neben sich. »Bist du auch am Kopf verletzt?«

Im Schein der Lampe sehe ich, wie er sich die Stirn abtastet.

»Nein«, meint er dann. »Kein Blut.«

»Das ist gut«, sage ich und bemühe mich um Leichtigkeit in meiner Stimme. »Also nur dein Arm?«

»Glaub schon.«

»Okay. Halte durch. Die anderen sind gleich da. Dann holen wir euch ganz schnell rauf.« Zumindest ihn. Er ist ein Kind, klein und leicht. Und vor allem nicht ohnmächtig. Lene hingegen … Ich blicke wieder zu ihr. Sie so zu sehen, so bewegungslos, so hilflos, verletzt … Keine Ahnung, wie sie sie nach oben schaffen wollen, ohne mögliche Verletzungen schlimmer zu machen.

Ich rutsche ein kleines Stück weg von der Kante. Nach unten zu sehen, lässt immer noch Übelkeit in mir entstehen, mein Magen ist flau, meine Hände sind kalt und schwitzig und voller Erde. Lene regt sich nicht.

Bitte sei nicht tot, bitte sei nicht tot, bitte sei nicht tot.

In der nächsten Sekunde erlischt das Licht der Taschenlampe, und wir sind in völlige Dunkelheit gehüllt.

21

LENE

Ich habe keine Ahnung, wo ich bin. Auch, nachdem ich die Augen vollständig geöffnet habe, ist mir dieses Zimmer mit den weißen Wänden und dem seitlichen Fenster fremd. Umständlich versuche ich, mich zu drehen, doch das Einzige, wozu das führt, ist ein Stöhnen meinerseits, als mir ein stechender Schmerz in den Knöchel schießt.

»Du bist wach.«

Mein Blick schnellt nach links. Jemand sitzt neben mir. »Emil?«

Mein Bruder mustert mich mit tiefen Sorgenfalten auf der Stirn.

»Wo … wo bin ich?«

»Im Krankenhaus?«

»Was?« Wieder bewege ich mich zu schnell, was erneut einen unangenehmen Schmerz auslöst. »Wieso? Was ist … Was ist passiert?« Meine Stimme klingt krächzend, mein Hals ist rau. Ich habe Durst und … Verflucht, was ist mit meinem Fuß passiert?

»Woran erinnerst du dich denn?« Emil rutscht mit seinem Stuhl etwas näher, er sieht mich immer noch an.

»Ich weiß nicht …« Ich verstumme und überlege. Ich war im Zeltlager. Mit Fin, Theo, Anna, Frida. Sam. Und unzähligen Kindern. Es hat geregnet, alles war schlammig. Dann gab es Abendessen, danach die Höhle aus Kissen und Decken. Wir hatten Spaß, bis … bis … Ich erinnere mich nicht. Wobei … nein. Das stimmt nicht. Ich weiß, dass ich weiß, was passiert ist. Es liegt mir auf der Zunge. Gedankenfäden, nach denen ich eigentlich nur greifen und mich daran festhalten müsste, aber sie flutschen mir durch die Finger. Sie rutschen weg, wie … wie ich.

»Ich bin ausgerutscht«, sage ich. Oder vielmehr krächze ich. »Aber … wieso war ich nachts im Wald?«

»Du hast ein verschwundenes Kind gesucht.«

O mein Gott. Richtig. »Tjark!« Ich nicke, langsam dieses Mal. »Wo ist er? Geht es ihm gut?«

»Ja, mit ihm ist alles okay. Er hat ein paar Schürfwunden an den Armen und Beinen, weil er auch abgerutscht ist. Und ein verstauchtes Handgelenk.«

»Okay.« Erleichtert sehe ich Emil an. Aber mein Bruder wirkt immer noch verdammt ernst. Dabei ist es doch gut, dass Tjark nichts Schlimmeres passiert ist. Und mir … offenbar auch nicht. Abgesehen von meinem Fuß. »Ist mein Knöchel auch verstaucht?« Ich versuche, ihn vorsichtig zu bewegen, aber keine Chance. Der Schmerz ist sofort da.

»Nein. Gebrochen. Und an der Stirn wurdest du genäht. Du hast dir bei dem Sturz den Kopf angeschlagen.«

»Was?« Ich habe Mühe zu verarbeiten, was Emil mir sagt. Vorsichtig taste ich mit der Hand meinen Kopf ab. Als ich die Stelle mit der genähten Platzwunde berühre, zucke ich sofort zusammen, was wieder den stechenden Schmerz in meinem Fuß auslöst. »Scheiße, fuck.« Wie zur Hölle ist das passiert? Ich wollte zu Tjark klettern, ja, aber ich bin eigentlich sicher im Gelände. Ich habe aufgepasst, Fin hat mich dabei beobachtet. Er weiß, dass ich nicht unachtsam war.

»Wo ist Fin?« Suchend sehe ich mich im Zimmer um, aber außer Emil ist niemand hier.

»Keine Ahnung. Vermutlich im Camp bei den anderen. Tjark ist auch schon wieder dort.«

»Wie geht's Fin?«

»Er ist nicht verletzt, soweit ich weiß.«

Das ist nicht das, was ich wissen will, aber Emil sieht nicht so aus, als wüsste er mehr.

»Wie spät ist es eigentlich?« Draußen ist es hell, das ist mein einziger Anhaltspunkt.

»Gleich eins.«

»Nachmittags?« Ich reiße die Augen auf. Was keine gute Idee ist, ich spüre sofort ein Ziehen in der Schläfe, wo ich genäht wurde.

Emil nickt. »Du warst ziemlich lange weggetreten. Sie wollen dich noch eine Nacht zur Beobachtung hierbehalten.«

»Okay?« Ich bin mir nicht sicher, ob das nicht etwas übertrieben ist. Ich bin nur ein paar Meter einen Hang nach unten gestürzt. Genau wie Tjark. Und er ist bereits entlassen. Langsam versuche ich, mich aufzusetzen, aber es gelingt mir nicht. In meinem rechten Handrücken befindet sich ein Zugang für eine Infusion.

»Bleib liegen«, sagt Emil. Es ist eine Mischung aus Sorge und Warnung. Wenn ich nicht tue, was er will, wird er dafür sorgen, dass ich keine andere Wahl habe, als liegen zu bleiben.

Ich versuche dennoch, die Beine unter der Decke hervorzuschieben. Mit zusammengebissenen Zähnen und Schmerzmitteln wird das schon irgendwie gehen.

»Lene!«

Dieses Mal ist es nicht der Schmerz, der mich zusammenzucken lässt, sondern der Tonfall in Emils Stimme. Mein Bruder ist nicht nur besorgt. Er ist sauer. Richtig, richtig sauer. Überrascht sinke ich zurück in die Kissen.

»Du musst damit aufhören.«

»Womit?« Ich habe keinen Schimmer, wovon er spricht.

»Mit diesen Abenteuern. Auf Gletscher klettern, in Schluchten springen, bei Unwettern in die Berge gehen, ans andere Ende der Welt abhauen … Einen rutschigen Abhang nach unten klettern, obwohl du wusstest, dass du keinerlei Sicherung hast, ist einfach nur leichtsinnig und dämlich und … Verdammt, es ist gefährlich.«

»Ich wollte nicht …«

»Doch, Leni! Genau das wolltest du. Du hast dich wissentlich in Gefahr gebracht.«

»Weil ein Kind meine Hilfe gebraucht hat!« Ist das sein Ernst? Er macht mir Vorwürfe, weil ich Tjark helfen wollte? Er hätte an meiner Stelle genau dasselbe getan. Darauf würde ich alles verwetten.

»Du hättest ihm anders sehr viel sinnvoller helfen können. Indem du zum Beispiel auf Hilfe gewartet hättest. Dann würdest du jetzt nicht hier liegen, und Dad und ich wären nicht mitten in der Nacht angerufen worden, dass du im Krankenhaus bist.«

Ich setze dazu an, etwas zu sagen, aber er lässt mir keine Chance.

»Weißt du, wie beschissen das ist? Wenn du aus dem Schlaf gerissen wirst und keine weiteren Infos kriegst, außer, dass deine Schwester verletzt ist? Scheiße, Lene.« Er kneift sich mit zwei Fingern in den Nasenrücken. »Erst Hendrik, dann Mum, jetzt du … Ich ertrage das nicht.« Seine Augen sind glasig, als er mich wieder ansieht. »Ich kann das wirklich nicht mehr. Ich kann nicht ständig Angst um euch haben. Um dich und um Mum und … Nach Hendrik auch noch einen von euch zu verlieren … Das … Ich würde nicht … Ich könnte nicht …« Emil bringt keinen Satz mehr zustande. Einer der wichtigsten Menschen in meinem Leben sitzt neben mir und ist völlig am Ende, weil er von der Angst, mir könnte etwas zustoßen, erdrückt wird.

Ihn so zu sehen, so erschlagen, um Fassung kämpfend … das macht etwas mit mir. Wollte ich eben noch protestieren und all seine Vorwürfe relativieren, so kann ich nun nicht anders, als meine Hände nach ihm auszustrecken. Emil kommt mir sofort entgegen. Ich schlinge meine Arme um ihn und halte ihn, so gut es geht, fest. Ich vergrabe mein Gesicht in seinem Nacken, er seins in meinen Haaren, und irgendwann beben nicht nur seine Schultern, sondern auch meine. Wir umarmen einander stumm, während wir beide heulen. Meine Sicht ist völlig verschleiert, ich sehe nichts mehr, spüre nur noch Emils Wärme und höre seine Worte wieder und wieder in meinem Kopf.

Du musst damit aufhören.

Ich kann das nicht mehr.

Euch zu verlieren …

Die Verzweiflung darin, die Angst … Ich fühle sie in meinem kompletten Körper. Weil das schon immer so war. Emils Kummer ist auch mein Kummer. Ich habe mich nur im letzten Jahr geweigert, das einzusehen. Dabei wäre es … Wahrscheinlich wäre es wirklich besser gewesen, bei ihm zu bleiben. Nicht, weil geteiltes Leid halbes Leid bedeutet hätte. Das glaube ich nach wie vor nicht. Aber, weil ich schon immer ein besserer Mensch war, wenn Emil in der Nähe ist. Er erdet mich, im wahrsten Sinne des Wortes. Und ich will nicht, dass er meinetwegen leidet.

»Ich verspreche, ich werde auf mich aufpassen«, sage ich irgendwo über seinem Ohr in die Luft. Ich werde weiterhin Abenteuer erleben. Doch ich werde dafür sorgen, dass sie sicherer sind. Dass Emil sich keine Sorgen mehr machen muss. Oder, wenn er will, nehme ich ihn einfach mit. Und am allermeisten werde ich ihn nicht mehr ausschließen. Es gibt nur noch uns. Ich will uns zusammenhalten. Ihn und mich. Die beiden Musketiere, die noch übrig sind.

Es dauert eine ganze Weile, bis wir uns wieder voneinander lösen. Emils Augen sind gerötet, als er sich zurück in seinen Stuhl sinken lässt, meine sind es mit Sicherheit auch. Sein Anblick lässt erneut einen Kloß in meinem Hals entstehen. Ich räuspere mich leicht, ehe ich zu sprechen beginne und mich um ein zaghaftes Lächeln bemühe. »So schnell kann ich ja eh nichts mehr anstellen«, meine ich und deute auf meinen Knöchel. »Zwangspause.«

»Ein Glück.« Emil grummelt vor sich hin. »Du kostest mich echt Nerven.«

»Es tut mir leid.« Ich greife nach seiner Hand und drücke seine Finger. »Mir war nicht klar, dass dich … meine *Hobbys* so mitnehmen.«

»Hobbys.« Er schnaubt halb belustigt, halb frustriert auf. »Wieso … was weiß ich … kochst du nicht einfach gern? Oder strick meinetwegen irgendwas. Einen Schal oder so.« Er hat kaum zu Ende gesprochen, als er auch schon den Kopf schüttelt. »Wobei … Nein. Besser kein Stricken für dich. Am Ende stichst du dir mit den Nadeln ein Auge aus.«

Ich runzle die Stirn. »Echt jetzt? Ich bin vielleicht ein Adrenalinjunkie. Aber ich bin nicht doof.«

»Doch«, widerspricht Emil mir vehement. »Manchmal bist du auch doof. So wie heute Nacht.«

Was soll ich dazu sagen? Ich seufze leise und brumme vor mich hin. Emil hat ja recht. Zu versuchen, zu Tjark nach unten zu klettern, ohne Hilfe, ohne Seil oder eine andere Stütze, war in der Tat einfach nur dumm.

Unweigerlich muss ich an das denken, was Fin gesagt hat.

Du willst dir das Genick brechen?

Ehrlich, Lene, bist du komplett durchgeknallt?

Komm schon. Sei vernünftig.

Aber in diesem Moment … Wie hätte ich oben warten können, wenn dort unten ein Junge saß, im dunklen, kalten Wald, der Angst hatte? Mit ziemlich hoher Wahrscheinlichkeit würde ich es wieder tun, auch wenn ich Emil gerade versprochen habe, vorsichtiger zu sein.

In der nächsten Sekunde wird die Tür aufgerissen, und Alea stürmt ins Zimmer. Alea, gefolgt von … Lasse?!

»Wieso schreibt Fin mir kryptische Nachrichten, dass du im Krankenhaus bist und ich nach dir sehen soll? Hi, Emil.« Alea fliegt regelrecht an meinem Bruder vorbei auf mich zu und mir um den Hals. Lasse folgt ihr etwas langsamer.

»Vorsichtig«, sage ich und spüre schon wieder ein unangenehmes Ziepen an der Stelle an meiner Stirn, wo ich genäht wurde.

»Sorry.« Alea lässt mich sofort wieder los und blickt zwischen Emil und mir hin und her. »Also, was ist hier los? Und wieso ist Fin nicht da?«

»Keine Ahnung. Vielleicht war er schon vorher da und ist wieder gegangen, weil ich geschlafen habe?« Der Gedanke versetzt mir einen Stich. Hilfe suchend blicke ich zu Emil, doch auch er zuckt nur mit den Schultern.

»Möglich. Seit ich da bin, habe ich ihn jedenfalls nicht hier gesehen. Ich dachte, er ist vielleicht zurück ins Camp, damit nicht noch ein Betreuer fehlt.«

»Okay?« Mein Herz sinkt weiter, und ich drehe mich in Lasses Richtung. »Weißt du, wo er ist?«

»Nein. Ich bin eigentlich davon ausgegangen, dass er bei dir ist.«

»Offensichtlich ist er das nicht.« Alea schüttelt heftig den Kopf. »Hast du ihn angerufen?«

»Nein, ich bin noch nicht lange wach.« Und nachdem ich mich orientiert habe und Emil meine Fragen beantwortet hat … Ich hatte keine Zeit, darüber nachzudenken, wo er steckt. Aber jetzt … Ich kann nicht leugnen, dass ein ungutes Gefühl in mir aufsteigt, weil er nicht da ist. Ist er womöglich sauer, weil ich im Wald auf der Suche nach Tjark anderer Meinung war als er? Aber so ist er nicht. Seit unserem großen Streit nach Mums Versuch, ihr Leben zu beenden, haben wir immer ehrlich miteinander gesprochen. Keine Geheimnisse mehr.

Dass er jetzt nicht hier ist, passt nicht zu ihm.

Irgendetwas muss passiert sein.

»Wo ist mein Handy?«, frage ich Emil in der Hoffnung, dass es bei meinem Sturz nicht kaputtgegangen ist. Und wenn ich ganz viel Glück habe, habe ich auch noch ein bisschen Akku übrig.

»Hier.« Er zieht es aus einer Tüte, die sich in meinem Nachttisch befindet.

»Danke.« Ich nehme es ihm ab, entsperre den Bildschirm und klicke die Nachrichten beiseite, die mich in den letzten Stunden erreicht haben. Es ist nicht eine einzige von Fin dabei. Kurz entschlossen wähle ich seine Nummer, aber der Anruf wird nicht angenommen. Deshalb schreibe ich ihm eine Nachricht.

Wo bist du? Ruf mich zurück.

Meine Bitte ist schnell abgeschickt. Ich hoffe sehr, dass er sie bald liest und sich bei mir meldet. Wo auch immer er steckt.

Doch ich hoffe umsonst. Während Alea und Lasse sich erzählen lassen, was geschehen ist, schiele ich immer wieder auf mein Handy. Das Display bleibt stumm. Kein Anruf von Fin. Und auch keine Nachricht.

Irgendwann taucht Dad auf. Er umarmt mich auf eine Art und Weise, wie er das schon seit Jahren nicht mehr getan hat. Es ist nicht einfach nur ein simples In-den-Arm-Nehmen. Keine Gott-sei-Dank-geht-es-dir-gut-Umarmung. Es ist eine stumme Scheiße-mach-mir-keine-Angst-pass-um-Himmels-willen-auf-dich-auf-ich-hab-dich-lieb-meine-Kleine-Umarmung. Dad drückt mich so fest, dass ich erneut mit den Tränen kämpfe. Es tut mir furchtbar leid, dass Emil und er meinetwegen mitten in der Nacht angerufen wurden. Ich wollte ihnen keinen Kummer machen.

Mein kleines Zimmer ist ziemlich voll, und doch … Der wichtigste Mensch, der, den ich unbedingt sehen will, fehlt. Fin meldet sich einfach nicht bei mir.

Emil entgeht nicht, wie ich immer wieder auf meinen Bildschirm schiele. Zweimal bin ich kurz davor, Fin erneut zu schreiben. Aber was soll das bringen? Er hat meine Nachricht bekommen, die beiden Haken sind da. Er antwortet mir nur schlichtweg nicht. Warum auch immer.

Kurz nach vier verabschieden sich Dad und Emil. Emil, weil er Freya im Sägewerk abholt. Dad, weil er zu einem Abendtermin muss. Zurück bleiben Alea und Lasse. Und auch wenn meine Gedanken unaufhörlich um Fin kreisen … die beiden in Kombi hierzuhaben, ist äußerst irritierend.

»Okay, frag schon.« Alea rutscht von der Fensterbank und kommt rüber zu mir. Mit einer Handbewegung bedeutet sie mir, ihr Platz zu machen, sodass sie sich auf die Matratze zu mir setzen kann. Ich rücke brav beiseite und lege den Kopf schief.

»Du und Lasse?« Obwohl mir nicht danach zumute ist, grinse ich kurz.

»Was soll ich sagen …« Sie seufzt.

»Dass ich unwiderstehlich bin?«, kommt Lasse ihr zu Hilfe und grinst hinter ihrer Schulter.

»Eigentlich ist er hauptsächlich eine ziemliche Nervensäge.«

»Aber eine, mit der du …?« Ich sehe sie auffordernd an.

Alea dreht sich zu Lasse. »Kannst du dir mal kurz die Ohren zuhalten? Oder nein, kannst du mir einen Kaffee besorgen?« Sie klimpert mehrmals mit den Wimpern. »Und einen Schokoriegel?«

»Frauengespräch?«

»Jep.« Alea wirft ihm eine Kusshand zu. »Danke, du bist ein Schatz.«

»Das kostet dich.« Lasse grinst breit. »Ich überleg mir was.«

»Mach das.« Ohne weiter auf ihn einzugehen, wendet sie sich wieder mir zu. Es vergehen keine drei Sekunden, bis meine Zimmertür ins Schloss fällt und ich mit Alea allein bin. Und das ist ihr Startschuss. »O Gott, Lene, ich habe keine Ahnung, wie das passiert ist.«

»Du und Lasse?«, sage ich erneut und kann mir ein Schmunzeln nicht verkneifen.

»Ja. Also ich meine …« Energisch fährt sie sich mit der Hand durch die langen Haare. »Natürlich weiß ich, wie es passiert ist. Ich bin neulich mit ihm mit auf sein Hotelzimmer und dann … Sagen wir, ich habe in dieser Nacht sehr wenig geschlafen. Und in der danach auch. Und irgendwie habe ich ihn seither … jeden Tag gesehen?« Sie kneift die Augen zusammen. »Und zwar nackt.«

»Und das ist ein Problem, weil?«

»Weil ich so etwas nicht mache. Ich lasse mich nicht auf Kerle wie Lasse ein. Maximal für eine Nacht, aber dann …« Sie lässt ihre Finger so auseinanderklappen, dass es aussieht, als würde eine Bombe explodieren. »Boom. Dann ist es direkt vorbei. Aber mit ihm … Es sind jetzt zehn Nächte, Lene. Zehn. Ich bin zweistellig.«

»Ich verstehe das Problem immer noch nicht.« Aleas Entrüstung über sich selbst bringt mich zum Lachen. Ich höre jedoch schnell wieder damit auf, meine Stirn ziept zu sehr. »Lasse ist nett. Du hättest dir echt einen schlimmeren Kerl aussuchen können.«

»Ich wollte mir überhaupt niemanden aussuchen.«

»Tja.« Ich zucke mit den Schultern. »So funktioniert das leider nicht.«

»Toll. Was mach ich denn jetzt?« Sie lässt sich nach vorn sinken und versteckt ihr Gesicht in meiner Decke.

Behutsam tätschle ich ihr den Hinterkopf. »Verrückte Idee, aber … es genießen, solange es anhält?«

»Haha.« Sie hebt den Kopf wieder an und pustet sich ein paar Haarsträhnen aus der Stirn. »Bestimmt langweile ich ihn bald.«

»Dann ist er ein Idiot, und du hast etwas Besseres verdient. Aber im Moment klingt das doch alles eigentlich ziemlich gut, findest du nicht?«

»Zu gut«, grummelt sie.

»Weißt du noch, was du vor ein paar Wochen zu mir gesagt hast?«

Sie schüttelt den Kopf.

»*Lass dich drauf ein*«, wiederhole ich. »Und eigentlich bin ich der Meinung, es ist an der Zeit, dass du deinen eigenen Ratschlag beherzigst. Sich drauf einzulassen, kann nämlich tatsächlich ziemlich gut sein.«

»Oder dir das Herz brechen.« Sie seufzt und sinkt zurück auf die Decke.

»Also momentan sieht es nicht nach brechenden Herzen aus.« Ich pike sie in die Seite. »Er holt dir grad Kaffee und Schokolade. Ich find das eher sogar ziemlich perfekt.«

»Ja, und heute Abend verlangt er dafür wieder Kleiderstücke von mir.«

»Er tut was? Spielt ihr Strip-Poker?«

»Kann man so sagen. Aber lenk nicht ab.« Alea sieht mich streng an. »Erklär mir lieber, warum Fin immer noch nicht hier ist.«

Mit diesen Worten erstirbt mein Lachen, und ich blicke kurz zu meinem Handy.

Keine neue Nachricht.

»Ich weiß es nicht«, sage ich leise und reibe mit einem Finger über den Nagel eines anderen. »Er wollte nicht, dass ich zu Tjark nach unten klettere. Wir haben uns gestritten, aber …«

»Aber er sollte dennoch hier sein.« Alea nickt wissend.

»Vielleicht ist er auch verletzt«, meine ich, weiß aber, schon während ich meine Vermutung äußere, dass das Quatsch ist. Emil hätte mir ganz sicher davon erzählt. Oder Lasse. Irgendjemand.

Alea zieht beide Augenbrauen nach oben.

»Er hat mir vorgeworfen, ein Adrenalinjunkie zu sein. Vielleicht bin ich ihm einfach … zu viel.«

»*Zu viel?*« Alea spuckt die Worte beinahe aus, als wären sie Gift auf ihrer Zunge. »Du bist nicht zu viel. Du bist gar nichts, was ein *zu* davor benötigen würde. Manchmal bist du etwas stur, ja, okay, und Wanderungen mit dir sind wirklich böse anstrengend. Aber Fin kann froh sein, dass du ihn magst.«

»Wanderungen mit mir sind erst mal nicht möglich.« Ich deute auf meinen Fuß.

»Das wird ja wieder. Und danach ziehen wir los.« Einen Moment lang sieht sie mich gedankenverloren an. »Soll ich Lasse bitten, Fin anzurufen?«

»Nein, das mache ich gleich noch mal selbst.« Ich glaube nicht, dass es viel bringen wird, wenn er nicht einmal auf meine simple Nachricht antwortet oder zurückruft. Aber ich werde es versuchen. Am Ende ist etwas mit seinen Eltern oder seinem Hund, und er musste dringend weg.

Aber auch das hätte er doch zumindest Lasse gesagt, wenn schon nicht dir, flüstert eine Stimme in meinem Kopf.

Der Klumpen in meinem Magen wird größer. Wieso zum Teufel meldet er sich nicht?

Als Lasse zusammen mit einem Pfleger zurückkommt, der mir mein Abendessen bringt, verabschieden Alea und er sich von mir.

»Ruf an, wenn du etwas brauchst, ja?« Alea beugt sich zu mir nach unten und umarmt mich kurz. Es muss ziemlich witzig aussehen, sie mit ihrem verbundenen Arm, ich mit meinen Blessuren.

Lasse drückt kurz meine Schulter, Mitgefühl im Blick. »Halt die Ohren steif, Lene. Wenn du morgen entlassen wirst und dich jemand abholen muss, gib einfach Bescheid. Wir kommen.«

Alea nickt bekräftigend. »Hab ja eh nichts zu tun. Lasse fährt.«

»Danke, ihr zwei.« Ich sehe ihnen hinterher, als sie mein Zimmer verlassen.

Kaum bin ich allein, fällt mein Blick auf das Tablett mit meinem Essen. Aber ich habe keinen Hunger. Ich weiß, dass ich essen sollte, meine letzte Nahrung ist vierundzwanzig Stunden her, und mein Magen knurrt. Aber allein die Vorstellung, jetzt in eins dieser Brote zu beißen, lässt mich würgen.

Stattdessen taste ich nach meinem Handy.

Immer noch nichts. Keine Nachricht von Fin.

Dafür hat Freya mir geschrieben. Und Thomas und Melike. Anna aus dem Camp. Es ist alles okay, sie machen die letzte Nacht noch, Thomas springt für mich ein. Fin erwähnt sie nicht. Und ich tue es auch nicht. Ich wünsche ihnen viel Spaß und bitte sie, liebe Grüße an alle auszurichten.

Kurz nach sechs versuche ich noch mal, Fin anzurufen. Er nimmt wieder nicht ab. Dieses Mal erreiche ich wenigstens seine Mailbox. Ich spreche drauf und bitte ihn, mich zurückzurufen.

Doch mein Telefon bleibt den Rest des Abends stumm.

Erst gegen acht geht eine Nachricht ein, allerdings von Emil.

Ist Fin aufgetaucht?

Seine Worte treiben mir die Tränen in die Augen. Vielleicht ist es auch das Adrenalin, das meinen Körper nun endgültig verlassen hat. Fakt ist, dass sich mein Blick verschleiert und ich Mühe habe, eine Antwort an meinen Bruder zu tippen, obwohl sie nur kurz ist. Denn die Wahrheit ist, dass es verflucht noch mal kein gutes Zeichen ist, dass Fin bisher weder auf die eine noch auf die andere Weise Kontakt zu mir gesucht hat. Und ich verstehe einfach nicht, wie das sein kann. Bis gestern war doch alles in Ordnung. Wir hatten Spaß zusammen, er hatte seine Ängste im Griff, und selbst die Anspannung, die die Tatsache ausgelöst hat, dass wir uns wie damals in einem Zeltlager befanden, ist immer mehr von ihm abgefallen. Es ging ihm gut.

Es ging *uns* gut.

Dachte ich.

Aber nun?

Die erste Träne rollt über meine Wange, als ich meine Nachricht an Emil abschicke.

Nein, ist er nicht. Wieso?

Eine Antwort erhalte ich nun auch von ihm nicht mehr.

22

FIN

Es klopft Sturm an meiner Vantür. Lene kann es nicht sein, was die Möglichkeiten, wer mich aufsucht, ziemlich einschränkt. Lasse vielleicht. Oder Alea. Ansonsten weiß niemand, wo ich wohne.

Kurz überlege ich, nicht darauf zu reagieren. Einfach so zu tun, als wäre ich nicht da. Doch das Klopfen hört nicht auf.

Als ich die Tür aufschiebe, sind es weder Lasse noch Alea, die mir entgegenblicken. Es ist Lenes Bruder. Und er sieht ziemlich angepisst aus. Ob sie ihn geschickt hat, weil ich nicht auf ihre Nachrichten reagiert habe? Nein, das würde Lene nicht tun. Sie ist niemand, die ihren Bruder vorschickt. Trotzdem habe ich bei seinem Anblick ein noch schlechteres Gewissen als sowieso schon. Es ist nicht fair, sie zu ignorieren, aber ich kann ihr einfach nicht antworten. Nicht, nachdem ich sie so dermaßen habe hängen lassen.

»Emil«, begrüße ich ihn.

»Fin.« Er nickt kurz, die Lippen zu einem waagerechten Strich verzogen. »Wir müssen uns unterhalten. Jetzt.« Die Art, wie er das sagt, gibt mir unmissverständlich zu verstehen, dass er mir keine Wahl lässt. Emil tritt einen Schritt zur Seite, sodass ich den Van verlassen kann.

Wortlos folge ich ihm hinunter an den See zu den Baumstämmen, die als Sitzgelegenheiten dienen.

Emil nimmt Platz und wartet, dass ich es ihm gleichtue.

»Erinnerst du dich an unser erstes Gespräch?«, fragt er dann.

»Natürlich.«

»Du hast mir da etwas versprochen.«

»Ich weiß.«

»Wieso bist du dann hier und nicht bei meiner Schwester?«

Zwei Fragen, ein Satz. Mehr braucht es nicht, um mich wie ein absolut furchtbarer Mensch zu fühlen. Der ich, wenn ich es mir ganz ehrlich eingestehe, definitiv auch bin.

»Lene ist ohne mich besser dran.« Ich spreche leise aus, was seit den Stunden im Nachtwald in meinem Kopf kreist. Doch auch wenn es kaum mehr als ein Flüstern ist, das ich von mir gebe, dröhnt der Satz betäubend laut in meinen Ohren.

»Das ist kompletter Quatsch.« Emil sieht mich an, als hätte ich den Verstand verloren. Und wahrscheinlich hab ich das auch. Aber nicht erst jetzt, sondern schon vor langer Zeit.

»Ist es nicht.«

»Doch, Fin. Ist es. Lene war glücklich mit dir. Keine Ahnung … Du hast ihr gutgetan. Und du hast es irgendwie geschafft, dass sie sich nicht mehr wie eine beleidigte Eiskönigin aufführt. Warum sollte sie also ohne dich *besser dran sein?*« Er malt mit den Fingern Anführungszeichen in die Luft. Und es macht mich ein bisschen fassungslos, dass er wirklich so gar keinen Schimmer zu haben scheint, was gestern Nacht passiert ist.

»Hat Lene dir erzählt, dass ich Höhenangst habe?«

Er nickt. »Deshalb gehst du regelmäßig in den Park, ich weiß. Aber du machst doch Fortschritte. Kannst du nicht inzwischen fast alle Pfade klettern?«

»Ja. Kann ich.«

»Dann verstehe ich nicht, wie das mit …«

Ich lasse ihn nicht ausreden. »Darum geht es nicht. Also, nicht nur. Ja, die Höhenangst ist besser. Im Park zu klettern, funktioniert. Aber ich bin noch nicht von ihr geheilt.« Falls man das überhaupt jemals komplett sein kann, keine Ahnung. Vielleicht wird auch immer ein ungutes Gefühl in mir bleiben, wenn es um Höhen geht. Oder um Tiefen.

»Das erwartet doch auch niemand. Und Lene schon gar nicht.« Er sieht mich immer noch an, als wäre das alles nur eine billige Ausrede. Ich kann es ihm nicht verübeln.

Dennoch ignoriere ich seinen Einwand und spreche weiter. »Hat sie dir auch erzählt, dass ich schon einmal als Betreuer in einem Camp dabei war? Und was damals passiert ist?«

»Nein, aber das ist auch nicht …«

»Nicht wichtig?« Fast hätte ich gelacht. »Doch, Emil. Es ist sogar sehr wichtig. Ich war dabei. Bei diesem Amoklauf bei Finnemarka.«

Es ist Emil deutlich anzusehen, dass er sofort weiß, wovon ich rede. Wie ganz Norwegen hat er damals in den Nachrichten davon gehört. Er öffnet den Mund, schließt ihn aber sofort wieder.

Ich hasse es, ihm davon erzählen zu müssen. Aber er wird nur begreifen, wieso ich mich von Lene fernhalte, wenn er versteht. Wenn er weiß, was geschehen ist. Also erzähle ich zum zweiten Mal innerhalb weniger Tage einem Mitglied der Familie Berg, was mir passiert ist.

»Ich konnte Malia nicht helfen. Und ich konnte gestern auch Lene nicht helfen«, schließe ich. »Ich weiß, dass beides nicht meine Schuld ist. Ich habe Malia nicht umgebracht, und ich habe auch Lene nicht den Abhang hinuntergestoßen. Aber ich konnte beide dennoch nicht beschützen.«

»Na und? Du hast beide Male alles getan, was du tun konntest. Du hast Malia immer wieder gesagt, dass du für sie da bist. Hast ihr Hilfe angeboten und sie *nicht* allein gelassen, obwohl dir selbst das niemand hätte vorwerfen können. Du warst erst achtzehn. Und du hast doch auch versucht, Lene aufzuhalten. Aber meine Schwester lässt sich nicht beschützen. Sie ist der sturste Mensch der Welt. Du hattest keine Chance. Weder bei Malia noch bei ihr.«

»Das ändert nichts.« Ich schüttle den Kopf. »Sie nicht aufhalten zu können, ist die eine Sache. Aber ich konnte ihr danach, nachdem sie gestürzt war, eben auch nicht helfen. Weil mich die Angst gelähmt hat. Ich konnte nicht zu ihr runterklettern.«

»Weil das vollkommen dämlich gewesen wäre. Du wärst auch abgestürzt, und dann hätte euch niemand mehr so schnell gefunden.« Emil sieht mich ernst an, bevor er weiterspricht. »Ich habe keine Höhenangst, Fin. Aber ich wäre auch oben geblieben. Ich hätte auf Hilfe gewartet und … Ich hätte alles so gemacht wie du.« Im nächsten Moment legt er mir eine Hand auf den Arm. »Du bist nicht schlecht für Lene. Und du warst auch nicht schlecht für Malia, auch wenn sie gesagt hat, dass dein Anblick sie an das erinnert, was euch zugestoßen ist. Aber das lag nicht an dir als Mensch. Oder weil du etwas falsch gemacht hast. Das ist ein Unterschied.« Emil klingt ziemlich energisch. Als wäre er wirklich von dem überzeugt, was er da sagt.

»Ich konnte ihr nicht helfen, Mann«, sage ich noch einmal. »Ich konnte einfach nur zuschauen, wie sie dort unten liegt und sich nicht bewegt.«

»Das stimmt nicht. Du hast ihr geholfen«, widerspricht Emil mir. »Du hast sie nicht allein gelassen. Du hast die anderen informiert und um Hilfe gebeten. Du hast bei ihr gewartet. Trotz deiner Angst. Und das ist so viel mutiger und … und stärker, als du dir zugestehst. Ihren Absturz konntest du nicht verhindern. Aber das hätte niemand gekonnt. Daran ist sie ganz allein schuld. Und du kannst mir glauben, ich habe ihr heute Nachmittag deutlich gesagt, was ich von dieser Aktion halte. Sie muss mit dieser ganzen Adrenalinscheiße aufhören.

Aber ich glaube ehrlich, dass wir bessere Chancen haben, sie dazu zu bringen, wenn du ihr das auch sagen würdest.« Er stößt mich sanft in die Seite. »Wenn du aufhören würdest, dir einzureden, dass du ein Problem für sie bist. Das bist du nämlich nicht. Du bist der Einzige, der meine Schwester in den vergangenen Wochen wieder zu einem lächelnden Menschen machen konnte. Und das meine ich vollkommen ehrlich und ohne Erwartungen. Wenn sie dir doch nicht so wichtig ist, wie ich glaube, dass sie es ist, dann … Okay. Dann bist du ja bald wieder weg, und Lene wird schon klarkommen. Tut sie immer, weil sie Lene ist. Aber wenn du sie magst, wenn du sie so magst, wie ich glaube, dass du es tust … Dann bitte, bitte, *bitte* lass den Quatsch mit den Selbstvorwürfen und geh zu ihr. Sie könnte dich grad echt an ihrer Seite gebrauchen.« Und auf einmal ist es da. Sein erstes echtes Lächeln, seit er bei mir aufgetaucht ist. »Falls du dir Sorgen machst, dass sie es dir vorhalten könnte, dass du sie nicht gerettet hast … Glaub mir, Lene weiß ganz genau, dass nur sie selbst es zu verantworten hat, dass sie jetzt mit gebrochenem Knöchel, einer Platz- und ein paar Schürfwunden im Krankenhaus liegt.«

Seine Worte wiegen schwer. Sie liegen zwischen uns in der Luft, und ich weiß nicht, was ich dazu sagen soll. Es ist schön, dass er mich von allem freisprechen will. Aber so funktionieren Gefühle nicht. Oder eher … Erinnerungen an erlebte Situationen. Vielleicht hätte ich Lene doch aufhalten können. Vielleicht hätte ich es geschafft, zu ihr zu klettern, wenn ich nicht diese Angst mit mir herumtragen würde. Vielleicht wäre alles anders gekommen, wenn es nicht geregnet hätte.

Aber es hat geregnet. Und ich habe diese Angst. Ich konnte nicht zu ihr klettern. Nichts kam anders.

»Ich weiß nicht, Emil …« Ich hebe den Blick. Ihn anzusehen, ist gar nicht so leicht. Weil er sich zwar auf viele Arten von Lene unterscheidet. Aber auf viele eben nicht. Die beiden haben die gleichen Gesichtszüge. Der gleiche eindringliche Blick, auch wenn ihre Augen grün sind. Trotzdem habe ich auch bei Emil das Gefühl, das er mehr sieht, als er sehen sollte.

Wenn du sie so magst, wie ich glaube, dass du es tust …

Er hat recht damit. Ich mag sie. Sehr sogar. Nur bedeutet, jemanden zu mögen, nicht automatisch auch, dass man darüber die eigenen Dämonen vergisst. Dass man sie besiegen kann. Die vergangene Nacht hat mir das mehr als eindrücklich gezeigt. Ich habe mich verloren. Damals, vor sieben Jahren, nachdem Malia ihr Leben beendet hat.

Aber Lene hat das nicht getan. Sie hat sich nicht verloren. Im Gegenteil. Lene ist so sehr am Leben, dass ich … ein Teil davon sein will. Von ihr und ihrem Leben, das mich manchmal herausfordert, aber das mich auch so verdammt glücklich gemacht hat.

Ich will sie nicht verlieren.

Ich will *uns* nicht verlieren.

Und deshalb … Emil sieht mehr, als er soll. Nur hat er dennoch nicht bis auf den Grund geblickt. Dass ich Lene längst nicht nur mag. Sondern dass ich verliebt in sie bin. Und vielleicht übertrumpft das jegliche Schuldgefühle.

Es ist verdammt früh, als ich am nächsten Morgen bei Emil zu Hause aufschlage. Um seinen Vater nicht zu wecken, rufe ich Emil auf seinem Handy an und bitte ihn, mir zu öffnen.

»Dein Ernst?«, fragt er. In der nächsten Sekunde höre ich im Hintergrund etwas rascheln.

»Ja. Es ist wichtig.« Ungeduldig trete ich von einem Bein auf das andere. Ich habe nicht viel Zeit. Bis die Besuchszeiten im Krankenhaus beginnen, muss ich fertig sein.

Emil seufzt schwer. »Ich komme.« Damit legt er auf, und es vergehen ein paar Sekunden, bis er die Haustür öffnet. »Was hast du vor?«

»Ich brauche deine Hilfe«, verkünde ich. »Und Lenes Hühner.«

»Die … Hühner?« Emil mustert mich entgeistert. »Okay. Was auch immer das werden soll, dafür brauch ich erst mal Kaffee. Komm rein.« Er winkt mich hinter sich her in die Küche und macht sich dort an der Maschine zu schaffen.

»So«, sagt er, während der Kaffee durch den Filter läuft. »Was ist der Plan? Und was ist da drin?« Er deutet auf die Tasche in meiner Hand.

»Das ist … Teil des Plans.« Es klingt ein bisschen schräg, von einem Plan zu sprechen, wenn ich einfach nur hoffe, dass Lene meine Idee nicht ganz bescheuert finden wird. Aber ich habe keine bessere, deshalb … Ich nehme die Tasche und leere sie auf dem Esstisch aus. Mehrere Schnüre und beschriebene Zettel kommen zum Vorschein. Ich streiche sie auseinander und verteile sie so auf dem Tisch, dass nichts mehr aufeinanderliegt.

Emils Blick gleicht immer mehr einem Fragezeichen. »Nichts für ungut, aber wie passen die Hühner da dazu? Willst du sie rupfen und ein paar Federn draufkleben?«

»Witzig.« Ich verdrehe die Augen. »Dann kann ich auch gleich meine Zelte hier abbrechen und verschwinden. Ich glaube nicht, dass Lene es mir verzeihen würde, wenn ich ihren Hühnern etwas antue.« Und dann erkläre ich Emil, was ich tatsächlich vorhabe und was sein Part bei der ganzen Sache ist.

»Das wird … eine ziemliche Herausforderung, um nicht zu sagen unmöglich. Aber ich find's cool.« Er grinst und steht wieder auf, um die Kaffeekanne zu holen. »Willst du auch?«

Ich nicke und lasse mir eine Tasse von ihm geben.

»Wenn sie dir danach deinen dreißigstündigen Aussetzer nicht verzeiht, programmierst du ihr einfach eine eigene App. Über Hühner oder so.« Emil kippt sich einen ordentlichen Schuss Milch in die Tasse.

»Gibt es bestimmt schon«, sage ich und nippe an meinem Kaffee. Er ist ziemlich stark, aber genau das brauche ich. Und Emil offenbar auch.

Er gähnt herzhaft und reibt sich über die Stirn. »Sorry. Freya konnte nicht schlafen, und wir haben die halbe Nacht telefoniert.«

»Gibt's … Probleme?« Ich weiß nicht, ob ich der Richtige bin, mit dem Emil darüber reden will. Aber nachdem er mir in aller Herrgottsfrühe hilft und auch gestern ein paar Dinge in meinem Kopf geradegerückt hat, als er bei mir war, will ich es ihm wenigstens anbieten.

»Nicht direkt. Neulich war Hendriks Todestag, und das hat sie aufgewühlt.«

»Verstehe.« Ich nicke hinter meiner Tasse. »Sorry, wenn das zu direkt ist, aber … Darf ich fragen, wie das für dich ist? Also dass deine Freundin an …« Ich stocke, weiß nicht, wie ich das formulieren soll, ohne plump oder respektlos zu wirken.

»Noch immer an einem Toten hängt, der auch noch zufällig mein Drillingsbruder ist, meinst du?« Emils direkte Zusammenfassung macht mich kurz sprachlos. Aber er grinst dabei, also bin ich hoffentlich nicht zu weit gegangen.

»Ja?«, entgegne ich.

»Es ist okay für mich. Selbst wenn er nicht mein Bruder gewesen wäre … Es ist erst ein Jahr her. Und die Trauer ist ja nicht weg, nur weil man sich neu verliebt hat. Wir reden viel über ihn, aber ich weiß, wie wichtig ich ihr bin. Es ist kein … Wettkampf oder etwas in der Art.«

»Mhm. Gute Einstellung.«

»Es ist die einzige Einstellung.« Er zuckt mit den Schultern. »Ich bin kein eifersüchtiger Mensch, und auf einen Toten eifersüchtig zu sein, wäre … Das ist komplett falsch. Am Ende des Tages ist sie ja bei mir. Ich halte sie im Arm. Sie kommt zu mir, wenn es ihr schlecht geht.

Und wenn alles okay ist. Wozu also …« Er hält kurz inne. »Ich weiß selbst, wie sich dieser brodelnde Trauerkessel anfühlt. Und manchmal muss man einfach den Deckel abnehmen und die Hitze rauslassen, bevor es überkocht.«

»Und so eine Nacht war gestern.«

»Und so eine Nacht war gestern«, wiederholt er und nickt.

»Tut mir leid, dass du gestern so viel … Kummer abbekommen hast.« Ich hoffe, er versteht, dass ich damit nicht nur Freyas Trauer meine. Sondern auch Lene und mich und meine Gefühle, nicht der Mann für sie sein zu können, den sie verdient.

»Schon okay. Du wirst es ja wiedergutmachen.« Sein Blick fällt zurück auf das ganze Chaos auf dem Tisch. »Lass uns mal anfangen, bevor Lene aufwacht und immer noch keine Nachricht von dir hat.«

Ich habe mir die Sache leichter vorgestellt. Das ist die Erkenntnis, die ich nach zwanzig Minuten im Garten von Lenes Eltern habe. Obwohl Emil mir hilft, ist es gar nicht so einfach, die Fotos so hinzukriegen, dass ich sie benutzen kann. Dagahilt rettet mich, sie ist die Erste, die schließlich lange genug stillhält, damit Emil das Bild von uns machen kann. Oder eher die ersten zwanzig, er drückt einfach unaufhörlich auf den Auslöser.

»So«, sagt er. »Da sollte eins dabei sein.«

»Zeig her.« Ich entferne das kleine Schild von Dagahilt und lasse sie wieder los.

Mit einem aufgeregten Plustern wuselt sie davon. Ich bilde mir ein, dass es empört klingt. Und ein bisschen vorwurfsvoll. So nach dem Motto: *Du baust Scheiße, und ich muss es ausbaden? Vielen Dank auch.*

Ich lasse mir von Emil mein Handy geben und betrachte die Bilder. »Das hier ist ganz gut geworden.« Zufrieden nicke ich. Mit ein paar Klicks schneide ich das Bild zurecht und bearbeite es mit einem

Filter. Ein bisschen mehr Helligkeit, ein bisschen wärmeres Licht. Die Sonne versteckt sich heute früh hinter Wolken, das Foto wirkt etwas kalt.

Dann schicke ich es kommentarlos ab und drücke Emil das Handy erneut in die Hand. »Okay, weiter«, sage ich und hoffe wirklich sehr, dass wir nicht für jedes Bild eine halbe Stunde brauchen werden. So viel Zeit habe ich nämlich definitiv nicht. »Also. Welche jetzt?«

Emil sieht sich kurz um. Wir haben die Hühner aus dem Stall in ihr Gehege gelassen, was es ein bisschen leichter macht, sie einzufangen. Eigentlich. Laut Emil. Ich bin der Meinung, dass wir so einfach nur hinter ihnen herlaufen müssen. Also ich. Weil sie keinen Bock auf mich haben, da sie mich quasi nicht kennen. Aber ich gebe nicht auf. Mein Plan ist … vielleicht nicht der beste. Aber er ist niedlich. Und Lene wird das hoffentlich zu schätzen wissen. Denke ich.

»Nimm Nanna«, schlägt Emil vor. »Das ist die Kleine dort hinten.«

»Die Weiße?« Ich trete auf sie zu.

»Genau.«

»Okay.« Ich schleiche mich an und will sie gerade packen, als sie mich bemerkt. Sie plustert die Federn auf und eilt hastig davon. Toll. »Komm schon, Kleines«, rede ich ihr gut zu. »Das hier ist echt wichtig. Du kriegst zur Belohnung bestimmt auch eine doppelte Portion Futter.«

»Nein, tut sie nicht«, kommentiert Emil amüsiert und beobachtet meinen Hühnerkampf belustigt.

»Ssshhh«, zische ich ihm zu. »Das muss sie nicht wissen. Komm, kleines Huhn. Putt, putt, putt.«

Ich fühle mich ein bisschen lächerlich, wie ich Lenes Huhn durch deren Außengehege nachrenne. Aber ich fürchte, das muss so sein. Wenn es wehtut oder anstrengend ist, zählt es. Das hat meine Cousine vor Jahren zu mir gesagt, als ich noch ein Kind war. Ich habe nie verstanden, was sie damit meint. Bis jetzt. Es hat eine blonde Abenteuerin und ihre sieben Hühner gebraucht, bis ich es kapiert habe.

Mit einem Sprung schnappe ich Nanna und gehe auf Emil zu. Er reicht mir das nächste kleine Schild. Ich hänge es dem verdutzten Huhn um und halte sie vor mich.

»Gut. Bereit.« Wenn das so weitergeht, sehe ich zwar auf jedem weiteren Foto selbst zerrupfter und verschwitzter aus, aber darum geht es nicht. Die Hühner und ihre Schilder sind wichtiger.

Emil macht ein paar Fotos, während Nanna auf meinen Handrücken pickt. Dann beginnt das Spiel von Neuem, ich lasse sie wieder los und renne Eira hinterher.

In regelmäßigen Abständen schicke ich die Fotos an Lene. Nicht ganz in Echtzeit, weil ich es timen muss. Aber fast.

Nachdem alle Fotos im Kasten sind und ich mich bei Emil für seine Hilfe bedankt habe, fahre ich los. Das letzte Foto ist bearbeitet und liegt bereit. Nur ich, ich bin es plötzlich irgendwie nicht. Demnächst vor ihr zu stehen, in der Hoffnung, dass sie mich nicht zum Teufel jagt … Ich bin aufgeregt. Nicht so wie in den Momenten, wenn ich weiß, dass ich gleich einen der hohen Pfade im Kletterpark absolvieren muss. Aber doch so, dass mein Herz schneller schlägt, ich ein Kribbeln im Magen spüre und mir einbilde, schweißnasse Hände zu haben.

Vor den großen Eingangstüren der Klinik bleibe ich stehen. Lene hat mir auf meine Fotos nicht geantwortet, was mich nicht sonderlich wundert. Entweder schläft sie noch oder … Oder ich muss mich mit mehr als ein paar blöden Fotos entschuldigen.

Scheiße. Mit jedem weiteren Schritt kommt mir meine Idee blöder vor. Habe ich ernsthaft geglaubt, sie verzeiht mir, wenn ich ihr sieben Fotos schicke?

Gott, ich bin so dämlich.

Anstatt direkt nach oben zu fahren, biege ich nach links in den kleinen Krankenhausladen ab. Blumen. Ich muss ihr wenigstens Blumen mitbringen, wenn ich schon so spät komme. Auch wenn das bedeutet, dass sie die Dinger in ein paar Stunden nach Hause schleppen muss, sobald sie entlassen wird.

Ich will trotzdem welche kaufen. Auf meine Frage, welche Blumen »Entschuldigung« schreien, zückt der halbstarke Verkäufer allerdings nur mit den Schultern. Prima. Er ist also genauso planlos wie ich.

»Ich nehme die da«, sage ich und deute auf den größten Strauß. Falls Lene sich nicht freut, mich zu sehen, kann ich mich immerhin hinter diesem Monstrum an Blumen verstecken.

Mit dem Strauß in der einen und meinem Handy in der anderen Hand steuere ich das Treppenhaus an. Im ersten Stock schicke ich das letzte Foto ab. Im zweiten ist es zugestellt. Und dann stehe ich im Flur vor ihrer Tür und klopfe.

Ihr »Herein!« lässt auf sich warten. Fast glaube ich, dass sie schläft oder bei einer Untersuchung ist, als ich es schließlich doch höre. Ich drücke die Klinke nach unten und öffne die Tür. Und fuck, bin ich nervös. So nervös, wie ich es nur einmal zuvor in Lenes Gegenwart war.

Mit den Blumen halb vor meinem Gesicht betrete ich das Zimmer. Lene erkennt trotzdem sofort, dass ich es bin. Sie sitzt auf ihrem Bett, ein Bein etwas höher gebettet als das andere. Ihre rechte Wange, die Seite mit der genähten Platzwunde, schimmert grünlich. Sie sieht müde aus. Müde und niedergeschlagen, und das lässt mir das Herz in die Hose rutschen. Weil ich weiß, dass ich daran schuld bin.

Sie sagt kein Wort, als ich auf sie zukomme.

Ich schweige ebenfalls, weiß plötzlich nicht mehr, was ich überhaupt sagen soll. Einfach nur »Es tut mir leid« ist viel zu wenig.

Vorsichtig lege ich die Blumen auf ihrem Tisch ab, dann bleibe ich unschlüssig stehen. Die Haare mit den türkisfarbenen Spitzen hängen ihr ins Gesicht, an der Stelle um die Platzwunde fehlen ein paar. Ihre Lippen sind spröde, und sie ist blass. Sie so zu sehen, zerbricht etwas in mir, und ich merke, wie die Zweifel zurückkommen.

Du bist nicht gut für sie, Finley Eriksen.

Hättest du sie aufgehalten …

Aber dann ist da auch wieder Emils Stimme. Emil, der mir eindringlich sagt, dass ich das Beste bin, was Lene seit Monaten passiert ist. Und daran halte ich mich fest. Ich liebe sie, und ich hoffe, nein, ich bete, dass das auf Gegenseitigkeit beruht.

Ich setze gerade dazu an, etwas zu sagen, als sie mir zuvorkommt.

»Kannst du mir bitte verraten, was das soll?« Sie hält mir ihr Handy entgegen. Unser Chatverlauf ist geöffnet, ich sehe die letzten drei Bilder. Gefjon, Dagahilt und Nanna mit ihren Schildern. »ROSYRIM? Was soll das bedeuten? Hast du ein neues Huhn gekauft? Rosy ist aber kein Name einer nordischen Göttin. Das passt nicht zu den anderen.«

Sprachlos starre ich sie an. Was redet sie da? Rosy? Göttin? Neues Huhn? Ich nehme ihr das Handy ab und fahre den Verlauf unserer Nachrichten nach. Es sind die sieben Bilder, die ich ihr geschickt habe. Allerdings sind sie in verkehrter Reihenfolge angekommen. Was zur Hölle?

»Das war so nicht … Also … Warte.« Ich gebe ihr das Handy zurück und ziehe mein eigenes hervor. Dort öffne ich ebenfalls unseren Chatverlauf mit der richtigen Reihenfolge. »Hier. Das ist … So sollte das bei dir ankommen.«

Sie nimmt mir das Telefon ab und scrollt zurück zum Start der Bilder. Zum I mit Dagahilt, dann zum M mit Nanna. Das S mit Eira, das O mit Iduna, die beiden R mit Nertha und Gefjon. Und das Y mit Urda.

»I'm sorry«, flüstert sie am Ende. Eine ganze Weile starrt sie einfach nur auf das Display, bis sie wieder aufsieht und mir mein Handy hinhält. Ihre Miene ist unergründlich. Ich weiß nicht, was sie davon hält. Ob sie glaubt, dass ich es mir einfach mache. Ob sie es niedlich findet. Oder ob sie mich zum Teufel jagen will. Vielleicht hat sie sich auch noch nicht entschieden. Und das … Das ist meine Chance.

»Ja.« Ich nicke, stehe immer noch ein bisschen verloren neben ihrem Bett. Aber mir ist klar, dass das nun der Moment ist, in dem ich die Karten auf den Tisch legen muss. »Es tut mir leid, Lene. Alles. Dass ich dir nicht helfen konnte. Dass ich dich nicht schon gestern besucht habe. Dass ich … so spät bin. Ich war … Ich war irgendwie wieder der Achtzehnjährige von damals. Der Malia nicht beschützen konnte und dich auch nicht, und als ich gesehen habe, wie weit unten Tjark liegt … Da war plötzlich nicht nur die Höhe ein Problem, sondern auch die Tiefe und …« Einmal angefangen, kann ich nicht mehr aufhören zu reden. Ich erzähle ihr alles. Von der Angst, der Panik, den Gedankenfäden, die sich wie Gift durch meinen Kopf gewoben haben. Der Überzeugung, nicht gut für sie zu sein. Meinem Vorhaben, mich von ihr fernzuhalten, bis Emil aufgetaucht ist. Und meinem Entschluss, nicht länger wegzulaufen. »Ich habe … Ich habe in Oslo einen Therapeuten. Dr. Hansen begleitet mich, seit ich hier bin, telefonisch bei meinem Kampf gegen die Höhenangst. Aber nach Tjarks und deinem Absturz … Ich glaube, nur am Telefon reicht nicht. Sobald ich wieder in Oslo bin, werde ich mir wöchentliche Termine bei ihm besorgen und das … Trauma richtig aufarbeiten. Ich will von der Vergangenheit nicht länger beeinflusst werden. Nur noch von der Gegenwart. Und ein bisschen von der Zukunft.« Bei diesen Worten sehe ich sie fest an, weil ich hoffe, dass sie versteht, was ich damit sagen will. Sie soll ein Teil dieser Zukunft sein. Meiner Gegenwart. Wenn sie es denn will.

»Du hast einen Therapeuten?«

Ich nicke. »Ja. Als absehbar war, dass wir die App bald testen werden, ich aber nicht wusste, wie ich das anstellen soll, hab ich ein paar Termine bei ihm ausgemacht und ihn dann gebeten, mich weiterhin telefonisch zu begleiten. Er meinte zwar, dass es nicht so einfach werden würde, wie ich mir das vorstelle, solange ich das zugrunde liegende Trauma nicht verarbeitet habe, aber ich war naiv. Ich ging davon aus, dass ein paar Gespräche reichen würden, weil ich dachte, ich hätte das alles schon ganz gut verarbeitet. Und im Internet stand überall, dass Ängste gut behandelbar sind und man sie mit einer Expositionstherapie schnell loswerden kann. Was ja auch funktioniert hat …« Ich zucke mit den Schultern. »Zumindest im geschützten Raum im Park. Aber dann im Camp … Ich hab ein paarmal mit Dr. Hansen telefoniert, als du dachtest, ich rufe Lasse an. Er hat mir Tipps gegeben, und du hast ja gemerkt, dass es ganz okay war. Bis eben … Bis du …«

»Bis ich abgestürzt bin.«

»Mhm.« Ich spüre auch jetzt noch, wie allein die Erinnerung daran Magenschmerzen auslöst.

»Wieso hast du nichts gesagt? Ich hätte dich nie ins Gelände mitgenommen, wenn ich gewusst hätte, dass du … dass …« Sie sucht nach Worten und findet sie doch nicht.

»Genau deshalb. Und weil ich es selbst unterschätzt habe. Mir war nicht klar, dass ich so heftig reagieren würde.« Obwohl das reiner Selbstbetrug war. Ich habe schon nach Lenes und Aleas Wanderung viel zu panisch reagiert.

Lange sagt sie gar nichts. So lange, dass ich fast schon glaube, dass sie es auch nicht mehr tun wird. Doch dann schüttelt sie zaghaft den Kopf. Im nächsten Moment verzieht sie schmerzverzerrt das Gesicht.

»Was ist los?«, frage ich alarmiert. »Hast du Schmerzen? Soll ich einen Arzt rufen?«

»Nein, es … Es war einfach nur keine gute Idee, den Kopf zu bewegen.« Sie zeigt mit dem Finger auf ihre genähte Platzwunde. »Deshalb.«

»Oh.« Ich nicke. »Ja. Klar. Logisch. Sorry.« Diesmal fünf Buchstaben statt sieben.

Ich beruhige mich wieder. Nur langsam, aber das Adrenalin lässt sofort etwas nach.

Erneut verfallen wir in Schweigen. Eins, das nach kürzester Zeit so unerträglich wird, dass ich fieberhaft überlege, was ich noch sagen könnte. Ich will sie nicht verlieren.

Nicht so.

Nicht deshalb.

Nicht jemals.

»Du bist ein Idiot.«

Lenes Stimme lässt meinen Kopf nach oben schnellen. Sie lächelt. Und es sieht nicht spöttisch oder böse aus. Vielmehr sanft. Und … ein bisschen unsicher.

Nach ein paar Sekunden wird sie wieder ernst. »Setz dich endlich. Ich kriege Nackenstarre, wenn ich dauernd so nach oben gucken muss.« Mit der Handfläche klopft sie auf die Matratze neben sich.

Zaghaft komme ich ihrer Aufforderung nach und setze mich zu ihr aufs Bett, immer darauf bedacht, ihrem verletzten Knöchel nicht zu nahe zu kommen.

»Mir tut es auch leid«, sagt sie und sieht einen Moment auf ihre Fingernägel. Auch ihre Hände sind ziemlich ramponiert und über den Knöcheln aufgeschürft. »Ich wusste … Ich wusste, dass die Suche nach Tjark nicht leicht für dich ist. Es war dumm von mir, nicht auf Hilfe zu warten. Spätestens dann, als wir ihn gefunden hatten. Selbst runterzuklettern … Das war ein Anfängerfehler. Ich weiß es eigentlich besser, und … Ich hätte auf dich hören sollen.«

Irritiert mustere ich sie, kann nicht glauben, was sie da gerade gesagt hast. »Entschuldigst du dich echt bei mir dafür, dass du einem verletzten Kind helfen wolltest?«

»Nein.« Sie schüttelt sofort den Kopf. »Das war richtig. Aber helfen und leichtsinnig sein … Das sind zwei verschiedene Paar Schuhe.« Ein leises Seufzen entweicht ihr. »Gott, ich hasse dieses Wort. Als wäre es etwas Schlechtes, sinnvolle Dinge leicht zu nehmen. Dabei ist das eigentlich doch gut.« Sie unterbricht sich selbst. »Zumindest, wenn man nicht gerade versucht, einen rutschigen Hang ohne Sicherungsseil hinabzuklettern.« Wieder seufzt sie leise. Als sie mich dann anblickt, liegt eine Ernsthaftigkeit in ihren Augen, die mich überrascht. »Es tut mir wirklich leid. Ich wollte dir keine Angst machen. Das wollte ich nie.«

»Danke«, sage ich leise und nehme ihre Hand in meine. Es ist noch lange nicht alles gesagt, aber ich halte es keine Sekunde länger aus, sie nicht zu berühren. Sacht streiche ich mit dem Daumen über ihren Handrücken. Ganz sanft, um ihr bloß nicht wehzutun. Das habe ich in den vergangenen Stunden, in denen ich mich einfach nicht bei ihr gemeldet habe, bereits genug getan.

»Ich finde es eine gute Idee, dass du dir regelmäßige Hilfe holen willst.« Sie dreht ihre Hand um, sodass ihre Finger wie von selbst zwischen meine gleiten. »Aber nur, wenn du es deinetwegen tust. Und nicht, weil du glaubst, es tun zu müssen. Ich verlange nichts von dir.«

»Tust du nicht.« Ich blicke auf unsere verschränkten Hände. Sehe die Adern auf ihrem Handrücken, die Abschürfungen, die aufgerauten Stellen. In ein paar Tagen wird alles wieder okay sein, zumindest äußerlich. Aber ich will, dass es ihr auch innerlich gut geht. Und ich werde meinen Teil dazu beitragen. »Aber ich tu es trotzdem auch ein bisschen für dich.«

Sie will schon zu einem Protest ansetzen, als ich ihr schnell einen Finger auf den Mund lege.

»Nein, lass mich ausreden«, bitte ich. »Ich übertrage dir keinerlei Verantwortung dafür. Die hast du nicht. Und ich fühle mich auch nicht verpflichtet, die Therapie richtig aufzunehmen und mich jede Woche mit Dr. Hansen zu treffen. Aber diese Ewigkeit dort oben, nachdem wir Tjark gefunden haben … Sie hat mir so was von eindrücklich gezeigt, dass ich es mit Expositionstherapie allein nicht schaffe, meine Angst und vor allem das Trauma von damals zu überwinden. Das Klettern im Park mit dir hat unglaublich viel geholfen, aber das hat es vor allem für geplante Situationen getan. Nicht für … Notfälle. Und nicht für Momente, die denen vor sieben Jahren zu sehr ähneln.«

»Triggermomente?« Sie wirkt, als wüsste sie ganz genau, wovon ich rede. Und vermutlich tut sie das sogar. Nicht in Bezug auf Höhen- und Tiefenangst, doch die Trauer um ihren Bruder wird genauso durch bestimmte Augenblicke oder Sätze oder Erinnerungen ausgelöst. Ich weiß nicht im Detail, was ihre Trigger sind. Aber ich weiß, dass ich meine in den Griff kriegen möchte. Für sie. Für uns. Und am allermeisten für mich selbst.

»Ja«, sage ich. »Deshalb werde ich am Montag direkt Dr. Hansen anrufen und um neue Termine bitten.«

»Und das alles hast du dir … seit gestern überlegt?«

»Nein«, antworte ich. »Der Gedanke, regelmäßig zu Dr. Hansen zu gehen, ist schon seit Anfang der Woche in meinem Kopf.«

»Seit wir im Camp angekommen sind?«

»Ja. Seit ich nach den Schutzbäumen gesucht habe. Mir war klar, dass das … nicht normal ist.«

»Oh, Fin.« Mit dem Daumen streicht sie über meinen Handrücken. »Wieso hast du dir das angetan? Emil wäre doch eingesprungen.«

»Ganz ehrlich?«

Sie nickt.

»Ich war zu stolz dafür. Ich dachte, ich schaff das schon. Es ging mir ja gut. Im Alltag hat mich nichts an Malia erinnert. Oder an das Zeltlager damals. Und Höhenangst … Das ist nichts, was einen allzu sehr einschränkt. Und nachdem es im Park so gut lief … Ich dachte wirklich, ich krieg das hin. Und glaub mir, verdrängen und sich ablenken ist eine ziemlich gute Taktik, um durchzukommen. Außerdem hab ich mir eingeredet, dass die Arbeit mit der App genug Konfrontation mit meiner Vergangenheit ist. Und das … hat ja auch irgendwie funktioniert. Bis … Na ja …«

»Bis vorgestern Nacht.«

»Mhm.« *Bis vorgestern Nacht.* Bis ein verschwundenes Kind mir gezeigt hat, dass Zeit allein eben manchmal doch nicht reicht.

»Neue Therapiestunden also?«

Dieses Mal nicke ich. »Ja. Mit Schwerpunkt auf Traumabewältigung.«

»Das find ich ziemlich stark.«

»Ja?«

»Ja.« Zur Bekräftigung ihrer Worte führt sie meine Hand an ihre Lippen und haucht mir einen Kuss auf die Haut. »Das ist mutig und stark und sehr … reflektiert von dir.«

Wieder fällt mir nur eine Erwiderung darauf ein. »Danke.« Das und ein Lächeln.

»Wir sind beide ganz schön verkorkst.«

Lene spricht ihre Worte so trocken aus, dass ich mir das Lachen nicht verkneifen kann.

»Falls es dich beruhigt, ich mag dich trotzdem. Linekos. Weißt du noch?«

»Linekos.« Sie lässt Buchstabe für Buchstabe über ihre Zunge rollen. Fast wie vor einigen Tagen, als wir das erste Mal darüber gesprochen haben. Als müsste sie austesten, ob diese Bezeichnung immer noch zu uns passt.

Für mich tut sie das.

»Verkorkstes Linekos.« Sie sagt es mit einem Grinsen, aber auch mit einer Spur Ernst in der Stimme. »Bist du dir sicher, dass du das willst?«

»Für mich gibt es kein schöneres Linekos als unseres. Selbst wenn es verkorkst ist. Ich bin mir ganz sicher.«

»Okay.« Sie nickt und streckt auch ihre andere Hand nach mir aus. »Ein verkorkstes Linekos ist so viel besser als gar keins.« Kurz hält Lene inne, ihr Blick sucht meinen.

Ich sehe ihr fest in die moosgrünen Augen, erkenne ein Leuchten darin, das vorhin, als ich ihr Zimmer betreten habe, noch nicht da war. »*All in?*«, frage ich sie leise.

»*All in*«, bestätigt sie.

Ganz langsam beuge ich mich ihr entgegen, bis meine Stirn auf ihre trifft und wir sie einfach nur aneinanderlehnen. Obwohl der typische Krankenhausgeruch nach Desinfektionsmittel und Seife in der Luft liegt, ist da noch etwas anderes. Etwas, das nur Lene ist. Sie hüllt mich ein, mit ihrer Wärme, ihrem Duft, ihrer Nähe. Ihrem Vertrauen. In mich, in sich, in uns.

Eine Weile verharren wir in dieser Position. Einfach nur sie und ich, Stirn an Stirn, warmer Atem auf meiner Haut, Haare, die kitzeln und die ich gleichzeitig um nichts in der Welt wegstreichen würde. Weil ich nichts je wegstreichen werde, was mit ihr zu tun hat.

Ich bin kurz davor, meine Lippen auf ihre zu legen und sie mindestens für die nächsten drei Stunden zu küssen, als sie meinen Namen sagt.

»Fin?«

»Ja?«

»Lass uns ein bisschen … nachsichtiger miteinander sein.« Ihre Bitte ist kaum zu hören und doch fühle ich sie ganz tief in mir drin. »Lass uns versuchen, keine Mauern hochzuziehen, wenn es schwierig wird. Wir sollten wenigstens miteinander darüber reden können, was gerade das Problem ist.«

»Ich soll dich nicht ausschließen.« Das ist es, was sie meint. Sie will teilhaben an meinen Gedanken. An meinen Ängsten. Und besonders nach vorgestern Nacht und dem gestrigen Tag verstehe ich diesen Wunsch zu einhundert Prozent.

Sie nickt zögerlich. »Lass vielleicht … Lass zumindest einen kleinen Spalt für mich offen in deiner Mauer. Ich verspreche dir auch, ich werde dasselbe für dich tun.«

»Okay.« Es ist ein Risiko, ihr das zuzusichern. Weil ich nicht weiß, ob ich nicht doch noch einmal in eine Situation gerate, in der ich nicht anders kann, als mich im wirren Gedankennebel meines Kopfes zu verlieren oder mich komplett einzumauern. Doch ich will es versuchen. Denn selbst wenn ich in den Nebel eintauche oder mich hinter meiner Mauer verliere … Im Endeffekt brauche ich nur einen Satz zu sagen, um ihr Bescheid zu geben. Und ich glaube, mehr erwartet sie nicht, wenn sie mich um einen Mauerspalt bittet.

»Danke.« Ihre Stimme bricht. Vor Erleichterung, aber vor allem ist da auch noch etwas anderes. Etwas Weiches.

Hoffnung.

Lene hat die Hoffnung, dass wir es hinkriegen können, wenn wir uns bemühen. Und ich werde mich so was von bemühen. Um sie. Um mich. Um uns. Darum, dass aus der Mauer eine mit Lücke wird und schließlich ein Zaun und dann … Gar nichts mehr. Nicht einmal mehr gelegte Steine auf dem Boden.

»Eine Frage hab ich noch …«

»Her damit.«

»Wie zur Hölle hast du meine Hühner auf die Fotos gekriegt?«

»Das war gar nicht so leicht.« Ich deute auf meinen Handrücken, wo kleine Wunden zu sehen sind. »Sie haben sich ganz schön gewehrt.«

»Das beantwortet nicht meine Frage.« Sie mustert mich kritisch.

»Emil hat mir geholfen.« Ich stocke kurz und richte mich für meine nächsten Worte etwas auf. »Und ganz vielleicht hat er mir davor klargemacht, dass ich meinem Kopf nicht alles glauben darf, was er denkt. Manchmal ist das Problem nämlich in einem selbst. Und niemand von außen.«

»Klug von ihm. Aber erzähl ihm bloß nicht, dass ich das gesagt habe.«

»Keine Sorge. Werde ich nicht.« Im Gegenteil. Auch dieses Versprechen werde ich halten. Ich mag Emil, aber Lene mag ich weitaus mehr. So sehr, dass ich es allmählich kaum mehr aushalte, sie nicht endlich zu küssen.

»Darf ich?«, frage ich und komme ihr wieder näher, den Blick fest auf sie gerichtet. Ich sehe Leuten nicht gern in die Augen, aber mit Lene ist es einfach. Einfach und leicht und sinnvoll. Und vielleicht hat sie vorhin genau das gemeint, als sie sagte, dass Leichtsinn auch etwas Gutes sein kann.

»Du darfst.« Sie nickt und lächelt, und dann lächeln wir beide, als sich unsere Lippen treffen und wir so lange nicht mehr damit aufhören, bis Lene entlassen wird und ich sie nach Hause bringen kann.

Mein Herz hat Heimweh nach dir, Hendrik.
Aber soll ich dir was verraten? Das ist okay. Ich lerne nämlich langsam, dass das zum Menschsein dazugehört. Dass ich nur weitermachen kann, wenn ich vergebe. Dir und dem Mann, der dich erschossen hat. Weißt du, ich versuche es wirklich. Dieses Weitermachen. Und das heißt, dass ich lerne zu akzeptieren, dass wir keine gemeinsamen Erlebnisse mehr haben werden. Die Anzahl meiner Erinnerungen, die ich an dich und mit dir habe, wird für den Rest meines Lebens dieselbe bleiben. Und ich kann dir sagen, das ist zum Kotzen fies. Weil das bedeutet, dass ich mit einer Zukunft klarkommen muss, in der du nicht da bist. Und manchmal weiß ich echt nicht, wie man ohne großen Bruder leben soll. Auch wenn uns bloß eine Minute trennte.
Ich weiß nur, dass ich es akzeptieren muss. Dass manches einfach endet und dass ich nichts tun kann, um das zu ändern.
Ich hoffe, dass ich es irgendwann schaffe. Und dass du dann, wo auch immer du bist, stolz auf mich sein wirst. Ich hab dich lieb. Das wird nie aufhören, auch wenn du mich allein gelassen hast.

23

LENE

Ich bin die schlechteste Patientin der Welt. Das war mir schon klar, als ich noch im Krankenhaus lag. Aber obwohl ich nun seit fast zwei Wochen zu Hause bin, habe ich mich immer noch nicht daran gewöhnt, das Zehnfache an Zeit zu brauchen, wenn ich einfach nur auf die Toilette möchte. Dass Duschen bloß im Bikini und mit Emils oder Fins Hilfe funktioniert. Ganz zu schweigen davon, dass ich nicht wie sonst jeden Tag in den Kletterpark gehen kann. Dass nach Alea nun auch noch ich ausfalle, ist richtig beschissenes Timing, auch wenn Fin angeboten hat, für mich einzuspringen. Thomas hat dankend angenommen und ihn direkt für die Arbeit am Boden eingeteilt. Damit fangen sie meinen Ausfall zumindest ein bisschen ab, aber es ist trotzdem ätzend, zu Hause zu sein und nicht viel machen zu können. Die Krücken und ich werden in diesem Leben keine Freunde mehr. Meine Laune geht mir inzwischen selbst auf den Keks. Ohne Emils Unterstützung bei so ziemlich allem und Fins Besuche, sobald seine Schicht zu Ende ist, würde mir die Decke komplett auf den Kopf fallen. So tut sie es nur halb.

Wie so oft in den vergangenen Tagen liege ich im Wohnzimmer auf dem Sofa und lasse mich von einer Netflix-Serie berieseln, die mich nicht sonderlich fesselt, als ich die Haustür höre. Es ist erst kurz nach zwei Uhr am Nachmittag. Zu früh für Dad oder Fin, und Mum ist noch ein paar Wochen in der Klinik. Es geht wohl mit kleinen Schritten in die richtige Richtung, wenn ich ihren Nachrichten, die sie immer wieder in unsere Familiengruppe schickt, Glauben schenken kann.

»Emil?«, rufe ich daher in den Flur.

»Ich komm gleich zu dir«, gibt er zurück.

Ich höre, wie er sich die Schuhe von den Füßen streift und sie dabei gegen den Schrank donnert. Wie immer. Nur Hendrik konnte das noch besser. Dann wird es ein paar Sekunden lang still, ehe er im Türrahmen auftaucht.

»Hey«, sagt er und lässt sich in den Sessel mir gegenüber fallen. »Wie geht's dir?«

»Wie gestern auch.« Ich seufze. »Geduld ist einfach nicht meine Stärke.«

»Zweieinhalb Wochen hast du schon. Noch einmal so lang, dann ist dein Gips wieder weg, und du kannst mit der Physio anfangen.«

»Ich weiß.« Die Aussicht, dass ich erst die Hälfte meiner Gipszeit hinter mir habe, macht mich nicht glücklich, sondern nervös, weil dieses nötige Stillsitzen eine unruhige Anspannung in mir entstehen lässt. Ich bin es nicht gewohnt, so lange keinen Sport zu machen. »Warum bist du schon hier?«

»Meine letzte Vorlesung ist ausgefallen. Also dachte ich, fahre ich gleich heim.«

»Okay.« Ich nicke nachdenklich.

Eigentlich war mein Plan, zu Beginn des Wintersemesters mein eigenes Studium wieder aufzugreifen. Aber ich weiß immer noch nicht, ob ich Business Management überhaupt weiterhin studieren möchte. Und mit dem gebrochenen Knöchel jetzt … Kurz nach meiner Entlassung habe ich mit Dad gesprochen und ihm gesagt, dass ich noch ein Semester aussetzen werde. So lange, bis mein Fuß verheilt ist und ich weiß, was ich will. Bis zum Start des Sommersemesters werde ich weiterhin im Park jobben – und zwischen Drammen und Oslo pendeln, wenn Fin zurück in der Stadt ist. Noch ist er es nicht. Weil er bei mir sein will. Erst, wenn mein Knöchel so weit wiederhergestellt ist, dass ich selbst fahren kann, wird er seine Zelte hier abbrechen. Bis dahin bleibt er auf dem Campingplatz. Aber ich glaube, das ist ihm gar nicht so unrecht. Er mag Drammen, und da auch Lasse seit rund drei Wochen ständig hier ist, um Alea zu sehen …

Dass es die beiden echt so sehr erwischt hat, erstaunt mich immer wieder aufs Neue. Alea verliebt sich nicht leicht. Nicht nach der Sache mit Matteo. Und Lasse habe ich anhand von Fins Erzählungen auch anders eingeschätzt. Aber ich mag die beiden zusammen. Sie sind wie Erdnussbutter und Marmelade. In der Theorie klingt diese Kombination absolut seltsam, in der Realität ergibt beides zusammen jedoch eine grandiose Mischung.

»Hast du Lust auf eine Folge *Stranger Things?*«, frage ich Emil und nicke zum Fernseher. »Mit *Chicago Med* bin ich durch. Wir könnten einen Rewatch starten.«

»Könnten wir.« Emil nickt, stützt sich aber auf seinen Oberschenkeln ab. Ein sicheres Zeichen, dass er gleich noch einmal aufstehen wird. »Ich mach mir nur eben einen Kaffee. Willst du auch?«

»Gern.« Ich sehe ihm kurz hinterher, bevor ich meinen Blick wieder auf den Bildschirm richte, wo soeben der Abspann begonnen hat. Ich beende die Folge und suche nach der Anzeige für *Stranger Things.*

In der Küche klappert Emil währenddessen eifrig vor sich hin. Es dauert nicht lange, bis er wiederkommt und mir eine randvolle Tasse in die Hände drückt.

»Darf ich dich etwas fragen?«, sagt er, bevor ich die erste Folge der ersten Staffel starten kann.

»Klar.« Ich nicke und puste auf mein heißes Getränk.

»Fee und ich haben über etwas nachgedacht … Und ich habe auch schon mit Mum gesprochen, ob es für sie okay wäre. Sie meinte, ihre Therapeutin hält es sogar für eine sehr gute Idee, hat aber vorgeschlagen, dass wir das ohne Mum machen …« Er hält kurz inne, aber als ich nichts dazu sage, weil ich keine Ahnung habe, worauf er hinauswill, fährt er fort: »Wir würden gern Hendriks Sachen spenden.«

Ich habe so wenig mit dieser Aussage gerechnet, dass mir ernsthaft der Mund aufklappt. Er möchte was?

»Es ist jetzt über ein Jahr her, und … Seine Sachen weiterhin nicht anzurühren, hilft niemandem. Wenn wir sie jetzt spenden, tun wir damit etwas Gutes, und … und wenn wir sein Zimmer umgestalten, die Wände vielleicht neu streichen oder so, dann …« Er ringt nach Worten. »Ich glaube, das würde uns allen guttun. Mum erträgt den Anblick von Hendriks Zimmer nicht, deshalb … Ich denke, es ist eine gute Idee, wenn der Raum umgestaltet ist, bis sie wieder nach Hause kommt. Damit der Anblick sie eben nicht direkt überwältigen kann. Das hält auch ihre Therapeutin für sinnvoll, und … Und ich würde mich freuen, wenn wir das zusammen machen könnten. Du, Fee und ich. Alle drei, gemeinsam.«

Ich schlucke schwer, muss diesen Vorschlag erst einmal verdauen. Doch zugleich muss ich zugeben, dass diese Idee … nicht abwegig ist. Er hat recht. Es ist über ein Jahr her. Und es ist nicht gesund, alles so zu lassen, wie es ist. Mum ist das beste Beispiel dafür. Aber die Vorstellung, Hendriks Sachen einfach wegzugeben … Die sichtbaren Erinnerungen an ihn auszulöschen und nur noch die unsichtbaren zu haben … Ich kann nicht verhindern, dass mir das die Tränen in die Augen treibt. Und ehe ich mich's versehe, heule ich schon wieder vor Emil.

»Hey, Lene, nein.« Er stellt sofort seinen Kaffee beiseite, setzt sich neben mich und zieht mich in seine Arme. »Es tut mir leid. Ich wollte dich damit nicht …«

»Nein«, unterbreche ich ihn schnell. Weil es nicht an ihm oder seinem Vorschlag liegt. Mir war immer klar, dass wir Hendriks Zimmer irgendwann leer räumen müssen. Und dass ich dabei helfen werde. Aber dass der Moment nun wirklich gekommen ist … Dass aus einem Gedanken bald Realität wird … Und dass ich Angst davor habe … All das zieht und zerrt an mir und lässt die Tränen über meine Wangen laufen. »Es ist nicht …« In Ermangelung einer Alternative entscheide ich mich für das Wort »schlimm«, korrigiere mich allerdings sofort selbst. »Also doch, natürlich ist es schlimm. Es wird nie nicht schlimm sein, dass er tot ist. Aber dass wir es nun wirklich tun und seine Sachen aussortieren …« Neue Tränen sammeln sich in meinen Augenwinkeln. »Es ist grausam. Es ist immer noch so, so grausam.«

»Ich weiß.« Emil hält mich fest im Arm, lässt mich einfach weinen, und ich bin so unendlich froh, dass ich ihn habe. Dass ich ihn nicht verloren habe, obwohl ich so lange weg und scheiße zu ihm war. Dass er mir verziehen hat. Mein Bruder hat das größte Herz auf dieser Welt, und ich werde es nie wieder für selbstverständlich nehmen.

»Ich helfe euch«, sage ich irgendwann, nachdem die Tränen weniger geworden sind und ich mir die Nase geputzt habe.

»Ja?« Emil lockert seinen Griff, damit er mich ansehen kann.

»Ja.« Ich nicke verhalten. »Es wird furchtbar werden, aber ich will dabei sein.«

»Okay. Dann machen wir das zusammen.« Er zieht mich noch einmal in seine Arme und hält mich fest. Und obwohl ich es immer wusste, tief in mir, begreife ich nun richtig, was es bedeutet, hier zu sein, bei meinem Bruder, im Haus meiner Eltern. Auch zusammen ist es immer noch furchtbar, dass Hendrik tot ist. Aber hier zu sein, sein Zimmer bald gemeinsam auszuräumen … Diese Tatsache fühlt sich plötzlich weniger beängstigend an, als sie es noch vor ein paar Wochen getan hat.

»Mum will wirklich nicht dabei sein?«, hake ich nach und putze mir die Nase, als Emil mir ein Taschentuch vom Tisch reicht. »Oder Dad?«

»Nein.« Emil schüttelt den Kopf. »Ich glaube, Dad würde, wenn wir ihn drum bitten, aber als ich die Sache mit ihm besprochen habe, hab ich ihm deutlich angemerkt, dass er froh wäre, wenn er es nicht tun muss. Und Mum …« Leise seufzt er. »Wahrscheinlich wäre es grundsätzlich nicht verkehrt, wenn sie dabei wäre. Für … den Heilungsprozess. Aber sie meinte, es würde sie überfordern. Und ich find's gut, dass sie das so klar kommuniziert.«

Ich nicke. Emil hat recht. Das war lange genug nicht der Fall. Mum hat sich viel zu lange selbst etwas vorgemacht. Und ich bin froh, dass sich das nun anscheinend ändert.

»Dann nur wir drei«, sage ich.

»Nur wir drei«, bestätigt Emil und umschließt meine Finger. Er hält sie fest, und ich weiß, dass er das immer tun wird. Emil ist bei mir, und er bleibt bei mir, egal, wie hässlich ich zu ihm war. Weil er mein Bruder ist und ich seine Schwester und uns dieses Band stark macht. Dank ihm, weil er mich hält und weil er da ist, habe ich endlich das Gefühl, loslassen zu können. Die Vergangenheit. Hendrik. Meine Wut auf ihn.

Und zurück bleibt, zumindest im Moment, eine Ruhe, die ich schon ganz lange nicht mehr gefühlt habe.

24

LENE

Am nächsten Morgen ist es so weit. Freya hat Muffins gebacken, Emil hat Tee für sie gemacht und Kaffee für sich und mich. Im Flur stehen unzählige leere Kartons und Kisten bereit, daneben liegt ein leerer Müllsack für alles, was nicht gespendet werden kann und was keiner von uns behalten möchte.

In der Luft hängt eine Schwere, die mich an Hendriks Beerdigung erinnert. Es fühlt sich nach einem weiteren Abschied an. Ein zweites Mal Lebewohl. Was Unfug ist, er ist längst tot und nicht mehr da. Nur irgendwie … Die nächsten Stunden werden nicht einfach werden.

Ich schlucke schwer, als ich in Hendriks Zimmer humple und mich umsehe. Er hat so viele Poster an den Wänden, Fotos. Sprüche. Ein Sammelsurium an Erinnerungen, an Momenten, die ihm wichtig waren. Bücher in einem Regal, alte Vinylplatten daneben, weil er ein paar Monate lang dachte, es wäre ein gutes neues Hobby, die Teile zu sammeln. Unter seinem Bett befinden sich Kisten mit ganz viel Kameraequipment, auf seinem Nachttisch liegt noch das Fachbuch über Kameraführung aus der Vogelperspektive, das er zuletzt gelesen, aber nie beendet hat. Sein Bettzeug, das seit über einem Jahr unberührt daliegt …

Einige Sekunden lang schweigen wir, saugen den Anblick in uns auf, wohl wissend, dass es das letzte Mal sein wird. Schließlich bin ich diejenige, die sich auf den Bettrand setzt.

Emil schiebt mir ein Kissen unter den Knöchel und sieht zwischen Freya und mir hin und her. »Womit fangen wir an?« Seine Frage ist eher an mich gerichtet als an Freya.

Ich weiß nicht, ob es ihm bewusst ist, doch erstaunlicherweise will ich nicht, dass sie sich ausgeschlossen fühlt. Das hier ist für keinen von uns einfach. Es ist immer noch ein bisschen seltsam, dass Emil jetzt mit ihr zusammen ist und nicht mehr Hendrik. Aber seltsam für mich bedeutet nicht automatisch, dass es für die beiden falsch ist. Und niemand sonst hat eine Meinung dazu zu haben. Auch ich nicht. Ich habe lange gebraucht, um das zu kapieren, doch inzwischen … Es geht mich wirklich nichts an.

»Was meinst du, Fee?«, frage ich, woraufhin mich nicht nur Emil überrascht ansieht. Sondern auch Freya. Vermutlich, weil ich ihren Spitznamen benutzt habe und weil ich sie miteinbeziehe. Das habe ich lange genug nicht getan.

»Vielleicht sollten wir erst einmal die Schränke leer räumen. Seine Klamotten aussortieren …«, schlägt sie leise vor.

»Gute Idee.« Ich nicke und strecke meine Hände aus. »Gebt mir einen Stapel rüber aufs Bett. Dann sehe ich seine Sachen durch und entscheide, was man spenden kann und was in den Müll muss.« Meine Stimme klingt gefasster, als ich mich fühle, mein Herz schlägt kräftig und ein bisschen schneller als gewöhnlich. Aber ich weiß, dass ich nur zwei Optionen habe. Aktiv loslegen – oder in Tränen ausbrechen. Und geweint habe ich in den letzten Tagen und Wochen definitiv mehr als genug.

Emil öffnet Hendriks Kleiderschrank und reicht mir einen Stapel Klamotten. Anschließend holt er eine Kiste und den Müllsack herein und stellt beides so vor mir ab, dass ich es auch auf dem Bett sitzend problemlos erreichen kann.

Es ist seltsam, Hendriks Sachen in der Hand zu halten. Pullis auszusortieren, die er gern angezogen hat. Völlig verwaschene, ausgeleierte Teile in den Müll zu schmeißen. Immer wieder innezuhalten und daran zu denken, wann er die Kleidung getragen hat. Und dann stolpere ich über meinen Lieblingspulli von ihm, den ich mir hin und wieder ausgeliehen habe, als er noch da war, weil er so verflucht flauschig ist.

»Stört es … Stört es euch, wenn ich den behalte?« Ich zeige Emil und Freya den Hoodie mit dem Bild eines Skateboards drauf.

»Nein«, sagt Emil sofort. »Ich trage ja auch seine alten Turnschuhe.«

Freya schüttelt ebenfalls den Kopf. Ihr Lächeln wirkt dennoch gequält. Kein Wunder. Wir räumen hier das Zimmer ihres toten Freundes aus. Wenn ich mir vorstelle, es wäre Fins … Nein. Einfach nein. Ich wüsste nicht, wie ich das auch nur ansatzweise ertragen sollte.

»Danke.« Ich falte den Pulli sorgfältig zusammen und lege ihn behutsam neben mich. Dann mache ich weiter.

Freya reicht mir den nächsten Stapel, dieses Mal T-Shirts. Es dauert nicht lange, bis der halbe Schrank leer ist und die Kisten voll.

»Können wir … Können wir eine kurze Pause machen?« Es ist Freya, die darum bittet, nachdem Emil wieder eine volle Kiste in den Flur nach unten gebracht hat.

»Klar.« Ich nicke sofort und rücke auf dem Bett ein Stück zur Seite, sodass sie sich zu mir setzen kann. Emil nimmt Hendriks Schreibtischstuhl.

»Sorry, es ist nur …« Sie schüttelt den Kopf. »Ich dachte nicht, dass es mich so mitnehmen würde.« Bei ihren Worten sieht sie erst Emil, dann mich an. Und ich erkenne die Schuldgefühle in ihrem Blick. Emil gegenüber, wahrscheinlich aber auch gegenüber Hendrik. »Dabei sollte ich langsam begriffen haben, dass ich … so etwas immer unterschätze.«

»Du musst dich nicht entschuldigen.« Ich spreche leise und doch laut genug. »Ich find's auch aufwühlend.« Vorsichtig greife ich nach ihrer Hand.

Ich weiß nicht genau, was sich verändert hat, seit Dad mir den Kopf gewaschen und mir klargemacht hat, dass ich mein Verhalten den beiden gegenüber überdenken muss. Vielleicht liegt es auch daran, dass ich nun Fin habe und Alea, die mir wirklich eindringlich ins Gewissen geredet hat. Aber mit einem Mal … Da ist kein Groll mehr. Da ist nur noch Mitgefühl, weil Freya – trotz ihrer Liebe zu Emil – mindestens so sehr die Arschkarte gezogen hat wie wir. Auch in ihrem Kopf gibt es Orte, die wie Minenfelder sind. Und sie zerreißen einen in Stücke, wenn man drauftritt. Meistens aus Versehen, heute tun wir es jedoch bewusst und treten absichtlich auf Mine um Mine um Mine.

Einige Minuten sitzen wir schweigend da, jeder tief versunken zwischen seinen eigenen Minenfeldern. Freyas Augen sind glasig, und ich sehe ihr deutlich an, wie viel Kraft es sie kostet, nicht zu weinen. Sie umklammert Emils Hand, und ich kann nicht anders, als ihn für seine Stärke zu bewundern. Ich glaube nicht, dass ich mich an seiner Stelle in die ehemalige Freundin meines Bruders hätte verlieben können, aber er hat es getan, und er ist für sie da, wenn sie ihn braucht. Selbst in diesen Momenten, die auch für ihn alles andere als leicht sind.

»Machen wir weiter?«, fragt Emil irgendwann.

Freya nickt, genau wie ich.

»Japs. Ziehst du mir eine Kiste unter dem Bett hervor?«, bitte ich ihn und rutsche etwas weiter an den Rand, damit Emil Platz hat, die Box vor mir abzustellen.

Unzählige Fotoalben befinden sich drin. Weil Hendrik ein Mensch war, der davon überzeugt war, dass es nicht nur reicht, Bilder zu machen und auf irgendeiner Festplatte versauern zu lassen. Also hat er jeden Tag ein Foto gedruckt und in sein Album geklebt. Selbst an Tagen, wenn er krank war.

Ich schlage die erste Seite auf und betrachte die Bilder. Eins nach dem anderen. Manche sind wirklich furchtbare Selfies, andere zeigen Landschaften, Sonnenuntergänge oder Tiere. Weiter hinten entdecke ich, dass es selbst meine Hühner in sein Album geschafft haben. Das lässt mich lächeln, obwohl mir gleichzeitig zum Heulen zumute ist. Diese Sammlung so zu sehen … Hendrik hatte ein tolles Leben. Es war nur viel zu kurz.

Ich blättere um, und dann kann ich nicht anders, als doch zu heulen. Tränen steigen mir in die Augen, während ich das Bild von ihm, Emil und mir betrachte. Wir sind fünfzehn, sitzen vor einem Zelt unter den Apfelbäumen im Garten und sehen so, so glücklich aus.

In diesem Moment wird mir mit einer Härte bewusst, dass es so niemals mehr sein wird, und plötzlich fehlt mir die Luft zum Atmen. Ich schnappe nach Sauerstoff, spüre die Tränen über meine Wangen laufen und kann nicht mehr. In diesen Sekunden, hier in Hendriks Zimmer, mit dem Album in der Hand, bin ich davon überzeugt, nie wieder glücklich zu werden. Ich weiß, dass das rein faktisch falsch ist, weil ich nicht immer nur wütend und traurig bin. Mit Fin macht so vieles wieder Spaß, was es lange nicht getan hat. Aber von dieser Zuversicht ist gerade nichts zu spüren.

Ich starre auf das Foto, während Tränentropfen leise auf das Album fallen, und rühre mich nicht. Kann es nicht. Oder vielleicht will ich es auch nicht. Alles, was gerade eine Rolle spielt, ist in meinem Kopf. Eine Welt in Bildern zieht an mir vorbei. Erinnerungen, die ich gemeinsam mit meinen Brüdern hatte. Und Dinge, die ich niemals mit ihnen erleben werde. Hendrik wird Fin nicht kennenlernen. Er wird nicht sehen, wie Emil und ich unser Studium abschließen. Er wird nicht da sein, um mich zu trösten, wenn irgendwann eins meiner Hühner stirbt. Er wird nie wieder mit mir im Fjord schwimmen. Auf eine Reise gehen. Ein Konzert besuchen. Meine verrückten Ideen mitmachen. Wir werden nie gemeinsame Tattoos haben. Ich werde nie wieder mit ihm streiten. Wir werden nie wieder zusammen in einem viel zu kleinen, viel zu stickigen Zelt schlafen und uns Schauergeschichten erzählen. Und es ist dieses eine Wort aus drei Buchstaben, dieses kleine *nie*, das mich killt. Weil es endgültig ist. Final. Unumkehrbar. Nicht reparabel.

Ich merke erst, dass wir allein sind, als Emil sich neben mich setzt. Keine Ahnung, wo Freya hin ist, aber plötzlich spüre ich seine Arme um mich. Er zieht mich sanft an sich und hält mich fest, und ich weine, weine, weine. Um alles, was wir verloren haben. Um alles, was niemals sein wird. Denn diese verfluchte Trauer hat nicht nur diese eine Seite. Es geht nicht nur um die Vergangenheit, sondern auch um die verlorene Zukunft.

Ich weiß nicht, wie lange wir so dasitzen. Das Album auf meinem Schoß, Emils Arme um mich, verschwommener Blick, bohrende Schmerzen in meiner Brust. Es ist kein Mysterium, man spürt die Trauer in seinem Körper an jeder Stelle. Zumindest ich tue das. Mein Herz tut weh, mein Kopf auch. Das alles wird wieder besser werden. Morgen. Übermorgen. Vielleicht auch erst dann, wenn wir wirklich alles aus Hendriks Zimmer geschafft haben. Aber im Moment lasse ich es zu, von allem übermannt zu werden. Ich habe lange genug verdrängt, bin lange genug weggerannt. Hier zu sein, sein Zimmer auszuräumen, ist beschissen. Doch es ist wichtig, dass ich dabei bin. Irgendwie habe ich das Gefühl, dass dieser Tag heute Teil meines Weges ist. Dass es so sein soll, dass ich nun hier sitze und weine.

Ich habe es viel zu lange nicht getan.

Und Emil lässt mich nicht allein. Er bleibt bei mir und hält mich so sehr fest, bis ich das Gefühl habe, wieder einigermaßen atmen zu können. Bis die Welle über mir aufgebrochen ist und ich aus dem Trauerwasser auftauchen kann. Zumindest mit dem Kopf.

Als er merkt, wie ich ruhiger werde und das Zucken meiner Schultern nachlässt, deutet er auf ein Foto auf der aufgeschlagenen Albumseite.

»Manchmal war er wirklich ein Trottel. Weißt du noch, wie er kurz nach diesem Foto über seine eigenen Füße gestolpert ist und sich den Finger gebrochen hat?«

»Stimmt.« Meine Stimme ist noch kratzig und krächzt etwas. Aber mit seinen Worten hat Emil es geschafft, dass meine Mundwinkel immerhin ansatzweise nach oben zucken. »Und wie er einfach nur geflucht hat und wir nicht aufhören konnten zu lachen.«

»Bis er selbst mitgelacht und uns für sein Pech verflucht hat.« Ich höre das Grinsen in seinen Worten.

»Und dann hat er sich zwei Wochen von vorn bis hinten bedienen lassen, bis es Mum zu bunt wurde.«

»Ganz ehrlich? Ich hätte auch versucht, das auszunutzen.«

»Wir waren fünfzehn, nicht fünf.«

»Das spielt bei Männern keine Rolle.«

»Machst du gerade dein eigenes Geschlecht fertig?« Ich runzle die Stirn.

»Es ist was dran.« Er zuckt mit einer Schulter und grinst immer noch. Dann reibt er mir über den Arm und wird ernst. »Du musst nicht mithelfen. Wenn es dir zu viel ist, seinen Kram durchzusehen, ist das vollkommen in Ordnung.«

»Nein«, sage ich sofort. »Ich will helfen. Ich muss dabei nur anscheinend ein bisschen …«

»Den Druck loswerden.« Emil nickt verständnisvoll. Weil er einfach so ist. Der verständnisvollste Mensch der ganzen Welt, selbst wenn ich mich zickig verhalte oder unfair bin. Ich bin unendlich froh, dass ich ihn habe. Und dieses Wissen treibt mir erneut Tränen in die Augen. Ich wische sie schnell beiseite.

»Ja.« Ich nicke und lachweine. »Weinen reinigt. Du solltest es mal ausprobieren.«

»Mach ich vielleicht bei Gelegenheit mal wieder.« Er kneift mich in die Seite, ehe er mich noch einmal in seine Arme zieht. »Ich bin stolz auf dich, Lene«, flüstert er irgendwo über meinen Haaren. »Und du solltest es auch auf dich sein.«

Mir ist nicht ganz klar, was genau er damit meint oder was ich getan habe, um seinen Stolz zu verdienen. Aber ich hake nicht weiter nach. Weil es einfach guttut, die Worte zu hören und zu wissen, dass mein Bruder für mich da ist. Immer.

Ein paar Minuten lang sehen wir uns das Album zusammen an und erinnern uns an die Situationen, in denen manche Fotos entstanden sind. Wir waren nicht bei jedem Bild dabei, manche habe ich noch nie gesehen. Aber jedes einzelne passt zu Hendrik. Und damit passt es auch zu uns.

Nach einer Weile kommt Freya wieder. Sie hält drei Tassen in den Händen. Zögerlich betritt sie das Zimmer. Als wollte sie abchecken, ob es okay ist, uns zu stören.

»Komm rein.« Ich winke mit einer Hand und nehme ihr eine der Tassen ab, als sie vor uns steht. »Danke.«

Dann gibt sie auch Emil eine und setzt sich neben ihn. »Wir werden ein paarmal fahren müssen«, sagt sie, bevor sie an ihrem Kaffee nippt. »Es stehen echt schon viele Kisten im Flur.«

»Das kriegen wir hin.« Emil nickt und verschränkt die Finger mit ihren. Und irgendwie … Allmählich wird es okay, die beiden zusammen zu sehen. Ich glaube, sie ergänzen sich gut. Und nicht weniger hat Emil verdient.

Als unsere Tassen leer sind, machen wir weiter. Dieses Mal gelingt es mir, eine komplette Kiste ohne Tränen durchzusehen.

Hendriks Zimmer leert sich immer mehr. Irgendwann sind nur noch die Collagen an den Wänden da. Die Poster. Die Fotos. Die Zitate. Schweigend stehen wir davor. Uns allen ist klar, dass es das war. Sobald wir das alles abgehängt haben, erinnert in diesem Zimmer nichts mehr an meinen großen Bruder.

Ich schlucke, als ich die Hand ausstrecke. »Bereit?«, frage ich Freya und Emil.

Es dauert, bis sie mir antworten. Doch dann ertönt ein doppeltes »Bereit«, und wir legen los.

Am frühen Abend sind wir fertig. Emil und Freya packen gerade die letzten Kisten in Emils Wagen. Ich sehe ihnen dabei zu und versuche, das wehmütige Gefühl in meiner Brust zu ignorieren. Es sind nur Dinge. Materieller Kram, der eigentlich keine Bedeutung mehr hat. Die wichtigen Sachen haben wir aufgehoben. Hendriks Fotoalben liegen in meinem Zimmer, genau wie der Hoodie, den ich behalten wollte. Freya hat sich einen Schlüsselanhänger und ein Armband mitgenommen, das Hendrik gern getragen hat. Und Emil hat sich ein paar T-Shirts und Turnschuhe ausgesucht. Mum hat um einen Schal gebeten, Dad um Hendriks Basecaps. Alles, was wir an Dingen behalten, würde in eine winzige Box passen. Gleichzeitig füllen meine Kopf- und Herzerinnerungen an ihn ganze Ozeane. Und ich weiß, dass ich nicht eine davon jemals vergessen werde.

Emil und Freya fahren in dem Moment los, in dem Fin mit dem Fahrrad auf den Hof einbiegt. »Hey«, begrüßt er mich, springt vom Rad und kommt schnell auf mich zu. Das macht er immer, wenn er mich irgendwo mit den Krücken sieht, damit ich ja nicht auf die Idee komme, meinen Knöchel zu sehr zu belasten, indem ich ihm entgegenlaufe.

»Hey.« Ich grinse, als er mich erreicht hat und mir einen schnellen Kuss gibt.

Dann rast sein Blick besorgt über mein Gesicht. »Hast du geweint? Was ist passiert?«

»Habe ich.« Ich nicke. »Und nichts. Gehen wir auf die Terrasse?«

»Klar.« Er mustert mich misstrauisch.

»Es ist wirklich alles okay. Wir haben heute nur Hendriks Zimmer ausgeräumt. Und das war … nicht leicht.«

»Oh. Okay.« Er folgt mir ins Haus und schließt die Tür hinter uns. »Verstehe. Willst du unterwasserschreien gehen?«

»Erstaunlicherweise nicht, nein.« Ich führe uns hinaus auf die Terrasse. »Abgesehen davon wäre das momentan auch etwas schwierig.« Ich pike ihn mit einer Krücke gegen das Schienbein.

»Das hätten wir schon hingekriegt. Es muss ja eigentlich nur dein Kopf unter Wasser.«

»Wolltest du mich kopfüber in den See stecken?« Ich runzle skeptisch die Stirn. Gleichzeitig würde ich ihm exakt so etwas zutrauen.

»Das wäre eine Idee«, stimmt er mir zu und schiebt den Stuhl so hin, dass ich mich setzen und meinen Knöchel auf einen anderen hochlegen kann. »Oder in Ermangelung eines Sees könnten wir dich auch einfach in die Badewanne packen. Dann kannst du die Füße über den Rand hängen.«

»Oder wir lassen das Schreien und du erzählst mir, wie es im Park war.«

»Ganz gut. Ich habe heute meine erste Einweisung gemacht.«

Erstaunt sehe ich ihn an. Erstaunt und überrascht, aber vor allem beeindruckt. »Du hast echt die Einweisung übernommen?«

»Japs.« Sein Grinsen ist so breit, so stolz, dass ich nicht anders kann, als meine Hand nach ihm auszustrecken und ihn zu mir zu ziehen.

»Wow«, sage ich und küsse ihn. Einfach, weil ich es kann und darf und es viel zu viel Spaß macht. »Das ist richtig cool.«

»Und einen neuen Termin bei Dr. Hansen habe ich auch.«

»Oh. Wann?«

»Ab Anfang Oktober. Und ab dann jede Woche ein- oder zweimal. Und dann geht's der PTBS so richtig an den Kragen.«

»Das freut mich, Fin. Ehrlich.« Ich erwidere sein Lächeln und streiche ihm kurz über die Wange. Sie ist rau, sein Bartschatten wird immer länger. Ich mag es. »Am Ende willst du meinen Job noch behalten, ich seh das schon kommen.«

»Ich glaube nicht.« Fin lacht und rückt ein bisschen näher, sodass er mit einer meiner Haarsträhnen spielen kann. »Der Launch der App steht irgendwann in den nächsten Monaten an. Das wird viel Zeit beanspruchen. Und außerdem habe ich da jetzt ja eine Freundin, die ich nicht nur einmal in der Woche sehen will.«

»Eine Freundin. Kenne ich sie?«

»Weiß nicht. Hat schulterlange Haare, momentan dunkelblaue Spitzen und sieben verrückte Hühner.«

»Meine Hühner sind nicht verrückt.«

»Sind sie auch nicht.« Fin gibt mir einen weiteren Kuss. »Außer Iduna. Vor ihr habe ich echt Angst.«

»Wieso das denn?« Ich lehne mich etwas zurück, sodass ich ihn besser ansehen kann.

»Es ist ihr Blick. Sie schaut mich immer so böse an.«

Ein Huhn, das böse guckt. »Das ist ziemlich bescheuert. Sie ist nur ein kleines Tier.«

»Das heimlich eine Attacke auf mich plant! Ich glaube, sie ist sauer auf mich. Wegen der Fotos neulich.«

»Ganz bestimmt.« Ich kann nicht anders. Es ist so herrlich, mit ihm zu flachsen, dass ich laut auflache. »Sieh sie dir an. Sie ist völlig harmlos.« Iduna stolziert genau wie die anderen Hühner vollkommen unbeeindruckt durch ihr Gehege.

»Das ist reine Tarnung.«

»Und deine Theorie ist absurd. Ich beweis es dir.« Mühsam nehme ich meinen Fuß vom Stuhl und greife nach meinen Krücken.

»Was hast du vor?«, fragt Fin.

»Komm mit. Ich zeige es dir.« Langsam laufe ich über den Rasen. Vor dem Zaun bleibe ich stehen und ziehe das Gatter auf. Sofort will Nanna abhauen, aber ich stoppe sie mit dem Fuß und meinen Krücken. »Hiergeblieben, junge Dame.«

»Siehst du? Sie planen Rache!« Fin folgt mir ins Gehege und macht das Gatter rasch hinter uns zu.

Sofort befinden sich fünf meiner sieben Hühner um uns. Und keine wirkt auch nur ansatzweise rachsüchtig oder wild.

»Quatsch. Sie sind komplett zutraulich.« Ich versuche, mich nach unten zu beugen, aber mit den Krücken komme ich nicht weit. »Hilfst du mir mal?« Ich drücke ihm die blöden Teile in die Hand.

»Was machst du da?«

»Ich will eine auf den Arm nehmen.«

»Wozu?«

»Um dir zu zeigen, dass sie harmlos sind.« Ohne Krücken schaffe ich es, mich so nach unten zu beugen, dass ich eine schnappen kann. Urda zappelt kurz, hält dann aber still. »Jetzt komm her!«, fordere ich Fin auf, der mich skeptisch beäugt. Ohne meine Hilfsmittel kann ich mich nicht wirklich bewegen, weshalb er näher kommen muss.

Langsam macht er einen Schritt auf mich zu und lehnt meine Krücken an den Zaun.

»Hand ausstrecken!«

»Ich finde nicht, dass sie aussieht, als möchte sie von mir gestreichelt werden. Sie ist bestimmt beleidigt.«

»Fin.« Ich schmunzle. »Du bist schlimmer als meine fünfjährige Cousine.«

»Was, wenn sie wieder auf meine Hand einhackt? Ich finde, sie wirkt, als hätte sie im wahrsten Sinne des Wortes ein Hühnchen mit mir zu rupfen. Nur dass ich dabei das Huhn bin.«

»Wird sie nicht. Tut sie bei mir ja auch nicht.«

»Du bist auch ihre Chefin.«

»Das ist Hühnern völlig egal.« Ich verdrehe die Augen und grinse, als er endlich über Urdas Federn streicht. Sie lässt es anstandslos über sich ergehen. »Hab's dir ja gesagt. Sie ist nicht beleidigt. Ich weiß nicht einmal, ob Hühner überhaupt nachtragend sein können. Das muss ich später mal googeln.«

»Ja, ich geb's zu. Du hast recht. Deine Hühner sind cool. Und es ist immer noch erstaunlich, wie weich Hühnerfedern sind. Das war mir bis zur Fotoaktion echt nicht bewusst.« Er grinst ebenfalls, geht in die Hocke und schnappt sich Gefjon, die sich sogar regelrecht an ihn kuschelt.

Ha, von wegen Rache, der Kerl ist ein Hühnerflüsterer.

»Freya wird sie übrigens füttern, wenn Emil und ich wieder in Oslo studieren und meine Eltern keine Zeit haben, um sich um sie zu kümmern.«

»Ehrlich? Das ist doch prima.« Als ich nichts erwidere, runzelt er die Stirn. »Oder nicht?«

»Doch, das ist echt cool von ihr. Ich hab mich nur vorhin endlich entschieden. Ich werde mein Studium abbrechen.«

»Ja?«

»Mhm.« Ich nicke. »Nicht richtig laufen zu können, hat auch seine Vorteile, wenn man es so nennen will. Ich hatte viel Zeit, um nachzudenken. Und ich glaube, ich werde auf Sportmanagement umschwenken.«

»Das klingt tatsächlich perfekt für dich.«

»Es wirft mich halt zurück an den Start.«

»Na und? Besser jetzt als in ein paar Jahren. Aber selbst dann wäre es noch okay, deinen Studiengang zu wechseln. Nichts im Leben ist eine Sackgasse.«

Ich hebe die Augenbrauen. »Das klingt nach einem Glückskeksspruch.«

»Wahr ist es dennoch. Nichts ist eine Sackgasse. Du kannst jederzeit umdrehen und dich neu ausrichten. Und solange du mich willst, bin ich dabei an deiner Seite.«

Für immer. Das ist das Erste, was mir bei seinen Worten durch den Kopf schießt. *Ich will dich für immer. Für jetzt und so lange, wie wir uns guttun.* Denn in meinem Kopf ist das ein- und dasselbe.

»Danke.« Ich lächle und lasse Urda wieder los. Dann humple ich auf ihn zu. Er hält Gefjon noch immer in seinen Händen, und ich streiche ihr einmal über den Kopf, ehe ich wieder Fin ansehe und von all meinen Gefühlen für diesen Mann geflutet werde.

Er hat seine Versprechen im Krankenhaus ernst gemeint, arbeitet Tag für Tag daran, zumindest einzelne Steine aus seiner Mauer zu ziehen. Eine ganze Menge davon hat er schon im Park gelassen. Zusammen mit seiner Höhenangst, die nur noch eine Hochangst ist. Sie wird stetig kleiner, während meine Liebe für ihn genauso beständig größer wird.

Zwei Monate.

Es sind erst zwei Monate, die ich ihn kenne, doch es kommt mir so viel länger vor. Und zugleich nicht lange genug für all das, was ich durch ihn gelernt habe. Dass es sich lohnt, nicht wegzurennen. Den Blickwinkel zu ändern. Dass leben mehr bedeutet als bloß zu existieren. Leben heißt auch, Mauerspalten zu bauen. Zu weinen und zu lachen und zu heilen. Gleichzeitig glücklich und traurig zu sein. Sich Hilfe zu holen, wenn es nicht mehr anders geht. Und vor allem bedeutet es, jemanden zu haben, an dem man sich festhalten kann, wenn man glaubt zu ertrinken. Der einen wieder nach oben zieht und dann mit vollen Lungenflügeln erneut abtaucht, um gemeinsam unter Wasser zu schreien. So lange, bis die inneren Welten wieder weniger schlimm durcheinander sind.

Fin ist dieser Jemand für mich.

Und ich will es für ihn sein.

»Laufen wir zusammen?«, frage ich. »In unsere Sackgassen?«

»Vielleicht sind es ja auch gar keine«, bemerkt er und legt den Kopf schief. »Vielleicht laufen wir ab sofort nur noch vorwärts.«

»Aber falls nicht …«

Er lässt mich nicht aussprechen. »Falls nicht, probieren wir jede davon gemeinsam aus. Okay?« Er sieht mir fest in die Augen, mit diesem Farbengemisch, das heute eindeutig blau ist. So strahlend, so hell, so sehr Fin, dass ich nicht anders kann.

Ich beuge mich über Gefjon hinweg und lege meine Hände an sein Gesicht. Mein Blick weicht nicht von ihm ab, als ich nicke. Ganz langsam. Mit Bedacht. Und doch so, so sicher. Ob Sackgassen, Einbahnstraßen, Autobahnen oder auch nur Feldwege … Ich gehe überall mit ihm hin.

»Okay«, sage ich.

Und dann setzt er das Huhn ab, damit er mich festhalten kann. Und ich tue es ihm gleich, weil Fin festzuhalten einfach nur festes Halten bedeutet. Ein Gefühl von Sicherheit, eins von Ankommen. Loslassen können mit der Gewissheit, nicht zu fallen.

Weil er da ist.

Und ich, ich bin es auch.

Für ihn. Für mich. Für uns.

»Was machst du heute Abend?«, frage ich ihn, nachdem wir eine ganze Weile schweigend mitten im Gehege gestanden haben.

»Zeit mit dir verbringen?«

Seine Antwort lässt mich an seiner Brust lachen, ehe ich den Kopf in den Nacken lege und ihn ansehe. »Super. Lust auf ein Lagerfeuer?«

Ein paar Stunden später sind Emil und Freya zurück, und mein Bruder hat zusammen mit Fin die große Feuerschale meiner Eltern aus dem Schuppen geholt. Früher war immer Hendrik derjenige, der an Sommerabenden, egal, wie lau oder kalt sie waren, drauf bestanden hat, ein Feuer darin anzuzünden. Seit seinem Tod haben wir die Schale nicht mehr benutzt. Bis jetzt. Und für das, was ich vorhabe, ist sie einfach perfekt.

Während Emil und Fin das Holz aufschichten und sich dabei unterhalten, bitte ich Freya, mit mir nach oben zu kommen.

Einen kurzen Augenblick lang sieht sie mich verwundert an. Seit meiner Rückkehr aus Neuseeland ist das das erste Mal, dass wir komplett allein sind. Vorausgesetzt, sie kommt mit. Es sind nur Bruchteile von Sekunden, die sie überlegt. Dass sie überhaupt überlegen muss, gibt mir deutlich zu verstehen, dass meine Entschuldigung nicht ausgereicht hat, um ihr Vertrauen in mich wieder aufzubauen. Diese Erkenntnis versetzt mir einen kleinen Stich, aber ich bin selbst dran schuld. Es hätte nicht so werden müssen zwischen uns. Als Freya schließlich nickt und neben mir in Richtung Haus läuft, atme ich erleichtert auf.

»Kannst du kurz …?«, frage ich, als wir auf der Terrasse ankommen und ich vor der Tür stehen bleibe.

Freya öffnet sie sofort und wartet, bis ich das Haus betreten habe. Dann folgt sie mir. Den Weg ins obere Stockwerk legen wir schweigend zurück.

Fieberhaft überlege ich, was ich zu ihr sagen könnte, um die Stille zu durchbrechen. Früher war sie nicht so ruhig. Noch vor etwas mehr als einem Jahr hatten wir einander so viel zu sagen. Haben miteinander gelacht und uns manchmal gegenseitig so sehr angestachelt, dass wir vor Euphorie und Spaß lauter wurden als nötig. Und nun scheint sie keine Ahnung zu haben, was sie zu mir sagen soll. Was einzig und allein meine Schuld ist und etwas, das ich wieder ändern möchte. Ändern *muss.* Ich will unsere Freundschaft zurück. Und vielleicht gelingt es mir, indem ich ihr einfach zeige, warum ich sie gebeten habe, mit mir ins Haus zu kommen.

Ich humple die Stufen hoch, sie ist dicht hinter mir. Meine Tür stoße ich selbst mit einer meiner beiden Krücken auf.

»Komm rein«, sage ich und winke sie zusätzlich ins Zimmer, nachdem sie im Türrahmen stehen geblieben ist. Ich will wirklich nicht, dass sie sich unwohl fühlt, nur weil sie mit mir allein ist. »Weißt du … Ich wollte das Lagerfeuer heute Abend aus einem ganz bestimmten Grund machen.« Ich lächle sie an, dann klopfe ich mit der Krücke gegen die untere Schublade meines Schreibtischs. »Da drin ist eine Box. Könntest du sie bitte rausholen und für mich nach unten tragen?«

Wieder sieht Freya mich überrascht an. Aber da ist auch Neugierde in ihrem Blick. Langsam kommt sie näher, geht vor meinem Schreibtisch in die Hocke und öffnet die Schublade. Die Schuhschachtel nimmt fast den ganzen Raum ein. Freya zieht sie hervor und richtet sich wieder auf.

»Was ist da drin?«, fragt sie und sieht zwischen der Box und mir hin und her.

»Meine Briefe«, antworte ich. »An Hendrik.«

Sein Name lässt das angedeutete Lächeln auf Freyas Gesicht sofort wieder verschwinden. »An … Hendrik?«

»Ja.« Ich nicke und erzähle ihr, was es damit auf sich hat. Ich habe keine Ahnung, wie viele es mittlerweile sind, aber geschätzt liegen bestimmt fünfzig Briefe an meinen großen Bruder in der Schachtel. »Ich will sie verbrennen. Es wird Zeit, alles loszulassen. Nicht nur Hendriks Sachen, sondern auch meine Gedanken. Und ich finde, heute ist der perfekte Tag dafür.«

»Weil wir heute sein Zimmer ausgeräumt haben?« Ihre Stimme klingt zaghaft.

Wieder nicke ich. »Ja. Ich glaube, den Schubser habe ich gebraucht.«

»Das ist eine gute Idee.« Freya nickt ebenfalls und umschließt die Kiste in ihren Händen ein wenig fester. »Willst du sie einfach nur ins Feuer werfen?«

»Ja. Die Dinger sind voller Wut. Ich will diese ganze Negativität loswerden.«

»Dann ab ins Feuer damit.« Freya dreht sich ein Stück und wartet, bis ich an ihr vorbeigehumpelt bin. Anschließend folgt sie mir nach unten.

Im Garten stehen Fin und Emil bereits mit einer Flasche Bier in der Hand am Feuer. Die Flammen züngeln in den Himmel, kleine Funken tanzen in der Luft. Es ist eigentlich noch viel zu hell für ein Lagerfeuer, aber irgendwie macht das spätsommerliche Sonnenlicht, das immer wieder hinter den Wolken hervorblitzt, den Moment noch passender. Weil es ein Symbol für unser Leben der letzten Jahre ist. Wolkenverhangen und doch gab es immer wieder lichtere Sonnenmomente. Und morgen ist ein neuer Tag, der hoffentlich noch mehr Sonne zurück in unser Leben bringt.

»Was hast du da?« Emil tritt auf Freya zu und deutet auf die Kiste in ihren Händen.

»Die gehört Lene«, antwortet sie, was meinen Bruder fragend zu mir sehen lässt.

»Setzt euch, dann erzähle ich euch, was da drin ist.« Ich bin die Erste, die am Lagerfeuer Platz nimmt. Fin legt die Krücken für mich beiseite, Freya reicht mir die Box, und ich stelle sie auf meinem Schoß ab.

Sobald alle sitzen, Fin direkt neben mir, spüre ich drei Paar Augen auf mich gerichtet. Statt ihnen zu antworten, öffne ich den Deckel.

»Briefe?«, fragt Emil. »Wer hat dir so viel geschrieben?«

»Die sind nicht an mich.«

»Sondern?«

»Von mir. Ich hab sie alle geschrieben.« Vorsichtig ziehe ich die ersten Umschläge heraus und halte sie so, dass Emil und Fin den Namen auf dem Umschlag lesen können.

»Du hast Hendrik geschrieben?«

»Mhm. Ich hab in Neuseeland damit angefangen. Sie waren … ein Ventil.« Dann erkläre ich auch den beiden, was ich damit vorhabe. Ohne lange darüber nachzudenken, dass sie unwiederbringlich weg sind, sobald ich sie den Flammen übergeben habe, werfe ich einen Umschlag ins Feuer. Die Flamme flackert hell auf, und innerhalb weniger Sekunden sind all meine Worte zu Asche geworden. Genau wie Hendrik.

Kurz halte ich inne, überlege, ob es wirklich eine gute Idee ist, das hier zu tun. Aber alles in mir schreit, dass es richtig ist. Ich muss loslassen. Richtig und vollständig und komplett, und das funktioniert nur so. Energisch werfe ich noch einen Umschlag ins Feuer. Dann noch einen. Und noch einen. Ich sehe jedem einzelnen zu, wie er verbrennt. Wie er sich regelrecht in Luft auflöst und all meine Wut, die in jedem Brief steckt, mit ihm verschwindet. Gleichzeitig spüre ich Fin neben mir, der mich nicht aus den Augen lässt. Er ist für mich da, gibt mir Halt, ohne ein Wort zu sagen.

»Geht's dir jetzt besser?«, fragt Emil, während ich einen weiteren Umschlag ins Feuer werfe. Manche erkenne ich an ihrer Farbe. Den rosafarbenen habe ich in Christchurch geschrieben, den mintfarbenen im Zelt vor dem Aoraki. Nur die weißen Umschläge kann ich nicht auseinanderhalten, es sind einfach zu viele. Aber das spielt auch keine Rolle. Es ist egal, was in welchem Brief steht. Wichtig ist nur, dass sie alle verbrennen. Einer nach dem anderen.

»Ein bisschen«, beantworte ich Emils Frage, den Blick weiterhin fest auf die Flammen vor mir gerichtet. »Es war gut für mich, diese Briefe zu schreiben. Ich kann nicht erklären, woran das genau lag, aber jedes Mal, wenn ich einen Brief fertig hatte, habe ich mich etwas weniger verloren gefühlt. Ich war zwar freiwillig in Neuseeland, aber ich hab mich trotzdem wirklich oft ziemlich allein gefühlt.« Damals habe ich mir nichts davon eingestanden. Heute kann ich es. Weil das Leben erst rückblickend Sinn ergibt. Nicht alles, Hendriks Tod wird für mich immer sinnlos bleiben. Aber mein Umgang damit, meine Handlungen, das Gefühlschaos in mir … Jetzt kann ich mir alles davon ehrlicher erklären als damals. Meine Reise ans andere Ende der Welt war nicht nur eine Flucht. Sie war auch ein Auf-Pause-Drücken. Ein Sichweigern anzuerkennen, dass das Leben eben nicht so läuft, wie man sich das als naiver Teenager vorgestellt hat. Und gleichzeitig war sie auch Einen-Umgang-Finden mit der Tatsache, dass mein Bruder niemals zurückkommen wird.

Diese Briefe waren mein Weg.

Aber manche Wege enden. Und meiner mit dieser Kiste voller Briefe endet heute, hier, jetzt. Mit den Menschen, die mir so unendlich wichtig sind, an diesem Lagerfeuer.

Schweigend werfe ich den letzten Umschlag ins Feuer. Genauso schweigend umfasst Fin meine Hand. Und ich weiß, dass hier zwar ein Weg endet. Doch es warten noch so viele neue, schöne Wege auf mich. Ich muss mich nur entscheiden, welchen ich zuerst ausprobieren möchte.

Mit Emil und Fee, aber vor allem auch mit Fin an meiner Seite.

Epilog

LENE

10 Monate später
29. Juli

Die Aussicht ist atemberaubend. Ich wusste, was auf uns zukommt, sobald wir erst einmal den Gipfel des Grats erreicht haben. Aber was ich nun vor mir habe, übertrifft jedes Bild, das ich vorab gesehen habe. Und ich begreife, dass all meine Vorstellungen genau das waren: Vorstellungen. Die Realität ist so viel besser. Vor allem auch deshalb, weil ich nicht allein hier bin. Sondern zusammen mit den Menschen, die mir wichtig sind. Fin, Emil, Freya, Alea und Lasse. Und in meinem Herzen auch Hendrik.

Zum ersten Mal in meinem Leben weiß ich wirklich, was damit gemeint ist, wenn es einem den Atem verschlägt. Fjorde, Berge, Wasserfälle. Der Weg hierher war unglaublich, aber den Gipfel tatsächlich erreicht zu haben, mit Fin an meiner Seite … Ich will platzen. Vor Glück. Vor Freude. Vor Stolz auf uns alle. Und ich will weinen, weil Hendrik einfach fehlt. Ich wollte diese Wanderung mit ihm machen. Sollte nun hier mit ihm stehen und die Aussicht genießen. Den Blick über Åndalsnes zu unseren Füßen schweifen lassen, den Rauma betrachten, wie er sich blau durch das Tal schlängelt und dabei fast Hundertachtziggradbögen schlägt. In der Ferne sehe ich die Trollveggen und die Trolltindan thronen, Wolken wickeln sich um die bewaldeten Felsenwände und -gipfel.

Es ist einfach nur unglaublich. Unglaublich eindrucksvoll, unglaublich hoch, unglaublich schön. Ich fühle mich frei und schwer zugleich, weil die Trauer auch fast zwei Jahre nach Hendriks Tod mein steter Begleiter ist. Und trotzdem wurde es im letzten Jahr anders. Die Verzweiflung ist irgendwann Akzeptanz gewichen. Denn im Laufe der Zeit habe ich eine Sache begriffen: Auch Dinge, die man akzeptiert hat, dürfen noch wehtun. Ich weiß nicht, ob ich jemals ohne diese schweren Gefühle in meiner Brust an meinen Bruder denken kann. Aber falls nicht, ist es auch in Ordnung. Im Endeffekt bedeutet das schließlich nur, dass er geliebt wurde. Und immer noch wird.

»Alles okay?« Emil tritt neben mich an den Rand und legt einen Arm um meine Schulter.

Er weiß, dass ich das hier mit Hendrik geplant hatte. Sie alle wissen es. Weil alle fünf heute mit mir hier sind. Und sie sind kein Ersatz für Hendrik. Aber sie sind die logische Ergänzung, für die ich einfach nur dankbar bin. Vollkommen allein hier zu stehen, würde mich komplett überwältigen. Ohne sie wäre das hier nicht schön, sondern traurig. Mit ihnen zusammen ist es traurigschön. Und vor allem ist es gut, dass sie da sind.

»Ja«, antworte ich auf Emils Frage und meine es wirklich so. Es ist alles okay. In diesem Moment ist es das. Denn darum geht es im Leben. Um das Glück in den kleinen Augenblicken. Dieses Glück zu sehen, macht sie groß. Groß und bedeutend und erinnerungswürdig.

»Gut«, erwidert er und drückt meinen Arm noch ein bisschen fester. »Das hätte ihm gefallen.«

»Ich weiß.« Und mehr Worte braucht es nicht zwischen meinem

Bruder und mir. Es reicht, dass wir da sind. Beieinander, zusammen, gemeinsam.

Eine Weile stehen Emil und ich schweigend nebeneinander. Die anderen lassen uns in Ruhe, geben uns diesen Geschwistermoment. Wir sind zu zweit, aber irgendwie auch zu dritt. Weil Hendrik immer ein Teil von uns bleiben wird, auch wenn es sich ganz lange so angefühlt hat, als würde ein Stück fehlen. Das tut es weiterhin, und dennoch ist er da. In mir, in Emil. In unseren Köpfen und in unseren Gedanken. In jeder Faser unseres Körpers. Und inzwischen auch ganz viel in unseren Gesprächen.

Nachdem Mum aus der Klinik entlassen wurde, hat sich einiges geändert. Wir haben eine Familientherapie angefangen und reden nun viel offener miteinander. Über das, was uns bewegt. Über unsere Wünsche und Hoffnungen. Aber vor allem auch über Hendrik. Er wird nicht länger totgeschwiegen, sondern ist Teil unseres Alltags. Nur jetzt nicht mehr auf diese zerstörerische, wütende Art. Sondern auf eine, die sich besser anfühlt. Gesünder. Richtiger.

Als wir uns schließlich wieder zu den anderen umdrehen, haben sie auf den bemoosten Felsbrocken hinter uns ein Picknick aufgebaut. In der Mitte steht ein kleiner Kuchen, auf den sie zwei Kerzen gesteckt haben. Der Wind bläst sie immer wieder aus, aber es sind welche von der Sorte, die sich sofort neu entzünden.

Eine Zwei, eine Drei.

Dreiundzwanzig.

So alt werden wir heute. Emil und ich. Und es ist nun schon der zweite Geburtstag ohne Hendrik. Kurz spüre ich das altbekannte Brennen in meinen Augenwinkeln, aber ich schaffe es, die Tränen wegzublinzeln. Ich will nicht weinen. Nicht heute, nicht hier.

Ich setze mich auf die freie Stelle neben Fin, Emil nimmt neben Freya Platz.

»Wünscht euch was«, fordert Alea uns auf. Sie sitzt mir genau gegenüber, Lasse hat den Arm locker um ihre Hüfte geschlungen. Die beiden sind nach wie vor zusammen, Alea strahlt jedes Mal, wenn sie ihn ansieht, und er lässt keine Gelegenheit aus, sie zu berühren.

Die beiden sind echt süß zusammen, und irgendwie ist es wie von selbst passiert, dass aus uns allen eine große Gruppe wurde. Drei Paare, ein Team. Und heute definitiv die Menschen, mit denen ich meinen Geburtstag am liebsten verbringen möchte.

Emil sieht mich abwartend an.

»Auf drei?«, schlage ich vor.

Er nickt.

»Okay. Eins. Zwei.« Und bei der Drei pusten wir beide gleichzeitig. Ich wünsche mir nichts, weil ich in dieser Sekunde bereits alles habe, was ich wollen könnte.

Ich habe Fin, ich habe Emil. Ich habe Freundinnen und Freunde. Ich habe endlich einen Studiengang gefunden, der mir gefällt. Seit ich mich für Sportmanagement eingeschrieben habe und wieder in Oslo in meinem ehemaligen Wohnheim wohne, gehe ich gern in die Vorlesungen. Ich habe eine Familie, die absolut nicht perfekt ist und der immer ein Teil fehlen wird. Aber sie ist *meine* Familie, und ich liebe diese Menschen.

Obwohl Emil und ich kräftig gepustet haben, gehen die Kerzen sofort wieder an, was nun auch Lasse dazu bringt, einmal zu pusten. Dann Fin und Freya. Keiner schafft es, die Kerzen endgültig zum Erlöschen zu bringen, weshalb Alea kurzerhand beschließt, einfach drum herum Kuchenstücke abzuschneiden.

Mit unseren Stücken und Servietten in den Händen sitzen wir auf der Decke und genießen den Moment. Über uns fliegen die Wolken am Himmel, Sonnenstrahlen kitzeln mein Gesicht, der Wind weht in meinen Haaren. All das füllt mein Herz mit so viel Wärme, dass zumindest in diesen Minuten hier oben kein Platz für Vergangenheitsschatten bleibt. Unser Timing ist perfekt, wir sind vollkommen allein. Der Gipfel gehört uns, und damit fühlt es sich ein bisschen so an, als würde uns die Welt gehören.

Vielleicht tut sie das sogar. Zumindest für eine kurze Weile.

Mit einem tiefen Atemzug greife ich nach Fins Hand. Er dreht sich zu mir um, und seine Finger schlüpfen zwischen meine. Sein Lächeln ist so sanft, so ehrlich, so zufrieden, dass er damit das letzte bisschen Schwere aus diesem Augenblick verschwinden lässt. Vor vier Monaten haben er und Lasse endlich ihre App gelauncht. Und sie wurde ein voller Erfolg. Nicht nur Norweger, auch immer mehr Europäer nutzen sie, das Interesse an der internationalen Version ist riesig. Was auch die Investoren freut.

»Bereit für deine Überraschung?«, reißt er mich aus meinen Gedanken.

»Was meinst du?«

Anstatt mir zu antworten, gibt er mir einen Kuss auf den Handrücken. Dann lässt er mich los und beginnt, in seinem Rucksack zu kramen. Kurz danach hält er eine kleine Flasche in der Hand. Und Luftballons.

»Keine Sorge, die sind biologisch abbaubar.«

»Die Luftballons?«

Er nickt und fängt an, einen nach dem anderen mithilfe der Flasche aufzupusten.

»Ist das Helium?«

Wieder ein Nicken. »Ich dachte, es wäre ganz schön, wenn du Hendrik heute quasi eine Nachricht schicken könntest. Du weißt schon … dass du hier oben bist. Auf eurem Gipfel.« Sein Blick wird unsicher. Fast so, als würde er befürchten, ich könnte seinen Vorschlag blöd finden. Und je länger ich nichts sage, desto tiefer wird die Falte in seiner Stirn. »Doofe Idee?«, fragt er schließlich und könnte damit nicht weiter von der Wahrheit entfernt liegen.

Ich bin einfach nur sprachlos und mir absolut sicher, dass ich *wirklich* zu weinen anfange, wenn ich nun etwas sage. Also schüttle ich nur den Kopf und bringe irgendwie »Großartige Idee« über die Lippen. Es ist sogar eine ganz fantastische Idee von einem noch viel tolleren Mann.

Nachdem er sechs Luftballone mit Helium gefüllt und mit Schnüren versehen hat, verteilt er sie an uns. Ich umklammere mein Band fester als nötig, während ich Fin dabei zuhöre, wie er auch den anderen erklärt, was er mit uns vorhat.

»Das ist wirklich schön«, sagt Emil, und ich sehe Freya deutlich an, dass es ihr geht wie mir. Sie kämpft ebenfalls mit den Tränen.

Zu sehen, dass auch sie nach fast zwei Jahren immer noch auf diese Art und Weise an Hendrik denkt, macht mich froh und traurig zugleich. Und plötzlich habe ich doch einen Geburtstagswunsch.

Ich wünsche mir, dass es für uns alle leichter wird. In einem Jahr möchte ich wieder irgendwo in der Natur mit diesen fünf Menschen stehen und sagen können: *Ja, Hendrik fehlt. Aber es lähmt uns nicht mehr so sehr.*

Als jeder von uns einen Ballon in der Hand hält, stellen wir uns zusammen im Kreis auf. Ich lehne mich an Fin und greife mit der freien Hand nach Freyas.

Dieses Mal zählt Emil den Countdown. Und als er »Jetzt!« ruft, lassen wir gleichzeitig unsere Ballons los und sehen ihnen hinterher, wie sie in den Himmel steigen. Immer höher und höher, weiter und weiter.

»Auf Hendrik«, murmelt Emil plötzlich.

»Auf Hendrik«, wiederholen wir. Die Ballons werden kleiner, wie Stecknadelköpfe, bis sie kaum mehr zu sehen sind.

Und dann, weil es sich sonst nicht richtig anfühlen würde, sage ich: »Auf uns.«

Auf uns.

Auf die Abenteuer.

Auf den Mut.

Auf das Leben.

Auf all die Jahre, die uns noch bevorstehen.

DANKSAGUNG

Unglaublich. Schon wieder ist ein Manuskript beendet, und ich sitze hier und tippe diese Worte, weil auch dieses Mal sehr viele Menschen daran beteiligt waren, dass ihr die Geschichte von Lene und Fin nun als richtiges Buch in den Händen halten könnt. Und deren Hilfe will und muss ich einfach würdigen.

Danke, danke, danke an meine Lektorinnen, diesmal waren es sogar drei. Paula, Tamara, Kristina. Irgendwie ist das das Motto der Reihe, hm? Aller guten Dinge sind drei und deshalb: ein dreifaches Danke an jede von euch für unsere tolle Zusammenarbeit!

Danke auch an meine Agentin Micha von der Agentur erzähl:perspektive für alles und vor allem für dein Vertrauen in meine Geschichten. Kann es kaum fassen, dass die Reise nach Norwegen jetzt schon wieder vorbei ist.

Nadine, danke, dass du auch nach neun Büchern immer noch an meiner Seite bist und jedes davon mit deinen Anmerkungen besser machst. Immer, wenn ich »Help!« oder »Fix it!« oder »Scheiße, ich habe ein Plothole entdeckt!« brülle, bist du da und löst es mit mir. Ich weiß das so zu schätzen. Danke, danke, danke deshalb auch an dich. Wir müssen nur echt aufhören, bei all unseren Plotting-Telefonaten krank zu sein. Gesundheit pur ist jetzt bitte das Motto!

Merit, von Herzen danke, danke, danke für deinen wunderschönen Blurb. Ich fühl mich so geehrt, dass du die Geschichte von Lene und Fin in typischer Merit-Art empfiehlst und sie genauso gefühlt hast, wie ich mir das erhofft habe. Aber nicht nur dafür danke, sondern auch für jedes Gespräch und jede Memo und jeden Ratschlag.

Sarah, ich bin so, so froh, dass es dich gibt und ich mit dir über alles reden kann, was mich umtreibt. Danke für dein Wissen, deinen Support, deine Freundschaft! Werde immer dankbar sein für das, was aus einer simplen DM-Unterhaltung vor über fünf Jahren entstanden ist.

Jana, ich bin so froh, dass du nicht nur mein Buddy, sondern vor allem auch meine Freundin bist. Danke für dein offenes Ohr, unsere Reisen und Ausflüge und dass es so einfach ist, Zeit mit dir zu verbringen.

Kyra, vielen, vielen Dank auch an dich fürs Dasein, fürs Halbe-Nächte-zum-Tag-Machen, fürs gemeinsam Träumen und fürs immer Supporten. Ich finde, jeder braucht eine Kyra in seinem Leben.

Nina B., Caro, Anne, Fam, Steffi H., Nina Brenke, Marina – ohne euch wäre diese Bubble nur halb so schön. Ich bin so froh, dass ihr ein Teil davon seid, und freu mich auf all unsere weiteren Abenteuer. Real und die auf Papier.

Kari, dir danke ich ganz besonders für die Nachhilfe in Norwegisch. Du hast mir so geduldig jede Frage beantwortet, von Herzen auch an dich ein dreifaches *takk, takk, takk!*

Chantal und Pia, danke auch an euch beide dafür, dass ihr absolute Schätze seid und meinen Mädels eure Stimmen leiht. Es gibt niemanden, der eine bessere Freya und eine bessere Lene hätte sein können.

Ein Shoutout geht an meine Kolleginnen und meinen Lieblingskollegen, die mich beinahe täglich fragen, was es Neues in meiner Buchwelt gibt. Danke, dass ihr so stolz auf mich seid.

Von Herzen schicke ich ein Triple-Danke auch an meine Freundinnen und mein Bloggerinnenteam. Manche von euch unterstützen mich schon von Anfang an, andere kamen im Laufe der Zeit dazu. Ganz egal, wie lange ihr schon meine Wegbegleiterinnen seid, ich danke euch so sehr für alles. Es wird nie selbstverständlich für mich sein.

Ebenso wird die Unterstützung meiner Familie nie selbstverständlich sein. Wenn ich verzweifeln will, sind sie da und fangen mich auf – allen voran mein Papa. Danke für alles, GG-Dad. Du bist der Beste! HDL ♥

Auch bei diesem Buch waren meine Drillingsgeschwister die größte Inspiration für meine eigenen Drillinge, und zwar auf so viel mehr Ebenen, als man denkt. Leute, ich liebe euch. Danke, dass es euch gibt und ich so viel von euch »klauen« durfte. ♥ ♥ ♥ Und danke an Ronja und Svenja, dass ihr mich vom Schreiben abhaltet, weil ich euch so, so gern beim Aufwachsen zusehe. Ich hab euch lieb, Räubertöchtermäuse. ♥ ♥

Zum Schluss: Das größte Dankeschön geht an euch, an meine Leser*innen da draußen. Vielen Dank für eure vielen, vielen Nachrichten, eure Rezensionen, eure Beiträge, eure Videos, eure Liebe für meine Bücher. Ohne euch wäre nichts hiervon möglich.

Ich hoffe, unser Ausflug nach Norwegen hat euch gefallen.

#teamskandinavien

Eure Rebekka

INHALTSWARNUNG

(Achtung: Spoiler!)

Liebe*r Leser*in,

es freut mich so sehr, dass du zu meinem Buch gegriffen hast. Damit du ein möglichst tolles Leseerlebnis hast, möchte ich dich jedoch auf ein paar Inhalte hinweisen, die potenziell triggernd sein können.

In meiner Geschichte spreche ich Themen wie Tod und Trauer, Tablettenmissbrauch, Suizidversuch sowie einem in der Vergangenheit liegenden Amoklauf an.

Die Gedanken und Empfindungen von Lene und Fin könnten deshalb für einige von euch nicht leicht zu lesen sein.

Wenn du ähnliche Gedanken oder Probleme hast, gibt es die Möglichkeit, dir Unterstützung zu holen. Denn genau wie Fin, Lene und ihre Familie musst du damit nicht allein bleiben. Hilfe findest du unter anderem auf www.deutsche-depressionshilfe.de oder bei der Telefonseelsorge unter 0800–111 0 111.

Ich wünsche dir nur das Beste!

Alles Liebe
Rebekka

It Takes Courage to Forgive.

IT TAKES FORGIVENESS TO LOVE

Rebekka Weiler

The Moment I Lost You.
Lost-Moments-Reihe, Band 1

Vier Jahre. So lang ist es her, dass Mias bester Freund auf einer Party gestorben ist. Aber trotzdem ist sie nicht für den Moment gewappnet, als Nathan Dawson plötzlich vor ihr steht. Der Mensch, der ihren besten Freund auf dem Gewissen hat. Ihre Wege kreuzen sich immer häufiger, und allmählich entwickeln sich zaghafte Gefühle. Doch egal, wie sehr Mia und Nathan sich dagegen zu wehren versuchen – zwischen ihnen entsteht etwas, das alte Wunden heilen könnte … oder neue verursacht.

ISBN 978-3-473-58623-3

LESEPROBE

Rebekka Weiler
The Moment I Lost You
ISBN 978-3-473-58623-3

Der Bruchteil einer Sekunde kann alles verändern.

In einem Moment lache ich mit meinen Freunden, trinke einen Schluck Bier aus einem Plastikbecher, bewege den Kopf im Takt des Liedes hin und her und singe den Text leise vor mich hin.

Ich bin glücklich.

Aber dann verstummt die Musik auf einmal, und die Menschen um mich herum hören auf, sich zu unterhalten. Verwundert drehe ich mich um. Alle Blicke liegen plötzlich auf mir. Und sie erdrücken mich beinahe, als das Gemurmel beginnt.

»Brant und Nate.«

»Komm schnell.«

»Es ist Brant.«

Brant. Brant. Immer wieder sein Name. Brant.

Ich weiß nicht, wie mir geschieht.

Eine Hand umfasst meinen Arm, zieht mich mit. Automatisch setze ich einen Fuß vor den anderen. Mache Schritt für Schritt für Schritt, stolpere fast durch die Tür dieser fremden Küche.

Sofort ist mir klar, dass ich die marmorierte Arbeitsfläche nie wieder vergessen werde, genauso wenig wie die weißen Schränke. Vermutlich ist die Farbe nicht einmal pures Weiß, sondern so etwas wie Diamantweiß oder Magnolie. Ich habe keine Ahnung, aber es spielt auch keine Rolle.

Mein Gehirn braucht einen Augenblick, um zu realisieren, was ich vor mir sehe.

Rote Flecken.

Überall.

Einen einzigen Herzschlag lang glaube ich, es sei Saft. Kirsche vielleicht. Oder Johannisbeere. Eventuell auch Himbeere. Aber Himbeere wäre wohl zu pink.

Und dann begreife ich, was hier wirklich vor sich geht.

Die vielen Flecken, die Spritzer, die große rote Lache auf den Küchenfliesen. Das ist kein Saft. Das alles ist Blut. Brants Blut.

Mein bester Freund liegt auf dem nackten Boden. Seine Kleidung ist fast vollständig durchtränkt, und in seinem Bauch klafft eine tiefe Wunde.

Mein Blick wandert nach oben, bis zu seinen weit aufgerissenen Augen. Er sieht mich an, bringt kein Wort hervor, weil er es nicht kann. Und trotzdem weiß ich genau, was er mir sagen möchte.

Hilf mir! Hilf mir, Mia!

Das ist der Sekundenbruchteil, der mich aus meiner Starre erwachen lässt. Ich reiße mich von der Person los, die mich in die Küche gezerrt hat, und stürze zu ihm. Ich merke den Aufprall in den Knien kaum, als ich mich neben ihn fallen lasse. Und es ist mir vollkommen egal, dass nun auch an meiner Haut Blut klebt.

Meine Finger tasten nach Brants, seine Brust hebt und senkt sich schnell. Er atmet flach, hat Panik. Ich habe keinen Schimmer, was ich tun soll, wie ich ihm helfen kann oder was passiert ist. Ich weiß nur eins mit absoluter Sicherheit: Ich werde ihn nicht allein lassen.

Eine Hand legt sich auf meine Schulter. Ich schüttle sie ab, beuge mich näher zu Brant. Irgendjemand sagt, dass ein Krankenwagen unterwegs ist.

Ein Junge, den ich nicht kenne, drückt mit beiden Händen fest auf Brants Bauch. Mir ist klar, was er tut. Er versucht, die Blutung zu stoppen, aber seine Finger sind vor lauter Rot, Rot, Rot fast nicht mehr zu erkennen.

Ich halte die Hand meines besten Freundes, und obwohl ich kein gläubiger Mensch bin, fange ich stumm an zu beten. Ich bete und bange und hoffe.

Bleib bei mir, Brant. Bitte.

In Gedanken versuche ich, den Menschen, mit dem ich aufgewachsen bin, am Leben zu halten. Wir sind Mia und Brant. Brant und Mia. Die besten Freunde, seit ich denken kann.

Wir haben zusammen Fahrradfahren gelernt, sind auf Bäume geklettert, haben Fische in dem Bach, der direkt hinter seinem Haus vorbeifließt, gefangen und wieder freigelassen. Und als wir zwölf Jahre alt waren, haben wir uns geküsst. Nur einmal, aber danach wussten wir beide, dass aus uns niemals mehr werden würde.

Brants Atmung wird immer hektischer. Ich lasse seine Hand nicht los, umklammere sie, so fest ich kann. Mein Blick ruht auf der kleinen Narbe über seiner linken Augenbraue, an der ich schuld bin. Vor vielen Jahren habe ich ihm im Streit eine Fernbedienung an den Kopf geworfen. Er hat geweint, dann habe ich geweint, und am Ende saß ich die ganze Zeit an seiner Seite, als der kleine Riss im Krankenhaus genäht wurde. Ein bisschen wie jetzt, nur ist hier so unendlich viel mehr Blut als damals.

Meine Kehle ist staubtrocken, und dennoch versuche ich, beruhigend auf ihn einzureden.

»Alles wird gut.«

Meine Stimme ist brüchig und kaum zu hören, doch ich sage immer und immer und immer wieder dasselbe zu ihm. Drei Worte, zwölf Buchstaben. Eine Bedeutung.

Alles wird gut. Alles wird gut. *Alles wird gut.*

Ich glaube daran. Mit allem, was ich habe. Mit allem, was ich bin. Ich muss einfach. Mit jeder Faser meines Körpers glaube ich an meine Worte. Und das aus genau einem Grund: Es ist die einzige Wahl, die ich habe.

Die Sekunden vergehen. Ich höre das Getuschel der Leute, registriere die Sorge und die Furcht in ihren Stimmen. Jemand weint. Doch alles, worauf ich mich konzentriere, ist Brant. Sein Bart gefällt mir, auch wenn ich ihn immer deswegen aufziehe. So wie Freunde das nun einmal tun.

Falls das überhaupt möglich ist, drücke ich seine eisige Hand noch ein wenig fester und wiederhole mein Mantra. Ob für ihn oder für mich, weiß ich nicht.

»Alles wird gut.«

Meine Sicht verschwimmt. Ich blinzle ein paarmal, um die aufsteigenden Tränen in Schach zu halten. Ganz kurz wage ich es, den Blick von Brant abzuwenden und in Richtung Decke zu heben. Er soll die Angst in meinen Augen nicht sehen. Ich brauche einen Moment, um die tausend Nadeln, die sich gnadenlos in mein Herz bohren, irgendwie zu ertragen. Weil ich intuitiv weiß, dass das hier nicht gut ausgehen kann.

Als ich den Kopf schließlich wieder senke, sehe ich *ihn.* Er steht nicht weit von uns weg. Einen halben Meter. Vielleicht ist es auch ein ganzer. Er starrt mich an, seine Lippen sind leicht geöffnet, und der Ausdruck in seinem Gesicht lässt mir einen Schauer über den Rücken laufen. Seine Augen sind leer. Einfach nur dunkel und versteinert und kalt.

Doch es ist nicht seine Mimik, die mich panisch nach Luft schnappen lässt. Es ist das Messer in seiner Hand. Ein scharfes, großes Küchenmesser. Die Spitze ist rot. Blut tropft auf den Boden.

Brants Blut.

Und mit einem Mal weiß ich genau, was passiert ist.